AF797977

पञ्चतन्त्र को भारतीय सभ्यता, संस्कृति, आचार-विचार तथा परम्परा का विशिष्ट ग्रन्थ होने के कारण महत्त्वपूर्ण स्थान प्रदान किया जाता है। यही वह ग्रन्थ है, जिसमें छोटी-छोटी कहानियों के माध्यम से अनेक धार्मिक, सामाजिक तथा राजनैतिक तथ्यों की इतनी सुन्दर और रोचक व्याख्या प्रस्तुत की गयी है, जैसी किसी अन्य ग्रन्थ में मिलना दुर्लभ है। पञ्चतन्त्र मानव-जीवन में आने वाले सुख-दुःख, हर्ष-विषाद तथा उत्थान-पतन में विशिष्ट मार्गदर्शक सिद्ध हुआ है। इस पुस्तक का एक-एक पृष्ठ आपकी किसी-न-किसी समस्या के समाधान में अवश्य ही सहायक सिद्ध होगा।

संस्कृत साहित्य का यह ग्रन्थ-रत्न कई हज़ार वर्षों से अपनी उपयोगिता और लोकप्रियता के कारण पूरे विश्व में प्रसिद्ध हो चुका है। संस्कृत के इस गौरव-ग्रन्थ को हिन्दी के पाठकों तक पहुंचाने के लिए इसे अत्यन्त सरल भाषा में प्रस्तुत किया जा रहा है। आशा है कि हिन्दी के पाठक इसे पढ़कर लाभ उठायेंगे।

सम्पूर्ण
पञ्चतन्त्र

आचार्य विष्णु शर्मा

व्याख्याकार एवं सम्पादक

आचार्य वादरायण

वाणी प्रकाशन

प्रकाशन के उत्कृष्टतम 62 वर्ष

पेपरबैक पहला संस्करण : 2011
पेपरबैक दूसरा संस्करण : 2014
पेपरबैक तीसरा संस्करण : 2017
पेपरबैक चौथा संस्करण : 2020
पेपरबैक पाँचवाँ संस्करण : 2023
पेपरबैक छठा संस्करण : 2025

vaniprakashan.com

वाणी प्रकाशन

4695, 21-ए, दरियागंज, नयी दिल्ली-110 002

फ़ोन : + 91 11 23273167, 23275710

शाखाएँ

अशोक राजपथ, पटना-800 004, बिहार

कॉफ़ी हाउस कैम्पस, महात्मा गांधी मार्ग, प्रयागराज-211 001, उत्तर प्रदेश

महात्मा गांधी अन्तरराष्ट्रीय हिन्दी विश्वविद्यालय, वर्धा-442 001, महाराष्ट्र

sales@vaniprakashan.in
vaniprakashan@gmail.com

Sampoorna Panchtantra
by Aacharya Vishnu Sharma
Edited by Aacharya Vadrayan

ISBN : 978-93-5229-228-8
Moral/Stories/Epic

मूल्य : ₹ 275

जी.एस. ऑफ़सेट, दिल्ली-110 095 में मुद्रित।

वाणी प्रकाशन का लोगो मक़बूल फ़िदा हुसैन की कूची से

अनुवादक की ओर से

पञ्चतन्त्र संस्कृत भाषा का वह ग्रन्थ-रत्न है, जिसे पिछले लगभग दो हज़ार वर्षों से समूचे विश्व के असंख्य लोगों ने अपनी-अपनी भाषा में पढ़ा है और इससे लाभ उठाया है। केवल यही एक तथ्य इस ग्रन्थ की प्रामाणिकता, लोकप्रियता एवं विश्वसनीयता के महत्त्व को सिद्ध करने के लिए पर्याप्त है।

इस ग्रन्थ की रचना पांच तन्त्रों (अध्यायों) के रूप में हुई है, इसीलिए इसका नाम **पञ्चतन्त्र** रखा गया है। इस ग्रन्थ के रचनाकार ने अपनी इस रचना का उद्देश्य निम्नलिखित शब्दों में व्यक्त किया है—

"कथाछलेन बालानां नीतिस्तदिह कथ्यते।"

अर्थात् वह रोचक कथाओं के माध्यम से अबोध बालकों को राजनीति और लोक-व्यवहार की शिक्षा देकर उन्हें इस विषय का पण्डित बनाना चाहते हैं। वह भली प्रकार जानते हैं कि मनुष्य को क़िस्से-कहानियों से अधिक रोचक और कुछ भी नहीं लगता। विशेषकर छोटे बालकों को तो कहानियां सुनने में इतना आनन्द आता है कि वे रात को अपनी दादी-नानी अथवा माता-पिता से बिना कोई कहानी सुने सो ही नहीं सकते। इसका कारण यह है कि बाल्यावस्था में जिज्ञासा अपनी चरमावस्था पर होती है और जिस कथा अथवा कहानी में जिज्ञासा अधिक होती है, उसमें रोचकता भी उतनी ही अधिक होती है। बालक सब कुछ यथाशीघ्र जान लेना चाहते हैं और इन कहानियों की लोकप्रियता उन्हें वह सब सिखा देती है, जिसका प्रभाव उनके सम्पूर्ण जीवन पर अपनी अमिट छाप छोड़ जाता है।

पञ्चतन्त्र की कहानियां इतनी रोचक और प्रभावशाली हैं कि बच्चे तो क्या, इन्हें सुनने और पढ़ने के लिए बड़े-बूढ़े भी लालायित रहते हैं। यह ग्रन्थ पूरे विश्व में अपना उदाहरण आप ही है; क्योंकि केवल इसी ग्रन्थ में कहानी में से कहानी और फिर उस कहानी में से अन्य कहानी और फिर अन्य कहानी निकलती जाती है। आश्चर्य की बात तो यह है कि पूरे विश्व में बड़े-से-बड़े लेखक भी इसकी कहानियों का मुक़ाबला नहीं कर सके हैं।

ज्ञान का जो भाण्डार महाभारत, रामायण, मनुस्मृति अथवा चाणक्य के

अर्थशास्त्र–जैसे भारी–भरकम ग्रन्थों में मिलता है, उससे भी कहीं अधिक ज्ञान अत्यन्त सरल, सहज एवं बोधगम्य भाषा में **पञ्चतन्त्र** में मिल जाता है। उन महाग्रन्थों को पढ़ने–सुनने–समझने के लिए दीर्घकाल की अपेक्षा होती है, जबकि पञ्चतन्त्र की कहानियां सब कुछ चुटकी बजाते ही स्पष्ट कर देती हैं। समस्या कोई भी और कैसी भी क्यों न हो, **पञ्चतन्त्र** में उसका समाधान अवश्य ही मिल जाता है।

आज तो भारत सरकार ने भी **पञ्चतन्त्र** का अध्ययन करने की सलाह अपने बड़े–बड़े अधिकारियों को दी है, ताकि वे भी किसी कठिन समस्या को हल करने के लिए **पञ्चतन्त्र** से सहायता ले सकें।

तनिक विचार कीजिये कि क्या कोई आधुनिक शिक्षक यह प्रतिज्ञा कर सकता है कि मैं मात्र छह महीनों की अवधि में ही मूर्ख बालकों को राजनीति–जैसे विषय का कुशल वेत्ता और व्यावहारिक ज्ञान में निपुण बना दूंगा और यदि न बना सका, तो अपना कलंकित मुख दिखाने के लिए जीवित नहीं रहूंगा?

जी हां, यह उद्घोष इस ग्रन्थ के रचयिता अस्सी वर्ष के बूढ़े आचार्य विष्णु शर्मा ने दक्षिण भारत में स्थित महिलारोप्य नामक नगर के राजा अमरसिंह की राज्यसभा में किया था और इसे सत्य सिद्ध कर दिखाया था।

पञ्चतन्त्र राजनीतिशास्त्र के पूर्ववर्ती अनेक लब्धप्रतिष्ठ विद्वानों की ज्ञात–अज्ञात रचनाओं के सार–तत्त्व का अनमोल संग्रह है, जिसका आधार अत्यधिक सुदृढ़ एवं पूर्णतः परिपुष्ट है तथा जिसकी विषय–सामग्री पूर्णतः प्रामाणिक एवं व्यावहारिक है। इससे ग्रन्थ की महत्ता एवं उपयोगिता स्वतः सिद्ध हो जाती है।

संस्कृत भाषा के इस गौरव–ग्रन्थ **पञ्चतन्त्र** को हिन्दीभाषी पाठकों तक पहुंचाने के लिए हम इसे अत्यन्त सरल एवं सुबोध भाषा में प्रस्तुत कर रहे हैं। हमें आशा है कि हमारे पाठक इसे पढ़कर लाभ उठायेंगे।

—आचार्य वादरायण

आमुख

लेखक द्वारा अपने ग्रन्थ की निर्विघ्न समाप्ति के लिए रचना के प्रारम्भ में अपने इष्टदेव के मंगलाचरण करने की परम्परा का पालन करते हुए और सभी देवी-देवताओं से प्रार्थना करते हुए आचार्य विष्णु शर्मा ने कहा है कि ब्रह्मा, विष्णु, शिव, वरुण, यम, इन्द्र, कुबेर, सूर्य, चन्द्र, सरस्वती, सत्ययुग, त्रेता, द्वापर तथा कलियुग आदि चारों युगों के साथ ही वायु, पर्वत तथा लक्ष्मी, चारों वेद, सभी तीर्थ, अश्वमेध आदि यज्ञ, सभी गण तथा मुनि एवं नवग्रह सदा हम पर कृपा बनाये रखें।

मंगलाचरण के पश्चात् आचार्य विष्णु शर्मा अपने से पूर्ववर्ती राजनीति के विद्वानों—मनु, देवगुरु बृहस्पति, दैत्यगुरु शुक्राचार्य, महर्षि पराशर, वेदव्यास तथा राजनीति के आचार्य चाणक्य को सादर नमन करते हुए निवेदन करते हैं—

मनवे वाचस्पतये शुक्राय पराशराय ससुताय।
चाणक्याय च विदुषे नमोऽस्तु नयशास्त्रकर्तृभ्यः॥

इस प्रकार राजनीतिशास्त्र के प्राचीन विद्वानों के ग्रन्थों से सामग्री लेकर आचार्य विष्णु शर्मा अपने ग्रन्थ पञ्चतन्त्र की रचना कर रहे हैं।

पञ्चतन्त्र राजनीतिशास्त्र के अनेक लब्धप्रतिष्ठ विद्वानों की रचनाओं का सार-संग्रह है, जिसका आधार एवं सामग्री अत्यन्त प्रामाणिक एवं व्यावहारिक है, जिसके कारण ग्रन्थ की उपयोगिता स्वत: सिद्ध हो जाती है।

कहा जाता है कि भारत के दक्षिण में स्थित महिलारोप्य नामक एक प्रसिद्ध नगर किसी राज्य की राजधानी था, जहां का राजा अत्यन्त प्रचण्ड प्रतापी अमरसिंह था, जो सभी कलाओं का मर्मज्ञ, विनम्र और उदार भी था।

राजा अमरसिंह के बहुशक्ति, उग्रशक्ति और अनन्तशक्ति नामक तीन पुत्र थे, जो दुर्भाग्यवश इतने मूर्ख थे कि राज्य का उत्तराधिकारी बनने के योग्य नहीं थे। इस कारण राजा अमरसिंह सदा चिन्तित रहा करता था। विशाल राज्य का अधिपति होने पर भी राजा का मन अशान्त रहता था। एक दिन राजा अमरसिंह ने अपने मन्त्रियों को बुलाकर उन्हें अपनी चिन्ता से अवगत कराते हुए उनसे कहा—आप सब मेरे और मेरे राज्य के शुभचिन्तक हैं और आपको पता है कि

मेरे तीनों पुत्र अविवेकी एवं बुद्धिहीन हैं। इसीलिए मेरी रातों की नींद और दिन का चैन उड़ गया है। आपने नीतिकारों का यह वचन तो सुना ही होगा—

अजातमृतमूर्खेभ्यो मृताजातौ सुतौ वरम्।
यतस्तौ स्वल्पदुःखाय यावज्जीवं जडो दहेत्॥

पुत्र का पैदा न होना, होकर मर जाना और अत्यन्त मूर्ख होना—इन तीनों स्थितियों में पुत्र का अत्यन्त मूर्ख होना सर्वाधिक दुःखद होता है। मूर्ख पुत्र जीवन-भर तड़पाता रहता है। यही दुःख मुझे भी तड़पा रहा है और मेरे दुःख की मात्रा दिनों-दिन बढ़ती जा रही है।

इसी सम्बन्ध में आचार्य विष्णु शर्मा का कथन है—

वरं गर्भस्त्रावो वरमृतुषु नैवाभिगमनं
वरं जातप्रेतो वरमपि च कन्यैव जनिता।
वरं वन्ध्या भार्य्या वरमपि च गर्भेषु वसति-
र्न चाविद्वान् रूपद्रविणगुणयुक्तोऽपि तनयः॥

निम्नलिखित छह दुःखद स्थितियों की अपेक्षा मूर्ख पुत्र का उत्पन्न होना सर्वाधिक दुःखदायक होता है—

प्रथम—गर्भ का न ठहरना अथवा समय से पूर्व नष्ट हो जाना, **द्वितीय**—पत्नी के गर्भधारण योग्य होने पर भी पुरुष द्वारा उसमें गर्भ-स्थापन न करना, **तृतीय**—बालक का गर्भ में ही मर जाना अथवा मृत बालक का जन्म लेना, **चतुर्थ**—पुत्र की अपेक्षा पुत्री का जन्म लेना, **पञ्चम**—पत्नी का बांझ होना तथा **षष्ठ**—उपयुक्त समय पर भी बालक का गर्भ से बाहर न आ पाना अथवा उसके स्थान पर मांस के लोथड़े का बाहर आना। उपर्युक्त सभी स्थितियां गहन दुःखदायक हैं, परन्तु हृष्ट-पुष्ट बालक के उत्पन्न होने पर भी उसका मूर्ख निकलना सर्वाधिक दुःखदायक होता है; क्योंकि ऐसा व्यक्ति सदा उपेक्षा का पात्र बना रहता है।

जिस प्रकार दूध न देने वाली गाय सर्वथा निरर्थक और उपेक्षित हो जाती है, उसी प्रकार अशिक्षित सन्तान के जन्म लेने का भी कोई लाभ नहीं होता, अपितु ऐसे पुत्र का होना, उसके न होने से कहीं अधिक कष्टदायक होता है। इसीलिए मूर्ख पुत्र के जीवन की अपेक्षा उसकी मृत्यु की कामना की जाती है।

अपने दुःख को अपने मन में दबाते हुए महाराज अमरसिंह बोले—

गुणिगणगणनारम्भे न पतति कठिनी ससम्भ्रमाद् यस्य।
तेनाम्बा यदि सुतिनी वद बन्ध्या कीदृशी भवति॥

आचार्य विष्णु शर्मा के अनुसार मूर्ख पुत्र को जन्म देने वाली स्त्री की स्थिति तो बन्ध्या से भी निकृष्ट होती है।

कुछ देर के उपरान्त राजा अमरसिंह ने अपने मन्त्रियों से पूछा—क्या मेरे

तीनों अयोग्य पुत्र गुणवान नहीं बन सकते ? क्या मेरे राज्य में कोई भी ऐसा समर्थ ब्राह्मण नहीं, जो मेरे बेटों को शिक्षित बना सके ?

यह सुनकर एक मन्त्री बोला—महाराज ! ज्ञान तो अनन्त और असीम है, परन्तु उसे सीखने के लिए समय की अपेक्षा होती है। देखिये न, व्याकरण के शिक्षण के लिए बारह वर्षों की अवधि अपेक्षित कही जाती है। इसके अतिरिक्त मनुस्मृति–जैसे धर्मशास्त्र के ग्रन्थों, चाणक्य नीति–जैसे अर्थशास्त्र के ग्रन्थों तथा वात्स्यायन आदि द्वारा प्रणीत कामशास्त्र सम्बन्धी ग्रन्थों की जानकारी के लिए समय तो चाहिए ही।

राजा को उदास, हताश एवं व्यथित देखकर सुमति नामक मन्त्री बोला—महाराज ! मैं अपने साथी के मन्तव्य का खण्डन तो नहीं करता; क्योंकि यह सत्य है कि शास्त्र अनन्त एवं असीम हैं और इनकी जानकारी के लिए बहुत अधिक समय चाहिए, किन्तु आपके बालकों को योग्य बनाने के लिए कोई सरल उपाय ढूंढ़ना पड़ेगा। महाराज ! हमारे राज्य में विष्णु शर्मा नामक एक विद्वान् ब्राह्मण हैं, जो सम्पूर्ण विद्याओं और शास्त्रों के ज्ञाता हैं। यदि आप आचार्य विष्णु शर्मा को सहमत कर सकें और अपने पुत्र उन्हें सौंप दें, तो वह निश्चित ही आपके पुत्रों को विद्वान् बनाकर आपको चिन्तामुक्त कर सकते हैं।

राजा अमरसिंह को अपने मन्त्री सुमति की बात डूबते को तिनके के सहारे के समान लगी और उन्होंने तुरन्त ही आचार्य विष्णु शर्मा को ससम्मान बुला लाने का सन्देश दिया।

आचार्य विष्णु शर्मा के आने पर राजा ने उनका स्वागत-सत्कार किया और फिर विनम्र एवं मधुर स्वर में उनसे निवेदन किया—आदरणीय महोदय ! यदि आप मेरे इन तीन मूर्ख पुत्रों को शिक्षित बनाने की कृपा करें, तो मैं पुरस्कार के रूप में आपको सौ ग्रामों का अधिकार सौंप दूंगा।

प्रत्युत्तर में आचार्य विष्णु शर्मा ने कहा—राजन् ! आप मुझे किसी प्रकार का प्रलोभन देने की चेष्टा न करें। मेरे जीवन में भोग–विलास के लिए कोई स्थान नहीं रह गया है और मैं अपनी विद्या को बेचने के लिए यहां नहीं आया हूं। हां, आपके दुःख से दुःखी होकर आपकी प्रार्थना को स्वीकार करता हूं। मैं आपकी सभा में आपके तीनों बेटों को छह महीनों में ही कुशल राजनीतिज्ञ और व्यावहारिक ज्ञान में सिद्धहस्त बनाने की घोषणा करता हूं और यह प्रतिज्ञा करता हूं कि यदि मैं छह महीनों में अपने उद्देश्य में सफल न हुआ, तो अपना मुंह दिखाने के लिए जीवित नहीं रहूंगा।

इस उद्घोष के उपरान्त आचार्य विष्णु शर्मा ने राजा से कहा—महाराज ! अब आप आज के दिन से गिनती आरम्भ कर दीजिये और इस वृद्ध ब्राह्मण को

छह मास की अवधि दीजिये। यथासमय परिणाम आपके सामने आ जायेगा।

आचार्य विष्णु शर्मा की इस प्रतिज्ञा को असम्भव जानकर भी राजा को बड़ी प्रसन्नता हुई। सभी उपस्थित लोगों ने अत्यधिक विस्मित होने पर भी वृद्ध ब्राह्मण के वचन का स्वागत किया और राजा को इसके लिए बधाई दी।

राजा ने भी आचार्य विष्णु शर्मा के प्रति आभार प्रकट करते हुए उनका यथोचित अभिनन्दन किया और अपने तीनों पुत्र उन्हें सौंप दिये। इससे राजा को चिन्ता से मुक्ति प्राप्त हुई।

आचार्य विष्णु शर्मा राजकुमारों को अपने साथ अपने आवास पर ले आये और उनके सुविधाजनक निवास और भोजन आदि की व्यवस्था की। उसके उपरान्त उन्होंने राजकुमारों को सुशिक्षित बनाने के लिए निम्नलिखित पांच तन्त्रों वाले ग्रन्थ—पञ्चतन्त्र—की रचना की—

1. **मित्रभेद**—इस अध्याय में शत्रु के मित्रों में फूट डालने, उन्हें आपस में लड़ाने तथा शत्रु को क्षीण बनाने के विभिन्न उपायों का वर्णन है।
2. **मित्र सम्प्राप्ति**—इस अध्याय में अपनी शक्ति एवं सामर्थ्य को बढ़ाने के लिए उपयोगी व्यक्तियों को मित्र बनाने और उनके साथ मित्रता निभाने के विभिन्न उपाय दिये गये हैं।
3. **काकोलूकीय**—इस अध्याय में शत्रु के साथ परिस्थितिवश मैत्री सम्बन्ध स्थापित हो जाने पर भी उस पर अन्धविश्वास न करके, उससे सावधान रहने और गुप्तचरों की भूमिका के महत्त्व का प्रतिपादन किया गया है।
4. **लब्धप्रणाश**—इस अध्याय में शत्रु की विजय को मिट्टी में मिलाने के उपायों का वर्णन है।
5. **अपरीक्षित कारक**—इस अध्याय में ऊंच-नीच व हानि-लाभ आदि की भली प्रकार समीक्षा किये बिना किसी भी काम में हाथ डालने से पहले उस पर ध्यानपूर्वक मनन करने योग्य साधनों का वर्णन किया गया है।

पञ्चतन्त्र की रचना करके आचार्य विष्णु शर्मा ने राजकुमारों को पढ़ाना प्रारम्भ कर दिया। आचार्यजी के अध्यापन की शैली के कारण राजकुमार भी मन लगाकर अध्ययन करने लगे, जिसके परिणामस्वरूप आचार्य विष्णु शर्मा की प्रतिज्ञा सत्य सिद्ध हुई और तीनों राजकुमार छह महीनों में ही नीति-निपुण और बुद्धिमान् बन गये।

इसीलिए 'पञ्चतन्त्र' को बालकों के लिए लोक-व्यवहार में प्रशिक्षित करने का आदर्श ग्रन्थ मान लिया गया और ग्रन्थ की प्रशंसा में कहा गया यह वचन

सत्य सिद्ध हुआ।

अधीते यः इदं नित्यं नीतिशास्त्रं शृणोति च।
न पराभवमाप्नोति शक्रादपि कदाचन॥

इस 'पञ्चतन्त्र' नामक ग्रन्थ का अध्ययन करने वाला अथवा सुनने वाला व्यक्ति व्यवहारकुशल हो जाता है कि वह इन्द्र-जैसे प्रबल शत्रु से भी पराजित नहीं हो सकता तथा धूर्त लोगों को भी पराजित कर देने में समर्थ हो जाता है।

प्रथम तन्त्र

मित्रभेद

(मित्रों के बीच में फूट डालने के उपाय)

पञ्चतन्त्र के प्रथम अध्याय मित्रभेद का पहला श्लोक इस प्रकार है—

वर्द्धमानो महान्स्नेहः सिंहगोवृषयोर्वने।
पिशुनेनातिलुब्धेन जम्बुकेन विनाशितः॥

किसी वन में एक सिंह और एक बैल साथ-साथ रहा करते थे और उनमें बड़ी गहरी दोस्ती थी। लेकिन एक धूर्त और चुगलख़ोर गीदड़ ने उन दोनों की दोस्ती को दुश्मनी में बदल डाला। इससे यह सिद्ध होता है कि व्यक्ति को धूर्त लोगों की बातों में आकर अपने मित्रों पर अविश्वास नहीं करना चाहिए। इसका परिणाम निःसन्देह बड़ा भयंकर होता है।

इस बात के समर्थन में आचार्य विष्णु शर्मा ने राजकुमारों को निम्नलिखित कथा सुनायी —

भारत के दक्षिण में महिलारोप्य नामक नगर में वर्धमान नामक एक बनिया रहा करता था, जो धन कमाने में बड़ा निपुण था। एक रात सोते समय उसे एक विचार आया कि मैं अपनी आवश्यकता से अधिक धन भले ही कमा लूं, लेकिन व्यापारी को कभी सन्तुष्ट नहीं होना चाहिए। उसे तो सदैव महत्त्वाकांक्षी और असन्तुष्ट ही रहना चाहिए।

न हि तद्विद्यते किञ्चिद्यदर्थेन न सिद्ध्यति।
यत्नेन मतिमांस्तस्मादर्थमेकं प्रसाधयेत्॥

इस संसार में ऐसी कोई वस्तु नहीं, जिसे धन के द्वारा प्राप्त न किया जा सके। आजकल धन ही संसार में सर्वोत्तम साधन माना जाता है। इसका अर्थ यह हुआ कि बुद्धिमान् व्यक्ति को अधिकाधिक धन प्राप्त करना चाहिए।

अपने विचार पर सोचता हुआ वर्धमान बनिया अपने आपसे कहने लगा—

यस्यार्थास्तस्य मित्राणि यस्यार्थास्तस्य बान्धवाः।
यस्यार्थाः स पुमाँल्लोके यस्यार्थाः स च पण्डितः॥

सभी लोग धनवान् व्यक्ति के साथ मित्रता बनाना चाहते हैं, लेकिन धनहीन व्यक्ति से इस प्रकार दूर भागते हैं, मानो उसे कोई छूत की बीमारी हो। धनी व्यक्ति को ही बुद्धिमान् समझा जाता है, जबकि धनहीन व्यक्ति विद्वान् होने पर भी हर जगह उपेक्षित किया जाता है। इससे सिद्ध होता है कि संसार में धन की महत्ता अपरम्पार है। धन की महत्ता पर मुग्ध होकर वर्धमान अपने मन में कहने लगा—

न सा विद्या न तद्दानं न तच्छिल्पं न सा कला।
न तत्स्थैर्य्यं हि धनिनां याचकैर्यन्न गीयते॥

धन के बिना न कोई विद्या प्राप्त की जा सकती है, न कोई कला सीखी जा सकती है और न ही किसी प्रकार की साधना की जा सकती है। भले ही सेवा आदि करके यदि कुछ सीख भी ले, तो भी व्यक्ति अधूरा ही कहलाता है। इसीलिए धनी लोगों का गुणगान करने वाले उन्हें धर्म और संस्कृति का रक्षक बताकर उनकी प्रशंसा करते अघाते नहीं।

इह लोके हि धनिनां परोऽपि स्वजनायते।
स्वजनोऽपि दरिद्राणां सर्वदा दुर्जनायते॥

प्रायः यह भी देखने को मिलता है कि धनिकों से पराये लोग भी सम्बन्ध जोड़ने के लिए प्रयत्न करते रहते हैं, लेकिन ग़रीबों के सगे-सम्बन्धी भी उन्हें अपनाने में संकोच करते हैं।

अर्थेभ्योऽपि हि वृद्धेभ्यः संवृत्तेभ्यस्ततस्ततः।
प्रवर्त्तन्ते क्रियाः सर्वाः पर्वतेभ्य इवापगाः॥

जिस प्रकार पर्वत सें निकलने वाली नदी लोगों का कल्याण करने के साथ-साथ उनके धन में भी वृद्धि करती है, उसी प्रकार धन से ही संसार में सभी कार्य सम्पन्न होते हैं।

पूज्यते यदपूज्योऽपि यदगम्योऽपि गम्यते।
वन्द्यते यदवन्द्योऽपि स प्रभावो धनस्य च॥

धन की महिमा का वर्णन नहीं किया जा सकता। धन आ जाने पर धनहीन व्यक्ति भी कुलीन बन जाता है। इस प्रकार धन के महत्त्व को नकारने की मूर्खता कोई नहीं कर सकता।

अशनादिन्द्रियाणीव स्युः कार्याण्यखिलान्यपि।
एतस्मात्कारणाद्वित्तं सर्वसाधनमुच्यते॥

सच तो यह है कि जिस प्रकार भोजन द्वारा शरीर के सभी अंगों को कार्य करने की क्षमता प्राप्त होती है, उसी प्रकार धन के द्वारा संसार के सभी कार्यों को सम्पन्न करना भी सम्भव हो जाता है।

अर्थार्थी जीवलोकोऽयं श्मशानमपि सेवते।

त्यक्त्वा जनयितारं स्वं निःस्वं गच्छति दूरतः॥

धन प्राप्त करने के लिए व्यक्ति वह कार्य भी करने को तैयार हो जाता है, जिनमें प्राणों की आशंका होती है। यहां तक की पुत्र भी अपने धनहीन पिता को छोड़ने में देर नहीं लगाता।

गतवयसामपि पुंसां येषामर्था भवन्ति ते तरुणाः।
अर्थेन तु ये हीना वृद्धास्ते यौवनेऽपि स्युः॥

धनहीन व्यक्ति अनेक प्रकार के रोग, अभाव एवं चिन्ताओं के कारण भरी जवानी में बूढ़ा हो जाता है, लेकिन धनी व्यक्ति कभी वृद्ध नहीं होता। बुढ़ापा भी उससे दूर भागता है। वर्धमान बनिया सोचते-सोचते इस निष्कर्ष पर पहुंचा कि धन-प्राप्ति के छह साधन हैं— 1. भिक्षा, 2. नौकरी, 3. खेती-बाड़ी, 4. कोई शिल्प अथवा अध्यापन या ज्योतिष आदि, 5. साहूकारी, 6. व्यापार। लेकिन इन साधनों में धन-प्राप्ति के लिए व्यापार ही सर्वोत्तम साधन है।

कृता भिक्षाऽनेकैर्वितरति नृपो नोचितमहो
कृषिः क्लिष्टा विद्या गुरुविनयवृत्त्यतिविषमा।
कुसीदाद्दारिद्र्यं परकरगतग्रन्थिशमना-
न्न मन्ये वाणिज्यात्किमपि परमं वर्त्तनमिह॥

छहों साधनों की तुलना करते हुए वर्धमान अपने आपसे कहने लगा—

भिक्षावृत्ति को अपनाने वाले इस निष्कर्ष पर पहुंचे हैं कि इससे पेट भरना भी सम्भव नहीं होता।

सेवा, अर्थात् दूसरों का आदेश पालन करना और उनके अधीन रहना है। भले ही इसमें एक निश्चित समय पर बंधा हुआ वेतन मिल जाये, लेकिन अधिक कमाने के लिए कोई अवसर सुलभ नहीं होता।

खेती-बाड़ी में एक ओर अत्यधिक परिश्रम करना होता है, वहीं वर्षा के रूप में प्रकृति पर निर्भर होना पड़ता है।

शिल्प, अध्यापन अथवा ज्योतिष आदि किसी कार्य में सफलता प्राप्त करके धन प्राप्त करने के लिए गुरु को प्रसन्न करना होता है।

साहूकारी में कई बार ब्याज तो ब्याज, मूलधन भी गंवाना पड़ जाता है।

इन पांचों साधनों पर विचार करने के पश्चात् मैं तो व्यापार को ही सर्वोत्तम साधन मानता हूं।

उपायानां च सर्वेषामुपायः पण्यसंग्रहः।
धनार्थं शस्यते ह्येकस्तदन्यः संशयात्मकः॥

व्यापार में असीम लाभ की आशा रहती है। आवश्यक वस्तुओं का संग्रह करके और उन्हें ऊंचे दामों पर बेचकर लाभ प्राप्त किया जा सकता है। इसमें न

किसी की नौकरी होती है और न अधिक परिश्रम की आवश्यकता होती है। यदि अधिक श्रम और धन का निवेश किया जाये, तो लाभ भी अधिक होता है। इस प्रकार मेरे विचार से व्यापार ही धन-प्राप्ति का सर्वोत्तम साधन है।

व्यापार पर विचार करते हुए वर्धमान ने निश्चय किया कि सात प्रकार के पदार्थों का व्यापार किया जा सकता है—

1. कॉस्मेटिक्स—क्रीम, टेलकम पाउडर, परफ़्यूम आदि का क्रय-विक्रय करना।

2. आभूषण आदि गिरवी रखकर ब्याज पर ऋण देना।

यह एक प्रकार की साहूकारी ही है, परन्तु इसमें धन डूबने की कोई आशंका नहीं रहती।

3. पालतू पशुओं का क्रय-विक्रय करना।

4. ग्राहकों का विश्वास जीतकर उन्हें घटिया माल देना।

5. कम दाम में ख़रीदकर वस्तुओं को ऊंचे दाम पर बेचना।

6. नाप-तोल में हेराफेरी करना।

7. सीधे उत्पादकों से सस्ते दाम पर ख़रीदे पदार्थों को अधिक दाम में बेचना।

पण्यानां गान्धिकं पण्यं किमन्यैः काञ्चनादिभिः।
यत्रैकेन च यत्क्रीतं तच्छतेन प्रदीयते॥

इन सभी प्रकार के व्यापारों पर विचार करते हुए वर्धमान ने सोचा कि कॉस्मेटिक का व्यापार सोने-चांदी के व्यापार से अच्छा तो है, लेकिन इन पदार्थों के पुराना होकर नष्ट होने का ख़तरा होता है।

निक्षेपे पतिते हर्म्ये श्रेष्ठी स्तौति स्वदेवताम्।
निक्षेपी म्रियते तुभ्यं प्रदास्याम्युपयाचितम्॥

साहूकारी के धन्धे में कोई मूल्यवान् वस्तु हाथ में आ जाने पर व्यक्ति भगवान् से ऋणी के मर जाने अथवा उसके अस्वस्थ हो जाने की कामना करने लगता है, ताकि वह ऋण न चुका सके और उस वस्तु पर उसका अधिकार हो जाये।

गोष्ठिककर्मनियुक्तः श्रेष्ठी
चिन्तयति चेतसा हृष्टः।
वसुधा वसुसम्पूर्णा मयाद्य
लब्धा किमन्येन॥

पशुओं आदि का व्यापारी अपने आपको सारे संसार का स्वामी समझकर झूठे अहंकार में फंस जाता है।

परिचितमागच्छन्तं ग्राहकमुत्कण्ठया विलोक्यासौ।
हृष्यति तद्धनलुब्धो यद्वत्पुत्रेण जातेन॥

परिचित ग्राहक को अपनी ओर आता देखकर व्यापारी इतना प्रसन्न हो उठता है, मानो उसे पुत्र प्राप्त हो गया हो, लेकिन यह प्रसन्नता क्षण-भर की होती है।

पूर्णापूर्णे माने परिचितजनवञ्चनं तथा नित्यम्।
मिथ्याक्रयस्य कथनं प्रकृतिरियं स्यात्किरातानाम्॥

नाप-तौल में हेरा-फेरी करके ग्राहक को मूर्ख बनाना एक बार तो अच्छा लगता है, लेकिन ऐसी बेईमानी हमेशा नहीं चल सकती।

द्विगुणं त्रिगुणं वित्तं भाण्डक्रयविचक्षणाः।
प्राप्नुवन्त्युद्यमाल्लोकाः दूरदेशान्तरं गताः॥

सीधे उत्पादक से ख़रीदकर लाये पदार्थों को मांग के समय अधिक दाम पर बेचने से अवश्य ही अधिक लाभ मिलता है।

इस प्रकार वर्धमान को इन सब प्रकार के व्यवसायों में से कम दाम पर पदार्थ ख़रीदकर महंगे दाम पर बेचने का व्यवसाय ही अच्छा लगा। उसने तुरन्त शुभ मुहूर्त निकलवाकर बैलगाड़ी पर अपना सामान लादा और-उत्तर भारत के प्रमुख व्यापारिक केन्द्र मथुरा की ओर चल पड़ा। उसने अपनी गाड़ी में सञ्जीवक और नन्दक नामक दो बैलों को जोता हुआ था। दोनों ही बैल स्वस्थ एवं भली प्रकार बोझ ढो सकने वाले थे। लेकिन यमुना के कछार पर पहुंचकर दोनों बैल दलदल में धंस गये और सञ्जीवक तो लंगड़ा होकर वहीं बैठ गया। उसमें खड़ा होने की सामर्थ्य ही नहीं रह गयी थी।

बैल के प्रति अपने लगाव के कारण वर्धमान तीन दिन तक वहां रुका रहा, किन्तु बैल स्वस्थ न हो सका। इस पर बनिये के साथियों ने उसे समझाते हुए कहा—सेठजी! एक बैल के लिए आपको इतना मोह नहीं करना चाहिए। इस जंगल में शेर, चीता, बाघ एवं भालू आदि अनेक जंगली जानवर रहते हैं। इसके साथ ही यह भी कौन जाने कि कल क्या होगा? क्या पता कहीं चोर-डाकू ही हमें लूट लें या मारकर परलोक ही पहुंचा दें। शास्त्रों में भी कहा गया है—

न स्वल्पस्य कृते भूरि नाशयेन्मतिमान्नरः।
एतदेवात्र पाण्डित्यं यत्स्वल्पाद् भूरिरक्षणम्॥

कि थोड़े लाभ के लिए बड़े लाभ को छोड़कर ख़तरा मोल लेना समझदारी की बात नहीं है। आप सोच-समझ से काम लीजिये और यहां से आगे चलिये।

वर्धमान को यह बात उचित लगी और उसने पास के गांव से एक नया बैल ख़रीदकर गाड़ी में जोता और अपनी राह पर चल दिया। हां, अपने बैल की देख-रेख के लिए उसने अपने दो नौकरों को सञ्जीवक के पास छोड़ दिया।

नौकरों ने दो-एक दिन सञ्जीवक की देखभाल की, किन्तु उसके न उठने पर, वे भी उसे छोड़कर वहां से चल दिये।

यमुनातट की स्वच्छ वायु से सञ्जीवक के प्राण जाग उठे। वह बल लगाकर उठा तथा हरी व कोमल घास खाकर और स्वच्छ जल पीकर कुछ ही दिनों में स्वस्थ हो गया। अब वह अपने को इस क्षेत्र का राजा समझने लगा। शिवजी के वाहन नन्दी के समान सञ्जीवक अपने सींगों से रेत के टीलों को उखाड़ने लगा तथा गर्जन-तर्जन करने लगा।

शास्त्रकारों ने उचित ही कहा है—

अरक्षितं तिष्ठति दैवरक्षितं
सुरक्षितं दैवहतं विनश्यति।
जीवत्यनाथोऽपि वने विसर्जितः
कृतप्रयत्नोऽपि गृहे विनश्यति॥

जिसका कोई रक्षक नहीं होता, उसकी रक्षा भगवान् करते हैं और जिसकी रक्षा लोग किया करते हैं, भाग्य को स्वीकार न होने पर भी वह बच नहीं पाता। भाग्य अच्छा हो, तो जंगल में छोड़ा प्राणी भी जीवित बच रहता है। लेकिन भाग्य के अनुकूल न होने पर भरपूर सेवा-शुश्रूषा किये जाने पर भी व्यक्ति का जीवित रहना निश्चित नहीं होता।

सञ्जीवक का भाग्य अच्छा था, इसलिए वह मौत के मुंह में जाकर भी वापस लौट आया।

एक दिन अपने परिवार के साथ वन में घूमता-फिरता पिंगलक नामक एक सिंह वहीं आ पहुंचा, जहां सञ्जीवक बैल गर्जन करता-फिरता था। सिंह प्यासा था और यमुना सामने थी, किन्तु सिंह ने आज तक जंगल में सञ्जीवक बैल के समान विशालकाय पशु नहीं देखा था। सञ्जीवक की चेष्टाओं को देखकर पिंगलक की प्यास जाती रही और वह सोचने लगा कि यह मुझसे भी अधिक बलवान् पशु कौन है?

पिंगलक ने अपने मन्त्री शृगाल के दो पुत्रों—करटक और दमनक—को उनके पिता के न रहने पर मन्त्री पद नहीं दिया था। इसलिए वे दोनों उससे रुष्ट थे, किन्तु फिर भी वे पिंगलक के आगे-पीछे चलते रहते थे। दोनों ने बिना प्यास बुझाये सिंह को वापस लौटते देखा, तो दमनक ने करटक से कहा—अरे! हमारा स्वामी जल पीने के लिए यमुनातट पर आया था, किन्तु जल पिये बिना ही उदास क्यों बैठा है?

दमनक की बात सुनकर करटक बोला—मित्र! हमें इन व्यर्थ की बातों से क्या लेना-देना? नीतिकारों का कथन है—

अव्यापारेषु व्यापारं यो नरः कर्तुमिच्छति।
स एव निधनं याति कीलोत्पाटीव वानरः॥

कि दूसरों के काम में व्यर्थ हस्तक्षेप करने वाला व्यक्ति दो लकड़ियों के बीच में फंसायी गयी कील को उखाड़ने के चक्कर में अपने प्राण गंवाने वाले बन्दर के समान अपने ही विनाश को बुलावा देता है।

दमनक द्वारा पूरा विवरण सुनाने की बात कहने पर करटक कहने लगा—

कथा क्रम: एक

किसी सेठ ने नगर के समीप एक मन्दिर के निर्माण का निश्चय किया। काम में लगे कारीगर भोजन के लिए नगर में चले जाते थे। लकड़ी चीरने वाले कारीगरों ने आधे चिरे वृक्ष के दो हिस्सों को आपस में मिल जाने से रोकने के लिए उन दोनों के बीच में एक खूंटी लगा रखी थी।

कारीगरों के चले जाने पर वहां पहुंचा बन्दरों का एक झुण्ड-उछल-कूद करने लगा। इसी बीच एक बन्दर अधचिरे वृक्ष के बीच लगायी गयी खूंटी को निकालने लगा। ज्यों ही बन्दर ने खींचकर खूंटी निकाली, त्यों ही उसका अण्डकोश वृक्ष के हिस्सों के बीच में फंस गया और बन्दर की मृत्यु हो गयी।

इस कहानी को सुनाकर करटक बोला—मित्र! जिस काम से हमें कुछ लेना-देना नहीं, हम उस काम में अपनी टांग क्यों अड़ायें? हमें अपने स्वामी से भोजन मिल जाता है और उससे हमारी भूख मिट जाती है। हम क्यों बेकार में 'आ बैल मुझे मार' को चरितार्थ करें?

दमनक बोला—मित्र! क्या तुम अपने जीवन का उद्देश्य केवल 'पेट भरना' ही मानते हो? मैं तुम्हारे इस विचार से सहमत नहीं। शास्त्रों में भी में कहा गया है—

सुहृदामुपकारकारणाद्
द्विषतामप्यपकारकारणात्।
नृपसंश्रय इष्यते बुधैर्जठरं
को न बिभर्ति केवलम्॥

अपना पेट तो किसी-न-किसी प्रकार सभी भर लेते हैं, यह कोई बहुत बड़ी बात नहीं है। जीवन का उद्देश्य तो मित्रों का उपकार करना और शत्रुओं का अपकार करना है। मित्रों को लाभ और शत्रुओं को हानि पहुंचाने के लिए शक्ति और सामर्थ्य की आवश्यक़ता होती है, जिसके लिए बुद्धिमान् व्यक्ति राजाओं का आश्रय लेते हैं।

यस्मिन् जीवति जीवन्ति बहवः सोऽत्र जीवतु।
वयांसि किं न कुर्वन्ति चञ्च्वा स्वोदरपूरणम्॥

मित्र! तनिक सोचो, तुम्हें पता चलेगा कि दूसरों के लिए उपयोगी व्यक्ति का जीवन कितना महत्त्वपूर्ण होता है, अन्यथा पक्षी भी दाना चुगकर अपना पेट

भर लेते हैं।

यज्जीव्यते क्षणमपि प्रथितं मनुष्यै-
विज्ञानशौर्यविभवार्य्यगुणैः समेतम्।
तन्नाम जीवितमिह प्रवदन्ति तज्ज्ञाः
काकोऽपि जीवति चिराय बलिं च भुंक्ते॥

मित्र! कौवे के समान फेंका हुआ अन्न खाकर, किसी प्रकार जीने को जीना नहीं कहा जाता, अपितु अपनी शूरता व दक्षता आदि गुणों से दूसरों का हित साधन करते हुए जीना कहीं अधिक महत्त्वपूर्ण होता है। विद्वानों का निश्चित मत है—

यो नात्मना न च परेण न च बन्धुवर्गे
दीने दयां न कुरुते न च मर्त्यवर्गे।
किं तस्य जीवितफलं हि मनुष्यलोके
काकोऽपि जीवति चिरञ्च बलिं च भुंक्ते॥

कि अपनी, दूसरों की और दीन-दुखियों के हित की चिन्ता न करने वाले व्यक्ति का जीवन कौवे के जीवन से भिन्न नहीं होता। ऐसा व्यक्ति तो पृथ्वी पर भाररूप होता है।

सुपूरा स्यात्कुनदिका सुपूरो मूषिकाञ्जलिः।
सुसन्तुष्टः कापुरुषः स्वल्पकेनापि तुष्यति॥

जिस प्रकार छिछली नदी थोड़े पानी से और चूहे की हथेली अन्न के थोड़े-से दानों से भर जाती है, उसी प्रकार ओछे व्यक्ति भी थोड़े-से लाभ से सन्तुष्ट हो जाते हैं।

किं तेन जातु जातेन मातुर्यौवनहारिणा।
आरोहति न यः स्वस्य वंशस्याग्रे ध्वजो यथा॥

माता-पिता के नाम को रौशन न करने वाले पुत्र को जन्म देने वाली मां भी ऐसे पुत्र को जन्म देकर अपने यौवन को धिक्कारती ही है।

परिवर्तिनि संसारे मृतः को वा न जायते।
जातस्तु गण्यते सोऽत्र यः स्फुरेच्च श्रियाधिकः॥

शास्त्रों के अनुसार उत्पन्न हुए व्यक्ति की मृत्यु और मृत व्यक्ति के जन्म का चक्र निरन्तर चलता ही रहता है। अतः जन्म लेना महत्त्वपूर्ण नहीं है। महत्त्वपूर्ण तो अधिकाधिक धन अर्जित करना है।

जातस्य नदीतीरे तस्यापि तृणस्य जन्मसाफल्यम्।
तत्सलिलमज्जनाकुलजनहस्तालम्बनं भवति॥

जो व्यक्ति किसी के काम न आ सके, उसकी अपेक्षा नदी के किनारे पर

उगे घास के तिनके का कहीं अधिक महत्त्व होता है, जो नदी में डूब रहे व्यक्ति को बचाने का साधन बन जाता है।

स्तिमितोन्नतसञ्चारा जनसन्तापहारिणः।
जायन्ते विरला लोके जलदा इव सज्जनाः॥

वायुमण्डल में ऊपर-नीचे व दायें-बायें घूम-घूमकर लोगों के कष्टों को दूर करने वाले मेघों के समान सज्जन व्यक्ति तो इस संसार में विरले ही मिलते हैं।

निरतिशयं गरिमाणं तेन
जनन्याः स्मरन्ति विद्वांसः।
यत्कमपि वहति गर्भं
महतामपि यो गुरुर्भवति॥

तत्त्वदर्शी विद्वान् लोक-कल्याण में अपने जीवन का बलिदान करने वाले बालक की मां को ही वास्तव में 'रत्नप्रसू' मानकर उसे गौरव प्रदान करते हैं।

अप्रकटीकृतशक्तिः शक्तोऽपि
जनस्तिरस्क्रियां लभते।
निवसन्नन्तर्दारुणि लंघ्यो
वह्निर्न तु ज्वलितः॥

शक्ति होने पर भी उसका उपयोग या प्रदर्शन न करने वाले व्यक्ति को कभी आदर नहीं मिल पाता। लकड़ी में आग के अप्रकट रहने पर लकड़ियों को फेंक दिया जाता है। क्या कोई जलती हुई लकड़ी को हाथ लगाने का साहस कर सकता है?

दमनक के इस भाषण को सुनकर करटक बोला—मित्र! तुम्हारा कहना उचित है, परन्तु हम किस स्थिति में हैं, क्या तुमने इस तथ्य पर भी विचार किया है? हम राजा के नौकर नहीं हैं, केवल अपने स्वार्थ के कारण उसके आगे-पीछे चल रहे हैं। क्या उसने कभी हमारी आवश्यकता समझी है? क्या वह हमारी सलाह को कभी मानेगा? हमें इस झञ्झट में पड़ने की आवश्यकता नहीं है? नीतिकारों ने कहा है—

अपृष्टोऽत्राप्रधानो यो ब्रूते राज्ञः पुरः कुधीः।
न केवलमसम्मानं लभते च विडम्बनम्॥

जो व्यक्ति बिना पूछे सलाह देने का प्रयास करता है, उसे निश्चित ही उपहास का पात्र बनना पड़ता है।

वचस्तत्र प्रयोक्तव्यं यत्रोक्तं लभते फलम्।
स्थायी भवति चात्यन्तं रागः शुक्लपटे यथा॥

जिस प्रकार सफ़ेद कपड़े पर ही रंग अपना उचित प्रभाव दिखा सकता है, उसी प्रकार उचित व्यक्ति को ही सलाह देने का लाभ हो सकता है।

अप्रधानः प्रधानः स्यात्सेवते यदि पार्थिवम्।
प्रधानोऽप्यप्रधानः स्याद्यदि सेवाविवर्जितः॥

दमनक बोला—मित्र! मैं तुम्हारे विचार को उचित नहीं मानता। राजा की सेवा करने वाला साधारण व्यक्ति भी मुखिया बन सकता है। जबकि सेवा न करने वाला मुखिया भी साधारण बन जाता है।

आसन्नमेव नृपतिर्भजते मनुष्यं
विद्याविहीनमकुलीनमसंस्कृतं वा।
प्रायेण भूमिपतयः प्रमदा लताश्च
यत्पार्श्वतो भवति तत्परिवेष्टयन्ति॥

शास्त्रों का वचन और जीवन का अनुभव यह है कि राजा, स्त्रियां और बेलें अपने पास रहने वाले को ही अपना लेती हैं, भले ही वह अशिक्षित और असंस्कृत ही क्यों न हो। इसी प्रकार सदा पास रहने वाला व्यक्ति भी राजाओं और स्त्रियों का प्रिय बन जाता है।

कोपप्रसादवस्तूनि ये विचिन्वन्ति सेवकाः।
आरोहन्ति शनैः पश्चाद् धुन्वन्तमपि पार्थिवम्॥

एक विचारणीय बात यह भी है कि स्वामी का कृपापात्र बनने के लिए सेवक को यह जान लेना चाहिए कि स्वामी को किस बात से क्रोध आता है और किस बात से वह प्रसन्न होता है; क्योंकि स्वामी के हृदय को जीतने का यही उपयुक्त अवसर होता है।

विद्यावतां महेच्छानां शिल्पविक्रमशालिनाम्।
सेवावृत्तिविदाञ्चैव नाश्रयः पार्थिवं विना॥

महत्त्वाकांक्षी विद्वानों, शिल्पकारों, कलाकारों तथा सेवावृत्ति के इच्छुक व्यक्ति को अपनी आकांक्षा की पूर्ति के लिए राजाश्रय ही उपयुक्त साधन होता है।

ये जात्यादिमहोत्साहान्नरेन्द्रान्नोपयान्ति च।
तेषामामरणं भिक्षा प्रायश्चित्तं विनिर्मितम्॥

अपनी जाति, विद्या अथवा किसी गुण के कारण राजाश्रय की उपेक्षा करने वाले व्यक्ति अपने ही पैरों पर अपने आप कुल्हाड़ी मार लेते हैं। ऐसे व्यक्ति जीवन-भर अभाव में रहते हैं और प्रायश्चित्त की आग में जलते रहते हैं।

ये च प्राहुर्दुरात्मानो दुराराध्या महीभुजः।
प्रमादालस्यजाड्यानि ख्यापितानि निजानि तैः॥

राजा को दुराराध्य कहने वाले व्यक्ति मूर्ख, आलसी और कामचोर होते हैं। जब प्रयत्न करने पर पत्थर को भी पिघलाया जा सकता है, तो राजा को प्रसन्न क्यों नहीं किया जा सकता ?

सर्पान् व्याघ्रान् गजान् सिंहान् दृष्टोपायैर्वशीकृतान्।
राजेति कियती मात्रा धीमतामप्रमादिनाम्॥

यदि सांप, बाघ, हाथी और सिंह आदि हिंसक पशुओं को वश में किया ज़ा सकता है, तो राजा को क्यों नहीं प्रसन्न किया जा सकता ?

राजानमेव संश्रित्य विद्वान् याति परां गतिम्।
विना मलयमन्यत्र चन्दनं न प्ररोहति॥

जिस प्रकार चन्दन का वृक्ष मलय पर्वत पर ही होता है, उसी प्रकार राजाश्रय मिलने पर ही विद्वान् व्यक्ति की विद्वत्ता के गुणों का सम्मान होता है।

धवलान्यातपत्राणि वाजिनश्च मनोरमाः।
सदा मत्ताश्च मातङ्गाः प्रसन्ने सति भूपतौ॥

राजा के प्रसन्न होने पर उसके आश्रित व्यक्ति को अनेक बहुमूल्य एवं दुर्लभ पदार्थ, जैसे.श्वेत छत्र, मनोरम अश्व, सदा मस्त रहने वाले हाथी तथा अनेक प्रकार के वस्त्राभूषण और खाद्य-पदार्थ आदि सुलभ हो जाते हैं।

राजा के प्रति दमनक के प्रबल आग्रह को देखकर करटक ने पूछा—मित्र! तुम क्या करना चाहते हो ?

इस पर दमनक बोला—मित्र! इस समय हमारा स्वामी पिंगलक किसी अज्ञात आशंका से ग्रस्त प्रतीत होता है। हमें उसके पास चलकर कारण का पता लगाना चाहिए और फिर नीति का आश्रय लेकर उसकी सेवा करनी चाहिए। इस प्रकार हम उसका हृदय जीतने में सफल हो जायेंगे।

करटक ने कहा—मित्र! तुम यह कैसे कह सकते हो कि हमारा स्वामी किसी आशंका से ग्रस्त है ?

दमनक ने उत्तर दिया—यह भी कोई पूछने की बात है ?

उदीरितोऽर्थः पशुनापि गृह्यते हयाश्च
नागाश्च वहन्ति चोदिताः।
अनुक्तमप्यूहति पण्डितो जनः
परेङ्गितज्ञानफला हि बुद्धयः॥

मित्र! यह तो स्पष्ट है कि कहने पर तो मूढ़ व्यक्ति को भी पता चल जाता है, समझदारी तो बिना कुछ कहे ही दूसरे के चेहरे से उसके मनोभावों को जान लेने में है। हाथी-घोड़े आदि पशु भी अपने स्वामी के संकेत को समझते हैं और भार उठाने को तैयार हो जाते हैं। लेकिन पण्डित तो वही है, जो बिना कहे ही दूसरों के

मन के रहस्य को जान ले। यदि पढ़ा-लिखा व्यक्ति भी इतना योग्य न हो, तो उसका पढ़ना-लिखना व्यर्थ ही कहलायेगा।

मनु ने भी कहा है—

आकारैरिङ्गितैर्गत्या चेष्टया भाषणेन च।
नेत्रवक्त्रविकारैश्च लक्ष्यतेऽन्तर्गतं मनः॥

किसी व्यक्ति के मन के भावों का पता उसके चेहरे के हाव-भाव तथा उसकी विभिन्न चेष्टाओं, गतिविधियों, चाल-ढाल, बातचीत करने के ढंग, उसके नेत्रों की स्थिति व उसके चेहरे के भावों से हो जाता है। लाख चेष्टा करने पर भी वास्तविकता छिप नहीं सकती।

यदि मैं भयग्रस्त स्वामी के भय का कारण जानकर उसे भयमुक्त कर सका, तो मुझे पूरा विश्वास है कि वह मुझे सचिव पद सौंपने में देर नहीं लगायेंगे। मुझे तो लगता है कि उनको वश में करने का यह सबसे उत्तम अवसर है।

करटक बोला—लगता है कि तुम्हें इन स्वामी के स्वभाव की कोई जानकारी नहीं है।

दमनक ने कहा—तुम ऐसा कैसे कह सकते हो? यह तो मैंने पिताजी से ज्ञान प्राप्त करते समय ही सीख लिया था। तुम कहो, तो तुम्हें बता दूं।

सुवर्णपुष्पितां पृथ्वीं विचिन्वन्ति नरास्त्रयः।
शूरश्च कृतविद्यश्च यश्च जानाति सेवितुम्॥

सबसे पहले तो यह मानकर चलना होगा कि इस संसार में तीन प्रकार के लोग सफल होते हैं : 1. पराक्रमी, 2. विद्वान् तथा 3. सेवाकार्य में निपुण।

सा सेवा या प्रभुहिता ग्राह्या वाक्यविशेषतः।
आश्रयेत्पार्थिवं विद्वांस्तद्द्वारेणैव नान्यथा॥

वास्तव में, सेवा वही कहलाती है, जिससे परमात्मा का हित हो और स्वामी को प्रसन्नता प्राप्त हो। सेवक की समझदारी इसी में है कि वह इस बात को समझे और उसी के अनुरूप आचरण भी करे।

यो न वेत्ति गुणान् यस्य न तं सेवेत पण्डितः।
न हि तस्मात्फलं किञ्चित्सुकृष्टादूषरादिव॥

जिस प्रकार ऊसर धरती में बढ़िया बीज डालने और कठोर परिश्रम करने पर भी अपेक्षित फल नहीं मिलता, उसी प्रकार सेवक के गुणों का उचित सम्मान न करने वाले स्वामी की सेवा करने से भी कोई लाभ नहीं होता। ऐसे स्वामी को छोड़ देने में ही भलाई होती है।

द्रव्यप्रकृतिहीनोऽपि सेव्यः सेव्यगुणान्वितः।
भवत्याजीवनं तस्मात्फलं कालान्तरादपि॥

यदि धनहीन स्वामी गुणों को परखने वाला और कृतज्ञ हो, तो उसकी सेवा अवश्य करनी चाहिए; क्योंकि साधन-सम्पन्न होने पर ऐसा स्वामी अपने सेवकों का उपकार कर देता है।

अपि स्थाणुवदासीनः शुष्यन्परिगतः क्षुधा।
नत्वेवानात्मसम्पन्नाद्वृत्तिमीहेत पण्डितः॥

कृतघ्न स्वामी की सेवा करके सुखमय जीवन जीने की अपेक्षा भूखा मरना तथा मूर्ख के समान जीवन व्यतीत करना ही अच्छा है।

सेवकः स्वामिनं द्वेष्टि कृपणं परुषाक्षरम्।
आत्मानं किं स न द्वेष्टि सेव्यासेव्यं न वेत्ति यः॥

अपने स्वामी की कंजूसी के लिए उसकी निन्दा करने वाला सेवक मूर्ख होता है। उसे तो अपनी निन्दा करनी चाहिए कि उसने योग्य स्वामी को क्यों नहीं चुना? स्वामी की सही परख न कर पाने के लिए सेवक को स्वयं ही अपनी निन्दा करनी चाहिए।

यमाश्रित्य न विश्रामं क्षुधार्त्ता यान्ति सेवकाः।
सोऽर्कवन्नृपतिस्त्याज्यः सदा पुष्पफलोऽपि सन्॥

सेवकों के लिए वस्त्र, भोजन व आवास आदि की पूर्ति न करने वाला स्वामी समस्त पृथ्वी का स्वामी होने पर भी आक के वृक्ष के समान त्याज्य होता है। उसे छोड़ने में एक पल की भी देरी करना उचित नहीं होता।

राजमातरि देव्यां च कुमारे मुख्यमन्त्रिणि।
पुरोहिते प्रतिहारे च सदा वर्त्तेत राजवत्॥

जीवन में सफलता प्राप्त करने के लिए सेवक को स्वामी के साथ-साथ राजमाता, पटरानी, राजकुमार, प्रधानमन्त्री, पुरोहित और द्वारपाल के साथ भी स्वामी के समान ही व्यवहार करना चाहिए—

जीवेति प्रब्रुवन् प्रोक्तः कृत्याकृत्यविचक्षणः।
करोति निर्विकल्पं यः स भवेद्राजवल्लभः॥

उचित और अनुचित तथा करणीय एवं अकरणीय की जानकारी होने पर भी बिना विचार किये स्वामी की आज्ञा का आंख मींचकर पालन करने वाला सेवक अपने स्वामी का कृपापात्र बन जाता है।

प्रभुप्रसादजं वित्तं सुप्राप्तं यो निवेदयेत्।
वस्त्राद्यं च दधात्यङ्गे स भवेद्राजवल्लभः॥

स्वामी द्वारा पुरस्कार के रूप में दिये पदार्थों पर प्रसन्न होने वाला तथा स्वामी द्वारा दिये गये वस्त्राभूषणों आदि को मुख्य अवसरों पर धारण करने वाला सेवक स्वामी के हृदय को जीत लेता है।

अन्तःपुरचरैः सार्द्धं यो न मन्त्रं समाचरेत्।
न कलत्रैर्नरेन्द्रस्य स भवेद्राजवल्लभः॥

अन्तःपुर के कर्मचारियों तथा राजमहिषियों से दूर रहने वाला तथा उनके प्रति आसक्ति न रखने वाला सेवक स्वामी का प्रिय बन जाता है।

द्यूतं यो यमदूताभं हालां हालाहलोपमाम्।
पश्येद्दारान्वृथाकारान्स भवेद्राजवल्लभः॥

जुए को यमदूत के समान, शराब को विष के समान और सुन्दर स्त्रियों को श्मशान की मटकियों के समान मानते हुए उनसे दूर रहने वाला सेवक ही राजा को प्रिय होता है।

युद्धकालेऽग्रतो यः स्यात्सदा पृष्ठानुगः पुरे।
प्रभोर्द्वाराश्रितो हर्म्ये स भवेद्राजवल्लभः॥

शान्ति के समय सदा राजा के पीछे-पीछे चलने वाला, महल के द्वार पर सदा उपस्थित रहने वाला तथा संकट के समय सदा आगे रहने वाला सेवक ही स्वामी को प्रिय होता है।

सम्मतोऽहं विभोर्नित्यमिति मत्वा व्यतिक्रमेत्।
कृच्छ्रेष्वपि न मर्यादां स भवेद्राजवल्लभः॥

राजा का कृपापात्र बनकर कठिन परिस्थितियों में भी अपने कर्तव्य का निर्वाह करने वाला और अपनी मर्यादा का त्याग न करने वाला सेवक ही स्वामी को प्रिय होता है।

द्वेषिद्वेषपरो नित्यमिष्टानामिष्टकर्मकृत्।
यो नरो नरनाथस्य स भवेद्राजवल्लभः॥

स्वामी के शत्रुओं से दूर रहने वाला तथा उसके इष्टजनों की सेवा करने वाला सेवक ही स्वामी को प्रिय लगता है।

प्रोक्तः प्रत्युत्तरं नाहं विरुद्धं प्रभुणा च यः।
न समीपे हसत्युच्चैः स भवेद्राजवल्लभः॥

स्वामी के विरुद्ध कभी अपना मुंह न खोलने वाला तथा उसके सामने न हंसने वाला सेवक ही स्वामी को प्रिय लगता है।

यो रणं शरणं तद्वन्मन्यते भयवर्जितः।
प्रवासं स्वपुरावासं स भवेद्राजवल्लभः॥

युद्धभूमि को अपना घर तथा परदेस को अपना देश समझने वाला और स्वामी के हित को प्राथमिकता देने वाला सेवक भी स्वामी को प्रिय लगता है।

न कुर्य्यान्नरनाथस्य योषिद्भिः सह सङ्गतिम्।
न निन्दां न विवादं च स भवेद्राजवल्लभः॥

किसी भी व्यक्ति के सामने राजा की निन्दा न करने वाला, राजा से कभी विवाद न करने वाला तथा राजा की प्रेमिकाओं से लगाव न रखने वाला सेवक ही स्वामी का प्रिय हो सकता है।

दमनक के यह कहने पर करटक को विश्वास हो गया कि दमनक राजनीति में निपुण है। फिर उसने पूछा—तुम राजा से किस प्रकार सम्पर्क बनाओगे? मुझे बताओ।

उत्तरादुत्तरं वाक्यं वदतां सम्प्रजायते।
सुवृष्टिगुणसम्पन्नाद्बीजाद्बीजमिवापरम्॥

दमनक ने कहा—इस बारे में सोच-विचार करने की क्या आवश्यकता है? जिस प्रकार धरती में पड़ा बीज वर्षा हो जाने पर फलने लगता है, उसी प्रकार मिलने पर बातचीत भी होने लगती है।

मैं तुम्हें बता चुका हूं कि मैं बचपन में ही राजनीति की शिक्षा प्राप्त कर चुका हूं, अत: मैं अवसर देखकर ही बात छेड़ूंगा। मैं जानता हूं

अप्राप्तकालं वचनं बृहस्पतिरपि ब्रुवन्।
लभते बह्वज्ञानमपमानं च पुष्कलम्॥

कि बिना उपयुक्त अवसर के तो बृहस्पति द्वारा कही गयी बात को भी कोई गौरव नहीं देता। तभी तो उनको भी अपमान सहना पड़ता है।

करटक बोला—बन्धु! मैं मानता हूं

दुराराध्या हि राजानः पर्वता इव सर्वदा।
व्यालाकीर्णाः सुविषमाः कठिना दुष्टसेविताः॥

कि जिस प्रकार ऊबड़-खाबड़ तथा सर्प एवं व्याघ्र आदि भयंकर जीवों से भरे पर्वत कठोर होते हैं, उसी प्रकार राजा लोग भी कठोर-हृदय होते हैं और सदैव दुष्ट लोगों से घिरे रहते हैं। उन्हें प्रसन्न करना कोई सरल काम नहीं होता।

द्विजिह्वाः क्रूरकर्माणोऽनिष्टाश्छिद्रानुसारिण.।
दूरतोऽपि हि पश्यन्ति राजानो भुजगा इव॥

जिस प्रकार सांप की दो जीभें होती हैं, वे दूसरों को डसने का ही काम करते हैं, सदा बिल की खोज करते रहते हैं और दूर रखे जाते हैं, उसी प्रकार राजा भी दो जीभों वाले होते हैं। उनके कथन पर विश्वास नहीं किया जा सकता। वे दूसरों को दण्डित करने के आदी होते हैं, अत: उनसे भी सांपों की तरह दूर रहना ही उचित होता है।

दुरारोहं पदं राज्ञां सर्वलोकनमस्कृतम्।
स्वल्पेनाप्यपकारेण ब्राह्मण्यमिव दुष्यति॥

राजा का कृपापात्र बनना सरल काम नहीं होता। जिस प्रकार साधारण-सा

पापकर्म करने से भी ब्राह्मण का ब्राह्मणत्व नष्ट हो जाता है, उसी प्रकार राजा के प्रति किये गये साधारण-से अपराध का भी बड़ा भारी दण्ड भुगतना पड़ता है।

भर्तुश्चित्तानुवर्त्तित्वं सुवृत्तं चानुजीविनाम्।
राक्षसाश्चापि गृह्यन्ते नित्यं छन्दानुवर्तिभिः॥

राजनीति के अनुसार राजा की चित्तवृत्ति का अनुसरण करना ही सदाचार कहलाता है और इसका पालन करने वाला व्यक्ति राक्षस स्वभाव वाले राजा को भी अपने वश में कर सकने में सफल हो जाता है।

सरुषि नृपे स्तुतिवचनं
तदभिमते प्रेम तद्द्विषि द्वेषः।
तद्दानस्य च शंसा
अमन्त्रतन्त्रं वशीकरणम्॥

राजा को वश में करने के लिए कुछ आवश्यक नियम इस प्रकार हैं—

1. राजा का कोपभाजन बने व्यक्ति से कोई भी सम्बन्ध न रखना तथा उसे अपने पास भी न फटकने देना।

2. राजा के सम्मुख अथवा उसकी पीठ पीछे भी सदैव उसकी प्रशंसा करना तथा उसके क्रुद्ध होने पर भी उसका स्तुतिगान ही करना।

3. सदा ही राजा को प्रिय लगने वाले विषय की प्रशंसा करना और उसे अप्रिय लगने वाले विषय की निन्दा करना।

4. राजा की उदारता एवं उसकी दानशीलता का इस प्रकार गुणगान करना कि राजा को हर ओर से वही सुनाई दे।

करटक बोला—बन्धु! यदि तुम स्वामी के पास जाना ही चाहते हो, तो जाओ। मैं तुम्हारी सफलता के लिए ईश्वर से प्रार्थना करूंगा। इस पर दमनक अपने मित्र करटक का अभिवादन करके पिंगलक की ओर चल दिया।

दमनक को अपनी ओर आता देखा, तो पिंगलक ने अपने द्वारपाल से कठोर स्वर में कहा—वेत्रपाल! दमनक हमारे पूर्व मन्त्री का बेटा है, इसे हमारे पास आने का अधिकार है।

द्वारपाल ने 'जो आज्ञा महाराज' कहते हुए सिंह की आज्ञा का पालन किया। दमनक ने भी पिंगलक को देखते ही उसे प्रणाम किया और फिर उसके द्वारा निर्दिष्ट आसन पर चुपचाप जा बैठा। पिंगलक ने दमनक को आशीर्वाद दिया और उससे पूछा—अरे दमनक! तुम तो बहुत दिनों बाद दिखाई दिये हो, सब कुशल तो है?

दमनक ने अत्यन्त विनीत स्वर में कहा—स्वामी! आपकी दया से मैं कुशल से हूं। लेकिन अब मुझे आपसे कुछ भी कहने का अधिकार नहीं है, फिर भी,

आपसे कुछ कहना आवश्यक समझकर ही मैं आपकी सेवा में उपस्थित हुआ हूं। आप तो जानते ही हैं कि राजाओं को सभी प्रकार के लोगों से समय-समय पर काम पड़ता रहता है। यह कोई अनोखी बात नहीं है।

हम तो वंश-परम्परा से आपके शुभचिन्तक और सुख-दुःख में साथ देने वाले रहे हैं। आज हमारे पास कोई अधिकार नहीं है, हम अपने सभी अधिकारों से वञ्चित कर दिये गये हैं।

स्थानेष्वेव नियोक्तव्या भृत्याश्चाभरणानि च।
नहि चूडामणिः पादे प्रभवामीति बध्यते॥

यदि सेवक और आभूषण नियत स्थान पर ही रहें, तब ही उनकी शोभा होती है। यदि मुकुट को पैरों में बांध दिया जाये, तो इससे मुकुट का अपमान तो होता ही है, उसे धारण करने वाले की अज्ञानता का भी पता चल जाता है।

अनभिज्ञो गुणानां यो न भृत्यैरनुगम्यते।
धनाढ्योऽपि कुलीनोऽपि क्रमायातोऽपि भूपतिः॥

यह तो आप भी जानते होंगे कि धनी, कुलीन और वंश-परम्परा से राजा के गुणी सेवक भी अपने गुणों को महत्त्व न देने वाले स्वामी को छोड़कर चले जाते हैं।

महाराज! आप मुझे बहुत दिनों के बाद दिखाई देने का उलाहना दे रहें हैं, तो इसका कारण भी जान लीजिये।

सव्यदक्षिणयोर्यत्र विशेषो नास्ति हस्तयोः।
कस्तत्र क्षणमप्यार्यो विद्यमानगतिर्वसेत्॥

जहां दायें व बायें हाथ में अन्तर नहीं किया जाता, गुणी सेवक तथा गुणरहित सेवक में अन्तर नहीं किया जाता, दोनों के साथ एक-जैसा ही व्यवहार किया जाता है, वहां स्वाभिमानी सेवक कब तक टिक सकता है?

काचे मणिर्मणौ काचो येषां बुद्धिर्विकल्प्यते।
न तेषां सन्निधौ भृत्यो नाममात्रोऽपि तिष्ठति॥

कांच को मणि और मणि को कांच समझने वाले बुद्धिहीन स्वामी के पास गुणी सेवक कब तक टिक सकता है, इसे तो आप भली प्रकार जानते हैं।

परीक्षका यत्र न सन्ति देशे
नार्घन्ति रत्नानि समुद्रजानि।
आभीरदेशे किल चन्द्रकान्तं
त्रिभिर्वराटैर्विपणन्ति गोपाः॥

जांच-परख न कर सकने वाले लोगों के हाथ में आये समुद्र से निकले सच्चे मोतियों का कुछ भी मूल्य नहीं होता। तभी तो आभीर देश में ग्वाले दुर्लभ

मणि को दो-दो, तीन-तीन कौड़ियों में बेच देते हैं।

निर्विशेषं यदा स्वामी समं भृत्येषु वर्त्तते।
तत्रोद्यमसमर्थानामुत्साहः परिहीयते॥

छोटे-बड़े सभी प्रकार के सेवकों के साथ एक-जैसा व्यवहार करने वाले राजा के कर्मचारियों की आकांक्षाएं नष्ट हो जाती हैं और उनकी मौलिक प्रवृत्ति समाप्त हो जाती है, जो राजाओं के लिए उचित नहीं होता।

न विना पार्थिवो भृत्यैर्न भृत्याः पार्थिवं विना।
तेषां च व्यवहारोऽयं परस्परनिबन्धनः॥

यह एक निर्विवाद सत्य है कि राजा के बिना सेवकों का और सेवकों के बिना राजा का काम नहीं चल सकता। एक के बिना दूसरे का कोई अस्तित्व ही नहीं होता।

भृत्यैर्विना स्वयं राजा लोकानुग्रहकारिभिः।
मयूखैरिव दीप्तांशुस्तेजस्वपि न शोभते॥

जिस प्रकार किरणों के बिना सूर्य की कोई शोभा नहीं होती, उसी प्रकार सेवकों के बिना स्वामी की भी शोभा नहीं होती।

शिरसा विधृता नित्यं स्नेहेन परिपालिताः।
केशा अपि विरज्यन्ते निःस्नेहाः किं न सेवकाः॥

जिस प्रकार सिर के केश, नित्य साफ़ न किये जाने पर रूखे और कठोर हो जाते हैं, क्या उसी प्रकार पुरस्कार आदि न मिलने के कारण सेवक दुखी नहीं होंगे?

राजा तुष्टो हि भृत्यानामर्थमात्रं प्रयच्छति।
ते तु सम्मानमात्रेण प्राणैरप्युपकुर्वते॥

सेवकों के किसी कार्य पर प्रसन्न होकर राजा उन्हें धन-मान आदि देकर पुरस्कृत करता है, लेकिन सच्चा सेवक तो अपने स्वामी के लिए अपने प्राणों की आहुति देने के लिए भी सदा तैयार रहता है।

एवं ज्ञात्वा नरेन्द्रेण भृत्याः कार्या विचक्षणाः।
कुलीनाः शौर्य्यसंयुक्ताः शक्ता भक्ताः क्रमागताः॥

इन सब बातों को देखते हुए बुद्धिमान् राजा को कुलीन, शूरवीर, चतुर, निष्ठावान् एवं समर्पित व्यक्तियों को ही महत्त्वपूर्ण पदों पर नियुक्त करना चाहिए।

यः कृत्वा सुकृतं राज्ञो दुष्करं हितमुत्तमम्।
लज्जया वक्ति नो किञ्चित्तेन राजा सहायवान्॥

राजा के लिए अपने प्राणों को जोखिम में डालकर भी अपना विज्ञापन न करने वाले सेवकों का सम्मान करने वाला राजा ही उन्नति करता है।

यस्मिन् कृत्यं समावेश्य निर्विशङ्केन चेतसा।
आस्यते सेवकः स स्यात्कलत्रमिव चापरम्॥

वास्तव में, सच्चा एवं विश्वस्त सेवक वही है, जिसे कोई भी कार्य सौंपकर स्वामी निश्चिन्त हो जाये। ऐसे सेवकों के अतिरिक्त सेवक तो स्त्रियों के समान भाररूप होते हैं।

अनादिष्टोऽपि भूपस्य दृष्ट्वा हानिकरं च यः।
यतते तस्य नाशाय स भृत्योऽर्हो महीभुजाम्॥

अपने राजा के विरुद्ध चल रही किसी विरोधी गतिविधि को नष्ट करने के लिए अपनी सम्पूर्ण शक्ति लगा देने वाला सेवक ही वास्तव में सेवक कहलाने योग्य होता है।

न क्षुधा पीड्यते यस्तु निद्रया न कदाचन।
न च शीतातपाद्यैश्च स भृत्योऽर्हो महीभुजाम्॥

स्वामी के काम के लिए अपनी भूख-प्यास, निद्रा तथा सुख-सुविधा को भूलकर अपने कर्तव्य का पालन करने वाला व्यक्ति ही सच्चा सेवक होता है।

सीमावृद्धिं समायाति शुक्लपक्ष इवोडुराट्।
नियोगसंस्थिते यस्मिन् स भृत्योऽर्हो महीभुजाम्॥

सीमा पर सतर्क रहकर अपने स्वामी की सुरक्षा करने वाला और शुक्लपक्ष के चन्द्रमा की भांति सीमा को बढ़ाने वाला सैनिक ही सच्चा सेवक कहलाता है।

कौशेयं कृमिजं सुवर्ण-
मुपलाद् दूर्वापि गोरोमतः
पङ्कात्तामरसं शशाङ्क
उदधेरिन्दीवरं गोमयात्।
काष्ठादग्निरहेः फणादपि
मणिर्गोपित्ततो रोचना
प्राकाश्यं स्वगुणोदयेन
गुणिनो गच्छन्ति किं जन्मना॥

यह कहने के उपरान्त दमनक बोला—स्वामी! मुझे साधारण गीदड़ समझकर आपको मेरी उपेक्षा नहीं करनी चाहिए थी। जन्म अथवा जाति से गुणों का कोई सम्बन्ध नहीं होता। रेशम का जन्म कीड़े से होता है, सोना पत्थर से निकाला जाता है, दूर्वा की उत्पत्ति गाय के रोमों से होती है, कमल का जन्म कीचड़ से होता है और चन्द्रमा की उत्पत्ति सागर से होती है। इन्दीवर कमल गोबर से, अग्नि लकड़ी से, मणि सांप के फन से और गोरोचन गाय के पित्त से उत्पन्न होता है।

इन सबकी उत्पत्ति के स्थानों के तुच्छ होने पर भी, अपने गुणों के कारण ही इनकी प्रतिष्ठा है।

किं भक्तेनासमर्थेन किं शक्तेनापकारिणा।
भक्तं शक्तं च मां राजन् नावज्ञातुं त्वमर्हसि॥

जिस प्रकार कुछ भी करने में असमर्थ सेवक के समर्पित होने पर भी उसकी कोई उपयोगिता नहीं होती, उसी प्रकार समर्थ सेवक के समर्पित न होने पर उसकी भी कोई उपयोगिता नहीं होती। उपयोगिता तो केवल समर्थ और समर्पित सेवक की ही होती है।

अपि स्वल्पतरं कार्य्यं यद्भवेत्पृथिवीपतेः।
तन्न वाच्यं सभामध्ये प्रोवाचेदं बृहस्पतिः॥

आचार्य बृहस्पति का कथन है कि राजा को अपने किसी छोटे-से कार्य की चर्चा भी किसी सभा में नहीं करनी चाहिए।

षट्कर्णो भिद्यते मन्त्रश्चतुष्कर्णः स्थिरो भवेत्।
तस्मात्सर्वप्रयत्नेन षट्कर्णं वर्जयेत्सुधीः॥

दमनक चाहता है कि वह पिंगलक से एकान्त में कुछ बात करे। उसके सबके सामने कुछ न कहने का कारण यह है कि कोई भी बात दो व्यक्तियों के बीच होने पर ही गुप्त रहती है, तीसरे व्यक्ति के कानों में पड़ते ही उसकी गोपनीयता नष्ट हो जाती है। अतः बुद्धिमान् व्यक्ति को अपना रहस्य दो व्यक्तियों तक ही सीमित रखना चाहिए। इसलिए मैं कहता हूं कि मैं आपसे एकान्त में बात करना आवश्यक समझता हूं।

पिंगलक का कथन सुनकर पास बैठे व्याघ्र, गेंडा, बगुला आदि सब उठकर चल दिये।

एकान्त होने पर दमनक ने उससे पूछा—आप तो अपनी प्यास बुझाने के लिए गये थे, फिर बिना जल पिये क्यों लौट आये?

पिंगलक ने हंसते हुए उत्तर दिया—कोई विशेष बात नहीं थी, मन नहीं किया, तो वापस लौट आया।

दमनक ने कहा—स्वामी! आप नहीं बताना चाहते, तो मैं आपसे कुछ भी नहीं पूछूंगा; नीतिकारों ने कहा है—

दारेषु किञ्चित्स्वजनेषु किञ्चिद्गोप्यं
वयस्येषु सुतेषु किञ्चित्।
युक्तं न वा युक्तमिदं विचिन्त्य
वदेद्विपश्चिन्महतोऽनुरोधात् ॥

कि बुद्धिमान् व्यक्ति को कुछ बातें स्त्रियों से, कुछ बातें अपने सम्बन्धियों से

और कुछ बातें मित्रों तक से भी छिपाकर रखनी चाहिए।

इसके साथ ही उन्होंने यह भी कहा है कि कहने योग्य और न कहने योग्य का विचार करके विश्वस्त व्यक्ति को गुप्त बात भी बता देनी चाहिए; क्योंकि किसी समस्या के समाधान के लिए ऐसा करना आवश्यक होता है।

दमनक के वचनों पर विचार करने के पश्चात् पिंगलक को लगा कि वह समझदार है, अत: मुझे इसके सामने सब कुछ स्पष्ट कर देना चाहिए।

सुहृदि निरन्तरचित्ते गुणवति
भृत्येऽनुवर्तिनि कलत्रे।
स्वामिनि सौहृदयुक्ते निवेद्य
दुःखं सुखी भवति॥

क्योंकि विश्वस्त मित्र से, निष्ठावान् सेवक से, आज्ञाकारिणी पत्नी से तथा शुभचिन्तक स्वामी से अपना दु:ख-सुख कहने में संकोच नहीं करना चाहिए; क्योंकि यही लोग—मित्र, सेवक, पत्नी और स्वामी—कुछ उपाय कर सकते हैं।

यही सोचकर पिंगलक ने दमनक से कहा—दमनक! दूर से आती यह गर्जन ध्वनि तुम्हें भी सुनाई दे रही होगी।

दमनक बोला—हां स्वामी! सुन रहा हूं, परन्तु इसमें चिन्ता करने की क्या बात है?

पिंगलक ने कहा—मैं इस जंगल को छोड़कर किसी दूसरे जंगल में जाने की सोच रहा हूं।

दमनक चौंककर बोला—इस जंगल में कौन-सा आकाश गिरने वाला है?

पिंगलक ने कहा—मुझे लगता है कि यहां कोई नया जीव आ गया है, यह हृदयविदारक गर्जन उसी का लगता है। मुझे तो लगता है कि वह अत्यन्त बलशाली भी होगा।

दमनक बोला—क्षमा करें देव! केवल गर्जन सुनकर ऐसी कल्पना कर लेना तो उचित नहीं।

अम्भसा भिद्यते सेतुस्तथा मन्त्रोऽप्यरक्षितः।
पैशुन्याद्भिद्यते स्नेहो भिद्यते वाग्भिरातुरः॥

जिस प्रकार जल के प्रबल प्रवाह से पुल टूट जाता है, गुप्त न रखे जाने पर रहस्य की जानकारी दूसरों को हो जाती है, चुगुली सुनकर प्रिय व्यक्ति के प्रति स्नेह घट जाता है, उसी प्रकार व्याकुल होकर प्राणी किसी की आवाज़ से भी घबरा जाता है।

मेरे विचार से तो आपका गर्जन के भय से इस जंगल को छोड़ देना उचित

नहीं। यह आवश्यक तो नहीं कि यह गर्जन किसी जीवित प्राणी का ही हो। बांस, वीणा, ढोल, नगाड़ा तथा दो वृक्षों की टकराहट से भी आवाज़ निकल सकती है। केवल आवाज़ को सुनकर डर जाना तो बुद्धिमत्ता की बात नहीं।

अत्युत्कटे च रौद्रे च शत्रौ प्राप्ते न हीयते।
धैर्य्यं यस्य महीनाथ न स याति पराभवम्॥

किसी भयंकर अथवा शूरवीर शत्रु के आ जाने पर भी धैर्य बनाये रखने वाला राजा कभी पराजित नहीं हो सकता।

यस्य न विपदि विषादः
सम्पदि हर्षो रणे न भीरुत्वम्।
तं भुवनत्रयतिलकं जनयति
जननी सुतं विरलम्॥

विपत्ति के समय विषादग्रस्त न होने वाले,धन-सम्पत्ति पाकर हर्षोन्मत्त न होने वाले तथा युद्ध में भयभीत न होने वाले जीव विरले ही होते हैं तथा ऐसे ही जीव अपनी माता के नाम को उज्ज्वल कर तीनों लोकों की शोभा बढ़ाते हैं।

शक्तिवैकल्यनम्रस्य निःसारत्वाल्लघीयसः।
जन्मिनो मानहीनस्य तृणस्य च समा गतिः॥

शक्ति से घबराकर झुक जाने वाले और अपने को छोटा समझने वाले कायरों को कहीं भी सम्मान नहीं मिलता। उनकी स्थिति तो किसी तिनके के समान होती है।

अतः आपको ये सब बातें सोचकर अधीर नहीं होना चाहिए। मात्र एक गर्जन सुनकर घबरा जाना तो समझदारी नहीं।

पूर्वमेव मया ज्ञातं पूर्णमेतद्धि मेदसा।
अनुप्रविश्य विज्ञातं तावच्चर्म च दारु च॥

किसी नायक ने आवाज़ सुनकर यह समझा कि आवाज़ करने वाला कोई जीवित प्राणी है, परन्तु पास पहुंचकर उसने देखा कि वह तो केवल चमड़ा और लकड़ी था।

पिंगलक के मन को शान्त करने के लिए दमनक ने उसे यह कथा सुनायी।

कथा क्रम : दो

भूख से बेचैन गोभायु नामक एक गीदड़ घूमते-घूमते अचानक उस जंगल में जा पहुंचा, जहां दो सेनाओं में भीषण युद्ध हो चुका था। वहां उसने हवा के वेग से कांप रही वृक्ष की शाखाओं की आवाज़ सुनी। गीदड़ ने सोचा कि यह आवाज़ मेरे पास पहुंचे, इससे पहले ही यहां से निकल भागना चाहिए। तभी अचानक

उसे यह विचार आया कि क्या बाप-दादा के ज़माने से चले आ रहे अपने इस निवासस्थान को इस प्रकार अचानक छोड़ जाना उचित होगा? शास्त्रकारों का कथन है—

भये वा यदि वा हर्षे सम्प्राप्ते यो विमर्शयेत्।
कृत्यं न कुरुते वेगान्न स सन्तापमाप्नुयात्॥

हर्ष अथवा भय का अवसर आ जाने पर सदा सोच-विचार कर काम करने वाले व्यक्ति को कभी पछताना नहीं पड़ता।

अतः उसने निश्चय किया कि पहले मुझे यह पता लगाना चाहिए कि यह आवाज़ कैसी है? भयभीत होते हुए भी उसने अपना साहस बटोरा और धीरे-धीरे उस ओर बढ़ना आरम्भ किया, जिधर से वह आवाज़ आ रही थी। पास पहुंचने पर उसे एक नगाड़ा दिखाई दिया, तो वह उसे बजाने लगा। फिर उसने सोचा कि बहुत दिनों के बाद आज मुझे इतना सुस्वादु भोजन मिला है। इस नगाड़े में तो गोश्त, चर्बी आदि बहुत कुछ भरा होगा। यह सोचकर प्रसन्न एवं उन्मत्त हुए गीदड़ ने नगाड़े में छेद किया और उसके भीतर घुसकर बैठ गया, लेकिन वहां उसे केवल काठ के सिवा कुछ भी नहीं मिला। सूखे चमड़े को फाड़ते हुए उसकी दाढ़ें भी टूट चुकी थीं। फिर वह यह कहते हुए बाहर निकला—मैंने तो सोचा था कि इसमें मांस, चर्बी आदि बहुत कुछ होगा, परन्तु यहां तो सूखे चमड़े और लकड़ी के सिवा कुछ भी नहीं है।

पिंगलक ने कहा—मेरा पूरा परिवार इसी आवाज़ से भयभीत होकर यहां से भागने का निश्चय कर चुका है। फिर मैं अकेला यहां कैसे रह सकता हूं?

इस पर दमनक ने कहा—स्वामी! आप अपने परिजनों को दोष मत दीजिये। वे सब तो आपको भयभीत देखकर घबरा गये हैं।

अश्वः शस्त्रं शास्त्रं वीणा वाणी नरश्च नारी च।
पुरुषविशेषं प्राप्ता भवन्त्ययोग्याश्च योग्याश्च॥

सत्य तो यह है कि निम्नोक्त सातों की मानसिकता अपने स्वामी के व्यवहार पर ही निर्भर करती है। स्वामी इन्हें जिस रूप में ढालना चाहता है, ये वैसा ही आचरण करने लगते हैं—

घोड़ा, शस्त्र, शास्त्र, वीणा, वाणी, नर और नारी—ये सब जिस प्रकार के पुरुष के साथ रहते हैं, उसी के अनुसार अपने आप को ढाल लेते हैं।

कहने का अभिप्राय यह है कि आपके परिजनों का डर उनका अपना नहीं है, वे तो आपको भयभीत देखकर ही डर रहे हैं।

स्वाम्यादेशात्सुभृत्यस्य न भीः सञ्जायते क्वचित्।
प्रविशेन्मुखमाहेयं दुस्तरं वा महार्णवम्॥

आप मुझे थोड़ा-सा समय दीजिये। मैं इस भयंकर शब्द की जानकारी लेकर आता हूं, तब तक आप मेरी प्रतीक्षा करें। उसके बाद ही आप जो उचित समझें, वह करें।

पिंगलक ने पूछा—क्या तुम हमारे लिए स्वयं को ख़तरे में डालोगे?

दमनक ने उत्तर दिया—महाराज! स्वामी के लिए कुछ भी करना सेवक का धर्म है। यही कहा गया है कि स्वामी का कार्य करते समय सेवक को सुरक्षा-असुरक्षा का विचार नहीं करना चाहिए। स्वामी के लाभ के लिए तो उसे अजगर व सांप के मुंह में हाथ डालने और अथाह सागर में डूबने के लिए भी सदा तैयार रहना चाहिए।

स्वाम्यादिष्टस्तु यो भृत्यः समं विषममेव च।
मन्यते न स सन्धार्यो भूभुजा भूतिमिच्छता॥

अपनी समृद्धि में वृद्धि के इच्छुक राजा को अपनी आज्ञा की चिन्ता करने वाले सेवक को तुरन्त अपनी सेवा से निकाल देना चाहिए।

इस पर पिंगलक बोला—तब ठीक है, तुम जाओ, ईश्वर तुम्हारी सहायता करे।

इस पर पिंगलक को प्रणाम निवेदन कर दमनक आवाज़ का पीछा करता हुआ सञ्जीवक की ओर चल दिया।

अब पिंगलक यह सोचने लगा कि कहीं दमनक को अपने मन का रहस्य बताकर मैंने कोई ग़लती तो नहीं की, कहीं यह मुझसे अपने को पद से हटाये जाने का बदला तो नहीं लेगा?

ये भवन्ति महीपस्य सम्मानितविमानिताः।
यतन्ते तस्य नाशाय कुलीना अपि सर्वदा॥

पद से हटाये गये व्यक्ति कुलीन होने पर भी राजा के विनाश का अवसर पाकर बदला लेने से नहीं चूकते।

पिंगलक सोच में पड़ गया कि यदि दमनक मुझे मारने के लिए उस भयंकर प्राणी को अपने साथ लेकर यहां आ गया, तो मुझे तुरन्त ही किसी सुरक्षित स्थान पर चले जाना चाहिए? नीतिकारों ने भी कहा है

न वध्यन्ते ह्यविश्वस्ता बलिभिर्दुर्बला अपि।
विश्वस्तास्त्वेव वध्यन्ते बलवन्तोऽपि दुर्बलैः॥

कि दूसरों पर विश्वास न करने वाले दुर्बल व्यक्ति भी बलवान् शत्रु का शिकार होने से बच जाते हैं, जबकि दूसरों पर विश्वास करने वाले बलवान् व्यक्ति भी सहज ही अपने शत्रु के शिकार बन जाते हैं।

बृहस्पतेरपि प्राज्ञो न विश्वासे व्रजेन्नरः।

य इच्छेदात्मनो वृद्धिमायुष्यं च सुखानि च॥

अपने को सुरक्षित एवं सुखी बनाने के लिए व्यक्ति को बृहस्पति के समान किसी व्यक्ति पर कभी विश्वास नहीं करना चाहिए।

शपथैः सन्धितस्यापि न विश्वासे व्रजेद्रिपोः।
राज्यलोभोद्यतो वृत्रः शक्रेण शपथैर्हतः॥

इसी प्रकार शपथ लेकर सन्धि करने वाले शत्रु पर भी विश्वास नहीं करना चाहिए। इन्द्र ने भी शपथ लेकर और वृत्र का विश्वास जीतकर उसे मार डाला था।

यह सोचकर पिंगलक किसी सुरक्षित स्थान में छिप गया और दमनक की राह देखने लगा।

दमनक ने सञ्जीवक को ढूंढ़ लिया और वह उसे देखकर बोला—अरे, हमारे स्वामी के डर का कारण तो यह बैल है। इसके साथ स्वामी की मित्रता अथवा युद्ध करा देने से पिंगलक को अपनी मुट्ठी में करना मेरे लिए कितना आसान हो जायेगा?

सदैवापद्गतो राजा भोग्यो भवति मन्त्रिणाम्।
अत एव हि वाञ्छन्ति मन्त्रिणः सापदं नृपम्॥

संकट के समय राजा को अपने अनुकूल बनाना मन्त्री के लिए बड़ा आसान होता है। इसीलिए समझदार मन्त्री राजा के सिर पर सदा ही किसी-न-किसी संकट की तलवार लटकाये रखते हैं।

यथा नेच्छति नीरोगः कदाचित्सुचिकित्सकम्।
तथापद्रहितो राजा सचिवं नाभिवाञ्छति॥

जिस प्रकार स्वस्थ व्यक्ति को चिकित्सक की कोई आवश्यकता नहीं होती, उसी प्रकार किसी संकट में न पड़े हुए राजा भी अपने मन्त्रियों की चिन्ता नहीं करते।

यह सोचकर दमनक पिंगलक की ओर चल पड़ा। पिंगलक ने दमनक को पास आते देखा, तो वह तनकर बैठ गया और दमनक के पास आने पर उससे पूछा—कहो, क्या कुछ पता चला कि वह प्राणी कौन है?

उत्तर में दमनक के 'हां' कहने पर पिंगलक बोला—कहीं तुम झूठ तो नहीं बोल रहे हो?

दमनक बोला—महाराज! क्या मैं आपके सामने झूठ बोल सकता हूं?

अपि स्वल्पमसत्यं यः पुरो वदति भूभुजाम्।
देवानां च विनश्येत स द्रुतं सुमहानपि॥

राजा और देवता के सामने झूठ बोलने वाले को अपने पद से हाथ धोना

पड़ता है।

सर्वदेवमयो राजा मनुना सम्प्रकीर्त्तितः।
तस्मात्तं देववत्पश्येन्न व्यलीकेन कर्हिचित्॥

मनु के अनुसार राजा में सभी देवता निवास करते हैं और वह सभी देवताओं का प्रतिनिधि होता है। उसे इससे भिन्न किसी अन्य रूप में देखना भी पाप है।

सर्वदेवमयस्यापि विशेषो नृपतेरयम्।
शुभाशुभफलं सद्यो नृपाद्देवाद्भवान्तरे॥

जहां अन्य देवी-देवताओं की सेवा का फल कुछ समय बाद मिलता है, वहां देवताओं के प्रतिनिधि राजा की सेवा का फल तुरन्त ही मिल जाता है।

पिंगलक बोला—जब तुम उससे मिलकर ही आ रहे हो, तो तुम सच ही कहते होगे, किन्तु शायद तुम दीनों पर दया करने को धर्म समझते हो, इसीलिए तुमने उसे छोड़ दिया होगा। नीतिकारों ने भी कहा है

तृणानि नोन्मूलयति प्रभञ्जनो
मृदूनि नीचैः प्रणतानि सर्वतः।
स्वभाव एवोन्नतचेतसामयं
महान्महत्स्वेव करोति विक्रमम्॥

कि बड़े-बड़े और सिर तानकर खड़े वृक्षों को वायु भले ही गिरा दे, किन्तु सिर झुकाकर खड़े तिनकों और छोटी-छोटी बेलों को वह कभी नहीं उखाड़ सकता। बलवान् अपने पौरुष का प्रदर्शन बलवानों के सम्मुख ही करना चाहते हैं।

दमनक बोला—क्षमा करें महाराज! उसके सामने हम दुर्बल भी तो सिद्ध हो सकते हैं। अब यदि आपकी आज्ञा हो, तो मैं उसे आपका सेवक बना सकता हूं।

इस पर पिंगलक ने अविश्वास के स्वर में पूछा—क्या ऐसा सम्भव है?

दमनक ने विश्वासपूर्वक कहा—बुद्धिमत्तापूर्वक काम करने पर सब कुछ सम्भव हो सकता है।

न तच्छस्त्रैर्न नागेन्द्रैर्न हयैर्न पदातिभिः।
कार्य्यं संसिद्धिमभ्येति यथा बुद्ध्या प्रसाधितम्॥

अश्व-सेना, गज-सेना, रथ-सेना तथा शस्त्रास्त्रों से सुसज्जित कुशल सेना के होते बुद्धिमत्तापूर्वक किये गये सभी कार्य पूरे किये जा सकते हैं।

पिंगलक ने कहा—यदि तुम ऐसा कर सको, तो मैं तुम्हें पुनः मन्त्रीपद सौंप दूंगा। आज के बाद तुम्हें अपनी प्रजा और अपने कर्मचारियों पर कृपा करने और उन्हें दण्ड देने का अधिकार भी तुम्हें ही होगा।

पिंगलक से यह आश्वासन पाकर ही दमनक तुरन्त सञ्जीवक के पास पहुंचा

और उसे धमकाकर बोला—अरे दुष्ट बैल! तू किसलिए इस प्रकार गर्जन-तर्जन करके जंगल की शान्ति को भंग कर रहा है? क्या तुझे पता नहीं कि महाराज पिंगलक इस जंगल के स्वामी हैं? क्या तूने उनसे इस वन में घूमने-फिरने की अनुमति ली है? चल, वह तुझे बुला रहे हैं।

दमनक की धौंस सुनकर सञ्जीवक घबरा गया और बोला—यह पिंगलक कौन है?

दमनक ने उत्तर दिया—क्या तू हमारे स्वामी को नहीं जानता? क्या तू उनका शिकार बनना चाहता है, जो इस प्रकार बोल रहा है? वहां वटवृक्ष के नीचे हमारे स्वामी अपने सचिवों और अधिकारियों के साथ बैठे हुए हैं।

दमनक के इस कठोर व्यवहार से मौत को अपने सिर पर मंडराता जानकर सञ्जीवक निराश होकर बोला—भाई, तुम मुझे दयालु होने के साथ ही व्यवहार-कुशल भी लगते हो। क्या तुम अपने स्वामी से मेरी रक्षा करने की कृपा नहीं करोगे?

दमनक ने उत्तर दिया—भाई! मैं तुम्हारी स्थिति को समझ रहा हूं और स्वामी से तुम्हारी सिफ़ारिश भी करूंगा, किन्तु पूर्ण रूप से तुम्हें विश्वास नहीं दिला सकता;

पर्य्यन्ता लभ्यते भूमेः समुद्रस्य गिरेरपि।
न कथञ्चिन्महीपस्य चित्तान्तः केनचित् क्वचित्॥

क्योंकि समुद्र की गहराई और पर्वत की ऊंचाई नापी जा सकती है, किन्तु राजाओं के मन की गहराई को कोई नहीं जान सकता।

तुम यहां ठहरकर प्रतीक्षा करो, मैं स्वामी के मन की स्थिति देखकर आता हूं, फिर तुम्हें उनके पास ले चलूंगा।

इस प्रकार सञ्जीवक को दिलासा देकर दमनक ने पिंगलक के पास जाकर कहा—महाराज! वह कोई साधारण जानवर नहीं है, वह तो शंकर भगवान् का वाहन नन्दी है। मेरे पूछने पर वह कहने लगा कि वह किसी पिंगलक को नहीं जानता। उसे तो स्वयं महादेवजी ने यहां यमुना-किनारे घास चरने की आज्ञा देकर भेजा है।

यह सुनकर पिंगलक घबरा उठा और बोला—हां, मैं भी तो कहूं कि बिना किसी देवता की कृपा के इस घने जंगल में इस प्रकार गर्जन करने का साहस कोई कैसे कर सकता है? अच्छा, तो तुमने क्या कहा?

दमनक बोला—महाराज! मैंने उससे कहा कि इस जंगल पर हमारे स्वामी भगवती के वाहन महाराज पिंगलक का अधिकार है। यदि आप अतिथि बनकर यहां रहना चाहते हैं, तो उनके पास चलकर उनसे मित्रता कर लीजिये और फिर आनन्दपूर्वक मौज-मस्ती कीजिये।

इस पर उस बैल ने कहा—ठीक है, तुम अपने स्वामी से मेरा परिचय कराओ।

दमनक की प्रशंसा करते हुए पिंगलक बोला—तुम्हारी बुद्धि की प्रशंसा करनी ही होगी। मैं उससे मित्रता करने के लिए तैयार हूं। तुम उसे शीघ्र ही यहां ले आओ और हमारी मित्रता करा दो।

अन्तःसारैरकुटिलैरच्छिद्रैः सुपरीक्षितैः।
मन्त्रिभिर्धार्य्यते राज्यं सुस्तम्भैरिव मन्दिरम्॥

जिस प्रकार मन्दिर दृढ़ स्तम्भों पर ही टिका रहता है, उसी प्रकार निष्ठावान्, निश्छल और निर्दोष मन्त्रियों पर ही किसी राजा का राज्य भी टिका रहता है।

मन्त्रिणां भिन्नसन्धाने भिषजां सान्निपातिके।
कर्मणि व्यज्यते प्रज्ञा स्वस्थे को वा न पण्डितः॥

यूं तो सभी अपने को बृहस्पति मानते हैं, परन्तु जिस प्रकार सन्निपात रोग में वैद्य की और असाध्य स्थिति में राजनेता की बुद्धि की परीक्षा होती है, उसी प्रकार दो व्यक्तियों में फूट डलवाने तथा उनमें मैत्री कराने में मन्त्री की बुद्धि की परीक्षा होती है।

पिंगलक को प्रणाम करके सञ्जीवक को बुलाने के लिए जाते हुए दमनक सोचने लगा—इस सनय पिंगलक की जैसी मनःस्थिति है, उससे तो लगता है कि मुझे मेरा खोया हुआ मन्त्रीपद पुनः प्राप्त हो जायेगा। मैंने यहां आकर ठीक ही किया है। नीतिकारों ने ठीक ही कहा है—

अमृतं शिशिरे बह्निरमृतं प्रियदर्शनम्।
अमृतं राजसम्मानममृतं क्षीरभोजनम्॥

जिस प्रकार सर्दियों में अग्नि जीवनदायिनी होती है, दूध से बने पदार्थों का सेवन अच्छा लगता है, उसी प्रकार राजा द्वारा मान-सम्मान का मिलना भी किसी सौभाग्य का सूचक है।

इसके पश्चात् वह सञ्जीवक के पास पहुंचकर उससे बोला—स्वामी ने तुम्हें यहां पर रहने के लिए अपनी स्वीकृति दे दी है। तुम चाहो, तो उनसे भेंट करने के लिए चल सकते हो। पर यह मत भूलना कि मेरे कारण ही राजा से तुम्हारी मित्रता हो रही है। मेरे इस उपकार को भुला मत देना। स्वामी से तुम्हारी मित्रता कराने के बदले मुझे मन्त्रीपद मिलेगा और तब राज्य का सारा भार मेरे ही कन्धों पर होगा। हम दोनों की मित्रता बनी रहेगी, तो दोनों मौज करेंगे।

आखेटकस्य धर्मेण विभवाः स्युर्वशे नृणाम्।
नृप्रजाः प्रेरयत्येको हन्त्यन्योऽत्र मृगानिव॥

शिकारी के धर्म का पालन करने से ही शिकार हाथ लगता है। एक व्यक्ति

शिकार को हांक लगाता है, तो दूसरा उसे अपना लक्ष्य बनाता है।

यो न पूजयते गर्वादुत्तमाधममध्यमान्।
भूपसम्मानमान्योऽपि भ्रश्यते दन्तिलो यथा॥

गर्वोन्मत्त होकर उत्तम, मध्यम तथा अधम राज्याधिकारियों की उपेक्षा करने वाला व्यक्ति राजा का कृपापात्र होने पर भी दन्तिल की भांति अपने पद को खो देता है।

कथा क्रम : तीन

सञ्जीवक के पूछने पर उसे दन्तिल की कथा सुनाते हुए दमनक कहने लगा—

वर्धमान नामक नगर में दन्तिल नामक एक सेठ पूरे नगर के प्रजाजनों व राजपुरुषों में समान रूप से लोकप्रिय था। लोगों की यह धारणा बन चुकी थी कि उसके समान कुशल और श्रेष्ठ व्यक्ति न अन्य कोई हुआ है और न होगा।

नरपतिहितकर्ता द्वेष्यतां याति लोके
जनपदहितकर्त्ता त्यज्यते पार्थिवेन्द्रैः।
इति महति विरोधे वर्त्तमाने समाने
नृपतिजनपदानां दुर्लभः कार्य्यकर्त्ता॥

प्रायः राजा का शुभचिन्तक व्यक्ति प्रजाजनों को फूटी आंख नहीं सुहाता। वह तो उनकी आंख का कांटा बन जाता है। इसीलिए प्रजाजनों का हित चाहने वाला राजा के लिए भी अवाञ्छनीय बन जाता है। इस प्रकार किसी भी व्यक्ति के लिए राजा और प्रजा दोनों से समान रूप से सम्मान प्राप्त करना बड़ा कठिन होता है।

दन्तिल ने अपने विवाह के अवसर पर सभी राज्याधिकारियों को न केवल सादर आमन्त्रित किया, अपितु उन्हें अनेक प्रकार के बहुमूल्य उपहार देकर सम्मानित भी किया, किन्तु राजा के सफ़ाई कर्मचारी की उसने उपेक्षा की और राजपुरुषों के स्थान पर बैठ जाने के लिए उसका अपमान भी किया। इस पर उस गोरम्भ नामक सफ़ाई कर्मचारी को इतना दुःख हुआ कि वह रात-भर सो भी नहीं सका और प्रतिशोध ले पाने में असमर्थ होने के लिए अपने आपको कोसता रहा। यहां तक कि वह इस अपमान को न सह पाने के लिए आत्महत्या की भी सोचने लगा।

यो ह्यपकर्तुमशक्तः कुप्यति
किमसौ नरोऽत्र निर्लज्जः।
उत्पतितोऽपि हि चणकः शक्तः
किं भ्राष्ट्रकं भङ्क्तुम्॥

जिस प्रकार अकेला चना भाड़ को नहीं फोड़ सकता, उसी प्रकार असमर्थ व्यक्ति, जब किसी का कुछ नहीं बिगाड़ सकता, तो उसे किसी पर क्रोध करने का अधिकार भी समाप्त हो जाता है?

एक दिन प्रातःकाल जाग गये, परन्तु यूं ही लेटे पड़े राजा के कमरे की सफ़ाई करते-करते गोरम्भ बड़बड़ाते हुए कहने लगा—दन्तिल नगरसेठ है, तो क्या उसकी इतनी हिम्मत कि वह रानी मां को हाथ भी लगा सके!

भले ही राजा ने यूं ही सुना होगा, तो भी वह एकदम उठ खड़ा हुआ और गोरम्भ से पूछने लगा—अरे गोरम्भ! क्या तूने दन्तिल सेठ को रानी को छूते देखा है?

गोरम्भ बोला—महाराज! मैंने तो ऐसा कुछ नहीं कहा। रात-भर जुआ खेलते रहने के कारण मैं कुछ उनींदा हो रहा हूं। हो सकता है मेरे मुंह से कुछ अण्ट-शण्ट निकल गया हो! मुझे क्षमा करें महाराज! यह कहता हुआ गोरम्भ तुरन्त ही कमरे से बाहर चला गया।

इधर राजा का सन्देह विश्वास में बदलने लगा। उसने सोचा कि अवश्य ही दाल में कुछ काला है। गोरम्भ ने अवश्य ही कुछ देखा है, किन्तु डर के कारण बता नहीं रहा है। दन्तिल सेठ को रनिवास में आने-जाने की खुली छूट है। अब किसी के मन का क्या विश्वास? आग के पास रखा घी पिघल सकता है। यह तो स्वाभाविक है। नीतिकारों ने भी तो यही कहा है—

यद्वाञ्छति दिवा मर्त्यो वीक्षते वा करोति वा।
तत्स्वप्नेऽपि तदभ्यासाद् ब्रूतेवाऽथ करोति वा॥

कि जो व्यक्ति दिन में अपने मन का गुबार निकाल नहीं पाता, वह स्वप्न में या अचेतन अवस्था में उसके मुंह से निकल आता है।

शुभं वा यदि वा पापं यन्नृणां हृदि संस्थितम्।
सुगूढमपि तज्ज्ञेयं स्वप्नवाक्यात्तथा मदात्॥

जागते रहने पर व्यक्ति अपने मन की किसी भी अच्छी या बुरी बात को गुप्त रखने में भले सफल हो जाये, लेकिन स्वप्न में अथवा नशे की हालत में वह गुप्त रहस्य प्रकट हो ही जाता है। इसके अतिरिक्त स्त्रियों के चरित्र पर विश्वास भी तो नहीं किया जा सकता।

जल्पन्ति सार्द्धमन्येन पश्यन्त्यन्यं सविभ्रमम्।
हृद्गतं चिन्तयन्त्यन्यं प्रियः को नाम योषिताम्॥

स्त्रियों के लिए पुरुषों को मूर्ख बनाना तो उनके बायें हाथ का खेल होता है। वे बात किसी और से कर रही होती हैं, किन्तु देख किसी अन्य की ओर रही होती हैं तथा चिन्तन अपने मित्र का कर रही होती हैं। ऐसे में यह कौन जान सकता

है कि उनका प्रेमपात्र कौन है?

एकेन स्मितपाटलाधररुचो जल्पन्त्यनल्पाक्षरं
वीक्षन्तेऽन्यमितः स्फुटत्कुमुदिनीफुल्लोल्लसल्लोचनाः।
दूरोदारचरित्रचित्रविभवं ध्यायन्ति चान्यं धिया
केनेत्थं परमार्थतोऽर्थवदिव प्रेमास्ति वामभ्रुवाम्॥

स्त्रियां अपने लाल-लाल अधरों से मुसकराती हुई किसी से भी बातें करके उसके मन में अपनी चाहत का सन्देह उत्पन्न कर देती हैं। कुमुदिनी की भांति वे अपनी खिली हुई आंखों से किसी की ओर देखकर ही उसे अपनी ओर आकर्षित कर लेती हैं तथा किसी भी पुरुष के ध्यान में अपनी सुध-बुध खो बैठती हैं। कौन कह सकता है कि वे वास्तव में किससे प्रेम करती हैं ?

रहो नास्ति क्षणो नास्ति नास्ति प्रार्थयिता नरः।
तेन नारद नारीणां सतीत्वमुपजायते॥

ब्रह्माजी ने भी नारदजी से कहा था कि स्त्रियां तब तक ही सती बनी रहती हैं, जब तक उन्हें एकान्त, अवसर तथा आमन्त्रण देने वाला पुरुष नहीं मिल जाता। इन्हें पाते ही स्त्रियां अपने वास्तविक रूप को प्रकट कर देती हैं।

यो मोहान्मन्यते मूढो रक्तेयं मम कामिनी।
स तस्या वशगो नित्यं भवेत्क्रीडाशकुन्तवत्॥

मोह के कारण किसी स्त्री को अपने ऊपर मर-मिटी समझने वाले व्यक्ति को यह समझ लेना चाहिए कि वह उस स्त्री के हाथ का खिलौना बन गया है।

अनर्थित्वान्मनुष्याणां भयात्परिजनस्य च।
मर्य्यादायाममर्य्यादाः स्त्रियस्तिष्ठन्ति सर्वदा॥

अपने किसी चाहने वाले के न मिलने तक या परिजनों के डर से ही स्त्रियां अपनी मर्यादा में रहती हैं, अन्यथा उनकी उच्छृंखलता को तो सारा विश्व जानता है।

नासां कश्चिदगम्योऽस्ति नासाञ्च वयसि स्थितिः।
विरूपं रूपवन्तं वा पुमानित्येव भुज्यते॥

स्त्रियों को बूढ़े-जवान, कुरूप-सुरूप और कुलीन-अकुलीन का कोई विचार नहीं रहता। उन्हें तो केवल सम्भोग-सुख देने वाला व्यक्ति चाहिए।

इस प्रकार के विचारों में पड़ा राजा उदास हो उठा और उसने उसी दिन से दन्तिल सेठ के अपने महल में आने-जाने पर प्रतिबन्ध लगा दिया। राजा के व्यवहार में आये इस परिवर्तन से दन्तिल सेठ व्याकुल हो उठा और राजा के इस व्यवहार का कारण जानने का प्रयत्न करने लगा। वह सोचने लगा—

कोऽर्थान् प्राप्य न गर्वितो

विषयिण: कस्यापदोऽस्तंगता:
स्त्रीभि: कस्य न खण्डितं भुवि मन:
को नाम राज्ञां प्रिय:।
क: कालस्य न गोचरान्तरगत:
कोऽर्थी गतो गौरवं
को वा दुर्जनवागुरासु पतित:
क्षेमेण यात: पुमान्॥

ये सातों बातें अवश्य ही सत्य हैं—

1. धन पाकर किसी का भी अहंकारग्रस्त होना।
2. विषयों से ग्रस्त व्यक्ति का संकट में पड़ना।
3. स्त्रियों के सम्मोहन से अपने को न बचा पाना।
4. राजाओं का सदा ही प्रिय न बना रहना।
5. काल का ग्रास न बनना।
6. भिखारी होकर भी सम्मानित न बना रहना।
7. दुर्जनों का संग करने के कारण दुर्गति का शिकार न होना।

काके शौचं द्यूतकारे च सत्यं
सर्पे क्षान्ति: स्त्रीषु कामोपशान्ति:।
क्लीबे धैर्य्यं मद्यपे तत्त्वचिन्ता
राजा मित्रं केन दृष्टं श्रुतं वा॥

आगे दिये गये छह प्रकार के प्राणियों में निम्नोक्त गुणों की अपेक्षा नहीं की जा सकती। उसी प्रकार राजा का कृपापात्र बने रहने की आशा भी किसी को नहीं करनी चाहिए।

कौए से पवित्रता की, जुआरी से सच्चे व्यवहार की, सांप से क्षमा की, स्त्रियों से कामवासना–पूर्ति की, नपुंसक व्यक्ति से धीरज की और शराबी से तत्त्वचिन्ता की आशा करना व्यर्थ होता है। इनमें ये गुण होते ही नहीं। इसी प्रकार, राजपुरुष भी सदैव किसी पर भी अपनी कृपादृष्टि नहीं बनाये रखते।

अब दन्तिल सेठ ने सोचा कि बिना कारण तो कुछ भी घटित नहीं होता, अत: राजा के मुझसे विमुख होने का कोई–न–कोई कारण अवश्य होना चाहिए।

एक दिन दन्तिल सेठ राजा से मिलने गया, तो द्वारपाल ने दन्तिल को प्रवेश की अनुमति नहीं दी। अन्य सेवकों को चुप देखकर गोरम्भ कहने लगा—अरे, सेठजी को इस प्रकार द्वार पर रोके रखोगे, तो तुम्हारी नौकरी जाती रहेगी। तुम जानते नहीं यह सेठजी तो यहां के भी मालिक हैं।

गोरम्भ के इस प्रकार उलाहना देने से दन्तिल समझ गया कि राजा के क्रोध

का कारण यह नीच ही है। सत्य तो यह है कि

अकुलीनोऽपि मूर्खोऽपि भूपालं योऽत्र सेवते।
अपि सम्मानहीनोऽपि स सर्वत्र प्रपूज्यते॥

राजा की सेवा करने वाला व्यक्ति अकुलीन और मूर्ख होने पर भी सब कहीं सम्मान पाता है।

दन्तिल सेठ को अपने विवाह के समय किया गोरम्भ का अपमान याद आ गया। वह चुपचाप अपने घर लौट आया और उसी रात उसने गोरम्भ को अपने घर बुलाया और उसे भोजन, वस्त्र एवं आभूषण आदि देकर सम्मान सहित विदा किया। सेठ ने गोरम्भ से कहा—तुम्हारा उस दिन ब्राह्मणों के स्थान पर बैठ जाना अनुचित था, लेकिन मेरा तुम पर क्रोध करना भी उचित नहीं था।

दन्तिल ने अपने व्यवहार और उपहारों से गोरम्भ को अपनी ओर मिला लिया। इस पर गोरम्भ ने भी दन्तिल सेठ को विश्वास दिलाया कि वह शीघ्र ही राजा के साथ उसके सम्बन्ध पुनः स्थापित करा देगा।

स्तोकेनोन्नतिमायाति स्तोकेनायात्यधोगतिम्।
अहो सुसदृशी चेष्टा तुलायष्टेः खलस्य च॥

जिस प्रकार तराज़ू के किसी पलड़े में थोड़ा बोझ डाल देने से उसकी डण्डी नीचे को झुक जाती है और थोड़ा बोझ निकाल देने पर ऊपर को उठ जाती है, उसी प्रकार ओछा व्यक्ति भी कुछ मिल जाने से अनुकूल हो जाता है और न मिलने से प्रतिकूल हो जाता है।

अगले ही दिन राजा के कमरे में झाड़ू लगाते समय गोरम्भ कुछ इस प्रकार बड़बड़ाने लगा—हमारे महाराज की शौच जाते समय ककड़ी चबाने की आदत कब छूटेगी?

राजा ने सुना, तो वह क्रुद्ध होकर बोला—गोरम्भ! क्या कह रहा है? क्या तूने कभी मुझे शौच जाते समय ककड़ी चबाते देखा है? तू क्या कह रहा है? ऐसी बकवास करने के लिए तुझे कठोर दण्ड दिया जायेगा।

गोरम्भ राजा के चरणों में गिर पड़ा और कहने लगा—महाराज! रात को जागते रहने के कारण यदि मेरे मुंह से यूं ही कुछ निकल गया हो, तो मुझे क्षमा करें।

राजा ने सोचा कि इस प्रकार व्यर्थ बकवास करने की इसकी आदत ही है। जब यह मुझ पर इस प्रकार का झूठा आरोप लगा सकता है, तो दन्तिल सेठ और रानी के सम्बन्ध में भी बकवास कर सकता है। इस मूर्ख की बकवास को सुनकर मैंने उस भले आदमी का बहिष्कार करके अपनी कितनी हानि कर ली? मेरे कितने काम अधूरे रह गये? यह सोचकर उसने तुरन्त दन्तिल को बुलवाया

और अपने कुशल व्यवहार से उसे पुनः प्रसन्न कर दिया।

यह कथा सुनाकर दमनक सञ्जीवक से बोला—अहंकारवश किसी छोटे व्यक्ति की उपेक्षा करने से कई बार बड़े लोगों को भी अपने किये पर पछताना पड़ता है।

सञ्जीवक बोला—दमनक! मैं तुम्हारे इस उपकार को कभी नहीं भूलूंगा।

सञ्जीवक के यह कहने पर दमनक उसे अपने साथ पिंगलक के पास ले गया, तो दमनक ने पिंगलक को सादर प्रणाम किया और बोला—महाराज! मैं सञ्जीवक को आपके पास ले आया हूं, अब आप जो भी उचित समझें, वह करें।

सञ्जीवक भी पिंगलक को प्रणाम करके एक ओर बैठ गया। पिंगलक ने आशीर्वाद देने के लिए सञ्जीवक के कन्धे पर अपना हाथ रखा और पूछा—इस सूने जंगल में आप कहां से और कैसे आये हैं?

सञ्जीवक ने सारी आपबीती सुना दी, तो पिंगलक ने सञ्जीवक को आश्वासन देते हुए उसे उस जंगल में रहने की अनुमति दे दी। पिंगलक ने कहा—यूं तो इस जंगल में अनेक ऐसे भयंकर जीव हैं कि कोई नया पशु एक क्षण भी यहां नहीं टिक सकता, जो आपके समान किसी शाकाहारी पशु के लिए बहुत कठिन है, किन्तु आप हमारे मित्र बन गये हैं, अतः आप कोई चिन्ता न करें।

सञ्जीवक को इस प्रकार दिलासा देकर पिंगलक ने यमुनातट पर जाकर अपनी प्यास बुझायी और अपने निवास की ओर चल दिया।

उसी दिन से दमनक को राज्य-भार सौंपकर पिंगलक अपने मित्र सञ्जीवक के साथ ही अपना समय व्यतीत करने लगा। महापुरुषों ने ठीक ही कहा है—

यदृच्छयाप्युपनतं सकृत्सज्जनसंगतम्।
भवत्यजरमत्यन्तं नाभ्यासक्रममीक्षते॥

कि यदि अचानक ही किसी सज्जन का संग हो जाये, तो वह अक्षय फल देने वाला होता है। लेकिन ऐसा अवसर सभी को सुलभ नहीं होता और न अभ्यास के द्वारा ही प्राप्त किया जा सकता है।

सञ्जीवक अनेक शास्त्रों का ज्ञाता और विवेकशील था। उसने अपने ज्ञान से पिंगलक को भी प्रबुद्ध बना दिया। अब पिंगलक भी सदाचारी बन गया था और दोनों साथ-साथ बैठकर शास्त्र-चर्चा भी किया करते थे। अब तो वे दोनों दमनक और करटक से भी नहीं मिलते थे।

अतः पिंगलक द्वारा पशुओं का वध न करने से उसके शिकार का बचा-खुचा न मिलने के कारण दोनों—करटक और दमनक—भी धीरे-धीरे उनसे दूर हो गये।

फलहीनं नृपं भृत्याः कुलीनमपि चोन्नतम्।

सन्त्यज्यान्यत्र गच्छन्ति शुष्कं वृक्षमिवाण्डजाः ॥

जिस प्रकार एक वृक्ष के सूख जाने पर पक्षी उसे छोड़कर दूसरे फलों से लदे वृक्ष पर चले जाते हैं, उसी प्रकार पेट न भरने पर नौकर-चाकर भी स्वामी को छोड़कर चले जाते हैं।

अपि सम्मानसंयुक्ताः कुलीना भक्तितत्पराः।
वृत्तिभंगान्महीपालं त्यजन्त्येव हि सेवकाः ॥

यदि आजीविका ही न मिले, तो सेवक कुलीन और मर्यादा का निर्वाह करने वाले राजा को भी छोड़ने में देर नहीं लगाते।

कालातिक्रमणं वृत्तेर्यो नं कुर्वीत भूपतिः।
कदाचित्तं न मुञ्चन्ति भर्त्सिता अपि सेवकाः ॥

जबकि सेवकों को समय पर वेतन और पुरस्कार आदि देने वाले राजा के कठोर होने पर भी सेवक उसे छोड़कर कहीं अन्यत्र जाने की सोच भी नहीं सकते।

यह नियम केवल सेवकों पर ही नहीं, अपितु सभी लोगों पर लागू होता है। जहां लोगों का पेट भी नहीं भरता, वहां कोई क्यों टिक सकता है? सभी के लिए पेट की भूख ही सबसे बड़ी समस्या है।

अत्तुं वाञ्छति शाम्भवो
गणपतेराखुं क्षुधार्त्तः फणी
तं च क्रौञ्चरिपोः शिखी
गिरिसुतासिंहोऽपि नागाशनम्।
इत्थं यत्र परिग्रहस्य घटना
शम्भोरपि स्याद् गृहे
तत्रान्यस्य कथं न भावि
जगतो यस्मात्स्वरूपं हि तत् ॥

पेट की भूख के कारण ही शिवजी के गले में पड़ा सांप और कार्तिकेय के वाहन मोर गणेशजी के वाहन चूहे को अपना आहार बनाना चाहते हैं। मोर को पार्वती का वाहन शेर खाना चाहता है।

जब शिवजी के परिवार की यह स्थिति है, तो अन्य साधारण लोगों के विषय में भी कल्पना की जा सकती है। कहने का अभिप्राय यह है कि पेट की आग को शान्त करने के लिए ही सब कुछ किया जा रहा है।

अपने पेट की आग को बुझाने की चिन्ता से व्यथित तथा पिंगलक द्वारा पदच्युत करटक और दमनक आपस में सलाह करने लगे। तब दमनक ने कहा– करटक! पिंगलक तो सञ्जीवक की संगति में पड़कर अपने काम की भी उपेक्षा करने लगा है और हमारे अन्य बन्धु भी यहां से चल गये हैं। अब हम क्या करें?

करटक बोला—मित्र ! तुम्हारा स्वामी तुम्हारी बात को सुनता नहीं है। फिर भी, मेरे विचार में उसे सही मार्ग पर लाने के लिए तुम्हें प्रयत्न करना चाहिए। नीतिकारों ने कहा है—

अश्रृण्वन्नपि बोद्धव्यो मन्त्रिभिः पृथिवीपतिः।
यथा स्वदोषनाशाय विदुरेणाम्बिकासुतः॥

राजा द्वारा सुने को न सुनने पर मन्त्रियों को चाहिए कि वे राजा को सचेत करें। धृतराष्ट्र द्वारा उपेक्षित किये जाने पर भी विदुर ने उन्हें समझाने का प्रयास करना छोड़ नहीं दिया था।

मदोन्मत्तस्य भूपस्य कुञ्जरस्य च गच्छतः।
उन्मार्गं वाच्यतां यान्ति महामात्राः समीपगाः॥

जिस प्रकार हाथी के मदोन्मत्त हो जाने पर महावत को कोसा जाता है, उसी प्रकार राजा के कर्तव्यविमुख हो जाने पर मन्त्रियों को दोष दिया जाता है।

तुमने इस घास खाने वाले सञ्जीवक की पिंगलक से मित्रता कराकर स्वयं ही अपने पावों में कुल्हाड़ी मारी है।

दमनक ने भी मान लिया कि उससे सचमुच ग़लती हो गयी है। कहा भी है—

जम्बूको हुडुयुद्धेन वयं चाषाढभूतिना।
दूतिका परकार्य्येण त्रयो दोषाः स्वयंकृताः॥

कि जिस प्रकार ये तीनों—भेड़ों के झुण्ड में आ जाने से गीदड़, आषाढ़भूति के झांसे में आ जाने से देवदत्त और अन्य स्त्री के स्थान पर बंध जाने से दूती—अपने ही दोष के कारण संकट में पड़ गये थे, उसी प्रकार मैं भी अपने विनाश के लिए स्वयं ही उत्तरदायी हूं।

करटक ने पूछा—इन तीनों की क्या कथा है?

दमनक बोला—सुनो, सब सुनाता हूं।

कथा क्रम : चार

किसी निर्जन स्थान पर बने एक मठ के स्वामी देव शर्मा ने मठ में आने वाले लोगों को रेशमी कपड़े बेचकर पर्याप्त धन एकत्र कर लिया था और उसे उस धन से बड़ा मोह था। वह किसी भी व्यक्ति पर विश्वास नहीं करता था और अपने धन की अत्यन्त सावधानीपूर्वक देखभाल किया करता था; क्योंकि वह जानता था

अर्थानामर्जने दुःखमर्जितानाञ्च रक्षणे।
आये दुःखं व्यये दुःखं धिगर्थाः कष्टसंश्रयाः॥

कि धन का संग्रह बड़ा कठिन काम है और संग्रह किये गये धन की रक्षा करना उससे भी दु:खद काम है। धन नष्ट हो जाये, तो बड़ी पीड़ा होती है। जहां धन का आना अपने साथ दु:ख भी लाता है, वहीं उसका टिकना भी दु:खदायक है और उसका जाना भी दु:खदायक है। ऐसे धन को लानत भेजना ही उचित है।

कुछ समय पश्चात् दूसरों के धन का अपहरण करने वाले आषाढ़भूति नामक व्यक्ति को यह पता चल गया कि देव शर्मा के पास पर्याप्त जमा-पूंजी है। आषाढ़भूति सोचने लगा कि मैं इस धन पर किस प्रकार अपना अधिकार करूं? इस मठ में न सेंध लगायी जा सकती है और न इसकी दीवार ही फांदी जा सकती है। पर्याप्त सोच-विचार के बाद आषाढ़भूति ने देव शर्मा का शिष्य बनकर उसे ठगने की योजना बना डाली। उसने सोचा

निःस्पृहो नाधिकारी स्यान्नाकामी मण्डनप्रियः।
नाविदग्धः प्रियं ब्रूयात्स्फुटवक्ता न वञ्चकः॥

कि कामनारहित व्यक्ति को धन रखने की इच्छा नहीं होती, वासनारहित व्यक्ति सजने-धजने में विश्वास नहीं करता, व्यावहारिक ज्ञान से रहित व्यक्ति कभी मिष्टभाषी नहीं होता और स्पष्ट कहने वाला कभी धूर्त नहीं हो सकता।

आषाढ़भूति ने देव शर्मा के पास पहुंचकर उसे प्रणाम किया और संसार को असार बताते हुए बोला—महात्मन्! मेरा अनुभव तो यह कहता है कि यौवन किसी पहाड़ी नदी के वेग के समान चञ्चल होता है, जीवन फूस की आग के समान क्षणिक होता है, भोग शरद् ऋतु के मेघ के समान नाशवान् है और स्त्री, पुत्र और मित्र आदि का संग स्वप्न के समान क्षण-भंगुर है। यह सब मैं भली प्रकार जान चुका हूं।

आषाढ़भूति से प्रभावित होकर देव शर्मा ने कहा—तू इस छोटी-सी अवस्था में संसार से विरक्त हो गया है, तू धन्य है।

पूर्वे वयसि यः शान्तः स शान्त इति मे मतिः।
धातुषु क्षीयमाणेषु शमः कस्य न जायते॥

मेरी समझ में पहली अवस्था में ही वैराग्य को अपना लेने वाला व्यक्ति ही सच्चा महात्मा होता है। हाथ में न आये अंगूरों को खट्टा बताने वाली लोमड़ी के समान शक्ति के क्षीण हो जाने पर वैरागी हो जाना तो केवल विवशता है।

आदौ चित्ते ततः काये सतां सम्पद्यते जरा।
असतां तु पुनः काये नैव चित्ते कदाचन॥

बुढ़ापा सन्तों के चित्त में पहले आता है, उनके शरीर में बाद में आता है, लेकिन दुष्टों के तो शरीर के बिल्कुल अशक्त हो जाने पर भी उनके मन में चञ्चलता बनी रहती है।

शूद्रो वा यदि वान्योऽपि चाण्डालोऽपि जटाधरः।
दीक्षितः शिवमन्त्रेण स भस्माङ्गी शिवो भवेत्॥

शिवमन्त्र द्वारा दीक्षित होकर और समस्त शरीर पर भस्म का लेप करने वाला, अर्थात् वस्त्राभूषण आदि का परित्याग कर देने वाला व्यक्ति शूद्र, चाण्डाल, जटाधारी अथवा अन्य किसी भी जाति का क्यों न हो, वह शिवरूप ही हो जाता है।

षडक्षरेण मन्त्रेण पुष्पमेकमपि स्वयम्।
लिंगस्य मूर्ध्नि यो दद्यान्न स भूयोऽभिजायते॥

'ओं नमः शिवाय' इस छह अक्षरों वाले मन्त्र का उच्चारण करते हुए शिवजी पर पुष्प चढ़ाने वाला व्यक्ति जन्म-मरण के बन्धन से छूट जाता है।

आषाढ़भूति ने देव शर्मा के इन वचनों को सुनकर उसके चरण पकड़ लिये और उनसे दीक्षा देने की प्रार्थना करने लगा। आषाढ़भूति की विनम्रता को देखकर देव शर्मा बोला—मैं तुम्हें दीक्षा तो दे दूंगा, परन्तु रात्रि में मठ में रहने की अनुमति नहीं दूंगा; क्योंकि संन्यासियों को एकान्तवास ही करना चाहिए। शास्त्रों में लिखा है—

दुर्मन्त्रान्नृपतिर्विनश्यति यतिः
संगात्सुतो लालनाद्
विप्रोऽनध्ययनात्कुलं कुतन-
याच्छीलं खलोपासनात्।
मैत्री चाप्रणयात्समृद्धिर-
नयात्स्नेहः प्रवासाश्रयात्
स्त्री गर्वादनवेक्षणादपि
कुषिस्त्यागात्प्रमादाद्धनम्॥

कि ग़लत मन्त्रणा से राजा, संग-दोष से संन्यासी, विद्याध्ययन न करने से ब्राह्मण, अधिक लाड़-प्यार से पुत्र, दुष्टों की संगति से चरित्र, कठोर व्यवहार से मित्रता, अन्याय से समृद्धि, परदेस में रहने से स्नेह, रूप पर गर्व करने से स्त्री, समुचित देखभाल न करने से खेती और बिना सोच-विचार के ख़र्च करने से धन नष्ट हो जाता है।

अतः दीक्षा लेने के बाद भी तुम्हें मठ के बाहर ही निवास करना होगा।

आषाढ़भूति बोला—मैं तो अपना परलोक सुधारने आया हूं, मुझे आपकी आज्ञा शिरोधार्य है।

देव शर्मा ने आषाढ़भूति को दीक्षा देकर अपना शिष्य बना लिया। आषाढ़भूति उसके हाथ-पैर दबाने तथा अन्य अनेक प्रकार से सेवा करके गुरु

को वश में करने और उनका विश्वास जीतने में लग गया, किन्तु देव शर्मा अपने धन को अपने से दूर नहीं करता था।

आषाढ़भूति सोचने लगा कि इतनी सेवा करने पर भी जब गुरु मेरा विश्वास नहीं करता, तो क्यों न इसे विष देकर या शस्त्रप्रहार से मार दिया जाये ? एक बार देव शर्मा को अपने किसी शिष्य के घर भोजन करने का निमन्त्रण मिला, तो देव शर्मा आषाढ़भूति को अपने साथ लेकर चल दिया। रास्ते में एक गहरी नदी थी, जिसे पार करते हुए देव शर्मा ने अपने धन की गठरी को भीगने ने बचाने के लिए उसे एक थैले में डालकर अपने सिर पर रख लिया। नदी को पार करने के पश्चात् देव शर्मा शौच के लिए जाने लगा, तो थैले को आषाढ़भूति को सौंप दिया और बोला—इसे संभालकर रखना, मैं शीघ्र ही लौटता हूं।

आषाढ़भूति को तो इसी की प्रतीक्षा थी। देव शर्मा के जाते ही वह थैला उठाकर भाग खड़ा हुआ। देव शर्मा शौच के पश्चात् दो मेढ़ों का युद्ध देखने लगा। जब मेढ़ों के आपस में टकराने से उनके सिर से ख़ून बह निकलता, तो एक गीदड़ उस टपकते ख़ून को चाटने के लिए बार-बार उन मेढ़ों के बीच में आ जाता था। देव शर्मा को लगा कि मेढ़ों के सिर से बहते ख़ून को पीने के लिए गीदड़ बार-बार उनके बीच में आ जाता है, अतः यह बच नहीं पायेगा। देव शर्मा यह सोच ही रहा था कि उसने दोनों मेढ़ों के बीच में पड़कर पिसते जा रहे गीदड़ को देखा।

यह सब देखने में देव शर्मा इतना तल्लीन हो गया कि उसे समय का ध्यान ही न रहा। जब वह नदीतट पर लौटा, तो अपनी गठरी समेत आषाढ़भूति को न पाकर पछाड़ खाकर गिर पड़ा।

सचेत होने पर देव शर्मा आषाढ़भूति की खोज में चल पड़ा। सन्ध्या के समय वह एक गांव में पहुंचा, तो वहां अपनी स्त्री के साथ मदिरापान करने के लिए नगर की ओर जा रहे एक जुलाहे को देखकर बोला—बन्धु ! मैं एक संन्यासी हूं और इस गांव में किसी को नहीं जानता। सूर्यास्त के पश्चात् किसी गृहस्थ के यहां जाने का मेरे लिए निषेध है। क्या आप मुझे एक रात के लिए अपने यहां ठहराने की कृपा करेंगे ? शास्त्र का वचन है—

सम्प्राप्तो योऽतिथिः सायं सूर्योढो गृहमेधिनाम्।
पूजया तस्य देवत्वं प्रयान्ति गृहमेधिनः॥

कि सन्ध्या-समय अपने घर आये किसी अतिथि का स्वागत करने वाले गृहस्थ को देवत्व की प्राप्ति होती है।

तृणानि भूमिरुदकं वाक् चतुर्थी च सूनृता।
सतामेतानि हर्म्येषु नोच्छिद्यन्ते कदाचन॥

गृहस्थों के घर में अतिथि के लिए भले ही कुछ भी न हो, किन्तु बैठने के लिए कुशासन, धरती, पीने के लिए जल और मीठी वाणी का अभाव नहीं होता।

यह सुनकर जुलाहा अपनी पत्नी से बोला—देवि! तुम इस अतिथि को लेकर घर जाओ और इसकेलिए खाने-पीने का प्रबन्ध करो। मैं मदिरा लेकर अभी लौटता हूं। जुलाहे की स्त्री को तो मानो अपने मन की मुराद मिल गयी। अपने प्रेमी से मिलने का अवसर पाकर वह प्रसन्नमुख देव शर्मा के साथ चल दी।

दुर्दिवसे घनतिमिरे दुःसञ्चारासु घनवीथीषु।
पत्युर्विदेशगमने परमसुखं जघनचपलायाः॥

प्रायः कुलटा स्त्रियां मेघों से घिरे दिन से, घने अन्धकार से, वर्जित स्थान से, सूनी गलियों से और अपने पति के प्रवास से बड़ी प्रसन्न होती हैं; क्योंकि इस प्रकार उन्हें अपने प्रेमी से मिलने में आसानी हो जाती है।

पर्य्यङ्केष्वास्तरणं पतिमनुकूलं मनोहरं शयनम्।
तृणमिव लघुमन्यन्ते कामिन्यश्चौर्य्यरतलुब्धाः॥

चोरी-चोरी प्रेमी से मिलने वाली स्त्रियों के लिए सुन्दर पलंग, उस पर गुदगुदा बिछौना और पति का होना तिनके के समान तुच्छ होता है।

कुलपतनं जनगर्हां बन्धनमपि जीवितव्यसन्देहम्।
अङ्गीकरोति कुलटा सततं परपुरुषसंसक्ता॥

पर-पुरुषों में अनुरक्त कुलटाएं कुल के कलंकित होने, लोक में निन्दित होने, दण्ड मिलने अथवा बन्धन में पड़ने के कष्टों की भी कोई परवा नहीं करतीं। उन्हें तो अपने यौन-सुख के सामने सब कुछ तुच्छ जान पड़ता है।

इसीलिए जुलाहे की स्त्री घर पहुंचने पर देव शर्मा से बोली—आप इस चारपाई पर विश्राम कीजिये। मैं दूसरे गांव से आयी अपनी सखी से उसका कुशल समाचार पूछकर लौटती हूं और आपके लिए भोजन की तैयारी करती हूं।

यह कहकर वह कुलटा सज-धजकर अपने प्रेमी के पास जा पहुंची। इस बीच अधिक मदिरा पी जाने के कारण लड़खड़ाता हुआ जुलाहा भी अपने घर आ गया। जुलाहे की स्त्री ने अपने पति को देख लिया और वह चुपचाप घर लौट आयी।

जुलाहे ने उसे जाते देख लिया था। उसने लोगों से अपनी पत्नी की दुश्चरित्रता के विषय में सुन रखा था। फिर, आज तो उसने अपनी आंखों से देख लिया था। उसने क्रोधित होते हुए अपनी पत्नी से पूछा—कमीनी! अब तू सच-सच बता, किसके पास जा रही थी?

कुलटा बोली—मैं तो तुम्हारी प्रतीक्षा में घर में ही बैठी हूं। लगता है कि तुम अधिक शराब पी जाने के कारण बहक गये हो, इसीलिए इस प्रकार की बातें कर रहे हो। शास्त्रों में भी कहा गया है

करस्पन्दोऽम्बरत्यागस्तेजोहानिः सरागता।
वारुणीसङ्गजावस्था भानुनाप्यनुभूयते॥

कि अधिक मदिरापान करने से हाथों में कम्पन, वस्त्रों का त्याग, तेज की हानि तथा क्रोध आदि लक्षण डूबते सूर्य में भी देखे जा सकते हैं, फिर तुम मनुष्यों का तो कहना ही क्या!

जुलाहा अपनी पत्नी की उलटी-सीधी बातों और उसकी वेशभूषा को देखकर क्रोधित होते हुए बोला—कुलटा! मैं तेरे विषय में कितने दिनों से न जाने क्या-क्या सुनता आ रहा हूं, आज मैंने तुझको अपनी आंखों से देख लिया है। तेरे इस चरित्र को देखकर मैं समझता हूं कि तुझे दण्ड देना आवश्यक है। यह कहकर जुलाहा अपनी पत्नी को डण्डे से पीटने लगा और उसे तब तक पीटता रहा, जब तक कि वह धरती पर गिर नहीं गयी। इसके बाद उसने अपनी पत्नी को एक रस्सी से जकड़कर खम्भे के साथ बांध दिया और फिर जाकर सो गया।

इस बीच अपनी प्रेमिका की प्रतीक्षा करते जुलाहे की स्त्री के प्रेमी देवदत्त ने नाइन को दूती बनाकर अपनी प्रेमिका को बुलाने के लिए भेजा। नाइन ने जाकर उसे उसके प्रेमी का सन्देश दिया, तो वह बोली—मेरा यह हाल तो तुम देख ही रही हो। आज की रात तुम ही उसके साथ काट लो। इस पर नाइन बोली—यदि देवदत्त को मेरे साथ ही रात बितानी होती, तो वह मुझे तुम्हारे पास क्यों भेजता?

विषमस्थस्वादुफलग्रहण-
व्यवसायनिश्चयो येषाम्।
उष्ट्राणामिव तेषां
मन्येऽहं शंसितं जन्म॥

वह तो केवल तुम्हें चाहता है, इसीलिए मैं कहती हूं कि तुम बड़भागी हो। मैं तो ऊंटों की तरह कठिनाई की परवा न करते हुए स्वादिष्ट फल खाने को उत्सुक प्रेमियों की हृदय से प्रशंसा करती हूं।

सन्दिग्धे परलोके जनापवादे च जगति बहुचित्रे।
स्वाधीने पररमणे धन्यास्तारुण्यफलभाजः॥

दूसरे पुरुष के साथ रमण करने का सुख तो सामने उपस्थित है। मरने के पश्चात् नरक-यातना तो कल्पना की बात है। लोगों द्वारा निन्दा की परवा कौन करता है? लोगों की आदत ही होती है,वह तो कुछ-न-कुछ कहते ही रहते हैं। क्या उनकी बातों से जवानी के आनन्द को मिट्टी में मिला देना सही है?

जुलाहे की पत्नी बोली—पर मैं तो यहां बन्धन में पड़ी हूं, मैं कैसे जा सकती हूं?

यह सुनकर नाइन ने तुरन्त ही जुलाहे की पत्नी के बन्धन खोल दिये। इस पर जुलाहे की पत्नी नाइन से कहने लगी—यदि जुलाहे ने जागकर मुझे यहां न देखा, तो मुझे मार डालेगा। यह सुनकर नाइन बोली—तुम अपनी जगह पर मुझे बांधकर चली जाओ। अंधेरे में वह शराबी मुझे पहचान कैसे सकेगा?

जुलाहे की पत्नी को यह उपाय उचित लगा और वह अपनी जगह नाइन को बांधकर अपने यार के पास जा पहुंची।

कुछ ही देर बाद जुलाहे की आंख खुल गयी और वह अपनी पत्नी की पिटाई करने के लिए पछताते हुए बोला—अरी! यदि तू भविष्य में ग़लत मार्ग पर न चलने का मुझे विश्वास दिलाये, तो मैं तुझे आज़ाद कर सकता हूं।

नाइन ने जब यह सुना, तो उसने सोचा कि अगर मैं अपना मुंह खोलती हूं, तो मेरी आवाज़ से जुलाहे को पता चल जायेगा, इसलिए वह चुप ही रही। पत्नी की चुप्पी को उसका क्रोध समझकर जुलाहा अपनी बात को दोहराता रहा, पर उत्तर न मिलने पर उसने हाथ में छुरी लेकर पत्नी की नाक पर वार कर दिया और फिर बोला—अब मैं तुझे कभी नहीं मनाऊंगा। यह कहकर वह चारपाई पर जा पड़ा और पड़ते ही सो गया।

धन के नष्ट हो जाने से चिन्तित तथा भूख से व्याकुल देव शर्मा सो नहीं सका। वह इन दोनों स्त्रियों के चरित्र को देखता रहा। उसने देखा कि अपने प्रेमी के साथ रति-भोग करके जुलाहे की पत्नी लौट आयी और उसने नाइन से पूछा—कहो, सब कुछ ठीक तो है? जुलहा जागा तो नहीं?

नाइन ने रोते हुए अपनी नाक दिखाकर उसे सारी बात बतायी और बोली—अब तू मुझे फ़ौरन इस बन्धन से मुक्त कर दे, ताकि किसी को मेरी असलियत का पता न चल सके। जुलाहे की पत्नी ने नाइन के बन्धन खोलकर उसे रिहा कर दिया और नाइन अपने घर चली गयी।

इसी बीच जुलाहा भी जाग उठा और क्रोधित स्वर में बोला—नीच! अब क्या कहती है या इस बार अपने कान भी कटवाने हैं?

इस पर जुलाहे की पत्नी ने अपने पति को धमकाते हुए कहा—मुझ सती पर झूठा आरोप लगाते हुए क्या तुझे शरम नहीं आती? अरे मुझ-जैसी पतिव्रता का अंग-भंग कर सके, इतना दम किसमें है? क्या तू नहीं जानता कि सती स्त्रियों की रक्षा स्वयं लोकपाल किया करते हैं।

आदित्यचन्द्रावनिलोऽनलश्च
द्यौर्भूमिरापो हृदयं यमश्च।

अहश्च रात्रिश्च उभे व सन्ध्ये
धर्मश्च जानाति नरस्य वृत्तम् ॥

मनुष्य द्वारा किये जाने वाले सभी अच्छे-बुरे कामों के साक्षी निम्नोक्त होते हैं—

सूर्य, चन्द्र, वायु, अग्नि, जल, पृथ्वी, स्वर्ग, हृदय, यम, धर्म, दिन-रात और प्रातः-सायं के सन्धिकाल।

यदि मैं अपने मन, वचन और कर्म से सती हूं और मैंने स्वप्न में भी पर-पुरुष का चिन्तन नहीं किया हो, तो मेरी नाक पर तुम्हारे वार का चिह्न तक भी नहीं मिलेगा।

पत्नी के यह कहते ही जुलाहे ने मशाल की रोशनी में पत्नी की नाक को साबुत और रक्तविहीन देखा, तो उस पर मिथ्या सन्देह करने के लिए अपने आपको कोसने लगा और उसे बन्धनमुक्त करके उसकी लल्लो-चप्पो करने लगा।

इस सारे खेल को देखकर विस्मित हुआ देव शर्मा अपने आप बोला—

शम्बरस्य च या माया या माया नमुचेरपि।
बलेः कुम्भीनसेश्चैव सर्वास्ता योषितो विदुः ॥

स्त्रियां तो सचमुच विचित्र होती हैं। वे शम्बर, नमुचि, बलि और कुम्भीनस जैसे मायावी दैत्यों की माया से परिचित ही नहीं, अपितु उनकी गुरु हैं। इसलिए स्त्रियों को माया को आरम्भ करने वाली ही समझना चाहिए।

हसन्तं प्रहसन्त्येता रुदन्तं प्ररुदन्त्यपि।
अप्रियं प्रियवाक्यैश्च गृह्णन्ति कालयोगतः ॥

स्त्रियां हंसते पुरुष के साथ हंसती हैं और रोते के साथ रोती हैं और इस प्रकार ये पुरुष को अपने प्रेमजाल में फांस लेती हैं।

नातिप्रसंगः प्रमदासु कार्य्यो
नेच्छेद्बलं स्त्रीषु विवर्द्धमानम्।
अतिप्रसक्तैः पुरुषैर्युतास्ताः
क्रीडन्ति काकैरिव लूनपक्षैः ॥

शास्त्रकारों ने ठीक ही कहा है—स्त्रियों से न अधिक लगाव रखना चाहिए और न इनकी शक्ति को अधिक बढ़ने देना चाहिए; क्योंकि शक्ति प्राप्त कर ये अपने ऊपर आसक्त पुरुष को उड़ने में असमर्थ पक्षी-जैसा बनाकर रख लेती हैं।

सुमुखेन वदन्ति वल्गुना
प्रहरन्त्येव शितेन चेतसा।
मधु तिष्ठति वाचि योषितां

हृदये हालाहलं महद्विषम् ॥

मधुर वचन बोलती हुई ये स्त्रियां चित्त से तीखा प्रहार करती हैं, लेकिन इनके वचनों में मधु और हृदय में हालाहल विष भरा रहता है।

अतएव निपीयतेऽधरो
हृदयं मुष्टिभिरेव ताड्यते।
पुरुषैः सुखलेशवञ्चितैर्मधुलुब्धैः
कमलं यथालिभिः ॥

इसीलिए स्त्रियों के अधरों को चूसा जाता है और इनकी छाती पर मुष्टि का प्रहार किया जाता है। जिस प्रकार शहद के लोभी भंवरे कमल के चारों ओर मंडराते रहते हैं, उसी प्रकार विषय-भोग के इच्छुक रसिक सुन्दरियों के चारों ओर चक्कर काटते रहते हैं।

कार्कश्यं स्तनयोर्दृशोस्तर-
लताऽलीकं मुखे दृश्यते
कौटिल्यं कचसञ्चये प्रवचने
मान्द्यन्त्रिके स्थूलता।
भीरुत्वं हृदये सदैव कथितं
मायाप्रयोगः प्रिये
यासां दोषगणो गुणा मृगदृशां
ताः किं नराणां प्रियाः ॥

समझ में नहीं आता कि स्त्रियों के दोषों को पुरुष गुण कैसे मान लेता है? इनके स्तनों में कठोरता है, नेत्र चञ्चल हैं, मुख में असत्य वचन हैं, केशों में घुंघरालापन है, वचनों में मधुरता है, नितम्बों में स्थूलता है, हृदय में भय है और अपने स्वामी के साथ व्यवहार में कपट भरा हुआ है।

क्या किसी भी व्यक्ति को ऐसी स्त्रियों को अपनी प्रेमिका बनाना चाहिए?

एता हसन्ति च रुदन्ति च कार्य्यहेतो-
र्विश्वासयन्ति च परं न च विश्वसन्ति।
तस्मान्नरेण कुलशीतवता सदैव
नार्य्यः श्मशानवटका इव वर्जनीयाः ॥

पुरुषों से अपना काम निकालने के लिए स्त्रियां कभी हंसती हैं, तो कभी रोती हैं, लेकिन पुरुषों को अपने प्रति विश्वास दिलाकर भी वे स्वयं उन पर विश्वास नहीं करतीं। अतः कुलीनता को महत्त्व देने वाले व्यक्ति को श्मशान में खड़े वटवृक्ष की भांति कभी स्त्रियों का संग नहीं करना चाहिए, अपितु उनसे तो दूर ही रहना चाहिए।

कुर्वन्ति तावत्प्रथमं प्रियाणि
यावन्न जानन्ति नरं प्रसक्तम्।
ज्ञात्वा च तं मन्मथपाशबद्धं
ग्रस्तामिषं मीनमिवोद्धरन्ति ॥

स्त्रियां पुरुषों के साथ तभी तक प्रिय व्यवहार करती हैं, जब तक उन्हें अपने प्रति आसक्त नहीं बना लेतीं। पुरुषों के आसक्त होते ही स्त्रियां उन्हें बंसी में फंसी मछली के समान जल से बाहर निकालकर धरती पर तड़पने के लिए छोड़ देती हैं।

अनृतं साहसं माया मूर्खत्वमतिलोभता।
अशौचं निर्दयत्वञ्च स्त्रीणां दोषाः स्वभावजाः ॥

स्त्रियों में सात दोष होते हैं। ये दोष सामान्य रूप से सभी स्त्रियों में पाये जाते हैं—

असत्यभाषण, साहस, माया, मूर्खता, अतिलोभ, अपवित्रता और क्रूरता।

सम्मोहयन्ति मदयन्ति विडम्बयन्ति
निर्भर्त्सयन्ति रमयन्ति विषादयन्ति।
एताः प्रविश्य सरलं हृदयं नराणां
किं वा न वामनयना न समाचरन्ति ॥

स्त्रियां अपनी प्रसन्नता के लिए पुरुषों को सम्मोहित, मस्त, प्रसन्न, वञ्चित, और प्रताड़ित कर उनसे रमण भी करती हैं और उन्हें विषादग्रस्त भी करती रहती हैं। पुरुषों के हृदय में प्रवेश कर कुटिल नयनों वाली स्त्रियां पुरुषों को मनमाने ढंग से नचाती रहती हैं।

इस प्रकार सोचते-सोचते देव शर्मा ने जागकर ही सारी रात काट दी।

इधर नाक पर लगे घाव के साथ घर गयी नाइन घाव को छिपाने का उपाय सोचने लगी। उसका पति रात-भर राजपरिवार में रहने के बाद प्रातःकाल जब घर लौटा, तो उससे बोला—मेरी हजामत के सामान की सन्दूक़ची यहां ले आ, ताकि मैं ग्राहकों की हजामत बनाने जा सकूं। नाइन ने सन्दूक़ची की अपेक्षा केवल उस्तरा उसकी ओर फेंक दिया। इस पर नाई बोला—मैंने सन्दूक़ची मांगी है, उस्तरा नहीं। इस पर नाइन ने कोई उत्तर नहीं दिया। तब क्रोध में आकर नाई ने उस्तरा भीतर फेंक दिया। बस, नाइन नाक कट जाने का शोर मचाती हुई घर से बाहर निकल आयी। उसका चिल्लाना सुनकर किसी पड़ोसी ने पुलिस को सूचित कर दिया। नाइन ने पुलिस के आगे अपने को अपने पति से बचाने की गुहार लगायी और बिना अपराध के पति पर अपनी नाक काटने का आरोप लगा दिया।

पुलिस ने नाई से इसका कारण पूछा। क्या इसका किसी अन्य पुरुष से सम्बन्ध है? क्या इसने तुम्हारे साथ विश्वासघात किया था? क्या इसने कोई धोखा किया था? फिर इसके किस अपराध के लिए तुमने इसकी नाक काटी है?

नाई बेचारा कुछ भी उत्तर न दे सका और उसकी चुप्पी को ही उसका अपराध मानकर पुलिस ने उसे बन्दी बना लिया। कहा भी है

भिन्नस्वरमुखवर्णः शङ्कितदृष्टिः समुत्पतिततेजाः।
भवति हि पापं कृत्वा स्वकर्मसन्त्रासितः पुरुषः॥

कि किसी पाप अथवा कोई ग़लत काम हो जाने पर दुखी व्यक्ति की इन लक्षणों से पहचान हो जाती है— उसकी आवाज़ और उसका चेहरा बदल जाता है, उसके नेत्रों में डर समा जाता है और उसका तेज नष्ट हो जाता है।

आयाति स्खलितैः पादैर्मुखवैवर्ण्यसंयुतः।
ललाटस्वेदभाग् भूरि गद्गदं भाषते वचः॥

अपराधी व्यक्ति के पैर लड़खड़ाने लगते हैं, उसका चेहरा उतर जाता है, उसके माथे पर पसीना आ जाता है और उसके मुंह से अण्ट-शण्ट कुछ भी निकलने लगता है।

अधोदृष्टिर्भवेत्कृत्वा पापं प्राप्तः सभां नरः।
तस्माद्यत्नात्परिज्ञेयश्चिह्नैरेतैर्विचक्षणैः ॥

अपराधी व्यक्ति किसी से आंख भी नहीं मिला पाता। इन्हीं लक्षणों से अपराधी की पहचान हो जाती है।

पुलिस ने उसकी चुप्पी और उसके चेहरे के भाव देखकर उसे अपराधी मान लिया और उसे दण्ड देने का निश्चय कर लिया। इसी बीच देव शर्मा भी वहां पहुंच गया। निर्दोष नाई को संकट में पड़ा देख देव शर्मा ने वहां खड़े सभी लोगों और पुलिस वालों को बीती रात आंखों देखी सारी घटना कह सुनायी, तो लोग कहने लगे—

अवध्यो ब्राह्मणो बालः स्त्री तपस्वी च रोगभाक्।
विहिता व्यंगिता तेषामपराधे महत्यपि॥

शास्त्रों में कहा गया है कि ब्राह्मण, बालक, स्त्री, तपस्वी तथा रोगी व्यक्ति द्वारा भारी अपराध किये जाने पर भी इनका वध नहीं करना चाहिए, किन्तु कुकर्म के दण्डस्वरूप इनके किसी अंग को भंग कर देना चाहिए।

भगवान् ने इसके नकटा हो जाने के रूप में इसे दण्ड दे दिया है, किन्तु इसके अपराध की गम्भीरता को देखते हुए इसके कान भी काट देने चाहिए।

परमेश्वर की इस लीला को देखकर देव शर्मा अपने दुःख को भूल गया और अपने मठ को लौट गया।

यह कथा सुनाकर दमनक बोला—बन्धु! इसीलिए कहता हूं कि मेढ़ों के युद्ध में पड़ने से गीदड़ की मौत हो गयी, आषाढ़भूति पर विश्वास करने से देव शर्मा लुट गया तथा दूती का कार्य करने पर नाइन को अपने नाक-कान कटवाने पड़े।

करटक ने पूछा—अब तुम क्या करना चाहते हो?

दमनक ने उत्तर दिया—अब मैं सञ्जीवक और पिंगलक के मध्य फूट डालकर दोनों को एक-दूसरे से अलग कर दूंगा। मैं यही सोच रहा हूं। शास्त्रकारों का कथन है

एकं हन्यान्न वा हन्यादिषुर्मुक्तो धनुष्मता।
बुद्धिर्बुद्धिमतः सृष्टा हन्ति राष्ट्रं सनायकम्॥

कि धनुर्धारी व्यक्ति के धनुष से छूटा बाण भले ही ख़ाली चला जाये, किन्तु बुद्धिमान् व्यक्ति द्वारा विचारकर किया गया कार्य कभी विफल नहीं होता। बुद्धिमत्तापूर्वक बनायी गयी योजना तो राजा के साथ-साथ उसके समूचे राज्य को नष्ट कर देती है।

अब मैं भी ऐसी ही एक योजना बनाता हूं, जिससे इन दोनों में फूट पड़ जाये।

करटक ने दमनक से कहा—यदि इन दोनों को तुम्हारी योजना की जानकारी हो गयी, तो तुम्हारे प्राणों पर संकट आ जायेगा।

दमनक बोला—बन्धो! तुम चिन्ता मत करो। बुद्धिमान् व्यक्ति को अपने को भाग्य के भरोसे न छोड़कर अपनी स्थिति में सुधार करने के लिए प्रयत्न करते रहना चाहिए। उद्यम करते रहने पर व्यक्ति को कभी-न-कभी साम्राज्य तक भी प्राप्त हो जाता है। इसीलिए कहा है

त्याज्यं न धैर्य्यं विधुरेऽपि दैवे
धैर्य्यात्कदाचित्स्थितिमाप्नुयात्सः।
याते समुद्रेऽपि हि पोतभंगे
सांयान्त्रिको वाञ्छति कर्म एव॥

कि भाग्य के विपरीत होने पर भी व्यक्ति को अपना धैर्य कभी नहीं छोड़ना चाहिए; क्योंकि धैर्य बनाये रखने पर ही स्थिति में परिवर्तन हो जाता है। समुद्र में जहाज़ को डूबता देखकर नाविक हाथ-पर-हाथ रखकर नहीं बैठ जाते, बल्कि जहाज़ को बचाने के उपाय करने लगते हैं और डूबते जहाज़ को बचाने में सफल भी हो जाते हैं।

उद्योगिनं सततमत्र समेति लक्ष्मी-
दैंवं हि दैवमिति कापुरुषा वदन्ति।

दैवं निहत्य कुरु पौरुषमात्मशक्त्या
यत्ने कृते यदि न सिद्ध्यति कोऽत्र दोषः ॥

जहां कामचोर व्यक्ति 'भाग्य में लिखा होगा, तो मिल ही जायेगा' की रट लगाते रहने पर दरिद्र बने रहते हैं, वहां उद्यमी व्यक्ति लक्ष्मी को प्राप्त कर सफल हो जाते हैं। इसलिए नीतिकारों का निर्देश है कि भाग्य के भरोसे न बैठकर अपने सामर्थ्यानुसार प्रयत्न करते रहना चाहिए। नीतिकार तो यह भी कहते हैं कि यदि उद्यम करने पर भी आपको सफलता नहीं मिलती, तो भी घुटने नहीं टेक देने चाहिए, अपितु अपने उद्यम का निरीक्षण करके अपनी भूल को सुधार लेना चाहिए। सफलता अवश्य ही मिलेगी। मैं भी अपनी योजना को इस प्रकार काम में लाऊंगा कि दोनों को इसकी भनक तक नहीं पड़ेगी। शास्त्रों में तो कहा गया है—

सुगुप्तस्यापि मन्त्रस्य ब्रह्माऽप्यन्तं न गच्छति।
कौलिको विष्णुरूपेण राजकन्यां निषेवते॥

कि भली प्रकार से गुप्त रखे गये मन्त्र की जानकारी तो ब्रह्मा को भी नहीं मिल सकती। विष्णु बने एक जुलाहे के द्वारा राजपुत्री से किये गये कामोपभोग का पता किसी को भी नहीं चला।

करटक ने पूछा—यह क्या कथा है?

दमनक ने कहा—सुनना चाहते हो, तो सुनो।

कथा क्रम : पांच

किसी गांव में एक जुलाहा और एक बढ़ई रहते थे। उन दोनों में इतनी मित्रता हो गयी कि दोनों अपना-अपना समय साथ-साथ ही बिताने लगे। एक बार किसी मन्दिर में एक समारोह का आयोजन हुआ, जिसमें अनेक नटों और नर्तकों आदि ने अपनी-अपनी कला के अपूर्व चमत्कार दिखाये। उस समारोह को देखने के लिए वे दोनों मित्र भी पहुंचे। कुछ ही देर बाद वहां वस्त्राभूषणों से सजी, वृद्ध ब्राह्मणों और सखियों से घिरी तथा हथिनी पर सवार होकर रूपवती राजकुमारी भी वहां पधारी, जिसे देखते ही जुलाहा उस पर इतना आसक्त हो गया कि उसे राजकुमारी के बिना अपना जीवन व्यर्थ लगने लगा। राजकुमारी के वियोग में जुलाहा किसी पागल की भांति आचरण करने लगा।

अपने मित्र की इस दशा से चिन्तित होकर बढ़ई ने उसे बड़ी कठिनाई से संभाला और उससे पूछा—तुम्हें यह क्या हो गया है? कुछ तो बताओ, तभी तो पता चलेगा और कोई उपाय सोचा जा सकेगा।

जुलाहा बोला—बन्धो! तुम ही मेरे सुख-दुःख के साथी हो। मैं तुम्हें भी

अपना दु:ख नहीं बताऊंगा, तो किसे बताऊंगा ? शायद मेरी बात सुनकर तुम मेरा उपहास करो, धरती पर रेंगने वाले कीड़े की आकाश छूने की इच्छा-जैसी मेरी चाहत पर हंसो और उसे असम्भव बताकर मुझे उपदेश देने लगो। इसलिए मैं चाहता हूं कि तुम मेरे लिए एक चिता तैयार कर दो, ताकि मैं अपने प्राणों का त्याग कर सकूं।

जुलाहे के दु:ख से दुखी बढ़ई ने अपनी आंखों में आंसू भरकर कहा—बन्धो! मुझे अपना दु:ख बताओ तो सही। शास्त्रों में कहा गया है

औषधार्थसुमन्त्राणां बुद्धेश्चैव महात्मनाम्।
असाध्यं नास्ति लोकेऽत्र यद्ब्रह्माण्डस्य मध्यगम्॥

कि इस संसार में तो क्या, पूरे ब्रह्माण्ड में ऐसा कुछ भी नहीं, जिसे ओषधि, धन, मन्त्र तथा महात्माओं की बुद्धि के बल पर सिद्ध न किया जा सके।

यदि ओषधि, धन, मन्त्र और बुद्धि में से किसी एक के द्वारा भी तुम्हारा कार्य सिद्ध किया जा सकेगा, तो उसे सिद्ध किया जायेगा।

जुलाहा बोला—मित्र! मेरा दु:ख किसी भी प्रकार से दूर नहीं किया जा सकता। अत: मुझे मरने दो।

बढ़ई बोला—तुम्हारा वियोग मैं नहीं सह सकूंगा, अत: तुम्हारे साथ मैं भी आत्महत्या कर लूंगा।

जुलाहा बोला—मेरे दु:ख का कारण वह राजकुमारी है। मैंने जब से उसे देखा है, मेरा मन वश में नहीं रहा। मैं उसके वियोग में जल के बिना मछली की भांति तड़प रहा हूं।

मत्तेभकुम्भपरिणाहिनि कुंकुमार्द्रे
तस्याः पयोधरयुगे रतखेदखिन्नः।
वक्षो निधाय भुजपञ्जरमध्यवर्ती
स्वप्स्ये कदा क्षणमवाप्य तदीयसङ्गम्॥

मैं जब तक मस्त हाथी के मस्तक के समान उत्तुंग, विस्तृत तथा केसर-चुपड़े उसके स्तनों का मर्दन नहीं कर लेता, उसे अपनी भुजाओं में बांधकर उसका आलिंगन नहीं कर लेता, तब तक मुझे एक पल के लिए भी चैन नहीं मिल सकता।

रागी बिम्बाधरोऽसौ
स्तनकलशयुगं यौवनारूढगर्वं
नीचा नाभिः प्रकृत्या कुटिल-
कमलकं स्वल्पकञ्चापि मध्यम्।
कुर्वन्त्वेतानि नाम प्रसभमिह

मनश्चिन्तितान्याशु खेदं
यन्मां तस्याः कपोलौ दहत
इति मुहुःस्वच्छकौ तन्न युक्तम्॥

राजकुमारी के मोहक रूप और सुन्दर बिम्ब फल के समान लाल-लाल अधरों, स्वर्ण कलशों के समान उन्नत स्तनों, खिले पुष्पों के समान उसके यौवन, गम्भीर नाभि, कुटिल केशों तथा उसकी पतली कमर को देखकर काम मुझे क्षण-भर के लिए भी चैन नहीं लेने देता। उसके चिकने कपोलों का चुम्बन किये बिना मैं अपने जीवन को व्यर्थ मानता हूं और इसीलिए अपने प्राणों को त्यागना चाहता हूं।

बढ़ई काम-पीड़ित अपने मित्र जुलाहे को इस प्रकार तड़पता देखकर उसके प्रति द्रवित हो उठा और उसे आश्वस्त करते हुए बोला—मित्र! इसमें चिन्ता की कोई बात नहीं है? यदि तुम सचमुच राजकुमारी को चाहते हो, तो अब अपना मनोरथ पूरा हुआ जानो।

जुलाहा बोला—मित्र! कहीं तुमने भांग का सेवन तो नहीं कर लिया? राजकुमारी के अन्तःपुर की रक्षा प्रहरी दिन-रात करते रहते हैं, जहां बिना अनुमति के वायु भी प्रवेश नहीं कर सकता। मैं ऐसे महल में किस प्रकार प्रवेश पा सकूंगा और किस प्रकार मेरा उसके साथ समागम हो सकेगा?

बढ़ई बोला—मैं झूठ नहीं कहता। मैं अपने बुद्धि-बल के द्वारा इस असम्भव को सम्भव करके ही रहूंगा। यह कहकर उसने आकाश में उड़ने वाला लकड़ी का एक गरुड़ बनाया और उस गरुड़ में पंखों के रूप वाली दो सूखी लकड़ियां लगा दीं। फिर उसने लकड़ी के ही शंख, चक्र, गदा, पद्म, मुकुट और कौस्तुभमणि भी बना लीं। फिर उसने अपने मित्र जुलाहे को विष्णु बनाकर और गरुड़ को उड़ाने-उतारने की विद्या सिखाकर कहा—बन्धु! इस विष्णुरूप में आज तुम आधी रात में अपनी प्रेमिका के शयनकक्ष में पहुंचकर उससे मिलो और राजकुमारी को मुग्ध करके उसके साथ रतिभोग करो।

बढ़ई की इस योजना से प्रसन्न होकर जुलाहे ने वही किया। अपने कक्ष में विष्णुनारायण को देखकर राजकुमारी आंखें फाड़े जुलाहे को देखने लगी। जुलाहे ने भी राजकुमारी को अभयदान देते हुए कहा—सुन्दरी! तुम्हारे लिए मैं अपनी पत्नी लक्ष्मी को छोड़कर आया हूं। मेरे साथ रतिभोग करके तुम अपने जीवन को सफल बनाओ।

शंख, चक्र, पद्म और गदा से युक्त तथा गरुड़ पर आरूढ़ जुलाहे को राजकुमारी सचमुच विष्णु समझकर उसे प्रणाम करती हुई बोली—क्या आप मुझ-जैसी मनुष्य-जाति की स्त्री से रतिभोग करेंगे?

जुलाहे ने कहा—देवि! तुम नहीं जानतीं कि तुम ही पूर्वजन्म की मेरी पत्नी राधा हो। उस जन्म में तुम गोकुल में प्रकट हुई थीं और इस जन्म में राजकुमारी बनी हो। तुम्हें इस रहस्य की कोई जानकारी नहीं, किन्तु मैं सब जानता हूं और तभी तुमसे मिलने आया हूं।

राजकुमारी बोली—प्रभो! यदि आप सत्य कह रहे हैं, तो आपको मुझे मेरे पिता से मांग लेना चाहिए। उत्तर में जुलाहे ने कहा—मैं सभी मनुष्यों को दर्शन के लिए सुलभ नहीं होता। तुम्हारे पिता ऐसे पुण्यात्मा नहीं हैं कि मैं उन्हें दर्शन दे सकूं। तुम्हें मुझसे गन्धर्व-विवाह करना होगा। यदि तुमने स्वयं को मुझे समर्पित नहीं किया, तो मेरा शाप तुम्हारे परिजनों का सर्वनाश कर देगा।

यह कहकर जुलाहे ने भय और लज्जा के कारण सिमटती जा रही राजकुमारी का हाथ पकड़ लिया और उसे अपनी छाती से सटा लिया। राजकुमारी का आलिंगन-चुम्बन करते हुए जुलाहे ने उसे शय्या पर लिटाकर उसके साथ सम्भोग किया। सम्भोग के पश्चात् कुछ समय तक जुलाहा राजकुमारी से बातें करता रहा और फिर अगली रात को पुनः आने की कहकर वापस लौट गया। अब वह प्रति अर्धरात्रि के समय राजकुमारी के पास पहुंच जाता और रतिभोग का सुख लेकर प्रभात होने से पहले ही वापस लौट आता।

कुछ समय बीतने पर राजकुमारी के अधरों और चेहरे को देखकर उसकी सखियों को उस पर सन्देह हुआ। पहरेदारों को भी लगा कि राजा को समय पर सूचित न किया गया, तो हम पर षड्यन्त्र रचने का आरोप लगेगा और हमें प्राणदण्ड भी मिल सकता है। प्रतिहारी ने राजा के पास पहुंचकर उससे कहा—महाराज! अपराध क्षमा करें। हम तो चिड़िया तक को भी राजकुमारी के महल में नहीं घुसने देते, किन्तु हमें आशंका है कि राजकुमारी का किसी पुरुष से सम्बन्ध है। अब आप जो भी उचित समझें, वह करें।

यह सब सुनकर राजा सोचने लगा—

पुत्रीति जाता महतीह चिन्ता
कस्मै प्रदेयेति महान्वितर्कः।
दत्त्वा सुखं प्राप्स्यति वा न वेति
कन्या पितृत्वं खलु नाम कष्टम्॥

पुत्री का जन्म लेना ही चिन्ता का विषय होता है। कन्या के युवती होने पर उसके लिए योग्य वर ढूंढ़ना दूसरी चिन्ता होती है, विवाह के पश्चात् वह ससुराल में सुखी रहेगी या नहीं, यह चिन्ता लगी रहती है। इसीलिए कहा जाता है कि कन्या का पिता होना बड़े कष्ट की बात होती है।

नद्यश्च नार्य्यश्च सदृक्प्रभावा-

स्तुल्यानि कूलानि कुलानि तासाम्।
तोयैश्च दोषैश्च निपातयन्ति
नद्यो हि कूलानि कुलानि नार्य्यः॥

पुत्रियां नदी के समान होती हैं। जैसे नदी के दो किनारे होते हैं, वैसे ही लड़कियों के भी दो परिवार होते हैं। जिस प्रकार नदियां अपने प्रवाह से अपने किनारों को बहा ले जाती हैं, उसी प्रकार लड़कियां भी अपने दुराचरण से दोनों परिवारों को कलंकित कर देती हैं।

जननीमनो हरति जातवती
परिवर्द्धते सह शुचा सुहृदाम्।
परसात्कृतापि कुरुते मलिनं
दुरतिक्रमा दुहितरो विपदः॥

जन्म लेते ही कन्या अपनी माता की छाती पर चट्टान जितना भार रख देती है और उसके बड़ा होने पर तो उसके परिजन भी चिन्तित रहने लगते हैं। यहां तक कि उसका विवाह हो जाने पर भी माता-पिता चैन की सांस नहीं ले पाते। इस प्रकार कन्या का जन्म ऐसी विपत्ति होता है, जिससे कभी छुटकारा नहीं पाया जा सकता।

इस प्रकार देर तक विलाप करने के पश्चात् राजा ने रानी से सत्य का पता लगाने का अनुरोध किया। पति की बात सुनकर चिन्तित हुई रानी उसी समय पुत्री के कक्ष में जा पहुंची। पुत्री के अधरों और नखों से चिह्नित छाती को देखकर रानी ने लड़की से पूछा—अरी कुलटा! तुम किस दुराचारी के साथ यह निकृष्ट कर्म करती हो? लज्जित होते हुए राजकुमारी ने बताया—मां! अर्धरात्रि के समय स्वयं भगवान् विष्णुनारायण मेरे साथ रतिभोग करने आते हैं। यदि तुम्हें विश्वास न हो, तो आज ही अर्धरात्रि के समय यहां आकर स्वयं देख लेना।

कन्या की बात सुनकर रानी अपने पति को यह शुभ समाचार सुनाने चल पड़ी। वहां पहुंचकर वह राजा से बोली—महाराज! हम बड़े भाग्यशाली हैं। स्वयं भगवान् विष्णु अर्धरात्रि के समय हमारी पुत्री के पास आते हैं। उन्होंने हमारी कन्या से गन्धर्व-विवाह भी कर लिया है। आज अर्धरात्रि के समय हम दोनों खिड़की से भगवान् के दर्शन करेंगे।

बड़ी कठिनाई से राजा और रानी ने वह दिन व्यतीत किया। रात्रि के समय राजा रानी के साथ खिड़की के पास जाकर बैठ गया। आधी रात के बाद उन दोनों ने सचमुच शंख, चक्र, गदा, पद्मधारी विष्णुनारायण को आकाश मार्ग से महल की छत पर अपने वाहन गरुड़ से उतरते हुए देखा। प्रसन्न होकर राजा रानी से बोला—प्रिये! हम तो विष्णुजी को दामाद के रूप में पाकर सचमुच धन्य

हो गये हैं। अब तो मैं अपने दामाद के बल पर सारी पृथ्वी को अपने वश में कर लूंगा। अहंकारग्रस्त होकर राजा ने अपने पड़ोसी राजाओं से भी अकारण छेड़छाड़ करना आरम्भ कर दिया।

राजा की इस छेड़छाड़ से क्रुद्ध होकर पड़ोसी राजाओं ने उसे सब ओर से घेर लिया। तब राजा ने रानी के द्वारा अपनी पुत्री को यह सन्देश भेजा कि वह विष्णुनारायण से राज्य की रक्षा तथा शत्रुओं के विनाश के लिए कहे। राजकुमारी ने विष्णुनारायण बने जुलाहे से सहायता की याचना की, तो वह बोला—सुमुखे! तुम चिन्तित न हो। तुम्हारे पिता के शत्रुओं के तो मैं पल-भर में ही अपने सुदर्शन चक्र से टुकड़े-टुकड़े कर डालूंगा।

जुलाहे ने कह तो दिया, परन्तु युद्ध करना उसके वश में नहीं था। इधर राजा विष्णुजी की सहायता के भरोसे बैठा था कि शत्रु आगे बढ़ आये और स्थिति यहां तक आ पहुंची कि राजा का राज्य उसके महल तक ही रह गया। राजकुमारी ने रात्रि में विष्णु बने जुलाहे से कहा कि यदि आपने कोई सहायता न की, तो हम सब बन्दी बना लिये जायेंगे और फिर मेरा आपसे मिलना सम्भव नहीं हो सकेगा।

जुलाहा सोच में पड़ गया कि राजकुमारी ने मेरे आगे समर्पण कर दिया है और उसके पिता ने भी मुझे साक्षात् विष्णुनारायण समझकर अपने पड़ोसियों से संघर्ष मोल ले लिया है। अब इनकी सहायता करना मेरा धर्म ही नहीं, कर्तव्य भी है। क्यों न मैं गरुड़ पर सवार होकर इसी रूप में शत्रु पर अपना क्रोध प्रदर्शित करूं? शायद भयभीत होकर शत्रु यहां से भाग ही जाये। शास्त्रों में भी कहा गया है

निर्विषेणापि सर्पेण कर्त्तव्या महती फणा।
विषं भवतु मा भूयात्फणाटोपो भयङ्करः॥

कि विषरहित सर्प को भी अपने बचाव के लिए अपने फन को दिखाना चाहिए। विष के होने अथवा न होने की बात कौन जानता है, फन की भयंकरता से ही काम बन जाता है।

जुलाहे ने यह भी सोचा कि यदि शत्रुओं को डराने में मेरी मृत्यु भी हो जाये, तो यह भी मेरे लिए अच्छा ही होगा। शास्त्रों का कथन है

गवामर्थे ब्राह्मणार्थे स्वाम्यर्थे स्त्रीकृतेऽथवा।
स्थानार्थे यस्त्यजेत्प्राणांस्तस्य लोकाः सनातनाः॥

कि गाय, ब्राह्मण, स्वामी, स्त्री और स्थान की रक्षा के लिए युद्ध में प्राण गंवाने वालों को दिव्यलोक की प्राप्ति होती है।

चन्द्रे मण्डलसंस्थे विगृह्यते राहुणा दिनाधीशः।
शरणागतेन सार्द्धं विपदपि तेजस्विनां श्लाघ्या॥

चन्द्रमण्डल में पहुंचने पर सूर्य को राहु के द्वारा ग्रस लिया जाता है, लेकिन फिर भी, सूर्य वहां जाना छोड़ नहीं देता। जब मैंने अपने को उनके सामने विष्णुरूप में प्रकट किया है, तो उन्हें इस प्रकार संकट में छोड़कर भाग जाना मुझे शोभा नहीं देता।

यह सोचकर जुलाहे ने राजकुमारी से कहा—प्रिये! आज मैं तुम्हारे पिता के शत्रुओं का वध करने के पश्चात् ही अन्न-जल ग्रहण करूंगा। तुम अपने पिता से शेष बची सेना के साथ व्यूह-रचना के लिए कह दो। मैं आकाश से ही सारे शत्रुओं को निस्तेज कर दूंगा।

राजकुमारी ने पिता को यह सब बताया, तो राजा ने सब कुछ वैसा ही कर दिया। इधर विष्णुरूपधारी जुलाहा भी युद्धक्षेत्र की ओर चल दिया।

इसी बीच भगवान् विष्णुनारायण ने गरुड़ का स्मरण किया और गरुड़ के उपस्थित होने पर श्रीनारायण बोले—गरुड़! तुम्हें मेरा रूप धारण कर और काठ के गरुड़ पर सवार होकर जुलाहे के राजकुमारी के साथ रति-भोग करने की जानकारी तो अवश्य होगी।

गरुड़ बोला—प्रभो! मैं उसकी धृष्टता से भली प्रकार परिचित हूं। आप आज्ञा कीजिये, मैं प्रस्तुत हूं।

नारायण बोले—वत्स! आज अपनी मृत्यु को निश्चित समझकर भी वह जुलाहा राजकुमारी के प्रति मोह के कारण ही मेरा वेश धारण करके युद्धक्षेत्र में जाने वाला है। लोगों को इस विषय में कुछ मालूम नहीं है। उसके पतन पर लोग विष्णु और गरुड़ को ही मारा गया समझेंगे। इस प्रकार हमारा वर्चस्व ही समाप्त हो जायेगा और हमारी पूजा का विधान भी मिट जायेगा। अतः तुम उस काठ के गरुड़ में प्रवेश करो और मैं जुलाहे के शरीर में प्रवेश कर लूंगा। शत्रुओं का मान-मर्दन करके ही हमारी प्रतिष्ठा बढ़ेगी।

गरुड़ और विष्णुजी के ऐसा करने पर शत्रुओं के तेज और बल को तो क्षीण होना ही था, राजा द्वारा अपने शत्रुओं पर विजय पाना भी सम्भव हो गया। इस पर विस्मित हुआ जुलाहा जब धरती पर उतरा, तो लोगों ने चारों ओर से उसे घेर लिया। तब जुलाहे ने लोगों को सारी कहानी सुना दी, लेकिन राजा ने शत्रुओं पर विजय का श्रेय उसे ही देते हुए अपनी कन्या का विवाह उससे कर दिया। इसके पश्चात् जुलाहा अपनी पत्नी के साथ सुखपूर्वक अपना जीवन व्यतीत करने लगा।

यह कथा सुनाकर दमनक ने कहा—अनेक बार उचित प्रकार से प्रयोग किये गये दम्भ के द्वारा भी अभीष्ट सिद्धि की जा सकती है।

इस पर दमनक को सावधान करते हुए करटक कहने लगा—बन्धु! तुम्हारी

सोच और तुम्हारा कहना ठीक हो सकता है, परन्तु मुझे तो भय ही लगता है; क्योंकि जहां सञ्जीवक बुद्धिमान् है, वहीं पिंगलक उग्र और भयंकर क्रोधी है। इसलिए मैं तुम्हारी बुद्धिमानी से प्रभावित होकर भी सञ्जीवक और पिंगलक के मध्य फूट डालने में तुम्हें समर्थ नहीं मानता।

दमनक बोला—मैं सीमित साधनों के होते हुए भी अपना उद्देश्य सिद्ध करने में अवश्य सफल होऊंगा। मैं जानता हूं

उपायेन हि यत्कुर्यात्तन्न शक्यं पराक्रमैः।
काक्या कनकसूत्रेण कृष्णसर्पो निपातितः॥

कि पराक्रम द्वारा भी जो काम न किया जा सके, समुचित उपाय करके उसे भी किया जा सकता है। एक साधारण कौवी ने अपने उपाय से ही उस काले अजगर का विनाश कर डाला था।

करटक के आग्रह पर दमनक उसे कौवी की कथा सुनाने लगा।

कथा क्रम : छह

किसी वन में स्थित एक वटवृक्ष पर कौआ-कौवी का जोड़ा रहता था। कौवी जब भी अण्डे देती, वटवृक्ष के नीचे रहने वाला काला अजगर उन अण्डों को खा लेता। सन्तान के दुःख से दुखी कौआ-कौवी दुखी और चिन्तित रहते थे।

एक दिन कौए ने पास में ही दूसरे वृक्ष पर रहने वाले गीदड़ के आगे अपना दुखड़ा रोया और कहने लगा—क्या इस संकट से उद्धार का कोई उपाय नहीं है? क्या इस अजगर के कारण हमें सन्तान का सुख कभी प्राप्त नहीं होगा? कृपया आप हमें कोई उपाय बताने की कृपा करें। मैं जानता हूं

यस्य क्षेत्रं नदीतीरे भार्य्या च परसङ्गता।
ससर्पे च गृहे वासः कथं स्यात्तस्य निर्वृतिः॥

कि नदी के किनारे पर स्थित खेत का स्वामी, पर-पुरुषगामिनी स्त्री का पति तथा जिस घर में सांप का निवास हो, वह परिवार कभी सुखी और निश्चिन्त नहीं रह सकता।

सांप के ही कारण हमारे प्राणों पर भी सदा संकट बना रहता है।

गीदड़ ने कहा—मित्र! अब तुम निश्चिन्त हो जाओ। इस अजगर को किसी उपाय से ही मारना होगा।

उपायेन जयो-यादृग् रिपोस्तादृग् न हेतिभिः।
उपायज्ञोऽल्पकायोऽपि न शूरैः परिभूयते॥

शस्त्रास्त्रों के द्वारा जिस शत्रु का विनाश नहीं किया जा सके, उसे उपाय से नष्ट करना सम्भव हो जाता है। उपाय जानने वाला व्यक्ति दुर्बल होकर भी बड़े--बड़े

सूरमाओं को पराजित कर देता है।

भक्षयित्वा बहून्मत्स्यानुत्तमाधममध्यमान्।
अतिलौल्याद्बकः कश्चिन्मृतः कर्कटकग्रहात्॥

अपने कथन के समर्थन में प्रमाण देते हुए गीदड़ बोला—उत्तम, मध्यम और अधम स्तर की छोटी-बड़ी सभी प्रकार की मछलियों को निगलने वाला एक बगुला अत्यधिक चञ्चलता दिखाने के कारण केकड़े के द्वारा मारा गया था।

कौआ-कौवी दोनों ने एक साथ पूछा—यह कैसी कथा है?

गीदड़ ने उत्तर दिया--सुनिये।

कथा क्रम : सात

किसी जंगल के एक तालाब में अनेक जलचर जीव भरे पड़े थे। वृद्ध हो जाने के कारण भूख से व्याकुल एक बगुला उस तालाब के किनारे पर बैठा आंसू बहा-बहाकर बिलख रहा था। उसकी दीन-दशा पर सहानुभूति दिखाते हुए एक केकड़े ने उससे उसके दुःख का कारण पूछा, तो वह और भी अधिक ज़ोर से रोते हुए कहने लगा—मुझे जीवों की हिंसा से वैराग्य हो गया है। इसलिए अब मैं भूखा रहकर ही अपने प्राण त्यागना चाहता हूं। इसीलिए मैं किनारे पर आयी मछलियों को देखता भी नहीं हूं।

केकड़े ने पूछा—क्या तुम मुझे अपने इस वैराग्य का कारण बता सकते हो? बगुला ने उत्तर दिया—मैं इसी सरोवर में पैदा हुआ और यहीं रहकर बड़ा भी हुआ हूं। इसलिए मुझे इस सरोवर से कुछ मोह हो गया है। आज एक ज्योतिषी कह रहा था कि रोहिणी नक्षत्र को भेदता हुआ शनि नक्षत्र मंगल व शुक्र ग्रहों के निकट आयेगा, जिसके कारण अगले बारह वर्षों तक वर्षा नहीं होगी। यह ज्योतिषाचार्य वराहमिहिर का कथन है, किसी ऐरे-ग़ैरे का नहीं।

यदि भिन्ते सूर्य्यपुत्रो रोहिण्याः शकटमिह लोके।
द्वादश वर्षाणि तदा न हि वर्षति वासवो भूमौ॥

शनि के द्वारा रोहिणी नक्षत्र का भेदन करने से पृथ्वी पर बारह वर्षों तक वर्षा नहीं होती।

रोहिणीशकटमध्यसंस्थिते
चन्द्रमस्यशरणीकृता जनाः।
क्वापि यान्ति शिशुपाचिताशनाः
सूर्य्यतप्तभिदुराम्बुपायिनः॥

रोहिणी नक्षत्र में चन्द्रमा के आ जाने का अर्थ होता है—जीवों का पानी की

एक-एक बूंद के लिए तरस जाना और आपस में ही लड़ मरना।

बगुला बोला—तब तो इस योग में इस तालाब का पानी भी सूख जायेगा। जिन स्थानों पर पलकर मैं पला-बढ़ा हूं, वे सभी स्थल जल न होने के कारण सूख जायेंगे और तपने लगेंगे। मुझसे तो अपनी जन्मभूमि की ऐसी दुर्दशा नहीं देखी जायेगी, अत: मैंने मौत को गले लगा लेने का निश्चय किया है। मुझे यह भी पता लगा है कि थोड़े जल वाले तालाबों में रहने वाले सभी जलचर प्राणियों को उनके बन्धु-बान्धव उन्हें गहरे और बड़े तालाबों में ले जा रहे हैं। साथ ही कुछ बड़े जीव—मकर, घड़ियाल आदि—भी बड़े तालाबों की ओर जा रहे हैं। शायद इस तालाब में रहने वाले जीवों को इस तथ्य की जानकारी नहीं है, इसीलिए वे निश्चिन्त हुए बैठे हैं, जबकि शीघ्र ही उनका सर्वनाश होने वाला है। इसीलिए मैं अपने को रोक नहीं पा रहा हूं और रो रहा हूं।

केकड़े ने सभी जलचर प्राणियों को इकट्ठा करके उन्हें बगुले द्वारा बतायी गयी विपत्ति से परिचित कराया। छोटे-बड़े सभी जलचर जीव चिन्तित हो उठे। वे बगुले के पास पहुंचकर उससे पूछने लगे—हे महात्मा! क्या हमारे बचने का कोई उपाय नहीं है?

बगुला बोला—घबराने की कोई आवश्यकता नहीं है। पास में ही गहरे जल वाला एक विशाल तालाब है, जो चौबीस वर्षों तक भी वर्षा न होने से सूखेगा नहीं। यदि तुम लोग मेरी पीठ पर बैठना स्वीकार करो, तो मैं तुम्हें उस तालाब तक ले जा सकता हूं। वहां तुम सब निश्चिन्त होकर रह सकोगे।

बगुले की बात पर विश्वास करके सभी जलचर उसकी पीठ पर बैठने को आतुर हो उठे। अब तो बगुला प्रतिदिन मछलियों को अपनी पीठ पर लाद कर ले जाता और थोड़ी दूर पर उन्हें एक शिला पर पटककर अपनी क्षुधा-पूर्ति कर लेता।

बगुले का यह खेल बहुत दिनों तक चलता रहा। एक दिन केकड़े ने भी सोचा कि वह भी बगुले की पीठ पर बैठकर नये तालाब तक जायेगा और वहां पहुंचकर मछलियों का समाचार प्राप्त करेगा।

बगुले ने सोचा कि आज मछलियों के बदले इसे खाकर इसका स्वाद लूंगा। यह सोचकर बगुला केकड़े को अपनी पीठ पर बिठाकर चल दिया। केकड़े ने ज्यों ही शिला के पास पड़ी हड्डियों को देखा, वह सावधान हो गया और पूछने लगा—यह नया तालाब कितनी दूर है? बगुला प्रसन्न होकर बोला—अरे मूर्ख! दूसरा तालाब यही है। मैंने तो अपनी भूख मिटाने के लिए यह उपाय सोचा था, आज मैं तुम्हें अपना आहार बनाऊंगा। बगुले का अभिप्राय जानकर केकड़े ने अपने दांतों से बगुले की गरदन को इस प्रकार जकड़कर पकड़ लिया कि बगुला

तुरन्त ही मर गया। केकड़े ने वापस लौटकर सभी जलचर प्राणियों को बगुले की चालाकी और उसकी मौत की जानकारी देते हुए कहा—वर्षा न होने की बात तो बगुले की चालाकी थी. इसीलिए वह सबको मूर्ख बनाता रहा।

यह कथा सुनाकर गीदड़ ने कहा—यदि बगुला केकड़े को कुछ भी न बताता, तो वह भी उसका आहार बन जाता। लेकिन बगुला अपनी ही ग़लती से अपने प्राण गंवा बैठा।

कौआ बोला—यह तो आपने उचित ही कहा है। अब इस अजगर से भी तो उद्धार का कोई उपाय बताओ।

गीदड़ बोला—तुम हर ओर घूमते रहते हो, अपनी आंखों को खुला रखो। कहीं किसी महल के पास किसी धनी व्यक्ति के मूल्यवान् हार को उठा लाओ और इस अजगर के बिल के पास डाल दो। हार की खोज करते हुए लोग जब यहां आकर इस अजगर को देखेंगे, तो वे इसे मार डालेंगे।

गीदड़ की सलाह पर कौए ने यही किया और अजगर मारा गया।

यह कथा सुनाकर दमनक कहने लगा—मैं शारीरिक बल से न हो सकने वाले कार्य को भी बुद्धि-बल द्वारा हो सकने वाला मानता हूं। शास्त्र का वचन है

यस्य बुद्धिर्बलं तस्य निर्बुद्धेस्तु कुतो बलम्।
वने सिंहो मदोन्मत्तः शशकेन निपातितः॥

कि बुद्धिमान् प्राणी ही शारीरिक बल का सही उपयोग कर सकता है। बुद्धिहीन व्यक्ति के लिए तो शारीरिक बल का होना-न होना एक समान होता है। एक छोटे-से ख़रगोश ने अपने बुद्धि-बल से सिंह-जैसे भयंकर प्राणी को मारकर यह सिद्ध कर दिखाया था कि बुद्धि के सामने शक्ति का महत्त्व कुछ भी नहीं होता।

करटक की जिज्ञासा पर दमनक ने उसे यह कथा सुनायी।

कथा क्रम : आठ

जंगल में रहने वाला भासुरक नामक सिंह प्रतिदिन अनेक पशुओं को मार डालता था। एक दिन सब पशुओं ने मिलकर विचार किया और वे सिंह के पास आकर उससे बोले—आपको अपनी भूख मिटाने के लिए प्रतिदिन केवल एक ही पशु की आवश्यकता होती है, लेकिन आप अनेक पशुओं को मार डालते हैं। हम आपके पास प्रतिदिन एक पशु भेज दिया करेंगे, जिससे आपकी भूख मिट जाया करेगी और आप किसी अन्य पशु का वध नहीं करेंगे। राजधर्म भी यही कहता है और आपको राजधर्म का पालन करना ही चाहिए। शास्त्र का कथन है

शनैः शनैश्च यो राज्यमुपभुङ्क्ते यथाबलम्।

रसायनमिव प्राज्ञः स पुष्टिं परमां व्रजेत्॥

कि अपनी शक्ति के अनुसार राज्य का धीरे-धीरे उपभोग करने वाला राजा ही बुद्धिमान् कहलाता है और रसायन का सेवन करने से पुष्ट होने वाले व्यक्ति के समान वह पुष्ट भी होता है।

विधिना मन्त्रयुक्तेन रूक्षापि मथितापि च।
प्रयच्छति फलं भूमिररणीव हुताशनम्॥

जिस प्रकार ठीक ढंग से रगड़ने पर यज्ञ की समिधा से अग्नि प्रकट होती है, ठीक ढंग से जोती गयी धरती ही पर्याप्त उपज देती है, उसी प्रकार उचित ढंग से खाने वाला राजा भी अधिक कीर्ति प्राप्त करता है।

गोपालेन प्रजाधेनोर्वित्तदुग्धं शनैः शनैः।
पालनात्पोषणादग्राह्यं न्याय्यां वृत्तिं समाचरेत्॥

राजारूपी ग्वाले को चाहिए कि वह प्रजारूपी गाय का दोहन धीरे-धीरे ही करे, जिससे प्रजापालन के साथ-साथ राजा के न्याय की भी प्रशंसा हो।

लोकानुग्रहकर्त्तारः प्रवर्द्धन्ते नरेश्वराः।
लोकानां संक्षयाच्चैव क्षयं यान्ति न संशयः॥

अपनी प्रजा का अनिष्ट निवारण करने वाला राजा जहां निरन्तर समृद्ध होता जाता है, वहां प्रजा का शोषण करने वाला राजा नष्ट हो जाता है, इसमें कोई सन्देह नहीं है।

सिंह ने भी पशुओं के प्रस्ताव को मान लिया और वह प्रतिदिन अपने पास आये पशु को मारकर अपना पेट भरने लगा। एक दिन एक ख़रगोश की बारी आयी, तो उसने सोचा कि जब मरना ही है, तो फिर सिंह के पास जाने में जल्दी क्यों की जाये? वह धीरे-धीरे चलने लगा। लेकिन समय पर आहार न मिलने के कारण सिंह परेशान हो उठा।

देर से और वह भी एक मरियल ख़रगोश को आया देखकर सिंह क्रोध से भर उठा और ख़रगोश से बोला—क्या तेरे आने का समय यह है?

ख़रगोश ने विनीत स्वर में उत्तर दिया—महाराज! मैं तो अपने घर से समय पर ही निकला था, लेकिन रास्ते में एक अन्य सिंह ने मुझको पकड़ लिया। मैं आपको सूचित करके उसे फिर से उसके पास लौटने का वचन देकर यहां आया हूं।

भासुरक बोला—कहां है वह दुष्ट? मेरे साथ चलकर मुझे दिखा, ताकि मैं उसका काम तमाम करके निश्चिन्त हो जाऊं। कहा भी तो गया है—

भूमिर्मित्रं हिरण्यञ्च विग्रहस्य फलत्रयम्।
नास्त्येकमपि यद्येषां न तं कुर्यात्कथञ्चन॥

कि भूमि, मित्र और सुवर्ण की प्राप्ति के लिए युद्ध करना न्यायसंगत होता है। हां,यदि इन तीनों में से एक की भी प्राप्ति का अवसर न हो, तो युद्ध नहीं करना चाहिए।

जातमात्रं न यः शत्रुं रोगञ्च प्रशमं नयेत्।
महाबलोऽपि तेनैव वृद्धिं प्राप्य स हन्यते॥

शत्रु और रोग की उपेक्षा करने तथा उन्हें तुरन्त ही नष्ट न करने का परिणाम यह होता है कि शत्रु अपने बल की वृद्धि करके अपने से बलवान् व्यक्ति को भी नष्ट कर डालता है।

उत्तिष्ठमानस्तु परो नोपेक्ष्यः पथ्यमिच्छता।
समौ हि शिष्टैराम्नातौ वत्स्र्यन्तावामयः स च॥

अतः अपना हित चाहने वाले राजा को चाहिए कि शत्रु को उभरने का अवसर ही न दे। नीतिकारों ने भी शत्रु और रोग को समान रूप से दुःखदायी माना है।

आत्मनः शक्तिमुद्वीक्ष्य मानोत्साहञ्च यो व्रजेत्।
बहून् हन्ति स एकोऽपि क्षत्रियान्भार्गवो यथा॥

अपनी शक्ति पर विश्वास करके मन में उत्साह धारण करने वाला राजा अल्पशक्तिशाली होने पर भी अनेक को मारने में समर्थ हो जाता है। परशुराम ने अकेले ही अनेक क्षत्रियों का वध करके इस तथ्य को प्रमाणित कर दिखाया है।

जंगल में दूसरा सिंह है, ख़रगोश के मुख से यह सुनकर भासुरक बोला— अरे, वह दूसरा सिंह जंगल में है या जंगल के बाहर, तुझे इससे क्या लेना-देना है? तू तो एक बार मुझे उससे मिला दो, बस।

ख़रगोश ने कहा—आप मेरे साथ चलिये।

यह कहकर ख़रगोश सिंह को कुएं के पास ले गया और बोला—अभी तो वह यहीं था। लगता है क़िले के भीतर चला गया है।

भासुरक ने क़िले को देखने की इच्छा प्रकट की, तो ख़रगोश ने उसे कुआं दिखा दिया। भासुरक ने कुएं में झांका, तो उसे कुएं के जल में अपना प्रतिबिम्ब दिखाई दिया, जिसे दूसरा सिंह समझकर वह ज़ोर-से दहाड़ा, तो उसे अपनी ही प्रतिध्वनि सुनाई दी, जिसे उसने शत्रु सिंह की आवाज़ समझा और क्रोध में आकर उसका वध करने के लिए उस पर झपट पड़ा और कुएं में डूबकर मर गया।

ख़रगोश ने अपने सभी साथी पशुओं को भासुरक के मारे जाने की सूचना देकर आनन्दित कर दिया।

यह कथा सुनाकर दमनक बोला—मैं बुद्धि को ही असली शक्ति मानता हूं। यदि तुम मुझसे सहमत हो, तो मैं पिंगलक सिंह और सञ्जीवक बैल में फूट

डाल दूं।

करटक ने कहा—मित्र! यदि तुम्हें अपने ऊपर विश्वास है, तो मेरी शुभ कामनाएं प्रस्तुत हैं। मैं ईश्वर से तुम्हारी सफलता के लिए प्रार्थना करूंगा।

यह सुनकर दमनक चल पड़ा। उसने पिंगलक को अकेला देखा, तो उसे प्रणाम निवेदन करके चुपचाप जा बैठा।

जब पिंगलक ने पूछा—तुम तो बहुत दिनों के बाद इधर आये, तो दमनक ने उत्तर दिया—महाराज! आपने मुझे कोई काम तो सौंप नहीं रखा, जिसके लिए मिलना आवश्यक हो। आज भी मैं जिस प्रयोजन से आया हूं, वह मेरे अधिकार की बात नहीं है, किन्तु आपके अहित को देखकर मुझसे रहा नहीं गया, इसलिए आया हूं। शास्त्रों में भी कहा है

प्रियं वा यदि वा द्वेष्यं शुभं वा यदि वाऽशुभम्।
अपृष्टोऽपि हितं वक्ष्येद्यस्य नेच्छेत्पराभवम्॥

कि अपने प्रियजन के अशुभ को न चाहने वाले व्यक्ति को उससे बिना पूछे भी उसके लिए प्रिय अथवा अप्रिय तथा शुभ अथवा अशुभ बात कह देनी चाहिए।

दमनक के कथन को समझते हुए पिंगलक ने कहा—तुम्हें जो कुछ कहना हो, निर्भय होकर कहो।

दमनक बोला—महाराज! आप विश्वास नहीं करेंगे, लेकिन यह सच है कि सञ्जीवक आपके साथ द्रोह करता है। उसने स्वयं मुझे बताया है कि वह आपकी शक्ति को देख चुका है और अब आपको मार डालने के लिए उचित अवसर की बाट जोह रहा है। उसने मुझे भी मन्त्री पद देने का लालच दिया है।

दमनक के मुख से यह सुनकर पिंगलक की बोलती बन्द हो गयी। सिंह के चेहरे पर उदासी देखकर दमनक समझ गया कि पिंगलक अवश्य ही मेरे विषय में सोच रहा होगा कि मैं सञ्जीवक का भरोसेमन्द हूं, अतः सञ्जीवक ने अवश्य ही मेरे वध के लिए इससे बात की होगी;

एकं भूमिपतिः करोति सचिवं राज्ये प्रमाणं यदा
तं मोहाच्छ्रयते मदः स च मदाद्दास्येन निर्विद्यते।
निर्विण्णस्य पदं करोति हृदये तस्य स्वतन्त्रस्पृहा
स्वातन्त्र्यस्पृहया ततः स नृपतेः प्राणेष्वपि द्रुह्यते॥

क्योंकि जब राजा किसी एक ही व्यक्ति को सारे अधिकार सौंप देता है, तो वह अधिकारी मदोन्मत्त हो जाता है, दासता से मुक्ति की कामना करने लगता है और अपनी इस कामना की पूर्ति के लिए राजा के विरुद्ध द्रोह करने अथवा उसके प्राण लेने में भी देर नहीं लगाता।

अभी दमनक इस विषय पर सोच ही रहा था कि मुझे किस प्रकार बात को

आगे बढ़ाना चाहिए कि पिंगलक कहने लगा—सञ्जीवक तो मेरा प्रिय सेवक है। वह मेरे साथ विश्वासघात नहीं कर सकता।

दमनक बोला—महाराज! किसी का मन बदलते कितनी देर लगती है?

न सोऽस्ति पुरुषो राज्ञां यो न कामयते श्रियम्।
अशक्ता एव सर्वत्र नरेन्द्रं पर्य्युपासते॥

राजा के समीप रहने वाला ऐसा कौन व्यक्ति है, जो राज्यलक्ष्मी को भोगने की इच्छा नहीं रखता? सच तो यह है कि शक्ति के अभाव के कारण ही लोग राजा की सेवा किया करते हैं।

पिंगलक बोला—मुझे तो उसके मनोभावों में ऐसा कोई विकार दिखाई नहीं दिया।

दमनक बोला—महाराज! आप बुरा न मानें, मैं पूछना चाहता हूं कि आपने सञ्जीवक में ऐसा क्या देख लिया कि इसे अपने मुंह लगा रखा है? यदि आप इसकी भारी-भरकम काया को देखकर इसे शक्तिशाली समझते हैं और यह सोचते हैं कि यह आपके शत्रुओं का विनाश कर सकता है, तो यह केवल आपका विचार है। इससे आपका कोई मतलब सिद्ध होने वाला नहीं है। यह घास खाने वाला जीव मांसाहारियों का सामना कैसे कर सकता है? मैं तो कहता हूं कि आप इसका वध कर डालिये।

उक्तो भवति यः पूर्वं गुणवानिति संसदि।
तस्य दोषो न वक्तव्यः प्रतिज्ञाभंगभीरुणा॥

जिसे एक बार लोगों के सामने गुणी कह दिया, उसका वध करने से आप पर वचन-भंग करने का दोष नहीं लग सकता; क्योंकि दुष्ट प्राणी वध के ही योग्य होता है।

इसके साथ ही आप इस बात की भी चिन्ता न करें कि आपने मेरे कहने पर जिसे जीवनदान दिया है, उसका वध कैसे करें अथवा मित्र बने सञ्जीवक पर क्रोध कैसे किया जाये? आपके लिए यह कोई नयी बात नहीं है।

इतः स दैत्यः प्राप्तश्रीर्नेत वार्हति क्षयम्।
विषवृक्षोपि संवर्द्ध्य स्वयं छेत्तुमसाम्प्रतम्॥

तारकासुर के उत्पातों से दुखी होकर जब देवों ने ब्रह्माजी से उसकी शिकायत की थी, तो ब्रह्माजी ने भी यही कहा था—मैंने इसे वर दिया है, अब मैं इसका वध कैसे करूं? अपने हाथ से लगाये विषैले पौधे को भी उखाड़ फेंकने में व्यक्ति को दुःख होता ही है।

आदौ न वा प्रणयिना प्रणयो विधेयो
दत्तोऽथवा प्रतिदिनं परिपोषणीयः।

उत्क्षिप्य यत्क्षिपति तत्प्रकरोति लज्जां
भूमौ स्थितस्य पतनाद्भयमेव नास्ति ॥

कहा भी गया है कि व्यक्ति को किसी अन्य से पहले तो प्रेम ही नहीं करना चाहिए, लेकिन यदि प्रेम कर ले, तो उसे निभाना चाहिए। ऐसा न करना लज्जाजनक होता है। देखा जाये, तो ऊपर खड़े व्यक्ति का ही नीचे गिरने की आशंका होती है। नीचे खड़े प्राणी को गिरने का क्या डर हो सकता है?

यदि आप यह सोचते हैं कि इसके द्वारा द्रोह किये जाने पर भी आपका इसे दण्ड देना उचित नहीं, तो यह आपकी भूल है। राजधर्म द्रोही व्यक्ति को क्षमा करने की अनुमति नहीं देता। राजनीति का कहना है कि जब से आपने इस बैल से मित्रता की है, आप राजधर्म को भी भूल गये हैं। इसलिए आपके सभी साथी आपसे बिछुड़ गये हैं। यह घास-फूस खाने वाला है, जबकि आप मांसाहारी हैं। आपके सभी आश्रित भी मांसाहारी हैं। जब आप हमारे लिए ही उद्यम नहीं करेंगे, तो हम कहां से खायेंगे और कैसे जीवित रहेंगे? सबका आपको छोड़कर चले जाने का कारण भी यही है। सञ्जीवक के साथ रहने से आपकी शिकार करने की प्रवृत्ति ही नहीं होगी और इस प्रकार राजधर्म का पालन नहीं हो सकेगा।

यादृशं सेव्यते भृत्यैर्यादृशांश्चोपसेवते।
कदाचिन्नात्र सन्देहस्तादृग्भवति पूरुषः ॥

राजा जिस प्रकार के सेवकों के साथ रहता है, धीरे-धीरे उसका स्वभाव भी वैसा ही हो जाता है।

असतां सङ्गदोषेण साधवो यान्ति विक्रियाम्।
दुर्य्योधनप्रसङ्गेन भीष्मो गोहरणे गतः ॥

दुष्टों के संग रहकर सज्जन भी दुर्जन बन जाते हैं। दुर्योधन के संग रहने से ही भीष्मपितामह गोहरण करने के लिए चले गये थे।

न ह्यविज्ञातशीलस्य प्रदातव्यः प्रतिश्रयः।
मत्कुणस्य च दोषेण हता मन्दविसर्पिणी ॥

इसीलिए सज्जन व्यक्ति नीच पुरुषों के संग से सदा बचने की चेष्टा करते हैं।

जिसके स्वभाव और चरित्र की भली प्रकार जानकारी न हो, उसे कभी आश्रय नहीं देना चाहिए। खटमल को आश्रय देने वाली धीमी गति से चलने वाली जूं को भी अपने प्राण गंवाने पड़ गये थे।

पिंगलक द्वारा इस कथा को सुनने की जिज्ञासा प्रकट करने पर दमनक बोला—सुनें महाराज।

कथा क्रम : नौ

किसी राजा के शयनकक्ष में सफ़ेद कपड़ों में लिपटी मन्दविसर्पिणी नामक एक जूं रहती थी, जो राजा के सो जाने पर उसका रक्त पीकर स्वस्थ होती जा रही थी। एक दिन अचानक ही अग्निमुख नामक एक खटमल घूमता-घामता वहां आ गया। जूं ने खटमल को सावधान करते हुए कहा—तुम ग़लत स्थान पर आ गये हो। किसी ने देख लिया, तो मारे जाओगे। तुम्हारा भला इसी में है कि यहां से तुरन्त चलते बनो।

खटमल बोला--घर में आये दुर्जन से भी कोई ऐसा व्यवहार नहीं करता।

एह्यागच्छ समाश्वसासनमिदं
कस्माच्चिराद्दृश्यसे
का वार्त्तानन्वतिदुर्बलोऽसिकुशलं
प्रीतोऽस्मि ते दर्शनात्।
एवं नीचजनेऽपि युज्यति
गृहं प्राप्ते सतां सर्वदा
धर्मोऽयं गृहमेधिनां निगदितः
स्मार्तैर्लघुः स्वर्गदः॥

अतिथि से तो कहा जाता है—आइये, पधारिये, बड़े सौभाग्य से आपके दर्शन हुए हैं। आप कुशल से तो हैं, हम तो आपके दर्शनों से कृतकृत्य अनुभव कर रहे हैं।

नीतिकारों ने नीच अतिथि के प्रति भी शिष्टता दिखाने वाले गृहस्थों को पुण्यात्मा और स्वर्ग-लाभ करने वाला बताया है।

यूं तो मैंने अनेक पुरुषों के रक्त पिये हैं और उनके खान-पान के कारण उनके रक्त से कड़वा, खट्टा, तीखा और कसैला आदि स्वाद भी चखे हैं, परन्तु मुझे किसी के भी रक्तपान से मीठे स्वाद का अनुभव नहीं हुआ। उत्तम अन्न तथा रसों आदि का सेवन करने वाले राजा के रक्त का स्वाद अवश्य ही मीठा होगा। केवल एक बार मुझे इसका स्वाद भी लेने दो।

रङ्कस्य नृपतेर्वापि जिह्वासौख्यं समं स्मृतम्।
तन्मात्रञ्च स्मृतं सारं यदर्थं यतते जनः॥

राजा और रंक दोनों में जीभ की लोलुपता एक-जैसी ही पायी जाती है। वास्तव में, प्राणी के जीवन का सार भी यही है। मैं तुमसे प्रार्थना करता हूं कि मुझे केवल एक बार यह सुख प्राप्त कर लेने दो।

यद्येवं न भवेल्लोके कर्म जिह्वाप्रतुष्टिदम्।
तन्न भृत्यो भवेत्कश्चित्कस्यचिद्वशगोऽथवा॥

इस जीभ की लोलुपता के कारण ही व्यक्ति एक-दूसरे का पराधीन बना हुआ है, अन्यथा कोई किसी की दासता क्यों स्वीकार करता ?

इन बातों पर विचार करते हुए आपको घर आये भूखे अतिथि को निराश नहीं करना चाहिए। अकेला खाने वाले को तो शास्त्र भी पापी मानते हैं। यदि मैं राजा का थोड़ा-सा रक्त पी लूंगा, तो आपका कुछ भी नहीं बिगड़ेगा ? मन्दविसर्पिणी ने कहा—ठीक है, लेकिन तुम यह भी समझ लो कि मैं राजा के सो जाने पर ही उसका रक्त पिया करती हूं। यदि तुम राजा के निद्रानिमग्न हो जाने तक प्रतीक्षा करने को तैयार हो, तो तुम यहां रुक सकते हो। जब मैं रक्तपान करूंगी, तब तुम भी उसका स्वाद ले लेना।

खटमल बोला—देवी ! मैं शपथपूर्वक कहता हूं कि आपके द्वारा रक्तपान करने के पश्चात् ही मैं आगे आऊंगा।

इस प्रकार खटमल वहां ठहर गया। कुछ देर बाद, अभी राजा अपने शयनकक्ष में आकर लेटा ही था कि अधीर बने खटमल ने राजा को काट खाया। शास्त्रकारों ने ठीक ही कहा है—

स्वभावो नोपदेशेन शक्यते कर्त्तुमन्यथा।
सुतप्तमपि पानीयं पुनर्गच्छति शीतताम्॥

कि ख़ूब गरम किया जाने पर भी जिस प्रकार पानी ठण्डा हो जाता है, उसी प्रकार यह भी सिद्ध होता है कि समझाने-बुझाने पर भी किसी के स्वभाव को बदला नहीं जा सकता।

यदि स्याच्छीतलो वह्निः शीतांशुर्दहनात्मकः।
न स्वभावोऽत्र मर्त्यानां शक्यते कर्तुमन्यथा॥

अग्नि का शीतल होना और चन्द्रमा का दाहक होना सम्भव हो सकता है, लेकिन किसी के स्वभाव का बदल जाना कभी सम्भव नहीं हो सकता।

खटमल के काटने से राजा को कांटा चुभने-जैसी पीड़ा हुई, जिससे वह शय्या छोड़कर उठ खड़ा हुआ। उसने सेवक को बुलाकर कहा कि बिस्तर में छिपे खटमल अथवा जूं को निकाला जाये। नौकर ने जांच-पड़ताल की, तो खटमल पलंग के किसी छेद में छिप गया और चादर में छिपी जूं पकड़कर मार डाली गयी।

यह कथा सुनाकर दमनक पिंगलक से बोला—महाराज ! इसीलिए नीतिकारों ने अपरिचित व्यक्ति के साथ मैत्री करने की मनाही की है। मैं तो आपको उसे मार डालने का ही सुझाव दूंगा। यदि आपने ऐसा न किया, तो अवसर मिलते ही वह आपको मार डालेगा;

त्यक्ताश्चाभ्यन्तरा येन बाह्याश्चाभ्यन्तरीकृताः।

स एव मृत्युमाप्नोति यथा राजा ककुदद्रुमः ॥

क्योंकि अपने विश्वस्त व्यक्तियों को छोड़कर अपरिचित लोगों को गौरव देने वाला व्यक्ति ककुदद्रुम राजा की भांति नष्ट हो जाता है।

पिंगलक की जिज्ञासा पर उसे ककुदद्रुम राजा की कथा सुनाता हुआ दमनक बोला—

कथा क्रम : दस

जंगल में रहने वाला चण्डरव नामक गीदड़ अपनी भूख मिटाने के लिए किसी गांव में घुसा, तो कुत्तों ने उसे घेर लिया और काट खाया। अपने बचाव के लिए गीदड़ पास में बने धोबी के घर में घुस गया और खुले पड़े नील के कड़ाह में जा गिरा। अपने शरीर पर चढ़े नीले रंग को देखकर गीदड़ ने उससे लाभ उठाने की सोची; क्योंकि नीला रंग कभी नहीं छूटता।

वज्रलेपस्य मूर्खस्य नारीणां कर्कटस्य च।
एको ग्रहस्तु मीनानां नीलीमद्यपयोर्यथा ॥

वज्र-लेप (एक प्रकार का प्लास्टर), मूर्ख व्यक्ति, नारी, केकड़ा, मछली, शराबी और नील की अवस्था एक-जैसी ही होती है। वज्र-लेप से चाहे कभी मुक्ति मिल जाये, किन्तु केकड़े, मछली के दांतों और नीले रंग से कभी मुक्ति नहीं मिलती।

चण्डरव गीदड़ के जंगल में आने पर उसके विचित्र रंग और आकृति से डरे सिंह आदि प्राणी भी इधर-उधर भागने लगे। गीदड़ ने भागते हुए प्रणियों को अभयदान देते हुए कहा—ब्रह्माजी ने मुझे तुम सब पर शासन करने के लिए यहां भेजा है। तुम्हें मुझसे डरना नहीं चाहिए। मैं ऐसी न्याय-व्यवस्था करूंगा कि किसी को कोई कष्ट नहीं होगा।

चण्डरव गीदड़ ने सिंह को मन्त्रीपद, व्याघ्र को शय्यापाल, गेंडे को ताम्बूल नायक तथा भेड़िये को सुरक्षाधिकारी नियुक्त कर दिया। इस प्रकार उस मूर्ख ने सारे बड़े-बड़े पद अन्य अनेक प्राणियों को दे दिये, किन्तु अपने जाति-बन्धुओं को अनदेखा व अपमानित कर उनसे दूर-दूर रहने लगा।

गीदड़ इस बात से तो प्रसन्न थे कि उनका जाति-बन्धु जंगल का शासक था, परन्तु उसका व्यवहार उन्हें एकदम अप्रिय लगता था। समझाने-बुझाने का कोई अनुकूल परिणाम न निकलते देख गीदड़ों ने योजनाबद्ध होकर सामूहिक रूप से 'हुआ-हुआ' की ध्वनि करनी आरम्भ कर दी, जिसे सुनकर चण्डरव प्रयत्न करने पर भी स्वयं को रोक न सका। वह भी उनके साथ मिलकर हुआ-हुआ की ध्वनि करने लगा।

चण्डरव के इस आचरण से सिंह आदि पशुओं पर उसकी असलियत उजागर हो गयी और सभी पशुओं ने उस दुष्ट के वध का निर्णय ले लिया। भनक पंड़ते ही चण्डरव ने भागकर अपने प्राण बचाने का प्रयास किया, किन्तु वह सिंह के हाथों मारा गया।

यह कथा सुनाकर दमनक बोला—इसीलिए मैं कहता हूं कि किसी भी अपरिचित से मैत्री का परिणाम दु:खदायी ही होता है।

पिंगलक ने पूछा—सञ्जीवक के द्वारा मेरे प्रति दुर्भाव रखने का तुम्हारे पास क्या प्रमाण है?

दमनक बोला—उसने आज प्रात:काल ही आपका वध करने के अपने निर्णय की जानकारी मुझे दी है। इससे बड़ा प्रमाण और क्या हो सकता है?

आज जब वह आपके पास आयेगा, तो उसका चेहरा क्रोध से तमतमा रहा होगा, आंखें लाल होंगी, होठ कांप रहे होंगे और वह आपको घूर रहा होगा। क्या ये संकेत मेरे कथन के समर्थन के लिए पर्याप्त नहीं होंगे?

इस प्रकार पिंगलक को सञ्जीवक के विरुद्ध भड़काकर दमनक चुपके से सञ्जीवक के पास जा पहुंचा। सञ्जीवक ने भी दमनक के आने पर अपने मन की बेचैनी को छिपा लिया और दमनक के बैठ जाने पर उससे पूछा—सब कुशल तो है? इस बार बहुत दिनों बाद दिखाई दिये हो।

ते धन्यास्ते विवेकज्ञास्ते सभ्या इह भूतले।
आगच्छन्ति गृहे येषां कार्य्यार्थं सुहृदो जना:॥

नीतिकारों ने उन लोगों को धन्य, सभ्य और विवेकी माना है, जिनके पास अपनी कार्यसिद्धि के लिए मित्र आते-जाते रहते हैं।

दमनक धीमे स्वर में बोला—महाराज! सेवकों को कहां चैन?

सम्पत्तय: परायत्ता: सदा चित्तमनिर्वृतम्।
स्वजीवितेऽप्यविश्वासस्तेषां ये राजसेवका:॥

सेवकों की नौकरी तो अपने स्वामी की प्रसन्नता पर ही निर्भर रहती है। उन्हें तो अपने जीवन के भी सुरक्षित रहने का विश्वास नहीं रहता। इसलिए सेवक कैसे कुशल हो सकते हैं?

जीवन्तोऽपि मृता: पञ्च श्रूयन्ते किल भारते।
दरिद्रो व्याधितो मूर्ख: प्रवासी नित्यसेवक:॥

दरिद्र, रोगी, मूर्ख, प्रवासी और सेवा-कर्म से अपना निर्वाह करने वाला—इन पांचों के जीवित रहने पर भी सेवक मृत ही समझे जाते हैं।

नाश्नाति स्वेच्छयौत्सुक्याद्विनिद्रो न प्रबुध्यते।
न नि:शंकं वचो ब्रूते सेवकोऽप्यत्र जीवति॥

जब सेवक न तो अपनी इच्छा से खा-पी सके, न अपनी इच्छा से सो अथवा जाग सके और न ही कुछ बोल सके, तो ऐसी हालत में जीने वाले सेवक को जीवित कैसे कहा जा सकता है?

सेवा श्ववृत्तिराख्याता यैस्तैर्मिथ्या प्रजल्पितम्।
स्वच्छन्दं चरति श्वाऽत्र सेवकः परशासनात्॥

सेवा-कर्म को कुत्ते के आचरण के समान निकृष्ट बताने वाले यह भूल जाते हैं कि कुत्ता अपनी इच्छा से घूम-फिर सकता है, किन्तु सेवक तो अपनी इच्छा से घूम-फिर भी नहीं सकते। उन्हें तो प्रत्येक कार्य के लिए स्वामी की आज्ञा लेनी पड़ती है।

सञ्जीवक ने पूछा—इतनी भूमिका बांधकर तुम कहना क्या चाहते हो?

दमनक ने कहा—सचिवों को स्वामी की किसी भी गुप्त योजना को प्रकाशित नहीं करना चाहिए;

यो मन्त्रं स्वामिनो भिद्यात्साचिव्ये सन्नियोजितः।
स हत्वा नृपकार्यं तत्स्वयञ्च नरकं व्रजेत्॥

क्योंकि ऐसा व्यक्ति स्वामी के गुप्त रहस्यों को प्रकट करके उसके कार्य को तो बिगाड़ता ही है, स्वयं भी नरकगामी होता है।

लेकिन आपके प्रति अपने स्नेह के कारण मैं आपको स्वामी की गुप्त योजना से परिचित करा देना उचित ही समझता हूं। इसका कारण यह है कि मेरे भरोसे ही आपने महाराज से सम्बन्ध जोड़ा है।

विश्रम्भाद्यस्य यो मृत्युमवाप्नोति कथञ्चन।
तस्य हत्या तदुत्थां सा प्राहेदं वचनं मनुः॥

मनु के अनुसार किसी के विश्वास में आकर मरने वाले व्यक्ति की मृत्यु का दोषी उसे विश्वास दिलाने वाला ही होता है।

बात यह है कि पिंगलक ने मुझे गुप्त रूप से बताया है कि वह आपको ठिकाने लगाना चाहता है और आपका वध करके अपने परिवार को स्वादिष्ट भोज देना चाहता है। मैंने उन्हें समझाने की चेष्टा की है; क्योंकि मित्र से विश्वासघात करना अनुचित है। नीतिशास्त्र भी कहते हैं

अपि ब्रह्मवधं कृत्वा प्रायश्चित्तेन शुद्ध्यति।
तदर्हेण विचीर्णेन न कथञ्चित्सुहृद्द्रुहः॥

कि ब्राह्मण के वध का प्रायश्चित्त तो है, उसकी निवृत्ति का उपाय भी है, लेकिन मित्र के साथ किये विश्वासघात से निवृत्ति का तो कोई उपाय ही नहीं है।

मेरे इस सुझाव पर ही क्रुद्ध होकर पिंगलक ने कहा—अरे मूर्ख! हम मांसाहारी प्राणी हैं और सञ्जीवक शाकाहारी है। हम दोनों में मित्रता कैसी? वह

तो हमारा आहार है और प्राप्त आहार की उपेक्षा करना मूर्खता है। हम जानते हैं कि उसके वध से हमें कोई दोष नहीं लगेगा। शास्त्रों का तो यहां तक कहना है

दत्त्वापि कन्यकां वैरी निहन्तव्यो विपश्चिता।
अन्योपायैरशक्यो यो हते दोषो न विद्यते॥

कि यदि शत्रु की किसी अन्य उपाय से हत्या करना सम्भव न हो, तो उसे अपनी लड़की देकर भी मार डालना चाहिए।

कृत्याकृत्यं न मन्येत क्षत्रियो युधि सम्मतः।
प्रसुप्तो द्रोणपुत्रेण धृष्टद्युम्नः पुरा हतः॥

युद्ध के लिए तैयार क्षत्रिय को शत्रु का वध करने में उचित-अनुचित का विचार नहीं करना चाहिए। अश्वत्थामा ने भी सोते हुए धृष्टद्युम्न का वध करके इस तथ्य की पुष्टि ही की है।

मैं पिंगलक के इस विचार को जानकर ही आपके पास आया हूं। मैंने आपको बता दिया है। अब यदि आपका अहित होता है, तो मुझ पर मित्र से विश्वासघात का दोष नहीं लगेगा। अब आप जो उचित समझें, वह करें।

यह सुनकर सञ्जीवक मूर्छित हो गया और कुछ देर के पश्चात् सचेत होकर बोला—विद्वानों ने ठीक ही कहा है

दुर्जनगम्या नार्य्यः प्रायेणास्नेहवान्भवति राजा।
कृपणानुसारि च धनं मेघो गिरिदुर्गवर्षी च॥

कि स्त्रियां प्रायः दुर्जनों के चंगुल में फंस जाती हैं, स्वामी प्रायः कठोर ही होते हैं, धन प्रायः कंजूस के पास ही होता है और बादल प्रायः पर्वतों पर ही बरसते हैं।

अहं हि सम्मतो राज्ञो य एवं मन्यते कुधीः।
बलीवर्दः स विज्ञेयो विषाणपरिवर्जितः॥

अपने को स्वामी का प्रिय समझने वाले सेवक को सींगरहित बैल ही समझना चाहिए। मुझे पिंगलक से मैत्री करनी ही नहीं चाहिए थी। यह मुझसे बड़ी भारी ग़लती हो गयी है।

ययोरेव समं वित्तं ययोरेव समं कुलम्।
तयोर्मैत्री विवाहश्च न तु पुष्टविपुष्टयोः॥

मित्रता और विवाह-सम्बन्ध समान धन तथा समान परिवार वाले लोगों के साथ ही शोभा देता है। ऊंच-नीच का भेद होने पर मित्रता और विवाह-सम्बन्ध सफल नहीं रहते।

मृगा मृगैः सङ्गमनुव्रजन्ति
गावश्च गोभिस्तुरगास्तुरङ्गैः।
मूर्खाश्च मूर्खैः सुधियः सुधीभिः

समानशीलव्यसनेन सख्यम्॥

मृग मृगों का, गायें गायों का, अश्व अश्वों का, मूर्ख मूर्खों का और बुद्धिमान् बुद्धिमानों का साथ पाकर ही शोभायमान होते हैं; क्योंकि समान गुण, स्वभाव और स्थिति वाले प्राणियों में ही मित्रता निभ सकती है।

अब यदि मैं उसकी खुशामद भी करूं, तो भी लगता है कि हम दोनों की मित्रता निभ नहीं सकेगी; क्योंकि अवश्य ही कुछ ईर्ष्यालुओं ने मेरे विरुद्ध पिंगलक के कान भर दिये हैं, इसीलिए वह मुझ पर क्रुद्ध हो रहा है।

प्रभोः प्रसादमन्यस्य न सहन्तीह सेवकाः।
सपत्न्य इव संक्रुद्धाः स्वपत्न्याः सुकृतैरपि॥

जिस प्रकार कोई सौतिन अपने पति के किसी एक पत्नी के प्रति प्यार को सहन नहीं कर पाती, उसी प्रकार सेवक भी अपने सिवा किसी दूसरे से स्वामी की मित्रता को पसन्द नहीं करते। इसका एक कारण यह भी हो सकता है कि गुणियों को अपने समीप पाकर स्वामी गुणहीनों को कोई सम्मान नहीं देते।

दमनक बोला—यदि आप ऐसा समझते हैं, तो आपको किसी चिन्ता की आवश्यकता नहीं। आप महाराज से मिलकर और उन्हें अपने वचनों से अपने अनुकूल बना सकते हैं।

सञ्जीवक बोला—मैं तुम्हारे इस विचार से सहमत नहीं; क्योंकि दुर्जन अपने एक उपाय के विफल हो जाने पर अन्य उपायों का सहारा लेकर अपने मनोरथ को पूरा कर लेते हैं।

बहवः पण्डिताः क्षुद्राः सर्वे मायोपजीविनः।
कुर्य्युः कृत्यमकृत्यं वा उष्ट्रे काकादयो यथा॥

ऐसे व्यक्ति पढ़-लिखकर छल-कपट में विश्वास करने लगते हैं और प्रायः एक-दूसरे के साथ मिलकर अपने कार्य की सिद्धि के लिए सही-ग़लत करने लगते हैं। कौए और गीदड़ के द्वारा ऊंट के साथ किया गया उनका व्यवहार इसी तथ्य का साक्षी है।

दमनक की उत्सुकता पर सञ्जीवक ने उसे यह कथा सुनायी—

कथा क्रम : ग्यारह

किसी जंगल में मदोत्कट नामक सिंह ने अपने अनुचरों के साथ अपने झुण्ड से बिछड़कर उस जंगल में आ गये एक ऊंट को देखा, तो उसने अपने साथियों से यह पता लगाने के लिए कहा कि यह ऊंट पालतू है या जंगली? कौआ बोला—महाराज! मैं जानता हूं कि यह पशु पालतू है। आप इसको अपना भोजन बना सकते हैं।

कौए की इस बात से सहमति प्रकट न करते हुए सिंह ने कहा—अतिथिरूप में आये इस जानवर का वध करना मुझे उचित नहीं लगता। शास्त्रों में कहा गया है

गृहे शत्रुमपि प्राप्तं विश्वस्तमकुतोभयम्।
यो हन्यात्तस्य पापं स्याच्छतब्राह्मणघातजम्॥

कि विश्वास करके निश्शंक होकर घर में आये शत्रु की हत्या करने वाले को सौ ब्राह्मणों की हत्या करने का पाप लगता है।

सिंह ने अपने सेवकों को आदेश दिया कि तुम अतिथिरूप में आये ऊंट को अभयदान देकर मेरे पास ले आओ, ताकि मैं उससे उसके यहां आने का कारण पूछ सकूं। स्वामी का आदेश पाकर जब सेवक ऊंट को सिंह के पास ले आये, तो पूछे जाने पर उसने अपने साथियों से बिछड़ने की बात कही।

इस पर ऊंट को आश्वासन देते हुए सिंह ने कहा—अब तुम्हें वापस अपने गांव जाने और भारी बोझ ढोने की कोई आवश्यकता नहीं। तुम इस जंगल में निश्शंक होकर रह सकते हो और यहां की हरी एवं कोमल घास खा सकते हो। आज से तुम हमारे साथी बनकर कभी हमारे साथ, तो कभी अकेले कहीं भी घूम-फिर सकते हो। ऊंट ने सिंह के प्रति अपना आभार प्रकट किया और वह उस जंगल में रहने लगा।

एक बार वह सिंह किसी बलवान् हाथी के साथ युद्ध करते समय घायल हो गया और उसे अपने प्राण बचाने के लिए मैदान छोड़कर भागना पड़ा। हाथी ने सिंह को इतना घायल कर दिया था कि उसके लिए शिकार करना भी असम्भव हो गया और वह भूख के कारण दुखी रहने लगा। इसीलिए वह दिन-प्रतिदिन दुर्बल भी होता गया।

सिंह ने अपने सेवकों को किसी प्राणी का वध करके अपने पास लाने को कहा, ताकि वह अपनी भूख मिटा सके। सेवक जंगल में इधर-उधर भटकते रहे, परन्तु उन्हें ऐसा कोई जीव नहीं मिला, जिसे मारकर वे अपने स्वामी की भूख मिटाकर उसकी रक्षा कर सकते।

निराश होकर गीदड़ और कौआ आपस में सलाह करने लगे। कौआ बोला—क्यों न हम अपने स्वामी को ऊंट के वध के लिए सहमत कर लें? इससे स्वामी का पेट भी भर जायेगा और हमें भी स्वादिष्ट मांस खाने के लिए मिल जायेगा, लेकिन मुझे भय है कि स्वामी इसके वध को उद्यत न होगा।

गीदड़ बोला—तुम इसकी चिन्ता मत करो। मैं कोई उपाय सोचता हूं। तब कौआ और गीदड़, दोनों सिंह के पास जाकर बोले—महाराज! वन में भटकते-भटकते हमारे पैरों में छाले पड़ गये हैं, किन्तु अभी तक हमें कोई प्राणी नहीं मिला।

भूख के कारण हमारा भी बुरा हाल है, अब तो सांस लेना भी दूभर हो रहा है। आपने भी इतने दिनों से कुछ नहीं खाया। यदि यही स्थिति रही, तो आपके प्राणों पर भी बन सकती है। आप हमें इस ऊंट का वध करने की अनुमति देकर इस समस्या का समाधान क्यों नहीं कर लेते?

गीदड़ के इस सुझाव पर सिंह कहने लगा—बस, अब अगर मुंह खोला, तो तेरी ख़ैर नहीं। क्या तुझे नहीं मालूम

न गोप्रदानं न महीप्रदानं
न चान्नदानं हि तथा प्रधानम्।
यथा वदन्तीह बुधाः प्रधानं
सर्वप्रदानेष्वभयप्रदानम्॥

कि गोदान, भूमिदान और अन्नदान से भी कहीं अधिक महत्त्वपूर्ण अभयदान होता है। इसीलिए इसे सर्वोत्तम दान कहते हैं।

गीदड़ बोला—स्वामी! यह तो उचित बात है कि किसी को अभयदान देकर उसका वध करना उचित नहीं है, परन्तु यदि कोई स्वयं ही अपना जीवन समर्पण कर दे, तो उसकी हत्या करने में कोई दोष नहीं होता। यदि वह ऊंट स्वयं अपने आपको प्रस्तुत कर दे और फिर भी आप उसका वध न करें, तो फिर आप हममें से किसी एक का वध करके अपने प्राणों की रक्षा कीजिये। आपके प्राण हमारे सबके प्राणों से अधिक मूल्यवान् हैं। यदि आपको कुछ हो गया, तो हमारे जीवित रहने पर धिक्कार है;

यस्मिन्कुले यः पुरुषः प्रधानः
स सर्वयत्नैः परिरक्षणीयः।
तस्मिन्विनष्टे कुलसारभूते
न नाभिभंगे ह्यरयो वहन्ति॥

क्योंकि कुल के मुखिया की सभी प्रकार से रक्षा करना सभी परिजनों का धर्म है। मुखिया के न रहने पर परिवार बिखर जाता है और शत्रु उस पर हावी हो जाते हैं।

सिंह बोला—यदि तुम इसे उचित समझते हो, तो मुझे इसमें कोई आपत्ति नहीं है।

सिंह की सहमति मिलने की देर थी कि सभी मांसाहारी जानवर एकत्र हो गये और ऊंट के पास जाकर उससे कहने लगे—स्वामी की जान ख़तरे में है। यदि उन्हें कुछ हो गया, तो हम सबकी रक्षा कौन करेगा? क्यों न हम सब स्वामी के प्राणों की रक्षा के लिए उन्हें अपना जीवन देकर उन्हें बचा लें? शास्त्र भी तो **यही कहते हैं**

आपदं प्राप्नुयात्स्वामी यस्य भृत्यस्य पश्यतः।
प्राणेषु विद्यमानेषु स भृत्यो नरकं व्रजेत्॥

कि स्वामी को विपत्ति में फंसा देखकर अपने प्राणों के बारे में सोचने वाले सेवक नरकगामी होते हैं।

इस प्रकार सिंह के सभी सेवकों ने ऊंट को फुसलाकर उसे अपने साथ ले लिया और सिंह के पास आकर सब चुपचाप बैठ गये। सिंह ने पूछा—क्या भूख मिटाने के लिए कोई शिकार मिला अथवा नहीं? कौआ बोला—महाराज! मैंने तो उड़कर इधर-उधर टोह ली, लेकिन मुझे तो कहीं कोई पशु नहीं मिला। अतः आज आप मुझे खाकर अपने प्राणों की रक्षा कर लीजिये। आपके लिए अपने प्राण त्यागने पर मुझे स्वर्ग की प्राप्ति होगी। शास्त्रों का कथन है

स्वाम्यर्थे यस्त्यजेत्प्राणान्भृत्यो भक्तिसमन्वितः।
परं स पदमाप्नोति जरामरणवर्जितम्॥

कि स्वामी के लिए भक्तिपूर्वक अपने प्राण त्यागने वाला सेवक जरा-मृत्युरहित परमपद को प्राप्त करता है।

कौए के वचन सुनकर गीदड़ भी कहने लगा—स्वामिन्! इस छोटे-से कौए को खाकर आपकी भूख कहां मिटेगी, आप तो मुझे खाकर अपनी भूख मिटाइये। मैं स्वयं आपके लिए अपना जीवन अर्पित कर रहा हूं, इसलिए आपको पाप नहीं लगेगा।

सिंह ने कहा—तुम सबने अपनी स्वामिभक्ति का परिचय दिया है, अतः तुम सब स्वामीभक्ति के ऋण से उऋण हो गये। अब दोनों लोकों में तुम्हारी जय-जयकार होगी।

तभी एक अन्य पशु आगे बढ़कर कहने लगा—स्वामी! आप मुझे अपना लोक-परलोक सुधारने का अवसर दीजिये। आप मुझे अपना आहार बनाइये;

स्वाम्यायत्ताः सदा प्राणा भृत्यानामर्जिता धनैः।
यतस्ततो न दोषोऽस्ति तेषां ग्रहणसम्भवः॥

क्योंकि सेवक के शरीर का पालन-पोषण स्वामी के धन से ही होता है, अतः आवश्यकता के समय सेवक के प्राणों को लेने से स्वामी को कोई दोष नहीं लगता।

गेंडा बोला—महाराज! ये सारे पशु छोटे और अपने जाति-बन्धु हैं और नाखूनों वाले भी हैं। अतः इन सबको छोड़कर आप मुझे अपना आहार बनाइये;

नाभक्ष्यं भक्षयेत्प्राज्ञः प्राणैः कण्ठगतैरपि।
विशेषात्तदपि स्तोकं लोकद्वयविनाशकम्॥

क्योंकि प्राणों पर संकट उपस्थित होने पर अभक्ष्य-भक्षण का विचार करना उचि

नहीं। फिर इन छोटे शरीर वाले जीवों को खाने से न तो भूख मिटती है और न ही परलोक संवरता है।

सिंह बोला—हां, तुमने भी अपनी कुलीनता का परिचय दे दिया।

एतदर्थे कुलीनानां नृपाः कुर्वन्ति संग्रहम्।
आदिमध्यावसानेषु न ये गच्छन्ति विक्रियाम्॥

इसीलिए राजा कुलीन व्यक्तियों को ही अपनी सेवा में स्थान देते हैं; क्योंकि कुछ भी हो जाये, वे अपना कर्तव्यपालन करने से नहीं चूकते।

अब चीता आगे बढ़ते हुए बोला—यदि तुम्हारी बात पूरी हो गयी हो, तो मैं भी अपना मुंह खोलूं। इसके पश्चात् चीता बोला—महाराज! आप मुझे अपना आहार बना लें और मेरी सद्गति हो जाने दें। अब आप इसमें अधिक सोच-विचार न करें। मैं जानता हूं

मृतानां स्वामिनः कार्य्ये भृत्यानामनुवर्तिनाम्।
भवेत्स्वर्गेऽक्षयो वासः कीर्त्तिश्च धरणीतले॥

कि स्वामी के लिए प्राणों का त्याग करने वाले सेवकों को स्वर्गलोक में स्थान मिलता है और इस लोक में भी कीर्ति मिलती है।

ऊंट ने देखा कि सभी पशु अपनी-अपनी स्वामिभक्ति का परिचय दे रहे हैं और सिंह भी सबके प्रति सज्जनता दिखा रहा है। यदि मैं ऐसा नहीं करता, तो मैं अधम और अकुलीन कहलाऊंगा। जब स्वामी ने अन्य किसी के भी प्रस्ताव को स्वीकार नहीं किया, तो वह मेरा प्रस्ताव ही क्यों स्वीकार करेंगे?

यह सोचकर वह बोला—महाराज! ये सारे पशु अभक्ष्य हैं; क्योंकि ये सब आपकी जाति के ही हैं। आपका इन्हें खाना उचित नहीं;

मनसापि स्वजात्यानां योऽनिष्टानि प्रचिन्तयेत्।
भवन्ति तस्य तान्येव इह लोके परत्र च॥

क्योंकि मन से भी अपनी जाति का अनिष्ट सोचने वाले इस लोक में निन्दित होते हैं और परलोक में उनकी दुर्गति होती है।

अतः आप इन सबको छोड़कर मुझे अपना आहार बना लीजिये;

न यज्वानोऽपि गच्छन्ति तां गतिं नैव योगिनः।
यां यान्ति प्रोज्झितप्राणाः स्वाम्यर्थं सेवकोत्तमाः॥

क्योंकि स्वामी के लिए अपने जीवन की आहुति देने वाला सेवक यजमानों और योगियों को मिलने वाले परम पद को पाता है।

ऊंट के कहने की देर थी कि गीदड़ और चीते ने बिना एक पल की भी प्रतीक्षा किये उसका पेट फाड़ डाला और फिर सबने अपनी भूख मिटायी।

यह कथा सुनाकर सञ्जीवक बोला—दमनक! मैं समझ गया हूं कि तुम्हारा

स्वामी क्षुद्र सेवकों से घिर गया है। ऐसे स्वामी के साथ रहना ख़तरे से ख़ाली नहीं;

अशुद्धप्रकृतौ राज्ञि जनता नानुरज्यते।
यथा गृध्रसमासन्नः कलहंसः समाचरेत्॥

क्योंकि जिस प्रकार गीधों से घिरा कलहंस कोई उत्तम आचरण नहीं कर सकता, उसी प्रकार नीच सेवकों से घिरा हुआ राजा भी प्रजा का कोई हित नहीं कर सकता।

मुझे पूरा विश्वास है कि किसी दुष्ट सेवक ने ही स्वामी के कान भरकर उसे मेरे प्रति इस प्रकार क्रोधित कर दिया है।

मृदुना सलिलेन खन्यमानान्यव-
घृष्यन्ति गिरेरपि स्थलानि।
उपजापविदां च कर्णजापैः किमु
चेतांसि मृदूनि मानवानाम्॥

जब कोमल जल के प्रहार से कठोर पत्थर भी घिस जाते हैं, तो किसी के विरुद्ध सुनते रहने से यदि स्वामी का चित्त बिगड़ जाये, तो इसमें आशंका नहीं करनी चाहिए।

कर्णविषेण च भग्नः किं किं
न करोति बालिशो लोकः।
क्षपणकतामपि धत्ते
पिबति सुरां नरकपालेन॥

कान भरे जाने पर मनुष्य की वृद्धि अथवा पतन भी सम्भव है। वह संसार से विरक्त भी हो सकता है और मनुष्य की खोपड़ी में मदिरा पीने वाला अघोरी भी बन सकता है।

सञ्जीवक ने पूछा—अब तुम्हारे विचार में मुझे क्या करना चाहिए?

दमनक बोला—मेरे विचार में तो आपको यहां से भाग जाना चाहिए; क्योंकि ऐसे दुष्ट स्वामी की सेवा करना बिल्कुल उचित नहीं है। कहा भी गया है

गुरोरप्यवलिप्तस्य कार्य्याकार्य्यमजानतः।
उत्पथप्रतिपन्नस्य परित्यागो विधीयते॥

कि उजड्ड, करणीय-अकरणीय का ज्ञान न रखने वाले एवं कुमार्ग पर चलने वाले अपने से बड़े व्यक्ति को भी बिना सोच-विचार किये छोड़ देना चाहिए।

सञ्जीवक बोला—क्रोध से भरे स्वामी को छोड़कर भाग जाने वाले सेवक का कल्याण नहीं होता;

महतां योऽपराध्येत दूरस्थोऽस्मीति नाश्वसेत्।
दीर्घौ बुद्धिमतो बाहू ताभ्यां हिंसति हिंसकम्॥

क्योंकि बड़ों का अपराध करके भाग जाने वाला और अपने को सुरक्षित समझने वाला सेवक यह नहीं जानता कि बड़ों की पहुंच भी बड़ी होती है। वे किसी को, कहीं से भी पकड़कर मंगा सकते हैं।

अब तो मुझे युद्ध ही एकमात्र उपाय उचित लगता है। कहा भी गया है

मृतैः सम्प्राप्यते स्वर्गो जीवद्भिः कीर्तिरुत्तमा।
तदुभावपि शूराणां गुणावेतौ सुदुर्लभौ॥

कि युद्ध में प्राण त्याग करने के लिए उद्यत रहने वाले व्यक्ति को जीवित रहते इस लोक में कीर्ति प्राप्त होती है और मरने पर स्वर्ग प्राप्त होता है। इसीलिए योद्धा इन दोनों को पाने के लिए सदा उत्सुक रहते हैं।

सञ्जीवक की बातों को सुनकर दमनक सोचने लगा कि यह तो पिंगलक से युद्ध करने पर अड़ा हुआ है। यदि इसके नुकीले और तीखे सींगों के प्रहार से पिंगलक की छाती फट गयी, तब तो अनर्थ हो जायेगा। इसे तो किसी-न-किसी प्रकार से रोकना ही होगा।

यह सोचकर दमनक ने सञ्जीवक से कहा—आपकी सोच में कोई ग़लती नहीं है, लेकिन आप यह भी सोचिये कि सेवक का स्वामी के साथ युद्ध करना भी तो उचित नहीं है। कहा भी गया है

बलवन्तं रिपुं दृष्ट्वा किलात्मानं प्रगोपयेत्।
बलवद्भिश्च कर्त्तव्या शरच्चन्द्रप्रकाशता॥

कि शत्रु को अपने से बलवान् जानकर बुद्धिमान् व्यक्ति को अपनी रक्षा करने की चिन्ता करनी चाहिए और बलवान् पुरुषों को अपने बलवान् शत्रु के प्रति शरद्काल के चन्द्रमा के शीतल प्रकाश के समान शीतल व्यवहार करना चाहिए।

शत्रोर्विक्रममज्ञात्वा वैरमारभते हि यः।
स पराभवमाप्नोति समुद्रष्टिट्टिभाद्यथा॥

शत्रु के पराक्रम को उचित रूप से जांचे बिना संघर्ष मोल लेने वाला व्यक्ति टिटिहरी को छोटा जानकर उससे शत्रुता बढ़ाने वाले समुद्र की भांति पराजित हो जाता है।

सञ्जीवक को टिटिहरी और समुद्र की कथा सुनाते हुए दमनक कहने लगा—

कथा क्रम : बारह

समुद्र के द्वीप में टिटिहरी का एक जोड़ा रहता था। टिटिहरी गर्भवती थी। उसने अपना प्रसवकाल निकट जानकर अपने पति को कोई सुरक्षित स्थान ढूंढ़ने के लिए कहा, तो टिटिहरे ने समुद्र को छोड़कर किसी दूसरे स्थान पर जाना स्वीकार नहीं किया। टिटिहरी बोली—पूर्णिमा की रात में समुद्र का ज्वार जब हाथियों

तक को अपने साथ खींचकर ले जाता है, तो हमारे अण्डे कैसे सुरक्षित रह सकेंगे? मैं तो कहती हूं कि अभी से कोई सुरक्षित स्थान को ढूंढ़ रखना ही ठीक रहेगा। टिटिहरा बोला—तुम ठीक कह रही हो, परन्तु समुद्र मेरे बच्चों को बहाकर ले जाने की हिम्मत नहीं करेगा। देखो

बद्ध्वाम्बरचरमार्गं व्यपगतधूमं सदा महद्भयदम्।
मन्दमतिः कः प्रविशति हुताशनं स्वेच्छया मनुजः॥

आकाश में विचरण करने वालों के मार्ग को रोकने में समर्थ धूमरहित, लेकिन भयंकर आग में कोई बुद्धिहीन भी अपने हाथ को डालकर जलाना नहीं चाहता।

को गत्वा यमसदनं स्वयतन्तकमादिशत्यजातभयः।
प्राणानपहर मत्तो यदि शक्तिः काचिदस्ति तव॥

यमलोक में पहुंचकर यमराज को युद्ध की चुनौती देने की तथा अपने प्राणों को हर लेने की चुनौती देने की मूर्खता कौन करना चाहता है?

मेरे विचार से तो तुम्हें यहां रहकर ही अपना प्रसव करना चाहिए;

यः पराभवसन्त्रस्तः स्वस्थानं सन्त्यजेन्नरः।
तेन चेत्पुत्रिणी माता तद्वन्ध्या केन कथ्यते॥

क्योंकि पराजय के डर से स्थान छोड़ देने वाला तो कायर कहलाता है। ऐसे पुत्र को जन्म देने वाली मां भी अपनी शक्ति गंवा देने के लिए पछताती है।

टिटिहरे के अहंकार से भरे वचनों को सुनकर समुद्र सोचने लगा—यह कितना छोटा-सा जीव है और कितनी ऊंची उड़ान भर रहा है, सुनकर आश्चर्य होता है। शास्त्रों में ठीक ही कहा है

उत्क्षिप्य टिट्टिभः पादावास्ते भंगभयाद्दिवः।
स्वचित्तकल्पितो गर्वः कस्य नात्रापि विद्यते॥

कि आकाश के गिरने की शंका के कारण टिटिहरी उसे थामने के लिए अपने पैरों को ऊपर उठाकर सो जाती है, जो उसके गर्व को दर्शाता है।

इस टिटिहरे की शक्ति को भी देखना चाहिए। मैं इसके सारे अण्डे बहाकर ले जाऊंगा और फिर देखूंगा कि यह क्या करता है।

समय आने पर टिटिहरी ने अण्डे दिये और समुद्र उन्हें बहाकर ले गया। यह देखकर टिटिहरी विलाप करने लगी और वहीं टिके रहने के लिए अपने पति को कोसती हुई बोली—

सुहृदां हितकामानां न करोतीह यो वचः।
स कूर्म इव दुर्बुद्धिः काष्ठात्भ्रष्टो विनश्यति॥

हितचिन्तक मित्रों की बात को न मानकर उसकी उपेक्षा करने वाला मूर्ख लकड़ी से गिरे कछुए की भांति ही नष्ट हो जाता है।

टिटिहरे की जिज्ञासा पर उसे कछुए की कथा सुनाती हुई टिटिहरी कहने लगी—

कथा क्रम : तेरह

किसी तालाब में रहने वाले कम्बुग्रीव नामक एक कछुए की संकट और विकट नाम वाले दो हंसों से बड़ी मित्रता थी। हंस और कछुआ सारा-सारा दिन एक साथ घूमते और सायंकाल होने पर अपने-अपने निवास पर वापस लौट जाते थे। एक बार वर्षा न होने के कारण तालाब का जल सूखने लगा, तो हंसों ने किसी अन्य तालाब पर जाने का मन बना लिया और अपने मित्र कछुए से बोले— अब तुम्हारा क्या होगा? कछुआ बोला—जल से रहित तालाब में रहना तो सचमुच कष्टप्रद है, किन्तु फिर भी आपको इतना अधिक चिन्तित नहीं होना चाहिए। शास्त्रों का कथन है

त्याज्यं न धैर्य्यं विधुरेऽपि काले
धैर्य्यात्कदाचिद्गतिमाप्नुयात्सः।
यथा समुद्रेऽपि च पोतभङ्गे
सांयान्त्रिको वाञ्छति तर्तुमेव॥

कि भाग्य के प्रतिकूल होने पर भी व्यक्ति को धैर्य नहीं छोड़ना चाहिए। धैर्य बनाये रखकर ही संकट से पार पाने का मार्ग ढूंढ़ा जा सकता है। समुद्री पोत के टूट जाने पर भी यात्री डूबना पसन्द नहीं करते। वे भी किनारे पर आने के लिए अपने हाथ-पैर चलाते हैं।

मित्रार्थे बान्धवार्थे च बुद्धिमान्यतते सदा।
जातास्वापत्सु यत्नेन जगादेदं वचो मनुः॥

मनु के अनुसार बड़ी-से-बड़ी विपत्ति आ पड़ने पर भी बुद्धिमान् व्यक्ति को अपने मित्रों और बान्धवों के बचाव की चेष्टा करनी चाहिए। लेकिन यदि आपने यहां न रहने का विचार कर ही लिया है, तो क्या कोई अन्य तालाब देख लिया है? यदि आप इस तालाब को छोड़कर जा रहे हैं, तो मुझे एक लकड़ी के सहारे रस्सी से बांध दीजिये, मैं उस लकड़ी को अपने मुंह में पकड़े रहूंगा और आप दोनों उस लकड़ी के दोनों सिरों को पकड़े रहेंगे। इस प्रकार आपके साथ मैं भी उस नये तालाब पर पहुंच जाऊंगा।

हंसों ने कहा—हम तो ऐसा कर लेंगे, किन्तु यदि तुमने अपना मुंह खोल दिया, तो तुम नीचे धरती पर गिरकर मर जाओगे। कछुए ने ऐसी मूर्खता न करने का उन्हें विश्वास दिला दिया, तो दोनों हंस लकड़ी के दो सिरों को पकड़कर उड़ चले। हंसों द्वारा कछुए को आकाश के रास्ते से ले जाता देखकर लोग भांति-

भांति की बातें करने लगे, जिसे सह पाना कछुए के वश में न रहा। उसने लोगों की बात का उत्तर देने के लिए ज्यों ही उसने अपना मुंह खोला, वह धरती पर गिरकर मर गया।

यह कथा सुनाकर टिटिहरी बोली—हितचिन्तक मित्रों की बात को अनसुना करने का यही फल मिलता है। और भी एक कथा सुन लीजिये—

अनागतविधाता च प्रत्युत्पन्नमतिस्तथा।
द्वावेतौ सुखमेधेते यद्भविष्यो विनश्यति॥

ये दोनों—अनागतविधाता (संकट आने से पहले ही अपने उद्धार का उपाय सोचने वाले) तथा प्रत्युत्पन्नमति (संकट आने पर अपने उद्धार का तत्काल उपाय करने में समर्थ)—तो अपने जीवन को बचाने में सफल हो भी जाते हैं, किन्तु यद्भविष्य (संकट आने पर सोच लेंगे, ऐसा सोचने वाले)—तो नष्ट हो जाते हैं।

टिटिहरे ने पूछा—यह कैसी कथा है? टिटिहरी ने कहा—यह भी सुन लीजिये।

कथा क्रम : चौदह

किसी तालाब में अनागतविधाता, प्रत्युत्पन्नमति और यद्भविष्य नामक तीन मछलियां रहती थीं। एक दिन सायंकाल घर लौटते समय मछुआरों ने उस तालाब को जीवों से भरा देखा, तो अगले दिन सवेरे ही वहां अपना जाल डालने का विचार बना लिया।

मछुआरों के इस विचार को सुनकर अनागतविधाता नामक मछली ने अपनी साथी मछलियों को बुलाकर रात में ही किसी दूसरे तालाब में चले जाने की सलाह दी;

अशक्तैर्बलिनः शत्रोः कर्त्तव्यं प्रपलायनम्।
संश्रितव्योऽथवा दुर्गो नान्या तेषां गतिर्भवेत्॥

क्योंकि असमर्थ के लिए बलवान् शत्रु से बचाव के दो ही उपाय होते हैं—भाग जाना या किसी दुर्ग-जैसे सुरक्षित स्थान में पहुंचकर वहां छिप जाना।

प्रातःकाल होते ही मछुआरे यहां आकर धावा बोल देंगे, इसीलिए मैं कहती हूं कि हमें शीघ्र ही यहां से भाग निकलना चाहिए। कहा गया है—

विद्यमाना गतिर्येषामन्यत्रापि सुखावहा।
ते न पश्यन्ति विद्वांसो देहभंगं कुलक्षयम्॥

कि सुरक्षित स्थान मिलने पर समझदार व्यक्ति पुराने स्थान का मोह नहीं करते और न ही वहां से भाग निकलने के कष्ट की चिन्ता करते हैं।

यह सुनकर प्रत्युत्पन्नमति बोली—मैं आपसे पूरी तरह सहमत हूं। हमें इस

स्थान को तुरन्त छोड़ देना चाहिए;

परदेशभयाद्भीता बहुमाया नपुंसकाः।
स्वदेशे निधनं यान्ति काकाः कापुरुषा मृगाः॥

क्योंकि नये स्थान पर जाने के विचार से घबराकर पुराने स्थान से ही चिपके रहने वाले नपुंसक, कौआ, कायर और हरिण स्वयं ही अपने विनाश का कारण बन जाते हैं।

यस्यास्ति सर्वत्र गतिः स कस्मात्
स्वदेशरागेण हि याति नाशम्।
तातस्य कूपोऽयमिति ब्रुवाणाः
क्षारं जलं कापुरुषाः पिबन्ति॥

नये स्थान पर पहुंचकर अपनी रक्षा करने में समर्थ व्यक्ति को पुराने स्थान से क्या लेना-देना? कायर व्यक्ति ही बाप-दादा की दुहाई देकर कुएं के खारे पानी को पीना पसन्द करते हैं।

उन सबकी बातों पर हंसता हुआ यद्भविष्य बोला—मैं आप लोगों से सहमत नहीं हूं। क्या किसी के एक बार कह देने से ही यह निश्चित हो जाता है कि वह गम्भीर है अथवा नहीं? मैं तो बाप-दादा के ज़माने के इस तालाब को छोड़ना उचित नहीं समझता। यदि मृत्यु को आना है, तो पाताल में जाकर छिप जाने पर भी हम बच नहीं सकते। कहा भी गया है—

अरक्षितं तिष्ठति दैवरक्षितं
सुरक्षितं दैवहतं विनश्यति।
जीवत्यनाथोऽपि वने विसर्जितः
कृतप्रयत्नोऽपि गृहे विनश्यति॥

कि जिसकी रक्षा करने वाला कोई नहीं होता, उसकी रक्षा भगवान् करते हैं और जिसकी रक्षा प्रयत्नपूर्वक की जाती है, लेकिन भाग्य अनुकूल नहीं होता, तो वह बच नहीं सकता। जंगल में फेंके गये अनाथ को जीवित देखकर और घर के प्राणी को मृत देखकर इस तथ्य की ही पुष्टि होती है।

मैं आपका साथ नहीं देने वाला। आप जाना चाहते हैं, तो जा सकते हैं। अनागतविधाता और प्रत्युत्पन्नमति अपने-अपने परिजनों के साथ चल दिये। प्रातःकाल ही मछुआरों ने अन्य मछलियों के साथ यद्भविष्य को भी अपने जाल में फंसा लिया।

यह कथा सुनाकर टिटिहरी बोली—इसीलिए मैं आपसे पहले से ही उपाय करने के लिए कह रही थी।

टिटिहरा बोला—मैं यद्भविष्य-जैसा नहीं हूं। मैंने पहले से ही सोच रखा

है। अब तुम मेरी योजना का परिणाम देखना।

टिटिहरी हंसते हुए बोली—तुम समुद्र के साथ लड़ोगे? अपनी हैसियत देखकर बात करनी चाहिए। कहा भी गया है

पुंसामसमर्थानामुपद्रवायात्मनो भवेत्कोपः।
पिठरं ज्वलदतिमात्रं निजपार्श्वानेव दहतितराम्॥

कि जिस प्रकार जलती हुई भट्ठी अपने पास रखे सभी पदार्थों को झुलसा देती है, उसी प्रकार अपने से बड़ों पर क्रोध करने वाला व्यक्ति अपने ही विनाश को बुलावा दे देता है।

अविदित्वात्मनः शक्तिं परस्य च समुत्सुकः।
गच्छन्नभिमुखो नाशं याति वह्नौ पतंगवत्॥

अपनी और अपने शत्रु की क्षमता को परखे बिना उतावली में संघर्ष करने वाला व्यक्ति आग में जा पड़े पतंगे के समान ही नष्ट हो जाता है।

टिटिहरा बोला—प्रिये! तुम्हारा यह विचार उचित नहीं है। उत्साही व्यक्ति दुर्बल होने पर भी अपने से कहीं अधिक बड़ों को भी पराजित कर देता है।

विशेषात्परिपूर्णस्य याति शत्रोरमर्षणः।
आभिमुख्यं शशाङ्कस्य यथाऽद्यापि विधुन्तुदः॥

चोट खाया व्यक्ति दुर्बल होने पर भी बलवान् पर झपट्टा मारकर उसे नीचा दिखाने में समर्थ हो जाता है। चन्द्रमा द्वारा राहु को अब तक पीड़ित करते रहने का उदाहरण संसार के सम्मुख है। तुम देखती जाओ, मैं अपनी चोंच से समुद्र का पानी निकालकर उसे सुखा दूंगा।

टिटिहरी बोली—तुम बच्चों-जैसी बातें कर रहे हो? जिस समुद्र में गंगा-जैसी सैकड़ों नदियां समा जाती हैं, तुम उस समुद्र को सुखाओगे? ऐसी डींगें हांकने का क्या लाभ होगा?

अनिर्वेदः श्रियो मूलं चञ्चुर्मे लौहसन्निभा।
अहोरात्राणि दीर्घाणि समुद्रः किं न शुष्यति॥

टिटिहरा बोला—प्रिये! सफल होने के लिए निराश नहीं होना चाहिए। लोहे के समान मज़बूत मेरी चोंच है और दिन-रात का लम्बा समय है, मैं अपने काम में लगा रहूंगा, तो समुद्र कैसे नहीं सूखेगा?

दुरधिगमः परभागो यावत्पुरुषेण
पौरुषं न कृतम्।
जयति तुलामधिरूढो
भास्वानपि जलदपटलानि॥

दूसरों की सम्पत्ति को हथियाने के लिए कठोर परिश्रम की आवश्यकता

होती है। इसी परिश्रम के कारण तुला राशि में स्थित सूर्य बादलों को बरसने पर विवश कर देता है।

टिटिहरी बोली—यदि तुमने समुद्र के साथ संघर्ष करने की ठान ही ली है, तो अपने सभी बन्धुजनों को अपने साथ ले लो;

बहूनामप्यसाराणां समवायो हि दुर्जयः।
तृणैरावेष्ट्यते रज्जुर्यया नागोऽपि बध्यते॥

क्योंकि बहुत से दुर्बल व्यक्ति भी जब मिलकर किसी काम में जुट जाते हैं, तो कुछ भी असाध्य नहीं रह जाता। तिनकों को इकट्ठा करके बनाये रस्से से हाथी को भी बांधा जा सकता है।

चटकाकाष्ठकूटेन मक्षिकादर्दुरैस्तथा।
महाजनविरोधेन कुञ्जरः प्रलयं गतः॥

कठफोड़वा—लकड़ी में सुराख़ करने वाला कीड़ा—चटका, मेढक और मक्खी ने मिलकर एक हाथी को भी नष्ट कर दिया था।

टिटिहरे ने पूछा—यह कैसी कथा है?

टिटिहरी बोली—सुनिये।

कथा क्रम : पन्द्रह

एक वन में गौरैया का एक जोड़ा तमाल के वृक्ष में घोंसला बनाकर अपने बच्चों के साथ रहा करता था। एक दिन धूप के कारण परेशान एक हाथी उस वृक्ष के नीचे आराम करने आ गया, तो चञ्चलता के कारण उसने गौरैया के घोंसले वाली टहनी को तोड़ दिया और उसे नीचे गिरा दिया। घोंसला गिरने के साथ ही गौरैया के सारे अण्डे फूट गये, लेकिन सौभाग्यवश गौरैया दम्पती बच गये। मादा गौरैया अपने अण्डों के विनाश पर रो रही थी कि उसका मित्र कठफोड़वा वहां आ पहुंचा। गौरैया से उसके रोने का करण जानकर कठफोड़वा उसे समझाते हुए बोला—

नष्टं मृतमतिक्रान्तं नानुशोचन्ति पण्डिताः।
पण्डितानाञ्च मूर्खाणां विशेषोऽयं यतः स्मृतः॥

विद्वान् व्यक्ति नष्ट हो चुके, मृत और भागे हुओं के लिए शोक नहीं किया करते। शोक तो मूर्ख किया करते हैं। मूर्खों और विद्वानों में यही अन्तर है।

गौरैया बोली—तुम सच कह रहे हो, परन्तु मेरे मन को शान्ति तभी मिलेगी, जब मुझ निरपराध की सन्तान का वध करने वाले इस दुष्ट हाथी को दण्ड मिलेगा। यदि तुम मेरी सहायता कर सकते हो, तो कोई उपाय बताओ।

आपदि येनापकृतं येन च हसितं दशसु विषमासु।

अपकृत्य तयोरुभयोः पुनरपि जातं नरं मन्ये ॥

शास्त्रों में विपत्ति में पड़े व्यक्ति को हानि पहुंचाने वाले तथा दुखी व्यक्ति का मज़ाक उड़ाने वाले को दण्ड देना धर्मकार्य कहा जाता है।

कठफोड़वा बोला—शास्त्रों में तो यह भी कहा गया है

स सुहृद्व्यसने यः स्यात्स पुत्रो यस्तु भक्तिमान्।
स भृत्यो यो विधेयज्ञः सा भार्य्या यत्र निर्वृतिः ॥

कि सेवा करने वाला पुत्र ही सच्चे अर्थों में पुत्र कहलाता है, काम को निबटाने में चतुर व्यक्ति ही सेवक कहलाता है, पति को सुख देने वाली स्त्री ही पत्नी कहलाती है और संकट के समय में सहायता करने वाला व्यक्ति ही सच्चा मित्र कहलाता है।

अब तुम मेरी बुद्धि का चमत्कार देखना। मैं अपनी मित्र वीणारव मक्खी को बुलाकर लाता हूं और इस हाथी को नष्ट कर देता हूं।

कठफोड़वे ने मक्खी के पास जाकर उसे हाथी द्वारा गौरैया के अण्डों को अकारण ही नष्ट करने की कथा कह सुनायी और उससे सहायता करने का अनुरोध किया। इस पर वीणारव मक्खी बोली—

पुनः प्रत्युपकाराय मित्राणां क्रियते प्रियम्।
यत्पुनर्मित्रमित्रस्य कार्यं मित्रैर्न किं कृतम् ॥

यदि मित्र समर्थ होकर भी संकट के समय अपने मित्र की सहायता नहीं करता, तो उसे मित्रं कहलाने का अधिकार ही नहीं होता।

मैं तुम्हारी सहायता के लिए तैयार हूं। क्यों न हम अपने मित्र मेढक को भी साथ ले लें?

हितैः साधुसमाचारैः शास्त्रज्ञैर्मतिशालिभिः।
कथञ्चिन्न विकल्पन्ते विद्वद्भिश्चिन्तिता नयाः ॥

हितचिन्तक, सदाचारी, शास्त्र में निपुण तथा बुद्धिमानों द्वारा विचार कर किये गये कामों में सफलता अवश्य ही प्राप्त होती है।

इसके पश्चात् गौरैया, कठफोड़वा और मक्खी ने मेघनाद नामक मेढक को अपना दुःख कह सुनाया, तो वह बोला—यह घमण्डी हाथी तो हमारे सामने एक तुच्छ प्राणी है। फिर उन सबने मिलकर हाथी के विनाश की योजना बना डाली।

मक्खी को हाथी के कान के पास जाकर वीणा-जैसी ध्वनि निकालनी थी, जिसे सुनकर हाथी संगीत की मस्ती में आंखें मूंद लेगा और उसी समय कठफोड़वा हाथी की आंखें फोड़ देगा। जब हाथी दुखी होकर पानी की खोज में भागेगा, तो वह मेढक की आवाज़ को सुनकर और खाई को तालाब समझकर उसमें कूद पड़ेगा और वहीं पड़ा-पड़ा भूख-प्यास से तड़पकर मर जायेगा।

तब उन तीनों ने अपनी योजना के अनुसार कार्य किया और उस दुष्ट हाथी को अपनी करनी का फल भुगतना पड़ा।

यह कथा सुनाकर टिटिहरी बोली—मैं इसीलिए तुम्हें कुछ साथियों को अपने साथ लेने की सलाह दे रही हूं।

टिटिहरा बोला—ठीक है, मैं तुम्हारे इस सुझाव का पालन करूंगा।

इसी के साथ उसने अपने साथी पक्षियों को बुलाकर उन्हें समुद्र के अत्याचारों से अवगत कराया और उसे सुखा डालने का अपना निश्चय बताया, तो सभी पक्षी कहने लगे—समुद्र को सुखाना हमारे बूते का काम नहीं है।

अबलः प्रोन्नतं शत्रुं यो याति मदमोहितः।
युद्धार्थं स निवर्त्तेत शीर्णदन्तो गजो यथा॥

घमण्ड में आकर अपने से अधिक बलवान् शत्रु से लड़ने वाला मूर्ख अपने दांत तुड़वाकर पीठ दिखाने वाले हाथी के समान अपने प्राण बचाने की चिन्ता करने लगता है। यदि हम सब मिलकर अपने स्वामी गरुड़ को अपने कष्टों से परिचित करायें और उनसे सहायता मांगें, तो वह जो उचित समझेंगे, करेंगे।

सुहृदि निरन्तरचित्ते गुणवति
भृत्येऽनुवर्तिनि कलत्रे।
स्वामिनि शक्तिसमेते निवेद्य
दुःखं सुखी भवति॥

दुखी प्राणी को अपने मित्र से, राजा को अपने गुणी सेवक से, पति को अपनी पतिव्रता पत्नी से तथा सेवक को अपने स्वामी से अपना दुःख बताने में कोई संकोच नहीं करना चाहिए। चलो, हम सब अपने स्वामी गरुड़जी के पास चलें।

इसके बाद सब पक्षी उदास चेहरा बनाकर गरुड़जी के पास जा पहुंचे। वहां पहुंचकर वे सब हाहाकार करने और रोने लगे। गरुड़जी के पूछने पर वे कहने लगे—यदि समुद्र अथवा कोई अन्य पक्षियों को इसी प्रकार नष्ट करता रहा, तो एक दिन इस संसार से हम पक्षियों का अस्तित्व ही समाप्त हो जायेगा;

एकस्य कर्म संवीक्ष्य करोत्यन्योऽपि गर्हितम्।
गतानुगतिको लोको न लोकः पारमार्थिकः॥

क्योंकि एक को नीच काम करते देखकर दूसरे भी वैसा करने लगते हैं। अच्छे काम करने में लोग भले ही रुचि न लें, किन्तु दुष्ट काम करने में तो लोग भेड़चाल को ही अपना लेते हैं।

चाटुतस्करदुर्वृत्तैस्तथा साहसिकादिभिः।
पीड्यमानाः प्रजा रक्ष्याः कूटच्छद्मादिभिस्तथा॥

चाटुकार, तस्कर, बदमाश और छल-कपट करने वालों से अपने दुर्बल जाति-बन्धुओं की रक्षा करना स्वामी का परम धर्म है।

प्रजापीडनसन्तापात्समुद्भूतो हुताशनः।
राज्ञः श्रियं कुलं प्राणान्नादग्ध्वा विनिवर्त्तते॥

प्रजा की रक्षा न करने वाले राजा के विरुद्ध प्रजा के मन में विद्रोह की ज्वाला धधकने लगती है और वह ज्वाला राजा की लक्ष्मी, उसके वंश और उसके प्राणों को नष्ट करके ही शान्त होती है।

साथी पक्षियों की बात को सुनकर गरुड़जी चिन्तित हो उठे और उनके चिन्तित होते ही विष्णु भगवान् के एक दूत ने आकर उन्हें बताया कि श्री विष्णुनारायण अमरावती जाने के लिए आपको स्मरण कर रहे हैं।

गरुड़जी ने उस दूत से विष्णुजी को अपने इनकार से अवगत कराने को कहा और वह बोले—

यो न वेत्ति गुणान् यस्य न तं सेवेत पण्डितः।
न हि तस्मात्फलं किञ्चित्सुकृष्टादूषरादिव॥

जिस प्रकार ऊसर भूमि को जोते जाने पर भी उससे कुछ प्राप्त नहीं होता, उसी प्रकार सेवक के गुणों को न समझने वाले स्वामी की सेवा करने से भी कुछ लाभ नहीं होता, अतः ऐसे स्वामी की सेवा नहीं करनी चाहिए।

गरुड़जी के इस व्यवहार पर आश्चर्यचकित होकर दूत बोला—बन्धु! आज तुम्हें क्या हो गया है? आज से पहले तो तुमने कभी ऐसा व्यवहार नहीं किया था। फिर आज भगवान् के आदेश की अवज्ञा करने का क्या कारण है?

गरुड़जी बोले—जिस समुद्र में भगवान् विष्णु शयन करते हैं, उसी समुद्र ने मेरे जाति-बन्धु टिटिहरे की पत्नी के अण्डे चुरा लिये हैं। यदि भगवान् विष्णु समुद्र को टिटिहरी के अण्डे लौटाने का आदेश नहीं देते, तो मुझे भी उनकी सेवा नहीं करनी।

दूत ने आकर गरुड़जी के क्रोध की सूचना विष्णुजी को दी, तो विष्णुजी तुरन्त गरुड़जी के पास जा पहुंचे;

भक्तं शक्तं कुलीनञ्च न भृत्यमवमानयेत्।
पुत्रवल्लालयेन्नित्यं य इच्छेच्छ्रियमात्मनः॥

क्योंकि स्वामी को भूलकर भी अपने निष्ठावान्, कुलीन और समर्थ सेवक को अपमानित नहीं करना चाहिए। अपने कल्याण के इच्छुक स्वामी को चाहिए कि वह ऐसे सेवक को अपने पुत्र के समान ही स्नेह दे।

राजा तुष्टोऽपि भृत्यानामर्थमात्रं प्रयच्छति।
ते तु सम्मानितास्तस्य प्राणैरप्युपकुर्वते॥

सेवकों पर प्रसन्न होकर राजा उन्हें केवल धन देता है, जबकि सन्तुष्ट होने पर सेवक स्वामी के लिए अपने प्राण तक भी न्योछावर कर देते हैं।

यही सोचकर विष्णुजी तुरन्त ही गरुड़जी के पास जा पहुंचे। भगवान् को आया देखकर गरुड़जी का सिर लाज से झुक गया। उन्होंने विष्णुजी को प्रणाम करके अपनी धृष्टता के लिए क्षमा मांगी और कहा कि आपका निवास-स्थान होने के कारण मैंने समुद्र के विरुद्ध कोई क़दम नहीं उठाया;

येन स्याल्लघुता वाथ पीडा चित्ते प्रभोः क्वचित्।
प्राणत्यागेऽपि तत्कर्म न कुर्य्यात्कुलसेवकः॥

क्योंकि कुलीन सेवक के लिए अपने प्राणों पर संकट आ जाने पर भी अपने स्वामी के लिए किसी ऐसे काम को नहीं करना चाहिए, जिसके कारण स्वामी पर कोई कष्ट आ पड़े।

इस पर विष्णुजी बोले— गरुड़! तुमने ठीक ही कहा है;

भृत्यापराधजो दण्डः स्वामिनो जायते यतः।
तेन लज्जापि तस्योत्था न भृत्यस्य तथा पुनः॥

क्योंकि सेवक द्वारा किये गये किसी अनुचित कर्म के लिए भी उसकी अपेक्षा स्वामी को ही लज्जित होना पड़ता है। अब चलो, समुद्र से टिटिहरी को उसके अण्डे वापस दिलवाने हैं।

विष्णु भगवान् ने समुद्र को बुलाकर उसे तुरन्त टिटिहरी के अण्डे लौटाने का आदेश दिया और साथ ही परिणाम भुगतने की चेतावनी भी दी, तो समुद्र ने उनकी आज्ञा का पालन किया। तब टिटिहरा अपने अण्डे लेकर पत्नी के पास लौट आया।

यह कथा सुनाकर दमनक सञ्जीवक से कहने लगा—मैं इसीलिए कहता हूं कि शत्रु की शक्ति को तौले बिना उसके साथ युद्ध करने का परिणाम अच्छा नहीं होता।

सञ्जीवक बोला—अब तुम बताओ, मुझे उसके मनोभावों की जानकारी कैसे होगी? मैंने तो अब तक उसके स्नेही रूप को ही देखा है, उसके किसी दूसरे रूप को तो मैं जानता तक नहीं, फिर उसके किसी अन्य रूप की कल्पना कैसे कर सकता हूं?

दमनक बोला—इसमें न जानने वाली कोई बात है ही नहीं। यदि वह अपनी आंखें लाल और भौंहें टेढ़ी करके अपनी जीभ चाटता हुआ आपकी ओर देखता हुआ दिखाई दे, तो समझ लीजिये कि मामला टेढ़ा है। मुझे अब जाने दीजिये। मैंने आपको गुप्त जानकारी दे दी है। इस विषय में किसी को बताना मत। मैं तो आपको यही सलाह दूंगा कि आप आज रात में ही यहां से कहीं अन्यत्र चले

जाइये। शास्त्रकारों ने कहा भी है—

त्यजेदेकं कुलस्यार्थे ग्रामस्यार्थे कुलं त्यजेत्।
ग्रामं जनपदस्यार्थे आत्मार्थे पृथिवीं त्यजेत्॥

कि समूचे परिवार की रक्षा के लिए किसी एक सदस्य को, समूचे गांव की रक्षा के लिए परिवार को, समूचे देश की रक्षा के लिए गांव को और अपनी रक्षा के लिए संसार-भर को भी छोड़ने में सोच-विचार नहीं करना चाहिए।

आपदर्थे धनं रक्षेद्दारान्रक्षेद्धनैरपि।
आत्मानं सततं रक्षेद्दारैरपि धनैरपि॥

किसी विपत्ति से बचने के लिए ही धन का संग्रह किया जाता है और स्त्रियों की रक्षा के लिए उस धन को ख़र्च करने में संकोच नहीं किया जाना चाहिए, लेकिन अपनी रक्षा के लिए धन तो क्या, स्त्रियों की बलि चढ़ानी पड़े, तो भी सोच-विचार नहीं करना चाहिए; क्योंकि व्यक्ति बचा रहेगा, तो वह धन व स्त्री आदि को जुटा लेगा। लेकिन यदि वही न रहा, तो धन और स्त्री आदि किस काम के रह जायेंगे?

दमनक ने कहा—बलवान् शत्रु से हारने के बाद व्यक्ति के सामने दो ही विकल्प रह जाते हैं—या तो वह उस स्थान को छोड़कर कहीं अन्यत्र चला जाये अथवा उस शत्रु के सामने समर्पण कर दे।

सञ्जीवक को समझाकर और उसकी अनुमति लेकर दमनक वहां से चलकर करटक के पास आया, तो करटक ने पूछा—कहो बन्धो! क्या कर आये?

दमनक बोला—मैंने तो फूट का बीज बो दिया है, अब उसका परिणाम देना ईश्वर के हाथ में है।

नीतिकारों का कहना है

पराङ्मुखेऽपि दैवेऽत्र कृत्यं कार्य्यं विपश्चिता।
आत्मदोषविनाशाय स्वचित्तस्तम्भनाय च॥

कि दैव के विपरीत होने पर बुद्धिमान् व्यक्ति को अपने दोषों की निवृत्ति करते हुए अपने असफल होने पर भी धैर्यपूर्वक प्रयास करते रहना चाहिए।

उद्योगिनं पुरुषसिंहमुपैति लक्ष्मीर्दैवं
हि दैवमिति कापुरुषा वदन्ति।
दैवं निहत्य कुरु पौरुषमात्मशक्त्या
यत्ने कृते यदि न सिध्यति कोऽत्रदोषः॥

उद्योगी पुरुष तो सिंह के समान होता है, जो उद्यम करके लक्ष्मी को भी अपने अधीन कर लेता है। भाग्य पर निर्भर रहने वाले तो कायर कहलाते हैं। बुद्धिमानी तो इसी में है कि भाग्य पर निर्भर न रहकर अपने पौरुष के अनुसार

उद्यम करते रहना चाहिए। यदि उद्यम करने पर भी कार्य में सफलता न मिले, तो आत्मनिरीक्षण करना चाहिए कि कहां और कौन्-सी त्रुटि रह गयी, जिसके कारण सफलता नहीं मिल सकी।

करटक ने पूछा—तुमने फूट का कौन-सा बीज बोया है, मैं भी तो सुनूं।

दमनक बोला—मैंने उन दोनों को एक-दूसरे के प्राणों के प्यासा होने का ऐसा विश्वास दिला दिया है कि अब वे दोनों एक-दूसरे को देख भी नहीं सकेंगे।

करटक बोला—दो मित्रों के हृदय में एक-दूसरे के प्रति शत्रुता का बीज बोकर तुमने उचित नहीं किया। शास्त्रों में लिखा है—

अविरुद्धं सुखस्थं यो दुःख मार्गे नियोजयेत्।
जन्मजन्मान्तरे दुःखी स नरः स्यादसंशयम्॥

कि एक-दूसरे के सम्पर्क में रहकर प्रसन्नता अनुभव करते दो प्राणियों को दुःख में धकेलने वाला पापी व्यक्ति जन्म-जन्मान्तर में दुःख भोगता है।

उन दोनों में शत्रुता उत्पन्न करने पर तुम्हारा प्रसन्न होना उचित नहीं; क्योंकि संसार में काम बिगाड़ने में किसी कौशल का हाथ नहीं होता, कुशलता तो किसी के बिगड़ते काम को संवारने में होती है।

घातयितुमेव नीचः परकार्य्यं
वेत्ति न प्रसादयितुम्।
पातयितुमस्ति शक्तिर्वायो-
र्वृक्षं न चोन्नमितुम्॥

जिस प्रकार वायु वृक्षों को उखाड़ फेंक तो सकता है, उनका आरोपण नहीं कर सकता, उसी प्रकार नीच व्यक्ति दूसरों का काम बिगाड़ तो सकते हैं, संवार नहीं सकते।

दमनक बोला—राजनीति को न समझ पाने के कारण ही तुम ऐसी बातें कर रहे हो। नीतिकारों ने कहा है

जातमात्रं न यः शत्रुं व्याधिञ्च प्रशमं नयेत्।
महाबलोऽपि तेनैव वृद्धिं प्राप्य स हन्यते॥

कि शत्रु और रोग को पनपने से पहले ही उन्हें उखाड़ फेंकने वाला सुखी रहता है; क्योंकि एक बार पनप जाने के पश्चात् ये इतने शक्तिशाली हो जाते हैं कि इनका सामना करना एक समस्या बन जाती है। हमारे मन्त्री-पद को हथियांकर सञ्जीवक हमारा शत्रु बन बैठा है और हमें उसका विनाश करना ही होगा।

पितृपैतामहं स्थानं यो यस्यान्न जिगीषते।
स तस्य सहजः शत्रुरुच्छेद्योऽपि प्रिये स्थितः॥

किसी के बाप-दादा के परम्परा से चले आ रहे स्थान को हथियाने के

इच्छुक को अपना शत्रु समझना चाहिए और उसे नष्ट करने में भी देर नहीं करनी चाहिए। सञ्जीवक को अभयदान देकर मैंने ही उसे महाराज से मिलवाया था, लेकिन उसने हमारे ही पद पर अधिकार कर लिया और हमें निकालकर बाहर फेंक दिया।

इसीलिए मैंने उसे मार डालने की योजना बनायी है। यदि वह मरने से बच गया, तो भी यहां टिकने की नहीं सोच सकेगा। यह रहस्य तुम्हारे सिवा और कोई नहीं जानता।

इसीलिए कहा गया है कि स्वार्थ-साधन के लिए किये जाने वाले प्रयास को गुप्त रखना ही उचित होता है।

निस्त्रिंशं हृदयं कृत्वा वाणीं क्षुरसमोपमाम्।
विकल्पोऽत्र न कर्त्तव्यो हन्यात्तत्रापकारिणम्॥

किसी सोच-विचार में पड़े बिना, अपने हृदय को खड्ग के समान कठोर और वाणी को छुरे के समान तीव्र बनाकर अपने को हानि पहुंचाने वाले व्यक्ति को तुरन्त मार डालना चाहिए।

वह मरेगा, तब ही हमारा भोजन बनेगा। इस प्रकार उसे हमसे वैर करने का परिणाम भी मिल जायेगा और हमें हमारा खोया हुआ मन्त्री-पद भी पुनः प्राप्त हो जायेगा। इस प्रकार एक ही उपाय से तीन लाभ—भोजन द्वारा तृप्ति, वैरी का नाश और मन्त्री-पद की प्राप्ति—देने वाले मेरे कार्य की प्रशंसा न करके तुम उलटे मुझे ही दोषी ठहरा रहे हो? यह तुम्हारी कैसी सोच है?

परस्य पीडनं कुर्वन्स्वार्थसिद्धिं च पण्डितः।
मूढबुद्धिर्न भक्षेत वने चतुरको यथा॥

दूसरों को कष्ट पहुंचाकर अपना उल्लू सीधा करना ही बुद्धिमत्ता है, ऐसा न करने वाले मूर्ख तो सिंह और भेड़िये के समान अपना पेट भी नहीं भर सकते।

इस पर करटक को चालाक चतुरक नामक श्रृगाल की कथा सुनाते हुए दमनक कहने लगा—

कथा क्रम : सोलह

किसी जंगल में रहने वाले वज्रदंष्ट्र नामक सिंह के दो सेवक थे—क्रव्यमुख नामक भेड़िया और चतुरक नामक श्रृगाल—जो सदा उसके आगे-पीछे लगे रहते थे। एक दिन जंगल में घूमते हुए इन तीनों ने अपने झुण्ड से बिछुड़ी एक गर्भवती ऊंटनी को देख लिया, तो सिंह ने उसका पेट फाड़ दिया और उसे मार डाला। लेकिन उसके पेट से निकले शिशु पर सिंह को दया आ गयी। उसने उस शिशु को शंकुकर्ण नाम देकर और निर्भय होकर वन में विचरण करने के लिए छोड़

दिया। अब वे चारों प्राणी एक साथ घूमते-फिरते हुए आनन्दपूर्वक अपने दिन बिता रहे थे।

दुर्भाग्यवश, एक बार उस सिंह को एक हाथी के साथ युद्ध करना पड़ा और उस युद्ध में सिंह इतना घायल हो गया कि शिकार करना भी उसके वश में नहीं रहा। भूख सहते-सहते कुछ दिन बीत गये, तो सिंह ने अपने सेवकों से किसी प्राणी को ढूंढ़ लाने के लिए कहा, ताकि उसको मारकर वह अपनी तथा उन सबकी भूख मिटा सके। गीदड़ और भेड़िया सारा दिन जंगल में भटकते रहे, लेकिन उन्हें कोई भी प्राणी न मिला।

तब चतुरक श्रृगाल ने सोचा कि यदि इस ऊंट के बच्चे को मार डाला जाये, तो हम तीनों की समस्या सुलझ जायेगी, लेकिन उस पर सिंह की विशेष कृपादृष्टि थी और सिंह ने उसे जीवनदान दिया हुआ था। इसलिए चतुरक कोई युक्ति सोचने लगा। वह अपने आपसे बोला—

अवध्यं चाथवाऽगम्यमकृत्यं नास्ति किञ्चन।
लोके बुद्धिमतां बुद्धेस्तस्मात्तां विनियोजयेत्॥

विचारपूर्वक कार्य करने वालों के लिए इस संसार में कोई भी प्राणी अवध्य नहीं है, कोई भी स्थान अगम्य नहीं है और कोई भी कार्य असाध्य नहीं है। यह सोचकर वह शंकुकर्ण नामक ऊंट से बोला—भोजन न मिलने के कारण महाराज के प्राण संकट में हैं। उनके मर जाने पर हम भी कहीं के नहीं रहेंगे। स्वामी का भला करना बड़े पुण्य का काम है। यदि तुम अपनी इच्छा से अपना शरीर स्वामी को समर्पित कर दो, तो तुम्हें स्वर्ग-सुख की प्राप्ति हो जायेगी।

ऊंट से सहमति मिलते ही चतुरक ने सिंह के पास जाकर कहा—स्वामिन्! शिकार के लिए जंगल में भटकते हुए हमें पूरा दिन बीत गया है, पर सफलता नहीं मिली। अब आपका कृपापात्र बना शंकुकर्ण अपनी इच्छा से अपने शरीर का दान देने को तैयार है। इसमें आपका और उसका, दोनों का हित है। यदि आप आज्ञा करें, तो मैं ऊंट को ले आऊं।

भूख से व्याकुल हुए सिंह के पास अन्य कोई विकल्प नहीं था। चतुरक ऊंट को बुलाकर लाया, तो भेड़िये ने उसका पेट फाड़कर उसे मार डाला। सिंह ने चतुरक को मांस की सुरक्षा के लिए नियुक्त किया और स्वयं नदीतट पर स्नान-ध्यान करने के लिए चला गया।

सिंह के दूर चले जाने पर चतुरक ने भड़िये को थोड़ा-सा मांस खाने के लिए उकसाया, तो उसने ऊंट का कलेजा खा लिया। नदीतट से वापस लौटकर सिंह ने जब ऊंट का कलेजा न देखकर पूछा—मेरे शिकार को किसने जूठा किया है, तो गीदड़ ने भेड़िये की ओर इशारा कर दिया। अब तो भेड़िया अपनी प्राण-रक्षा

के लिए वहां से भाग खड़ा हुआ।

इसी बीच ऊंटों का एक काफ़िला उधर आ निकला। आगे वाले ऊंट के गले में पड़ी घण्टी की आवाज़ सुनकर सिंह ने गीदड़ को पता लगाने के लिए भेजा, तो गीदड़ ने लौटकर बताया—स्वामिन्! आपको अपनी जान प्यारी है, तो यहां से भाग जाइये। आपके द्वारा मारे गये ऊंट से क्रुद्ध होकर यमराज ही आपको पकड़ने के लिए इधर आ रहे हैं।

चतुरक की बात सुनते ही सिंह भयभीत होकर भाग खड़ा हुआ और फिर चतुरक ने कई दिनों तक ऊंट के मांस का आनन्द लिया।

यह कथा सुनाकर दमनक बोला—इसीलिए कहता हूं कि चतुर एवं बुद्धिमान् अपनी बुद्धि के बल पर आनन्द-भोग करते हैं, जबकि मूर्ख दाने-दाने को तरसते रहते हैं।

दमनक के चले जाने पर सञ्जीवक सोचने लगा कि मैंने मांस खाने वाले सिंह से मित्रता करने की मूर्खता कैसे कर ली? कहा भी गया है

अगम्यान् यः पुमान् याति असेव्यांश्च निषेवते।
स मृत्युमुपगृह्णाति गर्भमश्वतरी यथा॥

कि अगम्यों के साथ गमन करने वाला और सेवा के अयोग्य की सेवा करने वाला गर्भधारण करने वाली खच्चरी के समान नष्ट हो जाता है।

मैं कुछ समझ नहीं पा रहा कि अब मुझे क्या करना चाहिए और कहां जाना चाहिए। क्यों न पिंगलक के पास ही पहुंच जाऊं? शायद वह मुझे अभयदान दे दे अथवा किसी अन्य स्थान पर चला जाऊं, लेकिन इसका क्या भरोसा कि वहां मैं किसी मांसभक्षी के हत्थे नहीं चढ़ जाऊंगा। यदि मरना ही है, तो क्या सिंह के हाथों और क्या किसी अन्य के हाथों?

महद्भिः स्पर्द्धमानस्य विपदेव गरीयसी।
दन्तभङ्गोऽपि नागानां श्लाघ्यो गिरिविदारणे॥

जिस प्रकार पर्वतों को गिराने के कारण हाथियों के दांतों के टूटने की भी प्रशंसा होती है, उसी प्रकार बड़े लोगों से स्पर्धा करने के परिणामस्वरूप आने वाला संकट भी प्रतिष्ठा का कारण बन जाता है।

महतोऽपि क्षयं लब्ध्वा श्लाघ्यं नीचोऽपि गच्छति।
दानार्थी मधुपो यद्वद्गजकर्णसमाहतः॥

जिस प्रकार मद का लोभी भंवरा हाथी के कानों की चोट खाकर भी सम्मानित होता है, उसी प्रकार बड़े लोगों के द्वारा पहुंचायी गयी हानि से भी संसार में यश प्राप्त होता है।

यही सब सोचकर सञ्जीवक सिंह की ओर चल दिया।

अन्तर्लीनभुजङ्गमं गृहमिव व्यालाकुलं वा वनं
ग्राहाकीर्णमिवाभिरामकमलच्छायासनाथं सरः।
नानादुष्टजनैरसत्यवचनासक्तैरनार्य्यैर्वृतं
दुःखेन प्रतिगम्यते प्रचकितैः राज्ञां गृहं वार्धिवत्॥

जिस प्रकार सापों से घिरे मकान में, हिंसक पशुओं से घिरे जंगल में तथा छाया और कमलों से शोभायमान, किन्तु मगरमच्छों से भरे तालाबों में जाने में डर लगता है, उसी प्रकार दुष्टों से घिरे राजाओं के पास जाने में भी लोग भयभीत हो जाते हैं।

सञ्जीवक ने पिंगलक के घर में प्रवेश किया, तो उसने पिंगलक को वैसी ही मुद्रा में बैठा देखा, जैसी दमनक ने बतलायी थी। इसलिए वह बिना प्रणाम किये ही चुपचाप बैठ गया! पिंगलक ने भी दमनक द्वारा बतलायी सञ्जीवक की मुखमुद्रा देखी, तो उसने भी झपट्टा मारकर अपने तीखे नाख़ूनों से सञ्जीवक को घायल कर दिया। सञ्जीवक ने भी सिंह की छाती पर अपने सींगों का प्रहार किया। दोनों एक-दूसरे के ख़ून के प्यासे हो गये थे। उनकी इस दशा को देखकर करटक ने दमनक से कहा—लगता है कि तुम राजनीति का क-ख भी नहीं जानते। तुम निपट मूर्ख हो। जानकारों ने ठीक ही कहा है

कार्य्याण्युत्तमदण्डसाहसफला-
न्यायाससाध्यानि ये
प्रीत्या संशमयन्ति नीतिकुशलाः
साम्नैव ते मन्त्रिणः।
निःसाराल्पफलानि ये त्वविधिना
वाञ्छन्ति दण्डोद्यमै-
स्तेषां दुर्नयचेष्टितैर्नरपते-
रारोप्यते श्रीस्तुलाम्॥

कि नीति-कुशल मन्त्री जहां उत्तम और कष्टसाध्य कार्यों को साम-दान आदि उपायों के द्वारा निपटा देते हैं, वहां मामूली स्वार्थसिद्धि के लिए भी अन्याय और युद्ध को अपनाने में संकोच न करने वाले छोटे-छोटे राजा अपनी सम्पन्नता को सन्देह के घेरे में खड़ा कर देते हैं।

यदि तुम्हारी मन्दबुद्धि के कारण स्वामी की मृत्यु हो गयी या सञ्जीवक जीवित बच गया, तो क्या यह स्थिति कष्टप्रद नहीं होगी? मेरी समझ में नहीं आता कि तुमने क्या सोचकर मन्त्री बनने के लिए यह सब किया? साम-दान आदि उपायों को छोड़कर तुमने दण्ड और भेद-जैसे कठिन उपायों का सहारा क्यों लिया?

सामादिदण्डपर्य्यन्तो नयः प्रोक्तः स्वयम्भुवा।
तेषां दण्डस्तु पापीयांस्तं पश्चाद्विनियोजयेत्॥

क्या तुम नहीं जानते कि ब्रह्माजी ने नीति के चार भेदों का निरूपण करते हुए दण्ड को पापमय तथा केवल अन्तिम उपाय के रूप में ही अपनाने का निर्देश दिया है।

साम्नैव यत्र सिद्धिर्न तत्र
दण्डो बुधेन विनियोज्यः।
पित्तं यदि शर्करया
शाम्यति कोऽर्थः पटोलेन॥

जिस प्रकार सीधी अंगुलि से घी के निकल आने पर अंगुलि टेढ़ी करना उचित नहीं होता, उसी प्रकार साम अथवा दान से सिद्ध हो जाने वाले कार्य के लिए दण्ड अथवा भेद का प्रयोग भी उचित नहीं होता।

आदौ साम प्रयोक्तव्यं
पुरुषेणाविजानता
सामसाध्यानि कार्याणि
विक्रियां यान्ति न क्वचित्॥

बुद्धिमान् व्यक्ति को अपनी कार्यसिद्धि के लिए सबसे पहले साम का ही प्रयोग करना चाहिए। साम-जैसे उपाय से किये गये कार्य स्थायी रूप से लाभकारी सिद्ध होते हैं।

तुम मन्त्र के प्रयोग को नहीं जानते, अतः मैं तुम्हें मन्त्री-पद के योग्य नहीं मानता। मन्त्र पांच प्रकार का होता है—1. कर्म को आरम्भ करने की विधि के विषय में सोचना, 2. कर्मचारियों के लिए आवश्यक देय सम्पत्ति का संग्रह करना, 3. देश-काल की समुचित जानकारी रखना, 4. सम्भावित हानि से बचाव का उपाय करना तथा 5. कार्य को सिद्ध कर दिखाना।

अब उन दोनों की अथवा दोनों में से एक की मृत्यु तो अवश्य ही होनी है। लेकिन अब भी समय है। इस स्थिति को टालने का प्रयास करो। मन्त्री की योग्यता की वास्तविक परीक्षा तो दोनों पक्षों में समझौता कराने में ही होती है, किन्तु तुम यह सब कैसे कर सकते हो?

मन्त्रिणां भिन्नसन्धाने भिषजां सान्निपातिके।
कर्म्मणि व्यज्यते प्रज्ञा स्वस्थे को वा न पण्डितः॥

जिस प्रकार सन्निपात सरीखे असाध्य रोग को नष्ट करने में ही वैद्य की परीक्षा होती है, उसी प्रकार दो बिछड़े हुए मित्रों को मिलाने में ही मन्त्रियों की परीक्षा होती है। सामान्य स्थिति में तो सभी बुद्धिमान् कहलाते हैं।

घातयितुमेव नीचः परकार्य्यं
वेत्ति न प्रसाधयितुम्।
पातयितुमेव शक्तिर्नाखो-
रुद्धर्त्तुमन्नपिटकम् ॥

जिस प्रकार चूहा अन्न से भरे हुए पात्र को केवल गिराना जानता है, गिरे हुए को उठाकर रखना नहीं जानता, उसी प्रकार नीच व्यक्ति भी केवल तोड़ना ही जानता है, जोड़ना नहीं जानता। मैं तो यही समझता हूं कि स्वामी ने तुझ पर विश्वास करने की बड़ी भारी भूल की है।

नराधिपा नीचजनानुवर्तिनो
बुधोपदिष्टेन पथा न यान्ति ये।
विशन्त्यतो दुर्गममार्गनिर्गमं
समस्तसम्बाधमनर्थपञ्जरम् ॥

नीच व्यक्तियों के चंगुल में फंसे राजा विद्वानों द्वारा बताये मार्ग पर चलते ही नहीं, इसीलिए वे इस प्रकार के अन्याय करने के अभ्यस्त हो जाते हैं और ग़लत को सही मानने लगते हैं।

मुझे लगता है कि यदि तुम मन्त्री बन गये, तो स्वामी के पास कोई भला व्यक्ति फटकेगा भी नहीं;

गुणालयोऽप्यसन्मन्त्री नृपतिर्नाधिगम्यते।
प्रसन्नस्वादुसलिलो दुष्टग्राहो यथा ह्रदः॥

क्योंकि जिस प्रकार स्वादिष्ट जल वाला सरोवर मगरमच्छ-जैसे हिंसक जीवों का निवास बन जाने पर लोगों के लिए सेवन के अयोग्य हो जाता है, उसी प्रकार भले राजा के दुष्ट मन्त्रियों से घिर जाने पर भले लोग उससे किनारा करने में ही अपना भला समझते हैं और सज्जन व्यक्तियों द्वारा परित्यक्त राजा शीघ्र ही नष्ट हो जाता है।

चित्रास्वादकथैर्भृत्यैरनायासितकार्मुकैः ।
ये रमन्ते नृपास्तेषां रमन्ते रिपवः श्रिया॥

धनुर्विद्या के अभ्यास की और राज्य-कार्य की उपेक्षा करके सेवकों के साथ अद्भुत घटनाओं में आनन्द लेने वाले राजा के वैभव पर शत्रुओं का अधिकार हो जाता है।

निराश होकर करटक बोला—अन्धे के आगे रोना, अपनी ही हानि करना है। तुम्हारे-जैसे मूर्ख को क्या कोई समझाये;

नानम्यं नमते दारु नाश्मनि स्यात्क्षुरक्रिया।
सूचीमुखं विजानीहि नाशिष्यायोपदिश्यते॥

क्योंकि जिस प्रकार मोटी लकड़ी को मोड़ा नहीं जा सकता, कठोर पत्थर को कोमल नहीं बनाया जा सकता, उसी प्रकार मोटी बुद्धि वाले व्यक्ति को भी सुधारा नहीं जा सकता। सूचीमुख की कथा इसका उदाहरण है।

दमनक के निवेदन पर करटक उसे सूचीमुख की कथा सुनाने लगा।

कथा क्रम : सत्रह

एक पर्वतीय प्रदेश में अचानक हुई भारी वर्षा के कारण वहां रहने वाले वानर दुखी हो उठे और सर्दी से कांपते हुए कुछ वानरों ने आग तापने की इच्छा से घुंघचियों को इकट्ठा किया और उन्हें फूंक मारते हुए वे उनके चारों ओर बैठ गये। वानरों के इस मूर्खतापूर्ण काम को देखकर सूचीमुख एक पक्षी उनसे कहने लगा—मूर्खो! क्या तुम्हें यह भी मालूम नहीं कि यह आग नहीं है। तुम सर्दी से ठिठुर रहे हो, इसलिए अपनी रक्षा के लिए पर्वत की किसी गुफा अथवा किसी वन-प्रदेश को ढूंढ़ो।

सूचीमुख के कथन को सुनकर एक वानर बोला—अरे मूर्ख! तू अपनी चिन्ता कर, तुझे हमारी चिन्ता क्यों हो रही है? नीतिकारों ने कहा है

मुहुर्विघ्नितकर्माणं द्यूतकारं पराजितम्।
नालापयेद्विवेकज्ञो यदीच्छेत्सिद्धिमात्मनः॥

कि अपने कार्य में बार-बार विघ्न पड़ने से परेशान तथा जुए में हारते हुए जुआरी को समझाने की चेष्टा नहीं करनी चाहिए, अन्यथा ऐसा करने वाले व्यक्ति को दु:ख ही उठना पड़ता है।

आखेटकं वृथा क्लेशं मूर्खं व्यसनसंस्थितम्।
आलापयति यो मूढः स गच्छति पराभवम्॥

शिकारी, दूसरों को व्यर्थ ही पीड़ित करने वाले, मूर्ख तथा दुर्व्यसन से ग्रस्त व्यक्ति को समझाने का परिणाम भी अच्छा नहीं होता।

सूचीमुख ने वानर के वचनों को अनसुना कर दिया और उन्हें समझाता रहा। वह कहने लगा—अरे! तुम इतने हट्टे-कट्टे हो, क्या आंधी-पानी से अपने बचाव के लिए कोई उचित व्यवस्था नहीं कर सकते?

सूचीमुख के प्रलाप से क्रुद्ध हुए एक वानर ने उसे पत्थर पर पटक- पटककर मार डाला।

यह कथा सुनाकर करटक बोला—मूर्ख को समझाना, अपने लिए संकट मोल लेने के बराबर है। कहा भी गया है

उपदेशो हि मूर्खाणां प्रकोपाय न शान्तये।
पयःपानं भुजंगानां केवलं विषवर्द्धनम्॥

कि जिस प्रकार सांप को दूध पिलाने का परिणाम उसके विष को बढ़ाना होता है, उसी प्रकार मूर्ख को समझाना भी उसके क्रोध को भड़काता ही है।

उपदेशो न दातव्यो यादृशे तादृशे जने।
पश्य वानरमूर्खेण सुगृही निर्गृहीकृतः॥

अतः हर किसी को उपदेश नहीं देना चाहिए। वानर ने अपने को समझाने वाले गृहस्थ का घर उजाड़ दिया। यह कथा इसी तथ्य की पुष्टि कर रही है।

दमनक ने यह कथा सुनने की इच्छा प्रकट की, तो करटक सुनाने लगा।

कथा क्रम : अठारह

एक जंगल में किसी शाल्मली वृक्ष पर घोंसला बनाकर गौरैया-दम्पती सुखपूर्वक रहा करते थे। एक दिन वे दोनों अपने घोंसले में बैठे हुए थे कि अचानक आकाश में बादल उमड़ आये और ठण्डी वायु चलने लगी। इसके साथ ही गर्जन-तर्जन करती मूसलाधार बरसात भी होने लगी। उसी समय सर्दी से कांपता एक मोटा-ताज़ा वानर उस वृक्ष के नीचे आकर बैठ गया। उस वानर की हालत को देखकर गौरैया कहने लगी—

हस्तपादसमोपेतो दृश्यसे पुरुषाकृतिः।
शीतेन भिद्यसे मूढ! कथं न कुरुषे गृहम्॥

तुम्हारे पुरुषों के समान हाथ-पैर हैं और तुम बलवान् भी हो। सर्दी और बरसात से अपने बचाव के लिए एक घर क्यों नहीं बना लेते?

गौरैया के कथन से क्रुद्ध होकर वानर कहने लगा—अरी मूर्खा! क्यों व्यर्थ बकबक कर रही है? क्या तू चुप होकर बैठ नहीं सकती? तेरी इतनी हिम्मत कि तू मेरा मज़ाक़ उड़ाये? वह सोचने लगा

सूचीमुखी दुराचारा रण्डा पण्डितवादिनी।
नाशङ्कते प्रजल्पन्ती तत्किमेनां न हन्म्यहम्॥

कि इस सुई-जैसे मुख वाली और अपने को विद्वान् कहने वाली इस रांड़ एवं दुराचारिणी गौरैया को अपना मज़ाक़ उड़ाने के लिए दण्डित करना चाहिए।

यह सोचकर वानर उस गौरैया से बोला—अरी दुष्टा! तुझे मेरी चिन्ता क्यों हो रही है? मैं तुझसे बात नहीं करना चाहता; क्योंकि शास्त्र का वचन है

वाच्यं श्रद्धासमेतस्य पृच्छतश्च विशेषतः।
प्रोक्तं श्रद्धाविहीनस्य अरण्यरुदितोपमम्॥

कि बातचीत में शिष्टता और शालीनता बरतने वाले को और विशेष रूप से कुछ पूछने वाले को ही समझाना चाहिए। अशिष्ट व्यक्ति से बातचीत करना तो जंगल में रोने-जैसा होता है।

गौरैया बोली—अरे! मैं तुम्हारे लाभ की ही बात कह रही थी।

गौरैया का इतना कहना था कि वानर छलांग लगाकर वृक्ष पर चढ़ गया और गौरैया के घोंसले को धरती पर गिराते हुए कहने लगा—अब कर मेरे लाभ की चिन्ता?

इस कथा को सुनाकर करटक बोला—इसीलिए कहा गया है कि मूर्खों को उपदेश देने का अर्थ उन्हें अपने विरुद्ध भड़का देना होता है।

अपना कथन जारी रखते हुए करटक कहने लगा—मैंने तुझे कितना समझाया, किन्तु तुझ पर कोई असर ही नहीं हुआ। इसमें तेरा कोई दोष नहीं है, दोष मेरा ही है। मैंने यह सोचा ही नहीं कि बुद्धिमान् को सिखाने से ही लाभ होता है, मूर्ख को सिखाना तो अपना सिर फोड़ने-जैसा होता है।

किं करोत्येव पाण्डित्यमस्थाने विनियोजितम्।
अन्धकारप्रतिच्छन्ने घटे दीप इवाहितः॥

जिस प्रकार घड़े के सिर पर रखा दीपक घड़े के भीतर के अंधेरे को दूर नहीं कर सकता, उसी प्रकार मूर्ख को समझाने से उसमें कोई परिवर्तन हो सकेगा, इसकी आशा करना व्यर्थ ही है।

तूने अपने अहंकार के कारण न तो मेरी बात सुनी और न अपनी शान्ति की चिन्ता की। मुझे तो लगता है कि तू नीच है।

जातः पुत्रोऽनुजातश्च अतिजातस्तथैव च।
अपजातश्च लोकेऽस्मिन्मन्तव्याः शास्त्रवेदिभिः॥

शास्त्रों के अनुसार इस संसार में जात, अनुजात, अतिजात और अपजात—चार प्रकार के पुत्र होते हैं।

मातृतुल्यगुणी जातस्त्वनुजातः पितुः समः।
अतिजातोऽधिकस्तस्मादपजातोऽधमाधमः॥

अपनी माता के समान गुणों वाला पुत्र—जात, पिता के समान गुणों वाला पुत्र—अनुजात, माता-पिता से अधिक गुणी पुत्र—अतिजात और अधम-से-अधम, अर्थात् सर्वथा गुणहीन पुत्र—अपजात कहलाता है।

अप्यात्मनो विनाशं गणयति न खलः परव्यसनहृष्टः।
प्रायो मस्तकनाशे समरमुखे नृत्यति कबन्धः॥

युद्ध में सिर के कट जाने पर भी धड़ को नाचते देखकर यह मानना पड़ता है कि दूसरों को दुखी करके प्रसन्न होने वाला दुष्ट व्यक्ति अपने दुःख को भी अनदेखा कर देता है।

सत्य ही कहा गया है

धर्म्मबुद्धिः कुबुद्धिश्च द्वावेतौ विदितौ मम।

पुत्रेण व्यर्थपाण्डित्यात्पिता धूमेन घातितः॥

कि मुझे तो—धर्मबुद्धि और कुबुद्धि—दोनों का परिचय मिल गया और यह भी पता चल गया कि पुत्र को विद्वान् समझने की अपनी भूल का शिकार होकर पिता धुएं के कारण दम घुटने से मर गया।

दमनक ने पूछा—यह कैसी कथा है? तब करटक उसे सुनाने लगा—

कथा क्रम : उन्नीस

किसी नगर में धर्मबुद्धि और पापबुद्धि नामक दो मित्र रहा करते थे। पापबुद्धि ने सोचा कि मैं तो दरिद्र हूं, मैं धन नहीं कमा सकता। अत: यदि मैं धर्मबुद्धि को अपने साथ मिला लूं, तो उसकी बुद्धि से कुछ कमाई करके अपना जीवन सुखी बना सकता हूं।

यह सोचकर वह धर्मबुद्धि के पास गया और उससे बोला--मित्र! तुम्हारी इतनी आयु हो गयी, लेकिन तुम कभी किसी काम के लिए अपने घर से बाहर नहीं गये। जब बड़े होकर तुम्हारे बच्चे तुमसे इस बारे में पूछेंगे, तब तुम उन्हें क्या उत्तर दोगे?

देशान्तरेषु बहुविधभाषावेशादि येन न ज्ञातम्।
भ्रमता धरणीपीठे तस्य फलं जन्मनो व्यर्थम्॥

देश-देशान्तर में जाकर अनेक लोगों की वेशभूषा और बोलचाल से अनजान व्यक्ति का इस पृथ्वी पर जन्म लेना ही व्यर्थ है।

विद्या वित्तं शिल्पं तावन्नाप्नोति मानवः सम्यक्।
यावद् व्रजति न भूमौ देशाद्देशान्तरं हृष्टः॥

प्रसन्न मन से देश-देशान्तर में न जाने वाला व्यक्ति नाना प्रकार की कलाओं, शिल्पों, भाषाओं, विद्याओं तथा परम्पराओं से परिचित ही नहीं होता।

यह सुनकर धर्मबुद्धि, पापबुद्धि के साथ विदेश जाने के लिए तैयार हो गया और जब दोनों ने मिलकर अपने परिश्रम और भाग्य से बहुत सारा धन जमा कर लिया, तब उन्होंने घर लौटने का मन बनाया।

प्राप्तविद्यार्थशिल्पानां देशान्तरनिवासिनाम्।
क्रोशमात्रोऽपि भूभागः शतयोजनवद्भवेत्॥

विद्या, धन और शिल्प-प्राप्ति के लिए विदेश में रहने वालों को अपने घर की कोस-भर की दूरी भी सौ योजन लम्बी लगती है।

जब वे दोनों अपने नगर के पास पहुंच गये, तो पापबुद्धि अपने मित्र धर्मबुद्धि से कहने लगा—मित्र! सारा धन एक साथ घर में ले जाना ठीक नहीं रहेगा। इसे देखकर हमारे बन्धु-बान्धवों की लार टपक सकती है। ऐसा करो, हम थोड़ा-सा

धन अपने साथ ले चलेंगे और बाक़ी बचे धन को एक बक्से में बन्द करके इस शमी वृक्ष के नीचे धरती में गाड़ देंगे और आवश्यकता पड़ने पर इसे यहां से निकालकर ले जायेंगे।

पापबुद्धि के मन में खोट आ गया था। वह धर्मबुद्धि के धन को भी हथियाना चाहता था और इसीलिए ऐसा कह रहा था। सीधे-सादे धर्मबुद्धि के सहमत होने पर दोनों ने मिलकर एक गड्ढा खोदा और बाक़ी बचे धन से भरा बक्सा उसमें गाड़ दिया। तब पापबुद्धि बोला—शास्त्रों में कहा है

न वित्तं दर्शयेत्प्राज्ञः कस्यचित्स्वल्पमप्यहो।
मुनेरपि यतस्तस्य दर्शनाच्चलते मनः॥

कि बुद्धिमान् व्यक्ति को अपना धन दूसरों को कभी नहीं दिखाना चाहिए; क्योंकि उसे देखकर मुनियों तक का मन भी डावांडोल हो जाता है।

यथाऽऽमिषं जले मत्स्यैर्भक्ष्यते श्वापदैर्भुवि।
आकाशे पक्षिभिश्चैव तथा सर्वत्र वित्तवान्॥

जिस प्रकार जल में मछलियां, धरती पर सिंह और आकाश में गीध आदि मांस को खा जाते हैं, उसी प्रकार धनी व्यक्ति के धन को लूटने के लिए लोग सदा तैयार रहते हैं।

इस पर थोड़ा-थोड़ा धन लेकर दोनों अपने घर आ गये और अपने-अपने काम में लग गये।

कुछ समय बीतने पर बेईमान पापबुद्धि गाड़े हुए धन को गड्ढे में से निकालकर अपने घर ले आया और धर्मबुद्धि से छुटकारा पाने के लिए उसके पास जाकर कहने लगा—मित्र! मुझे किसी काम के लिए धन की आवश्यकता आ पड़ी है। चलो, चलकर मेरे लिए वह गड़ा हुआ धन निकाल दो।

धर्मबुद्धि अपने भागीदार के साथ उस स्थान पर जा पहुंचा, जहां उन दोनों ने अपना धन से भरा बक्सा गाड़ा था। खोदने पर, जब उस बक्से को खोला गया, तो वह ख़ाली था। इस पर धर्मबुद्धि पर चोरी का इल्ज़ाम लगाकर पापबुद्धि उसे न्यायालय में ले जाने की धमकी देने लगा। धर्मबुद्धि ने अपने को निर्दोष बताते हुए कहा—

मातृवत्परदाराणि परद्रव्याणि लोष्ठवत्।
आत्मवत्सर्वभूतानि वीक्षन्ते धर्मबुद्धयः॥

तुम यह भली प्रकार जानते हो कि मैं धर्मबुद्धि हूं और धर्मबुद्धि का लक्षण यही है कि वह परायी स्त्रियों को अपनी मां के समान, पराये धन को मिट्टी के ढेले के समान और अन्य सभी प्राणियों को अपने समान ही मानता है। अब तुम ही बताओ, तुम मुझसे चोरी की अपेक्षा कैसे कर सकते हो?

पापबुद्धि दुष्ट स्वभाव का व्यक्ति था, वह कैसे मान जाता? वह मामले को न्यायालय में ले गया। जब न्यायाधीश द्वारा नियुक्त ज्यूरी के सदस्यों ने उन दोनों को सच बात कहने की शपथ लेने को कहा, तो पापबुद्धि कहने लगा—इस मामले में शपथ लेने की क्या आवश्यकता है?

विवादेऽन्विष्यते पत्रं तदभावेऽपि साक्षिण:।
साक्ष्यभावात्ततो दिव्यं प्रवदन्ति मनीषिण:॥

विद्वानों का स्पष्ट निर्देश है कि किसी भी मामले में यदि कोई विवाद उठ खड़ा हो, तो सबसे पहले यदि कोई लिखा-पढ़ी उपलब्ध है, तो उसे देखा जाये, उसके उपलब्ध न होने पर साक्षियों के साक्ष्य को सुना जाये। इसके अभाव में वादी व प्रतिवादी से सचाई का पता लगाने के लिए ही उन्हें शपथ लेने को कहा जा सकता है। यहां वृक्ष-देवता स्वयं साक्षी के रूप में उपलब्ध हैं, तो उनसे पूछ लेना चाहिए कि अपराधी कौन है?

शास्त्र का कथन है

अन्त्यजोऽपि यदा साक्षी विवादे सम्प्रजायते।
न तत्र विद्यते दिव्यं किं पुनर्यत्र देवता॥

कि जिस मामले में अन्त्यज—निम्नजाति का शूद्र—भी साक्षी रूप में उपलब्ध हो, उस मामले में वादी अथवा प्रतिवादी की अपेक्षा उसे ही गौरव दिया जाना चाहिए। यहां तो वृक्ष देवता-जैसा साक्षी उपलब्ध है। अत: हमें शपथ लेने की आवश्यकता नहीं है?

न्यायकर्त्ताओं ने अगले दिन प्रात:काल वृक्ष का साक्ष्य लेने के निर्णय से दोनों पक्षों को सूचित कर दिया। इस पर प्रसन्न होकर पापबुद्धि ने अपने पिता से कहा कि वह उस वृक्ष की कोटर में छिपकर बैठ जाये और प्रात:काल जब न्यायमूर्ति आयें, तो उनके सामने धर्मबुद्धि को चोर घोषित कर दे, ताकि सारे धन पर उसका एकाधिकार हो जाये। पापबुद्धि का पिता भी पापात्मा ही था, वह इस प्रकार का झूठ बोलने के लिए तैयार हो गया और वृक्ष की कोटर में छिपकर बैठ गया।

निर्धारित समय पर न्यायाधीश, धर्मबुद्धि और पापबुद्धि आदि सब लोग निश्चित स्थान पर पहुंच गये। तब पापबुद्धि आगे बढ़कर उच्च स्वर से कहने लगा—

आदित्यचन्द्रावनिलोऽनलश्च
द्यौर्भूमिरापो हृदयं यमश्च।
अहश्च रात्रिश्च उभे च सन्ध्ये
धर्मो हि जानाति नरस्य वृत्तम्॥

सूर्य, चन्द्रमा, वायु, अग्नि, आकाश, पृथ्वी, जल, मनुष्य का हृदय, यमराज,

दिन-रात, दोनों सन्ध्याएं एवं धर्म मनुष्यों के अच्छे-बुरे कर्मों को देखते रहते हैं।

यदि शास्त्र का वचन यह सत्य है, तो हे वनदेवता! आप यह बताने की कृपा करें कि हम दोनों में से चोर कौन है? पापबुद्धि की योजना के अनुसार उसके पिता ने धर्मबुद्धि को चोर बताया, तो इस बात पर विचार किया जाने लगा कि उसे किस प्रकार दण्डित किया जाये।

इधर धर्मबुद्धि ने जब मनुष्य की वाणी सुनी, तो उसे सन्देह हुआ और उसने उस वृक्ष को आग लगा दी। आग लगने पर पापबुद्धि का अधजला पिता वृक्ष की कोटर से बाहर निकल आया और न्यायाधीश के सामने पापबुद्धि की वास्तविकता प्रकट हो गयी। इस पर पापबुद्धि द्वारा चुराया गया धन धर्मबुद्धि को वापस दिलाया गया और पापबुद्धि को जेल में भेज दिया गया।

धर्मबुद्धि की बुद्धि की प्रशंसा करते हुए न्यायाधीश बोले–

उपायं चिन्तयेत्प्राज्ञस्तथाऽपायं च चिन्तयेत्।
पश्यतो बकमूर्खस्य नकुलेन हताः बकाः॥

किसी भी उपाय पर विचार करते समय बुद्धिमान् व्यक्ति को उससे जुड़ी हानि पर भी विचार कर लेना चाहिए, अन्यथा सांप से छुटकारा पाने के लिए नेवले को अपने साथ लाकर अपने बच्चों से हाथ धोने वाले बगुले के समान ही परिणाम भुगतना पड़ता है।

धर्मबुद्धि की जिज्ञासा पर उसे बगुले की कथा सुनाते हुए न्यायाधीश बोला–

कथा क्रम : बीस

किसी जंगल में स्थित एक वटवृक्ष पर कुछ बगुले रहते थे। उसी वृक्ष की कोटर में एक काला सांप भी रहता था, जो बगुलों के बच्चों को उनके पंख निकलने से पहले ही खा जाता था। अपनी सन्तान को इस प्रकार नष्ट होते देख बगुलों ने आपस में सलाह की, तो एक बगुले ने केकड़े से इसका उपाय पूछने को कहा। यह सुनकर बगुले तालाब के किनारे रहने वाले केकड़े के पास जा पहुंचे। बगुलों की व्यथा सुनकर केकड़ा प्रसन्न हो उठा और अपने मन-ही-मन सोचने लगा कि अब मैं अपने इन शत्रुओं को ऐसी सलाह दूंगा कि इनका वंश निर्मूल हो जायेगा। कहा भी गया है

नवनीतसमां वाणीं कृत्वा चित्तं तु निर्दयम्।
तथा प्रबोध्यते शत्रुः सान्वयो म्रियते यथा॥

कि शत्रु को अपना चित्त कठोर बनाकर और मक्खन-जैसी वाणी बोलकर इस प्रकार विश्वास दिलाना चाहिए कि वह ग़लत मार्ग पर चलकर अपने वंशसहित नष्ट हो जाये।

इसी प्रकार केकड़े ने भी सहानुभूति दिखाते हुए मधुर स्वर में कहा—मेरी मानो, तो मछलियों के मांस के कुछ टुकड़े नेवले के बिल से सांप के बिल तक फैला दो। यह देखकर नेवला सांप के बिल तक जा पहुंचेगा और फिर उसे मार डालेगा।

बगुलों को यह उपाय उचित लगा, लेकिन नेवले ने सांप को तो मार डाला, किन्तु साथ ही वह पेड़ पर रहने वाले बगुलों को भी खा गया।

यह कथा सुनाकर न्यायाधीश बोला—इसीलिए कहा गया है कि उपाय से जुड़ी हानि की भी उपेक्षा नहीं करनी चाहिए। पापबुद्धि ने उपाय तो सोचा, किन्तु हानि की बात नहीं सोची।

धर्मबुद्धिः कुबुद्धिश्च द्वावेतौ विदितौ मम।
पुत्रेण व्यर्थपाण्डित्यात्पिता धूमेन घातितः॥

मैंने दोनों—धर्मबुद्धि और पापबुद्धि—की बात भली-भांति सुनी और मैं इस परिणाम पर पहुंचा कि पापबुद्धि ने धर्मबुद्धि के भाग को हथियाने के लालच में आकर अपने पिता का बलिदान कर दिया। धुएं से दम घुटने के कारण वह बेचारा मारा गया।

इस कथा को सुनाकर करटक बोला—मित्र! तुम भी पापबुद्धि हो; क्योंकि तुमने भी उपाय सोचते समय उसके कारण होने वाली हानि पर कोई ध्यान नहीं दिया इसीलिए स्वामी के प्राणों को संकट में डालने में तुम्हें संकोच नहीं हुआ। इससे तुम्हारे चरित्र की वास्तविकता—दुष्टता—उजागर हो गयी है। कहा भी गया है

यत्नादपि कः पश्येच्छिखिनामाहारनिःसरणमार्गम्।
यदि जलदध्वनिमुदितास्त एव मूढा न नृत्येयुः॥

कि मेघों की ध्वनि से उन्मत्त होकर यदि मोर नाचने न लग जायें, तो उनकी गुदा में छिपे किसी पदार्थ को कोई कैसे ढूंढ़ सकता है?

जब तुम अपने महाराज के साथ ऐसा व्यवहार कर सकते हो, तुम्हारे-जैसों का संग ख़तरे से ख़ाली कभी नहीं हो सकता। कहा भी गया है

तुलां लोहसहस्त्रस्य यत्र खादन्ति मूषकाः।
राजँस्तत्र हरेच्छ्येनो बालकं नात्र संशयः॥

कि जहां चूहे हज़ार किलो लोहे की तराज़ू को खा सकते हैं, वहां यदि बाज़ किसी बालक को उठाकर ले जाये, तो उस पर विश्वास करना ही पड़ेगा।

दमनक के यह कथा सुनने की जिज्ञासा प्रकट करने पर करटक कहने लगा—

कथा क्रम : इक्कीस

किसी जनपद में रहने वाले जीर्णधन नामक एक बनिये ने अपना काम चलता न देखकर रोज़ी-रोटी की तलाश में किसी अन्य स्थान पर जाने का मन बनाया;

यत्र देशेऽथवा स्थाने भोगान्भुक्त्वा स्ववीर्य्यतः।
तस्मिन्विभवहीनो यो वसेत्स पुरुषाधमः॥

क्योंकि किसी दूसरे स्थान में जाने से जीवन के सुखी होने की सम्भावना दिखाई देती हो, तो अपने ही देश में पड़े रहने में कहां की बुद्धिमानी है?

येनाहङ्कारयुक्तेन चिरं विलसितं पुरा।
दीनं वदति तत्रैव यः परेषां स निन्दितः॥

स्वाभिमानी बने रहकर एव सुखपूर्वक जीवन व्यतीत करने वाले व्यक्ति के लिए दीन-हीन होकर जीना बड़ा दु:खदायी होता है।

उस बनिये के पास लोहे की एक भारी तराज़ू थी, जिसे उसने अपने पड़ोसी सेठ के पास धरोहर रख दिया और अपना भाग्य आज़माने के लिए परदेस चल दिया।

कुछ समय बाद लौटकर जब जीर्णधन ने उस सेठ से अपनी तराज़ू मांगी, तो नक़ली दु:ख प्रकट करते हुए वह सेठ बोला—तुम्हारी उस तराज़ू को तो चूहे खा गये।

जीर्णधन सेठ की धूर्तता को समझकर भी अनजान बनकर बोला—इसमें आपका कोई दोष नहीं है? अच्छा, मुझे नदी पर स्नान करना है। यदि आप तौलिया, आदि के साथ अपने बेटे को मेरे साथ भेज दें, तो आपकी बड़ी कृपा होगी। स्नान करने के बाद मैं अपने रास्ते चला जाऊंगा और आपका बालक अपना सामान लेकर वापस लौट आयेगा।

मुसीबत को इतनी आसानी से टलता देखकर बेईमान सेठ तुरन्त इसके लिए तैयार हो गया।

न भक्त्या कस्यचित्कोऽपि प्रियं प्रकुरुते नरः।
मुक्त्वा भयं प्रलोभं वा कार्य्यकारणमेव च॥

वास्तव में, इस संसार में प्रत्येक व्यक्ति किसी का कोई कार्य किसी प्रयोजन से ही करता है। बिना प्रयोजन के कोई किसी की भलाई करे, ऐसा बहुत कम ही देखने को मिलता है।

अत्यादरो भवेद्यत्र कार्य्यकारणवर्जितः।
तत्र शंका प्रकर्त्तव्या परिणामेऽसुखावहा॥

बिना कारण के कभी कोई कार्य नहीं होता—यदि इस नियम के आधार पर कहीं बहुत अधिक आदर-सम्मान होता है, तो व्यक्ति को सावधान हो जाना

चाहिए; क्योंकि इसके पीछे कोई-न-कोई कारण अवश्य होता है। इस तथ्य की उपेक्षा करना कभी-कभी बहुत महंगा पड़ जाता है।

स्नान के लिए सामान लेकर सेठ का लड़का जीर्णधन के साथ नदीतट पर पहुंचा, तो वहां जीर्णधन ने बच्चे को एक खाई में गिराकर उस पर एक भारी शिला रख दी और स्नान करके उदास मन से सेठ के पास पहुंचकर रोते हुए बोला—तुम्हारे बेटे को एक बाज़ उठाकर ले गया।

यह सुनते ही सेठ चिल्लाकर बोला—क्या बकते हो? क्या बाज़ भी बालक को उठाकर ले जा सकता है? लगता है कि तुमने उसे मार डाला है। इस पर मामला न्यायालय में पहुंचा, तो न्यायाधीश के सामने जीर्णधन बोला—

तुलां लोहसहस्रस्य यत्र खादन्ति मूषकाः।
राजंस्तत्र हरेच्छ्येनो बालकं नात्र संशयः॥

श्रीमन्! यदि हज़ार किलो वज़नी लोहे की तराज़ू को चूहे खा सकते हैं, तो लड़के को बाज़ क्यों नहीं उठाकर ले जा सकता?

इसके बाद जीर्णधन ने सारी बात यथावत् सुना दी, तो धूर्त सेठ को अपने बेटे की वापसी के लिए तराज़ू भी वापस लौटानी पड़ी और अपमानित भी होना पड़ा।

इस कथा को सुनाकर करटक बोला—तुमसे सञ्जीवक का सुख देखा नहीं गया, तभी तुमने यह दुष्कृत्य किया है।

प्रायेणात्र कुलान्वितं कुकुलजाः
श्रीवल्लभं दुर्भगाः
दातारं कृपणा ऋजूननृजवो
वित्ते स्थितं निर्धनाः।
वैरूप्योपहताश्च कान्तवपुषं
धर्माश्रयं पापिनो
नानाशास्त्रविचक्षणञ्च पुरुषं
निन्दन्ति मूर्खाः सदा॥

इस संसार का यह सामान्य चलन है कि नीच कुल के व्यक्ति कुलीनों से, अभागे भाग्यवानों से, कृपण व्यक्ति दानियों से, कुटिल व्यक्ति सरल-प्रकृति सज्जनों से, निर्धन धनवानों से, कुरूप रूपवानों से, पापी धर्मात्माओं से तथा मूर्ख व्यक्ति शास्त्र-निपुण विद्वानों से ईर्ष्या किया ही करते हैं।

मूर्खाणां पण्डिता द्वेष्या निर्धनानां महाधनाः।
व्रतिनः पापशीलानामसतीनां कुलस्त्रियः॥

विद्वानों से मूर्खों का, धनवानों से निर्धनों का, तपस्वियों से पापियों का और

सती स्त्रियों से कुलटाओं का द्वेष सदा से चला आ रहा है।

तुमने भी बने-बनाये कार्य को बिगाड़ दिया है। इसीलिए कहा गया है—

पण्डितोऽपि वरं शत्रुर्न मूर्खो हितकारकः।
वानरेण हतो राजा विप्राश्चौरेण रक्षिताः॥

कि शुभचिन्तक मूर्ख की अपेक्षा अहितकारी विद्वान् कहीं अच्छा होता है। मूर्ख वानर को सेवक बनाने के कारण ही राजा को मृत्यु का ग्रास बनना पड़ा और चोर के द्वारा ब्राह्मणों के प्राण बच गये।

दमनक की जिज्ञासा पर करटक उसे यह कथा सुनाने लगा—

कथा क्रम : बाईस

एक राजा ने प्रसन्न होकर एक वानर को अपना अंगरक्षक बना लिया। इसलिए वह वानर अन्त:पुर में बिना बाधा के आता-जाता रहता था। एक बार जब राजा सो रहा था, तो वह वानर राजा को पंखा झल रहा था। उसने देखा कि एक मक्खी बार-बार राजा की छाती पर आ बैठती थी। वानर उस मक्खी को उड़ाने का प्रयत्न करता था, लेकिन उसे सफलता नहीं मिलती थी। राजा की नींद उचट जाने की आशंका से वानर उस मक्खी को उड़ाने का प्रयत्न करने लगा, किन्तु सफलता न मिलने पर उस वानर ने मक्खी पर तलवार से प्रहार कर दिया। मक्खी तो उड़ गयी, लेकिन राजा के प्राण भी उड़ गये।

इसीलिए कहा गया है कि राजा को अपने यहां मूर्खों को आश्रय नहीं देना चाहिए।

एक विद्वान् ब्राह्मण पूर्वजन्म के दोष के कारण चोर बन गया। उसने किसी दूर देश से आये चार ब्राह्मणों को अपनी वस्तुओं को बेचकर अण्टी में धन रखते देखा, तो उस धन को लूटने की इच्छा से उस चोर बने ब्राह्मण ने उन्हें ज्ञान से भरी बातें सुनाकर उनका विश्वास जीत लिया और फिर उनका सेवक बनकर उनके साथ हो लिया। कहा भी गया है

असती भवति सलज्जा
क्षारं नीरञ्च शीतलं भवति।
दम्भी भवति विवेकी
प्रियवक्ता भवति धूर्त्तजनः॥

कि कुलटा स्त्री लज्जाशील होने का नाटक करती है, खारा पानी ठण्डा होता है, ज्ञानी व्यक्ति अहंकार से ग्रस्त होता है तथा स्वार्थी एवं धूर्त व्यक्ति प्रिय वक्ता होता है।

ब्राह्मणों ने उस चोर ब्राह्मण पर विश्वास करके उसके सामने ही उन बहुमूल्य

रत्नों को अपनी गुदा में छिपा लिया। ब्राह्मणों को जाता देखकर चोर ब्राह्मण उन्हें न लूट पाने के कारण चिन्ता में डूब गया। उसने सोचा कि इन्हें विष देकर इनका धन छीना जा सकता है। इसलिए वह ब्राह्मणों से अपने को साथ चलने की अनुमति देने की प्रार्थना करने लगा, जिस पर ब्राह्मणों का हृदय द्रवित हो गया और उन्होंने उसे अपने साथ ले लिया।

जब वे सब ब्राह्मण पल्लीपुर गांव से गुज़रे, तो कौओं ने चिल्लाकर अमूल्य रत्नों को छिपाकर ले जाते ब्राह्मणों की जानकारी जंगली लोगों को दे दी। इस पर जंगली लोगों ने उन पांचों पथिकों को बांधकर उनकी तलाशी ली, लेकिन कुछ भी न पाकर निराश हुए। वे जंगली उन पथिकों से बोले—हमारे ये कौए कभी झूठ नहीं बोलते। यदि तुम लोगों को अपने प्राण प्यारे हैं, तो सच-सच बताओ कि तुमने हीरे कहां छिपा रखे हैं?

चोर ब्राह्मण ने सोचा कि यदि इन जंगलियों ने इन ब्राह्मणों को मार डाला और इनकी गुदा से रत्न खोज निकाले, तो मेरे हाथ में कुछ भी नहीं आयेगा और ये मुझे भी जीवित नहीं छोड़ेंगे। मेरे पास तो हीरे भी नहीं हैं। क्यों न अपने प्राण देकर इनके प्राण बचा लूं? कहा भी गया है

मृत्योर्बिभेषि किं बाल न स भीतं विमुञ्चति।
अद्य वाब्दशतान्ते वा मृत्युर्वै प्राणिनां ध्रुवः॥

कि मृत्यु से क्या डरना? सदा तो कभी कोई जीवित नहीं रहता, सभी को आज नहीं, तो सौ वर्षों के बाद, मरना तो है ही। फिर क्यों न मैं अपने जीवन का सदुपयोग ही कर लूं?

गवार्थे ब्राह्मणार्थे च प्राणत्यागं करोति यः।
सूर्य्यस्य मण्डलं भित्त्वा स याति परमां गतिम्॥

शास्त्रों के अनुसार गाय और ब्राह्मण के प्राणों की रक्षा के लिए अपने प्राण न्योछावर करने वाला व्यक्ति सूर्यमण्डल को भेदकर उत्तम पद को प्राप्त करता है।

यह सोचकर वह चोर ब्राह्मण उन लुटेरों से बोला—यदि विश्वास नहीं है, तो मेरी हत्या करके अपनी तसल्ली कर लो। लुटेरों ने उसका पेट, गला आदि फाड़कर ख़ूब देखा-भाला, किन्तु जब कुछ भी न मिला, तो उन्होंने भी सोचा कि जब हमें इनसे कुछ मिलना ही नहीं है, तो इनकी हत्या करने से क्या लाभ? यह सोचकर उन जंगलियों ने चारों ब्राह्मणों को मुक्त कर दिया।

करटक अभी यह कथा सुना ही रहा था कि पता चला पिंगलक के साथ युद्ध करते हुए सञ्जीवक मृत होकर पृथ्वी पर गिर पड़ा है और सञ्जीवक के गुणों को याद करता हुआ पिंगलक अपने मित्र की हत्या पर आंसू बहाता हुआ अपने

को कोस रहा है। मित्र के प्रति विश्वासघात के लिए अपने को धिक्कारते हुए पिंगलक कह रहा था

मित्रद्रोही कृतघ्नश्च यश्च विश्वासघातकः।
ते नरा नरकं यान्ति यावच्चन्द्रदिवाकरौ॥

कि मित्रद्रोही, कृतघ्न और विश्वासघाती को प्रलयकाल तक नरक की यातना भोगनी पड़ती है।

भूमिक्षये राजविनाश एव
भृत्यस्य वा बुद्धिमतो विनाशे।
नो युक्तमुक्तं ह्यनयोः समत्वं
नष्टापि भूमिः सुलभा न भृत्याः॥

वास्तव में, पृथ्वी के नष्ट हो जाने पर उसे पुनः प्राप्त किया जा सकता है, राज्य के नष्ट हो जाने पर उसकी प्राप्ति भी हो सकती है, किन्तु यदि स्नेही और बुद्धिमान् सेवक नष्ट हो जाये, तो उसे लौटाना सम्भव नहीं हो पाता।

मैं आज तक जिसके गुणों का वर्णन करते नहीं थका, आज उसके वध के लिए क्या स्पष्टीकरण दूंगा?

उक्तो भवति यः पूर्वं गुणवानिति संसदि।
न तस्य दोषो वक्तव्यः प्रतिज्ञाभंगभीरुणा॥

शास्त्रों के अनुसार–बुद्धिमान् व्यक्ति को कभी अपने द्वारा सम्मानित किसी व्यक्ति की निन्दा करना शोभा नहीं देता। ऐसा करने वाले व्यक्ति की विश्वसनीयता सन्देहास्पद हो जाती है।

इस प्रकार आंसू बहाते पिंगलक के पास पहुंचकर दमनक शान्त स्वर में कहने लगा–महाराज! मुझे क्षमा करें, आप व्यर्थ दुखी हो रहे हैं। अपने विद्रोही एवं घास खाने वाले शत्रु की हत्या पर पश्चात्ताप करना राजाओं को शोभा नहीं देता।

पिता वा यदि वा भ्राता पुत्रो भार्य्याऽथवा सुहृत्।
प्राणद्रोहं यदा गच्छेद्धन्तव्यो नास्ति पातकम्॥

अपने प्राणों के लिए ख़तरा बने पिता, भाई, पुत्र, पत्नी अथवा मित्र आदि किसी भी आत्मीय का वध करने में कोई दोष नहीं होता।

राजा घृणी ब्राह्मणः सर्वभक्षी
स्त्री चात्रपा दुष्टमतिः सहायः।
प्रेष्यः प्रतीपोऽधिकृतः प्रमादी
त्याज्या अमी यश्च कृतं न वेत्ति॥

दयालु, अर्थात् अविवेकी राजा, अभक्ष्य-भक्षण करने वाला ब्राह्मण, निर्लज्ज

स्त्री, दुष्टबुद्धि सहायक, प्रतिकूल आचरण करने वाला सेवक, असावधान रहने वाला अधिकारी और कृतघ्न, ये सभी त्याग देने योग्य होते हैं।

सत्यानृता च परुषा प्रियवादिनी च
हिंस्त्रादयालुरपि चार्थपरा वदान्या।
भूरिव्यया प्रचुरवित्तसमागमा च
वेश्याङ्गनेव नृपनीतिरनेकरूपा॥

राजनीति तो वेश्या के समान प्रतिक्षण अपना रूप बदलती रहती है। कभी सत्य का सम्मान किया जाता है, तो कभी असत्य का; कभी किसी के साथ कठोर व्यवहार किया जाता है, तो कभी प्रिय; समान अपराध होने पर भी किसी को दण्डित किया जाता है, तो किसी के प्रति दयालुता दिखायी जाती है; किसी पर धन लुटाया जाता है, तो किसी का धन लूटा जाता है; किसी को सम्मानित, तो किसी को अपमानित भी किया जाता है। अवसर देखकर स्वार्थसिद्धि के लिए ही यह सब किया जाता है।

राजा लोग अपने किसी कार्य को न तो अनुचित ठहराते हैं और न उसके लिए शोक या पश्चात्ताप ही करते हैं।

अकृतोपद्रवः कश्चिन्महानपि न पूज्यते।
पूजयन्ति नरा नागान्न ताक्ष्र्यं नागघातिनम्॥

वास्तव में, संसार में पूजित होने के लिए व्यक्ति को उपद्रवी बनना ही पड़ता है; क्योंकि उपद्रव न करने वाले व्यक्ति के महान् होने पर भी उसकी उपेक्षा की जाती है। उदाहरणार्थ, सांपों के उपद्रवी होने के कारण ही उनकी पूजा की जाती है, जबकि सांपों को मारने वाले गरुड़ को उपद्रवी न होने के कारण कोई भी नहीं पूछता।

अशोच्यानन्वशोचस्त्वं प्रज्ञावादांश्च भाषसे।
गतासूनगतासूंश्च नानुशोचन्ति पण्डिताः॥

विद्वान् व्यक्ति मृत्यु आदि शोक न करने योग्य विषयों पर शोक नहीं करते; क्योंकि ऐसे विषयों पर शोक करने वाले बुद्धिमान् नहीं कहलाते। जीवन और मृत्यु को अनिवार्य चक्र मानकर जीवित और मृतक में अन्तर न करना ही बुद्धिमत्ता है।

दमनक के इस प्रकार समझाने–बुझाने पर पिंगलक का शोक नष्ट हो गया और वह दमनक को पुनः अपना मन्त्री बनाकर जंगल में शासन करने लगा।

॥ प्रथम तन्त्र समाप्त ॥

द्वितीय तन्त्र

मित्र सम्प्राप्तिः

(नया मित्र बनाने के साधन)

मित्र सम्प्राप्ति नामक दूसरे तन्त्र का प्रथम पद्य इस प्रकार है–

असाधना अपि प्राज्ञा बुद्धिमन्तो बहुश्रुताः।
साधयन्त्याशु कार्य्याणि काकाखुमृगकूर्मवत्॥

साधन-रहित होने पर भी व्यवहारकुशल, बुद्धिमान् एवं बहुश्रुत व्यक्ति अपने मित्रों के सहयोग से अपने कार्यों को सिद्ध करने में एवं अपने लक्ष्य को प्राप्त करने में सफल हो जाते हैं। कौआ, चूहा, हरिण तथा कछुए की सफलता इस तथ्य का प्रमाण है।

दक्षिण दिशा के महिलारोप्य नामक नगर के पास एक जंगल में एक विशाल वटवृक्ष है, जिसकी छाया घनी है और जिसके कोटर बहुत बड़े हैं। इसीलिए अनेक पशु-पक्षियों ने इस पर अपना बसेरा बना रखा है और आते-जाते राहगीर भी इसकी छाया में विश्राम करते हैं। कहा गया है

छायासुप्तमृगः शकुन्तनिवहै-
र्विष्वग् विलुप्तच्छदः
कीटैरावृतकोटरः कपिकुलैः
स्कन्धे कृतप्रश्रयः।
विश्रब्धं मधुपैर्निपीतकुसुमः
श्लाघ्यः स एव द्रुमः
सर्वाङ्गैर्बहुसत्त्वसङ्गसुखदो
भूभारभूतोऽपरः ॥

कि उसी वृक्ष को प्रशंसनीय कहा जाता है, जिसकी छाया में हरिण आदि पशु विश्राम करते हों, जिसकी शाखाओं पर बैठे पक्षियों की छाया से पत्ते ढक जाते हों, जिसके कोटरों में कीड़े आश्रय पाते हों तथा जिस पर वानर उछल-कूद करते रहते हों और जिस पर भंवरे निश्शंक होकर गुंजार करते हुए मंडराते रहते हों।

इस प्रकार अनेक पशु-पक्षियों के लिए सुखदायक विश्राम-स्थल बने वृक्ष ही सार्थक कहलाते हैं। लेकिन इसके विपरीत किसी के लिए भी अनुपयोगी वृक्ष तो इस धरती पर भाररूप ही होते हैं।

उसी वृक्ष पर रहने वाला लघुपतनक नामक एक कौआ एक दिन भोजन की खोज में निकला कि उसने हाथ में जाल लिये और यमदूत के समान भयंकर एवं काले-कलूटे एक शिकारी को उस वटवृक्ष की ओर आते देखा। वह सोचने लगा कि यह दुष्ट तो मेरे साथी पक्षियों को अपना शिकार बनाने यहां आया है। मैं उन्हें सावधान कर दूं।

यह सोचकर वह वापस लौट आया और अपने सभी साथियों को इकट्ठा करके उन्हें बताने लगा—बहेलिया अपना जाल फैलाकर यहां पर चावल बिखेरेगा और जो भी उन चावलों का लोभ करेगा, वह जाल में अवश्य ही फंस जायेगा। अत: चावलों को विष समझकर आपको उनकी ओर नहीं जाना चाहिए।

कुछ ही देर बाद, बहेलिये ने अपना जाल बिछाकर चावल फैला दिये और वह छिपकर एक ओर बैठ गया। ठीक इसी समय अपने परिवार के सदस्यों के साथ आहार की खोज में निकले चित्रग्रीव नामक एक कबूतर ने भी उन चावलों को देखा, तो उसे लालच हो आया। कौए ने उसे बहेलिये की चालाकी से परिचित कराते हुए रोकना चाहा, लेकिन वह अपने लालच पर संयम न रख सका और पूरे परिवार के साथ जाल में फंस गया। कहा गया है

जिह्वालौल्यप्रसक्तानां जलमध्यनिवासिनाम्।
अचिन्तितो वधोऽज्ञानां मीनानामिव जायते॥

कि अपनी जीभ पर नियन्त्रण न रखने वाले जलचर मूर्ख मछलियों की भांति समय से पूर्व ही मृत्यु के ग्रास बन जाते हैं।

लेकिन इसे भाग्य की विडम्बना मानकर इस पर सन्तोष किया जा सकता है।

पौलस्त्यः कथमन्यदारहरणे दोषं न विज्ञातवान्
रामेणापि कथं न हेमहरिणस्यासम्भवो लक्षितः।
अक्षश्चापि युधिष्ठिरेण सहसा प्राप्तो ह्यनर्थः कथं
प्रत्यासन्नविपत्तिमूढमनसां प्रायो मतिः क्षीयते॥

रावण के द्वारा परस्त्री-हरण के दोष पर विचार न करना, श्रीराम के द्वारा सुवर्ण मृग पर ध्यान न देना तथा युधिष्ठिर के द्वारा जुआ खेलते समय निहित अनर्थ को न समझना आदि तथ्य यही सूचित करते हैं कि विपत्ति के समय बुद्धिमानों का ज्ञान भी नष्ट हो जाता है और वे उचित-अनुचित में भेद को नहीं समझ पाते।

कृतान्तपाशबद्धानां दैवोपहतचेतसाम्।
बुद्धयः कुब्जगामिन्यो भवन्ति महतामपि॥

यमराज जिनको यमपाश में बांधना चाहता है, उन बुद्धिमान् व्यक्तियों की बुद्धि भी उस समय उलटे रास्ते पर चलने लगती है।

बहेलिया कबूतरों को अपने जाल में फंसा देखकर प्रसन्न होकर उन्हें पकड़ने के लिए उनकी ओर चला। लेकिन बहेलिये को अपनी ओर आता देखकर कबूतरों के मुखिया ने अपने परिजनों को चिन्तित न होने और धीरज धरने के लिए समझाते हुए कहा—

व्यसनेष्वेव सर्वेषु यस्य बुद्धिर्न हीयते।
स तेषां पारमभ्येति तत्प्रभावादसंशयम्॥

संकट उपस्थित होने पर अपनी बुद्धि और अपने सन्तुलन को बनाये रखने वाला प्राणी अवश्य ही संकट से पार हो जाता है।

सम्पत्तौ च विपत्तौ च महतामेकरूपता।
उदये सविता रक्तो रक्तश्चास्तमये तथा॥

जिस प्रकार उदय होते समय और अस्त होते समय सूर्य लाल बना रहता है, उसी प्रकार सज्जन व्यक्ति भी सुख-दुःख में एक समान, अर्थात् अविचलित बने रहते हैं, अर्थात् वे सम्पत्ति प्राप्त करके हर्षोन्मत्त और विपत्ति प्राप्त कर विषादग्रस्त नहीं होते।

अतः तुम सब इस जाल को लेकर थोड़ी दूर तक उड़ चलो। तब तक मैं इस बन्धन से छूटने का उपाय सोचता हूं। यदि तुम ऐसा नहीं करोगे, तो बहेलिये के हाथों में पड़कर अवश्य मारे जाओगे।

तन्तवोऽप्यायता नित्यं तन्तवो बहुलाः समाः।
बहून्बहुत्वादायासान्सहन्तीत्युपमा सताम्॥

जिस प्रकार अपना विस्तार करने वाले तन्तु एकत्र होकर झोले के रूप में भार उठाने में समर्थ हो जाते हैं, उसी प्रकार महात्मा लोग भी संकट के समय अपनी बुद्धि से अपना उद्धार कर लेते हैं।

कबूतरों ने भी अपने मुखिया के आदेश का पालन किया। जब बहेलिये ने जालसहित कबूतरों को उड़ते देखा, तो वह उनके पीछे भागता हुआ कहने लगा—

जालमादाय गच्छन्ति संहताः पक्षिणोऽप्यमी।
यावच्च विवदिष्यन्ते पतिष्यन्ति न संशयः॥

ये कबूतर आपस में समझौता करके उड़ तो रहे हैं, लेकिन कुछ ही देर में ये आपस में लड़ने लगेंगे और फिर इन्हें धरती पर गिरने में देर नहीं लगेगी।

इधर लघुपतनक कौआ भी अपने भोजन की चिन्ता छोड़कर कबूतरों की

नियति को जानने के लिए उनके पीछे चल दिया। जब कबूतर बहेलिये की आंखों से ओझल हो गये, तो वह निराश होकर लौटते हुए अपने आपसे कहने लगा—

न हि भवति यन्न भाव्यं
भवति च भाव्यं प्रयत्नेन।
करतलगतमपि नश्यति
यस्य हि भवितव्यता नास्ति॥

अनहोनी कभी नहीं होती और होनी कभी टल नहीं सकती, वह होकर ही रहती है। इसीलिए कहा है कि जब भाग्य में नहीं होता, तो हाथ में आया हुआ पदार्थ भी नष्ट हो जाता है।

पराङ्मुखे विधौ चेत्स्यात्कथञ्चिद्द्रविणोदयः।
तत्सोऽन्यदपि संगृह्य याति शङ्खनिधिर्यथा॥

भाग्य के अनुकूल न होने पर किसी प्रकार धन प्राप्त कर लेने वाला व्यक्ति शंखनिधि के समान प्राप्त धन के साथ ही अपने पहले से प्राप्त धन को भी नष्ट कर बैठता है। मुझे पक्षियों का मिलना तो दूर रहा, मेरी आजीविका का साधन मेरा जाल भी मुझसे छिन गया। यदि यह सब भाग्य का खेल नहीं है, तो और क्या है?

इधर चित्रग्रीव ने जब बहेलिये को लौट गया देखा, तो उसने अपने परिजनों को पूर्वोत्तर दिशा की ओर चलने को कहा और बताया कि वहां मेरा मित्र हिरण्यक नामक एक चूहा रहता है। अब हम उसके पास चलते हैं, वह हम सबके बन्धन काट देगा।

सर्वेषामेव मर्त्त्यानां व्यसने समुपस्थिते।
वाङ्मात्रेणापि साहाय्यं मित्रादन्यो न सन्दधे॥

संकट के समय मौखिक आश्वासन भी केवल मित्र से ही मिल सकता है। अन्य कोई इतना भी नहीं करता।

चित्रग्रीव के कहने पर सभी कबूतर हिरण्यक नामक चूहे के निवास की ओर उड़ चले। हिरण्यक हज़ारों द्वार वाले अपने बिल में निर्भय होकर रहता था।

अनागतं भयं दृष्ट्वा नीतिशास्त्रविशारदः।
अवसन्मूषकस्तत्र कृत्वा शतमुखं बिलम्॥

नीतिनिपुण हिरण्यक ने किसी भी सम्भावित भय से अपनी सुरक्षा के लिए पहले ही सैकड़ों द्वारों वाला बिल, अर्थात् क़िला बनाकर उचित व्यवस्था कर रखी थी। इसलिए वह आनन्दपूर्वक अपना समय बिताया करता था।

दंष्ट्राविरहितः सर्पो मदहीनो यथा गजः।
सर्वेषां जायते वश्यो दुर्गहीनस्तथा नृपः॥

सत्य तो यह है कि दंशहीन सांप और मदविहीन हाथी के समान दुर्गविहीन राजा भी असहाय होता है और इसीलिए वह शीघ्र ही शत्रुओं के हाथों में पड़ जाता है।

न गजानां सहस्त्रेण न च लक्षेण वाजिनाम्।
तत्कर्म सिध्यते राज्ञां दुर्गेणैकेन यद्रणे॥

युद्ध के समय हज़ारों हाथियों और लाखों घोड़ों से भी कहीं अधिक उपयोगी एक दुर्ग होता है। दुर्ग में रहकर राजा बिल्कुल सुरक्षित रहता है।

शतमेकोऽपि सन्धत्ते प्राकारस्थो धनुर्धरः।
तस्माद्दुर्गं प्रशंसन्ति नीतिशास्त्रविदो जनाः॥

दुर्ग में स्थित राजा अकेला होने पर भी सैकड़ों शत्रुओं को धूल चटा सकता है, इसीलिए शास्त्रकार दुर्ग को इतना अधिक महत्त्व देते हैं और उसकी प्रशंसा करते हैं।

दुर्ग के द्वार पर पहुंचकर चित्रग्रीव ने अपने मित्र को पुकारा—मित्र हिरयण्क! मैं तुम्हारा मित्र चित्रग्रीव तुमसे मिलने आया हूं। मैं इस समय भारी कष्ट में हूं, अतः तुम शीघ्र ही बाहर आ जाओ।

यह आवाज़ सुनकर हिरण्यक ने अपनी सुरक्षा को निश्चित करने के लिए पूछा—कौन चित्रग्रीव है और कैसी विपत्ति आ पड़ी है?

चित्रग्रीव ने अपना पूरा परिचय देकर पूरी घटना की जानकारी देने के लिए हिरण्यक से बाहर आने का अनुरोध किया, तो मित्र के आने से पुलकित हिरण्यक तुरन्त बाहर आया और कहने लगा—

सुहृदः स्नेहसम्पन्न लोचनानन्ददायिनः।
गृहे गृहवतां नित्यं नागच्छन्ति महात्मनाम्॥

नेत्रों को आनन्द देने वाले तथा स्नेह करने वाले मित्र किन्हीं पुण्यात्माओं के सौभाग्य के कारण ही उनके घर पधारते हैं।

आदित्यस्योदयं तात ताम्बूलं भारती कथा।
इष्टा भार्या सुमित्रं च अपूर्वाणि दिने-दिने॥

मित्र! उदयकालीन सूर्य का दर्शन, ताम्बूल का सेवन, महाभारत का श्रवण, मनचाही स्त्री की प्राप्ति तथा सच्चे मित्र का मिलन अत्यन्त सौभाग्य से ही होता है।

सुहृदो भवने यस्य समागच्छन्ति नित्यशः।
चित्ते च तस्य सौख्यस्य न किञ्चित्प्रतिमं सुखम्॥

जिसके घर नित्य-प्रति मित्रों का आगमन होता रहे, इस संसार में उससे सौभाग्यशाली अन्य कोई प्राणी हो ही नहीं सकता।

परिजनोंसहित चित्रग्रीव को जाल में बंधा देखकर हिरण्यक ने पूछा—मित्र! यह सब कैसे हो गया?

चित्रग्रीव बोला—तुम देख तो रहे हो, हम सब बंधे पड़े हैं और यह हमारी ही किसी मूर्खता का परिणाम है;

यस्माच्च येन च यदा च यथा च यच्च
यावच्च यत्र च शुभाशुभमात्मकर्म।
तस्माच्च तेन च तदा च तथा च तच्च
तावच्च तत्र च कृतान्तवशादुपैति॥

क्योंकि जिसके द्वारा जहां, जब, जैसा, जितना और जो भी शुभ अथवा अशुभ कर्म किया जाता है, उसे वहां, यथासमय, वैसा, उतना और वही फल प्राप्त होता है। इस फल देने के पीछे काल की प्रेरणा ही कार्य कर रही होती है।

हम सब अपनी ही भूल के कारण बन्धनग्रस्त हुए हैं। अब तुम तुरन्त ही हमारे बन्धनों को काटकर हमें मुक्त करो। यह सुनकर हिरण्यक बोला—

अध्यर्द्धाद्योजनशतादामिषं वीक्षते खगः।
सोऽपि पार्श्वस्थितं दैवाद्बन्धनं न च पश्यति॥

मुझे आश्चर्य है कि डेढ़-दो सौ मील की दूरी से भी मांस के टुकड़े को देख लेने वाले तुमको अपनी आंखों के सामने पड़ा जाल कैसे दिखाई नहीं दिया?

रविनिशाकरयोर्ग्रहपीडनं
गजभुजङ्गविहङ्गमबन्धनम्।
मतिमतां च निरीक्ष्य दरिद्रतां
विधिरहो बलवानिति मे मतिः॥

तुम्हारी इस दशा को देखकर विधाता की प्रबलता को मानना पड़ता है। विधाता की इस प्रबलता के कारण ही सूर्य और चन्द्र को राहु-केतु ग्रसते रहते हैं, हाथी, सांप और पक्षी भी पकड़कर बांधे जाते हैं। बड़े-बड़े विद्वान् दरिद्र देखे जाते हैं और इन सबको देखकर हम इसी परिणाम पर पहुंचते हैं कि विधाता के आगे किसी का वश नहीं चल सकता।

व्योमैकान्तविहारिणोऽपि विहगाः सम्प्राप्नुवन्त्यापदं
बध्यन्ते निपुणैरगाधसलिलान्मीनाः समुद्रादपि।
दुर्णीतं किमिहास्ति किं च सुकृतं कः स्थानलाभे गुणः
कालः सर्वजनान्प्रसारितकरो गृह्णाति दूरादपि॥

आकाश के एकान्त में विचरण करने वाले पक्षियों का बन्धनग्रस्त होना

तथा चतुर व्यक्तियों का गहरे समुद्र में रहने वाले जलचरों को बांधने में सफल होना इस सत्य की पुष्टि करता है कि इस संसार में दुर्लभ, सुकृत एवं स्थान-विशेष के गुणों के सम्बन्ध में निश्चित रूप से कुछ भी कहना सम्भव नहीं है; क्योंकि काल के हाथ बहुत लम्बे हैं और वह किसी को भी अपनी ओर दूर से भी खींच लेता है।

यह कहकर हिरण्यक चित्रग्रीव के बन्धन काटने के लिए ज्योंही उसकी ओर बढ़ा, तो चित्रग्रीव बोला—मित्र! पहले मेरे बन्धन नहीं, मेरे इन परिजनों के बन्धनों को काटो, मेरी बारी तो इनके बाद ही आयेगी।

यह सुनकर हिरण्यक बोला—तुम्हारी बात मुझे उचित नहीं लगती। मेरी राय में तो सेवकों की बारी स्वामी के बाद ही आती है।

चित्रग्रीव बोला—ये मेरे सेवक नहीं हैं, लेकिन मेरे प्रति स्नेह और विश्वास के कारण ही ये सब अपने परिवार को छोड़कर मेरे साथ आये हैं। इनका यथायोग्य सम्मान करना मेरा कर्तव्य है। कहा भी गया है

यः सम्मानं सदा धत्ते
भृत्यानां क्षितिपोऽधिकम्।
वित्ताभावेऽपि तं दृष्ट्वा
ते त्यजन्ति न कर्हिचित्॥

कि अपने साथियों का सम्मान करने वाले स्वामी के साथी उसके पद अथवा वैभव से हीन हो जाने पर भी उसके साथ जुड़े रहते हैं, उसे छोड़कर नहीं जाते।

विश्वासः सम्पदां मूलं तेन यूथपतिर्गजः।
सिंहो मृगाधिपत्येऽपि न मृगैः परिवार्य्यते॥

सब ऐश्वर्यों का मूल विश्वास ही है। विश्वास के कारण ही हाथी अपने यूथ को बनाये रखता है और यूथपति कहलाता है। इसके विपरीत सिंह मृगराज कहलाता तो है, किन्तु वह कभी मृगों से घिरा नहीं रहता।

इसके अतिरिक्त एक अन्य विचारणीय बात यह भी है कि मेरे बन्धन काटते हुए कहीं तुम्हारे दांत टूट गये अथवा दुर्भाग्यवश कोई बहेलिया आ पहुंचा, तो इन सबकी दुर्गति के लिए उत्तरदायी होने के कारण मुझे नरक में जाना पड़ेगा।

सदाचारेषु भृत्येषु संसीदत्सु च यः प्रभुः।
सुखी स्यान्नरकं याति परत्रेह च सीदति॥

सदाचारी सेवकों को संकट में डालकर अपने कल्याण की चिन्ता करने वाला स्वामी इस जीवन में निन्दित होता है और मरने पर नरक में जाता है।

चित्रग्रीव के इस कथन से प्रसन्न होकर हिरण्यक बोला—मैं यही करने वाला था, किन्तु मैं तुम्हें परख रहा था। अब मैं एक-एक करके तुम सबके

बन्धन काटता हूं, ताकि तुम्हारा विस्तृत परिवार सदा बना रहे।

कारुण्यं संविभागश्च यस्य भृत्येषु सर्वदा।
सम्भवेत्स महीपालस्त्रैलोक्यस्यापि रक्षणे॥

जो राजा अपने सेवकों को सम्मान, स्नेह और उदारता से दान देने वाला होता है, वह त्रिलोकी पर विजय प्राप्त करने में सफल और समर्थ हो जाता है।

सबको बन्धनमुक्त करने के बाद हिरण्यक ने चित्रग्रीव से कहा—अब तुम सब अपने निवास को लौट सकते हो। यदि फिर भी मेरी आवश्यकता पड़े, तो यहां आने में संकोच मत करना।

यह कहते हुए हिरण्यक ने परिजनोंसहित चित्रग्रीव को विदा किया और स्वयं अपने बिल में चला गया।

मित्रवान्साधयत्यर्थान्दुःसाध्यानपि वै यतः।
तस्मान्मित्राणि कुर्वीत समानान्येव चात्मनः॥

सत्य तो यह है कि मित्रों से सम्बन्ध बनाये रखने वाले व्यक्तियों के लिए अपने कठिन-से-कठिन कामों को कर लेना भी कठिन नहीं होता। इसलिए लोगों को अपने समान लोगों से मैत्री-सम्बन्ध बनाने चाहिए।

कबूतरों का पीछा करते हुए लघुपतनक कौए ने यह सारा खेल देखा, तो वह चकित होकर सोचने लगा—हिरण्यक की बुद्धि, शक्ति और दुर्ग का कोई जवाब नहीं। कबूतरों के साथ इस चूहे की मित्रता और इसकी सहायता भी आश्चर्य करने वाली है। मैं स्वभाव से चञ्चल हूं और किसी पर विश्वास भी नहीं करता, लेकिन इस चूहे को अपना मित्र बनाने का प्रयास अवश्य करूंगा;

अपि सम्पूर्णतायुक्तैः कर्त्तव्याः सुहृदो बुधैः।
नदीशः परिपूर्णोऽपि चन्द्रोदयमपेक्षते॥

क्योंकि ज़िस प्रकार हर प्रकार से सम्पूर्ण होने पर भी समुद्र चन्द्रमा से अपनी मैत्री बनाये रखता है, उसी प्रकार समर्थ होने पर भी विद्वानों को अपने अनेक मित्र बनाने चाहिए।

यह सोचकर लघुपतनक कौआ वृक्ष से उतरा और चूहे के बिल के पास जाकर चित्रग्रीव की भांति ही हिरण्यक को आवाज़ लगाने लगा। हिरण्यक ने सोचा कि शायद कोई कबूतर बंधा रह गया है, जिसके लिए मुझे बुलाया ज़ा रहा है। फिर भी, उसने पक्की जानकारी निश्चित करने के लिए पूछा—तुम कौन हो?

उत्तर में कौए ने कहा—मैं लघुपतनक नामक कौआ हूं।

हिरण्यक बोला—तुम तुरन्त ही यहां से चले जाओ।

कौआ बोला—मुझे आपसे एक आवश्यक काम है, जिसके लिए मुझे आपसे मिलना है।

हिरण्यक बोला—मुझे आपसे नहीं मिलना। आप यहां से चले जाइये।

लघुपतनक बोला—मैंने आपको उन कबूतरों को बन्धन से मुक्त करते देखा है, इसलिए मैं सोचता हूं कि यदि कहीं मेरे ऊपर भी ऐसी कोई विपत्ति आ पड़ी, तो आप मेरे लिए भी सहायक सिद्ध हो सकते हैं। इसलिए मैं आपके साथ मित्रता करना चाहता हूं।

हिरण्यक बोला—भक्षक और भक्ष्य में मित्रता कभी नहीं हो सकती और न निभ ही सकती है। शास्त्रों में कहा है

ययोरेव समं वित्तं ययोरेव समं कुलम्।
तयोर्मैत्री विवाहश्च न तु पुष्टविपुष्टयोः॥

कि समान धन वाले और समान कुल वाले लोगों में ही मित्रता तथा विवाह सम्बन्ध सफल होते हैं। एक धनी और कुलीन हो तथा दूसरा निर्धन और अकुलीन हो, तो मैत्री और विवाह सम्बन्ध कभी नहीं निभ सकते।

यो मित्रं कुरुते मूढ आत्मनोऽसदृशं कुधीः।
हीनं वाप्यधिकं वापि हास्यतां यात्यसौ जनः॥

अपने से उन्नत अथवा अवनत प्राणी के साथ मैत्री सम्बन्ध स्थापित करने वाला मूर्ख और बुद्धिहीन प्राणी न केवल असफल रहता है, अपितु जगहंसाई का पात्र भी बनता है। इसीलिए मैं तुम्हें यहां से चले जाने को कह रहा हूं।

कौआ बोला—मैं आपके दरवाज़े पर बैठा हूं, जब तक आप मुझसे मित्रता के लिए राज़ी नहीं होंगे, मैं यहीं बैठा रहूंगा। भले ही मेरे प्राण छूट जायें, किन्तु मैं अन्न-जल आदि कुछ भी ग्रहण नहीं करूंगा।

हिरण्यक बोला—तुम तो मेरे शत्रु हो, हम दोनों में मित्रता कैसे हो सकती है?

वैरिणा न हि सन्दध्यात्सुश्लिष्टेनापि सन्धिना।
सुतप्तमपि पानीयं शमयत्येव पावकम्॥

जिस प्रकार आग पर गरम किया हुआ पानी भी आग को बुझा देता है, उसी प्रकार मित्रता हो जाने पर भी अपना शत्रु शत्रु ही रहता है। इसलिए प्रेमपूर्वक सन्धि करने की इच्छा रखने वाले शत्रु को भी दूर रखने में ही भलाई होती है।

कौआ बोला—आपने मुझे अभी देखा तक नहीं, फिर भी आप मुझे अपना शत्रु मान रहे हैं। यह तो उचित नहीं है।

हिरण्यक बोला—शत्रुता दो प्रकार की होती है—सहज और बनावटी। तुम मेरे सहज शत्रु हो!

कृत्रिमं नाशमभ्येति वैरं द्राक्कृत्रिमैर्गुणैः।
प्राणदानं विना वैरं सहजं याति न क्षयम्॥

कृत्रिम शत्रुता को तो शत्रुता के कारणों को दूर करके समाप्त किया जा सकता है, किन्तु सहज शत्रुता प्राण लिये बिना कभी समाप्त नहीं होती।

कौआ बोला—ठीक है, अब आप मुझे इन दो प्रकार की शत्रुता की परिभाषा बतलाइये।

हिरण्यक बोला—कारण-विशेष से उत्पन्न और युक्त उपाय से शान्त हो जाने वाली शत्रुता कृत्रिम कहलाती है। कभी न मिटने वाली शत्रुता सहज कहलाती है। सांप और नेवले की, तिनके और आग की, शाकाहारी और मांसाहारी की, जल और अग्नि की, धनी और निर्धन की, मृग और बहेलिए की, आचारनिष्ठ और आचारभ्रष्ट की, मूर्ख और पण्डित की तथा पतिव्रता और कुलटा की तथा सज्जन-दुर्जन की शत्रुता सहज कहलाती है। इन सहज शत्रुओं में किसी की हत्या न करने पर भी दोनों एक-दूसरे के लिए दु:खदायी बने रहते हैं।

कारणान्मित्रतां याति कारणादेति शत्रुताम्।
तस्मान्मित्रत्वमेवात्र योज्यं वैरं न धीमता॥

कौआ बोला—मैं तो यह मानता हूं कि सहज अथवा अकारण मित्रता और शत्रुता होती ही नहीं है। कारण-विशेष से ही मित्रता और शत्रुता होती है। मेरी आपके प्रति श्रद्धा है, इसीलिए मैं आपसे मित्रता करना चाहता हूं, अत: आप-जैसे बुद्धिमान् को भय छोड़कर मुझसे मित्रता कर लेनी चाहिए।

अब आप मुझसे मित्रता करने के लिए मुझे अपने दर्शन दीजिये।

हिरण्यक बोला—नीतिकारों ने कहा है

सकृद्दुष्टमपीष्टं यः पुनः सन्धातुमिच्छति।
स मृत्युमुपगृह्णाति गर्भमश्वतरी यथा॥

कि जिस प्रकार खच्चरी का गर्भ धारण करना उसका अपनी मृत्यु को आमन्त्रित करना है, उसी प्रकार अपने सहज शत्रु से मैत्री की सोचना भी आत्महत्या करने के समान है।

किसी को गुणी मानकर उसे अपने ऊपर अनुरक्त मान लेना अपने को धोखा देना होता है। कहा भी गया है

सिंहो व्याकरणस्य कर्तुरहरत्प्राणान्प्रियान्पाणिनेः
मीमांसाकृतमुन्ममाथ सहसा हस्ती मुनिं जैमिनिम्।
छन्दोज्ञाननिधिं जघान मकरो वेलातटे पिंगलं
अज्ञानावृतचेतसामतिरुषां कोऽर्थस्तिरश्चां गुणैः॥

कि सिंह ने पाणिनि-जैसे वैयाकरण के प्राण ले लिये, मदमस्त हाथी ने मीमांसा दर्शन के प्रणेता जैमिनि को मार डाला तथा मगरमच्छ ने समुद्रतट पर स्नान करते छन्द शास्त्र के मनीषी महर्षि पिंगल को निगल लिया। इन घटनाओं से यह सिद्ध

होता है कि अज्ञानान्धकार से बुद्धिहीन बने अपने सहज वैरी को किसी के गुणों से क्या लेना-देना होता है, उन्हें तो अपनी भूख मिटानी होती है।

कौआ बोला—मैं आपकी बात से सहमत हूं, लेकिन मैं आपको अपनी बात सुनाना चाहता हूं;

उपकाराच्च लोकानां निमित्तान्मृगपक्षिणाम्।
भयाल्लोभाच्च मूर्खाणां मैत्री स्याद्दर्शनात्सताम्॥

क्योंकि संसार में जहां किसी उपकार के कारण लोगों में मित्रता हो जाती है, वहां पशु-पक्षियों में किसी अन्य कारण से मित्रता का सम्बन्ध जुड़ जाता है, जहां मूर्ख लोग भय अथवा लोभ के कारण किसी से मित्रता कर लेते हैं, वहां सत्पुरुष एक-दूसरे का दर्शन करके ही एक-दूसरे के मित्र बन जाते हैं।

मृद्घट इव सुखभेद्यो दुःसन्धानश्च दुर्जनो भवति।
सुजनस्तु कनकघट इव दुर्भेद्यः सुकरसन्धिश्च॥

दुर्जन की मित्रता एक बार टूटने के बाद पुनः न जुड़ पाने वाले मिट्टी के घड़े के समान होती है। लेकिन सज्जन की मित्रता सोने के घड़े के समान होती है, जो पहले तो टूटता नहीं और यदि टूट भी जाये, तो शीघ्र ही पुनः जुड़ जाता है।

इक्षोरग्रात्क्रमशः पर्वणि पर्वणि यथा रसविशेषः।
तद्वत्सज्जनमैत्री विपरीतानां तु विपरीता॥

जिस प्रकार ईख के नीचे के पोरों में रस अधिकाधिक बढ़ता जाता है, उसी प्रकार सज्जनों की मित्रता में भी समय के साथ स्नेह की मात्रा बढ़ती जाती है, लेकिन इसके विपरीत, दुर्जनों की मित्रता समय के साथ घटती जाती है।

आरम्भगुर्वी क्षयिणी क्रमेण
लघ्वी पुरा वृद्धिमती च पश्चात्।
दिनस्य पूर्वार्द्धपरार्द्धभिन्ना
छायेव मैत्री खलसज्जनानाम्॥

सज्जनों की मित्रता ढलते सूर्य की छाया के समान होती है, जो आरम्भ में छोटी होती है, लेकिन धीरे-धीरे बढ़ती जाती है, जबकि दुर्जनों की मित्रता उदय होते सूर्य की छाया के समान—पहले घनी, पर धीरे-धीरे क्षीण होती जाती है।

अरे मित्र! मुझ पर विश्वास करो, शपथ लेकर मैं आपको अपनी सज्जनता का विश्वास दिला दूंगा।

हिरण्यक बोला—मैं शपथ पर विश्वास नहीं करता; क्योंकि नीतिकारों का कहना है

शपथैः सन्धितस्यापि न विश्वासं व्रजेद्रिपोः।
श्रूयते शपथं कृत्वा वृत्रः शक्रेण सूदितः॥

कि शपथ लेकर सन्धि करने वाले शत्रु पर कभी विश्वास नहीं करना चाहिए। इन्द्र ने शपथ लेकर वृत्रासुर से सन्धि की और उसका वध कर डाला। इस कथा से भी यही सन्देश मिलता है।

न विश्वासं विना शत्रुर्देवानामपि सिद्ध्यति।
विश्वासात्त्रिदशेन्द्रेण दितेर्गर्भो विदारितः॥

विश्वास तो दिलाना पड़ता है; क्योंकि इसके बिना तो देवताओं के लिए भी अपना स्वार्थ सिद्ध करना सम्भव नहीं हो सकता। इन्द्र ने दिति को विश्वास में लेकर ही उसके गर्भ को नष्ट कर डाला था।

बृहस्पतेरपि प्राज्ञस्तस्मान्नैवात्र विश्वसेत्।
य इच्छेदात्मनो वृद्धिमायुष्यं च सुखानि च॥

इसलिए अपनी वृद्धि, आयु तथा अपने सुख को सुरक्षित रखने वाले व्यक्ति को निष्ठा के प्रतीक देवगुरु बृहस्पति पर भी विश्वास नहीं करना चाहिए।

सुकृत्यं विष्णुगुप्तस्य मित्राप्तिर्भार्गवस्य च।
बृहष्पतेरविश्वासो नीतिसन्धिस्त्रिधा स्थितः॥

तीन प्रसिद्ध नीतिकारों के तीन सुझाव इस प्रकार हैं—

(क) चाणक्य के अनुसार—किसी भी काम को सोच-विचार करने के बाद ही करना चाहिए।

(ख) शुक्राचार्य के अनुसार—अधिकाधिक लोगों को मित्र बनाना चाहिए।

(ग) बृहस्पति का कथन है—किसी पर भी विश्वास नहीं करना चाहिए।

महताऽप्यर्थसारेण यो विश्वसिति शत्रुषु।
भार्य्यासु सुविरक्तासु तदन्तं तस्य जीवितम्॥

जो व्यक्ति किसी विवशता अथवा विशेष प्रयोजन के कारण अपने शत्रु अथवा अपने से विरक्त हो गयी स्त्री पर विश्वास करता है, वह एक प्रकार से अपने जीवन को उसके हाथों में गिरवी रख देता है।

यह सुनकर लघुपतनक कुछ भी कहने में असमर्थ हो गया। वह सोचने लगा—हिरण्यक तो नीति और ज्ञान में अत्यन्त निपुण है। सम्भवतः इसीलिए इसके प्रति मेरा मोह और भी बढ़ गया है। वह कहने लगा—

सतां साप्तपदं मैत्रमित्याहुर्विबुधा जनाः।
तस्मात्त्वं मित्रतां प्राप्तो वचनं मम तच्छृणु॥

विद्वानों ने कहा है कि सात क़दम भी साथ-साथ चलने वाले दो सज्जनों को आपस में मित्र ही समझना चाहिए। इसलिए अब आप भी मेरे मित्र बन गये हैं। अतः अब आप मेरी बात सुनिये।

यदि आपको मुझ पर विश्वास नहीं हो रहा, तो कोई बात नहीं। लेकिन आपको

अपने दुर्ग में बैठकर मुझसे बातचीत करने अथवा किसी विषय पर चर्चा करने में तो कोई आपत्ति नहीं होनी चाहिए।

कौए के इस सुझाव पर चूहा सोचने लगा कि यह प्राणी तो मुझे सत्यनिष्ठ, ईमानदार और मेरा मित्र बनने को तैयार प्रतीत होता है। इसके साथ मैत्री करने में कोई दोष तो नहीं दिखता, किन्तु फिर भी इससे सतर्क तो रहना ही होगा। यह सोचकर वह कहने लगा—

भीतभीतः पुरा शत्रुर्मन्दं मन्दं विसर्पति।
भूमौ प्रहेलया पश्चाज्जारहस्तोऽङ्गनास्विव॥

देखो! आरम्भ में किसी स्त्री को हाथ लगाने से भी डरने वाला उसका चालाक यार बाद में खुलकर उसका भोग करता है। इसी प्रकार फूंक-फूंककर पैर रखने वाला शत्रु भी छिद्र ढूंढ़कर विनाश करने वाला बन जाता है। इसलिए तुम कभी मेरे पास आने का प्रयास मत करना।

यह सुनकर कौआ बोला—मुझे स्वीकार है।

उस दिन के बाद दोनों आपस में अनेक विषयों पर चर्चा करने लगे। यहां तक कि दोनों एक-दूसरे से अपने खाद्य पदार्थों का भी आदान-प्रदान करने लगे, जो सर्वथा उचित ही था। कहा भी गया है

ददाति प्रतिगृह्णाति गुह्यमाख्याति पृच्छति।
भुंक्ते भोजयते चैव षड्विधं प्रीतिलक्षणम्॥

कि मित्र के छह लक्षण होते हैं—1. मित्र को देना और 2. उसके द्वारा दिये हुए को स्वीकार करना, 3. अपने गुप्त रहस्यों की मित्र को जानकारी देना तथा 4. उसके गुप्त रहस्यों से परिचित होना, 5. मित्र को खिलाना-पिलाना तथा 6. उसके साथ खाना-पीना।

नोपकारं विना प्रीतिः कथञ्चित्कस्यचिद्भवेत्।
उपयाचितदानेन यतो देवा अभीष्टदाः॥

बिना उपकार के, किसी को किसी के साथ प्यार नहीं होता। देवता भी मन्नत मानने पर ही अभीष्ट प्रदान करते हैं।

तावत्प्रीतिर्भवेल्लोके यावद्दानं प्रदीयते।
वत्सः क्षीरक्षयं दृष्ट्वा परित्यजति मातरम्॥

इस संसार में लेन-देन के चलते रहने पर ही प्रेम-प्यार का निर्वाह होता है। दूध न पिला सकने वाली गाय को तो उसका बछड़ा भी छोड़ जाता है।

पश्य दानस्य माहात्म्यं सद्यः प्रत्ययकारकम्।
यत्प्रभावादपि द्वेषी मित्रतां याति तत्क्षणात्॥

दान का प्रत्यक्ष महत्त्व यह देखने को मिलता है कि परिचित तो क्या, शः

भी तत्काल मित्र बन जाते हैं।

पुत्रादपि प्रियतरं खलु तेन दानं
मन्ये पशोरपि विवेकविवर्जितस्य।
दत्ते खले तु निखिलं खलु येन दुग्धं
नित्यं ददाति महिषी ससुतापि पश्य॥

पशु भी दान के महत्त्व को भलीभांति समझते हैं, इसीलिए तो अपने बछड़ों को दूध न पिलाने वाली भैंस भी अपने को बढ़िया दाना तथा भूसा आदि खिलाने वाले को प्रतिदिन दूध देने लगती है।

प्रीतिं निरन्तरां कृत्वा दुर्भेद्यां नखमांसवत्।
मूषको वायसश्चैव गतौ कृत्रिममित्रताम्॥

दान के आधार पर ही नख और मांस—नाखून मांस को ढकते हैं, इसीलिए मांस नाखूनों को बढ़ाते हैं—की भांति कौआ और चूहा भी आपस में प्रेम बढ़ाकर कृत्रिम ही सही, परन्तु पक्के मित्र बन गये।

धीरे-धीरे कौए के व्यवहार पर मुग्ध होकर चूहा उस पर इतना विश्वास करने लगा कि बिना किसी डर के उसके पंखों पर बैठकर उसके साथ बातचीत करने लगा। एक दिन आंखों में आंसू भरकर कौआ चूहे से बोला—मित्र! मेरा मन इस स्थान से उचट गया है, अतः मैं यहां से किसी अन्य स्थान पर जाना चाहता हूं।

हिरण्यक ने पूछा—इसका कोई कारण तो होगा।

इस पर कौआ बोला—अनेक वर्षों से वर्षा न होने के कारण यहां अकाल की स्थिति पैदा हो गयी है। इसीलिए अपने लिए अन्न जुटा पाने में असमर्थ लोगों ने हमारे लिए अन्न का दान देना छोड़ दिया है और घर-घर में पक्षियों को फंसाने के लिए जाल फैला रखे हैं। एक बार तो मैं भी फंस गया था, लेकिन भाग्य अनुकूल था, इसीलिए किसी प्रकार बच गया हूं। शायद इसीलिए अब मेरा मन इस स्थान से उचट गया है और मैं किसी अन्य स्थान में जाना चाहता हूं।

हिरण्यक ने पूछा—तो कहां जाने का इरादा है?

लघुपतनक बोला—यहां से दक्षिण की ओर घने वन में स्वच्छ और मधुर ल से भरा एक सरोवर है, जहां मेरा एक मित्र मन्थरक नामक कछुआ रहता है, मुझे मछलियों का मांस खिलायेगा। मैं यहां से चला जाऊंगा, तो मुझे अपने ति-बन्धुओं को पाश में बंधकर नष्ट होते तो नहीं देखना पड़ेगा। तुम्हें छोड़ने में रो कष्ट हो रहा है और इसीलिए मैं रो रहा हूं। नीतिशास्त्र में कहा है

अनावृष्टिहते देशे शस्ये च प्रलयं गते।
धन्यास्तात न पश्यन्ति देशभंगं कुलक्षयम्॥

कि अनावृष्टि, उपज के विनाश तथा अन्य किसी दैवी उत्पात से अपने कुल के विनाश को न देखने वाले प्राणी वास्तव में धन्य होते हैं।

कोऽतिभारः समर्थानां किं दूरं व्यवसायिनाम्।
को विदेशः सविद्यानां कः परः प्रियवादिनाम्॥

समर्थ व्यक्तियों के लिए किसी वस्तु का भारी होना, व्यापारियों के लिए किसी स्थान का दूर होना, विद्वानों के लिए किसी देश का पराया होना तथा मिष्टभाषी वक्ताओं के लिए किसी व्यक्ति का अपरिचित होना कोई महत्त्वपूर्ण बात नहीं होती।

विद्वत्वञ्च नृपत्वञ्च नैव तुल्यं कदाचन।
स्वदेशे पूज्यते राजा विद्वान्सर्वत्र पूज्यते॥

धन और अधिकार को एक-समान कभी नहीं समझना चाहिए; क्योंकि राजा को केवल अपने देश में ही सम्मान प्राप्त होता है, लेकिन विद्वान् व्यक्ति तो जहां कहीं भी जाता है, वह सब कहीं सम्मान प्राप्त कर लेता है।

हिरण्यक बोला—यदि तुमने जाने का मन बना ही लिया है, तो मुझे भी अपने साथ ले चलो।

इस पर कौए ने पूछा—लेकिन तुम्हें यहां क्या कष्ट है?

चूहे ने उत्तर दिया— इस विषय में बहुत कुछ कहा जा सकता है। वह सब मैं तुम्हें नये स्थान पर पहुंचकर ही बताऊंगा।

कौए ने कहा—मैं तो आकाश-मार्ग से उड़कर चला जाऊंगा, तुम मेरे साथ कैसे चल सकोगे?

चूहा बोला—यदि तुम मेरे प्राण बचाना चाहते हो, तो मुझे अपनी पीठ पर बिठाकर अपने साथ ले चलो। यदि तुम ऐसा नहीं करोगे, तो मेरा मुंह नहीं देख सकोगे।

इस पर कौए ने कहा—तुम्हें अपने साथ ले जाने से बढ़कर मेरे लिए प्रसन्नता का कोई अन्य विषय तो हो ही नहीं सकता। तुम्हारे साथ रहकर मेरा समय और भी अधिक आनन्दपूर्वक बीतेगा। मैं उड़ान की आठों गतियों को जानता हूं। इसलिए मैं आवश्यकता के अनुसार उड़ान भरता हुआ तुम्हें निश्चित स्थान पर पहुंचा दूंगा। तुम मेरी पीठ पर सवार हो जाओ, ताकि मैं अपनी उड़ान भर सकूं।

हिरण्यक की जिज्ञासा पर उसे उड़ान की आठ गतियों के नाम बताता हुआ लघुपतनक बोला

सम्पातं विप्रपातञ्च महापातं निपातनम्।
वक्रं तिर्य्यक् तथा चोर्ध्वमष्टमं लघुसंज्ञकम्॥

कि उड़ने की आठ गतियां होती हैं—सम्पात, विप्रपात, महापात, निपात, वक्रगति,

तिरछी गति, ऊर्ध्वगति तथा लघु नामक गति।

हिरण्यक कौए की पीठ पर सवार हो गया और कौआ विभिन्न उड़ानें भरता हुआ निश्चित स्थान पर जा पहुंचा। कौए की पीठ पर चूहे को सवार हुआ देखकर मन्थरक यह सोचकर कि कोई बड़ा कौआ नेरी ओर आ रहा है, अपनी प्राणरक्षा के लिए जल में जा घुसा। लघुपतनक ने हिरण्यक को पास के एक वृक्ष के बिल में छोड़ा और स्वयं किसी ऊंचे वृक्ष शाख पर जा बैठा। वहां से उसने अपना परिचय देकर अपने मित्र मन्थरक नामक कछुए को पुकारा और उससे मिलने का अनुरोध करते हुए बोला—

किं चन्दनैः सकर्पूरैस्तुहिनैः किञ्च शीतलैः।
सर्वे ते मित्रगात्रस्य कलां नार्हन्ति षोडशीम्॥

अपने मित्र के शरीर के आलिंगन से दूसरे मित्र के शरीर को जैसी ठण्डक मिलती है, वैसी कपूर मिले चन्दन तथा हिम आदि पदार्थों के प्रयोग से भी नहीं मिलती। वे मित्र-मिलन के सुख की शीतलता के सोलहवें भाग जितनी ठण्डक भी नहीं दे सकते।

इसीलिए कहा गया है

केनामृतमिदं सृष्टं मित्रमित्यक्षरद्वयम्।
आपदाञ्च परित्राणं शोकसन्तापभेषजम्॥

कि अमृत के समान मित्र-जैसे दो शब्दों—मि+त्र—की सृष्टि तो किसी पुण्यात्मा ने ही की लगती है; क्योंकि मित्र न केवल आपत्तियों से रक्षा करता है, अपितु शोक और सन्ताप को नष्ट करने की ओषधि भी होता है।

लघुपतनक की आवाज़ को पहचानकर मन्थरक जल से बाहर आया और आनन्द के आंसू बहाता हुआ मित्र से लिपटकर कहने लगा—तुम बहुत समय के बाद आये हो, इसलिए पहचानने में हुई देर के लिए मुझे क्षमा करना। मैं इसलिए जल में जा घुसा था कि तुम्हें पहचान न सका था। आचार्य बृहस्पति ने कहा है

यस्य न ज्ञायते वीर्य्यं न कुलं न विचेष्टितम्।
न तेन सङ्गतिं कुर्य्यादित्युवाच बृहस्पतिः॥

कि जिसके पराक्रम, कुल और व्यवहार की पूरी जानकारी न हो, उस प्राणी का संग कभी नहीं करना चाहिए।

अमृतस्य प्रवाहैः किं कायक्षालनसम्भवैः।
चिरान्मित्रपरिष्वङ्गो योऽसौ मूल्यविवर्जितः॥

अपने मित्र मन्थरक को आलिंगनबद्ध करता हुआ कौआ बोला—यदि शरीर की शुद्धि के लिए अमृत भी उपलब्ध हो, तो उससे नहाना और उसे बहाना भी

व्यर्थ होता है। बहुत समय के बाद मिले मित्र के समान सुख तो अमृत से भी नहीं मिल सकता।

इस प्रकार दोनों मित्र प्रसन्न होकर वृक्ष के नीचे जा बैठे और एक-दूसरे की आप-बीती सुनने-सुनाने लगे। इसी बीच हिरण्यक भी मन्थरक को प्रणाम करके वहां आकर बैठ गया। लघुपतनक से उस चूहे का परिचय जानकर आश्चर्य प्रकट करते हुए मन्थरक ने कहा—तुम अपने भक्ष्य को इस प्रकार अभयदान देकर अपने साथ लिये फिरते हो, इसमें अवश्य ही कोई असाधारण बात होगी।

इस पर लघुपतनक बोला—मित्र! यह हिरण्यक भी तुम्हारी तरह मेरा मित्र है और अपने प्राणों के समान ही मुझे प्रिय है। मेरी इस थोड़े में कही बात को ही बहुत समझना।

पर्ज्जन्यस्य यथा धारा यथा च दिवि तारकाः।
सिकता रेणवो यद्वत्संख्यया परिवर्जिताः॥
गुणसंख्या परित्यक्ता तद्वदस्य महात्मनः।
परं निर्वेदमापन्नः सम्प्राप्तोऽयं तवान्तिकम्॥

जिस प्रकार बादलों से हो रही वर्षा की धाराएं, आसमान के तारे और पृथ्वी के रज-कण नहीं गिने जा सकते, उसी प्रकार मेरे इस मित्र के गुणों को भी गिना नहीं जा सकता। यह अपने स्थान को छोड़कर और बड़ी आशा लेकर आपके पास आया है।

इस पर जब मन्थरक ने कौए से चूहे के कष्ट के विषय में पूछा, तो कौआ बोला—मैंने इससे इस विषय में पूछा था, किन्तु इसने यह तथ्य यहां पहुंचकर ही बताने को कहा था। अतः अब मैं हम दोनों की उत्सुकता को शान्त करने के लिए इससे अपनी कथा सुनाने का अनुरोध करता हूं।

इस पर हिरण्यक बोला—सुनिये।

कथा क्रम : एक

भारत की दक्षिण दिशा में स्थित महिलारोप्य नामक नगर के बाहर भगवान् शंकर का एक मठ था, जहां ताम्रचूड़ नामक संन्यासी नगर से भिक्षा मांगकर अपना जीवनयापन किया करता था। वह आधी भिक्षा से अपना पेट भरता था और आधी को एक पोटली में बांधकर खूंटी पर लटका दिया करता था। उस आधी भिक्षा को वह उस मठ की सफ़ाई करने वाले कर्मचारियों को उनके पारिश्रमिक के रूप में बांट देता था। इस प्रकार उस मठ का रख-रखाव भली प्रकार हो जाता था।

एक दिन मेरे जाति-बन्धु कुछ चूहे मुझसे आकर कहने लगे—हम अपनी

भूख मिटाने के लिए इधर-उधर भटकते रहते हैं, जबकि खूंटी पर टंगी पोटली में स्वादिष्ट भोजन बंधा रहता है। हम प्रयत्न करके भी उस खूंटी तक नहीं पहुंच सकते। आप हमारी कुछ सहायता क्यों नहीं करते ?

मैं अपने साथियों के साथ उधर चल दिया और हम वहां जा पहुंचे। मैंने एक ऊंची छलांग लगायी, पोटली में रखे भोजन को स्वयं भी खाया और अपने साथियों को भी खिलाया। जब यह सिलसिला प्रतिदिन चलने लगा, तो सफ़ाई कर्मचारियों ने पारिश्रमिक न पाकर मठ में काम करना बन्द कर दिया। इससे वह संन्यासी चिन्तित हो उठा। संन्यासी ने हमें रोकने का पूरा प्रयास किया, किन्तु उसके नींद में सोते ही मैं अपने काम में लग जाता था। अचानक वह फटा हुआ एक बांस ले आया और मुझे भिक्षापात्र से दूर रखने के लिए सोते समय उस बांस को धरती पर पटकने लगा। बांस के प्रहार के डर से मैं वह अन्न खाये बिना ही भाग उठता था। इस प्रकार उस संन्यासी की और मेरी पूरी-पूरी रात एक-दूसरे को छकाने में ही बीतने लगी।

एक दिन उस संन्यासी का एक मित्र उसके यहां आया, तो संन्यासी ने बड़े प्रेम तथा सम्मानपूर्वक अपने उस मित्र का स्वागत किया और उसे भोजन कराया।

रात को सोते समय दोनों मित्र बातचीत करने लगे। लेकिन ताम्रचूड़ नामक संन्यासी रह-रहकर धरती पर बांस पटकता रहा। अत: वह अपने मित्र की बात पर कोई ध्यान नहीं दे पा रहा था। अतिथि मित्र ने ताम्रचूड़ संन्यासी के इस व्यवहार को अपना अपमान समझा और वह कहने लगा—मैं जान गया हूं कि अब तुम पहले वाले ताम्रचूड़ नहीं रहे, तुम्हें मेरे आने से प्रसन्नता भी नहीं हुई, तभी तो तुम इस प्रकार मेरी उपेक्षा कर रहे हो। मैं प्रात:काल ही तुम्हारे इस मठ को छोड़कर कहीं और चला जाऊंगा।

कहा गया है

एह्यागच्छ समाश्रयासनमिदं
कस्माच्चिराद् दृश्यसे
का वार्त्ता अतिदुर्बलोऽसि कुशलं
प्रीतोऽस्मि ते दर्शनात्।
एवं ये समुपागतान्प्रणयिनः
प्रह्लादयन्त्यादरा-
त्तेषां युक्तमशङ्कितेन मनसा
हर्म्याणि गन्तुं सदा॥

कि अतिथि को केवल उन्हीं घरों में जाना चाहिए, जहां उनके पहुंचने पर गृहस्वामी प्रसन्नतापूर्वक आदर-सत्कार करते हैं और कहते हैं—आइये, पधारिये, इस बार

तो आपने बहुत दिनों बाद दर्शन दिये हैं, क्या आपने हमें भुला दिया है या हमसे कोई भूल हो गयी है, आप सकुशल तो हैं? आपके दर्शनों से हमें बहुत प्रसन्नता हुई है।

गृही यत्रागतं दृष्ट्वा दिशो वीक्षेत वाप्यधः।
तत्र ये सदने यान्ति ते शृङ्गरहिता वृषाः॥

यदि अतिथि को घर में आया देखकर गृहस्वामी इधर-उधर देखने लगे या अतिथि की उपेक्षा करने लगे, तो ऐसे के घर में आने वाले अतिथि को बिना सींग का बैल समझना चाहिए।

नाभ्युत्थानक्रिया यत्र नालापा मधुराक्षराः।
गुणदोषकथा नैव तत्र हर्म्ये न गम्यते॥

ऐसा घर भले ही राजा का महल क्यों न हो, अतिथि को वहां नहीं जाना चाहिए।

लगता है कि इस मठ को पाकर तुम्हें अहंकार हो गया है। तभी तो तुम मित्र के साथ शिष्ट व्यवहार करना भी भूल गये हो। तुम्हें यह नहीं पता कि मठाधीश बनने के परिणामस्वरूप नरक की प्राप्ति होती है।

नरकाय मतिस्ते चेत्पौरोहित्यं समाचर।
वर्षं यावत्किमन्येन मठचिन्तां दिनत्रयम्॥

शास्त्रों के अनुसार तो नरकवास के लिए एक वर्ष की पुरोहिताई ही पर्याप्त है, जबकि मठाधीश बनने पर तो यह इच्छा मात्र तीन दिनों में ही पूरी हो जाती है। मेरी समझ में नहीं आता कि तुम किस बात पर इतने अहंकारी हो गये हो? प्रातःकाल होते ही मैं इस मठ को छोड़ दूंगा।

अपने मित्र को इस प्रकार क्रुद्ध देखकर संन्यासी ताम्रचूड़ बोला—मित्र! मैं तुम्हें कैसे विश्वास दिलाऊं कि तुम मेरे लिए कितने आदरणीय हो? जिसे तुम अपनी उपेक्षा समझ रहे हो, वह मेरी विवशता है। एक चूहा रात में ऊंची छलांग लगाकर खूंटी पर टंगी पोटली में रखी भिक्षा को खा जाता है, जिससे मैं कर्मचारियों को पारिश्रमिक नहीं दे पाता और मठ की सफ़ाई नहीं हो पाती। इस चूहे ने मेरी रातों की नींद हराम कर रखी है। इसको भगाने के लिए ही मैं रात-भर इस बांस को धरती पर पटकता रहता हूं। बस, यही बात है कि मैं तुम्हारी बातों पर भी ध्यान नहीं दे रहा।

संन्यासी के मित्र ने पूछा—क्या तुमने उसके बिल को देखा है? मुझे लगता है कि इस चूहे ने पर्याप्त धन पर अपना कब्ज़ा किया हुआ है। धन की गरमी के कारण ही इस चूहे में इतनी स्फूर्ति है कि यह इतनी ऊंची उछाल भर सकता है।

ऊष्मापि वित्तजो वृद्धिं तेजो नयति देहिनाम्।

किं पुनस्तस्य सम्भोगस्त्यागकर्मसमन्वितः ॥

धन की गरमी के कारण ही प्राणियों के तेज में वृद्धि हो जाती है। यदि कोई प्राणी ज्ञान और त्यागपूर्वक धन का उपभोग करे, तो वह कभी तेजरहित नहीं हो सकता।

नाकस्माच्छाण्डिली मातर्विक्रीणाति तिलैस्तिलान्।
लुञ्चितानितरैर्येन हेतुरत्र भविष्यति ॥

यदि शाण्डली अपने धुले हुए तिल देकर बदले में काले तिल लेना चाहती है, तो उसके पीछे अवश्य ही कोई कारण होना चाहिए।

ताम्रचूड़ ने पूछा—यह क्या कथा है? अतिथि बोला—सुनो।

कथा क्रम : दो

एक बार चातुर्मास व्रत के लिए मैंने किसी ब्राह्मण से स्थान मांगा, जो उसने मुझे सहर्ष दे दिया और मैं उसके यहां रहकर देवपूजन करने लगा।

एक दिन प्रातःकाल मैंने ब्राह्मण को अपनी पत्नी से यह कहते हुए सुना कि आज दक्षिणायन संक्रान्ति है, आज किये दान का बहुत उत्तम फल मिलता है। मैं इसी आशा से जा रहा हूं। तुम किसी एक ब्राह्मण को भोजन करा देना। पति के वचन सुनकर ब्राह्मणी बोली—क्या तुम्हें यह सब कहते लज्जा नहीं आती? इस दरिद्र घर में रखा ही क्या है, जो किसी को भोजन कराया जाये? आज तक तुमने मुझे तो कभी स्वादिष्ट भोजन नहीं कराया, न कोई उत्तम वस्त्र ही पहनाया है और न ही मुझे कोई आभूषण ख़रीदकर दिया है।

पत्नी के कठोर वचन सुनकर ब्राह्मण ने कहा—तुम्हें भी यह सब कहना उचित नहीं लगता। शास्त्र कहते हैं

ग्रासादपि तदर्द्धञ्च कस्मान्नो दीयतेऽर्थिषु।
इच्छानुरूपो विभवः कदा कस्य भविष्यति ॥

कि इच्छानुरूपी धन तो आज तक किसी को भी नहीं मिला। इसलिए जो भी अपने पास है, उसी में से किसी भिक्षुक को एक-आध ग्रास देना ही सच्चा दान है।

ईश्वरा भूरिदानेन यल्लभन्ते फलं किल।
दरिद्रस्तच्च काकिण्या प्राप्नुयादिति नः श्रुतिः ॥

मैंने सुना है कि बड़े लोगों को धन का दान देने से जो फल प्राप्त होता है, वही फल निर्धन व्यक्ति को एक कौड़ी दान करने से प्राप्त हो जाता है।

दाता लघुरपि सेव्यो भवति
न कृपणो महानपि समृद्ध्या।

कूपोऽन्तःस्वादुजलः प्रीत्यै
लोकस्य न समुद्रः॥

धनी कंजूस की अपेक्षा दरिद्र व उदार व्यक्ति को ही महान् एवं आदरणीय समझना चाहिए। सागर से कभी किसी की प्यास नहीं बुझी, प्यास बुझाने के लिए तो लोगों को कुएं का ही सहारा लेना पड़ता है। जहां स्वादिष्ट जल प्राप्त होता है, वही आश्रय लेने योग्य होता है।

अकृतत्यागमहिम्ना मिथ्या किं राजराजशब्देन।
गोप्तारं न निधीनां कथयन्ति महेश्वरं विबुधाः॥

यदि धनी व्यक्ति दान नहीं देता, तो भिक्षुक उसे राजा नहीं कहते और न ही उसे कोई महत्त्व देते हैं। देवों का कोषाध्यक्ष होते हुए भी कुबेर को किसी ने आज तक महेश्वर नहीं कहा।

सत्पात्रं महती श्रद्धा देशे काले यथोचिते।
यद्दीयते विवेकज्ञैस्तदाऽनन्त्याय कल्पते॥

देश, काल और पात्र की यथासम्भव जांच करके उचित पात्र को दिया गया दान ही फलदायक सिद्ध होता है।

अतितृष्णा न कर्त्तव्या तृष्णां नैव परित्यजेत्।
अतितृष्णाभिभूतस्य शिखा भवति मस्तके॥

लोभ का सर्वथा त्याग सम्भव नहीं, लेकिन अतिलोभ भी उचित नहीं होता। अधिक लोभी के माथे पर शिखा निकल आती है।

ब्राह्मणी की जिज्ञासा को देखकर ब्राह्मण उसे यह कथा सुनाने लगा।

कथा क्रम : तीन

किसी पशु का वध करने के लिए एक घने जंगल में एक व्याध ने अञ्जन पर्वत के समान काले रंग का एक मोटा शूकर देखा, तो उसने अपने बाण से उस पर प्रहार कर दिया। घायल शूकर ने पलटकर अपने सींग उस व्याध की छाती में घुसेड़ दिये। इस प्रकार शूकर के साथ ही व्याध का भी प्राणान्त हो गया।

इसी बीच भूख से व्याकुल एक गीदड़ उधर आ निकला और दोनों को मरा देखकर अपने भाग्य को सराहता हुआ कहने लगा—लगता है कि आज भगवान् मुझ पर प्रसन्न हैं, तभी तो बिना चाहे और बिना भटके अनायास ही इतना भोजन प्राप्त हो गया है।

अकृतेऽप्युद्यमे पुंसामन्यजन्मकृतं फलम्।
शुभाशुभं समभ्येति विधिना सन्नियोजितम्॥

शास्त्र का यह वचन निस्सन्देह सत्य है कि कभी-कभी मनुष्य को बिना

कुछ किये भी बहुत कुछ प्राप्त हो जाता है। इसे उसके द्वारा किये गये पूर्वजन्म के ही किसी शुभकर्म का फल समझना चाहिए।

यस्मिन्देशे च काले च वयसा यादृशेन च।
कृतं शुभाशुभं कर्म तत्तथा तेन भुज्यते॥

जिसने जिस अवस्था में, जिस देश व काल में और जैसा भी शुभ-अशुभ कर्म किया है, उसे उस अवस्था में और उस स्थान व समय पर वैसा ही शुभ-अशुभ फल मिलता है।

गीदड़ ने सोचा कि मुझे इस भोजन का प्रयोग इस प्रकार करना चाहिए, जिससे मेरी गाड़ी बहुत दिनों तक चल सके। इसलिए आज केवल बहेलिए के धनुष में लगी तांत को खाकर ही अपना गुज़ारा कर लेना चाहिए।

शनैः शनैश्च भोक्तव्यं स्वयं वित्तमुपार्जितम्।
रसायनमिव प्राज्ञैर्हेलया न कदाचन॥

बुद्धिमान् व्यक्ति को अपने द्वारा उपार्जित धन के साथ भी खिलवाड़ नहीं करना चाहिए, बल्कि उसे अपनी आवश्यकता के अनुसार रसायन के समान थोड़ा-थोड़ा ही ख़र्च करना चाहिए।

यह निश्चय करके गीदड़ धनुष की डोर को अपने मुख में डालकर चबाने लगा। लेकिन तांत के टूटते ही धनुष का सिर इतने वेग से गीदड़ की छाती में आ लगा कि वह चीख़ मारकर गिर पड़ा और उसके प्राण-पखेरू उड़ गये।

यह कथा सुनाकर ब्राह्मण अपनी पत्नी से बोला—देवी! मैं इसीलिए कहता हूं

अतितृष्णा न कर्त्तव्या तृष्णां नैव परित्यजेत्।
अतितृष्णाभिभूतस्य शिखा भवति मस्तके॥

कि लोभ को कभी छोड़ा नहीं जा सकता, लेकिन इसका अर्थ यह नहीं कि उसे बढ़ावा दिया जाये। अति का लोभ कभी अच्छा नहीं होता। लोभी व्यक्ति के माथे पर शिखा अर्थात् चोटी उग आती है यानी उसका दुर्भाग्य उसका पीछा करने लगता है।

ब्राह्मण बोला—तुमने यह तो सुना ही होगा

आयुः कर्म च वित्तञ्च विद्या निधनमेव च।
पञ्चैतानि हि सृज्यन्ते गर्भस्थस्यैव देहिनः॥

कि जीव के मां के शरीर में प्रवेश के समय से ही ये पांच—उसकी आयु, उसके कर्म-फल, धन, विद्या और मृत्यु—निर्धारित हो जाते हैं।

पति के इस प्रकार समझाने-बुझाने पर ब्राह्मणी बोली—ठीक है, घर में थोड़े-से तिल रखे हैं, मैं उनके छिलके उतार लेती हूं, उनसे ही किसी ब्राह्मण

को भोजन करा दूंगी।

पत्नी से आश्वासन मिलते ही ब्राह्मण दूसरे गांव को चला गया। इधर ब्राह्मणी ने तिलों को कूटा, धोया और सूखने के लिए उन्हें धूप में रख दिया। तभी एक कुत्ते ने धूप में सूख रहे तिलों पर पेशाब कर दिया। ब्राह्मणी सोचने लगी—यह तो कंगाली में आटा गीला वाली बात हो गयी। भाग्य के प्रतिकूल होते ही सब कुछ उलटा-पुलटा हो जाता है। अब किसी को अपने धुले तिल देकर उससे बिना धुले तिल लाने का प्रयत्न करती हूं। संयोग की बात कि उस समय मैं जिस घर में भिक्षा मांगने के लिए गया हुआ था, उसी घर में वह ब्राह्मणी भी आ पहुंची और उस गृहिणी से अपने धुले हुए तिलों के बदले बिना धुले तिल देने का अनुरोध करने लगी। गृहिणी तो इसके लिए तैयार हो गयी, परन्तु उसका बेटा बोला—मां! दाल में कुछ काला लगता है, वरना यह ब्राह्मणी हमें अपने धुले हुए तिल देकर हमसे बिना धुले तिल क्यों लेना चाहती है?

नाकस्माच्छाण्डिली मातः विक्रीणाति तिलैस्तिलान्।
लुंचितानितरैर्येन हेतुरत्र भविष्यति॥

मां! ब्राह्मणी की इस चेष्टा के पीछे अवश्य ही कोई-न-कोई कारण होना चाहिए। अकारण ही कोई किसी के घर आकर ऐसा प्रस्ताव क्यों करेगा?

यह कथा सुनाकर अतिथि संन्यासी अपने संन्यासी मित्र से बोला—तुम मुझे एक बार इस चूहे का बिल दिखा दो।

इस पर ताम्रचूड़ ने बताया—कोई भी चूहा अकेला नहीं आता, इनका तो पूरा दल एक साथ आता है।

अतिथि ने कहा—क्या तुम्हारे पास धरती खोदने की कुदाल है?

ताम्रचूड़ ने तुरन्त ही एक कुदाल लाकर उसे दे दी। अब अतिथि साधु ने कहा—कल प्रातःकाल तुम मेरे साथ चलना। हम इन चूहों के पदचिह्नों का पीछा करते हुए इनके बिलों को खोज निकालेंगे।

हिरण्यक अपने मित्रों—लघुपतनक और मन्थरक—से कहने लगा—दोनों संन्यासियों की बातचीत को सुनकर मुझे अपनी मौत सामने खड़ी दिखाई देने लगी। मैं सोचने लगा कि जब इन्होंने मेरी शक्ति के रहस्य को जान लिया, तो अब इनके लिए मेरे बिल को खोज लेना भी कठिन नहीं होगा।

सकृदपि दृष्ट्वा पुरुषं विबुधा
जानन्ति सारतां तस्य।
हस्ततुलयापि निपुणाः
पलप्रमाणं विजानन्ति॥

चतुर व्यक्ति दूसरे के चेहरे को देखकर ही उसकी योग्यता का अनुमान

लगा लेते हैं। नाप-तौल में कुशल व्यक्ति हाथ में लेते ही किसी वस्तु के वज़न को जान लेते हैं। उन्हें उसके तौलने की आवश्यकता नहीं होती।

वाञ्छैव सूचयति पूर्वतरं भविष्यं
पुंसां यदन्यतनुजं त्वशुभं शुभं वा।
विज्ञायते शिशुरजातकलापचिह्नः
प्रत्युद्गतैरपसरं सरसः कलापी॥

प्राणी की अच्छी-बुरी रुचि को देखकर उसके पूर्वजन्म की स्थिति का कुछ-न-कुछ अनुमान हो ही जाता है। तभी तो कलगी के प्रकट हुए बिना भी पारखी व्यक्ति को मोर के बच्चे की चाल को देखकर ही उसके मोर अथवा मोरनी होने का पता चल जाता है।

मैंने अपने परिजनों के साथ अपने निवास को छोड़कर किसी अन्य स्थान पर जाने का निश्चय किया। अभी हम केवल दो क़दम ही आगे बढ़े थे कि सामने से एक बिलाव आ गया और वह हम पर झपटा। उसका शिकार होने से बचे चूहे मुझे कोसते हुए शीघ्र ही अपने पुराने बिलों में घुस गये।

छित्त्वा पाशमपास्य कूटरचनां
भङ्क्त्वा बलाद्वागुरां।
पर्य्यन्ताग्निशिखाकलापजटिला-
न्निर्गत्य दूरं वनात्।
व्याधानां शरगोचरादपि जवे
नोत्पत्य धावन्मृगः
कूपान्तः पतितः करोतु विधुरे
किं वा विधौ पौरुषम्॥

भाग्य के आगे किसका वश चलता है? मैंने देखा कि शिकारी के जाल में फंसा एक हरिण जाल को काटकर, बहेलिये की चालाकी को अंगूठा दिखाकर सभी बन्धनों से अपने को मुक्त कर, आग से झुलसते जंगल से दूर जाकर और बहेलिये के प्रहारों से बचकर सुरक्षित स्थान पर पहुंचा ही था कि अचानक वह एक कुएं में गिर पड़ा।

भाग्य के आगे कोई भी प्राणी कुछ भी नहीं कर सकता। भाग्य के विपरीत होने पर प्राणी का पुरुषार्थ भी निष्फल हो जाता है। यही हमारे साथ भी हुआ।

मैं अकेला भाग निकला। दोनों संन्यासी हमारे बिलों तक पहुंच गये और कुदाल से धरती खोदने लगे। जिस धन के बल पर मैं इतराता था, उसे हथियाने के बाद अतिथि अपने मित्र से बोला—अब तुम सब कुछ भूलकर गहरी नींद का आनन्द लो। यह चूहा जिस धन की गरमी से इतना ऊंचा कूदता था, अब वह

गरमी निकल गयी। अब यह नहीं उछल सकेगा। यह कहकर वे दोनों मेरे धन को लेकर अपने मठ को चल दिये।

मैं अपने बिल में पहुंचा, तो उजड़े और धनहीन हुए अपने निवास को देखकर रो पड़ा। मुझे समझ नहीं आ रहा था कि कहां जाऊं और क्या करूं? बड़े कष्ट से मैंने वह दिन बिताया। बेचैन होकर मैं रात्रि में अपने कुछ साथियों को लेकर मठ में पुनः जा पहुंचा। हमारी चीं-चीं को सुनकर ताम्रचूड़ पहले की ही भांति फटे हुए बांस को धरती पर पटकने लगा। इस पर उसका अतिथि मित्र उसे समझाते हुए बोला—क्यों व्यर्थ की चिन्ता कर रहे हो, निश्शंक होकर सो जाओ।

ताम्रचूड़ बोला—आवाज़ से लगता है कि वही चूहा फिर आ धमका है।

अतिथि बोला—तो क्या हुआ, अब इतनी ऊंचाई तक उछल-कूद करना उसके वश का नहीं रहा। यही इस संसार का नियम है।

यदुत्साही सदा मर्त्यः प .भवति यज्जनान्।
यदुद्धतं वदेद्वाक्यं तत्सर्वं वित्तजं बलम्॥

मनुष्य का उत्साहित होना, दूसरों को पराजित करने में समर्थ होना और उद्धत होकर प्रदर्शन करना धन-प्राप्ति पर ही सम्भव है। धन की गरमी ही व्यक्ति में उत्साह, शक्ति और साहस का सञ्चार कर सकती है।

मैंने यह सुना, तो अपनी पूरी शक्ति लगाकर भिक्षापात्र पर कूदा, लेकिन बीच में ही धरती पर गिर पड़ा और चोट लगने के कारण छटपटाने लगा। इस पर हंसते हुए ताम्रचूड़ का अतिथि मित्र उससे बोला—क्यों मित्र! मैं सत्य ही कहता था न

अर्थेन बलवान्सर्वेऽप्यर्थयुक्तः स पण्डितः।
पश्यैनं मूषकं व्यर्थं स्वजातेः समतां गतम्॥

कि धन ही किसी प्राणी को बलवान् और बुद्धिमान् बना देता है। अब देखो, धनहीन होते ही यह चूहा भी दूसरे चूहों-जैसा ही दीन-हीन हो गया है। अब तुम निश्शंक होकर सो जाओ। इसके कूदने के रहस्य को जानकर हमने इसे अशक्त बना दिया है। कहा भी गया है

दंष्ट्राविरहितः सर्पो मदहीनो यथा गजः।
तथार्थेन विहीनोऽत्र पुरुषो नामधारकः॥

कि दांत से रहित सांप और मद से रहित गज के समान ही धन से रहित प्राणी भी निस्तेज होकर केवल श्वास लेने वाला प्राणी बनकर रह जाता है।

यह सुनकर मैंने भी सोचा—अब मेरा तेज और स्फूर्ति भी समाप्त हो गयी है। अब मेरा जीवन भी किसी निर्धन व्यक्ति के समान हो गया है।

अर्थेन च विहीनस्य पुरुषस्याल्पमेधसः।

उच्छिद्यन्ते क्रियाः सर्वा ग्रीष्मे कुसरितो यथा ॥

जिस प्रकार गरमी की ऋतु में छोटे-मोटे नदी-नाले सूख जाते हैं, उसी प्रकार धनहीन व्यक्ति के किसी भी कार्य को कोई गौरव नहीं मिलता।

इस प्रकार अपने धन को संन्यासी के अधिकार में गया देखकर मैं कुछ देर तक विलाप करता रहा। फिर सवेरा होने पर अपने बिल में जा घुसा। मेरे साथी भी यह कहते हुए मुझे छोड़कर चल दिये कि अब यह हमारा पेट नहीं भर सकेगा। अब तो इसके पीछे चलने से तो बिलाव आदि के शिकार हो जाने की आशंका बनी रहेगी। अब इसके आश्रय में रहने का कोई लाभ नहीं।

यत्सकाशान्न लाभः स्यात्केवलाः स्युर्विपत्तयः।
स स्वामी दूरतस्त्याज्यो विशेषादनुजीविभिः ॥

पास में बैठे अपने मित्रों तथा अपने अधीन रहने वाले सेवकों को कोई भी लाभ न पहुंचाने वाले एवं उनके लिए संकट का कारण बनने वाले स्वामी को तो दूर से ही त्याग देना चाहिए।

अपने साथियों के इन कठोर वचनों को सुनकर दुखी हुआ मैं अपने बिल में अकेला बैठा रहा। मैंने देखा कि सभी चूहे चलते बने, मेरा साथ देने के लिए कोई भी नहीं रुका। तब मैं अपने आपसे बोला

मृतो दरिद्रः पुरुषो मृतं मैथुनमप्रजम्।
मृतमश्रोत्रियं श्राद्धं मृतो यज्ञस्त्वदक्षिणः ॥

कि जिस प्रकार सन्तान उत्पन्न न कर सकने वाला सम्भोग मृतक होता है, भोजन के लिए वेदपाठी ब्राह्मण के उपलब्ध न होने पर श्राद्ध मृतक होता है और दक्षिणा दिये बिना किया गया यज्ञ मृतक होता है, उसी प्रकार धनहीन व्यक्ति भी जीते-जी मृतक ही होता है।

मैं अभी विलाप कर रहा था कि मैंने देखा मेरे परिजन मेरे शत्रु से जा मिले, और मेरा अपमान करने लगे। तब मैंने विचार किया कि यदि मैं उस संन्यासी के चारों ओर ही मंडराता रहूं और उसके सो जाने पर उसके तकिये के नीचे से अपनी सम्पत्ति को खींचकर अपने घर ले आऊं, तो मैं पहले के समान ही समर्थ बन जाऊंगा।

व्यथयन्ति परं चेतो मनोरथशतैर्जनाः।
नानुष्ठानैर्धनैर्हीनाः कुलजा विधवा इव ॥

प्रायः देखने में आता है कि मनुष्य अपने मनोरथों के पूरा न हो पाने के दुःख से दुखी रहते हैं। वे नहीं जानते कि जिस प्रकार उच्च कुल में उत्पन्न होने पर भी विधवा युवती भोग-विलास का सुख नहीं ले सकती, उसी प्रकार धन के अभाव में व्यक्ति किसी भी धर्म-कार्य को नहीं कर सकता।

दौर्गत्यं देहिनां दुःखमपमानकरं परम्।
येन स्वैरपि मन्यन्ते जीवन्तोऽपि मृता इव॥

दरिद्रता सभी प्राणियों को सदा दुःख एवं अपमान देने वाली होती है। अपने किसी दरिद्र भाई-बन्धु को उसके बन्धु-बान्धव भी जीवित नहीं मानते।

अधनो दातुकामोऽपि सम्प्राप्तो धनिनां गृहम्।
मन्यते याचकोऽयं.धिग्दारिद्र्यं खलु देहिनाम्॥

यदि कोई दरिद्र व्यक्ति किसी के घर कुछ देने के लिए भी जाये, तो लोग उसे भी भिखारी मानकर उसका अपमान करते हैं। इस प्रकार अपमानित कराने वाली दरिद्रता को धिक्कार है।

मैंने सोचा कि यदि मैं अपने धन को लौटाने का प्रयत्न करते हुए मर भी गया, तो भी मुझे कोई चिन्ता नहीं करनी चाहिए;

स्ववित्तहरणं दृष्ट्वा यो हि रक्षत्यसून्नरः।
पितरोऽपि न गृह्णन्ति तद्दत्तं सलिलाञ्जलिम्॥

क्योंकि प्राणों पर संकट आने के डर से अपने हरण किये जा रहे धन की रक्षा न कर पाने वाले व्यक्ति को कायर ही समझना चाहिए। ऐसे व्यक्ति द्वारा किये गये तर्पण को उसके पितर भी स्वीकार नहीं करते।

गवार्थे ब्राह्मणार्थे च स्त्रीवित्तहरणे तथा।
प्राणांस्त्यजति यो युद्धे तस्य लोकाः सनातनाः॥

हरण किये जा रहे गाय, ब्राह्मण, स्त्री तथा अपने धन की रक्षा में अपने प्राणों को भी झोंक देने वाला व्यक्ति दिव्य लोकों में स्थान प्राप्त करता है।

यह सोचकर मैं अपने धन को वापस पाने के लिए मठ में जा पहुंचा और रात में संन्यासी के बिस्तर तक जा पहुंचने में भी सफल हो गया, लेकिन मेरा दुर्भाग्य! संन्यासी जाग गया और उसने अपने पास रखे टूटे-फूटे बांस से मुझ पर प्रहार कर दिया। मुझे जीवित रहना था, इसलिए मैं उसका निशाना बनने से बच गया। अब मैं सोचता हूं

प्राप्तव्यमर्थं लभते मनुष्यो
दैवोऽपि तं लंघयितुं न शक्तः।
तस्मान्न शोचामि न विस्मयो मे
यदस्मदीयं न हि तत्परेषाम्॥

कि विधाता के चाहने पर और घनघोर परिश्रम करने पर भी कोई अपने भाग्य से अधिक कभी नहीं पा सकता। इसलिए मैंने दुखी होना और चिन्ता करना छोड़ दिया है और इस तथ्य को भली प्रकार से समझ लिया है कि जो अपना है, उसे कोई ले नहीं सकता और जो अपना नहीं है, उसे कोई पा नहीं सकता।

इसके पश्चात् कौए और कछुए की जिज्ञासा पर हिरण्यक उन्हें यह कथा सुनाने लगा।

कथा क्रम : चार

सागरदत्त नामक बनिये के पुत्र ने एक सौ रुपये में एक पुस्तक ख़रीद ली, जिसका प्रथम पद्य इस प्रकार था—

प्राप्तव्यमर्थं लभते मनुष्यो
दैवोऽपि तं लंघयितुं न शक्तः।
तस्मान्न शोचामि न विस्मयो मे
यदस्मदीयं न हि तत्परेषाम्॥

प्रत्येक व्यक्ति को अपने भाग्य में लिखा ही मिलता है और इस नियम को विधाता भी नहीं बदल सकता। अत: जो नहीं मिला, उसके लिए शोक नहीं करना चाहिए और जो प्राप्त हो गया, उस पर आश्चर्य नहीं करना चाहिए, यानी जो हो रहा है, वह ठीक ही हो रहा है। इसके साथ ही यह भी मानकर चलना चाहिए कि जो हमारा है, उसे कोई दूसरा ले नहीं सकता और जो हमारा नहीं है, वह हमें मिल नहीं सकता।

सागरदत्त ने जब अपने पुत्र से उक्त पुस्तक का मूल्य पूछा, तो उसने सही मूल्य बता दिया। एक छोटी-सी पुस्तक के लिए सौ रुपये ख़र्च करने पर पिता ने अपने पुत्र को अनाड़ी, मूर्ख और बुद्धिहीन आदि कहकर उसे अपने घर से निकाल दिया।

लड़का अपनी जन्मभूमि को छोड़कर किसी दूसरे नगर में चला गया। उस दूसरे नगर में जब भी कोई उसका परिचय पूछता, तो वह अपने को—**प्राप्तव्यमर्थं लभते मनुष्यः** बताता। इसलिए वह उस नये स्थान पर इसी नाम से प्रसिद्ध हो गया।

कुछ दिनों बाद, उस नगर में एक समारोह आयोजित हुआ और वहां की राजकुमारी ने एक सुन्दर युवक को देखा, तो वह उस पर इतनी आसक्त हो गयी कि उस युवक के साथ रति-भोग किये बिना राजकुमारी को अपना जीना भी असम्भव लगने लगा।

राजकुमारी ने अपनी लज्जा का परित्याग कर अपनी सखी को अपनी काम-पीड़ा बताकर उस युवक को किसी भी प्रकार अपने महल में लाने का प्रयास करने का अनुरोध किया।

सखी ने युवक के पास पहुंचकर राजकुमारी के उस पर मुग्ध होने और काम-पीड़ित होने की बात कहकर उसे रात में राजकुमारी के पास आने और उसे काम-सुख से तृप्त करने की प्रार्थना की, तो युवक ने पूछा—यदि राजकुमारी

के जीवन-मरण की स्थिति है, तो मुझे कहां और कैसे आना होगा ?

राजकुमारी की सखी ने कहा—महल के पिछवाड़े एक मज़बूत रस्सा लटका दिया जायेगा। तुम आज आधी रात में उस रस्से को पकड़कर महल की छत पर आ जाना। वहां राजकुमारी तुम्हारी प्रतीक्षा कर रही होगी। युवक के हां कहने पर सखी ने लौटकर राजकुमारी को इसकी सूचना दी और दोनों महल में वापस लौट आयीं।

इधर वह युवक रात में चोरी से राजमहल में प्रविष्ट होने और राजकुमारी को भोगने के औचित्य-अनौचित्य पर विचार करने लगा—

गुरोः सुतां मित्रभार्यां स्वामिसेवकगेहिनीम्।
यो गच्छति पुमाँल्लोके तमाहुर्ब्रह्मघातिनम्॥

गुरु की कन्या, मित्र की पत्नी, स्वामी की स्त्री तथा सेवक की पत्नी के साथ सम्भोग करना केवल दुराचरण ही नहीं, अपितु ब्रह्महत्या के समान घोर पाप भी है।

अयशः प्राप्यते येन येन चापगतिर्भवेत्।
स्वर्गाच्च भ्रश्यते येन तत्कर्म न समाचरेत्॥

व्यक्ति को इस लोक में अपयश तथा परलोक में दुर्गति देने वाले तथा स्वर्ग से गिरने का कारण बनने वाले कर्म को करने में कभी प्रवृत्त नहीं होना चाहिए।

यह सोचकर युवक को राजकुमारी के पास जाना उचित नहीं लगा। इधर रात्रि में घूमते-घामते वणिक-पुत्र ने महल के पिछवाड़े लटकता एक रस्सा देखा, तो उत्सुकतावश वह उसे पकड़कर महल में राजकुमारी के पास जा पहुंचा। राजकुमारी ने उसे ही अपने मन का मीत समझकर उत्साहपूर्वक उसका भली-भांति स्वागत-सत्कार किया और फिर उसे अपने साथ शैया पर सुलाया। उसके स्पर्श से पुलकित राजकुमारी ने युवक से कुछ मधुर वार्तालाप करने को कहा, तो उसने केवल यही कहा—'सबको अपने भाग्य का लिखा ही मिलता है।' इस पर राजकुमारी को यह सन्देह हो गया कि यह वही युवक न होकर कोई दूसरा व्यक्ति है। अतः उसने वणिक-पुत्र को अपने महल से बाहर निकाल दिया।

वहां से निकलकर वह युवक सुनसान पड़े एक मन्दिर में जाकर सो गया। वहां किसी कुलटा ने अपने प्रेमी नगर-रक्षक को बुलाया हुआ था। अपने भेद को छिपाने और उस अजनबी युवक को वहां से भगाने के लिए नगर-रक्षक ने वणिक-पुत्र से उसका परिचय पूछा, तो उसने वही वाक्य दोहरा दिया—प्रत्येक मनुष्य को अपने भाग्य का लिखा मिलता है। नगर-रक्षक ने उसे उस स्थान को छोड़ने और अपने घर पर रात बिताने के लिए कह दिया।

नगर-रक्षक के कहने पर वणिक-पुत्र उसके घर चला गया, तो वहां उस

नगर-रक्षक की युवती पुत्री ने घर में अपने प्रेमी युवक को बुला रखा था। उसने वणिक-पुत्र को ही अपना प्रेमी समझकर उसे अपने बाहुपाश में बांध लिया और उससे काम-क्रीड़ा करने लगी। जब सुन्दरी ने उसे कुछ बोलने के लिए कहा, तो वह बोला-सबको अपने भाग्य का लिखा मिलता है। उसके ये शब्द सुनकर उस कन्या ने अपरिचित के साथ रति-भोग करने वाले उस युवक को तुरन्त अपने महल से बाहर निकाल दिया।

महले से बाहर निकले वणिक-पुत्र ने एक बरात को जाते देखा, तो वह भी घोड़े पर बैठे दूल्हे के साथ-साथ चल दिया। बरात जब कन्यापक्ष के यहां पहुंची और कन्या वर के गले में माला डालने के लिए आगे बढ़ी, तो एक पागल हाथी भागता हुआ आया। इसी बीच वर बना लड़का अपनी भावी वधू को वहीं छोड़कर अपने प्राणों को बचाने के लिए भाग खड़ा हुआ। सारे बराती और लड़की के सभी सम्बन्धी भी वहां से भाग लिये। हाथी वधू के सामने आकर चिंघाड़ने लगा, तो वह बेचारी डर के मारे कांपने लगी। वर के साथ आया वणिक-पुत्र वहां खड़ा हुआ था। उसने लड़की को आश्वस्त किया और उसकी ओट करके हाथी को डराने लगा। हाथी डरकर भाग गया, तो उस कन्या ने वणिक-पुत्र के साहस और उसकी वीरता पर मुग्ध होकर उसके साथ ही विवाह करने का निश्चय कर लिया। वधू के कहने पर पण्डितजी नये वर के साथ विवाह के मन्त्र पढ़ने लगे। हाथी के चले जाने पर वापस लौटे बरातियों ने यह सब देखा, तो वे लड़की के पिता को उलटा-सीधा कहने लगे। पिता ने पुत्री से इस सब के बारे में पूछा, तो वह बोली-जो पुरुष संकट में पड़ी अपनी पत्नी को असहाय छोड़कर अपने प्राणों की चिन्ता करके भाग जाता है, वह भविष्य में मेरी रक्षा क्या करेगा? इसलिए मैंने अपने प्राणों की परवा न करने वाले इस युवक को अपने लिए उपयुक्त वर मान लिया है, मैं इसी के साथ विवाह कर रही हूं।

लड़के वालों की लड़की वालों से रात-भर कहा-सुनी चलती रही। प्रातःकाल यह ख़बर नगर में फैल गयी, तो राजकुमारी और नगर-रक्षक की कन्या भी वहां आ पहुंचीं। इधर गुप्त वेश में भ्रमण करता हुआ राजा भी वहां आ पहुंचा और उसने 'मनुष्य भाग्य के लिखे को ही प्राप्त कर पाता है' कहने वाले युवक को सारी कहानी सुनाने को कहा।

युवक बोला-महाराज! मैं तो एक बात ही जानता हूं-प्रत्येक मनुष्य को अपने भाग्य का लिखा ही मिलता है। राजकन्या ने भी कहा-विधाता भी इसे उलट नहीं सकता। अब नगर-रक्षक की कन्या भी बोल उठी-इसलिए मेरे साथ जो कुछ हुआ है, उस पर मुझे कोई खेद नहीं है और न कोई आश्चर्य ही है। वधू बनी स्त्री कहने लगी-जो हमारा है, वह किसी अन्य का नहीं हो सकता।

राजा ने सबको अपने-अपने साथ बीती सारी घटना सही-सही सुनाने का आदेश दिया। इस पर तीनों लड़कियों ने राजा को सब कुछ सच-सच बता दिया। इस पर तीनों—राजा, नगर-रक्षक और वणिक—ने अपनी-अपनी लड़कियों का विवाह उस वणिक-पुत्र से कर दिया तथा दहेज और दान-दक्षिणा के रूप में उन्हें पर्याप्त धन, आभूषण और वस्त्रादि भी दिये।

वणिक-पुत्र ने अपने माता-पिता के पास समाचार भेजा, तो उनके आ जाने पर सभी उसी नगर में रहने लगे।

यह कथा सुनाकर हिरण्यक बोला—मित्रो! इसीलिए मैं कहता हूं

प्राप्तव्यमर्थं लभते मनुष्यो
दैवोऽपि तं लंघयितुं न शक्तः।
तस्मान्न शोचामि न विस्मयो मे
यदस्मदीयं न हि तत्परेषाम्॥

कि मनुष्य को भाग्य का लिखा ही मिलता है और विधाता भी इसमें कोई उलट-फेर नहीं कर सकता। इसलिए जो भी होता है, उसे यह मानकर चलना चाहिए कि जो हमारा है, वह दूसरे का नहीं हो सकता।

मैं इसी दुष्चक्र में पड़ा परेशान हो रहा था कि मेरे इस मित्र ने मुझे यहां लाकर आपसे मिलवा दिया है। मेरे उस स्थान को छोड़कर यहां आने का यही एकमात्र कारण है।

यह सुनकर मन्थरक बोला—यह तो ठीक है कि लघुपतनक तुम्हारा मित्र है और इसीलिए उसने अपने भक्ष्य को अपनी पीठ पर बिठाकर सुरक्षित यहां पहुंचाया है। वह चाहता, तो मार्ग में ही तुम्हें मारकर अपनी भूख मिटा सकता था। सत्य ही कहा गया है

विकारं याति नो चित्तं वित्ते यस्य कदाचन।
मित्रं स्यात्सर्वकाले च कारयेन्मित्रमुत्तमम्॥

कि धन प्राप्त करके मदोन्मत्त न होने वाला तथा अपने मित्रों की सहायता को सदा तैयार रहने वाला व्यक्ति ही मित्र बनाने के योग्य होता है।

विद्वद्भिः सुहृदामत्र चिह्नैरेतैरसंशयम्।
परीक्षाकरणं प्रोक्तं होमाग्नेरिव पण्डितैः॥

विद्वानों ने अग्नि में आहुति देने से पूर्व ही होम की सामग्री की परीक्षा कर लेने के समान ही मित्र बनाये जाने वाले व्यक्ति की भी परीक्षा करना आवश्यक बतलाया है।

आपत्काले तु सम्प्राप्ते यन्मित्रं मित्रमेव तत्।
वृद्धिकाले तु सम्प्राप्ते दुर्जनोऽपि सुहृद्भवेत्॥

वास्तव में, संकट के समय साथ देने वाले व्यक्ति को ही अपना मित्र समझना चाहिए। सुख के समय तो दुर्जन भी मित्र होने का दम भरते हैं।

अब मुझे विश्वास हो गया है कि नीतिविरुद्ध मानी जाने वाली मैत्री भी निभ सकती है। वास्तव में

मित्रं कोऽपि न कस्यापि नितान्तं न च वैरकृत्।
दृश्यते मित्रविध्वस्तात्कार्य्याद्वैरी परीक्षितः॥

न कोई किसी का मित्र है और न ही शत्रु है। अनुकूल और प्रतिकूल आचरण के कारण ही व्यक्ति मित्र अथवा शत्रु बन जाता है।

यहां आपका स्वागत है। आप निश्चिन्त होकर इस तालाब के किसी भी किनारे पर अपना निवास बना लें। आपको अपना घर छोड़कर यहां आना पड़ा है और आपकी सम्पत्ति भी छिन गयी है। अब इस सम्बन्ध में भी आपको शोक नहीं करना चाहिए;

अभ्रच्छाया खलप्रीतिः सिद्धमन्नञ्च योषितः।
किंचित्कालोपभोग्यानि यौवनानि धनानि च॥

क्योंकि नीतिकारों के अनुसार—बादलों की छाया, दुष्टों की प्रीति, ताज़ा पका भोजन, स्त्रियां, यौवन और धन सदा-सदा के लिए तथा स्थायी रूप से भोगे जाने वाले नहीं होते। ये सब तो थोड़े समय के लिए ही भोगे जाते हैं।

यह सोचकर जितेन्द्रिय व्यक्ति को धन की लालसा नहीं करनी चाहिए।

सुसञ्चितैर्जीवनवत्सुरक्षितै-
र्निजेऽपि देहे न वियोजितैः क्वचित्।
पुंसो यमान्तं व्रजतोऽपि निष्ठुरै-
रेतैर्धनैः पञ्चपदी न दीयते॥

जिस धन को व्यक्ति इतने कष्ट से अर्जित और सञ्चित कर यत्नपूर्वक जिसकी रक्षा करता है और जिसे कभी अपने से जुदा नहीं करता, वही धन उसके मर जाने पर पांच पग भी उसके साथ नहीं चलता।

यथामिषं जले मत्स्यैर्भक्ष्यते श्वापदैर्भुवि।
आकाशे पक्षिभिश्चैव तथा सर्वत्र वित्तवान्॥

जिस प्रकार मांस जल में रहने वाली मछली आदि जलचरों का, भूमि पर सिंह आदि हिंस्र पशुओं का और आकाश में उड़ने वाले पक्षियों का आहार है, उसी प्रकार धनी मनुष्य भी सभी लोगों की ईर्ष्या का पात्र बन जाता है।

निर्दोषमपि वित्ताढ्यं दोषैर्योजयते नृपः।
निर्धनः प्राप्तदोषोऽपि सर्वत्र निरुपद्रवः॥

धनी व्यक्ति के निर्दोष होने पर भी उस पर सहज विश्वास नहीं किया जाता।

उसे प्रायः दोषी ही माना जाता है। लेकिन इसके विपरीत धनहीन व्यक्ति को अपराध करने पर निर्दोष मान लिया जाता है।

अर्थानामर्जने दुःखमर्जितानां च रक्षणे।
नाशे दुःखं व्यये दुःखं धिगर्थान्कष्टसंश्रयान्॥

अर्जन, संरक्षण, व्यय एवं विनाश-जैसी स्थितियों में दुःख देने वाला धन तिरस्कार के योग्य ही है।

चूहे को समझाते हुए मन्थरक बोला—मित्र! परदेस आने के बारे में भी तुम्हें कोई चिन्ता नहीं करनी चाहिए;

को धीरस्य मनस्विनः स्वविषयः
को वा विदेशः स्मृतो
यं देशं श्रयते तमेव कुरुते
बाहुप्रतापार्जितम्।
यद्दंष्ट्रानखलांगलप्रहरणैः
सिंहो वनं गाहते
तस्मिन्नेव हतद्विपेन्द्ररुधिरै-
स्तृष्णां छिनत्त्यात्मनः॥

क्योंकि जिस प्रकार सिंह अपने दांतों, नाखूनों और पूंछरूपी शस्त्रों का प्रयोग करते हुए किसी भी वन में जाकर और वहां हाथी का वध करके उसके रक्त से अपनी प्यास बुझा लेता है, उसी प्रकार यशस्वी व्यक्ति के लिए कोई भी स्थान अपना अथवा देश पराया नहीं होता। वह जहां भी जाता है, वहां के लोगों को अपने व्यवहार से अपना बना लेता है। परदेस में गये बुद्धिमान् व्यक्ति के धनी न होने पर भी विपत्ति उसे नहीं घेर पाती;

कोऽतिभारः समर्थानां किं दूरं व्यवसायिनाम्।
को विदेशः सुविद्यानां कः परः प्रियवादिनाम्॥

क्योंकि समर्थ व्यक्तियों के लिए भार उठाना कोई समस्या नहीं होती, व्यापारियों के लिए कोई भी दूरी बाधा नहीं होती, विद्वानों के लिए कोई भी स्थान पराया नहीं होता और मधुरभाषी व्यक्ति के लिए कोई भी व्यक्ति अपरिचित नहीं होता।

तुम बुद्धिमान् हो और भली-भांति जानते हो

उत्साहसम्पन्नमदीर्घसूत्रं
क्रियाविधिज्ञं व्यसनेष्वसक्तम्।
शूरं कृतज्ञं दृढसौहृदञ्च
लक्ष्मीः स्वयं मार्गति वासहेतोः॥

कि उत्साही, आलस्यरहित, काम करने के ढंग को जानने वाले, द्यूत, सुरापान

आदि से मुक्त, वीर, दूसरों के उपकार को मानने वाले तथा मित्रता को निभाने वाले व्यक्तियों के पास आने के लिए तो लक्ष्मी स्वयं ही उत्सुक रहती है। लक्ष्मी ऐसे ही व्यक्तियों की खोज में भटकती रहती है।

तुम यह भी जानते हो कि भाग्य के प्रतिकूल होने पर हाथ में आया हुआ धन भी नष्ट हो जाता है। अतः तुम्हें यह सोचकर सन्तोष कर लेना चाहिए कि यह धन इतने दिनों के लिए ही तुम्हारा था। पराये धन को तो कोई एक पल के लिए भी नहीं भोग सकता। हाथ में आ जाने पर भी, भाग्य में न होने के कारण ऐसा धन नष्ट हो जाता है।

अर्थस्योपार्ज्जनं कृत्वा नैव भोगं समश्नुते।
अरण्यं महदासाद्य मूढः सोमिलको यथा॥

कुछ व्यक्ति धन कमा तो लेते हैं, परन्तु उसका उपभोग नहीं कर पाते। सोमिलक भी महावन में पहुंच तो गया, लेकिन वह उसका कोई लाभ नहीं उठा सका।

हिरण्यक की उत्सुकता पर मन्थरक उसे सोमिलक की कथा सुनाने लगा।

कथा क्रम : पांच

नगर में रहने वाला सोमिलक नामक जुलाहा एक उच्चकोटि का कलाकार था। वह राजाओं के लिए उत्तम वस्त्र बुनता था, लेकिन इस पर भी वह साधारण जुलाहों जितना भी धन नहीं कमा पाता था। अपनी आर्थिक स्थिति पर चिन्तित होकर एक दिन सोमिलक अपनी पत्नी से बोला—प्रिये! परमात्मा की यह कैसी लीला है कि साधारण जुलाहे भी मुझसे अधिक कमा लेते हैं। मैं सोचता हूं कि शायद यह स्थान मेरे अनुकूल नहीं है। इसलिए मैं किसी अन्य स्थान पर जाकर अपना भाग्य आज़माना चाहता हूं। सोमिलक की पत्नी बोली—आपका ऐसा सोचना उचित नहीं है। भले ही मेरुपर्वत पर चले जाओ, चाहे मरुस्थल में रहने लगो, मिलेगा वही, जो भाग्य में लिखा होगा।

उत्पतन्ति यदाकाशे निपतन्ति महीतले।
पक्षिणां तदपि प्राप्त्या नादत्तमुपतिष्ठति॥

आकाश में उड़ने वाले पक्षियों को देखो, उन्हें भी अपने भाग्य में लिखा पाने के लिए पृथ्वी पर उतरना पड़ता है। जो अपने भाग्य में नहीं है, वह व्यक्ति को कहीं भी नहीं मिल सकता।

न हि भवति यन्न भाव्यं
भवति च भाव्यं विनापि यत्नेन।
करतलगतमपि नश्यति

यस्य तु भवितव्यता नास्ति॥

होनी को अनहोनी और अनहोनी को होनी बनाने का सामर्थ्य किसी भी जीव में नहीं है। भाग्य में न होने पर तो हाथ में आया हुआ धन भी नष्ट हो जाता है।

यथा धेनुसहस्त्रेषु वत्सो विन्दति मातरम्।
तथा पुरा कृतं कर्म कर्त्तारमनुगच्छति॥

जिस प्रकार बछड़ा हज़ार गायों के होने पर भी अपनी मां को ढूंढ़ निकालता है, उसी प्रकार किसी व्यक्ति के द्वारा पूर्वजन्म में किया गया अच्छा या बुरा कर्म भी अपना फल देने के लिए उस व्यक्ति को ढूंढ़ ही लेता है।

शेते सह शयानेन गच्छन्तमनुगच्छति।
नराणां प्राक्तनं कर्म तिष्ठेत्त्वथ सहात्मना॥

व्यक्ति का कर्मभोग सोते के साथ सो जाता है और जागते के साथ जाग उठता है। वह उसका साथ कभी नहीं छोड़ता।

यथा छायातपौ नित्यं सुसम्बद्धौ परस्परम्।
एवं कर्म च कर्त्ता च संश्लिष्टावितरेतरम्॥

जिस प्रकार धूप और छाया का एक-दूसरे के साथ नित्य का अटूट सम्बन्ध है, उसी प्रकार कर्म और कर्मफल का भी आपस में अटूट सम्बन्ध है।

इसलिए मैं कहती हूं कि आप अपना काम-धन्धा यहीं रहकर करते रहो।

जुलाहा बोला—प्रिये! मैं तुम्हारे इस विचार से सहमत नहीं हो सकता। उद्यम करने से कोई भी व्यक्ति अपने भाग्य को बदल सकता है।

यथैकेन न हस्तेन तालिका सम्प्रपद्यते।
तथोद्यमपरित्यक्तं न फलं कर्मणः स्मृतम्॥

जिस प्रकार एक हाथ से कभी ताली नहीं बज सकती, उसी प्रकार केवल भाग्य से कुछ नहीं हो सकता। अपना अभीष्ट पाने के लिए प्रयास तो करना ही पड़ता है।

पश्य कर्मवशात्प्राप्तं भोज्यकालेऽपि भोजनम्।
हस्तोद्यमं विना वक्त्रे प्रविशेन्न कथञ्चन॥

कर्मफल के रूप में प्राप्त भोजन को मुंह में डालने के लिए भी हाथ को हिलाना पड़ता है। अपने आप तो भोजन भी किसी के मुंह में नहीं पहुंच जाता।

उद्योगिनं पुरुषसिंहमुपैति लक्ष्मी-
दैवं हि दैवमिति कापुरुषा वदन्ति।
दैवं निहत्य कुरु पौरुषमात्मशक्त्या
यत्ने कृते यदि न सिद्ध्यति कोऽत्र दोषः॥

उद्योग करने वाले नरसिंह के पास ही लक्ष्मी आती है। भाग्य के भरोसे बैठे

रहने वाले लोग कायर होते हैं। मनुष्य को दैव के सहारे नहीं बैठें रहना चाहिए, बल्कि अपनी सामर्थ्य के अनुसार काम करना चाहिए। हो सकता है कि ईमानदारी से काम करने पर भी सफलता नहीं मिले, फिर भी काम करना नहीं छोड़ देना चाहिए। अपने काम करने के ढंग की जांच करनी चाहिए और ग़लती का सुधार करना चाहिए। ग़लती सुधर जाने पर सफलता अवश्य ही मिलती है।

उद्यमेन हि सिद्ध्यन्ति कार्य्याणि न मनोरथैः।
न हि सिंहस्य सुप्तस्य प्रविशन्ति मुखे मृगाः॥

कोई भी काम हो, प्रयत्न तो करना ही पड़ता है, तभी काम में सफलता मिलती है, केवल सोचने से नहीं। क्या कभी सोते हुए सिंह के मुंह में उसका शिकार बनने के लिए कोई पशु अपने आप पहुंच जाता है?

स्वशक्त्या कुर्वतः कर्म न चेत्सिद्धिं प्रयच्छति।
नोपालभ्यः पुमांस्तत्र दैवान्तरितपौरुषः॥

यदि अपनी शक्ति-भर प्रयत्न करने पर भी व्यक्ति को कार्य में सिद्धि नहीं मिलती, तो उसे दुःख नहीं होता। अपितु वह यह मानकर सन्तोष कर लेता है कि उसे तो कर्म करना था और वह उसने किया। अब फल देना-न देना तो दैव के अधीन है। इसलिए मैं दूसरे देश में अवश्य जाऊंगा।

यह सोचकर सोमिलक दूसरे नगर में जाकर कुशलतापूर्वक श्रम करने लगा और कुछ ही समय में उसने तीन सौ स्वर्ण-मुद्राएं एकत्र कर लीं। फिर वह उन स्वर्णमुद्राओं को लेकर अपने घर की ओर चल दिया। मार्ग में सूर्यास्त हो गया, तो हिंसक पशुओं से बचने के लिए वह एक वृक्ष की शाखा पर चढ़कर सो गया। आधी रात में उसने भाग्य और पुरुषार्थ नामक दो व्यक्तियों को कहते सुना। एक (भाग्य) दूसरे (पुरुषार्थ) से कह रहा था—जब तुम्हें पता है कि इस जुलाहे के भाग्य में अधिक धन नहीं लिखा, तब तुमने इसे तीन सौ स्वर्ण-मुद्राएं क्यों दीं? पुरुषार्थ ने उत्तर दिया—मुझे तो उसके परिश्रम का फल उसे देना ही था, आगे की तुम जानो।

यह सुनते ही जुलाहे की नींद खुल गयी और उसने अपनी थैली संभाली, तो वह ख़ाली थी। यह देखकर वह विलाप करने लगा। ख़ाली हाथ घर जाना उचित न समझकर, वह पुनः अपने काम पर वापस लौट आया और फिर से परिश्रम करने लगा। एक वर्ष में पांच सौ स्वर्ण-मुद्राएं जुटाकर वह पुनः एक दिन अपने घर को चल दिया। इस बार सूर्यास्त हो जाने पर भी उसने रुकना अथवा सोना उचित नहीं समझा और चलता ही रहा। लेकिन इस बार उसने अंधेरे मार्ग में दो व्यक्तियों को एक-दूसरे से यह कहते हुए सुना—तुमने फिर उसे इतना धन दे दिया, जबकि तुम जानते हो कि उसके भाग्य में खाने-पीने-भर से अधिक

नहीं है। दूसरे ने उत्तर दिया—मुझे तो उसे उसके परिश्रम का फल देना ही है, आगे की तुम जानो। इस बातचीत को सुनते ही जुलाहे ने अपनी थैली देखी, तो उसको ख़ाली पाया। वह अपना सिर पीटकर रोने लगा।

सोमिलक ने भाग्य को यह कहते हुए सुना था—

किं तया क्रियते लक्ष्म्या या वधूरिव केवला।
या च वेश्येव सामान्या पथिकैरुपभुज्यते॥

धन का उपयोग वेश्या के समान उसके सभी लोगों के द्वारा भोगे जाने पर ही है, वधू के समान किसी एक के लिए पर्याप्त तथा किसी अन्य के लिए अभोग्य होने पर ऐसे धन का होना, भला किस काम का? जब इसके भाग्य में धन का उपभोग ही नहीं लिखा, तो इसे धन देने से क्या लाभ?

यह सब सुनकर सोमिलक रोते हुए बोला—अरे बाबा! भोगना नहीं था, तो भी मेरे पास रहने तो दिया होता; क्योंकि इसके होने पर लोक में मेरा सम्मान तो होता।

कृपणोऽप्यकुलीनोऽपि सज्जनैर्वर्जितः सदा।
सेव्यते स नरो लोके यस्य स्याद्वित्तसञ्चयः॥

धनी व्यक्ति के कृपण, अकुलीन तथा सज्जनों द्वारा तिरस्कृत होने पर भी धन के कारण लोक में उसका सर्वत्र सम्मान होता है।

शिथिलौ च सुबद्धौ च पततः पततो न वा।
निरीक्षितौ मया भद्रे दश वर्षाणि पञ्च च॥

मैंने शिथिल, परन्तु ठीक प्रकार से बंधे हुए और न गिरने वाले अण्डकोशों के गिरने की आशा में सियार को पन्द्रह वर्षों तक भटकते हुए देखा है। ऐसी होती है धन की महिमा!

धनी व्यक्ति से कुछ मिलने की आशा न होने पर भी लोग उसकी ख़ुशामद करते रहते हैं।

भाग्य की उत्सुकता पर जुलाहा उसे लोभी सियार की कहानी सुनाने लगा।

कथा क्रम : छह

किसी जंगल में रहने वाला तीक्ष्णश्रृंग नामक एक बैल अपनी शक्ति के नशे में चूर होकर अपने झुण्ड से अलग हो गया। वह अकेला ही विचरता, हरी-हरी घास खाता, ठण्डा जल पीता और नदीतट को अपने तीखे सींगों से उखाड़ता रहता था।

उसी जंगल में अपनी पत्नी के साथ रहने वाले एक लोभी सियार ने नदी के तट पर जल पीने आये उस बैल के लटकते अण्डकोशों को देखा, तो उसकी पत्नी कहने लगी—यह मांसपिण्ड कितने दिन तक लटका रह सकता है? जाओ,

तुम इस बैल का पीछा करो।

सियार बोला—अरे, मुझे यहीं बैठा रहने दो, जल पीने के लिए आने वाले चूहों को खाकर ही हम दोनों अपनी भूख मिटा लेंगे। अनिश्चित के पीछे भागना मूर्खता होती है।

यो ध्रुवाणि परित्यज्य अध्रुवाणि निषेवते।
ध्रुवाणि तस्य नश्यन्ति अध्रुवं नष्टमेव च॥

अपने सामने उपस्थित को छोड़कर परोक्ष एवं अनुपस्थित के पीछे भागने वाले को अनिश्चित तो मिलता नहीं, निश्चित भी उसके हाथ से निकल जाता है।

सियारिन बोली—तुम तो मुझे अपने भाग्य से मिले थोड़े-बहुत पर ही सन्तुष्ट होने वाले आलसी लगते हो।

सुपूरा स्यात्कुनदिका सुपूरो मूषिकाञ्जलिः।
सुसन्तुष्टः कापुरुषः स्वल्पकेनापि तुष्यति॥

जिस प्रकार छोटी नदी थोड़े-से पानी से भर जाती है या चुहिया की अंजलि थोड़े-से अनाज से भर जाती है, उसी प्रकार कायर भी थोड़ा-सा पाकर ही सन्तुष्ट हो जाता है।

शूरवीर को तो सदैव उत्साही होना चाहिए।

यत्रोत्साहसमारम्भौ यत्रालस्यविहीनता।
नयविक्रमसंयोगस्तत्र श्रीरचला ध्रुवम्॥

आलस्यरहित व्यक्ति तो उत्साह के साथ कार्य आरम्भ करके तथा अपनी बुद्धि और बल का उचित उपयोग कर, अचल सम्पत्ति को प्राप्त कर लेता है।

तद्दैवमिति सञ्चिन्त्य त्यजेन्नोद्योगमात्मनः।
उद्योगेन विना तैलं तिलानां नोपजायते॥

भाग्य पर निर्भर रहकर प्रयास अथवा प्रयत्न न करना भाग्य से प्राप्त होने वाले को भी नकारना है। तिलों से ही तेल निकलता है, लेकिन क्या बिना प्रयास किये भी तेल प्राप्त किया जा सकता है?

यः स्तोकेनापि सन्तोषं कुरुते मन्दधीर्जनः।
तस्य भाग्यविहीनस्य दत्ता श्रीरपि मार्ज्यते॥

थोड़े मिले पर ही सन्तुष्ट होने वाले मन्दबुद्धि के भाग्य में आती हुई लक्ष्मी भी लौट जाती है। पतिदेव! तुम्हारा इन अण्डकोशों के गिरने के बारे में सन्देह करना व्यर्थ है। शायद तुम नहीं जानते

कृतनिश्चयिनो वन्द्यास्तुङ्गिमा न प्रशस्यते।
चातकः को बराकोऽयं यस्येन्द्रो वारिवाहकः॥

कि सफलता दृढ़संकल्प करने वाले व्यक्तियों के ही चरण चूमती है, शरीर के

ऊंचा एवं भारी-भरकम होने से कुछ नहीं होता। चातक के दृढ़निश्चय के कारण ही इन्द्र को उसे वर्षाजल सुलभ कराना पड़ता है।

चूहों का मांस खाते-खाते मेरे मुंह का स्वाद बिगड़ चुका है। तुम इन अण्डकोशों को अब गिरा हुआ ही समझो, अब टाल-मटोल मत करो। तुरन्त ही इस बैल के पीछे लग जाओ।

पत्नी द्वारा प्रेरित करने पर वह लोभी सियार तीक्ष्णश्रृंग नामक उस बैल के पीछे चल दिया।

तावत्स्यात्सर्वकृत्येषु पुरुषोऽत्र स्वयं प्रभुः।
स्त्रीवाक्याङ्कुशविक्षुण्णो यावन्नोद्घ्रियते बलात्॥

सत्य तो यह है कि जब तक व्यक्ति पत्नी के व्यंग्यरूपी अंकुश की चोट नहीं खाता, तब तक वह कोई भी कार्य करने-न करने के लिए निर्णय लेने के लिए स्वतन्त्र होता है, लेकिन एक बार पत्नी के बहकावे में आने के पश्चात् व्यक्ति के लिए कुछ भी करना सम्भव नहीं रह जाता।

अकृत्यं मन्यते कृत्यमगम्यं मन्यते सुगम्।
अभक्ष्यं मन्यते भक्ष्यं स्त्रीवाक्यप्रेरितो नरः॥

पत्नी द्वारा प्रेरित करने पर पति को अकार्य को कार्य, असाध्य को साध्य और अभक्ष्य को भक्ष्य मानकर चलना ही पड़ता है।

इस प्रकार पत्नी द्वारा प्रेरित होकर वह सियार भी सियारिन के साथ बहुत दिनों तक बैल का पीछा करता रहा, किन्तु अण्डकोश न गिरे। पन्द्रह वर्षों तक प्रयास करने के बाद सियार अपनी पत्नी से बोला—

शिथिलौ च सुबद्धौ च पततः पततो न वा।
निरीक्षितौ मया भद्रे दश वर्षाणि पञ्च च॥

प्रिये! मैं तुम्हारे कहने पर पन्द्रह वर्षों से इस बैल के अण्डकोशों के गिरने की आशा में इसके पीछे-पीछे घूम रहा हूं, लेकिन ये इतने दृढ़ हैं कि इनके गिरने की कोई सम्भावना नहीं दिखाई देती।

अतः तुम मेरा कहना मानो, ये अण्डकोश गिरने वाले नहीं हैं, इसलिए इस बैल का पीछा करना छोड़कर अपने स्थान पर लौट चलो।

जुलाहे को यह कथा सुनाकर भाग्य ने जुलाहे से कहा—यदि यह सब जानने के बाद भी तुम पुरुषार्थ को महत्त्वपूर्ण समझते हो, तो तुम वर्धमानपुर वापस लौट जाओ और वहां जाकर दो बनियों—गुप्तधन और उपयुक्तधन—से मिलना। उन दोनों की स्थिति का अध्ययन करने के बाद मुझे बताना कि तुम क्या बनना चाहते हो? मैं तुम्हारी इच्छा तुरन्त पूरी कर दूंगा। यह कहकर भाग्य वहीं अन्तर्धान हो गया।

आश्चर्यचकित हुआ सोमिलक सन्ध्या के समय वर्धमानपुर पहुंचा और थका-हारा होने पर भी वह गुप्तधन के घर पहुंचने में सफल हो गया। गुप्तधन, उसकी पत्नी और पुत्र द्वारा डांटने पर भी सोमिलक उसके घर में घुस गया, तो उन्होंने उसकी उपेक्षा करते हुए भी उसे अतिथि मानकर कुछ भोजन दे दिया।

भोजन खाकर सोये हुए सोमिलक ने दो पुरुषों को आपस में बातचीत करते हुए सुना। एक ने कहा—सोमिलक को भोजन खिलाकर तुमने बनिये के धन को नष्ट क्यों किया?

दूसरा बोला—मुझे सोमिलक को उसके श्रम का फल देना ही था, अब तुम अपनी करने के लिए स्वतन्त्र हो।

सवेरे उठने पर सोमिलक ने देखा कि गृहस्वामी हैज़े का शिकार हो गया था। अतः उस दिन घर में चूल्हा नहीं जला और सोमिलक को भूखा रहना पड़ा। अगले दिन वह उपयुक्तधन के घर जा पहुंचा, तो वहां भी उसे भोजन आदि देकर उसका स्वागत किया गया। रात को खा-पीकर सो जाने पर सोमिलक ने वहां भी दो पुरुषों की बातचीत सुनी। एक बोला—अतिथि के प्रति इतना स्नेह दिखाने वाले तथा उधार लेकर उस धन को अतिथि के भोजन पर ख़र्च करने वाले इस व्यक्ति को किस प्रकार पुरस्कृत किया जाये? इस पर दूसरे ने उत्तर दिया—इसकी चिन्ता करना मेरा काम है, तुम अपना काम देखो।

सवेरे सोकर उठने पर सोमिलक ने देखा कि उपयुक्तधन के अच्छे कार्यों से प्रसन्न होकर राजा ने पुरस्कार के रूप में उसके पास बहुत-सा धन भेज दिया। इस पर सोमिलक ने सोचा—धन को जोड़कर रखने वाले गुप्तधन बनिये की अपेक्षा तो यह उपयुक्तधन बनिया कहीं अधिक अच्छा है।

अग्निहोत्रफला वेदाः शीलंवित्तफलं श्रुतम्।
रतिपुत्रफला दारा दत्तभुक्तफलं धनम्॥

जिस प्रकार यज्ञ का फल वेदों का ज्ञान है, शील का फल धन का लाभ है, स्त्री-भोग का फल पुत्र-प्राप्ति है, उसी प्रकार धन का उपयुक्त लाभ दान और उसका भोग है।

मैं तो भगवान् से प्रत्येक को उपयुक्तधन-जैसा ही बनाने की प्रार्थना करूंगा। किसी को भी गुप्तधन बनाने की सलाह नहीं दूंगा;

अर्थस्योपार्जनं कृत्वा नैव भोगं समश्नुते।
नगरं महदासाद्य मूढः सोमिलको यथा॥

क्योंकि जिस प्रकार बड़े नगर में पहुंचकर भी सोमिलक धन-संग्रह नहीं कर सका, उसी प्रकार कुछ लोगों के भाग्य में धनसंग्रह लिखा होता है और वे धन कमा भी लेते हैं, परन्तु उसका सही उपभोग नहीं कर पाते।

इस पर मन्थरक बोला—मित्र! धन जब तक रहना होता है, तब तक ही रहता है। यह सोचकर दुखी मत हो। न भोगे जाने वाले सञ्चित धन की कोई उपयोगिता नहीं होती।

गृहमध्यनिखातेन धनेन धनिनो यदि।
भवामः किं न तेनैव धनेन धनिनो वयम्॥

यदि घर में गाड़कर रखे हुए धन से कोई अपने को धनी मानने लगे, तो उसके समान कोई भी व्यक्ति अपने को धनी कह सकता है।

उपार्जितानामर्थानां त्याग एव हि रक्षणम्।
तडागोदरसंस्थानां परीवाह इवाम्भसाम्॥

जिस प्रकार सरोवर में सञ्चित हुए जल का निकास ही उस जल को शुद्ध बनाये रखता है, उसी प्रकार अर्जित धन का त्याग, दान व भोग ही उसका उचित होना माना जाता है।

दातव्यं भोक्तव्यं धनविषये सञ्चयो न कर्त्तव्यः।
पश्येह मधुकरीणां सञ्चितमर्थं हरन्त्यन्ये॥

जिस प्रकार मधुमक्खियों द्वारा इकट्ठे किये गये शहद को दूसरे हथिया लेते हैं, उसी प्रकार दान और उपभोग न करने वाले व्यक्ति के धन पर भी अन्य लोग अपना अधिकार कर लेते हैं। इसलिए तुम्हें भी सञ्चित धन की चिन्ता न करके उसका उपभोग और दान करना चाहिए।

दानं भोगो नाशस्तिस्त्रो गतयो भवन्ति वित्तस्य।
यो न ददाति न भुंक्ते तस्य तृतीया गतिर्भवति॥

धन की तीन गति होती हैं—दान, भोग और नाश। दान और भोग न करने वाले व्यक्ति के धन की तीसरी गति—नाश—होती है।

यह समझकर बुद्धिमान् व्यक्ति को धनसञ्चय में नहीं लग जाना चाहिए।

सन्तोषामृततृप्तानां यत्सुखं शान्तचेतसाम्।
कुतस्तद्धनलुब्धानामितश्चेतश्च धावताम्॥

धन के लोभ में दिन-रात काम में लगे रहने वाले अभागे व्यक्ति सन्तोषरूपी अमृत से तृप्त होकर शान्तचित्त व्यक्तियों को मिलने वाले सुख के महत्त्व को कैसे समझ सकते हैं?

सुलभाः पुरुषा राजन्सततं प्रियवादिनः।
अप्रियस्य च पथ्यस्य वक्ता श्रोता च दुर्लभः॥

सत्य तो यह है कि मधुर वचन कहने वाले लोग सब स्थानों पर मिल जाते हैं, लेकिन कल्याणकारी, परन्तु अप्रिय वचन कहने और सुनने वाले बड़ी कठिनाई से मिलते हैं।

अप्रियाण्यपि पथ्यानि ये वदन्ति नृणामिह।
त एव सुहृद: प्रोक्ता अन्ये स्युर्नामधारका:॥

वास्तव में, सच्ची और कल्याणकारी बात कहने वाले को ही सही अर्थों में मित्र समझना चाहिए। मनभाती कहने वाले तो केवल नाम के मित्र होते हैं।

अभी तीनों मित्र इस प्रकार बातें कर ही रहे थे कि उन्होंने व्याध से डरकर प्राणरक्षा के लिए दौड़कर आते चित्रांग नामक मृग को सरोवर में घुसते हुए देखा, तो संकट को उपस्थित जानकर कौआ वृक्ष पर जा बैठा, चूहा पास की झाड़ी में जा छिपा और कछुआ सरोवर में कूद गया।

चित्रांग नामक मृग को पहचानकर कौआ मन्थरक से बोला—मुझे लगता है कि हमारा मित्र मृग प्यास लगने के कारण ही यहां दौड़कर आया है। मुझे तो यहां किसी व्याध के आने की कोई सम्भावना दिखाई नहीं देती। लेकिन कौए की बात से असहमति जतलाते हुए कछुआ कहने लगा—लम्बी-लम्बी सांस लेते और बार-बार पीछे की ओर देखते मृग से उसका प्यास से व्याकुल होना नहीं, अपितु उसका किसी व्याध के आगमन से भयभीत होना लगता है। हमें तुरन्त ही इस बात का पता लगाना चाहिए कि मृग का पीछा करता हुआ कोई व्याध तो इधर नहीं आ रहा?

भयत्रस्तो नर: श्वासं प्रभूतं कुरुते मुहुः।
दिशाऽवलोकयत्येव न स्वास्थ्यं व्रजति क्वचित्॥

कोई भयभीत प्राणी ही इस प्रकार लम्बे-लम्बे सांस लेता है और बार-बार पीछे मुड़कर देखता है, लेकिन फिर भी वह निश्चिन्त नहीं होता।

कौए और कछुए की बातें सुनकर चित्रांग मृग कहने लगा—मित्र मन्थरक! तुम ठीक ही सोच रहे हो। मैं व्याध के बाण से बचकर ही बड़ी कठिनाई से यहां आया हूं। मुझे लगता है कि मेरे कुछ साथी अवश्य ही व्याध के शिकार बन गये होंगे। मैं तुम लोगों का शरणागत हूं। तुम लोग उस व्याध से बचने के लिए मुझे कोई सुरक्षित स्थान बताओ। यह सुनकर मन्थरक बोला—

द्वावुपायाविह प्रोक्तौ विमुक्तौ शत्रुदर्शने।
हस्तयोश्चालनादेको द्वितीय: पादवेगज:॥

मित्र! शत्रु के दिखाई देने पर बचाव के दो ही उपाय होते हैं—एक, उस पर वार करना और दूसरा, तेज़ी से दौड़कर भाग जाना।

तुम्हारे लिए दूसरा उपाय ही ठीक रहेगा। तुम उस व्याध के आने से पहले ही दूर भाग जाओ। तभी उड़कर आये लघुपतनक कौए ने बताया कि व्याध मारे गये पशुओं को लेकर वापस लौट गये हैं। अत: अब चिन्ता करने का कोई कारण नहीं। तुम निर्भय व निश्चिन्त होकर यहां विचरण कर सकते हो।

यह सुनकर चारों मित्र उसी सरोवर के तट पर उगे वृक्षों की छाया में बैठकर बातचीत करने लगे।

एक दिन गोष्ठी में चित्रांग मृग के न आने पर तीनों मित्र उसके साथ किसी अनिष्ट—सिंह आदि के द्वारा उसके मारे जाने, किसी गड्ढे में गिर जाने, अग्नि में जलकर मर जाने अथवा किसी अन्य प्रकार के संकट का शिकार हो जाने—की आशंका से चिन्तित हो उठे।

स्वगृहोद्यानगतोऽपि स्निग्धैः
पापं विशङ्क्यते मोहात्।
किमु दृष्टबह्वपायप्रति-
भयकान्तारमध्यस्थे॥

सच तो यह है कि प्रेमीजन अपने किसी मित्र के घर के उपवन में जाने पर भी जब तक उसे देख नहीं लेते, तब तक निश्चिन्त नहीं होते। फिर आपत्तियों से घिरे जंगल में मृग के चले जाने पर उसके मित्रों का चिन्तित होना तो स्वाभाविक था।

तब मन्थरक ने कौए से कहा—मित्र! हम दोनों शीघ्र न चल पाने के कारण उसे ढूंढ़ नहीं सकते, इसलिए तुम उड़कर उसका पता लगाओ कि वह जीवित भी है या नहीं? यह सुनकर कौए ने उड़ान भरी और थोड़ी दूर पर एक सरोवर पर चित्रांग को एक व्याध के बन्धन में बंधा हुआ देखा। कौए के पूछने पर मृग ने बताया—

अपि मन्दत्वमापन्नो नष्टो वापीष्टदर्शनात्।
प्रायेण प्राणिनां भूयो दुःखवेगोऽधिको भवेत्॥

संकट आने पर तथा अपनी दशा के दीन-हीन हो जाने पर मित्रों से मिलने की इच्छा भी दुःखद ही लगती है।

मुझे मौत के मुंह में पड़े अपने मित्र के दर्शन सुलभ हो गये, इसे मैं अपना सौभाग्य ही मानता हूं।

प्राणात्यये समुत्पन्ने यदि स्यान्मित्रदर्शनम्।
तद्द्वाभ्यां सुखदं पश्चाज्जीवतोऽपिमृतस्य च॥

मृत्यु के समय मित्र का दर्शन मृत्यु को सुखद बना देता है। यदि मित्र किसी प्रकार उसे बचा सकता है, तो ठीक, अन्यथा नहीं भी बचा पाता, तो भी उसके द्वारा अन्तिम संस्कार किये जाने का और सद्‌गति होने का सन्तोष बना रहता है।

यदि कभी मुझसे कोई अपराध हो गया हो, तो आप सब मुझे क्षमा कर देना। मेरे दोनों मित्रों—मन्थरक और हिरण्यक—से भी मेरी ओर से क्षमा मांग

लेना। उन्हें मेरी ओर से कहना।

अज्ञानाज्ज्ञानतो वापि दुरुक्तं यदुदाहृतम्।
तत्क्षन्तव्यं युवाभ्यां मे कृत्वा प्रीतिपरं मनः॥

कि यदि जाने-अनजाने मैंने किसी प्रकार से भी तुम लोगों के प्रति उपेक्षा का भाव दिखाया हो, तो कृपया मुझे क्षमा कर देना।

यह सुनकर कौआ बोला—मित्र! हम मित्रों के रहते तुम्हें इस प्रकार निराश नहीं होना चाहिए। मैं तुम्हारे बन्धनों को काटने के लिए हिरण्यक को अभी बुलाकर लाता हूं। बुद्धिमान् प्राणी संकट अथवा दुःख आने पर कभी अधीर नहीं होते।

सम्पदि यस्य न हर्षो विपदि विषादो रणे न भीरुत्वम्।
तं भुवनत्रयतिलकं जनयति जननी सुतं विरलम्॥

सम्पत्ति पाकर हर्ष से पागल न होने वाला, विपत्ति आने पर निराश न होने वाला तथा युद्ध में भयभीत न होने वाला व्यक्ति ही तीनों लोकों में सर्वोत्तम माना जाता है। ऐसे विरल पुत्र को जन्म देने वाली मां को धन्य कहा जाता है।

इस प्रकार चित्रांग को धैर्य बनाये रखने का आश्वासन देकर कौआ अपने मित्रों—हिरण्यक और मन्थरक—के पास आकर बोला कि हमारा मित्र चित्रांग व्याध के बन्धन में बंध गया है। यह सुनते ही हिरण्यक को उसके बन्धन काटने को उद्यत देखकर लघुपतनक ने उसे अपनी पीठ पर बिठाया और अपनी पूरी शक्ति लगाकर उड़ चला। चूहे को आते देखकर अपने जीवन के प्रति आश्वस्त होकर मृग बोला—

आपन्नाशाय विबुधैः कर्त्तव्याः सुहृदोऽमलाः।
न तरत्यापदं कश्चिद्योऽत्र मित्रविवर्जितः॥

विपत्ति से उद्धार के लिए ही विद्वानों ने भले लोगों से मित्रता करने को महत्त्वपूर्ण माना है। यह इस जीवन का सत्य है कि मित्रहीन व्यक्ति संकट से कभी मुक्त नहीं हो सकता।

हिरण्यक ने चित्रांग से कहा—मित्र! तुम तो पर्याप्त चतुर और नीति-निपुण हो, तुम इस बन्धन में कैसे फंस गये?

मृग ने उत्तर दिया—मित्र! इस समय विवाद करने की आवश्यकता नहीं है। अभी तो तुम उस व्याध के आने से पहले मेरे बन्धन काटकर मुझे मुक्त करने का प्रयास करो।

यह सुनकर हिरण्यक बोला—क्या मेरे आ जाने पर भी तुम व्याध के डर से कांप रहे हो? तुम-जैसे विद्वान् की यह स्थिति देखकर तो मुझे तुम्हारा नीतिशास्त्र का ज्ञान व्यर्थ लग रहा है। इसीलिए मैं इसका कारण जानने को इच्छुक हो रहा हूं।

चित्रांग बोला—मित्र! कभी-कभी कर्मों का फल भोगने के लिए बुद्धि भी दूषित हो जाती है।

कृतान्तपाशबद्धानां दैवोपहतचेतसाम्।
बुद्धयः कुब्जगामिन्यो भवन्ति महतामपि॥

भाग्य के विपरीत होने पर काल के बन्धन में बड़े-बड़े प्रबुद्ध एवं ज्ञानी व्यक्तियों की बुद्धि भी मलिन हो जाती है और इसीलिए वे भी हंसी के पात्र बन जाते हैं।

विधात्रा रचिता या सा ललाटेऽक्षरमालिका।
न तां मार्जयितुं शक्ताः स्वबुद्ध्याप्यतिपण्डिताः॥

विधाता के द्वारा मस्तक पर लिखी भाग्यलिपि को बड़े-बड़े तपस्वी विद्वान् भी अपने बुद्धि से बदल नहीं सकते।

दोनों मित्र इस प्रकार बातचीत कर ही रहे थे कि धीमी गति से चलता हुआ मन्थरक नामक कछुआ भी वहां आ पहुंचा। लघुपतनक उसे देखकर चिन्तित स्वर में कहने लगा—यह ठीक नहीं हुआ।

इस पर चित्रांग ने कहा—क्यों, क्या व्याध आ गया है?

लघुपतनक ने उत्तर दिया—आया तो नहीं, लेकिन यदि आ गया, तो तुम भाग जाना, मैं उड़ जाऊंगा और हिरण्यक बिल में घुसकर अपनी रक्षा कर लेगा। लेकिन इस मन्थरक का क्या होगा? मुझे यही चिन्ता सता रही है।

इस पर लघुपतनक ने मन्थरक को शीघ्र ही वहां से चले जाने को कहा, ताकि व्याध के आने पर वह किसी कठिनाई में न पड़ जाये।

मन्थरक बोला—मुझे यह सब पता है, लेकिन अपने मित्र को संकट में पड़ा देखकर मुझसे रहा नहीं गया।

दयितजनविप्रयोगो वित्तवियोगश्च
केन सह्याः स्युः।
यदि सुमहौषधकल्पो
वयस्यजनसंगमो न स्यात्॥

वास्तव में, मित्रों का मिलना पीड़ा के समय किसी महौषधि के समान काम करता है, पुनः मिलने की आशा से ही नष्टधन के समान दुःखदायी मित्र-वियोग को भी सह लिया जाता है।

वरं प्राणपरित्यागो न वियोगो भवदृशैः।
प्राणा जन्मान्तरे भूयो न भवन्ति भवद्विधाः॥

तुम-जैसे मित्रों से वियोग की अपेक्षा मैं अपने प्राण त्यागना अच्छा समझूंगा; क्योंकि शरीर तो जन्मान्तर के रूप में फिर भी मिल जाता है, लेकिन सच्चा मित्र

कठिनाई से ही मिलता है।

यहां ये सब इस प्रकार बातचीत कर ही रहे थे कि अपने दलबल के साथ व्याध आ पहुंचा। उसे देखते ही हिरण्यक ने तुरन्त व्याध के जाल को काट दिया और मुक्त होते ही हरिण तेज़ी से भाग खड़ा हुआ, कौआ उड़कर वृक्ष पर जा बैठा और चूहा बिल में जा घुसा। हरिण के भाग जाने से निराश होकर बहेलिया धीरे-धीरे जाते कछुए को देखकर सोचने लगा—आज तो मुझे इस छोटे-से जीव के मांस पर ही सन्तोष करना पड़ेगा। यह सोचकर उसने दौड़कर कछुए को पकड़ लिया और उसे अपने कन्धे पर लटकाये धनुष पर बांधकर चल दिया। हिरण्यक ने यह देखा, तो वह रोते हुए कहने लगा—

एकस्य दुःखस्य न यावदन्तं
गच्छाम्यहं पारमिवार्णवस्य।
तावद्द्वितीयं समुपस्थितं मे
छिद्रेष्वनर्था बहुली भवन्ति॥

विपत्ति अपने साथ अनेक झञ्झट लेकर आती है, तभी तो किसी एक संकट से अभी मुक्ति मिलती नहीं कि दूसरा संकट सामने आ खड़ा होता है।

न मातरि न दारेषु न सोदर्य्ये न चात्मजे।
विश्रम्भस्तादृशः पुंसां यादृङ्मित्रे निरन्तरे॥

अपने अभिन्न मित्र पर जैसा विश्वास किया जाता है, वैसा विश्वास तो कोई प्राणी अपनी मां, पत्नी, सगे भाई अथवा अपने पुत्र पर भी नहीं करता।

इस प्रकार विलाप करते हुए हिरण्यक कहने लगा—एक तो विधाता ने मुझसे मेरा धन छीन लिया और दूसरे अब उसने मेरे विश्वस्त मित्र को भी छीन लिया। अब मुझे मन्थरक-जैसा मित्र कहां से मिलेगा?

असम्पत्तौ परो लाभो गुह्यस्य कथनं तथा।
आपद्विमोक्षणं चैव मित्रस्यैतत्फलत्रयम्॥

मित्रता के तीन फल होते हैं—1. अभाव के कारण असहाय न होना, 2. किसी भी गुप्त रहस्य को कह सकना तथा 3. किसी भी आपदा से मुक्त हो पाना। मन्थरक के समान अब कोई मेरा दूसरा मित्र नहीं है। विधाता क्यों मुझ पर इस प्रकार अत्याचार कर रहा है? विधाता की क्रूरता के कारण ही पहले मेरा धन नष्ट हुआ, फिर परिवार से वियोग हुआ, उसके बाद अपने देश से दूर जाना पड़ा और आज मेरे मित्र पर भी संकट आ गया। न जाने विधाता हम जीवों के प्रति इतना कठोर क्यों हो रहा है?

कायः सन्निहितापायः सम्पदः क्षणभंगुराः।
समागमाः सापगमाः सर्वेषामेव देहिनाम्॥

यह ठीक है कि सभी जीवों का शरीर नाशवान् है, सम्पत्ति भी कहीं स्थिर होकर टिकती नहीं है और मिलन का अन्त वियोग में ही होता है।

क्षते प्रहारा निपतन्त्यभीक्ष्णं
धनक्षये दीप्यति जाठराग्निः।
आपत्सु वैराणि समुल्लसन्ति
छिद्रेष्वनर्था बहुलीभवन्ति॥

चोट पर चोट लगे, धन के नष्ट हो जाने पर भूख विकट रूप धारण कर ले तथा विपत्ति के समय शत्रु प्रबल हो उठें, यह सब इसी तथ्य के प्रभाण हैं कि कष्ट के समय अनर्थ भी बढ़ते ही जाते हैं।

प्राप्ते भये परित्राणं प्रीतिर्विश्रम्भभाजनम्।
केन रत्नमिदं सृष्टं मित्रमित्यक्षरद्वयम्॥

डर लगने पर रक्षा करने वाला, सदा प्रेम करने वाला तथा सदैव विश्वासपात्र बना रहने वाला केवल अपना मित्र ही होता है। न जाने, मित्र-जैसे शब्द की रचना किसने की है? जिसने भी की हो, वह धन्य है।

ठीक उसी समय विलाप करते हुए चित्रांग और लघुपतनक भी वहां आ पहुंचे। हिरण्यक ने उन्हें ढाढ़स बंधाया और उनसे बोला—मित्रो! रोते रहने से क्या होगा? अब तो हमें व्याध के दूर चले जाने से पहले ही मन्थरक को छुड़ाने का कोई उपाय करना होगा।

व्यसनं प्राप्य यो मोहात्केवलं परिवेदयेत्।
क्रन्दनं वर्धयत्येव तस्यान्तं नाधिगच्छति॥

संकट में मोह के कारण रोते रहने वाला तो रोता ही रहता है, वह संकट से अपने उद्धार का मार्ग नहीं ढूंढ़ सकता।

कौआ बोला--अब सब मेरी योजना को ध्यानपूर्वक सुनो। सबसे पहले चित्रांग व्याध के मार्ग में पड़ने वाले सरोवर के तट पर पहुंचकर मूर्च्छित होकर लेट जाये और मैं अपनी चोंच से उसके मांस को खाने का नाटक करूं। इससे व्याध समझेगा कि हरिण मर चुका है और वह मन्थरक को धरती पर रखकर मरे हुए हरिण को पकड़ने के लिए भागेगा। बस, उसी समय हिरण्यक मन्थरक के बन्धन काट डालेगा और मन्थरक दौड़कर सरोवर में छलांग लगा देगा। चित्रांग ने भी लघुपतनक की योजना को उचित बतलाया और वह कहने लगा—

सिद्धं वा यदि वासिद्धं चित्तोत्साहो निवेदयेत्।
प्रथमं सर्वजन्तूनां तत्प्राज्ञो वेत्ति नेतरः॥

कार्य सिद्ध होगा या नहीं, मन के उत्साह से इसका पता चल जाता है और बुद्धिमान् व्यक्ति उस संकेत को तुरन्त समझ जाते हैं। मुझे तो इस योजना की सफलता पर

पक्का विश्वास है। अतः आप सब ऐसा ही कीजिये। सबके सहमत हो जाने पर योजना के अनुसार सारा काम किया गया। व्याध ने सरोवर के किनारे पड़े हरिण के शव पर कौए को बैठा देखा, तो उसने सोचा कि लगता है हरिण मेरे जाल से तो बच गया, परन्तु दम घुट जाने के कारण बच नहीं सका। इधर यह कछुआ तो मेरे पास है ही, अब मैं इस हरिण को भी अपने अधिकार में कर लेता हूं। यह सोचकर ज्यों ही उसने मन्थरक को ज़मीन पर रखा, त्यों ही हिरण्यक ने भागकर उसके बन्धन काट डाले और मन्थरक शीघ्रता से उछलकर सरोवर में जा घुसा।

इधर व्याध को पास आते देखकर कांव-कांव करता हुआ लघुपतनक उड़ गया, तब इस संकेत को समझकर चित्रांग ने भी छलांग लगा दी और वह भी भाग खड़ा हुआ। व्याध ने लौटकर कछुए को भी भाग गया देखा, तो वह हाथ मलते और पछताते हुए कहने लगा—

प्राप्तो बन्धनमप्ययं गुरुमृग स्तावत्त्वया मे हृतः
सम्प्राप्तः कमठः स चापि नियतं नष्टस्तवादेशतः।
क्षुत्क्षामोऽत्र वने भ्रमामि शिशुकै स्त्यक्तः समं भार्य्यया
यच्चान्यन्न कृतं कृतान्त कुरुते तच्चापि सह्यं मया॥

हे विधाता! तेरे खेल निराले हैं। पहले तूने मेरे शिकार बने हरिण को मुझसे छीन लिया। अब मेरे हाथ में आया कछुआ भी मेरे बन्धन से मुक्त हो गया। पत्नी व अपने पुत्र आदि के द्वारा त्यागे गये और भूख से व्याकुल मेरा कोई और अनिष्ट करना रह गया हो, तो वह भी पूरा कर ले।

इस प्रकार रोता-पीटता और विलाप करता हुआ व्याध अपने घर लौट गया। व्याध के आंखों से ओझल होते ही चारों मित्र एक-दूसरे के गले मिले और अपना नया जन्म हुआ मानकर बड़े प्रसन्न हुए। इसके बाद तो फिर से प्रतिदिन गोष्ठी और वार्तालाप चलने लगा।

इस प्रकार कथाएं सुनाकर विष्णु शर्मा राजकुमारों से बोले—इस सारे कथानक का निचोड़ यही है कि व्यक्ति को अधिकाधिक लोगों से मैत्री-सम्बन्ध बनाने चाहिए। न जाने कब, किससे और कैसा काम पड़ जाये? मित्रता तब ही निभती है, जब व्यक्ति अपने व्यवहार में किसी प्रकार का छल-कपट नहीं करता।

यो मित्राणि करोत्यत्र न कौटिल्येन वर्तते।
तैः समं न पराभूतिं सम्प्राप्नोति कथञ्चन॥

संसार में अधिकाधिक लोगों से मैत्री सम्बन्ध बनाने वाले तथा मित्रों के साथ निष्कपट व्यवहार करने वाले व्यक्ति को इस संसार में कभी कोई पराजित नहीं कर सकता।

करावेिव शरीरस्य नेत्रयोरिव पक्ष्मणी।

अविचार्य प्रियं कुर्यात्तन्मित्रं मित्रमुच्यते ॥

जिस प्रकार संकट आने पर शरीर की रक्षा के लिए बिना कहे ही हाथ और नेत्रों की रक्षा के लिए पलकें आगे बढ़ आती हैं, उसी प्रकार किसी की भलाई के लिए सदैव तत्पर रहने वाला मनुष्य ही वास्तव में मित्र कहलाने का सच्चा अधिकारी होता है।

स्वाभाविकं तु यन्मित्रं भाग्येनैवाभिजायते।
तदकृत्रिमसौहार्दमापत्स्वपि न मुञ्चति ॥

सच्चा मित्र बड़े भाग्य से ही किसी को मिल पाता है। संकट में साथ न छोड़ने वाला ही सच्चा और निष्कपट मित्र कहलाता है।

प्राणैरपि हिता वृत्तिरद्रोहो व्याजवर्जनम्।
आत्मनीव प्रियाधानमेतन्मैत्रीमहाव्रतम् ॥

मैत्री की अटलता के चार महाव्रत हैं–1. अपने प्राण देकर भी मित्र का हित करना, 2. मित्र के साथ कभी द्रोह अथवा विश्वासघात न करना, 3. सदा छल-कपटरहित व्यवहार करना तथा 4. मित्र को अपनी आत्मा मानकर उसका हित करने के लिए सदा-सर्वदा तत्पर रहना।

॥ द्वितीय तन्त्र समाप्त ॥

तृतीय तन्त्र

काकोलूकीयम्

इस काकोलूकीय नामक तृतीय तन्त्र का प्रथम पद्य इस प्रकार है—

न विश्वसेत्पूर्वविरोधितस्य
शत्रोश्चमित्रत्वमुपागतस्य।
दग्धां गुहां पश्य उलूकपूर्णां
काकप्रणीतेन हुताशनेन॥

पहले कभी शत्रु रहे व्यक्ति से पुनः मित्रता स्थापित हो जाने पर भी उस व्यक्ति (पूर्व शत्रु) पर कभी पूर्ण विश्वास नहीं करना चाहिए, उससे सदैव सतर्क ही रहना चाहिए। कौओं पर विश्वास करने के कारण ही उल्लुओं को अपनी ही गुफा में कौओं द्वारा लगायी आग से जलकर मरना पड़ा था।

दक्षिण दिशा में स्थित महिलारोप्य नामक एक नगर के बाहर घने पत्तों और अनेक शाखाओं वाला बरगद की जाति का एक वृक्ष था। उस वृक्ष पर अपने जाति-बन्धुओं के साथ मेघवर्ण नामक कौओं का राजा रहा करता था। उस वृक्ष के पास ही एक पर्वत की गुफा में उल्लुओं का राजा अरिमर्दन भी अपने विशाल परिवार के साथ रहता था। रात्रि में उलूकराज उस वृक्ष के चारों ओर घूमता और अपने सहज विरोध के कारण दिखाई पड़ जाने वाले कौओं को मार डालता था, जिसके फलस्वरूप कौओं की संख्या निरन्तर घटने लगी।

य उपेक्षेत शत्रुं स्वं प्रसरन्तं यदृच्छया।
रोगं चालस्यसंयुक्तः स शनैस्तेन हन्यते॥

वास्तव में, आलस्य के कारण अपने शत्रु एवं रोग की उपेक्षा करके उन्हें बढ़ने का अवसर देने वाला मूर्ख अन्त में उनका शिकार बन जाता है।

जातमात्रं न यः शत्रुं व्याधिञ्च प्रशमं नयेत्।
अतिपुष्टाङ्गयुक्तोऽपि स पश्चात्तेन हन्यते॥

शत्रु और रोग का पता चलते ही उनको नष्ट कर डालने में ही बुद्धिमत्ता होती है, अन्यथा अवसर पाकर वे सशक्त हो जाते हैं और फिर अपनी उपेक्षा

करने वाले को ही अपना शिकार बना लेते हैं।

एक दिन कौओं के राजा काकराज ने अपनी जाति के बचे-खुचे सदस्यों को बुलाया और उनके साथ सलाह-मशवरा करते हुए उनसे कहा—बन्धुओ! आप तो जानते हैं कि हमारा शत्रु शक्तिशाली भी है और आक्रमणकारी भी है। वह हर रात यहां आकर हमारे परिवार के किसी-न-किसी सदस्य को देखते ही उसे मार डालता है। हमें न तो रात में कुछ दिखाई देता है और न हमें उसके दुर्ग की ही कोई जानकारी है, जिससे हम दिन में उस पर वार करके उससे बदला ले सकें। अब आप सब सोच-विचारकर बतायें कि हमें नीति के छह भेदों—सन्धि, विग्रह, यान, आसन, संश्रय और द्वैधीभाव—में से किसका सहारा लेना चाहिए। मन्त्रियों ने इस समस्या पर विचार करने के लिए काकराज को धन्यवाद दिया और कहा—

अपृष्टेनापि वक्तव्यं सचिवेनात्र किञ्चन।
पृष्टेन तु ऋतं पथ्यं वाच्यञ्च प्रियमप्रियम्॥

उत्तम मन्त्री को अपने जाति-बन्धुओं के विषय पर विचार करते समय बिना पूछे भी अपने सुझाव अवश्य देने चाहिए और पूछने पर तो उसे अपना प्रिय अथवा अप्रिय मत भी अवश्य ही प्रकट करना चाहिए।

यो न पृष्टो हितं ब्रूते परिणामे सुखावहम्।
सुमन्त्री प्रियवक्ता च केवलं स रिपुः स्मृतः॥

पूछने पर भी अच्छे परिणाम वाले तथा हितकर सुझाव न देने वाले मन्त्री अथवा प्रियवक्ता मित्र को भी शत्रु ही समझना चाहिए।

तस्मादेकान्तमासाद्य कार्य्यो मन्त्रो महीपते।
येन तस्य वयं कुर्मो निर्णयं कारणं तथा॥

अपनी सलाह को प्रभावशाली और गुप्त बनाये रखने के लिए हमें सदा एकान्त में ही सलाह-मशवरा करना चाहिए और उसके बाद ही कोई योजना बनानी चाहिए।

इस पर काकराज मेघवर्ण ने अपने पांचों मन्त्रियों—उज्जीवी, सञ्जीवी, अनुजीवी, प्रजीवी और चिरञ्जीवी—से अपने-अपने विचार प्रकट करने को कहा, तो सबसे पहले उज्जीवी बोला—राजन्! हमारा शत्रु शक्तिशाली है और उसे हम पर प्रहार के समय की भी जानकारी है, अतः मैं उससे युद्ध करने को उचित नहीं मानता;

बलीयसे प्रणमतां काले प्रहरतामपि।
सम्पदो नापगच्छन्ति प्रतीपमिव निम्नगाः॥

क्योंकि जिस प्रकार धरती के नीचे बहने वाली नदियां कभी उलटी नहीं बह

सकतीं, उसी प्रकार बुद्धिमान् और समय की गति को पहचानने वाले प्राणी को भी अपने से अधिक बलवान् एवं आक्रमणकारी शत्रु के प्रति नम्र व्यवहार करके ही अपनी और अपनी सम्पत्ति की रक्षा करनी चाहिए।

सन्धिः कार्य्योऽप्यनार्य्येण विज्ञाय प्राणसंशयम्।
प्राणैः संरक्षितैः सर्वं यतो भवति रक्षितम्॥

प्राणों की रक्षा के लिए तो किसी अनार्य शत्रु से भी सन्धि कर लेना ही उचित रहता है; क्योंकि यदि अपने प्राण बचे रहेंगे, तो प्रतिशोध लेना भी सम्भव हो सकेगा।

मैं तो आपको अनेक युद्धों के विजेता उलूकराज से सन्धि करने की ही सलाह दूंगा;

अनेकयुद्धविजयी सन्धानं यस्य गच्छति।
तत्प्रभावेण तस्याशु वशं गच्छन्त्यरातयः॥

क्योंकि ऐसे अनेक युद्धों के विजेता से सन्धि करने का एक लाभ यह भी होता है कि उसके कारण दूसरे छोटे-बड़े शत्रु भी विरोध छोड़कर अपने मित्र बन जाते हैं।

सन्धिमिच्छेत्समेनापि सन्दिग्धो विजयो युधि।
नहि सांशयिकं कुर्य्यादित्युवाच बृहस्पतिः॥

आचार्य बृहस्पति का कथन है कि यदि अपनी विजय में सन्देह हो, तो समान बल वाले शत्रु से सन्धि कर लेना ही उचित होता है; जिस काम में सन्देह हो, उसे कभी नहीं करना चाहिए।

सन्दिग्धो विजयो युद्धे जनानामिह युध्यताम्।
उपायत्रितयादूर्ध्वं तस्माद्युद्धं समाचरेत्॥

युद्ध में अपनी विजय के प्रति सन्देह होने पर राजा को साम, दान और भेद आदि का प्रयोग करना चाहिए। इन तीनों उपायों के असफल हो जाने पर ही अन्तिम उपाय के रूप में युद्ध के विषय में विचार करना चाहिए।

बलिना सह योद्धव्यमिति नास्ति निदर्शनम्।
प्रतिवातं नहि घनः कदाचिदुपसर्पति॥

जिस प्रकार मेघ पवन पर कभी भारी नहीं पड़ सकता, उसी प्रकार दुर्बल भी बलवान् को कभी जीत नहीं सकता। इसीलिए इतिहास में दुर्बल द्वारा बलवान् से युद्ध करने का कोई उदाहरण नहीं मिलता।

इस प्रकार उज्जीवी के नीतिपरक सुझाव को सुनने के पश्चात् मेघवर्ण ने सञ्जीवी की ओर देखा, तो वह बोला—महाराज! मुझे क्षमा करें, लेकिन मैं शत्रु के साथ सन्धि करना उचित नहीं समझता;

शत्रुणा न हि सन्दध्यात्सुश्लिष्टेनापि सन्धिना।
सुतप्तमपि पानीयं शमयत्येव पावकम्॥

क्योंकि जिस प्रकार गरम किया हुआ जल भी अग्नि को बुझा देता है, उसी प्रकार अपनी शर्तों पर सन्धि में बंधा हुआ शत्रु भी हानिप्रद सिद्ध होता है। फिर यहां तो बात ही और है। हमारा शत्रु तो क्रूर, लोभी, पापात्मा और अविश्वसनीय होने के कारण सन्धि के योग्य भी नहीं है।

सत्यधर्मविहीनेन न सन्दध्यात्कथञ्चन।
सुसन्धितोऽप्यसाधुत्वादचिराद्याति विक्रियाम्॥

जो व्यक्ति सत्य और धर्म को भी गौरव न दे, ऐसे शत्रु से सन्धि करना कदापि उचित नहीं हो सकता; क्योंकि ऐसे शत्रु को सन्धि की शर्तों से मुकरते कितनी देर लगेगी? इसकेसाथ ही यह भी विचारणीय है कि उसने हमें पराजित किया है। हमारे द्वारा सन्धि का प्रस्ताव रखने पर तो वह और भी अधिक अकड़ जायेगा।

सामवादाः सकोपस्य शत्रोः प्रत्युत दीपकाः।
प्रतप्तस्येव सहसा सर्पिषस्तोयबिन्दवः॥

क्रुद्ध शत्रु से सन्धि की प्रार्थना करना गरम घी में अचानक जल-बिन्दु डालने के समान उसके क्रोध को भड़काकर और भी अधिक संकट मोल लेना होता है।

मायया शत्रवो वध्या अवध्याः स्युर्बलेन ये।
यथा स्त्रीरूपमास्थाय हतो भीमेन कीचकः॥

शक्ति द्वारा न मारे जा सकने वाले शत्रु का तो छल से ही वध करना चाहिए। भीमसेन ने भी तो स्त्रीवेश धारण करके कीचक का वध किया था।

इस प्रकार सञ्जीवी के युद्धपरक विचार सुनने के पश्चात् मेघवर्ण ने अनुजीवी से उसके विचार जानना चाहे, तो वह बोला—महाराज! हमारा शत्रु अत्यन्त दुष्ट, मर्यादारहित और हमसे कहीं अधिक बलवान् है, अतः मेरे विचार में तो उसके साथ न तो सन्धि करना उचित है और न ही युद्ध करना। मैं तो उस पर चढ़ाई करने के पक्ष में हूं।

बलोत्कटेन दुष्टेन मर्य्यादारहितेन च।
न सन्धिविग्रहौ नैव विना यानं प्रशस्यते॥

दुराग्रही, दुष्ट, मर्यादाहीन तथा बलवान् शत्रु पर चढ़ाई किये बिना सन्धि-विग्रह का कोई महत्त्व नहीं होता।

द्विधाकारं भवेद्यानं भयत्रस्तप्ररक्षणम्।
एकमन्यज्जिगीषोश्च यात्रालक्षणमुच्यते॥

शत्रु पर चढ़ाई दो उद्देश्यों से की जाती है। प्रथम, भयग्रस्त प्राणियों की रक्षा

के लिए तथा द्वितीय, शत्रु पर विजय प्राप्त करने के लिए।

अज्ञातविविधासारतोयशस्यो व्रजेत्तु यः।
परराष्ट्रं स नो भूयः स्वराष्ट्रमधिगच्छति॥

परन्तु अपने मित्रों की शक्ति, साधन, कृषि तथा उनके सैन्य-बल आदि का परीक्षण किये बिना शत्रु पर आक्रमण करने वाला राजा सकुशल वापस नहीं लौट पाता, इसलिए मेरे विचार में हमारा यहां से पीछे हटना ही उचित होगा;

न विग्रहं न सन्धानं बलिना तेन पापिना।
कार्य्यलाभमपेक्ष्यापसरणं क्रियते बुधैः॥

क्योंकि पापी तथा बलवान् शत्रु के साथ न तो सन्धि करना उचित होता है और न ही युद्ध करना उपयुक्त होता है। बुद्धिमान् राजा को तो अपने कार्य की सिद्धि के लिए अपने स्थान को ही छोड़ देना चाहिए।

यदपसरति मेषः कारणं तत्प्रहर्तुं
मृगपतिरपि कोपात्सङ्कुचत्युत्पतिष्णुः।
हृदयनिहितवैरा गूढमन्त्रोपचारा
किमपिविगणयन्तो बुद्धिमन्तःसहन्ते॥

मेढ़ा पीछे हटकर ही दूने वेग से प्रहार करता है, सिंह भी क्रुद्ध होकर हाथी पर झपटने से पहले थोड़ा पीछे हटता है। इसी प्रकार हृदय में वैर और प्रतिशोध का भाव रखने वालों को भी उचित समय की प्रतीक्षा करते हुए शत्रु के उपद्रव को चुपचाप सहन कर लेना चाहिए।

बलवन्तं रिपुं दृष्ट्वा देशत्यागं करोति यः।
युधिष्ठिर इवाप्नोति पुनर्जीवन्स मेदिनीम्॥

शत्रु को शक्तिशाली जानकर देश का त्याग करने वाला बुद्धिमान् राजा ही युधिष्ठिर के समान जीवित रहकर पुनः विजयी होता है और राज्य का सुख भोगता है।

युद्ध्यतेऽहंकृतिं कृत्वा दुर्बलो यो बलीयसा।
स तस्य वाञ्छितं कुर्य्यादात्मनश्च कुलक्षयम्॥

शत्रु को अपने से अधिक शक्तिशाली जानकर भी उससे युद्ध करने वाला मूर्ख राजा तो शत्रु के मनोरथ को सिद्ध करने वाला और अपने सर्वनाश को आमन्त्रण देने वाला होता है। अतः हमारे लिए पीछे हटना ही उचित है, न कि उससे सन्धि करना।

अनुजीवी के मौन हो जाने पर मेघवर्ण ने प्रजीवी से अपना मत प्रकट करने को कहा, तो प्रजीवी बोला—महाराज! मुझे तो सन्धि, विग्रह और यान की अपेक्षा चुपचाप बैठकर उपयुक्त समय की प्रतीक्षा करना ही उचित प्रतीत होता है।

नक्रः स्वस्थानमासाद्य गजेन्द्रमपि कर्षति।
स एव प्रच्युतः स्थानाच्छुनापि परिभूयते॥

अपने स्थान पर, अर्थात् जल में बैठा मगरमच्छ जहां हाथी–जैसे विशाल जीव को भी खींचने में सफल हो जाता है, वहां उसी मगरमच्छ के अपने स्थान से बाहर होते ही साधारण कुत्ता भी उसे पीट देता है।

अभियुक्तो बलवता दुर्गे तिष्ठेत्प्रयत्नवान्।
तत्रस्थः सुहृदाह्वानं प्रकुर्वीतात्ममुक्तये॥

बलवान् शत्रु द्वारा आक्रमण करने पर अपने दुर्ग में बैठा राजा अपनी सहायता के लिए अपने मित्रों को भी बुला सकता है और उनके सहयोग से अपने शक्तिशाली शत्रु को भी पछाड़ देता है।

दंष्ट्राविरहितः सर्पो मदहीनो यथा गजः।
स्थानहीनस्तथा राजा गम्यः स्यात्सर्वजन्तुषु॥

दन्तहीन सर्प और मदहीन हाथी के समान ही स्थानरहित राजा के भी असहाय होते ही सभी उसका तिरस्कार करने लगते हैं।

निजस्थानस्थितोऽप्येकः शतं योद्धं वहेन्नरः।
शतानामपि शत्रूणां तस्मात्स्थानं न सन्त्यजेत्॥

अपने स्थान पर बैठा राजा अकेले ही सैकड़ों शत्रुओं पर भारी पड़ता है, अतः बुद्धिमान् मनुष्य को अपने स्थान को छोड़ने की चेष्टा नहीं करनी चाहिए।

तस्माद् दुर्गं दृढं कृत्वा सुभटासारसंयुतम्।
प्राकारपरिखायुक्तं शस्त्रादिभिरलंकृतम्॥

अतः मेरा तो सुझाव यही है कि आप अपने दुर्ग को सुदृढ़ बनायें। दुर्ग के चारों ओर परकोटे और खाइयां बनवायें और उसमें परीक्षित योद्धाओं को ही बसायें तथा शस्त्रास्त्रों का उचित मात्रा में संग्रह करें।

इस प्रकार प्रजीवी ने 'आसन' अपनाने का सुझाव दिया, तो काकराज मेघवर्ण ने चिरञ्जीवी से उसका विचार पूछा।

वह बोला—महाराज! सन्धि आदि छह उपायों में मुझे तो अपने से तथा अपने शत्रु से अधिक बलवान् एवं उसे पराजित करने में समर्थ राजा से मिलकर उसकी सहायता लेना ही उचित लगता है।

असहायः समर्थोऽपि तेजस्वी किं करिष्यति।
निर्वाते ज्वलितो वह्निः स्वयमेव प्रशाम्यति॥

नीतिकारों ने भी कहा है—जिस प्रकार वायुरहित स्थान पर प्रचण्ड अग्नि भी बुझ जाती है, उसी प्रकार असहाय एवं अकेला पड़ा तेजस्वी व्यक्ति भी निरुत्साहित हो जाता है।

संहतिः श्रेयसी पुंसां स्वपक्षे च विशेषतः।
तुषैरपि परिभ्रष्टा न प्ररोहन्ति तण्डुलाः॥

जिस प्रकार भूसीरहित चावल उगने में समर्थ नहीं होता, उसी प्रकार साथियों से दूर रहते हुए और अकेला पड़ा व्यक्ति भी कुछ नहीं कर सकता, अपितु इसके विपरीत तुच्छ समझे जाने वाले साथियों का साथ उपयोगी सिद्ध होता है।

मेरे विचार में तो आप यहीं रहते हुए किसी बलशाली राजा का आश्रय लेकर अपने ऊपर आये संकट से मुक्त हो जायें। यदि आप अपने स्थान को छोड़कर अन्यत्र चले जाते हैं, तो कोई आपसे बात भी नहीं करेगा।

वनानि दहतो वह्नेः सखा भवति मारुतः।
स एव दीपनाशाय कृशे कस्यास्ति सौहृदम्॥

वन को जलाने में समर्थ अग्नि का सहायक बनने वाला वायु भी दीपक को बुझाकर इस तथ्य की पुष्टि करता है कि दुर्बल का साथ देने के लिए कोई भी तैयार नहीं होता। यदि सहारा देने के लिए कोई बलवान् राजा उपलब्ध नहीं है, तो अपने समान बल वाले का भी आश्रय लेने में कोई संकोच नहीं करना चाहिए।

संघातवान्यथा वेणुर्निबिडो वेणुभिर्वृतः।
न शक्यः स समुच्छेत्तुं दुर्बलोऽपि तथा नृपः॥

जिस प्रकार वायु अनेक बांसों से बने झुरमुट का कुछ भी नहीं बिगाड़ सकता, उसी प्रकार शक्तिशाली शत्रु अनेक अल्पबली सहायकों से घिरे राजा का कुछ भी नहीं बिगाड़ सकता।

महाजनस्य सम्पर्कः कस्य नोन्नतिकारकः।
पद्मपत्रस्थितं तोयं धत्ते मुक्ताफलश्रियम्॥

लेकिन उत्तम व्यक्तियों का आश्रय मिलने पर तो गौरव में वृद्धि का होना निश्चित ही होता है। कमलपत्र पर गिरी पानी की बूंदें भी मोती का आकार धारण करके इसी सत्य को सिद्ध करती हैं।

मुझे मिलाप से बढ़कर अन्य कोई उपाय दिखाई नहीं देता। अतः मैं तो इसे ही सर्वोत्तम मन्त्र मानता हूं।

अपने पांचों मन्त्रियों के सुझावों को सुनने के पश्चात् मेघवर्ण ने अपने पिता के समय से चले आ रहे वृद्ध मन्त्री स्थिरजीवी से कहा—महात्मन्! आपने मेरे पांचों मन्त्रियों के विचार सुन लिये हैं। अब आप मुझे अपनी राय बताने की कृपा करें।

यह सुनकर स्थिरजीवी बोला—वत्स! तुम्हारे मन्त्रियों के सुझाव अपने-अपने स्थान पर सही हैं, परन्तु वर्तमान स्थिति में इन पांचों—सन्धि, विग्रह, यान, आसन और संश्रय—उपायों की अपेक्षा छठा उपाय, अर्थात् द्वैधीभाव—यानी ऊपर

से मित्रता का प्रदर्शन, किन्तु भीतर-ही-भीतर जड़ काटना—ही सर्वाधिक उपयुक्त प्रतीत होता है।

अविश्वासं सदा तिष्ठन्सन्धिना विग्रहेण च।
द्वैधीभावं समाश्रित्य नैव शत्रौ बलीयसि॥

सन्धि और विग्रह में अनिश्चितता की स्थिति बनी रहती है, जबकि द्वैधीभाव को अपनाने पर दिशा निश्चित हो जाती है।

शत्रु को विश्वास दिलाकर और प्रलोभन देकर निश्चिन्त कर देने पर उसे जड़ सहित उखाड़ फेंकना अत्यन्त सरल एवं सुगम हो जाता है।

उच्छेद्यमपि विद्वांसो बर्द्धयन्त्यरिमेकदा।
गुड़ेन वर्द्धितः श्लेष्मा सुखं बुद्धया निपात्यते॥

जिस प्रकार गुड़ पहले कफ को बढ़ाता है, फिर उसे समूल नष्ट कर देता है, उसी प्रकार बुद्धिमान् व्यक्ति भी पहले शत्रु की चाटुकारिता करके उसे गर्वोन्मत्त कर देते हैं और फिर अनायास ही उसे गिरा देते हैं।

मुझे तो आपके यहां रहते हुए आपका द्वैधीभाव को अपनाना ही उचित प्रतीत होता है। आप अपने शत्रु को प्रलोभन देकर उसे अपने प्रति अनुरक्त कीजिये और फिर उसके दोष निकालकर चुपके से उसे नष्ट कर डालिये।

मेघवर्ण बोला—परन्तु श्रीमन्! मुझे तो अपने शत्रु के निवास का पता ही नहीं, फिर उसके पास पहुंचना और उसके दोष निकालना कैसे सम्भव होगा?

स्थिरजीवी बोला—आप इसकी चिन्ता न करें। हमारे गुप्तचर सब कुछ कर देंगे। कहा भी है

गावो गन्धेन पश्यन्ति वेदैः पश्यन्ति वै द्विजाः।
चारैः पश्यन्ति राजानश्चक्षुभ्यामितरे जनाः॥

कि सामान्य लोग संसार को अपने ही नेत्रों से देखते हैं, किन्तु जिस प्रकार गायों के देखने का माध्यम गन्ध है और ब्राह्मणों के देखने का माध्यम वेद हैं, उसी प्रकार राजा के देखने का माध्यम, अर्थात् उसके नेत्र उसके गुप्तचर होते हैं।

यस्तीर्थानि निजे पक्षे परपक्षे विशेषतः।
गुप्तैश्चारैर्नृपो वेत्ति न स दुर्गतिमाप्नुयात्॥

राज्याधिकारियों को, अपने पक्ष को और शत्रु पक्ष को गुप्तचरों के माध्यम से देखने वाला राजा कभी धोखा नहीं खाता। राजनीति में उच्च वर्ग के अधिकारी ही तीर्थ कहलाते हैं।

मेघवर्ण ने पूछा—अधिकारियों को तीर्थ क्यों कहा जाता है और इनकी संख्या कितनी होती है? इसके अतिरिक्त यह भी बतलाने की कृपा करें कि गुप्तचर किस प्रकार के होने चाहिए?

स्थिरजीवी ने कहा—देवर्षि नारद के अनुसार युधिष्ठिर को बतलाये शत्रुपक्ष के अठारह और अपने पक्ष के पन्द्रह विशिष्ट अधिकारियों को तीर्थ कहते हैं। तीन स्तर के गुप्तचरों द्वारा अपने और पराये पक्ष की असली जानकारी मिलती है, अतः इन तीनों को भी तीर्थ ही समझना चाहिए।

मेघवर्ण ने स्थिरजीवी से पूछा—कौओं और उल्लुओं में किस कारण से द्वेष चला आ रहा है?

इस पर वृद्ध मन्त्री बोला—एक समय की बात है, हंस, तोते, कोयल, बगुले, चातक, उल्लू, मोर तथा कबूतर आदि पक्षी परेशान हो गये और एक-दूसरे से कहने लगे कि विष्णु भगवान् के परमभक्त गरुड़जी हमारे राजा होकर भी हमारी कोई चिन्ता नहीं करते। हमारे जाति-बन्धु प्रतिदिन बहेलियों के जाल में फंसकर अपनी जान गंवाते रहते हैं, परन्तु गरुड़जी उनकी रक्षा का कोई उपाय नहीं करते।

यो न रक्षति वित्रस्तान्पीड्यमानान्परैः सदा।
जन्तून्पार्थिवरूपेण स कृतान्तो न संशयः॥

शत्रु द्वारा सताये गये अपने सेवकों और डर के मारे प्रजाजनों की रक्षा न करने वाले राजा को तो यमराज ही समझना चाहिए।

यदि न स्यान्नरपतिः सम्यङ्नेता ततः प्रजा।
अकर्णधारा जलधौ विप्लवेतेह नौरिव॥

महाराज मनु ने प्रजा की रक्षा के लिए ही राजा का विधान किया है; क्योंकि राजा के अभाव में प्रजा की स्थिति मल्लाह के बिना भंवर में फंसी नौका के समान हो जाती है।

षडिमान्पुरुषो जह्याद्भिन्नां नावमिवार्णवे।
अप्रवक्तारमाचार्य्यमनधीयानमृत्विजम्॥
अरक्षितारं राजानं भार्य्यां चाप्रियवादिनीम्।
ग्रामकामं च गोपालं वनकामं च नापितम्॥

नीचे बताये जा रहे ये छह भी समुद्र में टूटी हुई नाव के समान त्याग देने योग्य हैं—1. सही उपदेश न देने वाला आचार्य, 2. यज्ञ-यागादि न करा सकने वाला पुरोहित, 3. प्रजा का पालन न कर सकने वाला राजा, 4. अप्रिय वचन बोलने वाली पत्नी, 5. गांव का सरपञ्च बनने का इच्छुक अहीर तथा 6. जंगल में तप करने का इच्छुक नाई। अतः अब हमें ख़ूब सोच-विचार कर ही किसी अन्य को अपना राजा बनाना चाहिए।

यह सुनकर वहां उपस्थित पक्षियों में से कुछ ने सुन्दर अंग, विशाल आकार तथा तीव्र दृष्टि वाले उल्लू को राजा बनाने का प्रस्ताव रखा, तो सबने अपनी सहमति जतलायी। फिर उल्लू के राज्याभिषेक का आयोजन होने लगा। बन्दीगण

स्तुतिगान करने लगे और ब्राह्मण वेदपाठ करने लगे। चारों ओर शंख की ध्वनि गूंजने लगी। नृत्य, गीत, वाद्य आदि से वातावरण मंगलमय हो गया। उल्लू के सिंहासन पर बैठते ही कहीं से उड़कर आये कौए को देखकर सब पक्षी सोचने लगे कि चालाकी में तो कौए का कोई जोड़ ही नहीं है।

नराणां नापितो धूर्तः पक्षीणां चैव वायसः।
दंष्ट्रिणाञ्च श्रृगालस्तु श्वेतभिक्षुस्तपस्विनाम्॥

मनुष्यों में नाई, दांत वाले प्राणियों में सियार और तपस्वियों में श्वेतवस्त्रधारी भिक्षु के समान पक्षियों में कौआ ही सर्वाधिक चालाक होता है।

बहुधा बहुभिः सार्धं चिन्तिताः सुनिरूपिताः।
कथञ्चिन्न विलीयन्ते विद्वद्भिश्चिन्तिता नयाः॥

अतः अन्तिम निर्णय लेने से पूर्व इससे भी सलाह ले लेनी चाहिए; क्योंकि बहुतों के साथ विचार-विमर्श के बाद निर्धारित और विद्वानों द्वारा समर्थन प्राप्त नीति कभी दोषग्रस्त नहीं होती।

कौए ने वहां लगी भीड़ का कारण पूछा, तो पक्षियों ने उसे गरुड़ के स्थान पर उल्लू को राजा चुनने की बात दी। इस पर कौए ने चुनाव करने वालों का मज़ाक उड़ाते हुए कहा—क्या तुम लोगों की बुद्धि मारी गयी है, जो मोर, हंस, कोयल और सारस-जैसे प्रतिष्ठित पक्षियों की उपेक्षा करके दिन में न देख पाने वाले और भयंकर आकृति वाले इस उल्लू को राजा चुनने जा रहे हो? मुझे तो तुम्हारी सोच पर आश्चर्य हो रहा है और मैं तुम सबसे असहमत हूं। ज़रा सोचो तो—

वक्रनासं सुजिह्माक्षं क्रूरमप्रियदर्शनम्।
अक्रुद्धस्येदृशं वक्त्रं भवेत्क्रुद्धस्य कीदृशम्॥

जिसकी नाक टेढ़ी है, जिसकी आंखें सदा चढ़ी रहती हैं, जो स्वभाव से क्रूर है, जिसका दर्शन भी अमंगलमय माना जाता है और क्रोध न करने पर भी जिसका चेहरा इतना भयंकर है कि उसे देखते ही डर लगता है, ऐसे मूर्ख पक्षी उल्लू को तुम क्या सोचकर अपना राजा चुन रहे हो?

स्वभावरौद्रमत्युग्रं क्रूरमप्रियवादिनम्।
उलूकं नृपतिं कृत्वा का नः सिद्धिर्भविष्यति॥

और यह भी तो सोचो कि स्वभाव से क्रोधी, उग्र, क्रूर और अप्रिय बोलने वाले उल्लू को राजा बनाकर हम पक्षियों का कौन-सा प्रयोजन सिद्ध होने वाला है?

इसके अतिरिक्त एक विचारणीय तथ्य यह भी है कि गरुड़ के राजा रहते किसी दूसरे को यह पद दिया भी कैसे जा सकता है? एक तो उल्लू इस पद के

योग्य ही नहीं है, दूसरे अभी तो राजा का स्थान भी ख़ाली नहीं हुआ है। ऐसे में उसको राजा बनाने के सम्बन्ध में कैसे विचार किया जा सकता है? आपका यह निर्णय विधान-सम्मत नहीं है।

एक एव हितार्थाय तेजस्वी पार्थिवो भुवः।
युगान्त इव भास्वन्तो बहवोऽत्र विपत्तये॥

एक ही पद पर एक से अधिक व्यक्तियों के आसीन हो जाने पर परस्पर ईर्ष्या उत्पन्न हो जाती है। तब दोनों ही अपने दायित्व को न निभाकर छोटी-छोटी त्रुटियों के लिए एक-दूसरे पर आरोप-प्रत्यारोप लगाते रहते हैं। इसलिए शास्त्र भी एक ही राजा की अनुमति देता है; क्योंकि उसी के द्वारा प्रजा का हित हो सकता है।

गुरूणां नाममात्रेऽपि गृहीते स्वामिसम्भवे।
दुष्टानां पुरतः क्षेमं तत्क्षणादेव जायते॥

गरुड़जी के नाम से ही हम सब पक्षी अपने शत्रुओं पर भारी पड़ते हैं। ऐसे प्रतिष्ठित प्राणी को अपना स्वामी बताने और केवल उसका नाम लेने-भर से दुष्ट अपनी हेकड़ी भूल जाते हैं और प्रजा सदा सुख से रहती है।

व्यपदेशेन महतां सिद्धिः सञ्जायते परा।
शशिनो व्यपदेशेन वसन्ति शशकाः सुखम्॥

बड़े व्यक्तियों का केवल नाम लेने से ही सारे कार्य अपने आप सम्पन्न हो जाते हैं। ख़रगोशों द्वारा चन्द्रमा का नाम लेते से ही उन्हें हाथियों का उत्पात रोकने में सफलता मिल गयी थी।

यह सुनकर सब पक्षी कह उठे —यह कैसी कथा है?

इस पर कौआ बोला—सुनिये।

कथा क्रम : एक

किसी जंगल में चतुर्दन्त नामक हाथी अपने यूथ के साथ रहता था। एक बार बरसात न होने के कारण अनेक नदियों, नालों, तालाबों और झीलों के सूख जाने पर हाथियों ने अपनी और अपने बच्चों की प्यास न बुझ पाने की बात कही, तो किसी नये जलाशय की खोज के बारे में सोच-विचार होने लगा। बहुत सोच-विचार के पश्चात् मध्यदेश में पाताल-गंगा के जल से सदा भरे रहने वाले एक ताल के आस-पास निवास बनाने का निश्चय हुआ। इस निश्चय के अनुसार हाथियों का दल वहां चल दिया। पांच दिनों के बाद वहां पहुंचकर हाथियों ने जी-भरकर स्नान-पान का आनन्द लिया और ख़ूब जल-क्रीड़ा की। अब वे सब प्रतिदिन उसी ताल पर आने लगे।

लेकिन हाथियों के आने-जाने से उस ताल के किनारों पर रहने वाले कुछ ख़रगोश कुचले गये, लेकिन कुछ मौत के मुंह में जाने से बच गये। इस पर हाथियों के उत्पात मचाने से दुखी हुए सभी ख़रगोश चिन्तित और एकमत थे कि यदि ये हाथी इसी प्रकार ताल पर आते-जाते रहे, तो हमारा वंश ही नष्ट हो जायेगा। कहा भी गया है

स्पृशन्नपि गजो हन्ति जिघ्रन्नपि भुजङ्गमः।
हसन्नपि नृपो हन्ति मानयन्नपि दुर्जनः॥

कि सांप सूंघकर अपने शिकार की हत्या करता है, राजा हंसते-हंसते अपराधी को मृत्युदण्ड दे देता है, दुर्जन मित्रता का दिखावा करते हुए जीवन को हर लेता है तथा हाथी केवल अपने स्पर्श से ही दूसरों को मार डालता है।

इसलिए हमें इस सम्बन्ध में तुरन्त ही कुछ करना चाहिए। एक सुझाव यह भी आया कि इस स्थान को छोड़कर किसी अन्य स्थान पर निवास बनाना चाहिए। महाराज मनु और आदरणीय व्यासजी का भी यही मत है

त्यजेदेकं कुलस्यार्थे ग्रामस्यार्थे कुलं त्यजेत्।
ग्रामं जनपदस्यार्थे आत्मार्थे पृथिवीं त्यजेत्॥

कि परिवार की रक्षा के लिए किसी एक सदस्य को, गांव की रक्षा के लिए किसी एक परिवार को, जनपद अथवा नगर की रक्षा के लिए किसी एक गांव को और अपने प्राणों की रक्षा के लिए यदि किसी प्रदेश की धरती को छोड़ना भी पड़े, तो उसे तुरन्त छोड़ देना चाहिए।

क्षेम्यां शस्यप्रदां नित्यं पशुवृद्धिकरीमपि।
परित्यजेन्नृपो भूमिमात्मार्थमविचारयन्॥

अपने कल्याण के निमित्त राजा को कल्याणकारिणी, अच्छी उपज देने वाली तथा पशुधन की वृद्धि करने वाली धरती को भी छोड़ने में सोच-विचार नहीं करना चाहिए।

आपदर्थे धनं रक्षेद्दारान्रक्षेद्धनैरपि।
आत्मानं सततं रक्षेद्दारैरपि धनैरपि॥

धन को किसी आपत्ति से बचने के लिए जोड़ा जाता है, परन्तु पत्नी की रक्षा के लिए उस धन को ख़र्च करने में कोई सोच-विचार नहीं किया जाता और अपने प्राणों की रक्षा के लिए तो इन दोनों— धन और पत्नी— का बलिदान करने में भी कुछ अनुचित नहीं होता।

इस पर कुछ अन्य ख़रगोश कहने लगे— हमें अपने पैतृक स्थान को इस प्रकार एकाएक छोड़ देना उचित नहीं लगता। यदि इन हाथियों को यहां आने से रोकने के लिए उन्हें कुछ डराया-धमकाया जाये, तो शायद कुछ काम बन जाये।

कहा भी गया है

निर्विषेणापि सर्पेण कर्तव्या महती फणा।
विषं भवतु मा वाऽस्तु फणाटोपो भयङ्करः॥

कि विषविहीन सर्प को भी आत्मरक्षा और दूसरों को डराने के लिए अपने फन को ख़ूब फैलाना चाहिए। विष न रहने पर भी सांप केवल अपने फंन को फैलाकर ही अपना बचाव कर लेता है।

इस पर कुछ ख़रगोश बोले कि यदि हाथियों को डराकर ही उनसे मुक्ति मिल जाये, तो इसके लिए किसी चतुर दूत को तुरन्त इस काम पर लगा देना चाहिए। हमारा राजा विजयदत्त चन्द्रमण्डल में रहता है। उसकी ओर से वह दूत इन हाथियों को यह सूचना दे कि चन्द्रदेव का आदेश है कि हाथी हमारे आश्रित ख़रगोशों के इस क्षेत्र में न आयें; क्योंकि इनके आने से ख़रगोश कुचले जाते हैं। इसके साथ ही उन्हें यह भी डर दिखा दिया जाये कि इस आदेश को न मानने का परिणाम अच्छा नहीं निकलेगा।

पर्याप्त सोच-विचार के बाद सभी ख़रगोशों ने लम्बकर्ण नामक एक चतुर ख़रगोश को यह काम सौंप दिया;

साकारो निःस्पृहो वाग्मी नानाशास्त्रविचक्षणः।
परचित्तावगन्ता च राज्ञो दूतः स इष्यते॥

क्योंकि सुन्दर शरीर, निर्लोभी, सन्देश पहुंचाने में निपुण, शास्त्र का जानकार तथा दूसरों के मनोभावों को समझने में दक्ष प्राणी ही राजा का दूत बनने के योग्य होता है।

यो मूर्खं लौल्यसम्पन्नं राजद्वारिकमाचरेत्।
मिथ्यावादं विशेषेण तस्य कार्य्यं न सिद्ध्यति॥

किसी मूर्ख, लोभी अथवा विशेषतः झूठ बोलने वाले प्राणी को दूत बनाकर राजा अपने बनते कामों को भी बिगाड़ बैठता है।

लम्बकर्ण ख़रगोश ने हाथियों के मुखिया के पास पहुंचकर और एक सुरक्षित स्थान पर खड़े होकर उसे धमकाते हुए कहा—अरे दुष्ट! इस सरोवर पर नहाने, जलक्रीड़ा करने अथवा जल पीने का अधिकार तुम्हें किसने दिया है?

यह सुनकर चकित हुए हाथियों के मुखिया ने पूछा—अरे, तू हमें रोकने वाला कौन है?

लम्बकर्ण ने भी कठोर स्वर में कहा—मैं महाराज चन्द्रदेव द्वारा भेजा गया उनका दूत हूं और दूत का वचन राजा का वचन होता है। यह तथ्य तो तुम सब जानते ही होगे।

उद्यतेष्वपि शस्त्रेषु बन्धुवर्गवधेष्वपि।

परुषाण्यपि जल्पन्तो वध्या दूता न भूभुजा॥

हाथ में शस्त्र लिये रहने पर अथवा अपने बन्धु-बान्धवों की हत्या का दोषी होने पर तथा कठोर वचन बोलने पर भी दूत का वध करना अनुचित माना गया है।

यह सुनकर हाथियों का मुखिया बोला—अच्छा, तो बता, चन्द्रदेव ने क्या आदेश दिया है?

यह सुनकर लम्बकर्ण ख़रगोश बोला—कल इस ताल पर आते-जाते तुमने बहुत सारे ख़रगोशों को कुचल डाला है। शायद तुम्हें मालूम नहीं कि ये सब मेरे परिवार के सदस्य हैं। यदि तुम्हें अपना जीवन प्यारा है, तो इस तालाब को छोड़कर किसी अन्य स्थान पर चले जाओ, ताकि मेरे परिवार के बचे-खुचे ख़रगोश निश्चिन्त होकर जी सकें।

इस पर हाथियों के मुखिया ने कहा—मुझे विश्वास नहीं होता कि चन्द्रदेव ने तुम्हें दूत बनाकर भेजा है। यदि उन्होंने ही तुम्हें भेजा है, तो मुझे उनके दर्शन करा दो, मैं उन्हें प्रणाम करके तुरन्त ही अपने साथियों के साथ यहां से चला जाऊंगा।

ख़रगोश बोला—ठीक है, लेकिन आपको मेरे साथ अकेले चलना होगा।

गजराज के सहमत होने पर लम्बकर्ण उसे रात में अकेला ही सरोवर के तट पर ले गया और जल में चन्द्रमा का प्रतिबिम्ब दिखाकर बोला—इस समय हमारे स्वामी समाधि में स्थित हैं, तुम उनके दर्शन करके और उन्हें प्रणाम करके चुपचाप यहां से कहीं अन्यत्र चले जाओ। यदि तुम्हारी आवाज़ सुनने से उनकी समाधि भंग हो गयी, तो वह क्रोधित हो जायेंगे।

चन्द्रमा के प्रतिबिम्ब को ही चन्द्रमा समझकर गजराज ने उन्हें प्रणाम किया और अपने यूथ के साथ वहां से दूसरे स्थान पर चला गया। इसके पश्चात् सारे ख़रगोश पहले की भांति सुखपूर्वक अपना जीवन बिताने लगे।

व्यपदेशेन महतां सिद्धिः सञ्जायते परा।
शशिनो व्यपदेशेन वसन्ति शशकाः सुखम्॥

यह कहानी सुनाकर कौआ बोला—कभी-कभी बड़े लोगों का नाम लेने-भर से भी कई काम आसानी से हो जाते हैं, ठीक वैसे ही जैसे चन्द्रमा का नाम लेने से ख़रगोशों को हाथियों के उत्पात से छुटकारा मिल गया था।

अकृतज्ञं कापुरुषं व्यसनिनमलसं तथा सदा क्षुद्रम्।
पृष्ठप्रलपनशीलं स्वामित्वे नाभियोजयेज्ञातु॥

शास्त्र का तो यह भी निर्देश है कि दूसरे के उपकार को न मानने वाले, कायर, व्यसनी, आलसी, क्षुद्र आचरण करने वाले तथा चुगुलख़ोर को कभी

अपना स्वामी नहीं बनाना चाहिए।

क्षुद्रमर्थपतिं प्राप्य न्यायान्वेषणतत्परौ।
उभावपि क्षयं प्राप्तौ पुरा शशकपिञ्जलौ॥

बहुत दिन पहले किसी क्षुद्र पूंजीपति को अपना स्वामी बनाने के कारण एक ख़रगोश और गौरैया पक्षी को अपना विनाश देखना पड़ा था।

पक्षियों की जिज्ञासा पर कौआ उन्हें यह कथा सुनाते हुए बोला—

कथा क्रम : दो

मैं जिस वृक्ष की शाखा पर निवास किया करता था, उसी के नीचे कोटर में एक गौरैया पक्षी भी रहा करता था। हम दोनों इकट्ठे बैठकर धर्म-चर्चा तथा वार्तालाप भी किया करते थे। इससे हमारा समय उत्तम ढंग से बीत जाता था। एक दिन वह गौरैया पक्षी कुछ अन्य पक्षियों के साथ किसी प्रदेश में गया, तो सायंकाल तक लौटा ही नहीं। मैंने दो-चार दिन तक उसकी प्रतीक्षा की, उसके वियोग में तड़पा, फिर उसे किसी व्याध के चंगुल में फंसा मानकर ख़ूब रोया। अन्ततः भावी को प्रबल मानकर शान्त हो गया।

कुछ दिनों बाद उस गौरैया की ख़ाली पड़ी कोटर में एक ख़रगोश ने डेरा डाल दिया। मैंने इस पर कोई आपत्ति नहीं की, किन्तु कुछ दिनों बाद हट्टा-कट्टा बना गौरैया अपने पुराने स्थान की याद में लौट आया। कहा भी गया है

न तादृग्जायते सौख्यमपि स्वर्गे शरीरिणाम्।
दारिद्र्येऽपि हि यादृक् स्यात्स्वदेशे स्वपुरे गृहे॥

कि दरिद्रता की दशा में अपने देश, नगर अथवा घर में मिलने वाला सुख किसी शरीरधारी को स्वर्ग में भी नहीं मिलता।

गौरैया ने अपने कोटर पर अधिकार जमाये ख़रगोश को वहां से निकल जाने को कहा, तो ख़रगोश कहने लगा—

वापीकूपतडागानां देवालयकुजन्मनाम्।
उत्सर्गात्परतः स्वाम्यमपि कर्तुं न शक्यते॥

बावड़ी, कुआं, तालाब, देवस्थान तथा वृक्ष को एक बार छोड़कर चला जाने वाले का इन पर कोई अधिकार नहीं रहता, किसी अन्य प्राणी द्वारा अधिकार कर लिया जाना उचित कहलाता है।

प्रत्यक्षं यस्य यद्भुक्तं क्षेत्राद्यं दश वत्सरान्।
तत्र भुक्तिः प्रमाणं स्यान्न साक्षी नाक्षराणि वा॥

गौरैया बोला—दस वर्ष तक किसी स्थान पर अधिकार बनाये रखकर रहने वाला सदा के लिए उस स्थान का स्वामी हो जाता है। इसमें क़ब्ज़ा ही सच्चा

प्रमाण माना जाता है और अधिकार सिद्ध करने के लिए किसी लेख अथवा गवाह की आवश्यकता नहीं होती।

मानुषाणामयं न्यायो मुनिभिः परिकीर्त्तितः।
तिरञ्चश्च विहंगानां यावदेव समाश्रयः॥

ख़रगोश बोला—दस वर्ष के अधिकार का नियम मनुष्यों पर लागू होता है, पशु और पक्षी जब तक जहां रहते हैं, तब तक ही वे उस स्थान के स्वामी कहलाते हैं। एक बार उस स्थान को छोड़ देने के बाद उनका स्वामित्व समाप्त हो जाता है। अब यह मेरा निवास है, लेकिन इसे छोड़ते ही यह मेरा नहीं रहेगा।

गौरैया बोला—यदि तुम शास्त्र को ही प्रमाण मानते हो, तो मेरे साथ चलो, किसी शास्त्रवेत्ता से ही न्याय करा लेते हैं।

मैंने भी उत्सुकतावश सोचा—चलो, मैं भी देखता हूं कि इनके इस झगड़े का निर्णय कैसे होता है?

पास ही रहने वाले तीक्ष्णदंष्ट्र नामक एक बिलाव को उन दोनों के विवाद का पता चला, तो दोनों को अपना शिकार बनाने की इच्छा से वह ढोंगी बिलाव ध र्माचार्य होने का नाटक करने लगा और एक टांग पर खड़ा होकर व अपनी आंखें मूंदकर उच्च स्वर में कहने लगा—इस संसार में प्राणी केवल दो दिन के लिए आता है। यह प्रियमिलन स्वप्न के समान है और यह परिवार तो एक इन्द्रजाल है। केवल धर्म ही एकमात्र सत्य है, उसे छोड़कर अन्य कोई गति नहीं है।

अनित्यानि शरीराणि विभवो नैव शाश्वतः।
नित्यं सन्निहितो मृत्युः कर्त्तव्यो धर्मसंग्रहः॥

शरीर अनित्य है, वैभव नाशवान् है और मृत्यु सभी प्राणियों के सिर पर नाचती रहती है। अतः सभी प्राणियों का हित धर्माचरण और पुण्य अर्जित करने में ही है।

यस्य धर्मविहीनानि दिनान्यायान्ति यान्ति च।
स लोहकारभस्त्रेव श्वसन्नपि न जीवति॥

धर्म के बिना जीवन व्यतीत करना, तो लोहार की धौंकनी के समान अपने सांसों को व्यर्थ गंवाना है।

श्रूयतां धर्मसर्वस्वं श्रुत्वा चैवावधार्य्यताम्।
आत्मनः प्रतिकूलानि परेषां न समाचरेत्॥

सभी धर्मशास्त्रों की एकमात्र एवं सर्वसम्मत राय यही है कि दूसरों के साथ वैसा ही व्यवहार करना चाहिए, जैसा हम उनके द्वारा अपने प्रति किये जाने की अपेक्षा रखते हैं।

बिलाव के ऐसे धर्म सम्बन्धी वचनों से प्रभावित होकर गौरैया ने ख़रगोश

से कहा—आओ! नदी के किनारे बैठे इसी महात्मा से अपने विवाद का हल करा लेते हैं।

खरगोश बोला—अरे भाई! यह तो हमारा वैरी है।

गौरैया ने कहा—अच्छा, तो चलो, कुछ दूर रहकर ही इससे पूछ लेते हैं।

ख़रगोश के सहमत हो जाने पर गौरैया ने दूर खड़े होकर और अपने विवाद की कहानी सुनाकर बिलाव से न्याय करने को कहा। इसके साथ ही उसने यह भी कह दिया कि झूठा प्राणी तुम्हारा भक्ष्य भी बनेगा।

यह सुनकर वह ढोंगी बिलाव बोला—राम, राम, ऐसा मत कहो। मैंने तो अब जीव-हिंसा भी छोड़ दी है और अहिंसा का व्रत अपना लिया है।

अहिंसापूर्वको धर्मो यस्मात्सद्भिरुदाहृतः।
यूकमत्कुणदंशादींस्तस्मात्तानपि रक्षयेत्॥

मैं जानता हूं कि शास्त्र और महात्मा अहिंसा को ही सच्चा धर्म मानते हैं। इसीलिए तो मैं जुओं, खटमलों तथा मच्छर-जैसे छोटे जीवों की भी रक्षा के प्रति सदा तत्पर रहता हूं।

हिंसकान्यपि भूतानि यो हिंसति स निर्घृणः।
स याति नरकं घोरं किं पुनर्यः शुभानि च॥

हिंसक जीवों का वध करने वाला भी हिंसक कहलाता है और नरकगामी होता है। फिर निरपराध जीवों का वध करने वाले की दुर्गति के विषय में तो कहना ही क्या?

मैं यज्ञ में पशुबलि देने वालों को मूर्ख और श्रुति का अर्थ न जानने वाले ही मानता हूं। श्रुति में अजा से यज्ञ करने का विधान है, लेकिन अजा का अर्थ पशु (बकरी) नहीं, बल्कि सात वर्ष पुराना धान्य, अर्थात चावल है। सोचने की बात है

वृक्षांश्छित्त्वा पशून्हत्वा कृत्वा रुधिरकर्दमम्।
यद्येवं गम्यते स्वर्गे नरकः केन गम्यते॥

कि यदि वृक्षों को काटने और पशुओं का वध करने से स्वर्ग-प्राप्ति होती है, तो नरक की प्राप्ति किन कर्मों को करने से होती है?

इसीलिए मैंने किसी भी जीव को अपना आहार बनाना छोड़ दिया है। हां, तुम दोनों के विवाद का निर्णय मैं अवश्य कर सकता हूं। वृद्ध होने के कारण दूर से कहे जा रहे तुम्हारे वचनों को मैं ठीक से नहीं सुन पा रहा हूं, इसलिए तुम दोनों मेरे समीप आकर अपनी बात कहो, ताकि निर्णय करने में मुझसे कोई भूल न हो जाये और मुझे परलोक में इसके लिए कोई दण्ड न भुगतना पड़े।

मानाद्वा यदि वा लोभात्क्रोधाद्वा यदि वा भयात्।

यो न्यायमन्यथा ब्रूते स याति नरकं नरः॥

शास्त्रों के अनुसार—अभिमान, लोभ, क्रोध तथा भय आदि किसी भी कारण से विवाद का सही निर्णय न देने वाले को नरक की यातना भुगतनी पड़ती है।

तुम दोनों निश्चिन्त होकर और मेरे समीप आकर अपना विवाद मुझे बताओ, और देखो कि मैं कैसे तुम्हारा विवाद निबटाता हूं।

उस दुष्ट ने अपनी चिकनी-चुपड़ी बातों से ख़रगोश और गौरैया दोनों को मोह लिया और वे दोनों उसके पास चले गये। तभी उस ढोंगी बिलाव ने झपट्टा मारकर एक को अपने पैरों के नीचे दबोच लिया और दूसरे को अपनी तीखी दाढ़ों से चबाने लगा।

यह कथा सुनाकर कौआ बोला—मित्रो! इसीलिए तो कहा गया है

क्षुद्रमर्थपतिं प्राप्य न्यायान्वेषणतत्परौ।
उभावपि क्षयं प्राप्तौ पुरा शशकपिञ्जलौ॥

कि ओछे का सहारा कभी नहीं लेना चाहिए। उस क्षुद्र बिलाव को न्यायाधीश बनाकर अपने विवाद के निर्णय के लिए गये दोनों—गौरैया और ख़रगोश—को अपने प्राणों से हाथ धोना पड़ा।

यदि तुमने दिन के अन्धे और कुरूप उस उल्लू को अपना राजा बना लिया, तो तुम्हारी भी ऐसी ही दुर्गति होगी। अब निर्णय करना तुम लोगों के हाथ में है।

कौए के विचार से सहमत होकर सभी पक्षी दोबारा कभी राजा के नाम पर विचार करने की बात कहते हुए वहां से चल दिये। अकेला बैठा उल्लू जब प्रतीक्षा करते-करते ऊब गया, तो कहने लगा—मेरा राज्याभिषेक करने वाले कहां चले गये? अकेली रुकी कृकालिका बोली—कौए ने तुम्हारा सारा बना-बनाया खेल बिगाड़ दिया। अब राजा बनने की आशा छोड़ो और तुरन्त अपने घोंसले में चले जाओ, नहीं तो तुम्हें अपनी जान से भी हाथ धोना पड़ सकता है।

यह सुनकर कौए को कोसते हुए उल्लू कहने लगा—अरे दुष्ट! मैंने तेरा क्या बिगाड़ा था, जो तूने मेरे उज्ज्वल होते भविष्य को नष्ट कर डाला।

रोहति सायकैर्विद्धं छिन्नं रोहति चासिना।
वचो दुरुक्तं बीभत्सं न प्ररोहति वाक्क्षतम्॥

क्या तू नहीं जानता कि तीर अथवा तलवार द्वारा किया गया घाव तो कभी-न-कभी भर जाता है, किन्तु वाणी द्वारा पहुंचायी गयी चोट को प्राणी कभी नहीं भूल पाता।

यह कहते हुए उल्लू अपने घोंसले में चला गया।

अब कौआ सोच में पड़ गया कि अकारण इस उल्लू से वैर मोल लेकर मैंने ठीक नहीं किया;

अदेशकालज्ञमनायतिक्षमं
यदप्रियं लाघवकारि चात्मनः।
योऽत्राब्रवीत्कारणवर्जितं वचो
न तद्वचः स्याद्विषमेव तद्वचः॥

क्योंकि समय और स्थान के विपरीत, आगा-पीछा सोचे बिना तथा परिणाम में दु:खंद, अप्रिय और अपने ओछेपन की सूचना देने वाले शब्द बोलने वाले प्राणी को विष-वमन करने वाला माना जाता है।

बलोपपन्नोऽपि हि बुद्धिमान्नरः
परं नयेन्न स्वयमेव वैरिताम्।
भिषङ् ममास्तीति विचिन्त्य भक्षये-
दकारणात्को हि विचक्षणो विषम्॥

बलवान् होने पर भी प्राणी को निरर्थक ही दूसरों को अपना शत्रु नहीं बना लेना चाहिए। चिकित्सा में निपुणता प्राप्त कर लेने का अर्थ विषपान करना नहीं होता।

इस प्रकार अपने किये पर पछताता हुआ कौआ भी वहां से चल दिया।

यह सारा वृत्तान्त सुनाकर वृद्ध मन्त्री स्थिरजीवी बोला—वत्स! उसी दिन से कौओं और उल्लुओं में वंश-परम्परागत वैर चलता आ रहा है।

मेघवर्ण ने पूछा—हे तात! तब इस वर्तमान स्थिति में हमें क्या करना चाहिए?

स्थिरजीवी ने उत्तर दिया—सन्धि आदि छह उपायों के अतिरिक्त एक अन्य उपाय कौशल भी है। मैं स्वयं शत्रुओं के बीच जाकर कुछ ऐसा करूंगा कि हमारे लिए उनकी हत्या करना आसान हो जाये।

बहुबुद्धिसमायुक्ताः सुविज्ञाना बलोत्कटान्।
शक्ता वञ्चयितुं धूर्त्ता ब्राह्मणं छागलादिव॥

अपनी बुद्धि व बल का सोच-समझकर उचित रूप से प्रयोग करने वाले बड़े-बड़े बुद्धिमानों को भी ठगने में सफल हो जाते हैं। कुछ चालाक ठगों ने इसी प्रकार एक ब्राह्मण को ठग लिया था।

मेघवर्ण ने पूछा—कैसे?

तब स्थिरजीवी ने उसे यह वृत्तान्त सुनाया—

कथा क्रम : तीन

किसी देश का निवासी मित्र शर्मा नामक एक अग्निहोत्री ब्राह्मण अपने यज्ञ के लिए किसी यजमान से मांगकर एक हृष्ट-पुष्ट बछड़ा अपने कन्धे पर लादकर वापस अपने घर लौट रहा था कि मार्ग में तीन चालाक ठगों ने उसके उस पशु को

हथियाने की योजना बनायी।

पहला ठग एक तिलकधारी ब्राह्मण बनकर उधर से गुज़रा और थू-थू करते हुए उस ब्राह्मण से कहने लगा—ब्राह्मण होकर भी इस कुत्ते के पिल्ले को कन्धे पर बिठाते हुए तुम्हें लाज नहीं आती?

श्वानकुक्कुटचाण्डालाः समस्पर्शाः प्रकीर्तिताः।
रासभोष्ट्रौ विशेषेण तस्मात्तान्नैव संस्पृशेत्॥

कुत्ते, मुर्गे, चाण्डाल, गधे और ऊंट को शास्त्र अस्पृश्य मानते हैं।

ब्राह्मण ने कहा—जीवित बछड़े को कुत्ते का पिल्ला बताते हो। लगता है, तुम्हें आंखों से ठीक दिखाई नहीं देता।

चालाक ठग बोला—महाराज! आप व्यर्थ क्रोध कर रहे हैं। आपको मुझ पर विश्वास नहीं आता, तो जाइये। गांव में जब आपकी थू-थू होगी, तब आपको समझ में आ जायेगा।

ब्राह्मण के थोड़ी दूर जाने पर सपेरे के वेश में दूसरा ठग दूर से ही 'पायलागन' कहकर चिल्लाया—अरे! जब कर्मकाण्डी ब्राह्मण कुत्तों से प्यार करने लगे हैं, तो समझ लेना चाहिए कि घोर कलियुग आ गया है।

तिर्य्यञ्चं मानुषं वापि यो मृतं संस्पृशेत्कुधीः।
पञ्चगव्येन शुद्धिः स्यात्तस्य चान्द्रायणेन वा॥

मृतक प्राणी और पक्षी के समान जीवित कुत्ते-जैसे पशु के स्पर्श के पाप की निवृत्ति के लिए तो चान्द्रायण व्रत करके पञ्चगव्य पीना पड़ता है। महाराज! आप ऐसा पाप क्यों कर रहे हैं? इस कुत्ते को लेकर गांव में घुसने की भूल मत करना।

ब्राह्मण ने उस ठग को लताड़ते हुए कहा—क्या तुम अन्धे हो, जो गाय के बछड़े को पिल्ला बता रहे हो?

ठग बोला—मैं अन्धा ही सही, लेकिन आप क्रोध न करें। जो मैंने देखा, वह कह दिया। अब आपको जो जी चाहे, वह कीजिये।

थोड़ा आगे बढ़ने पर तीसरे ठग ने भी उस ब्राह्मण को कुत्ते को कन्धे पर लादने के लिए खरी-खोटी सुनाते हुए कहा—

यः स्पृशेद्रासभं मर्त्यो ज्ञानादज्ञानतोऽपि वा।
सचैलं स्नानमुद्दिष्टं तस्य पापप्रशान्तये॥

कुत्ते, गधे आदि का अनजाने स्पर्श हो जाने पर भी शुद्धि के लिए शास्त्र व्यक्ति को वस्त्रोंसहित स्नान करने का निर्देश देते हैं। फिर आपने तो उसे अपने कन्धे पर उठा रखा है।

यह सब सुनकर ब्राह्मण संशय में पड़ गया और उसने अपने यजमान द्वारा

बछड़े के स्थान पर कुत्ते का पिल्ला जानकर उस बछड़े को जंगल में छोड़ दिया। बस, फिर तो उन ठगों के मन की मुराद पूरी हो गयी।

यह कथा सुनाकर स्थिरजीवी बोला--इसलिए मैं कहता हूं

बहुबुद्धिसमायुक्ताः सुविज्ञाना बलोत्कटान्।
शक्ता वञ्चयितुं धूर्ता ब्राह्मणं छागलादिव॥

कि अपनी बुद्धि और शक्ति का उचित प्रयोग करने वाले व्यक्ति अपने से कहीं अधिक बलवान् शत्रु पर भी विजय प्राप्त करने में सफल हो जाते हैं। उन चालाक ठगों द्वारा ब्राह्मण से गाय के बछड़े को छीन लेना इसी सत्य को प्रमाणित करता है।

अभिनवसेवकविनयैः
प्राघुणिकोक्तैर्विलासिनीरुदितैः।
धूर्त्तजनवचननिकरैरिह
कश्चिदवञ्चितो नास्ति॥

संसार में सेवकों की चाटुकारिता से, अतिथि के प्रिय भाषण से, स्त्रियों के रोने-धोने तथा धूर्तों के छल-प्रपञ्च से धोखा न खाने वाला कोई विरला ही होता है, अन्यथा प्रायः सभी उनके धोखे में आ जाते हैं।

दुर्बलों के अधिक संख्या में होने पर उनसे वैर मोल लेना ठीक नहीं होता;

बहवो न विरोद्धव्या दुर्जया हि महाजनाः।
स्फुरन्तमपि नागेन्द्रं भक्षयन्ति पिपीलिकाः॥

क्योंकि संख्या भी महत्त्वपूर्ण होती है। संख्या में अधिक होने के कारण ही चींटियों ने फुंकारते हुए एक सांप को अपना आहार बना लिया और संख्या को महत्त्वपूर्ण सिद्ध कर दिखाया।

मेघवर्ण को चींटियों की कथा सुनाते हुए स्थिरजीवी बोला—

कथा क्रम : चार

अतिदर्प नामक एक विशालकाय सर्प एक बार अपने बिल का मार्ग भूलकर जब एक अन्य संकरे मार्ग से बिल में घुसने लगा, तो उसके शरीर के भारी होने और मार्ग के बहुत तंग होने के कारण उसका शरीर छिल गया और रक्त बह निकला, जिसे सूंघती हुई बहुत सारी चींटियां आकर उसका रक्त चूसती हुई उसे काटने लगीं। सांप ने हिल-डुलकर और फुंकार मारकर कुछ चींटियों को मार डाला और कुछ को भगा भी दिया, किन्तु उनकी संख्या बहुत अधिक होने के कारण वह सांप उनसे अपने को मुक्त नहीं करा सका और अन्ततः मारा गया। इसीलिए कहा गया है

बहवो न विरोद्धव्या दुर्जया हि महाजनाः।
स्फुरन्तमपि नागेन्द्रं भक्षयन्ति पिपीलिकाः॥

कि अधिक संख्या वालों के साथ कभी वैर नहीं करना चाहिए; क्योंकि अनेक का सामना करना सरल नहीं होता। फुंकारते हुए सांप को अपनी संख्या के बल पर ही काटकर और अपना आहार बनाकर चींटियों ने इसी तथ्य की पुष्टि की है।

अपनी कथा सुनाते हुए स्थिरजीवी बोला—महाराज! मेरी बात सुनने के बाद ही आप कुछ निर्णय लें। साम-दान आदि को छोड़कर मैंने जिस पांचवें उपाय को अपनाने का निश्चय किया है, उसके अनुसार आप सब मुझे अपना शत्रु समझकर ख़ूब प्रताड़ित करें और ख़ून से मेरे शरीर को रंगकर मुझे अधमरे की भांति इस पेड़ के नीचे फेंक दें, ताकि हमारे आस-पास घूमते शत्रु के गुप्तचरों को यह विश्वास हो जाये कि हममें फूट पड़ गयी है। इस बीच आप सब ऋष्यमूक पर्वत पर जाकर रहने का प्रबन्ध करें। मैं शत्रु-शिविर में जाकर उसका विश्वास जीतने और उससे शरण पाने की कोशिश करूंगा। उसके समीप रहकर उसके छिद्रों की जानकारी लेने का प्रयास करूंगा और फिर उन सारे उल्लुओं का सर्वनाश कर दूंगा। इस उपाय के बिना हम अपने इस शक्तिशाली शत्रु पर विजय प्राप्त नहीं कर सकते। मैं देख चुका हूं कि उल्लुओं के दुर्ग में प्रवेश करने और उससे बाहर आने का एक ही मार्ग है और यह मार्ग ही उनके सर्वनाश का कारण बनेगा;

अपसारसमायुक्तं नयज्ञैर्दुर्गमुच्यते।
अपसारपरित्यक्तं दुर्गं व्याजेन बन्धनम्॥

क्योंकि नीतिशास्त्र केपण्डितों के अनुसार दुर्ग में प्रवेश करने और वहां से बाहर आने के भिन्न द्वारों वाला दुर्ग ही सर्वोत्तम होता है। अलग से बाहर आने का द्वार न रखने वाला दुर्ग तो एक प्रकार से बन्दीगृह होता है। हां, मेरे लिए आपको चिन्ता करने की कोई आवश्यकता नहीं होनी चाहिए;

अपि प्राणसमानिष्टान्पालिताँल्लालितानपि।
भृत्यान्युद्धे समुत्पन्ने पश्येच्छुष्कमिवेन्धनम्॥

क्योंकि संकट के समय राजाओं को अपने प्राणों के समान प्रिय एवं कृपापात्र सेवकों के जीवन को सूखे हुए ईंधन के समान तुच्छ समझना चाहिए।

प्राणवद्रक्षयेद् भृत्यान्स्वकायमिव पोषयेत्।
सदैकदिवसस्यार्थे यत्र स्याद्रिपुसङ्गमः॥

सत्य तो यह है कि सेवकों का पालन-पोषण तथा उन्हें पुरस्कार आदि इसीलिए दिये जाते हैं, ताकि वे संकट के समय अपने प्राण देकर भी स्वामी की सुरक्षा करें और समय पर काम आयें। अतः अब आप मेरे प्राणों की चिन्ता में न

पड़ें और मुझे न रोकें।

यह कहते हुए स्थिरजीवी ने आपस में बनावटी लड़ाई-झगड़ा आरम्भ कर दिया। मेघवर्ण के दूसरे मन्त्री स्थिरजीवी से धक्का-मुक्की करने लगे। कुछ कौए उसे नोचने व काटने भी लगे। मेघवर्ण भी उस पर आक्रमण करने लगा और कुछ ही पलों में स्थिरजीवी को लहूलुहान करके मेघवर्ण अपने परिवारसहित ऋष्यमूक पर्वत पर चला गया।

उल्लुओं की गुप्तचर कृकालिका ने उलूकराज को कौओं के आपसी झगड़े और वृद्ध मन्त्री स्थिरजीवी की दुर्दशा की सूचना दी, तो सूर्यास्त होते ही कौओं को मारने की योजना बनाते हुए वह बोला—

शत्रोः प्रचलने छिद्रमेकमन्यच्च संश्रयम्।
कुर्वाणो जायते वश्यो व्यग्रत्वे राजसेविनाम्॥

शत्रुओं का इस प्रकार डरकर भागना प्रसन्नता का विषय है; क्योंकि ऐसे शत्रुओं का एक भी छिद्र उसके अपने सेवकों के अधीन हो जाने का कारण बन जाता है।

उलूकराज अपनी योजना को कार्यरूप देने के लिए वटवृक्ष के नीचे बैठ गया, किन्तु उसे एक भी कौआ नहीं दिखा। इस पर उसने अपने परिजनों से कौओं के नये ठिकाने का पता लगाने को कहा, ताकि उनका विनाश किया जा सके।

वृत्तिमप्याश्रितः शत्रुरवध्यः स्याज्जिगीषुणा।
किं पुनः संश्रितो दुर्गसामग्र्य परया युतम्॥

दुर्ग में छिपे शत्रु का वध करना बहुत कठिन होता है और यदि शत्रु संभल चुका हो और सामना करने को तैयार हो, तो विजय प्राप्त करने की इच्छा से युद्ध करने वाला राजा उसकी हत्या नहीं करता।

इधर स्थिरजीवी सोच रहा था कि यदि उल्लुओं ने कौओं का पता लगा लिया, तो मेरी योजना धरी-की-धरी रह जायेगी;

अनारम्भो हि कार्य्याणां प्रथमं बुद्धिलक्षणम्।
प्रारब्धस्यान्तगमनं द्वितीयं बुद्धिलक्षणम्॥

क्योंकि किसी कार्य को आरम्भ न करना बुद्धिमत्ता हो सकती है, परन्तु आरम्भ किये हुए कार्य को परिणाम तक पहुंचाना उससे भी बड़ी बुद्धिमत्ता होती है, अर्थात् सफलता में आशंका होने पर कार्य को प्रारम्भ न करने में समझदारी हो सकती है, लेकिन यदि कार्य प्रारम्भ कर दिया हो, तो उसमें सफलता प्राप्त कर दिखाना ही समझदारी है। इसलिए मैं शोर मचाकर इनका ध्यान अपनी ओर खींचता हूं।

सचमुच उसके ऐसा करते ही अपने वध को आये उल्लुओं से स्थिरजीवी

बोला—देखो, मैं कौओं के राजा मेघवर्ण का सबसे पुराना और वृद्ध मन्त्री स्थिरजीवी हूं। उसने मुझे प्रताड़ित करके मेरी ऐसी दुर्दशा कर दी है। मुझे उसके बहुत सारे राज़ पता हैं और मैं वे सब तुम्हारे राजा को बताना चाहता हूं। तुम अपने स्वामी से मुझे तुरन्त मिलवाओ। दूतों ने उलूकराज को यह सब बताया, तो वह आश्चर्यचकित हो उठा और तत्काल स्थिरजीवी के पास पहुंचकर उसके प्रति सहानुभूति दिखाते हुए उससे उसकी दुर्दशा का कारण पूछने लगा।

स्थिरजीवी बोला—महाराज! पिछले दिनों आप लोगों के द्वारा अपने परिजनों के विनाश से नाराज़ होकर मेरा वह स्वामी आप पर आक्रमण करने को तैयार होने लगा, तो मैंने इसका विरोध करते हुए उसे अपने से बलवान् के साथ संघर्ष न करने के लिए समझाया; क्योंकि नीतिकारों ने कहा है

बलीयसा हीनबलो विरोधं
न भूतिकामो मनसापि वाञ्छेत्।
न वध्यतेऽत्यन्तबलो हि यस्माद्
व्यक्तं प्रणाशोऽस्ति पतङ्गवृत्तेः॥

कि बलहीन को अपने से अधिक बलशाली के साथ वैर-विरोध नहीं करना चाहिए; क्योंकि ऐसा करने का परिणाम कभी अच्छा नहीं होता। प्रायः इस प्रकार के संघर्ष में बलवान् का कुछ भी नहीं बिगड़ता, लेकिन बलहीन आग में गिरने वाले पतंगे की भांति तुरन्त नष्ट हो जाता है। इस प्रकार समझाते हुए मैंने अपने उस स्वामी को आपसे सन्धि कर लेने की राय दी;

बलवन्तं रिपुं दृष्ट्वा सर्वस्वमपि बुद्धिमान्।
दत्त्वा हि रक्षयेत्प्राणान् रक्षितैस्तैर्धनं पुनः॥

क्योंकि बलवान् शत्रु को अपना सर्वस्व देकर भी उससे सन्धि कर लेना दुर्बल के हित में ही रहता है। इस प्रकार उसके प्राण बच जाते हैं और प्राणों के बच जाने पर कभी-न-कभी खोया हुआ राज्य अथवा धन भी पुनः प्राप्त किया जा सकता है।

लेकिन मेरे इस सुझाव को सुनकर मेरे स्वामी ने मुझे आपसे मिला होने का आरोप लगाकर और मुझ पर प्रहार करके मुझे इस प्रकार घायल कर दिया। मैं आपके चरण पकड़कर आपसे शरण देने की भीख मांगता हूं। चलने-फिरने के योग्य होते ही मैं आपको उसके ठिकाने पर ले चलूंगा। अब तो मुझे उसका कटा हुआ सिर ही देखना है। उसे देखकर ही मुझे चैन मिल सकेगा। अपने इस अपमान का बदला लिये बिना मुझे चैन नहीं मिलेगा।

उल्लुओं के राजा अरिमर्दन ने अपने पिता-पितामह के समय से चले आ रहे पांच मन्त्रियों—रक्ताक्ष, क्रूराक्ष, दीप्ताक्ष, वक्रनास तथा प्राकारकर्ण—से

विचार-विमर्श किया, तो रक्ताक्ष का मत था कि हाथ में आये शत्रु का तत्काल वध कर देना ही उचित होता है।

हीनः शत्रुर्निहन्तव्यो यावन्न बलवान् भवेत्।
प्राप्तस्वपौरुषबलः पश्चाद्भवति दुर्जयः॥

बलहीन शत्रु को बलवान् होने का अवसर देकर उसे पहले ही समाप्त कर देना चाहिए; क्योंकि बल और पुरुषार्थ प्राप्त करके वह अजेय हो जाता है।

लोगों का ऐसा कहना है कि हाथ में आयी लक्ष्मी का त्याग करने वाले को लक्ष्मी भी शाप दे देती है।

कालो हि सकृदभ्येति यन्नरं कालकांक्षिणम्।
दुर्लभः स पुनस्तेन कालकर्माचिकीर्षता॥

अनुकूल समय का सदुपयोग न करने वाले व्यक्ति को दोबारा वैसा समय मिलना कठिन ही नहीं, दुर्लभ भी होता है। इस सम्बन्ध में पुत्रवधू से दुखी होने पर भी धन के लोभ से सांप को दूध पिलाने आये ब्राह्मण से सांप ने ठीक ही कहा था—

चितिकां दीपितां पश्य फटां भग्नां ममैव च।
भिन्नश्लिष्टा तु या प्रीतिर्न सा स्नेहेन वर्द्धते॥

अरे ब्राह्मण! अपने पुत्र की जलती चिता और अपने पुत्र के आघात से फटे मेरे फन को देख और सोच कि क्या कभी एक बार टूटा हुआ सम्बन्ध भी पुनः जुड़ पाता है?

अरिमर्दन की जिज्ञासा पर रक्ताक्ष उसे सांप और ब्राह्मण की कथा सुनाने लगा।

कथा क्रम : पांच

किसी नगर में रहने वाला हरिदत्त नामक एक ब्राह्मण खेती का काम करता था। एक दिन वृक्ष की छाया में विश्राम करते हुए उसने अपने खेत में एक भयंकर सांप को अपना फ़न फैलाये बैठे देखा, तो उसने सोचा कि शायद यह सांप इस खेत का स्वामी है और इसकी पूजा न करने के कारण ही मुझे इस खेत से जितनी उपज मिलनी चाहिए, उतनी नहीं मिल पा रही। वह तुरन्त एक दूध-भरा कटोरा उसके सामने रखकर और दोनों हाथ जोड़कर बोला—आज तक आपको न देख पाने के कारण ही मैंने आपकी पूजा नहीं की। अब ऐसी ग़लती दोबारा कभी नहीं होगी। यह कहते हुए ब्राह्मण दूध के कटोरे को वहीं रखकर अपने घर की ओर चल दिया। अगले दिन जब वह अपने कटोरे को लेने आया, तो उसमें पड़ी एक स्वर्णमुद्रा को देखकर वह प्रसन्न हो उठा। अब तो प्रतिदिन यही क्रम

चलने लगा। ब्राह्मण दूध से भरा कटोरा लाकर वहां रख देता और अगले दिन उसे एक स्वर्णमुद्रा वहां पर रखी मिल जाती।

एक दिन किसी कार्य से घर से दूर जा रहे ब्राह्मण ने अपने पुत्र को दूध का कटोरा सांप की बांबी के पास नियमित रूप से रखने का आदेश दिया। पुत्र ने पिता के आदेश का पालन किया और अगले दिन ख़ाली कटोरे में स्वर्णमुद्रा पाकर उसने सोचा—अवश्य ही इस सांप ने अपनी बांबी में स्वर्णमुद्राएं एकत्र कर रखी हैं, अत: क्यों न इसे मारकर सारा धन हथिया लिया जाये? यह सोचकर ज्यों ही उसने सांप पर अपनी लाठी से प्रहार किया, त्यों ही क्रोधित हुए सांप ने भी पलटकर लड़के पर वार किया। सांप घायल हुआ, किन्तु लड़के का तो प्राणान्त हो गया। पिता की अनुपस्थिति में गांव में रह रहे बन्धु-बान्धवों ने उस लड़के का दाह-संस्कार कर दिया। घर लौटने पर ब्राह्मण ने जब सारी कहानी सुनी, तो उसने अपने पुत्र को दोषी बताते हुए सांप के कार्य को उचित माना।

भूतान् यो नानुगृह्णाति ह्यात्मनः शरणागतान्।
भूतार्थास्तस्य नश्यन्ति हंसाः पद्मवने यथा॥

अपने शरणागतों के साथ विश्वासघात करने वालों के मनोरथ कमल के वन में हंसों के उड़ने के समान नष्ट हो जाते हैं।

अपने बन्धुजनों को यह कथा सुनाता हुआ ब्राह्मण कहने लगा—

कथा क्रम : छह

राजा चित्ररथ के पद्मसर पर सोने के अनेक हंस रहा करते थे, इसलिए राजा के सैनिक पूरी सावधानी के साथ उस सरोवर की रक्षा करते थे। एक दिन उस तालाब पर सोने का एक बड़ा पक्षी आया, तो हंसों ने उससे कहा—इस सरोवर पर हमारा एकाधिकार है; क्योंकि छह महीनों के भाड़े के रूप में उन्होंने अपने एक-एक स्वर्णिम पंख का भुगतान किया हुआ है। इस पर उस नये पक्षी और पुराने हंसों में विवाद हो गया, तो नये पक्षी ने राजा के पास पहुंचकर रहने के लिए स्थान देने की प्रार्थना की। राजा ने अपने सेवकों को आदेश दिया कि वे जाकर हंसों से कहें कि इस पक्षी को भी वे अपने साथ रहने दें, अन्यथा उन्हें दण्डित किया जायेगा। राजा की आज्ञा पाकर हाथ में लाठी लिये सैनिक ज्यों ही सरोवर पर पहुंचे, त्यों ही एक वृद्ध हंस के सुझाव पर सारे हंस उड़ गये।

इसीलिए मैं कहता हूं

भूतान् यो नानुगृह्णाति ह्यात्मनः शरणागतान्।
भूतार्थास्तस्य नश्यन्ति हंसाः पद्मवने यथा॥

कि जिस प्रकार बिना सही सोच-विचार किये राजा को अपने अनुचित आदेश

के कारण सोने के हंसों से हाथ धोना पड़ा, उसी प्रकार मेरे पुत्र को भी लोभ के कारण ही अपने प्राणों से हाथ धोना पड़ा।

इस प्रकार बन्धु-बान्धवों को समझाकर और पुत्र के शोक को भूलकर ब्राह्मण पहले की भांति जब दूध से भरे कटोरे को लेकर सांप की बांबी के समीप पहुंचा, तो बांबी के भीतर बैठे सांप ने कहा—तुम लोभवश पुत्रशोक को भुलाकर भी यहां आये हो, लेकिन अब हमारा सम्बन्ध निभ नहीं सकता। तुम्हारे पुत्र ने मुझे मारना चाहा और मुझ पर लाठी से वार किया और मैंने पलटकर उसे काट खाया। तुम अपने पुत्रशोक को और मैं लाठी के उस प्रहार को भुला नहीं सकता। इसलिए अब तुम्हें मेरे पास नहीं आना चाहिए, अब हमारा सम्बन्ध समाप्त हो चुका है।

चितिकां दीपितां पश्य फटां भग्नां ममैव च।
भिन्नश्लिष्टा तु या प्रीतिर्न सा स्नेहेन वर्द्धते ॥

इस कथा को सुनाकर रक्ताक्ष बोला—महाराज! इसीलिए मैं कहता हूं कि सांप ने ब्राह्मण से ठीक ही कहा था कि तुम्हारा पुत्रशोक तुम्हें और मेरा फटा हुआ सिर मुझे लाठी के उस प्रहार को भूलने नहीं देंगे, अत: अब हम दोनों में प्रेम-सम्बन्ध सम्भव नहीं।

अत: अपने साम्राज्य को कांटों से रहित बनाने के लिए आपको इसका वध कर देना चाहिए।

रक्ताक्ष के मौन हो जाने पर जब उलूकराज ने क्रूराक्ष से अपना मत बताने को कहा, तो वह बोला—महाराज! इसका वध तो क्रूरकर्म कहा जायेगा।

श्रूयते हि कपोतेन शत्रुः शरणमागतः।
पूजितश्च यथान्यायं स्वैश्च मांसैर्निमन्त्रितः ॥

कहा जाता है कि अपनी पत्नी को बन्दी बनाने वाले एक बहेलिए को भी शरणागत अतिथि मानकर एक कबूतर ने उसकी भूख मिटाने के लिए अपने प्राणों की भी आहुति दे दी थी।

अब क्रूराक्ष यह कथा उलूकराज को सुनाने लगा—

कथा क्रम : सात

किसी जंगल में पक्षियों के लिए साक्षात् यमराज बना एक बहेलिया रहा करता था, जिसे उसके हिंसक कर्मों के कारण उसके बन्धु-बान्धवों ने भी त्याग दिया था।

एक दिन उस बहेलिये के हाथ में एक कबूतरी आयी, तो उसे पिंजरे में बन्द करके वह अपने घर ले गया। इसी बीच अचानक उस जंगल में बादल

घिर आये और घोर अंधेरा छा गया। उस समय आंधी के कारण कुछ भी दिखाई देना कठिन हो गया, तो वह बहेलिया एक वृक्ष के नीचे खड़ा हो गया। कुछ देर में बादल छंट गये और आकाश में तारे चमकते दिखाई देने लगे। सर्दी और भूख-प्यास से व्याकुल हुआ बहेलिया उच्च स्वर में कह उठा—जो कोई भी मेरी आवाज़ सुन रहा हो, मुझे अपना शरणागत जानकर वह मेरे लिए कुछ खाने-पीने का प्रबन्ध करे।

उसी वृक्ष पर बैठा कबूतर अपनी पत्नी के न लौटने के कारण चिन्तित हो रहा था। पत्नी के बिना घर श्मशान के समान होता है। अपने स्वामी को प्रसन्न न रखने वाली स्त्री का जीवन व्यर्थ माना जाता है, परन्तु पति को प्रसन्न रखने वाली स्त्री पर देवता भी अपनी कृपादृष्टि बनाये रखते हैं। इस संसार में पिता, माता, पुत्र तथा बन्धु-बान्धव सब केवल गिनती का देते हैं, अनगिनत तो केवल पति ही देता है। इसलिए पति की सेवा न करने वाली स्त्री को तो अभागिन ही समझना चाहिए।

पिंजरे में बन्द पड़ी कबूतरी अपने पति के वचन सुनकर उससे बोली—पतिदेव! पक्षियों को पकड़ने वाला यह बहेलिया अवश्य ही पापी और क्रूर है, लेकिन इस समय यह हमारा शरणागत है और इसके प्राणों की रक्षा करना आपका कर्तव्य है।

सन्ध्या के समय अपने घर में आया अतिथि सम्मान न मिलने पर गृहस्वामी को अपने पाप देकर और उसके पुण्य लेकर चला जाता है। मैं अपने पूर्वजन्म के कर्मों के कारण ही बन्धन में बंधी हुई हूं। इसके लिए बहेलिये को दोषी मानकर आप इस पर क्रोधित न हों।

कबूतरी के अनुरोध पर कबूतर ने व्याध के पास जाकर उससे उसकी आवश्यकता पूछी, तो उसने सर्दी से बचने के लिए कुछ उपाय करने को कहा। कबूतर ने तुरन्त ही कुछ सूखी लकड़ियां और सूखे पत्ते लाकर उन पर अग्निशिखा लाकर डाल दी, जिसकी गरमी से उस बहेलिये को बड़ा सुख मिला। लेकिन अब कबूतर अतिथि की भूख मिटाने में अपनी असमर्थता पर व्यथित होने लगा। थोड़ी देर सोचने के बाद उस कबूतर ने बहेलिये को खाना देने के लिए स्वयं को उस आग में झोंक दिया।

कबूतर के ऐसे त्याग को देखकर बहेलिये को अपने हिंसक कर्मों पर लज्जा आने लगी और उसने कबूतरी को बन्धनमुक्त कर दिया। कबूतरी अपने पति को मरा जानकर रोने लगी और वह भी उसी आग में कूद पड़ी।

इतने में दिव्य वस्त्रों व अलंकारों से सुसज्जित और विमान में सवार कबूतर ने अपनी पत्नी के पास पहुंचकर उसके आत्मदाह की भूरि-भूरि प्रशंसा की

और उसे अपने साथ विमान में बिठा लिया।

इस सारे दृश्य को देखकर बहेलिये को भी वैराग्य उत्पन्न हो गया और वह भी उस आग में कूद गया, उसकी भी सद्गति हो गयी और वह भी स्वर्ग-सुख-भोग का अधिकारी बन गया।

श्रूयते हि कपोतेन शत्रुः शरणमागतः।
पूजितश्च यथान्यायं स्वैश्च मांसैर्निमन्त्रितः॥

इसलिए मैं कहता हूं कि उस कबूतर ने अपना वध करने वाले बहेलिये के शरणागत होने पर उसके लिए अपने प्राणों का बलिदान कर दिया था।

अब उलूकराज अरिमर्दन ने अपने तीसरे मन्त्री दीप्ताक्ष से अपने विचार बताने को कहा, तो वह कहने लगा—देव! इसका वध करना तो कदापि उचित नहीं। एक गृहस्थ ने अपने घर में चोर के आने को ही अपने लिए वरदान मानते हुए उसका स्वागत करते हुए कहा था—

या ममोद्विजते नित्यं सा मामद्यावगूहते।
प्रियकारक भद्रं ते यन्ममास्ति हरस्व तत्॥

जो आज तक मुझसे घबराती थी, मेरी छाया से भी दूर भागती थी, आज तुम्हारे कारण वही मुझसे लिपटी हुई है। अतः तुम मेरे हितकारक हो, तुम मेरा सब कुछ ले जा सकते हो। मैं तुम्हें सब कुछ ले जाने की छूट देता हूं।

हर्त्तव्यं ते न पश्यामि हर्त्तव्यं चेद्भविष्यति।
पुनरप्यागमिष्यामि यदीयं नावगूहते॥

उत्तर में वह चोर बोला था—मुझे लगता है कि तुम्हारे घर में मेरे काम की चुराने योग्य कोई वस्तु है ही नहीं। अतः मैं कभी ऐसे समय इस घर में आऊंगा, जब यह स्त्री तुम्हारे आलिंगन में नहीं होगी।

अरिमर्दन की उत्सुकता पर दीप्ताक्ष उसे चोर और स्त्री की कथा सुनाने लगा।

कथा क्रम : आठ

किसी नगर के निवासी एक कामातुर वृद्ध वैश्य ने अपनी पत्नी के स्वर्ग सिधार जाने पर अपनी कामवासना की पूर्ति के लिए धन ख़र्च करके एक युवती से विवाह कर लिया, जो उस बूढ़े को देखना भी पसन्द नहीं करती थी।

श्वेतं पदं शिरसि यत्तु शिरोरुहाणां
स्थानं परं परिभवस्य तदेव पुंसाम्।
आरोपितास्थिशकलं परिहृत्य यान्ति
चाण्डालकूपमिव दूरतरं तरुण्यः॥

यदि पुरुष के सिर के बाल सफ़ेद हो जायें, तो युवतियां उनका तिरस्कार और उपेक्षा करने लगती हैं। युवती स्त्री वृद्ध पुरुष को चाण्डाल के कुएं की भांति तथा सिर पर हड्डियों का बोझ लादने वाले शूद्र की भांति मानकर छोड़ जाती है।

गात्रं संकुचितं गतिर्विगलिता दन्ताश्च नाशं गताः
दृष्टिर्भ्राम्यति रूपमप्युपहतं वक्त्रञ्च लालायते।
वाक्यं नैव शृणोति बान्धवजनः पत्नी न शुश्रूषते
धिक् कष्टं जरयाभिभूतपुरुषं पुत्रोऽप्यवज्ञायते॥

व्यक्ति के शरीर पर झुर्रियां पड़ जाने पर, उसकी चाल में सुस्ती आ जाने पर, उसके दांतों के नष्ट हो जाने पर, दृष्टि के मन्द पड़ जाने पर, रूप के नष्ट हो जाने पर और उसके मुंह से लार गिरने पर, उसके बन्धु-बान्धव भी उससे बात करना और उसकी पत्नी उसकी सेवा करना छोड़ देती है। यहां तक कि बूढ़े व्यक्ति को अपने बेटे द्वारा भी अपमानित होना पड़ता है। इसीलिए बुढ़ापे को अभिशाप और बुढ़ापे के कारण तिरस्कृत जीवन जीने को विवश हुए व्यक्ति को दया का पात्र कहा जाता है।

एक रात, जब वह नवविवाहिता मुंह फेरकर अपने बूढ़े पति के साथ सोयी हुई थी कि घर में एक चोर घुस आया। चोर की कुरूप आकृति को देखकर डर के मारे सहमी वह युवती अचानक ही अपने बूढ़े पति से लिपट गयी। पत्नी के इस प्रतिकूल आचरण पर बूढ़ा हैरान हो उठा। इस बीच उसकी दृष्टि घर में घुसे चोर पर पड़ी, तो उसे कारण भी समझ में आ गया। वह कह उठा—

या ममोद्विजते नित्यं सा मामद्यावगूहते।
प्रियकारक भद्रं ते यन्ममास्ति हरस्व तत्॥

हे चोर! मुझसे सदा दूर-दूर रहने वाली मेरी युवा पत्नी आज अचानक जो मुझसे इस प्रकार लिपट रही है, इसका कारण तू ही है। मेरा इतना हित करने के बदले मैं तुझे अपने घर से कुछ भी ले जाने की छूट देता हूं।

हर्त्तव्यं ते न पश्यामि हर्त्तव्यं चेद्भविष्यति।
पुनरप्यागमिष्यामि यदीयं नावगूहते॥

चोर बोला—तुम्हारे घर में मेरे मतलब का कुछ भी नहीं है, अत; मैं क्या चुराऊं? जब तेरी पत्नी तेरी बांहों में नहीं होगी, मैं उस समय आऊंगा।

इस प्रकार उस चोर के हितकारी सिद्ध होने पर उसे शुभचिन्तक मानकर शरणागत की रक्षा करना हमारा धर्म भी है। इसके अतिरिक्त यह अपने स्वामी के दोष बताकर हमारी उन्नति का एक कारण भी बन सकता है।

इतना कहने के बाद दीप्ताक्ष मौन हो गया। अब अरिमर्दन ने वक्रनास की

राय जाननी चाही, तो वह बोला—महाराज! इसका वध करना तो उचित नहीं है;

शत्रवोऽपि हितायैव विवदन्तः परस्परम्।
चौरेण जीवितं दत्तं राक्षसेन तु गोयुगम्॥

क्योंकि आपस में लड़ने वाले शत्रु भी लाभकारी ही सिद्ध होते हैं। आपस में लड़ने के कारण ही चोर को अपने जीवन से और राक्षस को दो गायों से हाथ धोना पड़ा था।

अरिमर्दन की उत्सुकता पर वक्रनास उसे यह कथा सुनाने लगा—

कथा क्रम : नौ

किसी गांव में द्रोण नामक एक अत्यन्त दरिद्र ब्राह्मण रहा करता था। उसे इतना कम भिक्षाटन मिलता था कि वह सदा भूखा ही रहता था। उसने न कभी अच्छा खाया और न कभी अच्छा पहना। दाढ़ी-मूंछ बढ़ाये और मैले वस्त्र पहने वह ब्राह्मण नरक का जीवन बिता रहा था। एक बार किसी यजमान ने उस ब्राह्मण पर दया करके उसे गाय के दो बछड़े दान में दे दिये, जिन्हें ब्राह्मण ने भूखे पेट रहकर भी खिलाया-पिलाया, जिससे वे ख़ूब हृष्ट-पुष्ट हो गये।

सहसा एक चोर की दृष्टि उन बछड़ों पर पड़ी, तो उसके मुंह में पानी भर आया, उसकी जीभ लपलपाने लगी। ब्राह्मण से बछड़ों को छीनने की सोचकर भी चोर उन बछड़ों को उस ब्राह्मण से छीन नहीं सका; क्योंकि उसके मन में ब्राह्मण के शाप का भय उत्पन्न हो गया था। अतः उसने रात में ब्राह्मण के सो जाने पर बछड़ों को चुराने का इरादा कर लिया।

एक रात, जब वह चोर ब्राह्मण के घर जा रहा था, तो मार्ग में पड़े एक भयंकर अस्थिपिंजर को देखकर वह चोर डर गया और उसे देखते ही उसने उस भयानक प्राणी से उसका परिचय पूछा, तो उसने कहा—मैं सत्यवचन नामक ब्रह्मराक्षस हूं, तुम कौन हो और इस रात के अंधेरे में कहां जा रहे हो?

चोर ने कहा—मैं क्रूरकर्मा नामक चोर हूं और द्रोण नामक ब्राह्मण के जवान बछड़ों को चुराने जा रहा हूं।

ब्रह्मराक्षस बोला—मैं सप्ताह में एक दिन भोजन करता हूं, आज मेरे भोजन का दिन है और मैंने इसी ब्राह्मण को खाने का निश्चय किया है। चलो, हम दोनों साथ-साथ चलते हैं।

ब्राह्मण के घर पहुंचकर दोनों उस ब्राह्मण के सो जाने की प्रतीक्षा करने लगे। ब्राह्मण के सो जाने पर चोर बोला—पहले मैं बछड़े लेकर चला जाता हूं, फिर आप ब्राह्मण को खा लेना।

ब्रह्मराक्षस बोला—नहीं, यदि कहीं बछड़ों ने शोर मचा दिया और ब्राह्मण

जाग गया, तो मेरा यहां आना व्यर्थ हो जायेगा। पहले मुझे इस ब्राह्मण को खा लेने दो, फिर तुन बछड़े ले जाना। इस पर चोर असहमति जतलाते हुए बोला—तुम्हारे द्वारा ब्राह्मण को खाते समय यदि कोई विघ्न आ पड़ा, तो मुझे ख़ाली हाथ लौटना पड़ेगा। इस प्रकार पहले मैं-पहले मैं, कहते हुए वे दोनों आपस में झगड़ने लगे। इस कोलाहल से ब्राह्मण की नींद खुल गयी, तो चोर बोला—ब्राह्मण देवता! यह ब्रह्मराक्षस तुम्हें खाने के लिए तुम्हारे घर आया है। यह सुनकर ब्रह्मराक्षस भी बोल उठा—यह चोर तुम्हारे दोनों बछड़े चुराने के लिए यहां आया है।

ब्राह्मण ने तुरन्त अपने हाथ में जल लेकर उसे अभिमन्त्रित किया और ज्यों ही ब्रह्मराक्षस पर छिड़का, त्यों ही ब्रह्मराक्षस ग़ायब हो गया। अब ब्राह्मण डण्डा लेकर चोर पर झपटा, तो चोर भी सिर पर पांव रखकर भाग खड़ा हुआ।

यह कहानी सुनाकर वक्रनास बोला—इसीलिए मैं कहता हूं

शत्रवोऽपि हितायैव विवदन्तः परस्परम्।
चौरेण जीवितं दत्तं राक्षसेन तु गोयुगम्॥

कि कभी-कभी शत्रुओं का आपस में लड़ना भी लाभ का सौदा सिद्ध हो जाता है। ब्रह्मराक्षस और चोर की लड़ाई से ब्राह्मण के जीवन की और उसके बछड़ों की रक्षा हो गयी।

वक्रनास के पश्चात् अरिमर्दन ने प्राकारकर्ण की राय जाननी चाही, तो वह बोला—मेरे विचार में तो इसकी रक्षा करना ही उचित रहेगा। हो सकता है कि युगों-युगों से चला आ रहा हमारा वैर आपसी प्यार में बदल जाये;

परस्परस्य मर्माणि ये न रक्षन्ति जन्तवः।
त एव निधनं यान्ति वल्मीकोदरसर्पवत्॥

क्योंकि एक-दूसरे के रहस्यों को जानने वाले दो प्राणी जब आपस में मिल-जुलकर शान्तिपूर्वक नहीं रह पाते, तो दोनों ही बांबी के भीतर रहने वाले सांपों की भांति नष्ट हो जाते हैं।

अरिमर्दन की जिज्ञासा पर प्राकारकर्ण उसे आपसी झगड़े के कारण सांपों के विनाश की कथा सुनाने लगा।

कथा क्रम : दस

देवशक्ति के पुत्र के पेट में एक सांप के प्रवेश कर जाने के कारण वह दिन-प्रतिदिन दुर्बल होता जा रहा था। चिकित्सा, ओषधि और इलाज आदि का कुछ भी अनुकूल परिणाम नहीं निकल रहा था। अपने जीवन से निराश होकर वह युवक किसी दूसरे नगर में चला गया और वहां किसी मन्दिर में रहने लगा। अपनी आजीविका के लिए उसने कुछ छोटे-मोटे काम करने आरम्भ कर दिये और किसी योग्य

वैद्य की खोज भी आरम्भ कर दी।

वहां के नगरसेठ की दो लड़कियां थीं। उनमें से एक लड़की अपने पिता को अपना पालक-पोषक मानकर उसकी खुशामद किया करती थी, जबकि दूसरी भगवान् को कर्मफल प्रदाता तथा पिता को केवल निमित्त मानती थी। सेठ अपनी इस पुत्री के व्यवहार से इतना रुष्ट था कि उसने बदले की भावना से उसका विवाह किसी दरिद्र से करने का निश्चय कर लिया। संयोगवश देवशक्ति का वह रोगी पुत्र उसकी दृष्टि में आ गया। कन्या ने भी अपने पिता के इस निर्णय को सहर्ष स्वीकार कर लिया।

विवाह के पश्चात् सेठ की कन्या अपने पति को साथ लेकर किसी अन्य नगर में जा पहुंची। मार्ग में एक तालाब के किनारे अपने पति को विश्राम करने के लिए छोड़कर वह पास के गांव से कुछ खाने-पीने का सामान लेने के लिए चली गयी। अभी वह कुछ पग ही चली थी कि उसने काना-फूसी सुनी, तो वह वृक्ष की आड़ में छिपकर खड़ी हो गयी। उसने देखा कि उसके पति के पेट से एक सांप बाहर निकला और एक सांप पास की बांबी से भी बाहर आ गया। बांबी से बाहर आये सांप ने दूसरे सांप से कहा—तू इस भले आदमी के पेट में क्यों छिपा बैठा है, इस बेचारे ने तेरा क्या बिगाड़ा है? इस पर चिढ़कर पेट से बाहर आये सांप ने दूसरे सांप पर आरोप लगाते हुए कहा—तूने भी तो दूसरों के स्वर्णकलशों पर अधिकार कर रखा है। क्या मुझे छोड़ने की शिक्षा देने से पहले तू इस धन को छोड़ सकता है?

कुछ ही देर में दोनों सांपों का आपसी आरोप-प्रत्यारोप इतना बढ़ गया कि बांबी वाला सांप कहने लगा—यदि यह युवक कांजी वाला जल पी ले, तो तू बच नहीं सकेगा। यह सुनकर पेट वाला सांप बोला—यदि कोई तेरी बांबी में गरम-गरम तेल डाले दे, तो तू भी नष्ट हो जायेगा।

युवक की नवविवाहिता वधू ने सांपों का यह विवाद सुना, तो उसने सांपों के बताये ढंग से अपने पति को रोगमुक्त कर दिया और सोने से भरे मटके लेकर अपने पिता के पास लौट आयी। उसने सिद्ध कर दिखाया कि सबको अपने भाग्य में लिखा ही मिलता है।

यह कथा सुनाकर प्राकारकर्ण बोला—इसीलिए मेरी मान्यता है

परस्परस्य मर्माणि ये न रक्षन्ति जन्तवः।
त एव निधनं यान्ति वल्मीकोदरसर्पवत्॥

कि यदि दोनों सांप एक-दूसरे की मृत्यु के उपाय प्रकट न करते, तो युवक के पेट में रहने वाले सांप और बांबी में रहने वाले सांप की मृत्यु न होती।

अरिमर्दन को भी शरण में आये शत्रु का वध करना उचित नहीं लगा। इस

पर अपने स्वामी के निर्णय से असहमत हुआ रक्ताक्ष अपने साथियों से बोला—कितने दुःख की बात है कि आपने स्वामी को ग़लत राय देकर उनके विनाश को निमन्त्रण दे दिया है। नीतिकारों ने उचित ही कहा है

अपूज्या यत्र पूज्यन्ते पूज्यानान्तु विमानना।
त्रीणि तत्र प्रवर्त्तन्ते दुर्भिक्षं मरणं भयम्॥

कि जहां अपूज्यों को पूजा जाता है और पूज्यजनों की उपेक्षा की जाती है, वहां दुर्भिक्ष, मृत्यु और भय आदि उपद्रवों का आना निश्चित हो जाता है।

प्रत्यक्षेऽपि कृते पापे मूर्खः साम्ना प्रशाम्यति।
रथकारः स्वकां भार्य्यां सजारां शिरसाऽवहत्॥

रंगे हाथों पकड़ा गया पापी भी अपने विनम्र, लेकिन धूर्ततापूर्ण व्यवहार से अपने अधिकारियों को धोखा देने में सफल हो जाता है। इसीलिए तो अपने सामने अपने यार के साथ प्रेम-प्यार करती पत्नी के मिथ्या वचनों को सुनकर भी उन्हें सत्य मानकर रथकार उस पत्नी को देवी मानने लगा था।

मन्त्रियों की उत्सुकता पर रक्ताक्ष उन्हें रथकार की कथा सुनाते हुए बोला—

कथा क्रम : ग्यारह

वीरधर बढ़ई की पत्नी कामदमनी व्यभिचारिणी के रूप में सारे नगर में बदनाम थी। बढ़ई अपनी पत्नी के सम्बन्ध में बहुत कुछ सुनता था, परन्तु पत्नी की झूठी क़समों के कारण उससे कुछ नहीं कह पाता था। वह जानता था

यदि स्यात्पावकः शीतः प्रोष्णो वा शशलाञ्छनः।
स्त्रीणां तदा सतीत्वं स्याद्यदि स्याद्दुर्जनो हितः॥

कि आग शीतल हो सकती है, चन्द्रमा गरम हो सकता है और दुर्जन अपने स्वार्थी स्वभाव को छोड़कर दूसरों का हित भी कर सकता है, परन्तु स्त्रियां कभी सती नहीं रह सकतीं।

मुझे लोगों के मुंह से भी अपनी कुलटा पत्नी के सम्बन्ध में बहुत कुछ सुनने को मिलता है और मैं यह भी जानता हूं

यच्च वेदेषु शास्त्रेषु न दृष्टं न च संश्रुतम्।
तत्सर्वं वेत्ति लोकोऽयं यत्स्याद्ब्रह्माण्डमध्यगम्॥

कि वेदों और शास्त्रों में जो नहीं लिखा गया और जिसके इस संसार में होने की कल्पना भी नहीं की गयी, संसार के चतुर व्यक्ति उन सब बातों को भी जान लेते हैं।

उसने अपनी पत्नी को रंगे हाथों पकड़ने के लिए एक योजना बनायी। वह पत्नी से बोला—मुझे किसी काम से बाहर गांव जाना है। वहां मुझे दो-चार दिन

लग सकते हैं, अतः मेरे लिए कुछ भोजन तैयार कर दो। पत्नी तो यह सुनकर प्रसन्न हो उठी, उसे तो अपने यार से मिलने का अवसर मिने वाला था।

दुर्दिवसे घनतिमिरे वर्षति जलदे महाटवीप्रभृतौ।
पत्युर्विदेशगमने परमसुखं जघनचपलायाः॥

यार से सम्भोग-सुख प्राप्त करने वाली स्त्री दुर्दिन, अर्थात् बादलों से घिरे और घोर वर्षा वाले दिन को, घने अंधेरे से घिरी रात को, मूसलधार वर्षा को, गहन वन-जैसे निर्जन स्थान को और पति के विदेश जाने को अपने लिए सौभाग्य मानती है।

पत्नी ने तत्काल अपने पति के लिए स्वादिष्ट भोजन तैयार कर दिया और ज्यों ही बढ़ई प्रातःकाल अपने घर से बाहर निकला कि उस कुलटा ने पति को गया मानकर अपने यार के पास सन्देश भेज दिया और एक-एक पल उसकी प्रतीक्षा में बिताने लगी। सायंकाल वह अपने यार के आने पर उससे लिपट गयी। अवसर पाकर बढ़ई घर में आकर अपनी चारपाई के नीचे छिपकर बैठ गया। उसने अपनी पत्नी को उसके यार की बांहों में देखा, तो उसने उन दोनों की हत्या करने की ठान ली, किन्तु इसी बीच घर का द्वार बन्द करने उठी उस कुलटा को चारपाई के नीचे छिपे अपने पति पर सन्देह हो गया। वह समझ गयी कि उसका पति उसकी परीक्षा लेना चाहता है। अब उसने धूर्तता का सहारा लिया और ज्यों ही उसका यार चारपाई से उठकर उस कुलटा को अपनी बांहों में समेटने लगा, त्यों ही वह अपने को छुड़ाकर एक ओर खड़ी हो गयी और हाथ जोड़कर कहने लगी—देखो, यदि तुमने मुझ पतिव्रता के शरीर को छूने की हिम्मत की, तो मैं तुम्हारे प्राण ले लूंगी।

यह सुनकर उस कुलटा का यार बोला—यदि तुम्हें सम्भोग नहीं करना था, तो मुझे बुलाया ही क्यों था?

कुलटा ने उत्तर दिया—अपने पति के जीवन की रक्षा के लिए मुझे इस कलंक को सहना ही था। आज प्रातःकाल मन्दिर में देवी ने मुझे अपनी भक्त और सती जानकर आकाशवाणी के द्वारा बताया था—कि तेरे पति की आयु केवल छह मास ही शेष है, इसके बाद तू विधवा हो जायेगी। तू मेरी भक्त है, इसलिए मैंने तुझे यह बता दिया है।

यह सुनकर मैंने देवी मां के चरण पकड़ लिये और धरती पर अपना सिर पटककर उससे बोली—मां! मुझे मेरे पति के जीवन की रक्षा का उपाय बताओ, नहीं तो मैं अभी तेरे चरणों में अपनी हत्या कर लूंगी।

देवी ने कहा—पुत्री! यदि तू किसी पर-पुरुष को अपने घर में बुलाकर और उसे अपनी चारपाई पर बिठाकर उसका आलिंगन कर लेगी, तो उस पुरुष

का जीवन तेरे पति को मिल जायेगा और तुझे आलिंगन करने वाला छह महीने में ही परलोक सिधार जायेगा।

मैंने देवी के वचनों को सत्य मानकर तुम्हें बुलाने का यह दूषित आचरण किया है। आज तक मेरे शरीर को मेरे पति के सिवा कोई छू नहीं सका, आज तुमने उसे छूकर कलंकित कर दिया है। अब मेरे पास नदी में डूब मरने के सिवा अन्य कोई उपाय नहीं।

पत्नी के वचनों को सुनकर बढ़ई तुरन्त चारपाई के नीचे से निकल आया और पत्नी का आलिंगन करता हुआ उसे आदर्श पतिव्रता कहता हुआ उसकी प्रशंसा करने लगा। उस मूर्ख बढ़ई ने अपनी पत्नी को चारपाई पर बिठाया और उस चारपाई को अपने सिर पर उठाकर नाचने लगा। इतना ही नहीं, वह मूर्ख अपनी पत्नी के यार के प्रति भी आभार प्रकट करने लगा।

यह कथा सुनाकर रक्ताक्ष बोला—इसीलिए मैं कहता हूं

प्रत्यक्षेऽपि कृते पापे मूर्खः साम्ना प्रशाम्यति।
रथकारः स्वकां भार्य्यां सजारां शिरसाऽवहत्॥

कि चालाक व्यक्ति प्रत्यक्ष पाप करके भी अपनी चालाकी से अपने को निर्दोष सिद्ध करने में सफल हो जाते हैं। बढ़ई अपनी आंखों से अपनी पत्नी को उसके यार की बांहों में देखकर भी उसकी चालाकी के कारण धोखा खा गया और अपनी कुलटा पत्नी को आदर्श पतिव्रता मानने लगा।

इसलिए मेरे विचार में इस स्थिरजीवी नामक कौए को आश्रय देने का अर्थ अपने विनाश को निमन्त्रण देना होगा। कहा भी गया है

मित्ररूपा हि रिपवः सम्भाव्यन्ते विचक्षणैः।
ये हितं वाक्यमुत्सृज्य विपरीतोपसेविनः॥

कि हितकर बात पर ध्यान न देकर प्रतिकूल आचरण करने वाले मित्रों को भी भटके हुए तथा अनजाने ही अहित करने वाले शत्रु समझने चाहिए।

सन्तोऽप्यर्था विनश्यन्ति देशकालविरोधिनः।
अप्राज्ञान्मन्त्रिणः प्राप्य तमः सूर्य्योदये यथा॥

देश-काल के विरुद्ध आचरण करने वाले मन्त्रियों के परामर्श को गौरव देने वाले राजा का वैभव भी सूर्योदय होते ही अन्धकार के समान नष्ट-भ्रष्ट हो जाता है।

इस प्रकार मन्त्रियों ने रक्ताक्ष के कथन पर ध्यान न देकर स्थिरजीवी को आश्रय देने का निर्णय लिया। तब अपने घर जाता स्थिरजीवी उल्लुओं से बोला—मुझे तो आप जलती आग में डाल देते, लेकिन आप तो मेरे प्राणों को बचा रहे हो, मुझे समझ नहीं आता कि मैं आपके इस उपकार का बदला किस

प्रकार उतार सकूंगा ?

रक्ताक्ष ने पूछा–तुम मरने के लिए इतने उतावले क्यों हो ?

स्थिरजीवी बोला–तुम लोगों का पक्ष लेने के कारण ही मेघवर्ण ने मेरी यह दुर्दशा की है। यदि मैं उससे बदला लिये बिना मर गया, तो मेरी आत्मा भटकती रहेगी। अत: अब मैं उल्लू बनकर ही उस दुष्ट पर झपट्टा मारूंगा।

राजनीति में निष्णात रक्ताक्ष बोला–तुम पक्के धूर्त हो। तुम उल्लू योनि में आकर भी काक योनि को महत्त्व देना नहीं भूल सकोगे। इस बारे में यह कथा सुनो।

सूर्य्यं भर्त्तारमुत्सृज्य पर्जन्यं मारुतं गिरिम्।
स्वजातिं मूषिका प्राप्ता स्वजातिर्दुरतिक्रमा॥

एक चुहिया के मनुष्य योनि में पहुंच जाने पर भी सूर्य, मेघ, वायु तथा पर्वत-जैसे तेजस्वियों को छोड़कर उसे चूहे से ही विवाह करना पड़ा था। सच बात तो यह है कि अपनी जाति का मोह छोड़ पाना आसान नहीं होता।

स्थिरजीवी की जिज्ञासा पर रक्ताक्ष उसे चुहिया की कहानी सुनाने लगा।

कथा क्रम : बारह

गंगातट पर स्थित एक आश्रम के कुलपति मुनि याज्ञवल्क्य द्वारा एक बार आचमन करते समय आकाश में उड़ते बाज़ पक्षी के पञ्जे से छूटी एक चुहिया उनकी अञ्जलि में आ गिरी, तो वह महात्मा उसे अपने घर ले आये और प्रतिदिन दूध पिलाने लगे। चुहिया को बिल्ली से डरता देखकर मुनि ने अपने तपोबल से उसे बिल्ली, कुतिया और अन्त में मानुषी बना दिया। मुनिपत्नी भी उसे अपनी पुत्री मानकर बड़े प्यार से उसका पालन-पोषण करने लगी।

कन्या के युवती होने पर मुनिपत्नी ने अपने पति से उसके विवाह के सम्बन्ध में चर्चा की, तो महर्षि सहमति देते हुए कहने लगे–

श्रेष्ठेभ्य: सदृशेभ्यश्चाजघन्येभ्यो रजस्वला।
पित्रा देया विनिश्चित्य यतो दोषो न विद्यते॥

कन्या के रजस्वला होने से पूर्व ही पिता को योग्य, सदाचारी, श्रेष्ठ एवं कुलीन युवक से कन्या का विवाह कर देना चाहिए।

अत: मैं अपनी इस पुत्री के लिए योग्य वर के विषय में विचार करता हूं।

ययोरेव समं वित्तं ययोरेव समं कुलम्।
तयोर्विवाह: सख्यं च न तु पुष्टविपुष्टयो:॥

वास्तव में, समान कुल और समान आर्थिक स्थिति वाले परिवारों की लड़की-लड़के का विवाह ही उचित रहता है। यदि एक पक्ष बलशाली हो और दूसरा पक्ष बलहीन हो, तो ऐसे परिवारों में हुआ विवाह सफल नहीं रहता।

कुलञ्च शीलञ्च सनाथता च
विद्या च वित्तञ्च वपुर्वयश्च।
एतान्गुणान्सप्त विचिन्त्य देया
कन्या बुधैः शेषमचिन्तनीयम्॥

लड़के में निम्नलिखित सात गुणों के होने पर ही उसे अपनी लड़की वधूरूप में देनी चाहिए, अन्यथा नहीं। ये सात गुण हैं—कुल, शील (चरित्र), परिवार (बन्धु-बान्धव) विद्या, धन, स्वस्थ शरीर और आयु। इन सातों गुणों के अतिरिक्त सम्बन्ध स्थिर करने में अन्य कुछ भी विचारणीय नहीं होता।

मुनि ने कन्या से पूछा कि यदि सूर्यनारायण से उसका विवाह कर दिया जाये, तो उसे कोई आपत्ति तो नहीं? कन्या द्वारा सहमति देने पर मुनि ने सूर्यदेव का आवाहन किया और सूर्यदेव के उपस्थित होने पर उन्होंने कन्या से विवाह का प्रस्ताव रखा, तो इससे पहले कि सूर्यदेव कोई उत्तर देते, कन्या बोल उठी—इनकी उष्णता और तेजस्विता को सहना मेरे वश का नहीं है।

मुनि के पूछने पर सूर्य ने अपने को निस्तेज बना देने वाले मेघ का सुझाव दिया, तो मुनि ने मेघ को बुला लिया। मेघ के आने पर मुनि ने उसकी पसन्द जानने के लिए कन्या की ओर देखा, तो वह बोली—यह तो जड़ और काला-कलूटा है। इस पर मुनि ने मेघ से अपने से अधिक श्रेष्ठ के सम्बन्ध में पूछा, तो मेघ ने पवनदेव का नाम लिया। मुनि ने पवनदेव को बुलाकर कन्या की राय जाननी चाही, तो कन्या ने उसे भी नकार दिया। मुनि ने वायु से इस सम्बन्ध में पूछा, तो उसने अपनी गति को अवरुद्ध कर देने वाले पर्वत का नाम लिया। मुनि द्वारा बुलाये जाने पर कन्या ने पर्वत को कठोर और निश्चल बताकर ठुकरा दिया। मुनि द्वारा पर्वत से इस विषय में पूछे जाने पर उसने अपने को खोखला कर देने वाले चूहे का नाम लिया। चूहे का नाम सुनते ही कन्या पुलकित हो उठी और उसने मुनि से अपने को पुनः चुहिया बनाकर चूहे के साथ विवाह करने की प्रार्थना की। मुनि ने उसके अनुरोध को स्वीकार करके अपने कर्तव्य से छुट्टी पा ली।

यह कथा सुनाकर रक्ताक्ष ने मन्त्रियों से कहा—

सूर्य्यं भर्तारमुत्सृज्य पर्जन्यं मारुतं गिरिम्।
स्वजाति मूषिका प्राप्ता स्वजातिर्दुरतिक्रमा॥

तुमने देखा, मानुषी बनी चुहिया ने सूर्य, मेघ, पवन और पर्वत-जैसी विभूतियों को छोड़कर एक चूहे के लिए चुहिया बनना स्वीकार कर लिया। यह कथा इस तथ्य की द्योतक है कि अपनी जाति के प्रति पक्षपात छोड़ना किसी के लिए भी आसान नहीं होता।

रक्ताक्ष के तर्कसंगत मत की उपेक्षा और अनादर करके मन्त्रियों ने

स्थिरजीवी को आश्रय देने का निर्णय क्या किया, मानो अपने वंश को नष्ट करने के लिए बीज बो दिया। उल्लुओं के दुर्ग के भीतर जाते समय स्थिरजीवी अपनी योजना की सफलता पर अपने आपसे कह उठा—

हन्यतामिति येनोक्तं स्वामिनो हितवादिना।
स एवैकोऽत्र सर्वेषां नीतिशास्त्रार्थतत्त्ववित्॥

यह तो मैंने देख ही लिया है कि उलूकराज के सभी मन्त्रियों में एक रक्ताक्ष ही सफल राजनीतिज्ञ है, इसीलिए उसने मेरे वध का सुझाव दिया था। यदि इन मूर्खों ने रक्ताक्ष का सुझाव मान लिया होता, तो इन्हें अपना अनिष्ट न देखना पड़ता। अब ये मुझे अपने दुर्ग में कहीं भी रखें, मैं भीतर तो आ ही गया हूं। लेकिन मुझे आशंका है कि कहीं इन्हें मुझ पर सन्देह न हो जाये, इसलिए मुझे कुछ ऐसा करना चाहिए, जिससे मुझे दुर्ग केद्वार पर ही रहने का स्थान मिल जाये। यह सोचकर स्थिरजीवी उल्लुओं से बोला—आपने मुझे शरण देकर मुझ पर बड़ा उपकार किया है, लेकिन मैं आपसे फिर भी यही कहूंगा कि आप मुझे अपने दुर्ग के भीतर न ले जायें, मुझे तो दुर्ग-द्वार पर ही थोड़ा-सा स्थान देकर अपनी सेवा का अवसर दीजिये। स्थिरजीवी के आग्रह को उसका निष्कपट व्यवहार समझकर स्वीकार कर लिया गया। उलूकराज के आदेश से उसे प्रतिदिन बढ़िया भोजन भी मिलने लगा और वह कुछ ही समय में हृष्ट-पुष्ट हो गया।

यह देखकर रक्ताक्ष ने अपना सिर पीट लिया। उसने उलूकराज और अपने साथियों को दोबारा चेतावनी दी और वह अपने साथी मन्त्रियों से बोला—

पूर्वं तावदहं मूर्खो द्वितीयः पाशबन्धकः।
ततो राजा च मन्त्री च सर्वं वै मूर्खमण्डलम्॥

बन्धनमुक्त हुए एक पक्षी ने कहा था—बन्धन में फंसने वाला पहला मूर्ख मैं ही था, उसके बाद मुझे राजा को सौंपने वाला व्याध दूसरा मूर्ख था फिर मुझे अपने पास न रखकर मन्त्रियों को सौंपने वाला राजा तीसरा मूर्ख था और उसके बाद मुझे स्वर्णदाता न मानकर मुक्त कर देने वाला मन्त्री चौथा मूर्ख था। इस प्रकार मुझे तो यह सारा संसार ही मूर्खों से भरा लगता है।

मन्त्रियों की जिज्ञासा पर रक्ताक्ष उन्हें यह कथा सुनाने लगा।

कथा क्रम : तेरह

किसी पर्वत प्रदेश में स्थित वट के एक वृक्ष पर सिन्धुक नामक एक पक्षी रहता था, जिसकी विष्ठा सोने में बदल जाती थी। एक बहेलिये ने उसे देखा, तो उसने अविश्वास करते हुए भी वहां अपना जाल बिछा दिया। पक्षी ने भी बहेलिये को जाल बिछाते देख लिया था, लेकिन वह फिर भी निश्चिन्त होकर वृक्ष की एक

शाखा से दूसरी शाखा पर उछल-कूद करता रहा और अन्ततः बहेलिये के जाल में बंध गया।

व्याध सोचने लगा कि मैं पिछले चालीस-पचास वर्षों से यही कर्म करता आ रहा हूं, लेकिन मैंने आज तक सोने की विष्ठा करने वाला पक्षी नहीं देखा। कहीं पक्षी के वेश में यह कोई राक्षस या भूत-प्रेत न हो, जो स्वर्ण का लोभ दिखाकर मेरे प्राण ही ले ले। यह सोचकर बहेलिये ने उस पक्षी को राजा को सौंपना ही ठीक समझा।

राजा ने उस अनमोल पक्षी को संभालकर रखने के आदेश के साथ ही वह पक्षी मन्त्री को सौंप दिया और मन्त्री ने परीक्षा करने तक धैर्य न रखकर तथा बहेलिये की बात को कोरी बकवास मानकर उस पक्षी को बन्धनमुक्त कर दिया।

मन्त्री की मूर्खता से बन्धनमुक्त हुआ वह पक्षी वृक्ष की शाखा पर बैठा अपने आपसे कहने लगा—

पूर्वं तावदहं मूर्खो द्वितीयः पाशबन्धकः।
ततो राजा च मन्त्री च सर्वं वै मूर्खमण्डलम्॥

व्याध के पाश में फंसने वाला पहला मूर्ख मैं था, डर की आशंका से मुझे राजा के हवाले करने वाला दूसरा मूर्ख बहेलिया था, फिर राजा और मन्त्री भी मूर्ख निकले। क्या सारे संसार में मूर्ख-ही-मूर्ख भरे पड़े हैं?

रक्ताक्ष की चेतावनी की अनदेखी करके उल्लू उस कौए के प्रति उदार व्यवहार ही करते रहे। यह देखकर रक्ताक्ष ने अपने पक्ष के उल्लुओं को बुलाकर कहा—मित्रो! यदि तुम अपना जीवन सुरक्षित रखना चाहते हो, तो मेरा कहा मानो और इस स्थान को छोड़कर किसी अन्य दुर्ग में आश्रय ले लो। नीतिकारों का कथन है

अनागतं यः कुरुते स शोभते स
शोच्यते यो न करोत्यनागतम्।
वनेऽत्र संस्थस्य समागता जरा
बिलस्य वाणी न कदापि मे श्रुता॥

कि विपत्ति के आने से पहले ही अपना बचाव करने वाला सदा सुखी रहता है। इसके विपरीत निश्चिन्त रहने वाले को कष्ट भोगना पड़ता है। एक गीदड़ पहले से ही संभल जाने के कारण सिंह का आहार बनने से बचने में सफल हो गया था।

साथी उल्लुओं को गीदड़ और सिंह की कथा सुनाता हुआ रक्ताक्ष बोला—

कथा क्रम : चौदह

जंगल में रहने वाले तीक्ष्णनख नामक सिंह को एक बार शिकार नहीं मिला और वह सारा दिन शिकार की खोज में भटकते-भटकते बुरी तरह थक गया। सायंकाल उसने किसी पशु की एक गुफा देखी, तो वह उसमें जा बैठा। वहां छिपकर बैठा सिंह सोचे रहा था कि यहां रहने वाला पशु जैसे ही भीतर आयेगा, मैं उसे दबोच लूंगा और इस प्रकार मेरे भोजन की व्यवस्था हो जायेगी।

कुछ ही देर में उस गुफा में रहने वाला दधिपुच्छ नामक गीदड़ वहां आया, तो उसने देखा कि किसी प्राणी के गुफा के भीतर जाने के पैरों के चिह्न तो दिखाई दे रहे हैं, परन्तु उसके गुफा से बाहर निकलने के निशान दिखाई नहीं दे रहे। तभी उसे एक उपाय सूझा—वह गुफा के द्वार पर जाकर चिल्लाने लगा—अरी गुफा! क्या मैं भीतर आ जाऊं? ऐसा उसने तीन बार कहा। जब कोई भी उत्तर न मिला, तो वह बोला—तेरी-मेरी तो यह शर्त है कि जब मैं बाहर से अपने आने की सूचना दूंगा, तो तू मुझे बुलायेगी। अब यदि तू मुझे नहीं बुलाती, तो मैं किसी दूसरी गुफा में चला जाता हूं।

गुफा के भीतर छिपकर बैठे सिंह ने सोचा कि गुफा सचमुच ही गीदड़ को उत्तर देती होगी, किन्तु आज मेरे डर के कारण चुप है;

भयसन्त्रस्तमनसां हस्तपादादिकाः क्रियाः।
प्रवर्त्तते न वाणी च वेपथुश्चाधिको भवेत्॥

क्योंकि डर के मारे प्रायः सभी प्राणियों का शरीर कांपने लगता है और तब उनके लिए मुंह खोलकर कुछ कह पाना सम्भव नहीं होता। यह सोचकर सिंह ने गीदड़ को भीतर आने के लिए आवाज़ दी। सिंह की हुंकार सुनते ही आत्मरक्षा के लिए भागता हुआ गीदड़ अपने आपसे कहने लगा—

अनागतं यः कुरुते स शोभते स
शोच्यते यो न करोत्यनागतम्।
वनेऽत्र संस्थस्य समागता जरा
बिलस्य वाणी न कदापि मे श्रुता॥

विपत्ति आने से पहले ही उससे बचने के लिए उपाय करने वाला व्यक्ति सुखी रहता है। विपत्ति की उपेक्षा करने वाले का तो विनाश हो जाता है। मैं इस जंगल में रहते हुए बूढ़ा हो गया हूं, लेकिन मैंने आज तक किसी गुफा को बोलते हुए नहीं सुना।

अतः तुम लोग मेरी बात मानकर मेरे साथ चलो। रक्ताक्ष के साथी उसकी इस बात से सहमत हो गये और उस स्थान को छोड़कर नये स्थान को चल दिये।

अपने मित्रों के साथ रक्ताक्ष के चले जाने पर स्थिरजीवी ने अपने मार्ग के कांटे को निकल जाना समझा और अपनी योजना की सफलता के प्रति आश्वस्त हो उठा;

न दीर्घदर्शिनो यस्य मन्त्रिणः स्युर्महीपतेः।
क्रमायाता ध्रुवं तस्य न चिरात्स्यात्परिक्षयः॥

क्योंकि दूरदर्शी एवं नीतिनिपुण मन्त्रियों द्वारा छोड़कर चले जाने से अकेले पड़े राजा का विनाश करने में देर नहीं लगती।

मन्त्रिरूपा हि रिपवः सम्भाव्यन्ते विचक्षणैः।
ये सन्तं नयमुत्सृज्य सेवन्ते प्रतिलोमतः॥

विद्वानों ने ठीक ही कहा है कि उत्तम नीति को छोड़कर अपने स्वामी को ग़लत राय देने वाले मन्त्रियों को शत्रु ही समझना चाहिए।

अब वह उल्लुओं के दुर्ग को आग से जलाने के लिए गुप्त रूप से लकड़ियां एकत्र करने लगा, किन्तु उल्लुओं ने इस ओर कोई ध्यान ही नहीं दिया।

अमित्रं कुरुते मित्रं मित्रं द्वेष्टि हिनस्ति च।
शुभं वेत्यशुभं पापं भद्रं दैवहतो नरः॥

वास्तव में, शत्रु को मित्र समझने वाले तथा मित्र से द्वेष करने वाले और उसकी अनदेखी करने वाले को अविवेकी और अभागा ही समझना चाहिए, क्योंकि वह पाप को पुण्य और कुकर्म को सत्कर्म समझने की मूर्खता करता है।

लकड़ियां इकट्ठा हो जाने पर और सूर्योदय के समय उल्लुओं के अन्धे होने पर स्थिरजीवी उड़कर मेघवर्ण के पास गया और उससे बोला—मैंने लकड़ियां एकत्र कर दी हैं, अब तुम सब एक-एक लकड़ी जलाकर मेरे घोंसले में डाल दो। आग लगते ही उसके धुएं से सारे उल्लू दम घुटने के कारण मर जायेंगे।

मेघवर्ण बहुत दिनों बाद मिले अपने पुराने मन्त्री स्थिरजीवी से कुशल-मंगल पूछने लगा, तो स्थिरजीवी बोला—महाराज! यह समय बातों में मत गंवाइये, इसका सदुपयोग कीजिये। यदि शत्रु के किसी गुप्तचर को थोड़ी-सी भी भनक पड़ गयी, तो मेरी योजना पर पानी फिर जायेगा;

शीघ्रकृत्येषु कार्य्येषु विलम्बयति यो नरः।
तत्कृत्यं देवतास्तस्य कोपाद्विघ्नन्त्यसंशयम्॥

क्योंकि शीघ्र निबटाये जाने वाले काम की अनदेखी करने वाले पर देवता भी अप्रसन्न होकर उस कार्य की सफलता का मार्ग अवरुद्ध कर देते ह।

यस्य यस्य हि कार्यस्य फलितस्य विशेषतः।
क्षिप्रमक्रियमाणत्वे कालः पिबति तत्फलम्॥

सही समय पर और शीघ्र सम्पन्न किये जाने वाले कार्य को देर में करने से

उस काम के होने से मिलने वाला आनन्द और लाभ नष्ट हो जाते हैं।

अतः आप पहले अपना काम निबटाने का प्रयत्न करें, उसके बाद कुशल-मंगल और मेरी सफलता की गाथा का सुनना-सुनाना होता रहेगा। स्थिरजीवी के कथन को मान्यता देते हुए मेघवर्ण के साथ उसके सभी परिजनों ने अपनी चोंच में एक-एक जलती हुई लकड़ी को थामा और उसे स्थिरजीवी के घोंसले पर फेंक दिया। घोंसला धू-धूकर जलने लगा। दिन का समय होने के कारण उल्लुओं के लिए कुछ भी देख पाना सम्भव नहीं था और धुएं के फैलने से उनका दम भी घुटने लगा। निकलने के द्वार पर धधकती हुई आग ने उन्हें जीवन से निराश कर दिया। अब वे रक्ताक्ष के सुझाव को न मानने के लिए अपने को कोसने लगे, परन्तु अब कुछ भी नहीं हो सकता था। उन सबको अपनी मूर्खता का परिणाम भुगतना पड़ा। पल-भर में आग सारी गुफा में फैल गयी और सारे उल्लू उस आग में जलकर भस्म हो गये।

कौए अपना काम निबटाकर अपने निवास पर लौटे, तो मेघवर्ण ने स्थिरजीवी की प्रशंसा करते हुए उससे शत्रुओं को नष्ट करने के विषय में सब कुछ विस्तारपूर्वक बताने को कहा। मेघवर्ण बोला-

वरमग्नौ प्रदीप्ते तु प्रतापः पुण्यकर्मणाम्।
न चारिजनसंसर्गो मुहूर्त्तमपि सेवितः॥

शत्रुओं के बीच एक पल बिताना भी अत्यन्त कठिन होता है, इसीलिए विद्वान् लोग शत्रु के साथ रहने की अपेक्षा अग्नि में जल मरने को अच्छा समझते हैं।

स्थिरजीवी बोला-महाराज! स्वामी का हित करने के लिए सेवकों को ख़तरों से तो खेलना ही पड़ता है।

मेघवर्ण ने स्थिरजीवी के साहस और नीतिनिपुणता की बहुत प्रशंसा की।

स्थिरजीवी ने बताया-महाराज! केवल रक्ताक्ष के सिवा वहां सभी मन्त्री सर्वथा विवेकहीन थे। रक्ताक्ष मेरी धूर्तता और मेरे उद्देश्य को समझ गया था। उसने अपने साथियों को सचेत भी किया, किन्तु उन सबकी मति मारी गयी थी,

अरितोऽभ्यागतो भृत्यो दुष्टस्तत्सङ्गतत्परः।
अपसर्प्यः स धर्मत्वान्नित्योद्वेगी च दूषितः॥

वरना वे इस तथ्य की उपेक्षा नहीं करते कि शत्रुपक्ष से आया कोई भी प्राणी विश्वास के योग्य नहीं होता। ऐसा व्यक्ति शत्रु से भी कहीं अधिक भयंकर होता है, अतः उसे तो अपने से कोसों दूर रखना चाहिए।

यदि उलूकराज के मन्त्री समझदार होते, तो उन्हें यह पता होना चाहिए था कि शत्रुपक्ष से आये व्यक्ति अपने शत्रु को असावधान देखकर उससे उसका सर्वस्व छीनने में एक पल भी नहीं लगाते।

इसीलिए नीतिकुशल व्यक्ति अपनी, अपने स्वामी की तथा उसके राज्य की रक्षा के लिए शत्रु से हरदम सावधान रहते हैं और अपनी किसी भी सम्भावित हानि से बच जाते हैं। नीतिकारों ने ठीक ही कहा है—

सन्तापयन्ति कमपथ्यभुजं न रोगाः
दुर्मन्त्रिणं कमुपयान्ति न नीतिदोषाः।
कं श्रीर्न दर्पयति कं न निहन्ति मृत्युः
कं स्त्रीकृता न विषयाः परिपीडयन्ति॥

जिस प्रकार अपथ्यसेवी किसी एक-न-एक रोग से अवश्य ही ग्रस्त होता है, जिस प्रकार धन-सम्पत्ति पाकर कोई भी व्यक्ति अहंकारी हो जाता है, जिस प्रकार कामुक पुरुष सुन्दर रमणी के आकर्षण में फंस जाता है तथा जिस प्रकार सभी प्राणियों को एक-न-एक दिन मृत्यु का ग्रास बनना होता है, उसी प्रकार नीति-ज्ञान से रहित मन्त्री के राजा का सर्वनाश भी निश्चित होता है।

लुब्धस्य नश्यति यशः पिशुनस्य मैत्री
नष्टक्रियस्य कुलमर्थपरस्य धर्मः।
विद्याफलं व्यसनिनः कृपणस्य सौख्यं
राज्यं प्रमत्तसचिवस्य नराधिपस्य॥

जिस प्रकार लोभी व्यक्ति का यश, चुग़ुलख़ोर व्यक्ति की मित्रता, कामचोर व्यक्ति की कुलीनता, कामुक व्यक्ति की विद्या तथा कृपण व्यक्ति का सुख क्षणिक होता है, उसी प्रकार असावधान एवं अकुशल मन्त्री रखने वाले राजा का राज्य भी थोड़े समय के लिए ही होता है।

राजन्! शत्रु के घर में रहते हुए मैंने एक-एक पल बड़ी कठिनाई से बिताया है। मृत्यु मुझे सदैव अपने सामने मुंह खोले खड़ी दिखाई देती थी, किन्तु इसके सिवा कोई अन्य उपाय भी नहीं था।

अपमानं पुरस्कृत्य मानं कृत्वा तु पृष्ठतः।
स्वार्थमभ्युद्धरेत्प्राज्ञः स्वार्थभ्रंशो हि मूर्खता॥

बुद्धिमान् व्यक्ति वही होता है, जो अपना कार्य सिद्ध करने के लिए मान-अपमान, सुविधा-असुविधा तथा अनुकूलता-प्रतिकूलता के विचार को छोड़ सकता है।

स्कन्धेनापि वहेच्छत्रुं कालमासाद्य बुद्धिमान्।
महता कृष्णसर्पेण मण्डूका बहवो हताः॥

अपना काम निकालने के लिए तो व्यक्ति को शत्रु को अपने क़न्धे पर बिठाने में भी सोच-विचार नहीं करना चाहिए। अपने को मेढकों का वाहन बनाकर एक अजगर अपने भोजन से निश्चिन्त हो गया था।

मेघवर्ण की जिज्ञासा पर स्थिरजीवी उसे यह कथा सुनाने लगा।

कथा क्रम : पन्द्रह

वरुण पर्वत की गुफा में रहने वाला मन्दविष नामक एक काला सांप अपने बुढ़ापे में भोजन की प्राप्ति के सम्बन्ध में सोचते-सोचते अपनी योजना के अनुसार मेढकों से भरे एक तालाब के किनारे उदास होकर बैठ गया। सांप को काफ़ी देर तक उदास बैठा देखकर एक मेढक उससे पूछ बैठा—क्यों मामा, क्या आज भूखा रहने की ठानी है, जो इस प्रकार चुपचाप बैठे हो?

इस पर सांप ने उत्तर दिया— भैया! मेरी तो क़िस्मत ही फूट गयी है। अब भूखे रहकर ही अपने प्राण छोड़ने हैं।

मेढक ने उत्सुकतावश पूछा—क्यों, ऐसा क्या हो गया, जो तुम इतने निराश और उदास हो रहे हो?

सांप बोला—कल मैंने एक मेढक का पीछा किया, किन्तु मेढक भागकर किसी ब्राह्मण के घर में जाकर छिप गया। मेढक का पीछा करते हुए मैंने उसके भ्रम में ब्राह्मणकुमार के अंगूठे में काट लिया, जिससे उसका प्राणान्त हो गया। मैं ब्राह्मण के आगे गिड़गिड़ाया और अनजाने में हुई भूल के लिए उससे क्षमा-याचना भी की, लेकिन ब्राह्मण ने मेढक के भ्रम में अपने पुत्र को काटने का दण्ड देने के लिए मुझे मेढकों का वाहन बनने का शाप दे दिया। अब मुझे मेढकों को अपनी पीठ पर बिठाना है और उनके द्वारा दिये भोजन पर निर्वाह करना है। मैं इसी शाप से उद्धार के लिए मेढकों की प्रतीक्षा कर रहा हूं।

मेढक ने इस बात को अपने सभी साथियों में प्रचारित कर दिया। अब तो सभी मेढक सांप की सवारी के लिए उतावले हो उठे। सांप की पीठ पर सवारी का आनन्द लेते हुए मेढकों का राजा जलपाद अपने साथ बैठे मेढकों से बोला—

न तथा करिणा यानं तुरगेण रथेन वा।
नरयानेन वा यानं यथा मन्दविषेण मे॥

मित्रो! आज तक हमने हाथी, घोड़े तथा रथ आदि-जैसे वाहनों पर सवारी की है, परन्तु आज इस सांप की सवारी से जैसा आनन्द आ रहा है, वैसा कभी किसी दूसरी सवारी से नहीं मिला।

लेकिन थोड़ी दूर जाते ही उस सांप की चाल धीमी हो गयी, तो जलपाद ने सांप से उसकी शिथिलता का कारण पूछा, तो सांप बोला—मैं दो दिनों से भूखा हूं, मुझसे चला नहीं जा रहा है।

यह सुनकर जलपाद बोला— तुम दो-एक मेढकों को खाकर अपनी भूख मिटा लो।

सांप बोला—आप कहते हैं, तो खा लेता हूं और फिर एक-एक करके वह सभी मेढकों को खा गया।

कुछ दिनों में हृष्ट-पुष्ट होने पर मन्दविष सांप अपने आपसे बोला—

मण्डूका विविधा ह्येते छलपूर्वोपसाधिताः।
कियन्तं कालमक्षीणा भवेयुः खादिता मम॥

अब तो सारे मेढक मेरे छल-बल के कारण मेरे वश में हैं, अतः अब मुझे अपने आहार की कोई चिन्ता नहीं। अब मुझे जीवन-भर अभाव का मुंह नहीं देखना पड़ेगा।

मेढकों का राजा नित्य-प्रति अपने वंश के विनाश को देखकर भी सांप की चालाकी को नहीं समझ सका। इस बीच अचानक वहां आये एक अन्य सांप ने मन्दविष को मेढकों की सवारी बने देखा, तो वह चकित होकर बोला—अपने आहार का सेवक बनना तो बड़ा अपमानजनक है।

सर्वमेतद्विजानामि यथा वाह्योऽस्मि दर्दुरैः।
किञ्चित्कालं प्रतीक्ष्योऽहं घृतान्धो ब्राह्मणो यथा॥

इस पर मन्दविष ने उत्तर दिया—मेढकों की सवारी बनने-जैसे काम के पीछे छिपे प्रयोजन को मैं ही जानता हूं। मैं तो घी-शक्कर से बने पदार्थों को खाने के लिए अन्धा बन जाने वाले ब्राह्मण की भांति नाटक कर रहा हूं।

सर्प के पूछने पर मन्दविष उसे ब्राह्मण की कथा सुनाने लगा।

कथा क्रम : सोलह

यज्ञदत्त नामक एक ब्राह्मण की व्यभिचारिणी पत्नी अपने यार के लिए प्रतिदिन उत्तमोत्तम पकवान बनाकर ले जाती थी। पति देखता रह जाता था। एक दिन उसने पत्नी से पूछ लिया कि तुम प्रतिदिन ये स्वादिष्ट मिष्टान्न बनाकर कहां ले जाती हो? स्त्री बोली—मैं गांव के बाहर बने देवी-मन्दिर में एक अनुष्ठान कर रही हूं,जहां देवी को भोग लगाने के लिए ये व्यञ्जन ले जाती हूं।

एक दिन, पता नहीं, क्या सोचकर वह कुलटा सचमुच ही देवी-मन्दिर में जा पहुंची और मन्दिर में मिष्टान्न रखकर वह नदी में स्नान करने के लिए चल दी। दूसरे मार्ग से ब्राह्मण भी वहां जा पहुंचा और अपनी पत्नी के आचरण को देखने के लिए वहीं छिपकर बैठ गया।

नदी-स्नान से लौटने के पश्चात् उस स्त्री ने देवी को धूप-दीप आदि समर्पित कर उसकी पूजा की और फिर उसे प्रणाम करके बोली—मां! तू मेरे पति को अन्धा बनाने की कृपा कर दे। यह सुनकर मन्दिर में छिपे ब्राह्मण ने आकाशवाणी के समान उच्चस्वर में कहा—यदि तू कुछ दिनों तक अपने पति को प्रतिदिन स्वादिष्ट पकवान बनाकर खिलायेगी, तो वह अवश्य अन्धा हो जायेगा।

अब तो वह कुलटा यार के लिए बनाये पकवान पति को भी खिलाने लगी। कुछ दिनों बाद एक दिन ब्राह्मण रोते-रोते कहने लगा—अरे, आज यह अचानक मुझे दिखना क्यों बन्द हो गया?

कुलटा स्त्री ने इसे सत्य मानकर अपने यार को घर पर ही बुला लिया। लेकिन ज्यों ही दोनों अनैतिक कार्य करने में जुटे, त्यों ही ब्राह्मण ने हाथ में डण्डा लेकर दोनों की जमकर पिटाई की। उस स्त्री का यार तो भाग गया और कुलटा पत्नी को ब्राह्मण ने घर से निकाल दिया।

यह कथा सुनाकर मन्दविष बोला—

सर्वमेतद्विजानामि यथा वाह्योऽस्मि दर्दुरैः।
किञ्चित्कालं प्रतीक्ष्योऽहं घृतान्धो ब्राह्मणो यथा॥

जिस प्रकार उस ब्राह्मण ने अपनी पत्नी को रंगे हाथ पकड़ने के लिए अन्धेपन का नाटक किया था, उसी प्रकार मैं भी अपने उद्देश्य की पूर्ति के लिए मेढकों को अपनी पीठ पर सवारी करा रहा हूं। शायद तुमने मेढकों के मांस का स्वाद नहीं चखा।

इस पर जलपाद ने पूछा—मामा! यह तुमने क्या कहा?

मन्दविष बोला—मैं तो उस सांप से मज़ाक़ कर रहा था।

वास्तव में, इस प्रकार मेढकों को धोखे में डालकर वह सांप उन्हें अपना आहार बनाता रहा।

यह कथा सुनाकर स्थिरजीवी बोला—

स्कन्धेनापि वहेच्छत्रुं कालमासाद्य बुद्धिमान्।
महता कृष्णसर्पेण मण्डूका बहवो हताः॥

जिस प्रकार मेढकों को अपना आहार बनाने के लिए मन्दविष नामक उस सांप ने उन्हें अपने पीठ पर बिठाने को भी बुरा नहीं माना, उसी प्रकार अपना काम निकालने के लिए बुद्धिमान् व्यक्ति को शत्रु की सेवा करने में भी कभी संकोच नहीं करना चाहिए।

जिस प्रकार मन्दविष ने अपने बुद्धि-बल से मेढकों को अपना आहार बना लिया था, उसी प्रकार मैंने भी इन उल्लुओं को मौत के घाट उतार दिया है।

वने प्रज्वलितो वह्निर्दहन्मूलानि रक्षति।
समूलोन्मूलनं कुर्याद्वायुर्यो मृदुशीतलः॥

जंगल की आग वृक्षों को जलाकर उनकी जड़ों को भले ही छोड़ दे, किन्तु प्रचण्ड वायु तो वृक्षों को जड़ समेत ही उखाड़ फेंकती है।

मेघवर्ण ने कहा—तुम ठीक ही कहते हो। श्रेष्ठ व्यक्ति संकट झेलकर भी अपने हाथ में लिये काम को पूरा करके ही विश्राम करते हैं।

महत्त्वमेतन्महतां नयालङ्कारधारिणाम्।
न मुञ्चन्ति यदारब्धं कृच्छ्रेऽपि व्यसनोदये॥

नीतिरूपी आभूषण को ही सच्चा आभूषण मानने वाले महापुरुषों की यही पहचान है कि वे अपने दायित्व का पूरी ईमानदारी से निर्वहण करते हैं और अपने लक्ष्य को प्राप्त करने में ही विश्वास रखते हैं।

प्रारभ्यते न खलु विघ्नभयेन नीचैः
प्रारभ्य विघ्ननिहता विरमन्ति मध्याः।
विघ्नैः सहस्रगुणितैरपि हन्यमानाः
प्रारब्धमुत्तमजना न परित्यजन्ति॥

छोटे लोग संकटों की आशंका से किसी बड़े काम में हाथ नहीं डालते। मध्यम दर्जे के लोग काम में हाथ तो डाल देते हैं, परन्तु किसी विघ्न के आते ही ठण्डे पड़ जाते हैं। लेकिन इसके विपरीत हज़ारों विघ्नों के आने पर भी बड़े लोग अपने हाथ में लिये काम को पूरा किये बिना चैन नहीं लेते।

मेरे शत्रुओं को नष्ट करके और मेरे राज्य को निष्कण्टक बनाकर तुमने भी अपनी श्रेष्ठता का परिचय दिया है।

ऋणशेषं चाग्निशेषं शत्रुशेषं तथैव च।
व्याधिशेषं च निःशेषं कृत्वा प्राज्ञो न सीदति॥

श्रेष्ठ पुरुषों की पहचान ही यह है कि वे ऋण, अग्नि, शत्रु और रोग को जड़ से नष्ट कर डालने में ही विश्वास रखते हैं; क्योंकि वे भली-भांति जानते हैं कि ये चारों थोड़े से ही बढ़ते हैं। इसलिए इन्हें जड़ सहित मिटा देने पर उन्हें कभी कोई कष्ट नहीं सहना पड़ता।

स्थिरजीवी बोला—महाराज! आपके सभी कार्य पूरे हो रहे हैं, आप परम सौभाग्यशाली हैं, किन्तु आप यह न भूलें कि विजय के लिए शक्ति और सामर्थ्य के साथ ही बुद्धि की भी अपेक्षा होती है;

शस्त्रैर्हता न हि हता रिपवो भवन्ति
प्रज्ञाहतास्तु रिपवः सुहता भवन्ति।
शस्त्रं निहन्ति पुरुषस्य शरीरमेकं
प्रज्ञा कुलञ्च विभवञ्च यशश्च हन्ति॥

क्योंकि शस्त्र के प्रहार से शत्रु के विनाश को पक्का न मानकर बुद्धि द्वारा नीति के प्रयोग से ही शत्रु को नष्ट हुआ समझना चाहिए। शस्त्र से तो केवल शरीर का नाश होता है, लेकिन बुद्धि से शत्रु के वैभव, यश, सम्मान के साथ ही उसकी चिन्तनशक्ति भी नष्ट हो जाती है।

प्रसरति मतिः कार्य्यारम्भे दृढीभवति स्मृतिः

स्वयमुपनयन्नर्थान्मन्त्रो न गच्छति विप्लवम्।
स्फुरति सफलस्तर्कश्चित्तं समुन्नतिमश्नुते
भवति च रतिः श्लाघ्ये कृते नरस्य भविष्यतः॥

सोच-समझकर कार्य प्रारम्भ करने पर सफलता के संकेत मिलने लगते हैं, जिससे व्यक्ति का आत्मविश्वास सुदृढ़ हो जाता है और उसके उत्साह में वृद्धि होने लगती है। कार्य की सफलता जितनी बढ़ती जाती है, कार्य करने की इच्छाशक्ति भी उतनी ही अधिक बढ़ती जाती है और सफलता मिलने पर तो कार्य करने की प्रवृत्ति व्यक्ति के स्वभाव का अंग बन जाती है।

महाराज! नीतिकुशल, त्यागी एवं उत्साही सेवकों के द्वारा ही राज्य स्थिर रह पाता है।

त्यागिनि शूरे विदुषि च संसर्गरुचिर्जनो गुणी भवति।
गुणवति धनं धनाच्छ्रीः श्रीमत्याज्ञा ततो राज्यम॥

त्यागी, शूरवीर और विद्वानों का संग करने से ही व्यक्ति गुणी होता है और गुणी व्यक्ति ही आज्ञापालन करके जहां स्वयं समृद्ध हो जाता है, वहीं वह राज्य की स्थिरता का भी आधार बन जाता है।

मेघवर्ण बोला—नीतिशास्त्र की महत्ता पर कोई सन्देह नहीं किया जा सकता। तुमने नीति के सहारे ही हमारे शत्रु को नष्ट करके नीतिशास्त्र की उपयोगिता को चार चांद लगा दिये हैं।

तीक्ष्णोपायप्राप्तिगम्योऽपि योऽर्थस्तस्या-
प्यादौ संश्रयः साधुयुक्तः।
उत्तुङ्गाग्रः सारभूतो वनानां
मान्याभ्यर्च्यश्छिद्यते पादपेन्द्रः॥

स्थिरजीवी बोला—तीक्ष्ण उपाय से प्राप्त किये जाने वाले फल के लिए भी पहले कोमल व्यवहार करना ही उचित होता है। इसीलिए तो कंटीले झाड़-झंखाड़ को उखाड़ फेंकने से पहले उन्हें प्रणाम किया जाता है।

महाराज! समय बीत जाने पर व्यर्थ, निष्क्रिय एवं सिद्ध न होने वाली बात करना भी व्यर्थ होता है।

अनिश्चितैरध्यवसायभीरुभिः
पदे-पदे दोषशतानुदर्शिभिः।
फलैर्विसंवादमुपागता गिरः
प्रयान्ति लोके परिहासवस्तुताम्॥

समर्थ व्यक्तियों को फल के अनिश्चित होने अथवा फल-प्राप्ति के मार्ग में क़दम-क़दम पर आने वाले विघ्नों की चर्चा करना शोभा नहीं देता। इस प्रकार

की बातों से उनका महत्त्व घट जाता है और वे उपहास का पात्र बन जाते हैं।

बुद्धिमान् व्यक्ति को चाहिए कि वह छोटे-से-छोटे काम को भी हलकेपन से न ले।

शक्ष्यामि कर्तुमिदमल्पमयत्नसाध्य-
मत्रादरः क इति कृत्यमुपेक्षमाणः।
केचित्प्रमत्तमनसः परितापदुःख-
मापत्प्रसंगसुलभं पुरुषाः प्रयान्ति॥

किसी भी काम को साधारण, बायें हाथ का खेल अथवा सहज साध्य समझकर उसे सिद्ध करने में गम्भीरता न बरतने से उलटा परिणाम ही सामने आता है। अतः बुद्धिमान् व्यक्ति को किसी भी काम को करते समय लापरवाही नहीं बरतनी चाहिए। आलस्य आपत्ति को बुलावा देता है, जिसका परिणाम दुःख और परिताप होता है।

आज शत्रु को जीतने के पश्चात् मैं सुखपूर्वक सो सकूंगा।

निःसर्पे बद्धसर्पे वा भवने सुप्यते सुखम्।
सदा दृष्टभुजंगे तु निद्रा दुःखेन लभ्यते॥

घर में सांप को देख लेने पर किसी के लिए भी निश्चिन्त होकर सो पाना कभी सम्भव नहीं होता। सांप के मारे जाने या पकड़े जाने पर ही घर के लोग सुखपूर्वक सो पाते हैं।

विस्तीर्णव्यवसायसाध्यमहतां स्निग्धोपभुक्ताशिषां
कार्य्याणां नयसाहसोन्नतिमतामिच्छापदारोहिणाम्।
मानोत्सेकपराक्रमव्यसनिनः पारं न यावद्गताः
सामर्षे हृदयाऽवकाशविषया तावत्कथं निर्वृतिः॥

कठोर परिश्रम, पूज्यजनों के आशीर्वाद, नीति और साहस की अपेक्षा रखने वाले, उन्नति के साधक तथा किसी महान् कार्य को सिद्ध करने का प्रण करने वाले व्यक्तियों को सफलता प्राप्त किये बिना चैन से बैठना अच्छा नहीं लगता।

अतः प्रारम्भ किये हुए कार्य के सम्पन्न हो जाने से मेरा मन पूर्णतः शान्त है और आपका राज्य भी सर्वथा सुरक्षित है। अब आप धर्मपूर्वक प्रजापालन करते हुए अपने पुत्र एवं पौत्रादि के साथ धन और यश-लाभ कर आनन्दपूर्वक अपना जीवन बिता सकते हैं, लेकिन यह कभी मत भूलिये

प्रजा न रञ्जयेद्यस्तु राजा रक्षादिभिर्गुणैः।
अजागलस्तनस्येव तस्य राज्यं निरर्थकम्॥

कि अपनी प्रजा का भली प्रकार मनोरञ्जन, रक्षण और पालन न करने वाला राजा प्रजा की नज़र में बकरी के गले पर उभरे हुए स्तन के समान निरर्थक कहलाता

है।

गुणेषु रागो व्यसनेष्वनादरो
रतिः सुभृत्येषु च यस्य भूपतेः।
चिरं स भुङ्क्ते चलचामरांशुकां
सितातपत्राभरणां नृपश्रियम्॥

वही राजा चिरकाल तक राजलक्ष्मी को भोग सकता है, जो गुणों का आदर करे, व्यसनों से दूर रहे, सेवकों पर सदा अनुग्रह करता रहे तथा राजचिह्नों—चंवर और छत्र—को ही अपना सच्चा आभूषण माने।

मुझे राज्य मिल गया है—यह समझकर राजा को कभी अहंकारग्रस्त नहीं होना चाहिए और उसे यह भी कदापि नहीं भूलना चाहिए कि लक्ष्मी चञ्चल है और बांस पर चढ़ने के समान उसकी प्राप्ति भी अत्यन्त दुष्कर है। लक्ष्मी तो आराधना किये जाने पर भी वानर की भांति चञ्चल होने के कारण कहीं टिककर नहीं रहती। कमलपत्र पर पड़े जलबिन्दु के समान समाप्त होने में कुछ भी देर नहीं लगाती, वायु के समान हाथ में नहीं आती, दुष्ट के समान धोखा दे जाती है। लक्ष्मी सांप के विष के समान असाध्य रोग की भी चिकित्सा करने वाली तथा पानी के बुलबुलों के समान क्षण-भर में नष्ट हो जाने वाली हैं।

यदैव राज्ये क्रियतेऽभिषेक-
स्तदैव बुद्धिर्व्यसनेषु योज्या।
घटा हि राज्ञामभिषेककाले
सहाम्भसैवापदमुद्गिरन्ति॥

राजा को राजगद्दी पर बैठते ही सम्भावित संकटों के बचने के उपाय करने में प्रवृत्त हो जाना चाहिए और अपने ऊपर अभिषेक के लिए गिराये जा रहे जल-प्रवाह को मुंह बाये सामने खड़े संकटों का समूह समझ लेना चाहिए।

रामस्य व्रजनं बलेर्नियमनं पाण्डोः सुतानां वनं
वृष्णीनां निधनं नलस्य नृपते राज्यात्परिभ्रंशनम्।
नाट्याचार्य्यकमर्जुनस्य पतनं सञ्चिन्त्य लङ्केश्वरे
सर्वं कालवशाज्जनोऽत्र सहते कः कं परित्रायते॥

राजा को विपत्ति केसमय किसी भी विषम स्थिति का सामना करने के लिए तैयार रहना चाहिए। श्रीराम का वनगमन, बलि का बन्धन में पड़ना, पाण्डवों का अज्ञातवास, यदुवंशियों का विनाश, राजा नल का राज्य से च्युत होना, अर्जुन का विराट् के यहां नर्तक बनना और रावण का युद्ध में पराजित होना—ये सब घटनाएं इस तथ्य की सूचक हैं कि विपत्ति छोटे-बड़े सभी पर आती है और संकट के समय कोई भी किसी को बचा नहीं सकता।

क्व स दशरथः स्वर्गे भूत्वा महेन्द्रसुहृद्गतः
क्व स जलनिधेर्वेलां बद्ध्वा नृपः सगरस्तथा।
क्व स करतलाज्ज्ञातो वैन्यः क्व सूर्य्यतनुर्मनु-
र्ननु बलवता कालेनैते प्रबोध्य निमीलिताः॥

महाराज ! तनिक सोचिये कि इन्द्र की सहायता के लिए स्वर्गलोक में जाने वाले महाराज दशरथ, समुद्र को नियन्त्रित रखने वाले महाराज सगर, वेन की भुजा के मन्थन से उत्पन्न और पृथ्वी को समतल बनाने वाले महाराज पृथु तथा सूर्य-पुत्र मनु आज कहां हैं ? इनके अस्तित्व का न होना इस तथ्य का प्रमाण है कि एक-न-एक दिन सबको काल का ग्रास बनना है।

मान्धाता क्व गतस्त्रिलोकविजयी
राजा क्व सत्यव्रतो
देवानां नृपतिर्गतः क्व नहुषः
सच्छास्त्रवान् केशवः।
मन्यन्ते सरथाः सकुञ्जरवराः
शक्रासनाध्यासिनः
कालेनैव महात्मना त्वनुकृताः
कालेन निर्वासिताः॥

इन्द्र के साथ उनके आसन पर बैठने वाले त्रिलोकविजयी महाराज मान्धाता, महाराज सत्यव्रत, देवलोक के शासक महाराज नहुष तथा निष्काम कर्म का उपदेश देने वाले भगवान् श्रीकृष्ण भी आज इतिहास के पात्र बन गये हैं। यह संकेत है कि काल ही सबको उत्पन्न करता है और काल ही सबको समेट भी लेता है।

स च नृपतिस्ते सचिवास्ताः
प्रमदास्तानि काननवनानि।
स च ते च ताश्च तानि च
कृतान्तदृष्टानि नष्टानि॥

वही राजा, वही मन्त्री, वही स्त्रियां और वही आमोद-वन, जहां निरन्तर राग-रंग चलता था, जीवन धड़कता था, आज वह सब नष्ट हो गया है और आज वहां कौए कांव-कांव करते हैं !

अतः लक्ष्मी को मदमस्त हाथी के कान की भांति चञ्चल समझकर उसे पाकर अहंकार नहीं करना चाहिए तथा न्याय एवं धर्मपूर्वक प्रजा का रक्षण-पोषण करना चाहिए। इसी से तुम्हें सुख और शान्ति मिलेगी।

॥ तृतीय तन्त्र समाप्त ॥

चतुर्थ तन्त्र

लब्धप्रणाशम्

लब्धप्रणाश नामक चतुर्थ तन्त्र का प्रथम पद्य इस प्रकार है—

समुत्पन्नेषु कार्य्येषु बुद्धिर्यस्य न हीयते।
स एव दुर्गं तरति जलस्थो वानरो यथा॥

कार्य को प्रारम्भ करने पर अपनी बुद्धि को स्थिर बनाये रखने वाला व्यक्ति जल में होने पर भी बुद्धि का सन्तुलन न खोने वाले वानर के समान अपने कार्य को पूर्ण करने में सफल हो जाता है।

कथा क्रम : एक

कहते हैं कि समुद्रतट पर उगे एक सदाबहार जामुन के वृक्ष पर रक्तमुख नामक एक वानर रहता था। उसके पास ही समुद्र में करालमुख नामक एक मगरमच्छ भी रहता था, जो प्राय: रेतीले तट पर आकर बैठ जाता था। एक दिन वानर ने उस मगरमच्छ को अपना अतिथि मानते हुए उसे कुछ मीठे जामुन खाने के लिए दिये। शास्त्रों के अनुसार

प्रियो वा यदि वा द्वेष्यो मूर्खो वा यदि पण्डितः।
वैश्वदेवान्तमापन्नः सोऽतिथिः स्वर्गसंक्रमः॥

प्रिय मित्र अथवा शत्रु, पण्डित अथवा मूर्ख, अर्थात् बलि वैश्वदेव के समय घर पर आने वाला कोई भी व्यक्ति अतिथि कहलाता है।

न पृच्छेच्छरणं गोत्रं न च विद्यां कुलं न च।
अतिथिं वैश्वदेवान्ते श्राद्धे च मनुरब्रवीत्॥

महर्षि मनु के अनुसार—बलि के अन्त में अथवा श्राद्ध के समय पधारे व्यक्ति को सम्मानित अतिथि मानकर ही उसकी सेवा करनी चाहिए। उस समय उसके निवास, गोत्र, वंश अथवा विद्या आदि के सम्बन्ध में किसी भी प्रकार की पूछताछ नहीं करनी चाहिए।

दूरमार्गश्रमश्रान्तं वैश्वदेवान्तमागतम्।

अतिथिं पूजयेद्यस्तु स याति परमां गतिम्॥

लम्बी राह पर चलने से थके और वैश्वदेव के अन्त के समय घर पर आये व्यक्ति को भी अतिथि मानकर उसका यथोचित सम्मान करने वाला गृहस्थ परमगति को प्राप्त करने का अधिकारी बनता है।

अपूजितोऽतिथिर्यस्य गृहाद्याति विनिःश्वसन्।
गच्छन्ति विमुखास्तस्य पितृभिः सह देवताः॥

जिस गृहस्थ के घर से अपूजित होने के कारण ठण्डी आहें भरता हुआ अतिथि निराश लौट जाता है, उस घर से पितर और देवता भी रूठ जाते हैं।

यह कहते हुए ही वानर ने मगरमच्छ को जामुन दिये, जिन्हें खाकर वह बड़ा प्रसन्न हुआ और देर तक गपशप करने के बाद अपने घर लौट गया।

अब मगरमच्छ प्रतिदिन वानर के पास आने लगा और वानर भी उसे खाने के लिए जामुन देने लगा। मगरमच्छ बचे हुए जामुन अपने घर ले जाता और वहां अपनी पत्नी को भी खिलाता।

एक दिन मगरमच्छ की पत्नी ने जब उससे पूछा—आप ये जामुन कहां से लाते हैं, तो मगरमच्छ ने उसे वानर के साथ अपनी मित्रता की कहानी सुना दी। मगरमच्छ की पत्नी ने अपने मन में सोचा कि प्रतिदिन इतने मधुर फल खाने वाले का दिल तो बहुत स्वादिष्ट होगा। एक दिन वह अपने पति से बोली—यदि तुम मुझसे प्रेम करते हो, तो मुझे उस वानर का दिल ला दो।

मगरमच्छ ने अपनी पत्नी को ऐसा न करने के लिए बहुतेरा समझाया और मित्र के साथ विश्वासघात को पाप बताया।

एकं प्रसूयते माता द्वितीयं वाक् प्रसूयते।
वाग्जातमधिकं प्रोचुः सोदर्य्यादपि बन्धुवत्॥

उसने कहा कि पुत्र को जन्म तो मां देती है, परन्तु वाणी से भी कुछ सम्बन्ध जोड़े जाते हैं। जिसे वाणी से भाई कह दिया जाता है, वह सगे भाई-जैसा ही होता है, इसलिए उसकी रक्षा करना नैतिक कर्तव्य हो जाता है।

मगरमच्छ की पत्नी बोली—आज तक तुमने मेरी प्रत्येक बात को पूरा किया है, किसी भी बात को टाला नहीं है, मुझे लगता है कि तुम जिस वानर की बात कर रहे हो, वह कोई वानरी है और तुम उसके प्रेमजाल में फंस चुके हो, तभी तो मेरी अवहेलना कर रहे हो। अब मुझे समझ में आ गया है

साह्लादं वचनं प्रयच्छसि न मे नो वाञ्छितं किञ्चन
प्रायः प्रोच्छ्वसिषि द्रुतं हुतवहज्वालासमं रात्रिषु।
कण्ठाश्लेषपरिग्रहे शिथिलता यन्नादराच्चुम्बसे
तत्ते धूर्त्त हृदि स्थिता प्रियतमा काचिन्ममैवापरा॥

कि आजकल तुम मुझसे प्रसन्न होकर बात क्यों नहीं करते और क्यों मुझे कभी कोई उपहार भी नहीं देते? इतना ही नहीं, रात को तुम्हारे ठीक से न सो पाने और ठण्डी आहें भरने का भी यही कारण लगता है। तुम्हारा ठीक से मेरा आलिंगन-चुम्बन न करने तथा मुझमें रुचि न लेने का रहस्य भी यही है। उस वानरी से प्रेम करके तुमने मुझे धोखा दिया है। तुम मुझे कपटी लगते हो।

अपनी पत्नी को इस प्रकार बिफरते देखकर मधुर वचनों से उसकी खुशामद करते हुए मगर बोला—

मयि ते पादपतिते किङ्करस्त्वमुपागते।
त्वं प्राणवल्लभे कस्मात्कोपने कोपमेष्यसि॥

मैं तुम्हारे पैरों पर गिरकर तुम्हें अपने प्रेम का विश्वास दिलाता हूं। तुम क्रोध छोड़ दो और सामान्य हो जाओ।

यह सुनकर तो मगर की पत्नी और भी बिलख-बिलखकर रोने लगी और बोली—

सार्द्धं मनोरथशतैस्तव धूर्त्त कान्ता
सैव स्थिता मनसि कृत्रिमभावरम्या।
अस्माकमस्ति न कथञ्चिदिहावकाश-
स्तस्मात्कृतं चरणपातविडम्बनाभिः॥

धूर्त! तुम्हारे मन में उस वानरी ने अपने लिए घर कर लिया है और तुम प्रतिदिन उसके साथ रंगरलियां मनाते हो। मेरे पैरों पर पड़कर तुम मुझे धोखा नहीं दे सकते। अब मैं तुम्हारी वास्तविकता जान गयी हूं। मैं तुम पर कभी विश्वास नहीं कर सकती।

यदि तुम्हें उस वानरी से प्यार न होता, तो तुम मेरे आग्रह को इस प्रकार न ठुकरा देते। अब मेरी बात भी सुन लो। यदि कल तुम मुझे उसका कलेजा लाकर नहीं दोगे, तो मैं अपने प्राण त्याग दूंगी।

पत्नी के हठ पर मगरमच्छ चिन्तित होकर कहने लगा—

वज्रलेपस्य मूर्खस्य नारीणां कर्कटस्य च।
एको ग्रहस्तु मीनानां नीलीमद्यपयोस्तथा॥

शास्त्रों में ठीक ही लिखा है कि महामूर्ख, स्त्री, केकड़ा, मछली, नीला रंग और शराबी की पकड़ अडिग होती है। स्त्री के हठ के आगे किसी का कुछ वश नहीं चलता। अब मैं क्या करूं?

अगले दिन उदासी के कारण मगरमच्छ वानर के पास देर से पहुंचा, तो वानर ने उससे देर से आने और उदास होने का कारण पूछा। मगरमच्छ बुझे स्वर में बोला—मित्र! मैं एक धर्मसंकट में पड़ गया हूं। आज तुम्हारी भाभी ने मुझे

खूब ऊंच-नीच सुनायी और मुझे कृतघ्न बताते हुए बोली—तुम प्रतिदिन अपने मित्र के घर जाते हो, लेकिन उसे कभी अपने घर नहीं बुलाते, क्या यही तुम्हारा प्रेम है? तुम केवल खाना ही जानते हो? इस प्रकार उसने मुझे स्वार्थी और नीच कहकर अपमानित करते हुए कहा है

ब्रह्मघ्ने च सुरापे च चौरे भग्नव्रते शठे।
निष्कृतिर्विहिता सद्भिः कृतघ्ने नास्ति निष्कृतिः ॥

कि ब्रह्महत्या करने वाले, शराबी, चोर और व्रतभंग करने वाले के लिए तो प्रायश्चित्त का विधान है, किन्तु तुम-जैसे कृतघ्न के उद्धार का कोई उपाय नहीं है।

उसने मुझे चेतावनी दी है कि जब तक मैं तुम्हें अपने घर नहीं ले जाऊंगा, तब तक वह अन्न-जल ग्रहण नहीं करेगी। इसीलिए मैं उदास और चिन्तित हूं।

वानर ने कहा—मित्र! तुम्हारी पत्नी ठीक ही कहती है।

वर्जयेत्कौलिकाकारं मित्रं प्राज्ञतरो नरः।
आत्मनः सम्मुखं नित्यं य आकर्षति लोलुपः ॥

वास्तव में, बुद्धिमान् व्यक्ति को किसी लोभ के कारण मित्र को अपने यहां प्रतिदिन बुलाने वाले, परन्तु उसके यहां कभी न जाने वाले मित्र को त्याग देना चाहिए।

ददाति प्रतिगृह्णाति गुह्यमाख्याति पृच्छति।
भुङ्क्ते भोजयते चैव षड्विधं प्रीतिलक्षणम् ॥

सच्चे मित्र के छह लक्षण होते हैं—कुछ देना और कुछ लेना, मित्र को खिलाना और उसके यहां खाना, मित्र को अपने रहस्य बताना तथा उसके रहस्यों को जानना।

वानर बोला—मित्र! तुम्हारा निवास जल में है और मैं वहां नहीं जा सकता। तुम अपनी पत्नी को ही यहां ले आओ।

मगरमच्छ बोला—हम समुद्र के भीतर एक रेतीले द्वीप में रहते हैं। मैं वहां तक तुम्हें अपनी पीठ पर बिठाकर ले चलूंगा।

वानर के सहमत होने पर मगरमच्छ उसे अपनी पीठ पर बिठाकर समुद्र के बीच चल दिया।'

समुद्र के मध्य में पहुंचने पर मगरमच्छ से रहा न गया। वह अधीर होकर वानर से बोला—वास्तव में, मेरी पत्नी तुम्हारे दिल को खाना चाहती है, इसीलिए मैं तुम्हें फुसलाकर ले जा रहा हूं।

मगरमच्छ के वचन सुनकर वानर ने अपनी बुद्धि के सन्तुलन को बनाये रखा और मधुर स्वर में बोला—अरे मित्र! इतनी-सी बात के लिए तुम चिन्तित क्यों हो रहे हो? तुमने मुझे यहां लाने से पहले ही यह क्यों नहीं बताया? मैं तो

अपना दिल प्रतिदिन वृक्ष की कोटर में रखकर ही नीचे उतरता हूं। तुमने पहले कहा होता, तो मैं उसे लेकर ही तुम्हारे साथ चलता।

वानर की बात पर विश्वास करके मगरमच्छ बोला—अब क्या करें?

वानर ने कहा—मुझे वृक्ष तक ले चलो। मैं वहां से अपना दिल उठा लाऊंगा और फिर तुम्हारे साथ चल दूंगा। मगरमच्छ ने वैसा ही किया। लौटने पर किनारे के पास आते ही वानर कूदकर पानी से बाहर आ गया और वृक्ष पर चढ़कर अपने प्राण बचाने के लिए भगवान् को धन्यवाद देते हुए अपने आप से बोला कि नीतिकारों ने ठीक ही कहा है

न विश्वसेदविश्वस्ते विश्वस्तेऽपि न विश्वसेत्।
विश्वासाद्भयमुत्पन्नं मूलान्यपि निकृन्तति॥

कि विश्वास के अयोग्य प्राणी पर कभी विश्वास नहीं करना चाहिए। यहां तक कि विश्वसनीय पर भी अन्धाधुन्ध विश्वास नहीं करना चाहिए। सच तो यह है कि विश्वास में आकर ही प्राणी अपना सब कुछ नष्ट कर बैठता है।

अपने प्राण बचने को वानर अपना पुनर्जन्म मानने लगा, तो मगरमच्छ ने उससे दिल देने की मांग की। यह सुनकर वानर हंस दिया और मगरमच्छ को धिक्कारते हुए बोला—अरे मूर्ख! तू तो आस्तीन का सांप है, तूने तो मित्रता को कलंकित कर दिया! क्या कभी दिल को भी शरीर से अलग किया जा सकता है? अब से मेरा-तेरा सम्बन्ध समाप्त। अब फिर कभी इधर मुंह न करना। नीतिकारों ने ठीक ही कहा है

सकृद्दुष्टञ्च यो मित्रं पुनः सन्धातुमिच्छति।
स मृत्युमुपगृह्णाति गर्भमश्वतरी यथा॥

कि एक बार कपटी सिद्ध हो जाने वाले प्राणी से पुनः मैत्री सम्बन्ध रखने का अर्थ खच्चरी द्वारा गर्भधारण करने के रूप में जान-बूझकर अपनी मृत्यु और अपने विनाश को आमन्त्रण देना होता है।

वानर के वचन सुनकर मगरमच्छ बहुत लज्जित हुआ और घर पहुंचने से पहले ही वानर को अपने मन की बात बताने के लिए अपने को कोसने लगा। फिर वह किसी प्रकार वानर को पुनः विश्वास दिलाने का प्रयास करते हुए बोला—मित्र! मैंने तो तुम्हारे साथ मज़ाक़ किया था, वरना क्या मैं अपने मित्र के साथ ऐसा व्यवहार कर सकता हूं? अब चलो और अपनी भाभी के आतिथ्य को स्वीकार कर हम दोनों को कृतार्थ करो।

वानर बोला—क्या तूने मुझे भी मूर्ख समझ रखा है कि मैं तुझ पर विश्वास कर लूंगा?

बुभुक्षितः किं न करोति पापं

क्षीणा जना निष्करुणा भवन्ति।
आख्याहि भद्रे प्रियदर्शनस्य
न गंगदत्तः पुनरेति कूपम्॥

गंगदत्त ने भी तो प्रियदर्शन के पास यही सन्देश भेजा था कि अब वह दोबारा इस कुएं में नहीं आयेगा; क्योंकि वह इस तथ्य को समझ चुका है कि भूखे व्यक्ति निर्दय होते हैं और वे कोई भी पाप कर सकते हैं।

मगरमच्छ ने कहा—यह कैसी कथा है?

इस पर वानर उसे सुनाने लगा।

कथा क्रम : दो

किसी कुएं में रहने वाले मेढकों के राजा गंगदत्त ने अपने परिजनों के व्यवहार से दुखी होकर उन्हें कुछ पाठ पढ़ाने की सोची।

आपदि येनापकृतं येन च
हसितं दशासु विषमासु।
अपकृत्य तयोरुभयोः पुनरपि
जातं नरं मन्ये॥

कहा भी है कि विपत्ति के समय अहित करने वाले तथा संकट में पड़े व्यक्ति का मज़ाक़ उड़ाने वाले से बदला लेने वाला व्यक्ति ही जीवित माना जाता है। दुष्टों की उपेक्षा करने वाले को तो मृत ही समझना चाहिए।

यह सोचते हुए गंगदत्त को एक सांप अपने बिल में घुसता हुआ दिखाई दिया, तो उसने सोचा कि क्यों न मैं इस सांप को अपने साथ इस कुएं में ले जाऊं, ताकि मेरे विरोधियों का सर्वनाश हो जाये;

शत्रुभिर्योजयेच्छत्रुं बलिना बलवत्तरम्।
स्वकार्य्याय यतो न स्यात्काचित्पीडाऽत्र तत्क्षये॥

क्योंकि शत्रुओं को शत्रुओं के साथ और बलवानों को बलवानों के साथ भिड़ा देने से उन दोनों की हानि हो जाती है, जबकि अपना कुछ भी नहीं बिगड़ता।

शत्रुमुन्मूलयेत्प्राज्ञस्तीक्ष्णं तीक्ष्णेन शत्रुणा।
व्यथाकरं सुखार्थाय कण्टकेनैव कण्टकम्॥

जिस प्रकार शरीर में घुसे कांटे को निकालने के लिए कांटे का ही प्रयोग किया जाता है, इसी प्रकार अपने किसी शत्रु को नष्ट करने के लिए उसके किसी बलवान् शत्रु को नियुक्त कर देना चाहिए।

यह सोचकर गंगदत्त ने सांप के बिल के पास जाकर उसे पुकारा—अरे प्रियदर्शन! ज़रा बाहर आकर मेरी बात तो सुनो। सांप ने सोचा—मुझे पुकारने

वाला कोई सांप तो नहीं लगता, फिर मुझे कौन बुला रहा है? बिल से बाहर निकले बिना तो पता लगाना सम्भव नहीं, लेकिन बिना जाने बिल से बाहर आना भी ठीक नहीं।

यस्य न ज्ञायते शीलं न कुलं न च संश्रयः।
न तेन सङ्गतिं कुर्य्यादित्युवाच बृहस्पतिः॥

देवगुरु बृहस्पति के अनुसार—किसी अज्ञात कुल, शील तथा आचरण वाले जीव का संग-साथ कभी ख़तरे से ख़ाली नहीं होता, अतः ऐसे व्यक्ति का साथ कभी नहीं करना चाहिए।

कौन जाने, मुझे बुलाने वाला मुझे बन्धन में बांध ले अथवा अपना कोई बदला चुकाने के लिए किसी को अपने साथ ले आया हो। यह सोचकर सर्प ने पुकारने वाले से अपना परिचय देने को कहा, तो गंगदत्त बोला—मैं मेढकों का राजा गंगदत्त तुम्हारे साथ मित्रता करने आया हूं। इस पर उस सांप ने सोचा कि भक्षक और भक्ष्य का सम्बन्ध तो तिनके और आग के सम्बन्ध-जैसा होता है।

यो यस्य जायते वध्यः स स्वप्नेऽपि कथञ्चन।
न तत्समीपमभ्येति तत्किमेवं प्रजल्पसि॥

जिसका वध किया जाता है, वह तो भूलकर भी वधिक के पास नहीं जाता, फिर तुम ये बे-सिर-पैर की बातें क्यों कर रहे हो?

गंगदत्त बोला—तुम ठीक कहते हो, हमारी-तुम्हारी तो जन्मजात शत्रुता है, अतः मेरा तुम्हारे पास आना स्वाभाविक नहीं है, लेकिन मेरे जाति-बन्धुओं ने मुझे प्रताड़ित करके बदला लेने के लिए विवश कर दिया है। कहा भी गया है

सर्वनाशे च सञ्जाते प्राणानामपि संशये।
अपि शत्रुं प्रणम्यापि रक्षेत्प्राणधनानि च॥

कि अपने सर्वनाश तथा प्राणहानि की सम्भावना होने पर अपने धन व प्राणों की रक्षा के लिए गधे को भी बाप बनाने में संकोच नहीं करना चाहिए। इसमें कुछ भी ग़लत नहीं।

सांप ने पूछा— यह बताओ कि तुम्हारा अपमान किसने किया है?

गंगदत्त ने कहा—मेरे अपने ही जाति-बन्धुओं ने।

सांप ने पूछा—तुम रहते कहां हो, कुएं में, बावड़ी में या किसी पक्के तालाब में?

गंगदत्त बोला—मैं पत्थरों वाले कुएं में रहता हूं।

सांप ने कहा—तुम तो जानते हो कि पैर न होने के कारण हम उधर नहीं जा सकते। जब मैं वहां जा ही नहीं सकता, तो तुम्हारे शत्रुओं का विनाश कैसे कर सकता हूं? मेरे पास तुम्हारा आना बेकार है।

यच्छक्यं ग्रसितुं शस्तं ग्रस्तं परिणमेच्च यत्।
हितञ्च परिणामे यत्तदाद्यं भूतिमिच्छता॥

अपना हित चाहने वाले व्यक्ति को वही पदार्थ खाना चाहिए, जो खाने योग्य हो, सुपाच्य हो तथा स्वास्थ्य के लिए उपयोगी भी हो। इसी प्रकार काम भी वही करना चाहिए, जो अपने वश का तथा लाभकारी हो।

गंगदत्त बोला—तुम चलो तो सही। मैं तुम्हें कुएं में प्रवेश करा दूंगा। यदि तुम्हें यह स्वीकार न हो, तो कुएं के पास ही एक छोटा-सा तालाब है, तुम उसमें रहना आरम्भ कर दो और कुएं से निकलकर बाहर आये मेढकों को अपना आहार बना लिया करना।

सांप ने भी सोचा—अब मैं बूढ़ा हो गया हूं, दिन में बड़ी मुश्किल से एक-आध चूहा हाथ लगता है। जब यह मूर्ख अपने ही परिवार का विनाश करना चाहता है, तो मैं इस अवसर को क्यों छोड़ूं?

यो हि प्राणपरिक्षीणः सहायपरिवर्जितः।
स हि सर्वसुखोपायां वृत्तिमारचयेद् बुधः॥

किसी भी असमर्थ और असहाय प्राणी की बुद्धिमानी इसी में है कि यदि उसे पेट भरने का सुगम साधन मिल सकता हो, तो उसे वह साधन कभी नहीं छोड़ना चाहिए।

यह सोचकर सांप ने गंगदत्त से कहा—यदि तुम किसी सुगम मार्ग से मुझे कुएं तक पहुंचा सकते हो, तो मुझे वहां चलने में कोई आपत्ति नहीं है। जब हम मित्र बन ही गये हैं, तो मुझे तुम पर विश्वास करना ही होगा।

गंगदत्त बोला—मित्र प्रियदर्शन! मेरा एक सुझाव है। मैं जिन मेढकों की ओर संकेत करूंगा, तुम केवल उन्हें ही खाओगे।

यह सुनकर प्रियदर्शन ने अपनी सहमति जतलायी और वह गंगदत्त के साथ चल दिया। गंगदत्त ने उस सांप को एक सुरक्षित स्थान में बिठाकर अपने सभी शत्रु दिखा दिये, जिन्हें वह एक-एक करके खा गया।

कुएं के सभी मेढकों के समाप्त हो जाने पर सांप गंगदत्त से बोला—अब तो सब मेढक समाप्त हो गये हैं। अब मैं क्या खाऊं? मुझे यहां तुम लाये हो, मेरे भोजन का प्रबन्ध करना तुम्हारी ज़िम्मेदारी है। मेरे बिल पर तो अब किसी और ने अपना अधिकार कर लिया होगा, अतः अब मेरा वहां लौट पाना भी सम्भव नहीं। अब तुम मुझे अपने ही परिवार का एक-एक मेढक प्रतिदिन खाने के लिए दे दिया करो, नहीं तो मुझे मनमानी करनी पड़ेगी।

अब गंगदत्त की आंखें खुलीं और वह सांप को वहां लाने की अपनी मूर्खता पर पछताने लगा। उसे याद आ गया

योऽमित्रं कुरुते मित्रं वीर्य्याभ्यधिकमात्मनः।
स करोति न सन्देहः स्वयं ही विषभक्षणम्॥

कि अपने से अधिक शक्तिशाली शत्रु को अपना मित्र समझने वाला व्यक्ति, तो विष खाकर स्वस्थ जीवन की इच्छा करने वाला मूर्ख होता है।

अब मुझे प्रतिदिन इस सांप को अपना एक परिजन सौंपना ही होगा;

सर्वस्वहरणे युक्तं शत्रुं बुद्धियुता नराः।
तोषयन्त्यल्पदानेन वाडवं सागरो यथा॥

क्योंकि सब कुछ छीन लेने को तैयार शत्रु को थोड़ा-बहुत देकर सन्तुष्ट करने में ही बुद्धिमानी है। इसीलिए तो समुद्र भी बड़वानल को प्रतिदिन थोड़ा-बहुत जल देता रहता है।

यो दुर्बलोऽण्वपि याच्यमानो
बलीयसा यच्छति नैव साम्ना।
प्रयच्छते नैव च दर्श्यमानं
खारीं स चूर्णस्य पुनर्ददाति॥

प्रबल शत्रु द्वारा उसके द्वारा मांगी गयी वस्तु को उसे न देने वाला दुर्बल व्यक्ति थोड़ा बचाने के लालच में अपना सर्वस्व गंवा देने की मूर्खता करता है।

सर्वनाशे समुत्पन्ने अर्द्धं त्यजति पण्डितः।
अर्द्धेन कुरुते कार्य्यं सर्वनाशो हि दुस्तरः॥

बुद्धिमानी इसी में है कि यदि सारा जाता दिखाई दे और आधा देकर आधे को बचाया जा सके, तो आधा अवश्य दे देना चाहिए। अपना काम आधे से ही चला लेने पर सहमत हो जाना चाहिए।

न स्वल्पस्य कृते भूरि नाशयेन्मतिमान्नरः।
एतदेव हि पाण्डित्यं यत्स्वल्पाद्भूरिरक्षणम्॥

बुद्धिमान् व्यक्ति को थोड़ा बचाने के लिए अधिक को नहीं गंवा देना चाहिए। थोड़ा देकर अधिक की रक्षा करना ही उचित और बुद्धिमानी है।

यथा हि मलिनैर्वस्त्रैर्यत्र तत्रोपविश्यते।
एवं चलितवित्तस्तु वित्तशेषं न रक्षति॥

जिस प्रकार मैले वस्त्रों वाला व्यक्ति कहीं पर भी बैठ जाता है, उसे कुछ भी गन्दा होने की आशंका नहीं होती, इसी प्रकार अपना धन गंवा चुके व्यक्ति को अपना धन पुनः प्राप्त करने का कोई उपाय नहीं दिखाई देता।

प्रतिदिन एक-एक मेढक को खाते-खाते वह सांप एक दिन गंगदत्त के बेटे यमुनादत्त को भी खा गया। अब गंगदत्त आंसू बहाने के सिवा क्या कर सकता था? वह रोते-रोते अपने आप से कहने लगा—

किं क्रन्दसि दुराक्रन्द स्वपक्षक्षयकारक।
स्वपक्षस्य क्षये जाते को नस्त्राता भविष्यति॥

अपने पैरों पर अपने-आप कुल्हाड़ी मारने वाले मूर्ख, अब तू क्यों रोता है? जब तूने अपने वंश को ही मरवा डाला, तो अब तुझे बचाने के लिए कौन आयेगा?

अब भी समय है, अपने बचाव के बारे में सोच, वरना यह सांप तेरे सारे परिवार को खा जायेगा। गंगदत्त अभी इस विषय में सोच ही रहा था कि उसे पता चला कि अपने वंश में वह अकेला ही बचा है, शेष सारे मेढकों को सांप अपनी भूख मिटाने के लिए खा चुका है।

प्रियदर्शन सांप गंगदत्त से कहने लगा—अब तुम किसी अन्य कुएं या तालाब आदि में रहने वाले मेढकों को यहां लेकर आओ, ताकि मेरे भोजन का प्रबन्ध हो सके। तुम ही तो मुझे यहां लाये हो, अतः मेरे भोजन की व्यवस्था करना भी तुम्हारा ही कर्तव्य है।

गंगदत्त बोला—ठीक है, मैं दूसरे स्थानों से मेढकों को लाने के लिए जाता हूं, तुम मुझे यहां से जाने की अनुमति दो। प्रियदर्शन ने उसे जाने की अनुमति दे दी और मेढकों सहित उसके लौटने की प्रतीक्षा करने लगा। जब वह बहुत दिनों तक न लौटा, तो निराश होकर उस सांप ने अपनी पड़ोसिन गोह से कहा—तुम तो गंगदत्त को जानती हो, उसे कहला दो कि यदि और मेढकों का प्रबन्ध नहीं हो पा रहा है, तो वह आकर मुझे बता जाये।

गोह से सर्प का यह सन्देश सुनकर गंगदत्त बोला—

बुभुक्षितः किं न करोति पापं
क्षीणा नरा निष्करुणा भवन्ति।
आख्याहि भद्रे प्रियदर्शनस्य
न गंगदत्तः पुनरेति कूपम्॥

मेरी ओर से उस सांप को कह देना कि अब मैं समझ गया हूं कि भूख किसी भी प्राणी को कितना निर्मम बना देती है और भूखे व्यक्ति कितने विवेकहीन हो जाते हैं। अब गंगदत्त उसके पास जाने वाला नहीं।

मगरमच्छ को यह कथा सुनाकर वानर बोला—मैं भी अब तेरे झांसे में आने वाला नहीं।

इस पर मगरमच्छ बोला—मित्र! ऐसा मत करो। यदि तुम मेरे साथ नहीं चलोगे, तो तुम्हारी भाभी अपना अनशन नहीं तोड़ेगी और मैं भी यहीं तुम्हारे सामने ही अनशन करके अपने प्राण त्याग दूंगा।

यह सुनकर वानर बोला—मैं लम्बकर्ण की तरह मूर्ख नहीं हूं, जो अपने सर्वनाश को जानकर भी वहां जाऊं।

अगतश्च गतश्चैव दृष्ट्वा सिंहपराक्रमम्।
अकर्णहृदयो मूर्खो यो गत्वा पुनरागतः॥

सिंह के पराक्रम को देखकर भाग गया लम्बकर्ण गधा अपने कानों पर विश्वास न करके वापस लौट आया और उस सिंह का आहार बन गया।

मगरमच्छ की जिज्ञासा पर वानर उसे लम्बकर्ण गधे की कथा सुनाने लगा।

कथा क्रम : तीन

जंगल में रहने वाला करालकेशर नामक सिंह एक बार किसी बलवान् हाथी से भिड़ गया और इतना घायल हो गया कि उसका अपने लिए आहार जुटाना भी सम्भव न रहा। इधर उसका पुराना सेवक धूसरक श्रृगाल भी भूखों मर रहा था। सिंह ने गीदड़ से किसी जीव को फुसलाकर अपने पास लाने को कहा, तो खोज में भटकते हुए धूसरक को पास ही किसी गांव में लम्बकर्ण नामक गधा मिल गया। वह हरी घास खाता हुआ आनन्दपूर्वक घूम रहा था। गीदड़ उससे मीठी-मीठी बातें करने लगा और उसे हरी घास से भरे एक बड़े मैदान की ओर चलने की सलाह देने लगा। गीदड़ ने गधे की ऐसी ख़ुशामद की कि वह उसे अपने साथ लाने में सफल हो गया। गीदड़ ने लम्बकर्ण नामक उस लोभी और कामी गधे को उस स्थान पर तीन गधियों के होने का आश्वासन देकर वहां जाने के लिए इतना उकसाया कि वह उतावला हो उठा। वह बोला—

नामृतं न विषं किञ्चिदेकां भुक्त्वा नितम्बिनीम्।
यस्याः सङ्गेन जीव्येत म्रियते च वियोगतः॥

स्त्री-भोग के समान सुख इस संसार में दूसरा नहीं है। स्त्री का संग अमृत के समान जीवनदायी होता है और उसका वियोग विष के समान मृत्युकारक होता है।

यासां नाम्नापि कामः स्यात्सङ्गमं दर्शनं विना।
तासां दृक्सङ्गमं प्राप्य यन्न द्रवति कौतुकम्॥

स्त्री का संगम तो बड़े सौभाग्य से मिलता है, उसका नाम लेते ही प्राणी के मन में काम जागृत हो जाता है। स्त्री के मिलने पर न पिघलने वाले पुरुष को तो गया-गुज़रा ही समझना चाहिए।

बस, फिर क्या था, गधा तुरन्त ही गीदड़ के साथ चल पड़ा। गधे को आता देखकर सिंह उस पर झपटा, किन्तु असमर्थ होने के कारण उसका पञ्जा गधे की पीठ पर न लग सका और गधा भाग खड़ा हुआ।

गीदड़ ने अपने परिश्रम को व्यर्थ करने के लिए उस सिंह को ख़ूब खरी-खोटी सुनायी, तो सिंह ने अपनी का रोना रोकर गीदड़ से अनुरोध किया कि तुम

उस गधे को एक बार फिर यहां ले आओ, तो मैं अवश्य ही उसका वध कर डालूंगा।

गीदड़ गधे की ओर दोबारा चल दिया और वहां पहुंचकर गधे से बोला—तुम भाग क्यों आये? अरे, वह गधी तो तुम्हारा आलिंगन करने के लिए तुम्हारी ओर बढ़ रही थी। तुम्हारे भाग आने से वह इतनी अधिक काम-विह्वल हो रही है कि यदि तुमने उसकी इच्छा पूरी न की, तो वह मर जायेगी और उसकी हत्या का पाप तुम्हें लगेगा। यही नहीं, कामदेव भी तुम पर नाराज़ होकर तुम्हें नपुंसक बना डालेंगे।

स्त्रीमुद्रां मकरध्वजस्य जयिनीं सर्वार्थसम्पत्करीं
ये मूढाः प्रविहाय यान्ति कुधियोमिथ्याफलान्वेषिणः।
ते तेनैव निहत्य निर्दयतरं नग्नीकृता मुण्डिताः
केचिद्रक्तपटीकृताश्च जटिलाः कापालिकाश्चापरे॥

क्या तुम नहीं जानते कि स्त्रियों से दूर भागने वाले साधु-सन्त नंगे, सिर घुटे, लाल वस्त्रधारी, जटाधारी एवं कापालिक क्यों हैं? यह कामदेव के प्रकोप का ही परिणाम है। उन मूर्खों ने कामदेव के कभी व्यर्थ न जाने वाले अस्त्र, सभी सम्पत्तियों की प्रदाता तथा सृ‍ि का विस्तार करने वाली स्त्री की उपेक्षा करने का दुस्साहस किया ‍। इसीलिए क‍ मदेव ने उन्हें भूखा-नंगा रहने का शाप दिया है और इसी के फलस्वरूप अब वे तप के बहाने अनेक प्रकार के कष्ट भोग रहे हैं।

गीदड़ के वचन सुनकर काम-मोहित गधा पुनः उसके साथ सिंह के पास चल दिया।

जानन्नपि नरो दैवात्प्रकरोति विगर्हितम्।
कर्म किं कस्यचिल्लोके गर्हितं रोचते कथम्॥

सच तो यह है कि दुर्भाग्य का मारा व्यक्ति जान-बूझकर निन्दित कर्म में प्रवृत्त होता है। यदि ऐसा न हो, तो बुरे काम करना किसे अच्छा लगता है?

इस बार पहले से तैयार बैठे सिंह ने पूरे ज़ोर से उछलकर गधे का वध कर डाला। गधे के मारे जाने पर सिंह तो स्नान करने चला गया और मरे हुए गधे की रखवाली का काम गीदड़ को सौंप गया। गीदड़ ने गधे के दोनों कानों और दिल को खा लिया। स्नान करके वापस लौटे सिंह ने गधे को दोनों कानों और दिल से रहित देखकर अपने शिकार को जूठा करने के लिए गीदड़ को बुरा-भला कहा, तो गीदड़ बोला—स्वामी! मैंने कुछ नहीं किया। इस गधे के कान और दिल थे ही नहीं, तभी तो एक बार आपका सामना हो जाने पर भी वह दोबारा यहां चला आया। सिंह ने गीदड़ की बात पर विश्वास कर लिया और उसके हिस्से का

मांस उसे दे दिया।

आगतश्च गतश्चैव दृष्ट्वा सिंहपराक्रमम्।
अकर्णहृदयो मूर्खो यो गत्वा पुनरागतः॥

मगरमच्छ को यह कथा सुनाकर वानर बोला—वह गधा कान और दिल दोनों से सचमुच रहित था, तभी तो एक बार सिंह के आक्रमण से बचकर वह दोबारा अपने विनाश के लिए वहां जा पहुंचा।

अरे मूर्ख! तुमने मेरे साथ छल किया है। कहा भी है

स्वार्थमुत्सृज्य यो दम्भी सत्यं ब्रूते सुमन्दधीः।
स स्वार्थात् भ्रश्यते नूनं युधिष्ठिर इवापरः॥

कि सच बोलने का अभिमान करने वाला व्यक्ति अपने स्वार्थ की चिन्ता न करके सत्य-भाषण करने लगता है। ऐसा मूर्ख व्यक्ति निश्चित रूप से युधिष्ठिर नामक कुम्हार के समान अपने पैरों पर आप ही कुल्हाड़ी मार लेता है, अर्थात् अपनी हानि स्वयं ही कर लेता है।

मगरमच्छ की उत्सुकता पर वानर उसे युधिष्ठिर कुम्हार की कथा सुनाने लगा।

कथा क्रम : चार

गांव में रहने वाला युधिष्ठिर नामक कुम्हार एक बार किसी काम से दौड़ता हुआ अपने घर के भीतर जा रहा था कि अचानक अपना पैर फिसलने के कारण वह आंगन में पड़े टूटे-फूटे बरतनों पर जा गिरा और किसी नुकीले बरतन से टकरा जाने से उसका सिर फट गया। सही इलाज न हो पाने के कारण सिर का घाव ठीक न हो सका।

अब कुम्हार का काम न कर सकने के कारण युधिष्ठिर काम की तलाश में किसी नगर में पहुंचा, तो वहां सैनिकों की भरती चल रही थी। भरती करने वाले ने कुम्हार के माथे पर लगे घाव को देखकर समझा कि यह कोई योद्धा है, जो सामने से वार झेलता है, अपनी पीठ नहीं दिखाता। उसे तत्काल सैनिक भरती कर लिया गया। इतना ही नहीं, उसे अन्य सुविधाएं भी दी जाने लगीं, जिससे अन्य सैनिक उससे ईर्ष्या करने लगे, परन्तु उसे अपने अधिकारी का कृपापात्र जानकर वे कुछ भी कह नहीं सके। कुछ दिनों बाद, किसी पड़ोसी राजा द्वारा मचाये जा रहे उत्पात का समाचार सुनकर वहां योद्धाओं की एक टुकड़ी भेजने का निश्चय किया गया। जब कुम्हार को एकान्त में बुलाकर उससे उसके सिर के घाव के बारे में पूछा गया, तो उसने अपनी जाति और अपने घाव के विषय में सच-सच बता दिया। सेनाध्यक्ष एक साधारण कुम्हार को वीर योद्धा समझने

की अपनी मूर्खता पर लज्जित हो उठा और उसे तुरन्त ही वहां से चले जाने को कहा।

कुम्हार बोला—मैं मानता हूं कि मैं छोटी जाति का हूं और मैंने कभी युद्ध नहीं किया, किन्तु मेरी प्रार्थना है कि मुझे अपनी वीरता दिखाने का अवसर दीजिये।

सेनाध्यक्ष ने कहा—तुम किसी ग़लतफ़हमी का शिकार होकर डींग हांक रहे हो, किन्तु तुम्हारा हित यहां से तुरन्त चले जाने में ही है। गीदड़ के अहंकार पर सिंहनी ने भी उसे यही सीख देते हुए कहा था—

शूरश्च कृतविद्यश्च दर्शनीयोऽसि पुत्रक।
यस्मिन्कुले त्वमुत्पन्नो गजस्तत्र न हन्यते॥

हे पुत्र ! माना कि तुम विद्वान् होने के साथ-साथ साहसी और शूरवीर भी हो, किन्तु यह मत भूलो कि जिस कुल में तुम उत्पन्न हुए हो, वहां हाथी का वध नहीं किया जाता।

कुम्हार की उत्सुकता पर सेनाध्यक्ष उसे यह कथा सुनाने लगा।

कथा क्रम : पांच

किसी जंगल में रहने वाली सिंहनी ने दो शावकों को जन्म दिया, तो उसके लिए भोजन का प्रबन्ध सिंह ही किया करता था। एक दिन सूर्यास्त हो जाने पर भी जब उसे उपयुक्त शिकार नहीं मिला, तो वह शाम को गीदड़ के एक छोटे-से बालक को उठा लाया। उसे देखकर सिंहनी बोली—

स्त्रीविप्रलिंगिबालेषु प्रहर्त्तव्यं न कर्हिचित्।
प्राणत्यागेऽपि सञ्जाते विश्वस्तेषु विशेषतः॥

स्त्रियों, ब्राह्मणों और बालकों को शास्त्र भी अवध्य बतलाते हुए कहते हैं कि प्राणों पर संकट आने पर भी इनका वध कभी नहीं करना चाहिए। अतः मैं इसे अपना आहार नहीं बना सकती। इसका वध तो एक अनुचित कर्म होगा।

अकृत्यं नैव कर्त्तव्यं प्राणत्यागेऽपि संस्थिते।
न च कृत्यं परित्याज्यं धर्म एष सनातनः॥

धर्म का विधान यही है कि किसी भी हालत में व्यक्ति को करणीय कर्म कभी छोड़ना नहीं चाहिए और अकरणीय कर्म कभी करना नहीं चाहिए।

अपनी मां से बिछड़े इस नन्हे-से बच्चे को मैं अपना तीसरा बेटा मानकर इसका पालन-पोषण करूंगी। बस, फिर तो वह गीदड़ का बच्चा भी शेर के बच्चों के साथ घूमने-फिरने और खेलने-कूदने लगा।

एक बार शेर के बच्चों ने जंगल में एक हाथी को देखा, तो शेर के बच्चे उस पर आक्रमण करने को लपके, किन्तु गीदड़ का बच्चा उन्हें ऐसा करने से

रोकते हुए अपने प्राणों के भय से भाग खड़ा हुआ। यह देखकर शेर के बच्चे सोच में पड़ गये। कहा भी गया है

एकेनापि सुधीरेण सोत्साहेन रणं प्रति।
सोत्साहं जायते सैन्यं भग्ने भङ्गमवाप्नुयात्॥

कि अकेले सेनापति द्वारा रण में उत्साहित किये जाने पर, जहां सेना दुर्बल होने पर भी चमत्कार करने में सफल हो जाती है, वहीं निरुत्साहित किये जाने पर कभी-कभी प्रबल सेना को भी पराजय का मुंह देखना पड़ जाता है।

अत एव हि वाञ्छन्ति भूपा योधान्महाबलान्।
शूरान्वीरान्कृतोत्साहान्वर्जयन्ति च कातरान्॥

यही कारण है कि युद्ध-विद्या के पण्डित सेना में सदैव शूरवीर, उत्साही, ख़तरों से खेलने वाले तथा प्राणों से मोह न रखने वाले युवकों की ही भरती का समर्थन करते हैं।

घर पहुंचकर सिंह-शावकों ने हाथी को देखकर गीदड़ के बच्चे के भाग खड़े होने और अपने को निरुत्साहित करने की शिकायत की, तो गीदड़ का बच्चा क्रुद्ध हो उठा और अपने साहस की डींग हांकने लगा। सिंहनी आशंकित हो उठी कि कहीं यह झगड़ा युद्ध का रूप न ले ले और गीदड़ का बच्चा मारा न जाये। सिंहनी ने तुरन्त ही एकान्त में बुलाकर उसे उसके कुल की असलियत बताकर वहां से भाग जाने की सलाह दी। वह बोली—

शूरोऽसि कृतविद्योऽसि दर्शनीयोऽसि पुत्रक।
यस्मिन्कुले त्वमुत्पन्नो गजस्तत्र न हन्यते॥

वत्स! माना कि तू मेरा दूध पीकर शूरवीर, साहसी और समझदार हो गया है, किन्तु तुझे यह नहीं भूलना चाहिए कि तू जिस कुल में उत्पन्न हुआ है, वहां हाथियों का शिकार नहीं किया जाता।

मेरे द्वारा पाले जाने से तू गीदड़ से शेर नहीं बन गया। मेरे पुत्रों को वास्तविकता का पता चलने से पहले ही तुझे यहां से चले जाना चाहिए, अन्यथा कहीं तुझे अपने प्राणों से हाथ न धोना पड़ जाये?

यह कथा सुनाकर सेनाध्यक्ष बोला—अब तेरी भी असलियत का पता चल गया है। तेरा काम बरतन बनाना है, युद्ध करना नहीं।

सेनाध्यक्ष की सही राय को मानकर कुम्हार तुरन्त अपने गांव को चल दिया।

स्वार्थमुत्सृज्य यो दम्भी सत्यं ब्रूते सुमन्दधीः।
स स्वार्थाद् भ्रश्यते नूनं युधिष्ठिर इवापरः॥

अपने स्वार्थ की हानि की चिन्ता न करके सच बोलने का दिखावा करने वाला व्यक्ति युधिष्ठिर कुम्हार की भांति घाटे में ही रहता है।

वानर बोला—अरे दुष्ट! तूने अपनी पत्नी के बहकावे में आकर मित्रता की बलि चढ़ा दी! क्या स्त्रियां भी कभी विश्वसनीय होती हैं?

ब्राह्मण बोला—

यदर्थे स्वकुलं त्यक्तं जीवितार्द्धञ्च हारितम्।
सा मां त्यजति निःस्नेह कः स्त्रीणां विश्वसेन्नरः॥

जिस स्त्री के लिए मैंने अपने परिवार को छोड़ा, यहां तक कि अपनी आधी आयु भी उसे दे दी, जब उस कृतघ्न स्त्री ने मेरे साथ ही विश्वासघात किया, तो ऐसी चरित्रहीन स्त्रियों पर विश्वास करना कहां तक उचित है?

मगरमच्छ बोला—यह कैसी कथा है, मुझे भी सुनाइये।

इस पर वानर उसे यह कथा सुनाने लगा।

कथा क्रम : छह

एक ब्राह्मण अपनी पत्नी से इतना प्यार करता था कि वह उसके दोषों को भी गुण समझता था। अकारण उसकी कलहप्रियता से ऊबकर ब्राह्मण ने अपने माता-पिता को भी छोड़ दिया और अपना अलग घर बसा लिया।

एक बार पति-पत्नी तीर्थ-भ्रमण को निकले, तो मार्ग में प्यास लगने पर पत्नी ने पति से जल लाने के लिए कहा। जल लेकर लौटे ब्राह्मण ने पत्नी को प्राणहीन हो गया देखा, तो पत्नी के मोह में अन्धा बना वह ब्राह्मण आत्महत्या करने को उद्यत हो गया। इसी बीच उसे आकाशवाणी सुनाई दी कि यदि वह अपना आधा जीवन अपनी पत्नी को देने का संकल्प करे, तो उसकी पत्नी जीवित हो जायेगी। ब्राह्मण ने हाथ में जल लेकर ज्यों ही संकल्प लेकर अभिमन्त्रित कया हुआ जल स्त्री पर छिड़का, त्यों ही वह जीवित हो उठी और वे आगे की यात्रा पर चल पड़े।

दो-तीन दिन बाद पत्नी को एक कुएं पर छोड़कर ब्राह्मण भोजन की व्यवस्था करने नगर में गया। इस बीच उस ब्राह्मणी ने एक रूपवान् परन्तु लंगड़े युवक को मधुर कण्ठ से गीत गाते देखा, तो वह उस पर मुग्ध होकर उससे प्रणय-याचना करने लगी। लंगड़े युवक ने उससे बचने की बहुत चेष्टा की, किन्तु ब्राह्मणी की याचना पर युवक को उससे सम्भोग करना ही पड़ा।

ब्राह्मणी को उस युवक से सम्भोग में इतना आनन्द आया कि अब वह ब्राह्मण को छोड़कर उस लंगड़े युवक को ही चाहने लगी।

पति के लौटने पर ब्राह्मणी ने उस लंगड़े युवक को दया का पात्र और अतिथि बताकर अपने पति को उसे भी खाना देने के लिए राज़ी कर लिया और उसे अपने साथ ले चलने की बात भी मनवा ली।

मार्ग में एक अन्धा कुआं आया, तो उस दुष्टा ने लंगड़े युवक के साथ स्वच्छन्द सम्भोग करने की इच्छा से अपने पति को कुएं में धकेल दिया।

उस लंगड़े युवक के साथ ब्राह्मणी एक नगर में पहुंची, तो सैनिकों को अपना पीछा करते देखकर कुछ चोर ब्राह्मणी की पिटारी में लूट का माल डालकर भाग गये। जब सैनिक उस ब्राह्मणी और लंगड़े युवक को न्यायाधीश के पास ले गये, तो ब्राह्मणी ने अपनी निर्दोषता सिद्ध कर दी और अपराध-मुक्त हो गयी।

इधर किसी राह चलते एक साधु ने कुएं में पड़े उस ब्राह्मण को बाहर निकाला, तो ब्राह्मणी को खोजता हुआ, वह ब्राह्मण भी वहां आ पहुंचा। अपने पति को देखकर भयभीत ब्राह्मणी ने पुनः त्रियाचरित्र दिखाना आरम्भ कर दिया। वह न्यायाधीश से कहने लगी कि उसे उस ब्राह्मण से बचाया जाये। इस पर वह ब्राह्मण बोला—मुझे अपनी सफ़ाई में कुछ भी नहीं कहना है। मेरी एक अमानत इस दुष्टा के पास है, उसे लेकर मैं तुरन्त ही चला जाऊंगा।

यह कहकर ब्राह्मण ने हाथ में जल लेकर ज्यों ही अभिमन्त्रित जल उस स्त्री पर डाला, त्यों ही वह निःशेष हो गयी।

बाद में वहां उपस्थित लोगों की जिज्ञासा पर उन्हें सारी आप-बीती सुनाकर ब्राह्मण बोला—

यदर्थे स्वकुलं त्यक्तं जीवितार्द्धञ्च हारितम्।
सा मां त्यजति निःस्नेह कः स्त्रीणां विश्वसेन्नरः॥

स्त्रियों पर विश्वास करने से बड़ी मूर्खता दूसरी कोई नहीं हो सकती। मैंने इस दुष्टा के लिए अपने माता-पिता को छोड़ा और अपनी आधी आयु भी इसे दे दी, लेकिन फिर भी इसने मेरी हत्या करने में संकोच नहीं किया। स्त्रियों का चरित्र और स्वभाव ऐसा ही होता है।

वानर बोला— इसी सम्बन्ध में एक अन्य कथा इस प्रकार है—

न किं दद्यान्न किं कुर्यात्स्त्रीभिरभ्यर्थितो नरः।
अनश्वा यत्र हेषन्ते शिरः पर्वणि मुण्डितम्॥

पुरुष स्त्रियों को क्या नहीं देता और इन्हें प्रसन्न करने के लिए क्या नहीं करता? यहां तक कि अपना सिर मुंड़वाने और पत्नी का घोड़ा बनकर हिनहिनाने में भी पुरुष संकोच नहीं करता, लेकिन इतने पर भी इनकी निष्ठा का कोई विश्वास नहीं।

मगरमच्छ की जिज्ञासा पर वानर उसे यह कथा भी सुनाने लगा—

कथा क्रम : सात

महाप्रतापी राजा नन्द अपनी पत्नी से इतना प्रेम करता था कि उसकी भौहें टेढ़ी

होते ही वह चिन्तित हो उठता था। अपनी पत्नी की प्रसन्नता के लिए राजा नन्द कुछ भी कर सकने की डींग हांका करता था। एक बार उसकी पत्नी ने अपने प्रति अपने पति की अनुरक्ति की परीक्षा लेनी चाही और किसी बात पर रूठकर अनशन पर जा बैठी।

पत्नी को रुष्ट देखकर राजा ने अनेक युक्तियों और ख़ुशामद से अपनी पत्नी को रिझाने का प्रयास किया, परन्तु सफलता न मिली। अन्त में, जब राजा ने पत्नी से उसके प्रसन्न होने का उपाय पूछा, तो वह बोली—तुम्हारे सिर मुंड़ाकर मेरे चरणों में गिरने पर मैं प्रसन्न हो जाऊंगी। राजा ने तुरन्त ही नाई को बुलाकर अपना सिर मुंड़वाया और पत्नी के चरणों में गिरकर उसे प्रसन्न किया।

राजा की पत्नी को इस प्रकार अपने पति पर शासन करता देखकर राजा के प्रधान अमात्य वररुचि की पत्नी में भी ईर्ष्याभाव जाग उठा। वह भी अपने पति की अपने में आसक्ति को जानना चाहती थी। उसने भी अकारण किसी बात पर रुष्ट होकर अपने पति को आत्महत्या से अवगत कराया।

पति अपनी पत्नी को मनाने के प्रयत्न करने में लग गया, किन्तु पत्नी राज़ी नहीं हुई। हारकर वररुचि ने पत्नी से पूछा—तुम्हारी प्रसन्नता का कोई उपाय नहीं? वह बोली—यदि तुम घोड़ा बनकर और मुझे अपनी पीठ पर बिठाकर कुछ दूर चलो और घोड़े की तरह हिनहिनाओ, तो मैं अपना क्रोध छोड़ सकती हूं। पत्नी के प्रेम में अन्धे वररुचि को यह सब करना पड़ा।

प्रात:काल सभा में बैठे अमात्य ने जब राजा से पूछा—महाराज! आपने किस उपलक्ष्य में मुण्डन कराया है, तो राजा ने कहा—मित्र! जिस उपलक्ष्य में तुम्हें घोड़ा बनकर हिनहिनाना पड़ा है।

यह कथा सुनाकर वानर बोला—

न किं दद्यान्न किं कुर्यात्स्त्रीभिरभ्यर्थितो नरः।
अनश्वा यत्र हेषन्ते शिरः पर्वणि मुण्डितम्॥

स्त्री की मांग पर पति उसकी इच्छानुसार उसे सब कुछ देता है और उसके सब काम भी निबटाता है। फिर क्यों स्त्रियां अपने पति को नचाने में विश्वास करती हैं?

अरे दुष्ट! तू भी राजा नन्द और उसके अमात्य वररुचि के समान अपनी पत्नी का दास है। तभी तो पत्नी के कहने पर तू मेरे प्राण लेने को तैयार हो गया। यह तो मेरा सौभाग्य था कि तूने इस रहस्य को प्रकट कर दिया। इसीलिए मौन को महत्त्वपूर्ण माना जाता है।

आत्मनो मुखदोषेण बद्ध्यन्ते शुकसारिकाः।
बकास्तत्र न बद्ध्यन्ते मौनं सर्वार्थसाधनम्॥

मौन रहकर ही बगुले बन्धन में फंसने से बच जाते हैं; क्योंकि व्याध को उनके निवासस्थान का पता ही नहीं चल पाता, लेकिन इसके विपरीत शोर मचाने से शुक और सारिका आदि पक्षी बन्धनग्रस्त हो जाते हैं। इसीलिए मौन को आत्मरक्षा का सर्वोत्तम साधन बताया गया है।

सुगुप्तं रक्ष्यमाणोऽपि दर्शयन्दारुणं वपुः।
व्याघ्रचर्मप्रतिच्छन्नो वाक्कृते रासभो हतः॥

देखो, बाघ की खाल से ढका होने के कारण सुरक्षित जीवन बिता रहा गधा अपनी वाणी के कारण ही मारा गया।

मगरमच्छ को गधे की कथा सुनाता हुआ वानर बोला--

कथा क्रम : आठ

शुद्धपट नामक एक धोबी का गधा पूरा भोजन न मिलने के कारण बहुत दुबला हो गया था। एक दिन अचानक धोबी ने एक मरे हुए बाघ को देखा, तो उसने गधे को सर्दी से बचाने के लिए उस बाघ का चमड़ा उढ़ाने की सोची, जिससे गधे को दो लाभ हुए। एक, तो वह सर्दी से बच गया और दूसरे, वह खेतों में ठाठ से हरी-हरी घास चरने लगा। खेतों के मालिक गधे को बाघ समझकर उसके पास आने की हिम्मत नहीं कर पाते थे। इसलिए वह गधा कुछ ही दिनों में इतना हट्टा-कट्टा हो गया कि धोबी के घर का दरवाज़ा भी उसके लिए छोटा पड़ने लगा, परन्तु एक दिन उस गधे ने एक गधी को रेंकते हुए सुना, तो कामातुर हो जाने के कारण यह गधा भी रेंकने लगा।

गधे के रेंकते ही खेतों के मालिकों को उसकी असलियत का पता चल गया। फिर तो किसानों ने उस गधे की ऐसी पिटाई की कि उसे जान के लाले पड़ गये।

यह कहानी सुनाकर वानर मगरमच्छ से बोला--

सुगुप्तं रक्ष्यमाणोऽपि दर्शयन्दारुणं वपुः।
व्याघ्रचर्मप्रतिच्छन्नो वाक्कृते रासभो हतः॥

अपने भयंकर दिखने वाले शरीर के कारण गधा मज़े से घास चरता था और आनन्द से घूमता-फिरता था, लेकिन अपनी वाणी पर संयम न रख पाने के कारण उसे अपने जीवन से ही हाथ धोने पड़े।

मगरमच्छ और वानर में यह वार्तालाप चल ही रहा था कि मगरमच्छ के एक साथी ने उसे अनशन पर बैठी उसकी पत्नी के परलोकगमन का समाचार सुनाया, जिसे सुनकर मगरमच्छ विलाप करने लगा। कहा भी गया है--

माता यस्य गृहे नास्ति भार्य्या च प्रियवादिनी।

अरण्यं तेन गन्तव्यं यथाऽरण्यं तथा गृहम्॥

कि माता तथा प्रियभाषिणी पत्नी से विहीन घर निवास के योग्य नहीं रह जाता। इन दोनों के न रहने पर प्राणी को जंगल की राह ले लेनी चाहिए। असलियत तो यह है कि ऐसा घर ही जंगल बन जाता है।

वानर से क्षमा मांगते हुए मगरमच्छ बोला—मित्र! मुझे मेरे अपराध के लिए क्षमा करो। अब मैं अपनी पत्नी के वियोग में आत्मदाह करने वाला हूं। वानर ने हंसते हुए कहा—मुझे तुम्हारे जोरू के ग़ुलाम होने की बात तो पहले से ही पता थी, अरे मूर्ख! ऐसी स्त्री से छुटकारे को तो आनन्द का विषय मानना चाहिए और इसके लिए प्रसन्न होना चाहिए, जबकि तुम उलटी गंगा बहा रहे हो।

या भार्य्या दुष्टचारित्रा सततं कलहप्रिया।
भार्य्यारूपेण सा ज्ञेया विदग्धैर्दारुणा जरा॥

विद्वत्जन दुश्चरित्र तथा प्रतिदिन क्लेश करने वाली स्त्री को असमय ही अपने जवान पति को बूढ़ा बना देने वाली बीमारी मानते हैं।

तस्मात्सर्वप्रयत्नेन नामापि परिवर्जयेत्।
स्त्रीणामिह हि सर्वासां य इच्छेत्सुखमात्मनः॥

अतः सुख-शान्ति के इच्छुक पुरुष को ऐसी दुश्चरित्र और झगड़ालू स्त्री का तो नाम भी नहीं लेना चाहिए, उससे तो दूर रहने में ही पुरुष की भलाई है।

यदन्तस्तन्न जिह्वायां यज्जिह्वायां न तद्बहिः।
यद्धितं तन्न कुर्वन्ति विचित्रचरिताः स्त्रियः॥

शायद तुम्हें मालूम नहीं कि स्त्रियां पहले तो अपने मन की बातें कभी जीभ पर लातीं नहीं और यदि कभी भूले-भटके ऐसी कोई बात उनकी जीभ पर आ जाती है, तो वे उसे प्रकट नहीं होने देतीं। वे पुरुष के लाभ के लिए कभी कुछ नहीं करतीं, उनका चरित्र बड़ा ही विलक्षण होता है।

क नाम न विनश्यन्ति मिथ्याज्ञानान्नितम्बिनीम्।
रम्यां य उपसर्पन्ति दीपाभां शलभा यथा॥

दीपक की ज्योति के पास पहुंचे पतंगों के समान मनोहर नितम्बों वाली स्त्री का जाने-अनजाने संग-साथ करने वाला कौन पुरुष इनसे बच पाता है?

अन्तर्विषमया ह्येता बहिश्चैव मनोरमाः।
गुञ्जाफलसमाकाराः स्वभावादेव योषितः॥

स्त्रियां घुंघुची के फल के समान भीतर से विषैली और बाहर से सुन्दर होती हैं। इनकी मीठी-मीठी बातों के पीछे छिपा उद्देश्य अत्यन्त विषैला होता है।

ताडिता अपि दण्डेन शस्त्रैरपि विखण्डिताः।
न वशं योषितो यान्ति न दानैर्न च संस्तवैः॥

डण्डे से पीटने, शस्त्रों से घायल करने, अपार धन देने अथवा खुशामद करने-जैसे किसी भी उपाय से स्त्रियों को अपने वश में नहीं किया जा सकता।

मगरमच्छ बोला—मित्र! तुम्हारी यह बात शत-प्रतिशत सही है, किन्तु मैं तो ऐसा भाग्यहीन हूं, जिसे एक साथ दो-दो कष्ट भुगतने पड़ रहे हैं। एक ओर पत्नी की मृत्यु के कारण मेरा घर बरबाद हो गया, दूसरी ओर, तुम-जैसे मित्र का विश्वास भंग हो गया।

इस सम्बन्ध में एक दुश्चरित्र स्त्री की मूर्खता की कथा इस प्रकार है—

यादृशं मम पाण्डित्यं तादृशं द्विगुणं तव।
नाभूज्जारो न भर्त्ता च किं निरीक्षसि नग्निके॥

एक गीदड़ी ने अपने को मूर्ख बताने वाली एक कुलटा स्त्री से कहा था—अरी, तू मुझसे दुगुनी समझदार है, फिर भी न तू पति की हो सकी और न ही यार की हो सकी। इसीलिए अब नंगी बैठी रो रही है।

वानर द्वारा सुनने की जिज्ञासा प्रकट करने पर मगरमच्छ उसे यह कथा सुनाने लगा—

कथा क्रम : नौ

किसी वृद्ध, किन्तु धनवान् हलवाहे ने एक युवती से विवाह कर लिया। लेकिन उसकी युवती पत्नी अपने पति से सन्तुष्ट न होने के कारण नित्य-प्रति किसी युवक की खोज में लगी रहती थी और रति-भोग में सन्तुष्ट करने वाले युवकों पर अपना धन लुटाया करती थी।

दो-चार बार हलवाहे की स्त्री से सम्भोग कर चुके एक युवक ने एक दिन उस स्त्री से कहा—ऐसा कब तक चलेगा? यदि तुम चाहो, तो मैं तुमसे विवाह करके तुम्हें सम्भोग-सुख दे सकता हूं। हलवाहिन को युवक का प्रस्ताव उचित लगा, तो वह उसके साथ कहीं और जाकर रहने को तैयार हो गयी। युवक के पास धन नहीं था, लेकिन हलवाहिन को इसकी कोई चिन्ता नहीं थी। उसका पति बहुत धनी था। अतः वह स्त्री अपने पति की नक़दी और आभूषण एक बक्से में लेकर उस युवक के पास चली आयी।

युवक हलवाहिन को अपने साथ लेकर किसी दूसरे नगर को चल दिया। रास्ते में एक नदी आयी, तो युवक ने अपनी प्रेमिका से कहा—मैं यह बक्सा नदी के दूसरे किनारे पर रखकर आता हूं, फिर तुम्हें अपने कन्धे पर बिठाकर ले चलूंगा। हलवाहिन उसकी बातों में आ गयी और उसने अपने वस्त्र और आभूषण भी उतारकर अपने प्रेमी को सौंप दिये।

नदी पार करते हुए उस युवक ने सोचा कि इस कुलटा को अपने साथ ले

जाकर कहीं मैं फंस न जाऊं। इसका पति इसकी खोज अवश्य करेगा। फिर, जो कुलटा अपने पति की नहीं हो सकी, वह मेरी क्या रहेगी?

यह सोचकर वह सारा सामान समेटकर चलता बना और वह कुलटा नदी किनारे नंगी बैठी उसकी प्रतीक्षा करती रही। तभी एक गीदड़ी ने नदी के किनारे पर किसी मगरमच्छ को बैठा देखकर अपने हाथ का मांस उसकी ओर फेंक दिया। लेकिन उस मांस को एक गीध ने उठा लिया और वह आकाश में उड़ गया। मगरमच्छ जल में कूद पड़ा। मगरमच्छ को पाने की आशा में अपने हाथ के मांस को गंवा देने पर गीदड़ी को उलाहना देते हुए वह कुलटा बोली—

गृध्रेणापहृतं मांसं मत्स्योऽपि सलिलं गतः।
मत्स्यमांसपरिभ्रष्टे किं निरीक्षसि जम्बुके॥

तेरे हाथ के मांस को तो गीध ले गया और मगरमच्छ पानी में कूद गया। अब अपने हाथ के मांस और मगरमच्छ को गंवाने के पश्चात् तेरे पछताने का क्या लाभ?

गीदड़ी ने भी अपने पति के धन और यार को गंवाकर नंगी बैठी उस कुलटा पर व्यंग्य करते हुए कहा—

यादृशं मम पाण्डित्यं तादृशं द्विगुणं तव।
माभूज्जारो न भर्त्ता च किं निरीक्षसि नग्निके॥

तू तो मुझसे कहीं अधिक समझदार है, फिर तूने क्यों पहले अपने पति के धन को खोया और फिर अपने यार से धोखा खाया। अब तू यहां नंगी बैठी किसकी बाट जोह रही है?

इसी बीच किसी अन्य जलचर ने आकर मगरमच्छ को बताया कि उसके निवास पर किसी बड़े मगरमच्छ ने अधिकार कर लिया है। अपने घर को उस बड़े मगरमच्छ से ख़ाली कराने के उपाय पर विचार करते हुए वह मगरमच्छ बोला—मैं कैसा अभागा हूं

मित्रं ह्यमित्रतां यातमपरं मे प्रिया मृता।
गृहमन्येन च व्याप्तं किमद्यापि भविष्यति॥

कि मेरा मित्र मुझसे रूठ गया, मेरी पत्नी परलोक सिधार गयी और मेरे निवास पर किसी ने अधिकार कर लिया। अब मेरा क्या बनेगा? विद्वानों ने ठीक ही कहा है—

क्षते प्रहारा निपतन्त्यभीक्ष्ण-
मन्नक्षये वर्द्धति जाठराग्निः।
आपत्सु वैराणि समुद्भवन्ति
वामे विधौ सर्वमिदं नराणाम्॥

कि भाग्य के प्रतिकूल होने पर लोगों को बहुत कुछ सहना पड़ता है। घाव पर लगने वाली चोटें असहनीय होती हैं और जब खाने के लिए अन्न भी उपलब्ध नहीं होता, तब भूख बेचैन करती है। संकटकाल में शत्रुओं की संख्या और उनके उत्पातों में भी वृद्धि हो जाती है।

मगरमच्छ सोचने लगा कि क्या इससे युद्ध करके इसे घर से बाहर निकालूं या किसी अन्य साधन का प्रयोग करूं? क्यों न इस बारे में उस वानर से ही सलाह कर लूं;

यः पृष्ट्वा कुरुते कार्य्यं प्रष्टव्यान्स्वहितान्गुरून्।
न तस्य जायते विघ्नः कस्मिश्चिदपि कर्मणि॥

क्योंकि अपने गुरुजनों से पूछकर कार्य करने वाले व्यक्ति को कभी असफलता का मुंह नहीं देखना पड़ता।

यह सोचकर वह वानर के पास जाकर उससे कहने लगा—मित्र! तुमने सुना होगा कि मेरे घर पर किसी ने क़ब्ज़ा कर लिया है। अब मुझे क्या करना चाहिए?

वानर ने उत्तर दिया—मैंने तुझसे अपना सम्बन्ध तोड़ लिया है। अब मैं तुझे कोई सलाह नहीं दूंगा। तेरा मुझसे बात करना व्यर्थ है।

मगरमच्छ कहने लगा—मैं अपने इस अपराध के लिए क्षमा-प्रार्थना करता हूं। इसे तुम मेरी पहली और आख़िरी भूल समझकर अपना क्रोध थूक दो।

वानर बोला—तू तो मुझे अपनी पत्नी की भेंट चढ़ाने वाला था। माना कि पत्नी अत्यन्त प्रिय होती है, परन्तु इसका अर्थ यह तो नहीं होता कि उसकी प्रसन्नता के लिए अपने किसी बन्धु की बलि चढ़ा दी जाये। मैं तो तेरी मूर्खता को पहले ही भांपकर यह भी समझ गया था कि तेरा सर्वनाश होने वाला है।

सतां वचनमादिष्टं मदेन न करोति यः।
स विनाशमवाप्नोति घण्टोष्ट्र इव सत्वरम्॥

अभिमान के कारण सज्जनों के वचनों की उपेक्षा करने वाला मूर्ख गले में घण्टा बंधे ऊंट के समान शीघ्र ही नष्ट हो जाता है।

मगरमच्छ ने पूछा—यह कैसी कथा है?

इस पर वानर उसे यह कथा सुनाने लगा।

कथा क्रम : दस

उज्ज्वलक नामक एक बढ़ई अपनी दरिद्रता से दुखी होकर सोचने लगा कि जब यहां रहकर सुखपूर्वक निर्वाह नहीं हो पाता, तब तक क्यों न किसी अन्य स्थान पर जाकर अपना भाग्य आज़माया जाये। यह सोचकर वह अपने घर से निकल

पड़ा। शाम के समय उसने जंगल में अपनी झुण्ड से बिछड़ी तथा पीड़ा से व्याकुल एक ऊंटनी को देखा। उस ऊंटनी को बच्चा होने वाला था। बढ़ई ने उसे एक रस्सी से बांध दिया और ऊंटनी के बच्चा देने पर उन दोनों को अपने घर ले आया। इसके साथ ही वह उन दोनों के लिए जंगल से कुछ हरे और कोमल पत्ते भी ले आया। कुछ ही दिनों में जच्चा-बच्चा दोनों हृष्ट-पुष्ट हो गये। अब वह बढ़ई ऊंटनी का दूध बेचकर अपना गुज़ारा करने लगा। ऊंटनी और उसके बच्चे से बढ़ई को इतना स्नेह हो गया कि उसने ऊंट-पालन को ही अपना धन्धा बना लिया। धीरे-धीरे उसने अनेक ऊंट ख़रीद लिये और वह ऊंटों के एक झुण्ड का मालिक बन बैठा। बढ़ई ने ऊंटनी के बच्चे के गले में घण्टा बांध दिया, ताकि वह दूसरों से अलग पहचाना जा सके। वह बच्चा कुछ मोटा होने के कारण चलते-चलते अपने साथियों से पीछे रह जाता था, इसलिए दूसरे बच्चों को उसके किसी हिंसक जीव का शिकार हो जाने की आशंका बनी रहती थी।

एक दिन नदी पर पानी पीने जा रहे एक सिंह ने घण्टे की आवाज़ सुनी, तो उसने ऊंट के उस अकेले बच्चे को देखते ही उसे अपना शिकार बना लिया।

यह कथा सुनाकर वानर कहने लगा--इसीलिए मैं कहता हूं

सतां वचनमादिष्टं मदेन न करोति यः।
स विनाशमवाप्नोति घण्टोष्ट्र इव सत्वरम्॥

कि अहंकार के कारण सज्जनों के कथन की उपेक्षा करने वाला मूर्ख व्यक्ति गले में घण्टा पड़े ऊंट के बच्चे के समान शीघ्र ही नष्ट हो जाता है।

यह सुनकर मगरमच्छ बोला–

प्राहुः साप्तपदं मैत्रं जनाः शास्त्रविक्षचणाः।
मित्रताञ्च पुरस्कृत्य किञ्चिद्वक्ष्यामि तच्छृणु॥

मित्र! सज्जनों के अनुसार, सात क़दम साथ चलने वाला व्यक्ति भी मित्र कहलाता है। मैं तुम्हें अपनी मित्रता की शपथ देकर ही मेरी सहायता करने का तुमसे अनुरोध करता हूं।

उपदेशप्रदातॄणां नराणां हितमिच्छताम्।
परस्मिन्निह लोके च व्यसनं नोपपद्यते॥

शास्त्रों का वचन है कि दूसरों के हित के लिए उनका पथ-प्रदर्शन करने वालों को इस लोक में तथा परलोक में कभी कोई दुःख नहीं उठाना पड़ता।

मैं कृतघ्न सही, लेकिन सज्जनता तो दुष्टों का भी हित करने में है। कहा भी गया है

उपकारिषु यः साधु साधुत्वे तस्य को गुणः।
अपकारिषु यः साधु स साधुः सद्भिरुच्यते॥

कि भले लोगों के साथ भलाई करने में कोई बड़प्पन नहीं है? बुरे लोगों का हित करने वाले व्यक्ति ही बड़ा कहलाने के अधिकारी होते हैं।

वानर ने कहा—चलो, तुम पूछते हो, तो तुम्हें बताता हूं। मेरी सलाह मानो, तो तुम्हें उससे युद्ध करना चाहिए;

हतस्त्वं प्राप्स्यसि स्वर्गं जीवन् गृहमथो यशः।
युद्धयमानस्य ते भावि गुणद्वयमनुत्तमम्॥

क्योंकि युद्ध करने में हारने पर भी और जीतने पर भी लाभ तुम्हें ही होगा। जीत जाओगे, तो तुम्हारा घर तुम्हें वापस मिल जायेगा और यदि मारे गये, तो स्वर्ग मिलेगा और संसार में यश भी फैलेगा।

उत्तमं प्रणिपातेन शूरं भेदेन योजयेत्।
नीचमल्पप्रदानेन समशक्तिं पराक्रमैः॥

शास्त्रों के अनुसार अपने से बलवान् शत्रु के सामने विनम्र होकर उसे अपना बना लेना चाहिए, लेकिन यदि शत्रु अहंकार का प्रदर्शन करे, तो उसके सैन्यदल में फूट डलवा देनी चाहिए। यदि शत्रु दुर्बल हो, तो उसे कुछ देकर अपने अनुकूल बना लेना चाहिए। लेकिन समान शक्ति वाले के साथ तो युद्ध करना ही उचित होता है।

इस सम्बन्ध में वानर मगरमच्छ को यह कथा सुनाने लगा—

कथा क्रम : ग्यारह

महाचतुरक नामक एक गीदड़ को किसी जंगल में मरा पड़ा एक हाथी मिल गया, जिसे पाकर वह प्रसन्न तो हुआ, लेकिन उसके लिए उस हाथी की खाल को फाड़ना असम्भव था। तभी उसने एक सिंह को अपनी ओर आते देखा, तो वह उससे बोला—श्रीमन्! यह आपका आहार है, मैं तो इसकी रखवाली करने वाला आपका दास हूं।

सिंह ने कहा—तुम तो अच्छी तरह जानते हो कि मैं दूसरों के द्वारा मारा गया शिकार कभी नहीं खाता।

वनेऽपि सिंहा मृगमांसभक्ष्या
बुभुक्षिता नैव तृणं चरन्ति।
एवं कुलीना व्यसनाभिभूता
न नीतिमार्गं परिलंघयन्ति॥

सिंह अपने द्वारा मारे गये पशु को ही खाता है। शिकार न मिलने पर वह भूखा रह जाता है, किन्तु घास नहीं खाता। इसी प्रकार कुलीन व्यक्ति संकट आने पर भी अपनी मर्यादा का परित्याग नहीं करते। यह हाथी तुम्हें मुबारक हो, उसे

तुम ही खाओ।

गीदड़ ने आभार प्रकट किया, तो सिंह वहां से जाते हुए कहने लगा—

अन्त्यावस्थोऽपि महान्स्वामिगुणान्न
जहाति शुद्धतया।
न श्वेतभावमुज्झति शंखः
शिखिभुक्तमुक्तोऽपि॥

प्राणों के कण्ठ में अटक जाने पर भी महापुरुष अपने आचरण का परित्याग नहीं करते। शुद्धि के लिए अग्नि में डाला गया शंख अपनी शुभ्रता का त्याग कभी नहीं करता, यह भी इस तथ्य का उदाहरण है।

सिंह के चले जाने पर वहां एक बाघ आ निकला, तो चतुरक ने भेद-नीति अपनाने का विचार किया।

न यत्र शक्यते कर्तुं साम दानमथापि वा।
भेदस्तत्र प्रयोक्तव्यो यतः स वशकारकः॥

साम अथवा दान नीतियों के सिद्ध न होने पर शत्रु को वश में करने का अचूक उपाय उसमें और उसके साथियों में फूट डलवाना ही है। इसे ही भेद कहते हैं। भेद के द्वारा गुणी व्यक्ति को भी अपने वश में किया जा सकता है।

अन्तःस्थेन विरुद्धेन सुवृत्तेनातिचारुणा।
अन्तर्भिन्नेन सम्प्राप्तं मौक्तिकेनापि बन्धनम्॥

जिस प्रकार सीप में स्थित अनविद्ध और सुडौल मोती को भी माला में पिरोने के लिए बींधना पड़ता है, उसी प्रकार विद्वान् शत्रु को वश में करने के लिए भेद का सहारा लेना पड़ता है।

यही सोचकर गीदड़ उस बाघ से बोला—मामा! क्या तुम्हारा मन जीवन से उचाट हो गया है, जो इधर आ गये हो? यह देखो, इस हाथी को मारकर सिंह मुझे इसकी रखवाली करने के लिए यह कहकर गया है कि पिछली बार एक बाघ ने मेरा भोजन झूठा कर दिया था, उसके बाद मैंने कितने ही बाघों को यमलोक भेज दिया। बाघ लालची होता है, यदि कोई बाघ यहां आये, तो तुम मुझे इशारा कर देना, मैं उसके वंश का भी नाम मिटा दूंगा।

गीदड़ की बातें सुनकर भयभीत हुआ वह बाघ वहां से भाग खड़ा हुआ।

थोड़ी देर में वहां एक चीता आ गया, तो चतुरक ने सोचा कि इसके दांत तो बहुत मज़बूत हैं, क्यों न इसे मांस का लालच देकर इससे हाथी का चमड़ा कटवा लूं, इससे मेरे खाने का प्रबन्ध हो जायेगा। यह सोचकर चतुरक ने उस चीते से कहा—आओ भैया! तुम्हारा स्वागत है। आओ, इस हाथी का मांस खायें। शेर के आने से पहले तुम इसकी चमड़ी फाड़ दो, फिर हम दोनों इसे खायेंगे।

चीता बोला–ना भाई! मैं मांस नहीं खाता। मुझे तो फल-सब्ज़ी खाना ही पसन्द है, उससे अपना शरीर हलका रहता है।

यच्छक्यं ग्रसितुं ग्रासं ग्रस्तं परिणमेच्च यत्।
हितञ्च परिणामे यत्तदाद्यं भूतिमिच्छता॥

अपना हित चाहने वाले प्राणी को समझ लेना चाहिए कि आसानी से निगले जाने वाला, जल्दी पच जाने वाला तथा सुख देने वाला भोजन करना ही लाभप्रद होता है।

गीदड़ बोला–तुम मांसाहारी होकर यह कैसी बातें कर रहे हो? कभी-कभी मुंह का ज़ाइका बदलने के लिए मांस खाने में क्या बुराई है?

इस प्रकार उस गीदड़ ने चीते को हाथी की चमड़ी फाड़ने के लिए राज़ी कर लिया। चमड़ी फाड़ने के बाद ज्योंही चीता मांस खाने को लपका, त्योंही गीदड़ ने शोर मचा दिया–भागो-भागो, सिंह आ गया। यह सुनते ही चीता भाग निकला। तब चतुरक कहने लगा–

उत्तमं प्रणिपातेन शूरं भेदेन योजयेत्।
नीचमल्पप्रदानेन समशक्तिं पराक्रमैः॥

अपने से अधिक शक्तिशाली शत्रु को विनय के द्वारा, समान शक्ति वाले शत्रु को भेद के द्वारा, अपने से हीन शत्रु को कुछ देकर और ज़िद्दी शत्रु को अपने पराक्रम से वश में कर लेना चाहिए।

यह कथा सुनाकर वानर मगरमच्छ से बोला–अब तुम भी अपने शत्रु के साथ युद्ध करके उसे मार गिराओ, नहीं तो वह तुम्हें मार डालेगा। कहा भी गया है

सम्भाव्यं गोषु सम्पन्नं सम्भाव्यं ब्राह्मणे तपः।
सम्भाव्यं स्त्रीषुचापल्यं सम्भाव्यं जातितो भयम्॥

कि गायों से सम्पन्नता, ब्राह्मणों में तप-साधन तथा स्त्रियों में चपलता के समान अपनी जाति वालों से विद्वेष होना स्वाभाविक ही है।

सुभिक्षाणि विचित्राणि शिथिलाः पौरयोषितः।
एको दोषो विदेशस्य स्वजातिर्यद्विरुध्यते॥

नगरों में रहने वाली स्त्रियों में खाने योग्य उत्तम पदार्थों को दान करने की प्रवृत्ति होती है तथा वे मुक्तहस्त होती हैं, परन्तु वहां भी उनके जाति-बिरादरी के लोगों द्वारा यह देखा नहीं जाता।

मगरमच्छ की जिज्ञासा पर वानर उसे निम्नलिखित कथा सुनाने लगा–

कथा क्रम : बारह

किसी नगर में रहने वाला चित्रांग नामक एक कुत्ता अकाल पड़ जाने के कारण दूसरे नगर में चला गया। वहां गृहस्थ स्त्रियां जहां कुत्तों को उदारतापूर्वक खिलाया करती थीं, वहीं कुछ बेपरवा भी थीं। इसलिए यह कुत्ता प्रायः उनके रसोईघर में घुसकर नाना प्रकार के व्यञ्जनों का आनन्द लेता, किन्तु वहां के पुराने कुत्तों से यह देखा न गया, तो उन्होंने झपट्टा मारकर उस कुत्ते को घायल कर दिया। रोज़-रोज़ के आक्रमणों से घबराकर वह कुत्ता अपने पुराने स्थान पर लौट आया। वापस लौटे कुत्ते के साथियों ने उससे नगर के अनुभव बताने के लिए कहा, तो वह बोला—

सुभिक्षाणि विचित्राणि शिथिलाः पौरयोषितः।
एको दोषो विदेशस्य स्वजातिर्यद्विरुध्यते॥

निस्सन्देह वहां की स्त्रियां उदार हैं और खाने-पीने की भी मौज है, किन्तु हमारी अपनी ही जाति वालों के द्वारा किसी बाहर वाले का वहां रहना देखा नहीं जाता। इसलिए उन्होंने मेरी ऐसी दुर्गति की कि मेरा जीना दूभर कर दिया।

वानर के मुंह से यह सुनकर मगरमच्छ अपने जीवन की परवा न करके अपने शत्रु से भिड़ गया और अपने शत्रु को नष्ट करने में सफल होकर सुखी जीवन जीने लगा।

नीतिकारों ने ठीक ही कहा है

अकृत्य पौरुषं या श्रीः किं तयापि सुभोग्यया।
जरद्गवः समश्नाति दैवादुपगतं तृणम्॥

कि यदि बिना परिश्रम के सम्पन्नता प्राप्त हो जाती है, तो उसे भोगने में विशेष आनन्द नहीं आता। जिस प्रकार बूढ़ा और असमर्थ बैल केवल अपने भाग्य में लिखी घास ही खाता है, उसी प्रकार बिना परिश्रम के द्वारा सम्पत्ति प्राप्त कर लेने वाला भी उसका उपभोग वैसे ही करता है। वास्तव में, सम्पत्ति पाना और सम्पत्ति को भोगना— ये दोनों अलग-अलग स्थितियां होती हैं।

॥ चतुर्थ तन्त्र समाप्त ॥

पञ्चम तन्त्र

अपरीक्षितकारकम्

(बिना जांच-परख किये काम में जुटने का परिणाम)

अपरीक्षितकारक नामक पांचवें तन्त्र का प्रथम पद्य इस प्रकार है—

कुदृष्टं कुपरिज्ञातं कुश्रुतं कुपरीक्षितम्।
तन्नरेण न कर्त्तव्यं नापितेनात्र यत्कृतम्॥

देखने में दूषित लगने वाले, लोक में निन्दित समझे जाने वाले, कहने-सुनने में बुरा लगने वाले तथा भली प्रकार से जांचे-परखे बिना मनुष्य को किसी भी काम को सम्पन्न करने में प्रवृत्त नहीं होना चाहिए। इस सम्बन्ध में एक नाई की कथा इस प्रकार है—

कथा क्रम : एक

पाटलिपुत्र के निवासी मणिभद्र नामक सेठ के धर्मानुसार काम करने पर भी दुर्भाग्य के कारण उसका सर्वस्व नष्ट हो गया। अतः अभाव और दरिद्रता को कोसते हुए उसने अपने आपसे कहा—नीतिकारों ने सत्य ही कहा है

शीलं शौचं क्षान्तिर्दाक्षिण्यं मधुरता कुले जन्म।
नो राजन्ते हि सर्वे वित्तविहीनस्य पुरुषस्य॥

कि धनहीन व्यक्ति के शील, पवित्र आचरण, सहनशीलता, समझदारी, मिष्टभाषण तथा ऊंचे कुल में जन्म आदि गुणों का कोई महत्त्व नहीं होता।

मानो वा दर्पो वा विज्ञानं विभ्रमः सुबुद्धिर्वा।
सर्वं प्रणश्यति समं वित्तविहीनो यदा पुरुषः॥

धनहीन व्यक्ति के मान-सम्मान, दर्प-अहंकार, ज्ञान-विज्ञान, कला-कौशल तथा चिन्तन-शक्ति आदि का भी कोई अर्थ नहीं होता। उसके इन गुणों पर कोई ध्यान ही नहीं देता।

प्रतिदिवसं याति लयं
वसन्तवाताहतेव शिशिरश्रीः।

बुद्धिर्बुद्धिमतामपि कुटुम्ब-
भरचिन्तया सततम्॥

जिस प्रकार वसन्त ऋतु के आते ही पतझड़ ऋतु दुम दबाकर भाग जाती है, उसी प्रकार व्यक्ति की दरिद्रता तथा परिवार के भरण-पोषण की चिन्ता उसके समस्त गुणों को नष्ट कर देती है।

नश्यति विपुलमतेरपि बुद्धिः
पुरुषस्य मन्दविभवस्य।
घृतलवणतैलतण्डुलवस्त्रेन्धन-
चिन्तया सततम्॥

वैभव के नष्ट होते ही बड़े-से-बड़े बुद्धिमानों की बुद्धि भी भ्रष्ट हो जाती है। घी, तेल, नमक व लकड़ी जुटाने की चिन्ता में खोया हुआ व्यक्ति अपने गुणों के विकास की ओर कोई ध्यान ही नहीं दे पाता।

यही सोचते-सोचते मणिभद्र को नींद आ गयी। उसने स्वप्न में देखा कि एक बौद्ध संन्यासी पद्मनिधि उससे कह रहा है—मैं तुम्हारे पूर्वपुरुषों द्वारा अर्जित उनका पुण्य हूं। मैं कल प्रात:काल तुम्हारे घर पर साधु के वेश में आऊंगा, उस समय तुम मुझ पर किसी डण्डे से वार करना, मैं गिर जाने पर स्वर्ण के रूप में बदल जाऊंगा और तुम धन-सम्पन्न एवं सौभाग्यशाली बन जाओगे।

प्रात:काल सोकर उठे मणिभद्र को रात के सपने की याद आयी, तो उसे स्वप्न पर विश्वास नहीं आया। उसने सोचा, मुझे सदा धन का ही ध्यान रहता है, इसलिए ऐसी कल्पना एक स्वाभाविक बात है।

व्याधितेन सशोकेन चिन्ताग्रस्तेन जन्तुना।
कामार्तेनाथ मत्तेन दृष्टः स्वप्नो निरर्थकः॥

शास्त्रों के अनुसार रोगी, शोक-पीड़ित, चिन्ताग्रस्त तथा कामवासना के शिकार व्यक्ति प्राय: ऐसे ही स्वप्न देखा करते हैं और उनके द्वारा देखे स्वप्न प्राय: अर्थहीन होते हैं।

मणिभद्र नाई से अपने पैर धुलवा रहा था कि स्वप्न में दिखाई दिया बौद्ध भिक्षु उसके सामने आ खड़ा हुआ। सेठ ने प्रसन्न होकर ज्योंही उस पर लाठी का प्रहार किया, वह पृथ्वी पर गिरते ही स्वर्ण के ढेर में बदल गया। सेठ ने नाई को कुछ इनाम आदि देकर उसे अपने घर से विदा किया और इस घटना के बारे में किसी से भी चर्चा न करने की चेतावनी भी दे दी।

अपने घर पहुंचकर नाई ने सोचा कि मुंड़े हुए सिर वाले बौद्ध भिक्षु के सिर पर डण्डे से प्रहार किये जाने पर वह स्वर्ण के रूप में परिणत हो जाता है। क्यों न मैं भी किसी बौद्ध भिक्षु को आमन्त्रित करके ऐसा ही प्रयोग करूं और अपने

भाग्य को बदल डालूं? इसी सोच में नाई रात-भर ताने-बाने बुनता रहा।

प्रात:काल होते ही वह नाई बौद्ध संन्यासियों के विहार में जाकर भगवान् बुद्ध की इस प्रकार आराधना करने लगा—

जयन्ति ते जिना येषां केवलज्ञानशालिनाम्।
आजन्मनः स्मरोत्पत्तौ मानसेनोषरायितम्॥

जन्म से ही कामवासना को ऊसर में पड़े बीज के समान व्यर्थ बताने वाले, ज्ञान के भण्डार, शान्तस्वरूप भगवान् बुद्धदेव को मैं प्रणाम करता हूं।

सा जिह्वा या जिनं स्तौति तच्चित्तं यज्जिने रतम्।
तावेव च करौ श्लाघ्यौ यौ तत्पूजाकरौ करौ॥

बुद्ध की स्तुति करने वाली जिह्वा और बुद्ध में आसक्त चित्त ही सार्थक है तथा बुद्ध के चरणों को छूने वाले हाथ भी सार्थक हैं।

ध्यानव्याजमुपेत्य चिन्तयसि
कामुन्मील्य चक्षुः क्षणं
पश्यानङ्गशरातुरं जनमिमं
त्रातापि नो रक्षसि।
मिथ्याकारुणिकोऽसि निर्घृणतर-
स्त्वत्तः कुतोऽन्यः पुमान्
सेर्ष्यं मारवधूभिरित्यभिहितो
बौद्धो जिनः पातु वः॥

भगवान् बुद्ध की स्तुति करती हुई कामदेव की पत्नी ने कहा था—ध्यान करने के बहाने कहीं आप किसी कामिनी का चिन्तन तो नहीं कर रहे? यदि ऐसा है, तो मुझ कामपीड़िता को भी अनुगृहीत करने की कृपा कीजिये। जब आपने सबकी रक्षा का भार लिया हुआ है, तो मेरी चिन्ता क्यों नहीं करते? मुझे मेरे पति से वियुक्त करने वाले आप दयालुता का ढोंग करते लगते हैं। आपसे बड़ा निर्मम तो दूसरा कोई हो ही नहीं सकता।

इस प्रकार भगवान् बुद्ध की वन्दना से निबटकर नाई प्रधान भिक्षु के पास जाकर कहने लगा—मैं आज इस विहार के भिक्षुओं को अपने घर भोजन के लिए निमन्त्रित करने आया हूं। आप मेरी प्रार्थना स्वीकार करें।

भिक्षु ने उत्तर दिया—शायद तुम्हें मालूम नहीं कि हम किसी के घर भोजन नहीं करते। हमारे यहां किसी घर से प्राप्त भिक्षा के द्वारा ही निर्वाह किया जाता है। अत: हम तुम्हारा निमन्त्रण स्वीकार करने में असमर्थ हैं।

नाई ने दोबारा कहा—ठीक है, फिर आज आप भिक्षा मांगने के लिए मेरे घर पधारें। प्रधान भिक्षु के 'हां' कहने पर नाई अपने घर लौट गया और अपने

हाथ में एक मोटा डण्डा लेकर भिक्षुओं के आने की प्रतीक्षा करने लगा।

एकाकी गृहसंत्यक्तः पाणिपात्रो दिगम्बरः।
सोऽपि संवाह्यते लोके तृष्णया पश्य कौतुकम्॥

यह आश्चर्यजनक बात है कि एकान्त जीवन बिताने वाले, घर-द्वार से मोह न रखने वाले, अपने हाथ को ही पात्र बनाने वाले तथा सदा दिगम्बर रहने वाले भिक्षु भी कभी-कभी लोभ में आ जाते हैं। सच तो यह है कि तृष्णा के पाश से मुक्त होना बड़ा ही कठिन काम है।

जीर्यन्ते जीर्य्यतः केशा दन्ता जीर्य्यन्ति जीर्य्यतः।
चक्षुःश्रोत्रे च जीर्य्येते तृष्णैका तरुणायते॥

बुढ़ापा आते ही बाल सफ़ेद हो जाते हैं, दांत नष्ट हो जाते हैं, देखने-सुनने की शक्ति जाती रहती है, लेकिन तृष्णा युवती ही बनी रहती है।

बौद्ध भिक्षुओं के अपने घर में प्रवेश करते ही नाई ने दरवाज़े बन्द कर दिये और डण्डे से उनके सिर फोड़ने लगा। भिक्षुओं की चिल्ल-पौं सुनकर लोग किवाड़ तोड़कर भीतर आ गये और सब कुछ देखकर पुलिस को सूचना दी गयी, तो सिपाहियों ने जांच-पड़ताल करने के पश्चात् उस नाई को जेल में डाल दिया।

जब न्यायाधीश ने नाई से इस अनुचित कार्य को करने का कारण पूछा, तो उसने मणिभद्र सेठ के घर देखी सारी घटना का वर्णन कर किया। अब मणिभद्र सेठ को बुलाकर पूछा गया, तो उसने भी उस स्वप्न का वृत्तान्त सच-सच बता दिया।

न्यायाधीश ने आंख मूंदकर दूसरे की नक़ल करने और भिक्षुओं का वध करने के लिए नाई को फांसी पर लटकाने का आदेश दे दिया। न्यायाधीश ने कहा—

कुदृष्टं कुपरिज्ञातं कुश्रुतं कुपरीक्षितम्।
तन्नरेण न कर्त्तव्यं नापितेनात्र यत्कृतम्॥

किसी भी व्यक्ति को देखने, जानने, सुनने और परखने में ग़लत सिद्ध होने वाला कोई भी काम कभी नहीं करना चाहिए। नाई ने ऐसा करके ही अपनी मृत्यु को निमन्त्रण दिया है।

अपरीक्ष्य न कर्त्तव्यं कर्त्तव्यं सुपरीक्षितम्।
पश्चाद्भवति सन्तापो ब्राह्मण्या नकुलार्थतः॥

मणिभद्र बोला—बिना सोचे-विचारे कोई भी काम नहीं करना चाहिए। पूरी तरह से सोच-विचार और जांच-परख करने के बाद ही करना चाहिए। बिना सोचे-विचारे काम करने वाले व्यक्ति को नेवले का वध करने वाली ब्राह्मणी के

समान ही पछताना पड़ता है।

न्यायाधीश के कहने पर मणिभद्र उन्हें यह कथा सुनाने लगा।

कथा क्रम : दो

देव शर्मा नामक ब्राह्मण की पत्नी के साथ ही उसके घर में घोंसला बनाकर रहने वाली नेवली ने भी एक बच्चे को जन्म दिया, किन्तु दुर्भाग्यवश नेवली मर गयी, तो ब्राह्मणी अपने बच्चे के साथ ही नेवले को भी पालने लगी। नेवले का बेटा ब्राह्मणी के बेटे से बहुत हिल-मिल गया। दोनों साथ-साथ खेलते रहते थे, किन्तु ब्राह्मणी नेवले से सदा आशंकित रहती थी; क्योंकि किसी के लिए भी अपने जातिगत गुण-दोषों को छोड़ना कभी सम्भव नहीं होता।

कुपुत्रोऽपि भवेत्पुंसां हृदयानन्दकारकः।
दुर्विनीतः कुरूपोऽपि मूर्खोऽपि व्यसनी खलः॥

दुर्विनीत, कुरूप, मूर्ख, व्यसनी अथवा दुराचारी कुपुत्र भी माता-पिता के लिए आनन्ददाता होता है।

एवं च भाषते लोकश्चन्दनं किल शीतलम्।
पुत्रगात्रस्य संस्पर्शश्चन्दनादतिरिच्यते॥

संसार में चन्दन के स्पर्श को शीतल माना जाता है, किन्तु पुत्र के शरीर का स्पर्श चन्दन से भी अधिक शीतल एवं सुखदायक होता है।

सौहृदस्य न वाञ्छन्ति जनकस्य हितस्य च।
लोकाः प्रपालकस्यापि यथा पुत्रस्य बन्धनम्॥

इसीलिए सब मित्र, सम्बन्धी, पिता, स्वामी तथा पालन-पोषण करने वाले से भी पुत्र के सम्बन्ध को अधिक सुदृढ़ मानते हैं।

एक दिन अपने सोते हुए पुत्र की देख-रेख का ज़िम्मा अपने पति को सौंपकर ब्राह्मणी किसी काम के लिए घर से बाहर चली गयी कि उसी समय निमन्त्रित करने आये यजमान के साथ ब्राह्मण भी बाहर चला गया। लेकिन उसने बाहर जाते समय नेवले को बच्चे का ध्यान रखने को कहा।

अचानक उस घर में एक सांप के घुस आने पर नेवले ने उसे बच्चे की ओर जाने से रोक दिया और मार डाला। सांप के साथ संघर्ष करते हुए नेवले के मुंह में रक्त लग गया।

ब्राह्मणी को द्वार पर आया जानकर नेवला यह शुभ समाचार देने के लिए भागकर द्वार पर आ पहुंचा। नेवले के मुंह पर रक्त लगा देखकर ब्राह्मणी ने समझा कि इसने मेरे बेटे को काट खाया है। क्रोध से अन्धी हुई ब्राह्मणी ने पत्थर मारकर नेवले को मार डाला। लेकिन घर के भीतर आने पर अपने बालक को सुरक्षित

और सांप को मरा पड़ा देखकर उसकी समझ में सब कुछ आ गया। अब तो वह पछताने लगी। इसी बीच घर लौटे अपने पति से ब्राह्मणी बोली—तुम्हें बच्चे की रखवाली का काम सौंपकर गयी थी, परन्तु तुम तो भोजन के लालच में यजमान के घर चल दिये, अब उसका परिणाम देखो। कहा भी गया है

अतिलोभो न कर्त्तव्यो लोभं नैव परित्यजेत्।
अतिलोभाभिभूतस्य चक्रं भ्रमति मस्तके॥

कि लोभ को सर्वथा छोड़ना सम्भव नहीं होता, फिर भी, अतिलोभ से बचना ही चाहिए। अतिलोभी के सिर पर सदा ही एक चक्र घूमता रहता है।

ब्राह्मण की जिज्ञासा पर ब्राह्मणी उसे यह कथा सुनाने लगी।

कथा क्रम : तीन

किसी नगर में चार ब्राह्मण-कुमार आपस में अच्छे मित्र थे। वे दरिद्रता को अभिशाप समझते थे और इस विषय में सदा एक-दूसरे से चर्चा किया करते थे। वे इस तथ्य से भली-भांति परिचित थे

वरं वनं व्याघ्रगजादिसेवितं
जनेन हीनं बहुकण्टकावृतम्।
तृणानि शय्या परिधानवल्कलं
न बन्धुमध्ये धनहीनजीवितम्॥

कि सिंह, हाथी, बाघ आदि हिंसक जीवों से भरे वन में रहना अच्छा है, किसी सुनसान एवं झाड़-झंखाड़ों से भरे कष्टप्रद इलाक़े में जीवन बिताना अच्छा है, तिनकों पर सोना और वल्कल धारण करना भी अच्छा है, किन्तु धनहीन होकर अपने बन्धु-बान्धवों के बीच रहना अच्छा नहीं।

तानीन्द्रियाण्यविकलानि तदेव नाम
सा बुद्धिरप्रतिहता वचनं तदेव।
अर्थोष्मणा विरहितः पुरुषः स एव
बाह्यः क्षणेन भवतीति विचित्रमेतत्॥

इन्द्रियों और बुद्धि के स्वस्थ व सक्षम रहते तथा बातचीत में पहले-जैसा ही रस घोलते व्यक्ति के धनहीन हो जाने पर उसका मान-सम्मान पहले-जैसा नहीं रहता। संसार की यह विचित्र रीति है कि जिस व्यक्ति के धनी होने पर उसे 'गुणों की खान' कहकर सराहा जाता था, धनहीन हो जाने पर उसके उन गुणों का कोई महत्त्व नहीं रह जाता।

चारों ब्राह्मण-कुमारों ने धन कमाने के लिए किसी अन्य स्थान पर जाने का निर्णय किया और वे अपने घर-परिवार व बन्धु-बान्धवों को छोड़कर वन

को चल दिये।

सत्यं परित्यजति मुञ्चति बन्धुवर्गं
शीघ्रं विहाय जननीमपि जन्मभूमिम्।
सन्त्यज्य गच्छति विदेशमभीष्टलोकं
चिन्ताकुलीकृतमतिः पुरुषोऽत्र लोके॥

सच तो यह है कि कुछ पाने के लिए व्यक्ति को अपने बन्धु-बान्धवों, इष्टमित्रों, परिजनों, यहां तक कि माता-पिता और जन्मभूमि के मोह को भी छोड़ना पड़ता है। मोह त्याग कर ही व्यक्ति अपना भाग्य बदल सकता है।

चारों मित्र घर-द्वार छोड़कर उज्जैन जा पहुंचे। वहां उन्होंने क्षिप्रा नदी में स्नान किया और महाकालेश्वर के ज्योतिर्लिंग का अर्चन-पूजन किया।

भगवान् शंकर की कृपा से उनकी भेंट योगी भैरवानन्द से हुई, तो उन्हें उन चारों की धन कमाने की इच्छा जानकर उन पर दया आ गयी। चारों ब्राह्मण-कुमारों ने योगिराज से कहा कि यदि हम अपनी स्थिति नहीं सुधार सके, तो हम मृत्यु का वरण कर लेंगे।

दुष्प्राप्याणि बहूनि च लभ्यन्ते
वाञ्छितानि द्रविणानि।
अवसरतुलिताभिरतं तनुभिः
साहसिकपुरुषाणाम्॥

हमने सुना है कि साहसी व्यक्तियों के लिए संसार में कुछ भी दुर्लभ नहीं होता। प्रयास करने पर व्यक्ति को देर-सवेर अभीष्ट फल की प्राप्ति हो ही जाती है।

पतति कदाचिन्नभसः खाते पातालतोऽपि जलमेति।
दैवमचिन्त्यं बलवद्बलवान्न तु पुरुषकारोऽपि॥

हमारा यह भी मानना है कि जिस प्रकार जल कभी मेघ से प्राप्त होता है, तो कभी धरती खोदकर भी प्राप्त किया जाता है, उसी प्रकार कभी मनुष्य का भाग्य प्रबल हो जाता है, तो कभी उसका पुरुषार्थ प्रबल हो जाता है। अतः हमें अपनी सफलता का पक्का विश्वास है।

अभिमतसिद्धिरशेषा भवति हि
पुरुषस्य पुरुषकारेण।
दैवमिति यदपि कथयसि
पुरुषगुणः सोऽप्यदृष्टाख्यः॥

यह सत्य है कि भाग्य मनुष्य के पूर्वजन्मों के किये कर्मों का फल है। इस दृष्टि से पुरुषार्थ ही प्रबल दिखाई देता है; क्योंकि पुरुषार्थी अपने सभी मनोरथों

को सिद्ध करने में सफल हो जाता है।

यह सब कहने के बाद चारों ने योगिराज से सहायता की प्रार्थना करते हुए कहा—आप विलक्षण शक्तियों के स्वामी हैं तथा परोपकारी भी हैं। कहा भी गया है

महान्त एव महतामर्थं साधयितुं क्षमाः।
ऋते समुद्रादन्यः को विभर्ति वडवानलम्॥

कि सिद्ध महात्माओं के पास दूसरों के कार्यों को सम्पन्न करने का सामर्थ्य होता है।

भैरवानन्द को उन पर दया आ गयी और उन्होंने उन चारों को चार सिद्ध बत्तियां थमाकर कहा कि वे उत्तर दिशा की ओर चले जायें। जहां जिसकी बत्ती गिरे, वह वहां की धरती की खुदाई करे और प्राप्त धन को लेकर, चाहे, तो घर लौट जाये अथवा दूसरे साथियों के साथ आगे बढ़ता चले।

भैरवानन्द के प्रति कृतज्ञता प्रकट कर और उन्हें प्रणाम करके चारों मित्र उत्तर दिशा की ओर चल पड़े।

थोड़ी दूर जाने पर एक ब्राह्मण-कुमार के हाथ की बत्ती गिर गयी और वहां खुदाई करने पर तांबे की खान मिली। वह उसी से सन्तुष्ट हो गया और यथेच्छ तांबा लेकर वापस लौट आया। उसने अपने साथियों को भी उतने ही पर सन्तोष करने और अपने साथ लौटने को कहा, किन्तु वे सहमत नहीं हुए।

थोड़ा आगे बढ़ने पर दूसरे के हाथ की बत्ती गिरी और वहां उन्हें चांदी की खान मिली। उसने भी इच्छानुसार चांदी लेकर अपने दोनों मित्रों से लौट चलने को कहा, परन्तु वे सहमत न हुए, अतः वह अकेला ही वापस लौट आया।

अब शेष रहे दोनों मित्रों के थोड़ा आगे बढ़ने पर तीसरे के हाथ की बत्ती गिरी और धरती खोदने पर उन्हें सोना मिला। उसने दूसरे से कहा—मित्र! पर्याप्त सोना लेकर लौट चलो, अधिक लोभ अच्छा नहीं। इस पर दूसरा बोला—पहले तांबा, फिर चांदी और अब सोना मिला है। आगे बढ़ने पर हीरे-जवाहरात मिल सकते हैं, अतः मैं तो आगे ही जाऊंगा। मित्र के हठ को देखकर तीसरा ब्राह्मण-कुमार पर्याप्त सोना लेकर वापस लौट आया।

आगे चलने पर चौथा ब्राह्मण-कुमार दुर्भाग्यवश मार्ग भूल गया और उस स्थान पर जा पहुंचा, जहां रक्त से लथपथ एक व्यक्ति खड़ा था और उसके सिर पर एक चक्र घूम रहा था। ब्राह्मण-कुमार उस व्यक्ति से कुछ पूछने ही वाला था कि घूमता हुआ चक्र उस व्यक्ति को छोड़कर ब्राह्मण-कुमार के सिर पर चढ़ बैठा। अब उस व्यक्ति ने ब्राह्मण को बताया कि मैं भी तेरी तरह सिद्ध बत्ती लेकर आया था और लोभवश बिना रुके आगे बढ़ता जा रहा था। अब, जब तेरी तरह

कोई दूसरा व्यक्ति यहां आकर ऐसा ही आचरण करेगा, तब तेरे सिर पर घूमता हुआ यह चक्र तुझे छोड़कर उसके सिर पर जा बैठेगा और तुझे मुक्ति मिल जायेगी। यह कहकर वह व्यक्ति वहां से चल दिया।

उधर स्वर्णसिद्धि ब्राह्मण आगे बढ़ने वाले अपने मित्र की खोज में जब वहां पहुंचा, तो मित्र की दयनीय स्थिति को देखकर रोने लगा। स्वर्णसिद्धि ने अपने मित्र से इस स्थिति का कारण पूछा, तो उसने सारी घटना कह सुनायी। इस पर स्वर्णसिद्धि बोला—मैंने तुम्हें अतिलोभ न करने के लिए कितना समझाया था, लेकिन तुमने मेरी एक नहीं सुनी। अब परिणाम तुम्हारे सामने है।

वरं बुद्धिर्न सा विद्या विद्याया बुद्धिरुत्तमा।
बुद्धिहीना विनश्यन्ति यथा ते सिंहकारकाः॥

सच पूछा जाये, तो विद्या से भी अधिक महत्त्वपूर्ण बुद्धि होती है; क्योंकि बुद्धि ही विद्या के द्वारा सही प्रयोग की जानकारी देती है। बुद्धिहीन ब्राह्मणों ने अपनी विद्या से मृत सिंह को जीवित तो कर दिया, किन्तु उसके परिणामस्वरूप वे उस सिंह के शिकार हो गये।

चक्रधारी ने पूछा—यह कैसी कथा है?

इस पर स्वर्णसिद्धि उसे बताने लगा—

कथा क्रम : चार

किसी स्थान पर चार मित्र एक साथ रहते थे। उन चारों में केवल एक व्यावहारिक बुद्धिसम्पन्न तो था, लेकिन विद्याविहीन था। शेष तीनों सुशिक्षित थे, किन्तु बुद्धिहीन थे।

एक बार उन चारों ने सोचा कि अपनी विद्या के बल पर राजाओं को प्रभावित करके धन कमाया जाये, अन्यथा इस विद्या की उपयोगिता ही क्या है? यह सोचकर उन चारों ने विदेश जाने का विचार बनाया, तो एक बोला—हम तीन तो विद्वान् हैं, किन्तु हमारा यह चौथा साथी विद्याविहीन है, इसे अपने साथ लेना व्यर्थ होगा। इस बात का एक साथी ने समर्थन किया, किन्तु दूसरे ने कहा—हमारा ऐसा व्यवहार अनुचित कहलायेगा। फिर क्या मालूम, इसकी व्यवहारबुद्धि से ही हमें लाभ हो जाये? मैं तो इसे भी अपने साथ ले चलने के पक्ष में हूं।

किं तया क्रियते लक्ष्म्या या वधूरिव केवला।
या न वेश्येव सामान्या पथिकैरुपभुज्यते॥

पतिव्रता स्त्री की भांति केवल अपने द्वारा भोगी जाने वाली लक्ष्मी का कोई लाभ नहीं होता। लक्ष्मी वही उत्तम होती है, जिसका वेश्या की भांति अधिकाधिक लोग उपभोग करें।

यदि इस दृष्टि से हमारा कोई साथी हमारे द्वारा कमाई गयी लक्ष्मी का उपभोग कर लेगा, तो हमारा क्या बिगड़ जायेगा ?

अयं निजः परो वेति गणना लघुचेतसाम्।
उदारचरितानान्तु वसुधैव कुटुम्बकम्॥

अपने और पराये का भेद करना तो ओछी बुद्धि का परिचायक होता है। उदार हृदय व्यक्ति तो संसार के सभी जीवों को अपने परिवार का सदस्य मानते हैं।

इस प्रकार समझाने-बुझाने पर तीनों ने अपने विद्याविहीन मित्र को भी साथ ले लिया। थोड़ी दूर चलने पर उन चारों ने जंगल में एक मृत सिंह को पड़े देखा, तो तीनों ने अपनी विद्या की परख करने के लिए सिंह को जीवित करने का निश्चय किया। बुद्धिसम्पन्न मित्र ने उन तीनों को ऐसा दुस्साहस न करने के लिए बहुत समझाया और कहा कि सिंह जीवित होकर हम सबको खा जायेगा। अतः तुम्हें ऐसा मूर्खतापूर्ण काम नहीं करना चाहिए।

लेकिन तीनों मूर्ख विद्वानों ने अपने साथी की सलाह को ठुकराते हुए उसे बुरा-भला कहा, तो वह बोला—ठीक है, लेकिन मन्त्र पढ़कर जल छिड़कने से पहले मुझे अपने बचाव का उपाय कर लेने दो।

यह कहते ही वह तुरन्त एक ऊंचे वृक्ष पर चढ़ गया और पत्तों में छिपकर अपने मूर्ख साथियों की दुर्गति देखने लगा।

ज्योंही तीनों ने अपने हाथ का अभिमन्त्रित जल मृत सिंह पर डाला, त्योंही सिंह जीवित हो उठा और उसी समय उन तीनों को चबाकर खा गया। मित्रों के विनाश से दुखी बुद्धिमान् साथी वृक्ष से उतरकर अपने घर चला गया।

यह कथा सुनाकर स्वर्णसिद्धि बोला—

वरं बुद्धिर्न सा विद्या विद्याया बुद्धिरुत्तमा।
बुद्धिहीना विनश्यन्ति यथा ते सिंहकारकाः॥

इसीलिए बुद्धि का महत्त्व विद्या से कहीं अधिक है। शिक्षित विद्वान् भी बुद्धिहीन होने पर मूर्ख विद्वानों की भांति नष्ट हो जाते हैं।

अपि शास्त्रेषु कुशला लोकाचारविवर्जिताः।
सर्वे ते हास्यतां यान्ति यथा ते मूर्खपण्डिताः॥

शास्त्र-ज्ञान में निपुण होने पर भी लोकव्यवहार को न जानने वाले विद्वान् मूर्खों की भांति हंसी का पात्र बन जाते हैं।

चक्रधर को लोकव्यवहार से अपरिचित चार विद्वानों के उपेक्षित होने की कहानी सुनाते हुए स्वर्णसिद्धि बोला—

कथा क्रम : पांच

चार ब्राह्मण मित्र कन्नौज के एक सुप्रसिद्ध गुरुकुल में बारह वर्षों तक मन लगाकर परिश्रम करने के पश्चात् अनेक विद्याओं में पारंगत हो गये। शिक्षा-समाप्ति के पश्चात् उन चारों ने अपने आचार्य से अनुमति ली और अपने-अपने घर की राह पकड़ी। चारों मित्र अनेक विद्याओं में निपुण थे, लेकिन उन्होंने कभी अपने गुरुकुल से बाहर निकलकर समाज को नहीं देखा था, इसलिए वे लोकव्यवहार में एकदम कोरे थे।

गुरुकुल से निकलकर चारों ब्राह्मण मित्र कुछ ही दूर चले होंगे कि मार्ग में एक दोराहा आ गया। उन्हें किसी से अपने घर जाने का मार्ग-दिशा पूछने की कोई समझ नहीं थी। अतः वे वहीं बैठ गये। इसी बीच एक शव को लेकर कुछ लोग श्मशान जा रहे थे। एक ब्राह्मण ने अपनी पुस्तक खोलकर देखा, तो वहां उसे लिखा हुआ मिला—उसी मार्ग पर चलना चाहिए, जिस मार्ग पर महाजन चल रहे हों।

यह व्यवस्था धर्माचरण के सम्बन्ध में थी, जिसका अर्थ है—श्रेष्ठ पुरुषों का अनुसरण करना चाहिए, किन्तु उन्होंने 'महाजन' का अर्थ निकाला—जनसमूह। अतः वे चारों शवयात्रियों के साथ श्मशान पहुंच गये।

अन्य लोग तो शवदाह के बाद लौट गये, किन्तु वे चारों वहीं खड़े रहे। इसी समय वहां एक गधा आकर खड़ा हो गया। दूसरे ब्राह्मण ने पुस्तक खोलकर पढ़ी, तो उसे लिखा हुआ मिला—

उत्सवे व्यसने प्राप्ते दुर्भिक्षे शत्रुसंकटे।
राजद्वारे श्मशाने च यस्तिष्ठति स बान्धवः॥

उत्सव के समय, संकट में, अकाल की स्थिति में, शत्रु के प्रहार के समय, थाना-कचहरी में और श्मशान में साथ रहने वाला अपना बन्धु होता है। इस आधार पर वे श्मशान में खड़े गधे को ही अपना बन्धु मानकर उसे गले लगाने और प्यार करने लगे।

थोड़ी देर में कहीं से भागता हुआ एक ऊंट वहां आ निकला, तो तीसरे पण्डित ने अपनी पुस्तक खोलकर पढ़ी, जहां लिखा था—धर्म की गति तीव्र होती है—तो इन मूर्खों ने तीव्र गति वाले ऊंट को ही साक्षात् धर्म समझ लिया और उसे प्रणाम करने लगे।

अब चौथे ब्राह्मण ने अपनी पुस्तक में पढ़ा—इष्टमित्रों को धर्म के साथ जोड़ना चाहिए। उन मूर्खों ने तुरन्त एक मोटे रस्से से गधे को ऊंट के गले में बांध दिया।

किसी राहगीर ने गधे के मालिक धोबी को उन मूर्खों की इस मूर्खता के बारे में बताया, तो वह डण्डा लेकर वहां आ पहुंचा और उन मूर्खों को पीटकर भगा दिया।

थोड़ी दूर चलने पर उन मूर्खों को अपने मार्ग में एक नदी दिखाई दी, उसमें पलाश का एक पत्ता बहता जा रहा था। एक ब्राह्मण ने पुस्तक खोलकर पढ़ा—बहते जा रहे पत्ते पर बैठने से उद्धार होगा।

बस, उसने नदी में छलांग लगा दी, तो वह नदी में डूबने लगा। अब एक ने पुस्तक खोलकर पढ़ी, तो वहां लिखा था—

सर्वनाशे समुत्पन्ने अर्द्धं त्यजति पण्डितः।
अर्द्धेन कुरुते कार्य्यं सर्वनाशो हि दुःसहः॥

'सारा जाता देखिये, तो आधा दीजे छोड़,' अर्थात् सब कुछ गंवाने की अपेक्षा आधे को बचाना ही समझदारी है।

बस, उसने अपनी तलवार से तुरन्त नदी के प्रवाह में बहते मित्र का गला काट डाला।

शेष तीनों चलते-चलते किसी गांव में पहुंचे, तो अलग-अलग तीन यजमानों ने उन्हें अपने घर भोजन के लिए आमन्त्रित किया। एक ग्रामीण ने ब्राह्मण को सिवैयां परोसीं, तो उन्हें देखकर ब्राह्मण ने पुस्तक खोलकर पढ़ा—दीर्घसूत्री नष्ट हो जाता है। (दीर्घसूत्री का अर्थ आलसी होता है, किन्तु उसने अर्थ निकाला लम्बा सूत), अतः वह भोजन को छोड़कर चला आया।

दूसरे ग्रामीण ने ब्राह्मण को मिष्टान्न परोसा, तो उसने पुस्तक में लिखा हुआ पढ़ा—अतिविस्तृत पदार्थ का सेवन स्वास्थ्य के लिए हानिकारक होता है। अतः वह भी बिना खाये उठकर आ गया।

तीसरे यजमान ने ब्राह्मण को जलेबी-पूड़ी परोसी, तो ब्राह्मण ने पुस्तक खोलकर पढ़ा, तो वहां लिखा था—'छिद्रों वाला पदार्थ अनर्थ का मूल होता है।' अतः वह भी भोजन को छोड़कर चला आया।

इस प्रकार वे तीनों ब्राह्मण न केवल भूखे रहने को विवश हुए, अपितु लोगों के उपहास के पात्र भी बने।

यह कथा सुनाकर स्वर्णसिद्धि बोला—इसलिए कहा गया है

अपि शास्त्रेषु कुशला लोकाचारविवर्जिताः।
सर्वे ते हास्यतां यान्ति यथा ते मूर्खपण्डिताः॥

कि शास्त्रों में निपुणता प्राप्त करने वाले, लेकिन लोकव्यवहार में मूढ़ व्यक्ति भी मूर्ख विद्वानों के समान उपेक्षा और उपहास के पात्र बनते हैं।

चक्रधर ने कहा—मेरे विषय में ऐसा कोई कारण नहीं है। मेरे विचार में—

बहुबुद्धयो विनश्यन्ति दुष्टदैवेन नाशिताः।
स्वल्पबुद्धयोऽप्येकस्मिन् कुले नन्दन्ति सन्ततम्॥

दैव के प्रतिकूल होने पर बड़े-बड़े बुद्धिमानों को भी दु:ख उठाना पड़ता है और इसके बिल्कुल उलट दैव के अनुकूल होने पर साधारण बुद्धि वाले व्यक्ति भी संसार के दुर्लभ सुख भोगते हैं। कहा भी गया है

अरक्षितं तिष्ठति दैवरक्षितं
सुरक्षितं दैवहतं विनश्यति।
जीवत्यनाथोऽपि वने विसर्जितः
कृतप्रयत्नोऽपि गृहे न जीवति॥

कि जिसकी रक्षा कोई नहीं करता, दैव के अनुकूल होने पर वह भी सुरक्षित हो जाता है, जबकि दैव के प्रतिकूल होने पर सुरक्षित व्यक्ति भी सुरक्षित नहीं रह पाता। अनाथ एवं असहाय व्यक्ति भी किसी निर्जन वन में पहुंच जाने पर जीवित बच जाता है, जबकि घर में पूरी देखभाल किये जाने पर भी दैव का मारा व्यक्ति बच नहीं पाता।

शतबुद्धिः शिरस्थोऽयं लम्बते च सहस्त्रधीः।
एकबुद्धिरहं भद्रे क्रीडामि विमले जले॥

देखो, साधारण बुद्धि वाला मच्छ मज़े से जल में क्रीड़ा कर रहा है, जबकि उससे सौ गुना अधिक बुद्धिमान् मच्छ धीवर का शिकार बन गये हैं। यह सब भाग्य की अनुकूलता और प्रतिकूलता का ही खेल है। स्वर्णसिद्धि की उत्सुकता पर उसे मच्छों की कहानी सुनाते हुए चक्रधर बोला–

कथा क्रम : छह

किसी सरोवर में रहने वाले शतबुद्धि और सहस्त्रबुद्धि नामक दो मच्छों की एकबुद्धि नाम वाले मेढक से मित्रता हो गयी, तो दोनों मच्छ किनारे पर आकर कुछ देर तक मेढक के साथ गपशप करते और फिर पानी में चले जाते।

एक दिन गपशप करते मच्छों ने सायंकाल सिर पर अनेक मच्छ लादे तथा जाल लेकर आये मछुआरों को यह कहते सुना–यह तालाब तो मछलियों से भरा पड़ा है। कल प्रात:काल हम यहीं पर अपना जाल डालेंगे।

यह कहते हुए मछुआरों के चले जाने पर सभी मच्छ चिन्तित होकर अपने बचाव के लिए आगे की रणनीति पर विचार करने लगे। मेढक ने अपने मित्रों–शतबुद्धि और सहस्त्रबुद्धि–से मछुआरों के वचनों के बारे में उनसे उनके विचार पूछे, तो सहस्त्रबुद्धि मुसकराकर बोला–मित्र! किसी के इस प्रकार कहे वचनों को गम्भीरता से नहीं लेना चाहिए। कहा भी गया है

सर्पाणाञ्च खलानाञ्च सर्वेषां दुष्टचेतसाम्।
अभिप्राया न सिद्ध्यन्ति तेनेदं वर्त्तते जगत्॥

कि संसार इसीलिए टिका हुआ है; क्योंकि सांपों, दुष्टों और दूसरों के अनिष्ट करने को तैयार रहने वाले लोगों के मनोरथ कभी पूरे नहीं होते।

पहले तो यह आवश्यक नहीं कि मछुआरे कल प्रातःकाल यहां आ ही जायेंगे और यदि वे आ भी गये, तो भी चिन्ता की कोई बात नहीं है। मैं पानी में छिपने की अनेक युक्तियां जानता हूं, अतः अपने साथ तुम्हें भी बचा लूंगा। शतबुद्धि मच्छ भी अपने साथी सहस्त्रबुद्धि की गर्व से हांकी डींग का समर्थन करते हुए कहने लगा—

बुद्धेर्बुद्धिमतां लोके नास्त्यगम्यं हि किञ्चन।
बुद्ध्या यतो हता नन्दाश्चाणक्येनासिपाणयः॥

बुद्धिमान् अपनी बुद्धि के प्रयोग से किसी भी संकट से अपना उद्धार करने में सदा समर्थ होते हैं। निहत्थे चाणक्य ने अपने बुद्धि-बल से ही शस्त्रधारी सेना रखने वाले राजा नन्द को पराजित करके बुद्धि की महत्ता को सिद्ध कर दिया है।

न यत्रास्ति गतिर्वायो रश्मीनाञ्च विवस्वतः।
तत्रापि प्रविशत्याशु बुद्धिर्बुद्धिमतां सदा॥

बुद्धिमान् तो अनेक क्लिष्ट कार्यों को भी अपने बुद्धि-बल से सहज ही पूर्ण कर लेते हैं। अतः मेरे विचार में तो किसी के कुछ कहने को गम्भीरता से लेते हुए भी अपनी जन्मभूमि को छोड़ना उचित नहीं है;

न तत्स्वर्गेऽपि सौख्यं स्याद्दिव्यस्पर्शनशोभने।
कुस्थानेऽपि भवेत्पुंसां जन्मनो यत्र सम्भवः॥

क्योंकि अपनी जन्मभूमि में जैसा सुख और शान्ति मिलती है, वैसी अनगिनत पुण्यों से प्राप्त होने वाले स्वर्ग में भी नहीं मिल सकती। अतः तुम निश्चिन्त हो जाओ और विश्राम करो। यदि मछुआरों ने अपना जाल बिछाया भी, तो मैं तुम्हें तुम्हारी रक्षा करने का वचन देता हूं। तुम्हें मुझ पर विश्वास करना चाहिए।

मेढक बोला—मित्रो! मैं तो इस तालाब को छोड़ने का मन बना चुका हूं। यदि तुम्हें मेरे साथ किसी दूसरे तालाब में चलना हो, तो चलो, नहीं तो राम-राम।

अभागे मच्छों के असहमत होने पर मेढक तो अपनी पत्नी के साथ दूसरे स्थान पर चला गया।

अगले दिन प्रातःकाल मछुआरों ने उसी तालाब में अपना जाल डालकर अनेक दूसरे मच्छों के साथ शतबुद्धि और सहस्त्रबुद्धि को भी पकड़ लिया। उन दोनों की बचाव की कोई विद्या किसी काम नहीं आयी। सायंकाल अपने मित्र मच्छों शतबुद्धि और सहस्त्रबुद्धि को लेकर जाते हुए मछुआरों को देखकर मेढक

अपनी पत्नी से बोला—

शतबुद्धिः शिरस्थोऽयं लम्बते च सहस्त्रधीः।
एकबुद्धिरहं भद्रे क्रीडामि विमले जले॥

देखो प्रिये! मछुए ने शतबुद्धि को अपने सिर पर लादा हुआ है और सहस्त्रबुद्धि को बांस पर लटका रखा है, जबकि मैं उनसे बहुत थोड़ी बुद्धि वाला होने पर भी आनन्दपूर्वक तुम्हारे साथ यहां घूम-फिर रहा हूं।

यह कथा सुनाकर चक्रधर बोला—बुद्धि होने पर भी मनुष्य का सदैव अपना वश नहीं चलता।

स्वर्णसिद्धि बोला—तुम्हारी यह सोच ठीक हो सकती है, लेकिन हितचिन्तक मित्रों की बात को अनसुना करना भी उचित नहीं होता। मैंने तुम्हें सन्तोष करने के लिए समझाया था, किन्तु लोभ ने तुम्हें अन्धा कर दिया था। कहा भी गया है—

साधु मातुल गीतेन मया प्रोक्तोऽपि न स्थितः।
अपूर्वोऽयं मणिर्बद्धः सम्प्राप्तं गीतलक्षणम्॥

कि एक गीदड़ गधे से कह रहा था—मामा! मैंने तुम्हें गीत गाने से कितना रोका, किन्तु तुमने मेरी बात नहीं मानी। अब गले में पड़ी इस ओखली को ढोते हुए तो तुम्हें अपने किये पर पछतावा हो रहा होगा?

चक्रधर ने इस कथा को सुनना चाहा, तो स्वर्णसिद्धि उसे सुनाने लगा।

कथा क्रम : सात

एक धोबी अपने उद्धत नामक गधे को खुला छोड़ दिया करता था। वह गधा रात-भर घूम-फिरकर सवेरे अपने आप धोबी के घर पहुंच जाता था। रात में घूमते-घामते उस गधे की एक गीदड़ से दोस्ती हो गयी। दोनों रात में ककड़ी-खीरे आदि के खेतों में घुस जाते, जी-भरकर खाते और सवेरा होने से पहले ही अपने ठिकाने पर लौट आते।

चांदनी रात में एक बार खा-पीकर मस्त हुए गधे ने जब कुछ गाने की इच्छा प्रकट की, तो गीदड़ ने उसे समझाते हुए कहा—मामा! हम यहां चोरी करने आये हैं, क्या चोरों को शोर मचाना चाहिए? शास्त्रों का वचन है—

कासयुक्तस्त्यजेच्चौर्य्यं निद्रालुश्चेत्स चोरिकाम्।
जिह्वालौल्यं रुजाक्रान्तो जीवितं योऽत्र वाञ्छति॥

कि जिस प्रकार जीने की इच्छा करने वाले रोगी के लिए जीभ के स्वाद को छोड़ना आवश्यक है, उसी प्रकार खांसी के रोगी और नींद के प्रेमी के लिए भी चोरी का धन्धा ठीक नहीं है। इन दोनों को यह काम कभी नहीं करना चाहिए।

फिर तुम्हारा स्वर भी तो कुछ मधुर नहीं है, फटे बांस-जैसी तुम्हारी आवाज़ है। खेत के रखवाले तुम्हारी आवाज़ को सुनते ही लट्ठ लेकर दौड़े आयेंगे। अतः मेरी मानो, भूलकर भी ऐसी ग़लती मत करना।

गधा बोला—लगता है कि तुझे संगीत की कोई जानकारी नहीं है, वरना तू मुझे गाने से कभी न रोकता। अरे मूर्ख!

शरज्ज्योत्स्नाहते दूरं तमसि प्रियसन्निधौ।
धन्यानां विशति श्रोत्रे गीतझंकारजा सुधा॥

शरद ऋतु की चांदनी रात में अपने प्रियजनों के सामने गाना गाने और सुनने का आनन्द किन्हीं भाग्यशालियों को ही मिलता है। मैं तो गीत गाने का निश्चय कर चुका हूं।

गीदड़ बोला—मामा! तुम्हें गाना-वाना नहीं आता और तुम्हारे गाने में कोई रस भी नहीं है, तुम तो केवल रेंकते हो।

इस पर नाराज़ होता हुआ गधा बोला—मैं संगीत-विद्या में निष्णात हूं। तुम संगीत के महत्त्व को क्या जानो?

नान्यद्गीतात्प्रियं लोके देवानामपि दृश्यते।
शुष्कस्नायुस्वराह्लादात्त्र्यक्षं जग्राह रावणः॥

इस संसार में गीत से अधिक रोचक और कुछ भी नहीं है। तपस्या करके अपनी इन्द्रियों को सुखाने वाले रावण ने गीत गाकर ही शंकर भगवान् को प्रसन्न करके उन्हें अपने वश में कर लिया था।

गीदड़ ने कहा—मामा! अगर तुमने पिटने की ही ठान रखी है, तो दो मिनट रुक जाओ, मुझे छिप जाने दो और फिर मज़े से गाना।

गीदड़ तुरन्त झाड़ियों में छिप गया और गधा चीख़ने-चिल्लाने लगा। खेत के रखवालों ने पहले तो डण्डों से गधे की अच्छी-ख़ासी मरम्मत की और फिर उसके गले में एक ओखली लटका दी। दर्द से कराहते हुए गधा थोड़ी देर में उठकर खड़ा हो गया।

सारमेयस्य चाश्वस्य रासभस्य विशेषतः।
मुहूर्तात्परतो न स्यात्प्रहारजनिता व्यथा॥

वास्तव में, कुत्ते, घोड़े और विशेषतः गधे पर मार-पीट का असर कुछ देर के लिए ही रहता है, इसीलिए इन जानवरों को ढीठ कहा गया है।

गले में ओखली पड़ी होने से चलने में असमर्थ गधे को देखकर गीदड़ बोला—

साधु मातुल गीतेन मया प्रोक्तोऽपि न स्थितः।
अपूर्वोऽयं मणिर्बद्धः सम्प्राप्तं गीतलक्षणम्॥

मामा! वाकई तुम्हारा गाना बड़ा सुरीला था, तभी तो तुम्हें पुरस्कार में इतनी बड़ी मणि मिली है।

यह कथा सुनाकर स्वर्णसिद्धि बोला–मित्र! इसी प्रकार तुमने भी मेरे कहे को अनसुना कर दिया था।

चक्रधर बोला–शास्त्रकारों ने ठीक ही कहा है–

यस्य नास्ति स्वयं प्रज्ञा मित्रोक्तं न करोति यः।
स एव निधनं याति यथा मन्थरकौलिकः॥

कि बुद्धिहीन व्यक्ति अपने मित्रों के कथन से कोई भी लाभ नहीं उठा पाता, इसीलिए मन्थर जुलाहे के समान उसका भी विनाश हो जाता है।

स्वर्णसिद्धि की जिज्ञासा को शान्त करने के लिए चक्रधर उसे मन्थर जुलाहे की कथा सुनाने लगा।

कथा क्रम : आठ

मन्थर नामक जुलाहे के कपड़ा बुनने के सारे औज़ार टूट-फूट गये, तो वह नये औज़ारों के लिए लकड़ी काटने पास के जंगल में जा पहुंचा।

सुन्दर और मज़बूत लकड़ी की खोज में वह समुद्र के किनारे बहुत दूर तक चला गया। अन्त में उसे शीशम का एक वृक्ष दिखाई दिया, तो वह प्रसन्न होकर उसे काटने के लिए कुल्हाड़ी चलाने लगा। उस वृक्ष पर किसी देवता ने अपना आवास बना रखा था। समुद्र के किनारे होने के कारण वह स्थान अत्यन्त सुखद था और उस देवता को प्रिय भी था। देवता ने जुलाहे से उस वृक्ष को न काटने को कहा, तो जुलाहे ने कहा–मैं सारा दिन भटकने के बाद इस वक्ष को ढूंढ़ पाया हूं और अपने सारे औज़ार टूट जाने के कारण अपनी रोज़ी-रोटी भी नहीं कमा सकता। यदि मैंने इस वृक्ष को नहीं काटा, तो मैं और मेरा परिवार भूखा मर जायेगा।

यह सुनकर देवता बोला–ठीक है, इस वृक्ष को न काटने के बदले मैं तुम्हें मुंहमांगा वर देने को तैयार हूं। तुम्हें जो चाहिए, मांग लो। मूर्ख जुलाहा बोला–इसके लिए मुझे अपनी पत्नी से सलाह करनी होगी, उसके लिए मुझे कुछ समय चाहिए। देवता ने समय देना स्वीकार कर लिया, तो जुलाहा अपने घर वापस लौट गया।

गांव में घुसते ही जुलाहे को नाई मिल गया। जुलाहे ने देवता के सिद्ध होने की बात नाई को बताकर उससे पूछा कि उसे देवता से क्या मांगना चाहिए?

नाई बोला–तुम देवता से राज्य मांग लो, तुम राजा बनकर राज्य करोगे, तो मैं तुम्हारा मन्त्री बन जाऊंगा। राजा से बढ़कर इस पृथ्वी पर दूसरा कौन होता है?

राजा दानपरो नित्यमिह कीर्तिमवाप्य च।
तत्प्रभावात्पुनः स्वर्गे स्पर्द्धते त्रिदशैः सह॥

राजा को नित्यप्रति दान करने के कारण इस लोक में यश मिलता है, तो परलोक में सद्‌गति प्राप्त होती है। उसे देवों के साथ सुख-भोग का अवसर भी प्राप्त होता है। इस प्रकार राज्य से अच्छा अन्य कुछ भी नहीं।

जुलाहे ने कहा–तुम्हारी सलाह उचित है, फिर भी, मैं अपनी पत्नी से पूछना आवश्यक समझता हूं।

नाई बोला–मित्र! अपनी पत्नी से पूछने की ग़लती मत करना। शास्त्रों में इसकी मनाही है; क्योंकि स्त्रियों की बुद्धि अत्यन्त अल्प होती है, वे ठीक से सोच नहीं सकतीं।

भोजनाच्छादने दद्यादृतुकाले च सङ्गमम्।
भूषणाद्यञ्च नारीणां न ताभिर्मन्त्रयेत्सुधीः॥

शास्त्रों के अनुसार–स्त्रियों को मनचाहा भोजन, वस्त्र एवं आभूषण आदि देने में कोई बुराई नहीं। ऋतुकाल में उनके साथ मैथुन करके उन्हें प्रसन्न रखने में भी कोई बुराई नहीं, किन्तु बुद्धिमान् व्यक्ति को उनके साथ सलाह-मशवरा कभी नहीं करना चाहिए।

यत्र स्त्री यत्र कितवो बालो यत्राप्रशासितः।
तद् गृहं क्षयमायाति भार्गवो हीदमब्रवीत्॥

क्योंकि गुरुवर शुक्राचार्य के अनुसार अशिक्षित स्त्रियों, दुर्जनों और अनाड़ी शासकों के साथ विचार-विमर्श करने वाला और उनके साथ रहने वाला गृहस्थ नष्ट हो जाता है।

जुलाहा बोला–तुम्हारा वचन सत्य है, लेकिन मैं अपनी पतिव्रता स्त्री से पूछे बिना कुछ भी नहीं कर सकता।

जुलाहे ने घर पहुंचकर अपनी पत्नी को देवता के सिद्ध होने तथा मुंहमांगा वर देने की बात बताकर, नाई द्वारा दी गयी राज्य मांगने की सलाह से भी परिचित करा दिया। इस पर जुलाहे की पत्नी बोली–पतिदेव! तुम उस नाई की मूर्खतापूर्ण बातों में मत आ जाना। शास्त्रों का कथन है–

चारणैर्वन्दिभिर्नीचैर्नापितैर्बालकैरपि।
न मन्त्रं मतिमान्कुर्य्यात्सार्द्धं भिक्षुभिरेव च॥

कि बुद्धिमान् व्यक्ति को चारणों, भाटों, नीच पुरुषों, नाइयों, बालकों और भिक्षुकों के साथ कभी सलाह-मशवरा नहीं करना चाहिए। राज्य करना कौन-सा बच्चों का खेल है? सन्धि, विग्रह आदि के कारण राज्य से अधिक कष्टदायक कुछ भी नहीं है।

यदैव राज्ये क्रियतेऽभिषेक-
स्तदैव याति व्यसनेषु बुद्धिः।
घटा नृपाणामभिषेककाले
सहाम्भसैवापदमुद्गिरन्ति॥

राज्य पाते ही व्यक्ति की बुद्धि भ्रष्ट हो जाती है और वह अनेक प्रकार के व्यसनों में भी फंस जाता है। राजा के अभिषेक के समय बड़े-बड़े कलशों से जो जल डाला जाता है, वह विपत्तियों का अम्बार होता है।

रामस्य व्रजनं वने निवसनं
पाण्डोः सुतानां वनं
वृष्णीनां निधनं नलस्य नृपते
राज्यात्परिभ्रंशनम्।
सौदासं तदवस्थमर्जुनवधं
सञ्चिन्त्य लंकेश्वरं
दृष्ट्वा राज्यकृते विडम्बनगतं
तस्मान्न तद्वाञ्छयेत्॥

राज्य के कारण ही श्रीराम को चौदह वर्षों तक वन में भटकना पड़ा। राज्य के कारण ही कौरवों और पाण्डवों के बीच महाभारत का युद्ध हुआ। राज्य के कारण ही यदुवंशियों का सर्वनाश हुआ, राज्य के कारण ही गुरु के शाप से सुदास को राक्षस योनि में जाना पड़ा और राज्य के कारण ही कार्तवीर्य और रावण का वध हुआ। इन सब बातों पर विचार करने के बाद भी बुद्धिमान् व्यक्ति को राज्य की आकांक्षा करने का अर्थ सब प्रकार की विपत्तियों का आह्वान करना ही समझना चाहिए।

यदर्थं भ्रातरः पुत्रा अपि वाञ्छन्ति ये निजाः।
वधं राज्यकृतां राज्ञां तद्राज्यं दूरतस्त्यजेत्॥

पतिदेव! जिस राज्य के लिए पिता अपने पुत्र का शत्रु बन जाता है, भाई अपने भाई की हत्या कर देता है, ऐसे राज्य को तो दूर से ही नमस्कार करने में समझदारी है?

जुलाहा बोला—प्रिये! तुम ठीक कहती हो, राज्य की इच्छा करना तो व्यर्थ है। फिर क्या मांगना चाहिए?

पत्नी ने उत्तर दिया—तुम एक दिन में बीस गज़ कपड़ा बुन लेते हो और उससे हमारे घर का ख़र्च आसानी से चल जाता है। यदि तुम्हारे एक सिर और दो भुजाएं और लग जायें, तो तुम प्रतिदिन दुगुना कपड़ा बुन सकोगे। तब आधी आमदनी से घर का ख़र्च चल जाया करेगा और आधी आमदनी जमा होती रहेगी।

फिर कुछ ही दिनों में हम अपने समाज में धनी और प्रतिष्ठित कहलाने लगेंगे। इसलिए तुम तो उस देवता से एक अतिरिक्त सिर और दो अतिरिक्त भुजाएं ही मांग लो।

जुलाहे को भी अपनी पत्नी का प्रस्ताव उचित लगा और उसने देवता के पास जाकर यही मांगा। देवता के 'तथाऽस्तु' कहते ही उसके सिर के पीछे एक अतिरिक्त सिर और दो अतिरिक्त भुजाएं लग गयीं। जब इस रूप में वह जुलाहा गांव में प्रविष्ट हुआ, तो लोगों ने उसे राक्षस समझ लिया और पीट-पीटकर मार डाला। इसीलिए कहा गया है—

यस्य नास्ति स्वयं प्रज्ञा मित्रोक्तं न करोति यः।
स एव निधनं याति यथा मन्थरकौलिकः॥

कि जिस व्यक्ति के पास अपनी बुद्धि नहीं होती और जो मित्रों की सलाह भी नहीं मानता, ऐसा व्यक्ति मन्थर जुलाहे के समान अकारण ही अपने प्राणों को गंवा बैठता है।

यह कथा सुनाकर चक्रधर बोला—इसमें कोई सन्देह नहीं कि आशा के चक्कर में पड़े व्यक्ति न केवल अपना अहित करते हैं, अपितु दूसरों के उपहास का पात्र भी बनते हैं। किसी ने ठीक ही कहा है—

अनागतवतीं चिन्तामसम्भाव्यां करोति यः।
स एव पाण्डुरः शेते सोमशर्मपिता यथा॥

कि असम्भव एवं अनागत की चिन्ता करने वाला व्यक्ति सोम शर्मा के पिता के समान स्वयं अपना अहित करके हाथ ही मलता रह जाता है।

स्वर्णसिद्धि ने सोम शर्मा के पिता की कथा सुनने की जिज्ञासा प्रकट की, तो चक्रधर उसे यह कथा सुनाने लगा।

कथा क्रम : नौ

एक कंजूस ब्राह्मण ने भिक्षा में प्राप्त और अपने खाने से बचाये सत्तुओं को एक मटके में भरकर रख दिया था। वह उस मटके को सदा अपनी आंखों के सामने रखता था और उसी के बारे में सोचता रहता था।

एक रात स्वप्न में वह सोचने लगा कि देश में अकाल पड़ गया है और लोग दाने-दाने को तरसने लगे हैं। मैंने बड़े ऊंचे दामों में अपने सत्तू को बेचकर ख़ूब धन कमा लिया है। उस धन से मैंने घोड़ों का व्यापार किया है और अब मैं लखपति सेठ बन गया हूं। मेरे पास घर के नाम पर एक बड़ा-सा महल है, जिसमें मेरी पत्नी अपने बच्चों के साथ आनन्दपूर्वक रहती है।

थोड़ी देर में उसका स्वप्न कुछ आगे बढ़ा, तो उसने देखा कि मेरी पत्नी

बच्चों के हठ के कारण सारा दिन उन्हें सजाने-संवारने में ही लगी रहती है। इसलिए मेरी सेवा करना तो दूर रहा, मेरे बुलाने पर भी मेरे पास नहीं आती। पत्नी द्वारा मेरी इस उपेक्षा का कारण मेरा छोटा बेटा सोम शर्मा है। यदि इस बार उसने अपनी मां को तंग किया, तो मैं उसे ऐसी लात मारूंगा कि उसे अपनी नानी याद आ जायेगी। यह सोचकर उसने अपनी टांग हिलायी. तो वह उसके पैताने रखे सत्तू के मटके को जा लगी, जिससे वह मटका उलटकर उसके शरीर पर आ गिरा और सत्तू से उसका सारा शरीर नहा गया। तभी तो कहा गया है—

अनागतवतीं चिन्तामसम्भाव्यां करोति यः।
स एव पाण्डुरः शेते सोमशर्मपिता यथा॥

कि अनागत और असम्भव बातों पर चिन्ता करने वाला मूर्ख सोम शर्मा के पिता—कंजूस ब्राह्मण—के समान अपना सर्वस्व गंवाकर हाथ मलता रह जाता है।

स्वर्णसिद्धि ने कहा—इसमें तुम्हारा कोई दोष नहीं है। लोभ के कारण प्रायः सभी लोग कष्ट में पड़ते रहते हैं। कहा भी गया है—

यो लौल्यात्कुरुते कर्म नैवोदर्कमवेक्षते।
विडम्बनामवाप्नोति स यथा चन्द्रभूपतिः॥

कि परिणाम पर सोच-विचार किये बिना, जो व्यक्ति हड़बड़ी में काम करता है, वह राजा चन्द्र के समान ही तिरस्कृत होता है।

चक्रधर की जिज्ञासा पर स्वर्णसिद्धि उसे राजा चन्द्र की कथा सुनाने लगा।

कथा क्रम : दस

किसी नगर के राजा चन्द्र के बड़े बेटे वानरों के साथ खेलते थे और अपने साथी वानरों को अपने-जैसा ही पौष्टिक भोजन खिलाया करते थे, जिसे खाकर वे वानर ख़ूब हृष्ट-पुष्ट हो गये थे। राजमहल में छोटे बच्चे मेढ़ों के साथ खेलते थे। इस प्रकार वानरों के झुण्ड के साथ ही मेढ़ों का भी एक झुण्ड उस राजमहल में पलता था। मेढ़े जिह्वा की लोलुपता के कारण प्रायः रसोईघर में घुस जाते और पकी हुई भोजन-सामग्री खा जाते। रसोइये उन्हें भगाने के लिए हाथ में आये बरतन, झाड़ू तथा डण्डा आदि कुछ भी उन पर फेंक दिया करते थे।

वानरों का नेता केवल आयु में ही वृद्ध नहीं था, अपितु ज्ञान और नीति में भी निपुण था। उसने अपनी दूरदृष्टि से यह अनुमान लगा लिया कि मेढ़ों के धूर्ततापूर्ण व्यवहार के कारण उसके वानरकुल का विनाश हो सकता है। इसलिए उस वृद्ध वानर ने सोचा कि चटोरे मेढ़े तो रसोई में जाना छोड़ेंगे नहीं, लेकिन रसोइया किसी दिन उन पर जलती हुई लकड़ी भी फेंक सकता है। तब मेढ़े भागकर अश्वशाला में घुस जायेंगे, जहां एकत्र करके रखी गयी सूखी घास में लगी आग से घोड़े

घायल हो जायेंगे। तब राजा के घोड़ों के इलाज के लिए वैद्य बन्दरों की चर्बी की आवश्यकता बतायेगा, जिसके लिए राजा हम वानरों के वध का आदेश दे देगा। अतः इस स्थिति के आने से पहले ही मुझे अपने परिजनों को बचा लेना चाहिए।

यह सोचकर उसने तुरन्त ही सभी वानरों को बुलाकर कहा—

मेषेण सूपकाराणां कलहो यत्र जायते।
स भविष्यत्यसन्दिग्धं वानराणां क्षयावहः॥

मित्रो! मेढ़ों द्वारा नित्यप्रति होने वाला उत्पात और रसोइयों द्वारा उन पर किया जा रहा प्रहार अवश्य ही एक-न-एक दिन हम वानरों के विनाश का कारण बन जायेगा।

तस्मात्स्यात्कलहो यत्र गृहे नित्यमकारणः।
तद् गृहं जीवितं वाञ्छन्दूरतः परिवर्जयेत्॥

किसी ने ठीक ही कहा है कि जिस घर के दो समुदायों में निरन्तर युद्ध-संघर्ष अथवा वैर-विरोध चलता रहता है, उस घर में रहना निरापद नहीं होता। वहां रहने वालों को देर-सवेर संकट का शिकार होना ही पड़ता है।

कलहान्तानि हर्म्याणि कुवाक्यान्तञ्च सौहृदम्।
कुराजान्तानि राष्ट्राणि कुकर्मान्तं यशो नृणाम्॥

शास्त्रों के अनुसार—कलह के कारण घर, निन्दा अथवा चुगुली के कारण मित्रता, कुशासन के कारण राज्य तथा कुकर्मों के कारण मनुष्य के यश नष्ट हो जाते हैं।

ऐसी स्थिति के आने से पहले ही हमें इस घर को छोड़ देना चाहिए; क्योंकि आग लगने पर उसे बुझाने के लिए कुआं खोदने में कोई समझदारी नहीं होती।

अपने नेता के विचारों से असहमति प्रकट करते हुए एक वानर बोला—लगता है कि तुम सठिया गये हो। बुढ़ापे में तुम्हारी सोच भी बूढ़ी हो गयी है। कहा भी गया है—

वदनं दशनैर्हीनं लाला स्रवति नित्यशः।
न मतिः स्फुरति क्वापि बाले वृद्धे विशेषतः॥

कि दांतों से रहित और निरन्तर लार टपकाते रहने वाले बूढ़ों की बुद्धि भी बालकों की बुद्धि के समान कुण्ठित हो जाती है। बालकों की बुद्धि तो विकसित ही नहीं हुई होती, लेकिन बूढ़ों की बुद्धि भ्रष्ट हो जाती है। हम तो राजमहल के स्वादिष्ट भोजन और सुखद आवास को केवल कल्पना के भय से छोड़कर कहीं नहीं जायेंगे।

नेता ने वानरों को समझाते हुए कहा—आज तुम्हें यह सुख बड़ा प्यारा लग

रहा है, किन्तु इसका भयंकर परिणाम तुम नहीं देख रहे हो। अभी संभल जाओ, वरना बाद में हाथ मलते रह जाओगे। तब कुछ नहीं हो सकेगा। मैं तुम सबका विनाश नहीं देखना चाहता।

मित्रं व्यसनसम्प्रातं स्वस्थानं परपीडितम्।
धन्यास्ते ये न पश्यन्ति देशभंगे कुलक्षयम्॥

दु:ख से त्रस्त मित्र को, शत्रु से पीड़ित अपने स्थान को, देश के नाश को तथा अपने कुल के क्षय को न देखने वाले व्यक्ति ही सौभाग्यशाली कहलाते हैं।

यह कहकर वानरों का नेता अकेला ही वहां से चल दिया। कुछ दिनों बाद मेढ़ों के उत्पात से परेशान रसोइयों ने उन पर जलती हुई लकड़ियां फेंक दीं, तो झुलसते हुए मेढ़े रसोई से लगी अश्वशाला में घुस गये और वहां रखी घास में आग लगने से पूरी अश्वशाला ही जल उठी। अश्वशाला में बंधे घोड़े बुरी तरह जल गये, कुछ तो अपनी आंखें ही गंवा बैठे। सभी घोड़ों की चमड़ी बुरी तरह जल चुकी थी।

राजा ने पशु-चिकित्सक से घोड़ों के इलाज और ओषधि के बारे में पूछा, तो उसने वानरों की चर्बी की आवश्यकता बतायी, जिसकी पूर्ति के लिए वानरों का सामूहिक विनाश कर दिया गया। वैद्य बोला-

कपीनां मेदसा दोषो वह्निदाहसमुद्भवः।
अश्वानां नाशमभ्येति तमः सूर्य्योदये यथा॥

जिस प्रकार सूर्योदय से अन्धकार का विनाश हो जाता है, उसी प्रकार वानरों की चर्बी से घोड़ों की जलन शान्त हो जाती है।

वानरों के नेता को जब सभी वानरों के विनाश का पता चला, तो वह पागलों की भांति जंगल में इधर-उधर घूमने लगा। उसे अपने परिवार का सामूहिक विनाश करने वाले राजा से बदला लिये बिना चैन नहीं पड़ रहा था।

मर्षयेद्घर्षणं योऽत्र वंशजां परनिर्मिताम्।
भयाद्वा यदि वा कामात्स ज्ञेयः पुरुषाधमः॥

सत्य तो यह है कि दूसरों के द्वारा किये गये अपने कुल के अपमान अथवा विनाश को भय, लोभ अथवा कायरता के कारण अनदेखा करने वाला व्यक्ति अधम कहलाता है।

जंगल में भटकते-भटकते उस वृद्ध वानर की वहां एक सरोवर में रहने वाले किसी राक्षस से भेंट हो गयी। उस राक्षस ने अपने गले में मूल्यवान् मोतियों की एक माला पहन रखी थी। वह राक्षस जल में घुसे जीवों को तो खा सकता था, परन्तु वह पृथ्वी पर रहने वाले किसी भी प्राणी को छू भी नहीं सकता था। उस राक्षस ने कमल के डण्ठल से जल पीते हुए उस वृद्ध वानर को देखा, तो

उससे मित्रता करने की इच्छा से उसके पास आकर बोला—मैं बहुत दिनों से भूखा हूं; क्योंकि यहां इस जल में कोई प्रविष्ट ही नहीं हुआ। मुझे केवल जल में घुसे व्यक्ति को ही खाने का वर मिला हुआ है। राक्षस ने यह भी बताया कि वह जल में प्रविष्ट हुए सैकड़ों व्यक्तियों को एक साथ खा सकता है।

वृद्ध वानर को प्रलोभन देते हुए राक्षस ने कहा—यदि तुम मेरे लिए खाने की कुछ व्यवस्था कर सको, तो मैं तुम्हें अमूल्य हीरों की यह माला पुरस्कार में दे दूंगा।

वानरों के नेता ने राजा से बदला लेने का इसे अच्छा अवसर समझा और राक्षस से बोला—तुम्हें मुझ पर विश्वास करके पहले यह माला मुझे देनी होगी। इसी के द्वारा मैं लोगों को तुम्हारे भोजन के लिए सरोवर में प्रवेश करा सकूंगा। यह सुनकर राक्षस ने वह माला उस वृद्ध वानर को सौंप दी।

उस माला को अपने गले में पहनकर वृद्ध वानर राजा चन्द्र के पास गया, तो राजा ने प्रेमपूर्वक उसका स्वागत किया और इतने दिनों तक दिखाई न देने का कारण पूछा। इसके साथ ही उसने वानरों के नेता के गले में पड़ी क़ीमती माला के सम्बन्ध में भी पूछा।

वानर बोला—महाराज! मुझे कुबेर का सरोवर मिल गया है, जिसमें स्नान करने वाले माला पहनकर ही बाहर निकलते हैं।

राजा ने वानर से कहा कि तुम ऐसी झूठी बात क्यों कर रहे हो?

इस पर वानर क़सम खाकर बोला—यदि मेरा वचन मिथ्या सिद्ध हो, तो आप मुझे फांसी पर लटका देना।

यह सुनकर तो राजा के मुंह में पानी आ गया।

उसने पूछा— क्या तुम मेरे परिजनों को वह सरोवर दिखा सकते हो?

वानर बोला—महाराज! मैंने आपका नमक खाया है, आपको वह सरोवर दिखाना तो मेरा कर्तव्य है। इस पर राजा चन्द्र वानर का स्वागत करने लगा।

तृष्णे देवि! नमस्तुभ्यं यया वित्तान्विता अपि।
अकृत्येषु नियोज्यन्ते भ्राम्यन्ते दुर्गमेष्वपि॥

देखा जाये, तो तृष्णा की महिमा ही ऐसी है कि उसके फेर में पड़े धनी-मानी व्यक्ति भी अनुचित कार्य करने और भटकने के लिए तैयार हो जाते हैं।

इच्छति शती सहस्रं सहस्री लक्षमीहते।
लक्षाधिपस्तथा राज्यं राज्यस्थः स्वर्गमीहते॥

इसी तृष्णा के कारण सौ वाला हज़ार की, हज़ार वाला लाख की, लाख वाला करोड़ की, करोड़ वाला राज्य की और राज्य का स्वामी तीनों लोकों के स्वामित्व की कामना में दुःख भोगता रहता है।

जीर्य्यन्ते जीर्य्यतः केशा दन्ता जीर्य्यन्ति जीर्य्यतः।
जीर्य्यतश्चक्षुषी श्रोत्रे तृष्णैका तरुणायते॥

बुढ़ापे में केश सफ़ेद हो जाते हैं, दांत गिर जाते हैं, आंखों में देखने की और कानों में सुनने की शक्ति नहीं रहती, लेकिन तृष्णा फिर भी युवती ही बनी रहती है और लोगों को मनचाहा नाच नचाती रहती है।

राजा भी अपने परिजनों को साथ लेकर वानर के पीछे-पीछे चल दिया। सरोवर पर पहुंचकर वानर ने राजा से कहा—आप किनारे पर रुकें और अपने परिजनों के स्नान के बाद बाहर आने पर उन सब की मालाएं संभालने के बाद ही स्वयं जल में प्रवेश करें।

राजा को वानर का सुझाव ठीक लगा और उसने अपने परिवार के लोगों को सरोवर में जाने को कह दिया। इसी बीच वानर कूदकर वृक्ष पर चढ़ गया और राजा से बोला—राजन्! तुमने मेरे कुल का नाश किया था, अब मैंने तुम्हारे कुल का नाश कर दिया है। तुम्हारे परिवार के सारे सदस्य इस सरोवर में रहने वाले राक्षस के पेट में समा चुके हैं। मैंने सोचा कि जिस प्रकार मैं अपने परिवार के विनाश से तड़प रहा हूं, वैसे ही तुम भी तड़पो, इसीलिए तुम्हें सरोवर में नहीं जाने दिया था। कहा भी गया है

कृते प्रतिकृतिं कुर्य्याद्धिंसिते प्रतिहिंसितम्।
न तत्र दोषं पश्यामि दुष्टे दौष्ट्यं समाचरेत्॥

कि उपकारी के संग उपकार, हिंसक के साथ हिंसा और दुष्ट के साथ दुष्टता करना ही न्याय और धर्म है, इसमें कुछ भी अनुचित नहीं।

वानर के वचन सुनकर दुखी और निराश राजा चुपचाप घर को लौट गया। इधर राक्षस सरोवर से बाहर आकर वानर की प्रशंसा में बोला—

हतः शत्रुः कृतं मित्रं रत्नमाला न हारिता।
नालेन पिबतः तोयं भवता साधु वानर॥

हे वानर! तुम सचमुच बुद्धिमान् हो। तुमने बड़ी आसानी से मुझसे मित्रता करके अपने अपकारी से बदला ले लिया, उसके कुल का सामूहिक विनाश करके अपनी छाती ठण्डी कर ली, साथ ही मेरी दी हुई माला भी सुरक्षित बचा ली। अब इस माला पर तुम्हारा अधिकार है।

यह कथा सुनाकर स्वर्णसिद्धि बोला—

यो लौल्यात्कुरुते कर्म नैवोदर्कमपेक्षते।
विडम्बनामवाप्नोति स यथा चन्द्रभूपतिः॥

इसीलिए मैं कहता हूं कि सोच-विचार किये बिना जल्दबाज़ी में काम करने वाला व्यक्ति राजा चन्द्र के समान अपने समूचे परिवार का विनाश कर देता है।

स्वर्णसिद्धि चक्रधर से बोला—अब तुम मुझे जाने की अनुमति दो। बहुत बातें हो चुकीं, मुझे घर लौटना है।

चक्रधर बोला—क्या अपने मित्र को इस प्रकार संकट में अकेला छोड़कर तुम्हें अपने घर चले जाना बुरा नहीं लगता ? यदि मित्र ही मित्र को संकट में छोड़ दे, तो उद्धार का क्या उपाय है ?

यस्त्यक्त्वा सापदं मित्रं याति निष्ठुरतां सुहृत्।
कृतघ्नस्तेन पापेन नरके यात्यसंशयम्॥

मित्र को विपत्ति में छोड़ जाने वाला व्यक्ति कृतघ्न कहलाता है और एक दिन उसे स्वयं इस विपत्ति को झेलना पड़ता है।

स्वर्णसिद्धि बोला—यदि मित्र के लिए सम्भव हो, तो उसे संकट में पड़े मित्र की सहायता अवश्य करनी चाहिए, किन्तु जब मैं तुम्हारा किसी प्रकार उद्धार नहीं कर सकता, तो तुम्हारी पीड़ा को देखते रहना भी मेरे लिए उचित नहीं है। कहीं तुम्हारे साथ मुझ पर भी विपत्ति न आ जाये, यह भी सोचने की बात है।

यादृशी वदनच्छाया दृश्यते तव वानर।
विकालेन गृहीतोऽसि यः परैति स जीवति॥

अपनी सहायता करने वाले वानर के चेहरे के भाव को देखकर राक्षस बोला—मित्र ! मुझे लगता है कि मेरी सहायता के चक्कर में पड़कर तुम भी विकाल नामक दैत्य का शिकार बन गये हो।

चक्रधर ने पूछा—यह कैसी कथा है ?

इस पर स्वर्णसिद्धि उसे विकाल दैत्य की कथा सुनाने लगा।

कथा क्रम : ग्यारह

किसी नगर के राजा भद्रसेन की कन्या बहुत सुन्दर थी। विकाल नामक एक राक्षस उस पर मुग्ध होकर उसके हरण की चेष्टा में रात को आता था, किन्तु सुरक्षा की दृढ़ता के कारण सफल नहीं हो पाता था। फिर भी, वह बलपूर्वक उस कन्या से सम्भोग करता था। कन्या उस राक्षस को सहन न कर पाने के कारण भयभीत होकर सहमी-सहमी रहती थी।

एक रात उस राक्षस ने राजकुमारी को अपनी सखी से यह कहते सुना—क्या आधी रात में मेरा हरण करने के लिए आने वाले इस राक्षस को नष्ट करने का कोई उपाय नहीं है ?

राक्षस ने सोचा कि मेरी तरह कोई अन्य राक्षस भी राजकुमारी को पाने के लिए प्रयत्न कर रहा लगता है। इस सत्य को जानने के लिए उसने एक घोड़े का रूप धारण किया और घोड़ों के बीच शामिल हो गया। संयोग की बात कि उसी

रात घोड़ों का एक व्यापारी वहां आया और उसने उसी (राक्षस) घोड़े को ख़रीद लिया।

व्यापारी ने घोड़े को लगाम के नियन्त्रण में न रहते देखा, तो वह चिन्तित हो उठा। बेतहाशा भागते घोड़े पर सवार व्यापारी ने मार्ग में एक वृक्ष देखा, तो वह घोड़े को छोड़कर वृक्ष की शाखा से लटक गया।

व्यापारी जिस वृक्ष की शाखा से लटककर अपना बचाव करने में सफल हुआ था, उसी वृक्ष पर उस राक्षस का मित्र एक वानर रहा करता था। उसने राक्षस को सम्बोधित करते हुए कहा कि यह मनुष्य तो तेरा भोजन है, तू इसे छोड़कर कहां भागा जा रहा है। वानर द्वारा अपने को राक्षस का आहार बताते देखकर उस व्यापारी ने वानर की पूंछ को इस प्रकार पकड़कर खींचा कि वानर की बोलती बन्द हो गयी और उसका चेहरा पीला पड़ गया। अपने मित्र वानर के चेहरे पर उभरी पीड़ा को देखकर राक्षस बोला—

यादृशी वदनच्छाया दृश्यते तव वानर।
विकालेन गृहीतोऽसि यः परैति स जीवति॥

तुम्हारे चेहरे के हाव-भाव को देखकर तो लगता है कि तुम्हें भी विकाल राक्षस ने दबोच रखा है। तभी तो मैं भागा जा रहा था; क्योंकि प्राणों की रक्षा का यही एक उपाय था।

यह कहता हुआ वह राक्षस वहां से भाग निकला।

यह कथा सुनाकर स्वर्णसिद्धि बोला—इसीलिए कहता हूं कि अब तुम मुझे घर जाने दो। लोभ के फल को भुगतना ही तुम्हारी नियति है, मुझे क्यों फंसा रहे हो?

चक्रधर बोला—मित्र! यह दुःख मेरे लोभ का फल नहीं है, यह तो अवश्य ही पूर्वजन्म के मेरे किसी कुकर्म का फल है। कहा भी गया है—

दुर्गस्त्रिकूटः परिखा समुद्रो
रक्षांसि योधा धनदाच्च वित्तम्।
शास्त्रञ्च यस्योशनसा प्रणीतं
स रावणो दैववशाद्विपन्नः॥

कि त्रिकूट पर्वत-जैसे सुरक्षित दुर्ग, समुद्र-जैसी खाई और राक्षसों-जैसे योद्धा रखने वाला, कुबेर से धन प्राप्त करने वाला तथा शुक्रनीति का कुशल वेत्ता रावण भी भाग्य के दोष से ही विनाश को प्राप्त हुआ था।

अन्धकः कुब्जकश्चैव त्रिस्तनी राजकन्यका।
त्रयोऽप्यन्यायतः सिद्धाः सम्मुखे कर्मणि स्थिते॥

अन्धा व लंगड़ा पुरुष तथा तीन स्तनों वाली राजकन्या दुराचारी होने पर भी

भाग्य के अनुकूल होते ही दोष से निवृत्त हो गये थे।

स्वर्णसिद्धि को यह कथा सुनाते हुए चक्रधर बोला—

कथा क्रम : बारह

मधुपुर नामक नगर का राजा मधुसेन अत्यन्त भोगप्रिय था। उसके घर तीन स्तनों वाली एक लड़की ने जन्म लिया, तो उसे अपने लिए अशुभ मानकर राजा ने अपने विश्वस्त सेवकों से कहा कि वे उसे कहीं दूर जंगल में छोड़ आयें।

सेवक बोला—महाराज! निस्सन्देह यह कन्या त्याग देने के योग्य है, फिर भी, हमारा निवेदन है कि इस बारे में ब्राह्मणों से पूछ लेना उचित रहेगा;

यः सततं परिपृच्छति श्रृणोति सन्धारयत्यनिशम्।
तस्य दिवाकरकिरणैर्नलिनीव विवर्द्धते बुद्धिः॥

क्योंकि सदा पूछते रहने वाले तथा मनन करने वाले व्यक्ति की बुद्धि सूर्य की किरणों के द्वारा विकसित होने वाले कमल के समान सदा विकसित होती रहती है।

पृच्छकेन सदा भाव्यं पुरुषेण विजानता।
राक्षसेन्द्रगृहीतोऽपि प्रश्नान्मुक्तो द्विजः पुरा॥

बुद्धिमान् व्यक्ति तो प्रश्न से प्राप्त उत्तर के द्वारा ही उपस्थित संकट से अपना उद्धार करने में सफल हो जाते हैं। राक्षस के चंगुल में फंसा ब्राह्मण भी इसी प्रकार मुक्त हो गया था।

राजा की उत्सुकता पर सेवक उसे यह कथा सुनाने लगा।

कथा क्रम : तेरह

जंगल में रहने वाला चण्डकर्मा राक्षस उधर से गुजर रहे ब्राह्मण के कन्धे पर सवार होकर बोला—चल, मुझे सरोवर पर ले चल।

ब्राह्मण बड़ी कठिनाई से उस राक्षस को उठाकर चलने लगा। इसी बीच राक्षस के चरणों की कोमलता को देखकर ब्राह्मण ने पूछ लिया—भद्र! तुम्हारे चरण इतने कोमल कैसे हैं?

इस पर राक्षस ने बताया—मैं कभी गीले पैरों से धरती पर नहीं चलता।

सरोवर पर पहुंचकर राक्षस ने अपने स्नान करने तक ब्राह्मण को किनारे पर बैठकर अपने लौटने की प्रतीक्षा करने को कहा। ब्राह्मण चुपचाप बैठ गया, लेकिन जब वह राक्षस सरोवर में प्रविष्ट हो गया, तो ब्राह्मण ने सोचा कि यह दुष्ट मुझे अपना आहार बनाकर ही मानेगा, परन्तु यह गीले पांवों को तो धरती पर रखेगा नहीं, अतः मुझे अभी भाग निकलना चाहिए। यह सोचकर वह भाग निकला।

इस प्रकार उसे राक्षस से मुक्ति मिल गयी। इसलिए मैं कहता हूं

पृच्छकेन सदा भाव्यं पुरुषेण विजानता।
राक्षसेन्द्रगृहीतोऽपि प्रश्नान्मुक्तो द्विजः पुरा॥

कि किसी से कुछ पूछ लेने में कोई बुराई नहीं होती, अतः बुद्धिमान् व्यक्ति को किसी से कुछ पूछने में संकोच नहीं करना चाहिए। पूछने से ही तो वह ब्राह्मण उस राक्षस के चंगुल से मुक्त हो सका था।

सेवकों के कहने पर राजा ने ब्राह्मणों को बुलाकर उन्हें अपनी तीन स्तनों वाली कन्या से मुक्ति का उपाय बताने को कहा, तो ब्राह्मणों ने कहा—महाराज! सुनिये।

हीनाङ्गी वाऽधिकाङ्गी वा या भवेत्कन्यका नृणाम्।
भर्तुः स्यात्सा विनाशाय स्वशीलनिधनाय च॥

निस्सन्देह, हीन अथवा अधिक अंगों वाली कन्या अपने पितृकुल और पतिकुल के विनाश का कारण होती है।

या पुनस्त्रिस्तनी कन्या याति लोचनगोचरम्।
पितरं नाशयत्येव सा द्रुतं नात्र संशयः॥

पिता को तो अपनी तीन स्तनों वाली कन्या को देखना भी नहीं चाहिए। उसका तो दर्शन भी अनिष्टकारक होता है। इसमें कोई सन्देह नहीं है। अतः आपका इसे कहीं छोड़ आने का निर्णय तो उचित ही है, लेकिन फिर भी पुत्री के प्रति पिता का कुछ कर्तव्य बनता है। हमारे विचार में आप नगर में घोषणा द्वारा यह प्रचारित करें कि यदि कोई इस तीन स्तनों वाली लड़की से विवाह करेगा, तो उसे दहेज के रूप में एक लाख स्वर्ण मुद्राएं दी जायेंगी, लेकिन उसे इस लड़की के साथ मेरे देश से निकल जाना होगा। यह सब कहने के पश्चात् ब्राह्मण बोले—राजन्! इससे आपको कन्या-त्याग का दोष भी नहीं लगेगा और संकट भी टल जायेगा।

राजा ने ब्राह्मणों के परामर्श को गौरव देते हुए नगर-भर में प्रचारित कर दिया।

उस नगर में दो मित्र—एक अन्धा और एक कुबड़ा—साथ-साथ रहते थे। अन्धा कुबड़े की सहायता से ही चलता-फिरता था। ग़रीबी में दिन बिता रहे उन दोनों ने सोचा कि यदि राजा अपनी लड़की देने को सहमत हो जाये, तो एक लाख स्वर्ण मुद्राओं से कहीं भी जाकर सुखपूर्वक जीवन बिताया जा सकता है। कहा भी है

लज्जा स्नेहः स्वरमधुरता बुद्धयो यौवनश्रीः
कान्तासङ्गः स्वजनममता दुःखहानिर्विलासः।

धर्मः शास्त्रं सुरगुरुमतिः शौचमाचारचिन्ता
पूर्णे सर्वे जठरपिठरे प्राणिनां सम्भवन्ति॥

कि पेट भरने की सुविधा उपलब्ध होने पर ही किसी व्यक्ति के लिए लज्जा, स्नेह, मधुर भाषण, बुद्धि-विलास, यौवन की चमक-दमक, स्त्री का संग-साथ, बन्धुओं से स्नेह-सम्बन्ध, दु:ख-नाश, विलास, धर्म-कर्म, शास्त्र-चर्चा, देव-गुरु-पूजन, भक्ति, जीवन को पवित्र बनाना तथा सदाचार का पालन आदि सभी कार्यों को करना सम्भव होता है। पेट की आग बुझाने की व्यवस्था न होने तक कोई भी व्यक्ति कुछ भी शुभ-अशुभ करने में प्रवृत्त नहीं होता।

कुबड़े ने अन्धे से कहा—तुम इस अवसर को अपने हाथ से मत जाने दो।

अन्धे को भी कुबड़े का यह सुझाव अच्छा लगा और उसने राजद्वार पर जाकर गुहार लगायी, तो राजा ने सोचा—

अन्धो वा वधिरो वापि कुष्ठी वाप्यन्त्यजोऽपि वा।
प्रतिगृह्णातु तां कन्यां सलक्षां स्याद्विदेशजः॥

मैंने अपनी कन्या के सम्बन्ध में जब कोई शर्त नहीं लगायी, तो सबसे पहले जो भी व्यक्ति—भले ही वह अन्धा, बहरा, कोढ़ी अथवा शूद्र हो—इच्छुक बनकर आयेगा, मैं उसे ही धनराशि और देश निकाले के साथ अपनी कन्या दूंगा।

राजा के आदेश से नगर की सीमा पर स्थित नदी के किनारे त्रिस्तनी राजकुमारी का उस अन्धे के साथ विवाह करा दिया गया। अन्धा अपनी पत्नी के साथ दूसरे देश को चला, तो कुबड़ा भी उनके साथ हो लिया।

तीनों किसी नये देश में जाकर बसे, तो अन्धा सारा दिन पलंग पर लेटा रहता था। घर का सारा काम-काज कुबड़ा ही किया करता था। धीरे-धीरे कुबड़े का उस त्रिस्तनी से प्रेम-सम्बन्ध हो गया। अब वे दोनों अन्धे को अपने मार्ग का कांटा समझकर उसे दूर हटाने का उपाय सोचने लगे। कहा भी गया है

यदि स्याच्छीतलो वह्निश्चन्द्रमा दहनात्मकः।
सुस्वादः सागरः स्त्रीणां तत्सतीत्वं प्रजायते॥

कि अग्नि शीतल, चन्द्रमा दाहक और समुद्र का जल मधुर एवं पीने के योग्य हो सकता है, किन्तु स्त्रियों का सती बने रहना सर्वथा असम्भव है।

त्रिस्तनी के कहने पर विष की खोज में भटकता कुबड़ा एक मरे हुए सांप को ले आया, तो त्रिस्तनी ने यह सोचकर सांप को तल-भूनकर अन्धे को खिलाने का निश्चय कर लिया कि विषैले सांप को खाने से अन्धा मर भी जायेगा और किसी को सन्देह भी नहीं होगा।

त्रिस्तनी अपने अन्धे पति से बोली—आज आपके लिए मैंने आपकी मनपसन्द मछली मंगाकर पकायी है। आप इसे कलछी से हिलाते-चलाते रहें।

विधाता का खेल विचित्र है। सांप के तलने से निकले विषैले धुएं से अन्धे की आंखें ठीक हो गयीं और उसे कुछ-कुछ दिखाई देने लगा। अन्धे को अपनी पत्नी के साथ कुबड़े के अनुचित सम्बन्ध की भनक लग चुकी थी। फिर भी, असलियत जानने के लिए अन्धे ने कुछ देर तक अन्धा बने रहने का अभिनय किया। उसने देखा कि थोड़ी देर में बाहर आया कुबड़ा उसकी पत्नी का आलिंगन-चुम्बन करने लगा है। क्रोधावेश में अन्धे ने कुबड़े की टांग पकड़कर उसे शून्य में घुमाते हुए इतनी ज़ोर से त्रिस्तनी की छाती पर पटका कि कुबड़े का कूबड़ ठीक हो गया और त्रिस्तनी का तीसरा स्तन दब गया और वह सामान्य स्त्री बन गयी।

अन्धकः कुब्जकश्चैव त्रिस्तनी राजकन्यका।
त्रयोऽप्यन्यायतः सिद्धाः सम्मुखे कर्मणि स्थिते॥

इस प्रकार भाग्य के अचानक ही अनुकूल होने से वे तीनों—अन्धा, कुबड़ा और त्रिस्तनी राजकुमारी—सामान्य हो गये। अन्धा देखने लगा, कुबड़े का कूबड़ दूर हो गया और त्रिस्तनी द्विस्तनी हो गयी।

यह कथा सुनाकर स्वर्णसिद्धि बोला—विधाता की अनुकूलता होने पर अमंगल से भी मंगल हो जाता है। फिर भी, बुद्धिमानी इसी में है कि व्यक्ति सज्जनों के कथन को मान ही ले।

सज्जनों के उपदेश की उपेक्षा का परिणाम तुम्हारे सामने है। देखो,

एकोदराः पृथग्ग्रीवा अन्योन्यफलभक्षिणः।
असंहता विनश्यन्ति भारण्डा इव पक्षिणः॥

यदि एक पेट, किन्तु दो सिरों वाले तथा एक-दूसरे को फल खिलाने वाले परस्पर सहयोग नहीं करते, सहमति से नहीं रहते, तो भारण्ड पक्षी की भांति नष्ट हो जाते।

चक्रधर को भारण्ड पक्षी की कथा सुनाते हुए स्वर्णसिद्धि बोला—

कथा क्रम : चौदह

किसी सरोवर पर रहने वाले भारण्ड पक्षी का पेट तो एक था, किन्तु उसके सिर दो थे। एक बार उसे किसी वृक्ष से गिरा अमृत के समान एक स्वादिष्ट फल मिला, तो पहला मुख उसे खाते हुए बोला—मैंने आज तक कितने ही मधुर फल खाये हैं, किन्तु इस-जैसा स्वादिष्ट फल मुझे पहली बार खाने को मिला है। दूसरे मुख ने यह सुना, तो कहा कि मुझे भी तो चखाओ, ताकि मैं भी इसका स्वाद ले सकूं। पहले मुख ने यह कहकर देने से इनकार कर दिया कि हम दोनों का पेट तो एक ही है और तृप्ति भी एक-जैसी है, अतः मेरे द्वारा खाया हुआ, तुम्हारे द्वारा खाया हुआ भी तो हो गया।

इस इनकार से दूसरा मुख खिन्न हो उठा और पहले मुख को दण्ड देने का अवसर ढूंढ़ने लगा। एक दिन उसे एक विषफल मिल गया, जिसे खाने को उद्यत दूसरे मुख से पहला मुख बोला—मूर्ख! इससे तो हम दोनों का एक साथ अन्त हो जायेगा, प्रतिशोध लेने का यह उपाय ठीक नहीं है, लेकिन बदले की आग में जलते दूसरे मुख ने कुछ नहीं सुना। फल खाने का परिणाम तो निश्चित था।

एकोदराः पृथग्ग्रीवा अन्योन्यफलभक्षिणः।
असंहता विनश्यन्ति भारण्डा इव पक्षिणः॥

यदि एक पेट और दो सिरों वाले व्यक्ति अपने खान-पान में एक-दूसरे से सहयोग नहीं करते अथवा आपस में मिल-जुलकर नहीं रहते, तो भारण्ड पक्षी के समान अपने विनाश को निमन्त्रित करने वाले ही सिद्ध होते हैं।

चक्रधर बोला—अब तुम घर जा सकते हो, परन्तु मेरा कहा मानो, तो अकेले मत जाओ; क्योंकि शास्त्र का वचन है

एकः स्वादु न भुञ्जीत नैकः सुप्तेषु जागृयात्।
एको न गच्छेदध्वानं नैकश्चार्थान् प्रचिन्तयेत्॥

कि किसी स्वादिष्ट फल को अकेले नहीं खाना चाहिए, सोते हुओं में से किसी एक को नहीं जगाना चाहिए, मार्ग में कभी अकेले नहीं चलना चाहिए तथा किसी कार्य को निबटाने के लिए अकेले सोच-विचार नहीं करना चाहिए।

अपि कापुरुषो मार्गे द्वितीयः क्षेमकारकः।
कर्कटेन द्वितीयेन जीवितं परिरक्षितम्॥

भले ही मार्ग में साथ चलने वाला व्यक्ति कायर एवं निकम्मा क्यों न हो, फिर भी, अकेले चलने की बजाय उसे साथ ले लेना अच्छा होता है। केकड़े को साथ ले जाने से ही ब्राह्मण सांप के उपद्रव से बच गया था।

स्वर्णसिद्धि की उत्सुकता पर चक्रधर उसे यह कथा सुनाने लगा।

कथा क्रम : पन्द्रह

एक बार ब्रह्मदत्त को कहीं बाहर जाना पड़ा, तो उसकी मां ने उसे अकेला जानकर किसी को अपने साथ ले लेने को कहा। ब्रह्मदत्त मां से बोला—मां! चिन्ता की कोई बात नहीं है। एक, तो रास्ता सीधा है, दूसरे, अब मैं साथी कहां से ढूंढूं?

यह सुनकर ब्राह्मणी पास की बावड़ी से एक केकड़े को पकड़कर ले आयी और बेटे से बोली—बेटा! इस केकड़े को ही अपने साथ ले जा। मां के वचन को सम्मान देते हुए ब्रह्मदत्त ने केकड़े को कपूर की एक पुड़िया में बांधा और चल पड़ा।

मार्ग में धूप से बचने के लिए ब्रह्मदत्त एक वृक्ष की छाया में सो गया। उसी

वृक्ष के कोटर में एक काला सांप रहता था। वह बाहर निकला, तो कपूर की सुगन्ध से आकर्षित होकर वह ब्रह्मदत्त को छोड़कर केकड़े की ओर चल दिया। ज्यों ही वह सांप कपूर को खाने लगा, त्यों ही केकड़े ने सांप के फन को अपने दांतों में दबाकर उसे मार डाला। नींद से जागने पर ब्रह्मदत्त ने सांप को मरा देखा, तो मां के परामर्श के लिए उसके प्रति आभार जतलाने लगा।

क्षीणः स्त्रवति शशी रविवृद्धौ
वर्द्धयति पयसां नाथम्।
अन्ये विपदि सहाया
धनिनां श्रियमनुभवन्त्यन्ये॥

जिस प्रकार सूर्य की सहायता से बढ़ने वाला चन्द्रमा क्षीण होने पर भी अमृत की वर्षा करता है और समुद्र की लहरों को ऊपर उठाता रहता है, उसी प्रकार मार्ग में साथ चल रहा व्यक्ति कोई सम्बन्ध न रखने पर भी उपस्थित संकट से उभारने में सहायक सिद्ध होता है।

मन्त्रे तीर्थे द्विजे देवे दैवज्ञे भेषजे गुरौ।
यादृशी भावना यस्य सिद्धिर्भवति तादृशी॥

इन सातों—मन्त्र, तीर्थ, ब्राह्मण, देवता, ज्योतिषी, वैद्य और गुरु—में श्रद्धा और विश्वास रखने वाले को ही अभीष्ट फल की प्राप्ति होती है। श्रद्धा न होने पर कुछ भी प्राप्त नहीं होता। भावना के अनुरूप ही फल की प्राप्ति हुआ करती है।

यह कहते हुए ब्रह्मदत्त अपने निश्चित लक्ष्य की ओर चल दिया।

यह कथा सुनाकर चक्रधर बोला—

अपि कापुरुषो मार्गे द्वितीयः क्षेमकारकः।
कर्कटेन द्वितीयेन सर्पात्पान्थः प्ररक्षितः॥

इसलिए मैं कहता हूं कि कहीं भी अकेले जाने की अपेक्षा किसी कायर को ही साथ लेना अच्छा रहता है। केकड़े के साथ होने से ही ब्रह्मदत्त सांप का शिकार होने से बच गया था।

अच्छी बात है—कहता हुआ स्वर्णसिद्धि अपने घर को चल दिया।

॥ पञ्चम तन्त्र समाप्त ॥

कुछ आवश्यक बिंदु

कुछ आवश्यक बिंदु

कुछ आवश्यक बिंदु

कुछ आवश्यक बिंदु

कुछ आवश्यक बिंदु

कुछ आवश्यक बिंदु